TERRY BROOKS

Dämonensommer

Buch

Es ist der heißeste Sommer seit Jahrzehnten, als zwei Fremde in das kleine Städtchen Hopewell in Illionois kommen. Der eine ist ein Diener der Mächte des Bösen. Er stachelt die unterschwelligen Streitigkeiten der Bewohner an, bis es zu Gewalttätigkeiten kommt. Doch sein wirkliches Ziel ist weitaus bedrohlicher: Ein uraltes Übel lauert in dem kleinen Ort, und der Dämon will es zu neuem Leben erwecken. Ihm auf der Spur ist John Ross, Streiter für die Mächte des Guten. John hat die Fähigkeit, in seinen Träumen die Zukunft zu erblicken; und er will die Schrecken abwenden, die er jede Nacht im Schlaf durchlebt. Mit beiden Männern ist auf mysteriöse Weise das junge Mädchen Nest Freemark verbunden. Sie kann übernatürliche Ereignisse um sich herum wahrnehmen. Ihre Seele ist es, um die gestritten wird. Verzweifelt versucht sie mit ihren Freunden, den finsteren Mächten zu trotzen ...

Autor

Terry Brooks wurde 1944 in Illinois geboren. Seit sich der erste Roman aus dem Zyklus seiner Shannara-Saga im Jahr 1977 in der Bestsellerliste der New York Times festsetzen konnte, gehört er zu den erfolgreichsten Fantasy-Autoren der Welt. Er lebt im Nordwesten der U.S.A. und auf Hawaii.

Von Terry Brooks außerdem lieferbar:

Stadt der Dämonen (24913) · Dämonenfeuer (24170)
STAR WARS: Episode I. Die dunkle Bedrohung. Roman zum Film von George Lucas (35243)

DIE SHANNARA-SAGA

1. Abschnitt: Das Schwert von Shannara (23828), Der Sohn von Shannara (23829), Der Erbe von Shannara (23830) · Die Elfensteine von Shannara (23831), Der Druide von Shannara (23832), Die Dämonen von Shannara (23833) · Das Zauberlied von Shannara (23893), Der König von Shannara (23894), Die Erlösung von Shannara (23895)

2. Abschnitt: Die Kinder von Shannara (24535), Das Mädchen von Shannara (24536), Der Zauber von Shannara (24537) · Die Schatten von Shannara (11584) · Die Elfenkönigin von Shannara (24571), Die Verfolgten von Shannara (24572) · Die Reiter von Shannara (24588), Die Talismane von Shannara (24590)

Die Vorgeschichte: Der Ausgestoßene von Shannara (24717)

3. Abschnitt: Die Hexe von Shannara (24966) · Die Labyrinthe von Shannara (24178) · Die Offenbarung von Shannara (24179)

Weitere Bücher von Terry Brooks sind in Vorbereitung.

Terry Brooks

Dämonen sommer

Ins Deutsche übertragen
von Rainer Gladys

BLANVALET

Originaltitel: Running with the Demon
Originalverlag: Del Rey/Ballantine Books, New York

Umwelthinweis:
Alle bedruckten Materialien dieses Taschenbuches
sind chlorfrei und umweltschonend.

Blanvalet Taschenbücher erscheinen im Goldmann Verlag,
einem Unternehmen der Verlagsgruppe Random House GmbH.

Einmalige Sonderausgabe Mai 2003

Umschlaggestaltung: Design Team München
Umschlagillustration: Agt. Luserke/Harman (The Nephilim)
Druck: Elsnerdruck, Berlin
Titelnummer: 24257
VB · Herstellung: Luise Wagner
Made in Germany
ISBN 3-442-24257-6
www.blanvalet-verlag.de

Für Judine
Weil sie mir jeden Tag zeigt,
warum der Weg wichtiger ist
als das Ziel.

Prolog

Er steht allein im Zentrum einer der vielen ausgebrannten Städte Amerikas, doch in dieser war er schon einmal. Selbst in ihrem zerfallenen, geschwärzten Zustand sind die Gebäude, die ihn umgeben, erkennbar. Die Straßen, die von der Kreuzung abgehen, auf der er steht, sind winddurchfegte Betonbänder, die sich, immer kleiner werdend, in die Ferne ziehen, bis sie mit dem Horizont verschmelzen – nach Süden zu der Brücke, die den Fluss überspannt, nach Norden zu den ausgedörrten Ebenen, die einstmals Getreidefelder waren, nach Osten in Richtung der Überreste von Reagans Heimatstadt und nach Westen zu den Great Plains. Ein verbogenes, verwittertes Straßenschild bestätigt, dass er sich an der Ecke von First Avenue und Third Street befindet. Die Stadt besteht aus acht Häuserblocks. Von seinem Standort aus erstreckt sie sich in alle Richtungen zwei Blocks weit. Danach verliert sie sich allmählich in kleine Gruppen von Wohnhäusern, die zu Immobilienbüros und Reparaturwerkstätten umgewandelt oder einfach abgerissen wurden und als Parkplätze dienen. Weiter draußen liegen die Ruinen von zwei Supermärkten und dem Einkaufszentrum, und entlang des Flussufers kann er die verfallenen Schuppen und durchgerosteten Dächer dessen sehen, was einmal das Stahlwerk war.

Er sieht sich langsam um, vergewissert sich, dass er am richtigen Ort ist, denn es ist eine lange Zeit her. Der Himmel ist wolkenverhangen und dunkel. Wahrscheinlich wird es noch vor Einbruch der Nacht anfangen zu regnen. Obwohl es Mittag ist, ist das Licht so bleich, dass es mehr nach Abenddämmerung aussieht. Aus Luft und Erde sind alle Farben herausgewaschen. Gebäude, Straßen, verlassene Fahrzeuge, Müll und der Himmel – alles ist von einem gleichförmigen Grau, und die Farben verwischen immer mehr, bis nichts außer Schatten und Licht sie noch auseinanderhalten. Der Wind stöhnt leise in der Stille, während er vom Fluss her aufsteigt und die leeren Straßen entlangstreicht. Zweige, Blätter und Abfall treiben über den Beton. Fenster klaffen düster und wie dunkle Höhlen, wo das Spiegelglas zerbrochen und herausgefallen ist. Offen stehende Türen hängen schief in den Angeln. Flecken aus schwarzer Asche und Ruß bedecken die Wände, wo Flammen die Holz- und Plastikfronten von Büros und Geschäften weggebrannt haben. Autos hocken auf ihren platten Reifen und bloßen Achsen da – zurückgelassene Hüllen, die sich langsam in Rost verwandeln und aller Teile beraubt wurden, die noch von Nutzen sein könnten.

Der Mann betrachtet die Stadt, wie er es bei einem Leichnam tun würde, und erinnert sich, wie sie war, als sie noch lebte.

Eine Meute Hunde kommt aus einem der Häuser. Es sind vielleicht zehn Tiere, dürr und hungrig, nervös und misstrauisch. Sie mustern ihn kurz, bevor sie weiterlaufen. Sie wollen nichts mit ihm zu tun haben. Er sieht ihnen nach, bis sie hinter einer Häuserecke verschwinden, und setzt sich dann in Bewegung. Er geht nach Osten, auf den Park zu, obwohl er weiß, was er dort finden wird. Er kommt an der Bank vorbei, am Farbengeschäft, am Stoffladen, an Al's Bar und einem Parkplatz, bevor er bei Josie's stehen bleibt. Das Schild hängt noch über der Tür; das Email ist verblasst und gesplittert, aber der Name ist noch erkennbar. Er geht hinüber und späht hinein. Die Möbel und Kuchenauslagen sind alle zerschmettert worden, das Kochgeschirr ist zerstört, und die Lederpolster der Bänke sind in Streifen zerfetzt. Die Theke ist mit Staub bedeckt, der zerstörte Boden mit Müll übersät, und aus den Ritzen im Parkett wuchert Unkraut.

Als er sich wieder umdreht, sieht er gerade noch, wie zwei Kinder aus der Gasse heraus über die Straße huschen. Sie tragen Leinenbeutel, die mit den Dingen vollgestopft sind, die sie geplündert haben. An ihre Hüften haben sie sich Messer gebunden. Das Mädchen ist ein Teenager, der Junge etwas jünger. Ihre Haare sind lang und ungekämmt, ihre Kleider schäbig und ihre Augen hart und wild. Sie werden langsamer, um ihn zu mustern und einzuschätzen. Er wartet auf sie, dreht sich zu ihnen hin und lässt sie sehen, dass er keine

Angst vor ihnen hat. Sie werfen sich Blicke zu, flüstern etwas, das sie mit kurzen Gesten bekräftigen, und entfernen sich dann. Wie die Hunde wollen auch sie nichts mit ihm zu tun haben.

Er geht weiter die Straße entlang. Das Geräusch seiner Schuhe hallt dumpf in der mittäglichen Stille wider.

Bürogebäude und Geschäfte weichen allmählich Wohnhäusern. Auch diese Häuser sind leer, sofern sie überhaupt noch intakt sind. Viele sind ausgebrannt und in sich zusammengefallen, scheinen in die Erde zurücksacken zu wollen. Überall wuchert Unkraut, sogar in den Ritzen des Betons der Straßen. Er fragt sich, wie lange es her ist, dass hier jemand gewohnt hat. Wenn man alle Streuner mitrechnet, die Hunde, die Kinder und die ein, zwei anderen, die hier geblieben sind, weil sie keinen Ort hatten, an den sie gehen konnten, wie viele sind dann noch übrig? In manchen Städten gibt es niemanden mehr. Nur die Großstädte bieten noch Zuflucht, sind zu mit Wällen umgebenen Lagern geworden, in denen sich Überlebende in dem verzweifelten Versuch zusammengefunden haben, dem Wahnsinn zu trotzen. Chicago ist eine dieser Großstädte. Er war dort und hat gesehen, was der Ort zu bieten hat. Er kennt bereits sein Schicksal.

Aus den Schatten einer Haustür taucht eine Frau auf, ein schwächliches, hohläugiges Wesen mit wirren dunklen Haaren, in die Purpursträhnen eingefärbt sind. Ihre Arme hängen schlaff und nackt herab, die Haut ist mit Nadelstichen übersät. Hast du was für mich? fragt sie dumpf. Er schüttelt den Kopf. Sie kommt die Veranda herab und bleibt dort stehen. Sie ringt sich ein Lächeln ab. Wo kommst du her? Er antwortet nicht. Sie kommt ein paar Schritte näher und schlingt die dünnen Arme um sich. Willst du reinkommen und ein bisschen Spaß mit mir haben? Er stoppt sie mit einem Blick. In den Schatten des Hauses, aus dem sie gekommen ist, kann er eine Bewegung erkennen. Gelbe, flache Augen studieren ihn mit kaltem Interesse. Er weiß, wem sie gehören. Geh weg von mir, sagt er zu der Frau. Ihr Gesicht wird zu einer Maske. Ohne ein Wort dreht sie sich um.

Er geht eine Meile weiter zum Stadtrand, wo der Park wartet. Er weiß, er sollte es nicht tun, aber er kann nicht anders. Nichts von dem, an das er sich erinnert, ist noch übrig, aber er will es trotzdem sehen. Old Bob und Granny sind fort. Pick ist fort. Daniel und Geist sind fort. Der Park ist mit Unkraut und Gestrüpp überwuchert. Der Friedhof ist eine Halde aus zerstörten Grabsteinen. Die Stadthäuser, Wohnungen und Gebäude sind alle leer. Was jetzt in dem Park lebt, findet man nur in den Höhlen und ist sein unerbittlicher Feind.

Und was ist mit Nest Freemark?

Auch das weiß er. Es ist ein Albtraum, der ihn ohne Unterlass und gnadenlos heimsucht.

Er bleibt am Rand des Friedhofs stehen und blickt in die Schatten, die dahinter liegen. Er ist hierher gekommen, nimmt er an, weil er keinen besseren Ort kennt, zu dem er gehen könnte.

Er ist hier, weil er als eine Art Strafe für seine Misserfolge darauf reduziert wurde, die Stationen seines Lebens zurückzuverfolgen. An jeder Ecke wird er verfolgt, und so wird er von jenen Orten angezogen, die ihm einst Zuflucht gewährten. Er nährt die vergebliche Hoffnung, dass etwas von dem, was in seinem Leben gut war, wieder auftauchen wird, auch wenn er weiß, dass dies unmöglich ist.

Er atmet langsam und tief ein. Seine Verfolger werden ihn schon bald wieder aufspüren, doch vielleicht noch nicht heute. Und so wird er noch einmal durch den Park wandern und versuchen, einen kleinen Teil von dem wieder einzufangen, was er für immer verloren hat.

Auf der gegenüberliegenden Seite der Straße, auf der er steht, hängt ein großes Plakat in Fetzen herab. Er kann gerade noch entziffern, was darauf steht.

Willkommen in Hopewell, Illinois! Wir wachsen Euch ans Herz!

John Ross schreckte aus dem Schlaf auf und fuhr so heftig hoch, dass er seinen Gehstock scheppernd auf den Boden des Busses fallen ließ. Einen Augenblick lang wusste er nicht, wo er war. Es war Nacht, und die meisten seiner Mitreisenden schliefen. Er nahm sich einen Moment lang Zeit, um sich zu sammeln, um sich zu erinnern, auf welcher Reise er sich befand und in welcher Welt er war. Dann manövrierte er sein schlimmes Bein steif auf den Gang hinaus und wälzte sich auf dem Sitz herum, bis er in der Lage war, nach unten zu greifen und den Stock wieder an sich zu nehmen.

Er war gegen seinen Willen eingeschlafen, erkannte er. Trotz allem, was das bedeutete.

Er stellte den Gehstock neben sich, lehnte ihn sorgsam gegen seinen Rucksack und verkeilte ihn, sodass er nicht wieder wegrutschen konnte. Eine alte Frau, die mehrere Reihen vor ihm saß, war noch wach. Sie sah kurz mit einem Blick zu ihm zurück, in dem Tadel und Misstrauen lagen. Sie war die Einzige, die in seiner Nähe saß. Er war allein hinten im Bus; die anderen Passagiere, mit Ausnahme der alten Dame, hatten sorgfältig darauf geachtet, Plätze zu finden, die weit vorne lagen. Vielleicht war es das Bein. Oder die schäbige Kleidung. Oder der Mantel aus Ermüdung, den er mit sich herumschleppte, so wie der Geist von Marley seine Ketten. Vielleicht waren es die Augen, die ständig etwas zu erblicken schienen, das jenseits dessen lag, was andere sehen konnten; zugleich kühl und scharfsichtig und doch distanziert und wie verloren, ein beunruhigender Widerspruch.

Aber nein. Er blickte auf seine Hände hinab und musterte sie. Er konnte den Schmerz seiner Verbannung nach der Art eines Mannes ertragen, der sich damit abgefunden hatte, dass er gemieden wurde. Unterbewusst hatten seine Mitreisenden eine vollkommen verständliche Entscheidung getroffen.

Man ließ so viele leere Sitze wie möglich zwischen einem selbst und dem Tod.

Freitag, 1. Juli

Kapitel 1

»Psst! Nest!«

Seine Stimme schnitt mit der Schärfe einer Katzenklaue durch die wattigen Schichten ihres Schlafes. Ihr Kopf fuhr vom Kissen hoch, und ihre vom Schlaf verschleierten Augen sprangen auf.

»Pick?«

»Wach auf, Mädchen!« Die Stimme des Waldschrats quiekte vor Dringlichkeit. »Die Fresser machen schon wieder Ärger! Ich brauche dich!«

Nest Freemark warf die Decke beiseite und zwang sich in eine sitzende Position, bei der die Beine aus dem Bett baumelten. Trotz der Bemühungen des großen Ventilators, der direkt neben ihrer Tür stand, war die Nachtluft heiß und stickig. Sie rieb sich die Augen und schluckte, um die Trockenheit aus ihrer Kehle zu vertreiben. Von draußen hörte sie das stetige Zirpen der Grillen in den Bäumen.

»Wer ist es diesmal?«, fragte sie gähnend.

»Das kleine Mädchen der Scotts.«

»Bennett?« *O Gott*! Jetzt war sie völlig wach. »Was ist passiert?«

Pick stand vor dem Fliegengitter auf dem Fenstersims, seine Umrisse wurden vom Mondlicht scharf hervorgehoben. Er mochte von seinen zweigartigen Füßen bis zu seinem laubbedeckten Kopf nur fünfzehn Zentimeter messen, aber sie konnte den Abscheu auf seinen knorrigen, holzigen Zügen ebenso gut erkennen, als wenn er zwei Meter groß wäre.

»Die Mutter ist wieder mit ihrem nichtsnutzigen Freund auf einer Tour durch die Kneipen. Dieser Knabe, den du magst, der junge Jared, sollte auf die anderen Kinder aufpassen, aber er hatte einen seiner Anfälle. Bennett war noch auf – du weißt, wie sie ist, wenn ihre Mutter nicht da ist, weiß der Himmel, warum. Sie bekam Angst und ist weggelaufen. Als der Junge sich wieder erholt hatte, war sie fort. Jetzt haben sie die Fresser. Muss ich dir das noch aufschreiben, oder ziehst du dich jetzt an und kommst helfen?«

Ohne zu antworten sprang Nest aus dem Bett, schlüpfte aus dem Nachthemd und zog ihr »Grunge Lives«-T-Shirt, eine kurze Sporthose, Socken und Tennisschuhe an. Ihr Gesicht blickte ihr vom Spiegel ihres Kleiderschranks entgegen: rundlich mit einer breiten Stirn und betonten Wangenknochen, eine sommersprossenübersäte Stupsnase, grüne Augen, die oft blinzelten, ein Mund, dessen Winkel nach oben deuteten, als würde sich Nest ständig über etwas amüsieren, und ein Teint, der gerade begann, Farbe anzunehmen. Ganz ansehnlich, aber nicht atemberaubend. Pick lief ungeduldig auf dem Sims hin und her. Er sah aus wie Zweige und Blätter, die man zu einem kleinen Stockmännchen für Kinder zusammengebunden hatte. Seine Hände machten nervöse Gesten, die gleichen, die sie immer machten, wenn er aufgeregt war – er zupfte an seinem seidigen Moosbart und schlug sich auf die mit Borke bedeckten Schenkel. Er konnte nicht anders. Er war wie eine jener Zeichentrickfiguren, die aufgedreht herumrasten und ständig gegen Wände prallten. Er behauptete, hundertfünfzig Jahre alt zu sein, aber für jemanden, der so alt war, hatte er nur sehr wenig Gelassenheit gelernt.

Nest stopfte ein paar Kissen unter die Bettdecke, damit es so aussah, als würde sie noch schlafen. Der Trick würde funktionieren, solange niemand genauer hinschaute. Sie blickte auf die Uhr. Es war zwei Uhr morgens, aber ihre Großeltern schliefen nicht mehr sehr tief, und es konnte zu jeder Zeit in der Nacht vorkommen, dass sie durch das Haus geisterten. Sie warf einen Blick zur offenen Tür und seufzte. Da konnte man nichts machen.

Sie drückte das Fliegengitter auf und kletterte aus dem Fenster. Ihr Zimmer befand sich im Erdgeschoss, und so war es leicht, unbemerkt hinauszuschlüpfen. Zumindest im Sommer, schränkte sie ein, wenn es warm war und alle Fenster offen standen. Im Winter musste sie ihren Mantel holen, den Korridor entlangschleichen und aus der Hintertür schlüpfen, was riskanter war. Aber sie hatte mittlerweile Übung darin.

»Wo ist sie?«, fragte sie Pick und streckte dabei ihre Hand mit der Fläche nach oben aus, damit er hinaufklettern konnte.

»Auf dem Weg zu den Klippen, als ich sie zuletzt gesehen habe.« Er trat vorsichtig vom Sims auf ihre Hand. »Daniel folgt ihr, aber wir sollten uns besser beeilen.«

Nest setzte Pick auf ihrer Schulter ab, wo er sich gut an ihrem T-Shirt festhalten konnte, schob das Fliegengitter wieder an seinen Platz und rannte los. Während sie über den Rasen zu der Hecke spurtete, die an den Park grenzte, strich ihr die Nachtluft des Mittelwestens über das Gesicht. Ihre Frische fühlte sich nach der schalen, stehenden Luft ihres Schlafzimmers gut an. Nest lief unter den Baldachinen einzeln stehender Eichen und Hickorynussbäume hindurch, die ihre Schatten über den Garten warfen, während ihre Zweige sich in komplizierten Mustern verwoben und verzweigten und die Blätter matt die Mischung aus Mond- und Sternenlicht widerspiegelten. Der Himmel war klar und die Welt um sie herum ruhig, während sie lief. Die Häuser, an denen sie vorbeikam, waren dunkel und still, die Bewohner im Schlaf versunken. Sie fand die Lücke in der Hecke auf Anhieb, duckte sich, um durch die niedrige Öffnung zu schlüpfen, und war hindurch.

Vor ihr breitete sich der Sinnissippi-Park aus. Baseball- und Picknickplätze leuchteten im Mondlicht, während die Gehölze und Begräbnisstätten von Schatten durchzogen waren.

Sie bog nach rechts ab, zu dem Fahrdamm, der in den Park hineinführte, und verfiel in einen gleichmäßigen Trab. Sie war eine gute Läuferin, eine geborene Sportlerin. Ihr Cross-Trainer sagte, sie wäre die Beste, die er je gesehen hätte, auch wenn er im selben Atemzug hinzufügte, dass sie bessere Trainingsgewohnheiten entwickeln müsse. Mit einer Größe von 1,65 war sie bei ihrem Gewicht von hundertzwanzig Pfund schlank, flink und zäh wie Leder. Sie wusste nicht, warum sie so war; jedenfalls hatte sie nie an ihrer Form gearbeitet. Dennoch war sie immer geschmeidig gewesen, selbst mit zwölf, als all ihre Freunde ständig gegen Kaffeetische gestoßen und über ihre eigenen Füße gestolpert waren, während sie herauszufinden versuchten, was ihre Körper wohl als Nächstes tun würden. (Jetzt waren sie vierzehn und wussten es schon ziemlich gut.) Nest war mit dem Körper eines Läufers gesegnet, und ihre Leistungen im letzten Frühling hatten bewiesen, dass ihr Talent ganz erstaunlich war. Sie hatte bereits jeden Rekord für Cross-Läufe im Staat Illinois für Mädchen bis vierzehn Jahre gebrochen. Und das hatte sie getan, als sie selbst noch dreizehn gewesen war. Doch vor fünf Wochen war sie beim Rock-River-Einladungsrennen gegen Läufer – Jungen und Mädchen – angetreten, die bis zu achtzehn Jahre alt waren. Sie war ihren Konkurrenten im Zehntausendmeterrennen davongelaufen und hatte eine Zeit erzielt, die fast drei Minuten unter dem High-School-Rekord des Staates lag. Danach hatten alle begonnen, sie mit etwas anderen Augen zu sehen.

Natürlich hatte man Nest Freemark aus dem einen oder anderen Grund ihr ganzes Leben lang etwas anders angesehen, und so war sie jetzt weniger von der Aufmerksamkeit beeindruckt, die man ihr schenkte, als das früher der Fall gewesen wäre.

Wie würden sie mich wohl ansehen, überlegte sie, wenn ich ihnen von Pick erzählen würde? Oder von der Magie?

Sie überquerte das Baseballfeld, das ihrem Heim am nächsten lag, kam zum Eingang des Parks und flitzte an der Schranke vorbei, die nach Sonnenuntergang heruntergelassen wurde, um die Straße zu sperren. Sie fühlte sich ausgeruht und stark; ihr Atem war ruhig und ihr Herzschlag regelmäßig. Sie folgte eine kurze Strecke dem Pflaster und bog dann auf die Picknickwiese ab, die zu den Sinnissippi-Grabhügeln und den Klippen führte. Zu ihrer Rechten konnte sie die Lichter der Sinnissippi-Townhomes erkennen, eine Arbeiterwohnsiedlung mit einem hochtrabenden Namen. Dort lebten die Scotts. Enid Scott war eine allein erziehende Mutter mit fünf Kindern, sehr wenigen Chancen im Leben und einem Alkoholproblem. Nest hielt nicht viel von ihr; niemand tat das. Aber Jared war ein Schatz, mit dem sie seit der Grundschule befreundet war, und Bennett, mit fünf das jüngste der Scott-Kinder, war ein Spätzchen, das mehr im Leben verdiente, als es in letzter Zeit bekommen hatte.

Nest suchte die Dunkelheit vor sich nach irgendeinem Zeichen von dem kleinen Mädchen ab, aber da war nichts zu sehen. Sie blickte sich auch nach Geist um, doch auch von ihm war keine Spur zu sehen. Der bloße Gedanke an Geist ließ ihr einen kalten Schauer den Rücken hinunterlaufen. Der Park lag riesig und still vor ihr, nichts schien sich in ihm zu bewegen. Sie beschleunigte ihr Tempo, angespornt von der Gefahr, in der sich Bennett befand. Pick ritt auf ihrer Schulter und hielt sich mit Händen und Füßen an ihrem Ärmel fest. Er murmelte noch immer das lästige, unaufhörliche Gebrabbel vor sich hin, das er in Zeiten von Stress bis zum Überdruss von sich gab. Aber Nest ließ ihn in Ruhe. Pick musste eine Menge Verantwortung tragen, und das immer dreistere Benehmen der Fresser machte es ihm nicht gerade leichter. Es war schon schlimm genug, dass sie die Höhlen unterhalb der Klippen in immer größerer Zahl bevölkerten – ihre Menge war mittlerweile so stark angeschwollen, dass man sie nicht mehr exakt zählen konnte. Aber während sie ihre Aktivitäten früher darauf beschränkt hatten, sich nachts im Park herumzutreiben, tauchten sie jetzt überall in Hopewell auf, manchmal sogar bei Tageslicht. Es lag alles an einer Verlagerung des Gleichgewichts der Dinge, erklärte Pick. Und wenn dieses Gleichgewicht nicht wiederhergestellt wurde, wären die Fresser bald überall. Und was sollte er dann tun?

Die Bäume standen jetzt immer dichter, ihre Stämme vereinigten sich zu einer dunklen Wand, die Zweige versperrten den Blick auf den Nachthimmel. Nest schlüpfte durch das Labyrinth hindurch. Ihre Augen passten sich an die veränderten Lichtverhältnisse an und sahen alles, nahmen jedes Detail wahr. Sie huschte zwischen einer Reihe von Spielplatzgeräten hindurch, wippende Schaukelpferde für die Kleinsten, sprang dann über eine niedrige Kettenabsperrung und rannte über den Fahrdamm zu den Grabhügeln. Auch dort war noch keine Spur von Bennett Scott zu sehen. Die Luft war hier kühler. Sie stieg vom Rock River auf, der unterhalb der Klippen als breites Band nach Westen zum Mississippi floss. Weit entfernt pfiff klagend ein Güterzug, während er durch das Farmland nach Osten ratterte. Die Pfeife klang gedämpft und wie verloren. Sie erstarb langsam, und in der darauffolgenden Stille wurde das stetige, dringliche Summen der Insekten wieder hörbar.

Jetzt erblickte Nest Daniel als einen dunklen Schatten, der gerade lange genug aus den Bäumen herausflog, dass sie ihn erkennen konnte, bevor er wieder kehrtmachte.

»Da, Mädchen!«, rief Pick ihr unnötigerweise ins Ohr.

Sie rannte hinter der Schleiereule her, die sie in Richtung der Klippen führte. Sie lief zwischen den Grabhügeln hindurch, einer Ansammlung von flachen, grasbewachsenen Buckeln neben dem Fahrdamm. Vor ihr endete die Straße in einem Wendekreis am höchsten Punkt des Parks. Dort würde sie Bennett finden. Wenn sie nicht … Sie wischte den Gedanken beiseite, weigerte sich, daran zu glauben. Eine Welle von Bitterkeit über Enid Scott schnürte ihr die Kehle zu. Es war nicht fair, dass sie Jared allein ließ, um auf seine Brüder und Schwestern aufzupassen. Enid wusste von seinem Zustand; sie fand es nur gelegentlich praktisch, so zu tun, als ob das nichts ausmache. Die Anfälle seiner milden Abart von Epilepsie konnten bis zu fünf Minuten andauern. Wenn sie kamen, war Jared einfach eine Weile lang »fort«. Er starrte dann ins Nichts, ohne etwas zu hören, zu sehen oder irgendetwas wahrzunehmen. Selbst die Medikamente, die er nahm, konnten die Anfälle nicht immer verhindern. Seine Mutter wusste das. Sie wusste es.

Die Bäume öffneten sich vor ihr, und Daniel tauchte aus Schatten aus und glitt auf die Klippen zu. Nest beschleunigte ihr Tempo, was Pick fast seinen Halt verlieren ließ. Sie konnte jetzt Bennett Scott sehen, die direkt am Rand der Klippen stand, gerade hinter dem Wendekreis. Sie stand als kleine, einsame Gestalt vor dem nächtlichen Himmel, weinend und ganz in sich zusammengekauert. Nest konnte ihre Schluchzer hören. Die Fresser strichen schmeichelnd um sie herum, lockten sie und versuchten ihre Gedanken zu vernebeln, sodass sie auch noch die letzten paar Schritte machte. Nest war wütend. Bennett war bereits das siebte Kind in einem einzigen

Monat. Sie hatte sie alle gerettet, aber wie lange konnte ihr Glück noch anhalten?

Daniel glitt herunter, schwenkte dann aber geräuschlos ab. Es war zu gefährlich, wenn er plötzlich herabstieß; sein unerwartetes Auftauchen hätte das kleine Mädchen so erschrecken können, dass sie das Gleichgewicht verlor. Das war der Grund, warum sich Pick auf Nest verließ. Die Gegenwart eines jungen Mädchens war weniger beängstigend als die von ihm oder Daniel.

Sie wurde langsamer und setzte Pick im Gras ab. Es machte keinen Sinn, irgendwelche Risiken einzugehen; und Pick zog es sowieso vor, unsichtbar zu bleiben. Der Geruch der Kiefern durchzog die feuchte Nachtluft. Er trieb vom Friedhof herüber, wo die Bäume in dichten Gehölzen entlang des Zaunes aufragten. Im Mondlicht waren in der Ferne gerade noch die Grabsteine und Statuetten zu erkennen, deren Granit und Marmor sanft schimmerten. Sie holte ein paarmal tief Luft, während sie sich Bennett näherte und darauf achtete, langsam und vorsichtig in das Licht zu treten. Die Fresser sahen sie kommen, und ihre glühenden Augen zogen sich zu Schlitzen zusammen. Nest ignorierte sie und konzentrierte ihre ganze Aufmerksamkeit auf das kleine Mädchen.

»Hey, kleine Ben Ben!« Sie ließ ihre Stimme beiläufig und entspannt klingen. »Ich bin es, Nest.«

Bennett Scotts tränenerfüllte Augen blinzelten rasch. »Ich weiß.«

»Was tust du hier draußen, Ben Ben?«

»Ich suche meine Mama.«

»Na ja, ich glaube nicht, dass sie hier draußen ist, Liebes.« Nest trat ein paar Schritte auf sie zu und sah sich dabei um, als suchte sie nach Enid.

»Sie hat sich verirrt«, schluchzte Bennett.

Ein paar der Fresser bewegten sich drohend auf Nest zu, aber sie ignorierte sie. Sie würden sich hüten, sie zu belästigen, solange Geist in der Nähe war – und sie hoffte inständig, dass er das tatsächlich war. Es hatte sich eine ziemlich große Menge von ihnen hier versammelt. Die gedrungenen Karikaturen menschlicher Wesen mit ihren flachen Gesichtern, die keine Züge aufwiesen, waren ihr so rätselhaft wie immer, trotz all der Dinge, die sie von Pick über sie gelernt hatte. Sie wusste eigentlich nicht einmal genau, woraus sie bestanden. Als sie Pick einmal danach gefragt hatte, hatte er ihr mit einem sardonischen Grinsen geantwortet, dass man in der Regel hauptsächlich das ist, was man isst, und dass die Fresser daher so ziemlich aus allem bestehen konnten.

»Ich wette, deine Mama ist jetzt schon zu Hause, Ben Ben«, sagte Nest und ließ ihre Stimme enthusiastisch klingen. »Warum schauen wir nicht einfach einmal nach?«

Das kleine Mädchen schniefte. »Ich will nicht nach Hause gehen. Ich mag es da nicht mehr.«

»Natürlich tust du das. Ich wette, Jared fragt sich, wo du wohl bist.«

»Jared ist krank. Er hat einen Anfall.«

»Ach, jetzt geht es ihm bestimmt schon besser. Die Anfälle dauern nicht lange, Schätzchen. Das weißt du doch. Komm schon, gehen wir nachsehen.«

Bennett umarmte sich selbst und schüttelte den Kopf. »George mag mich nicht. Das hat er mir gesagt.«

George Paulsen. Enids neuester Fehler in der Abteilung Männer. Obwohl sie erst vierzehn war, erkannte Nest einen Verlierertyp, wenn sie ihn sah. George Paulsen war jedoch ein Angst einflößender Verlierer. Sie kam einen Schritt näher heraus und suchte nach einer Möglichkeit, körperlichen Kontakt mit Bennett zu bekommen, sodass sie das kleine Mädchen von der Klippe wegziehen konnte. Der Fluss war ein dunkler, silbriger Schimmer weit unter den Klippen. Innerhalb der Grenzen des Bayous war er flach und ruhig, außerhalb, in seinem eigentlichen Bett, hingegen wilder und schneller. Die Dunkelheit ließ den Abgrund noch tiefer erscheinen, als er sowieso schon war, und Bennett war nur ein oder zwei Schritte von ihm entfernt.

»George braucht eine Benehmenskorrektur«, meinte Nest. »Alle mögen dich, Ben Ben. Komm schon, suchen wir deine Mama und reden mit ihr darüber. Ich komme mit dir. Hey, was ist denn mit Spook? Ich wette, dein Kätzchen vermisst dich.«

Bennett Scott schüttelte heftig ihren Wuschelkopf, sodass ihre glatten Haare strähnig auseinanderstoben. »George hat Spook weggebracht. Er mag keine Katzen.«

Nest wollte am liebsten ausspucken. Dieser miese Typ! Spook war so ziemlich das Einzige, was Bennett Scott besaß. Sie spürte, dass ihr die Situation zu entgleiten drohte. Die Fresser strichen wie Schlangen um Bennett herum, und das kleine Mädchen schlang die Arme um sich und kauerte sich verängstigt zusammen. Bennett konnte sie natürlich nicht sehen. Sie würde sie erst sehen, wenn es bereits zu spät war. Aber sie konnte sie irgendwo weit hinten in ihrem Kopf hören, eine unsichtbare Präsenz, heimtückische Stimmen, die sie verspotteten und anstachelten. Sie hungerten nach ihr, und das Gleichgewicht begann sich zu ihren Gunsten zu verschieben.

»Ich werde dir helfen, Spook zu finden«, sagte Nest schnell. »Und ich werde auch dafür sorgen, dass George ihn dir nicht wieder wegnimmt. Was sagst du dazu?«

Bennett Scott schlang ihre Arme noch fester um sich und blickte intensiv auf ihre Füße, während sie darüber nachdachte. Ihr dünner Körper beruhigte sich. »Versprichst du es, Nest? Wirklich?«

Nest Freemark lächelte sie beruhigend an. »Das tue ich, Liebes. Jetzt komm zu mir herüber und nimm meine Hand, damit wir nach Hause gehen können.«

Die Fresser bewegten sich vor, um einzugreifen, aber Nest funkelte sie böse an, und sie zuckten zurück. Sie würden ihrem Blick natürlich nicht standhalten. Sie wussten, was passieren würde, wenn sie das täten. Aber dennoch waren sie heute Nacht dreister als gewöhnlich, eher bereit, sie herauszufordern. Das war kein gutes Zeichen.

»Bennett«, sagte sie ruhig. Der Kopf des kleinen Mädchens hob sich, und ihre Augen kamen ins Licht. »Sieh mich an, Bennett. Schau nirgendwo anders hin, okay? Sieh einfach nur mich an. Jetzt komm zu mir und nimm meine Hand.«

Bennett Scott begann auf sie zuzugehen – ein kleiner Schritt nach dem anderen. Nest wartete geduldig und blickte sie dabei die ganze

Zeit an. Die Nachtluft war wieder heiß und still geworden; die Brise, die vom Fluss aufgestiegen war, erstarb. Insekten summten und flogen in zufälligen Kreisen herum, und Nest, die nichts tun wollte, was das kleine Mädchen erschrecken könnte, unterdrückte den Impuls, sie beiseite zu scheuchen.

»Komm her, Ben Ben«, redete sie ihr leise zu.

Als Bennett Scott vortrat, gaben die Fresser ihr widerwillig den Weg frei. Sie ließen sich wachsam auf alle viere fallen und wieselten wie Krabben neben ihr her. Nest holte tief Luft.

Einer der Fresser löste sich aus der Masse der anderen und griff nach Bennett. Nest zischte ihn wütend an, sah ihm in die Augen und löschte sein Leben mit einem einzigen, bösen Blick aus. Das war alles, was nötig war – ein kurzer Moment, in dem sich ihre Augen trafen und ihre Magie die Kontrolle ergreifen konnte. Der Fresser sackte in sich zusammen und schmolz als schwarzer Fleck in die Erde hinein. Die anderen zogen sich wachsam zurück.

Nest holte erneut tief und ruhig Luft. »Komm her, Bennett«, drängte sie mit einem angespannten Flüstern. »Es ist alles in Ordnung, Liebes.«

Das kleine Mädchen hatte sie schon fast erreicht, als der Scheinwerfer des Güterzuges über den Bayou strich, während die Lok aus der Nacht herangeschnauft kam. Bennett Scott zögerte, ihre Augen wurden plötzlich riesengroß und zaudernd. Dann erklang das durchdringende Schrillen der Signalpfeife, und sie schrie vor Angst auf.

Nest handelte, ohne zu zögern. Sie packte Bennett Scotts Arm, riss das Mädchen von den Füßen und presste es an sich. Einen Moment lang hielt sie stand und starrte trotzig auf die Fresser hinab. Aber sie erkannte, dass es zu viele waren, um es mit ihnen aufzunehmen, also sprang sie von den Klippen zurück und begann zu rennen. Die Fresser verfolgten sie in einer großen Horde. Pick saß bereits rittlings auf Daniel, und die Schleiereule schoss mit ausgestreckten Krallen auf die vordersten Verfolger zu. Die Fresser stoben auseinander und gaben Nest damit einen weiteren Meter Vorsprung.

»Schneller, Nest!«, schrie Pick, aber sie lief bereits so schnell sie konnte. Sie presste Bennett Scott fest an sich und spürte, wie das Kind zitterte. Die Kleine wog fast nichts, aber sie behinderte sie beim Laufen. Nest überquerte den Wendekreis, schoss an den Grabhügeln vorbei und rannte zu der Picknickwiese. Dort, wo sie weit genug von der gefährlichen Klippe entfernt waren, würde sie halten und sich den Fressern stellen. Ihre Magie würde ihr einen gewissen Schutz bieten. Und Pick würde bei ihr sein. Und Daniel. Aber es waren heute Nacht so viele von ihnen! Ihr Herz pochte heftig. Aus dem Augenwinkel sah sie Schatten, die auf sie zukamen. Sie sprangen durch den Park, und ihre gelben Augen waren zu Schlitzen zusammengepresst. Daniel schrie, und sie spürte den Luftzug seiner Flügel, als er an ihr vorbeischoss und in die Nacht tauchte.

»Es tut mir Leid, Mama, es tut mir Leid, es tut mir Leid«, schluchzte Bennett Scott; es klang wie ein Gebet um Vergebung für eine eingebildete Schuld. Nest knirschte mit den Zähnen und rannte schneller.

Dann flog sie plötzlich mit wedelnden Armen und Beinen durch die Luft und stürzte heftig zu Boden, als sie über die Absperrkette stolperte, die sie völlig vergessen hatte. Ihr Griff um Bennett löste sich, und das kleine Mädchen schrie erschreckt auf. Dann wurde Bennett die Luft aus der Lunge gepresst, als sie auf dem Boden aufschlug.

Nest sprang sofort wieder auf die Beine, aber die Fresser waren überall; schattenhafte Gestalten, die sich in übler Absicht um sie herum sammelten. Sie wandte sich den Fressern zu, die ihr am nächsten waren, jene, die dumm genug waren, sich ihrem Blick auszusetzen, und zermalmte sie mit den Augen. Aber die anderen schossen wie eine riesige schwarze Woge auf sie zu.

Dann materialisierte Geist sich neben ihr, eine massive Gestalt mit steifem, gesträubtem Fell. Die Haare standen wie winzige Dornen von seinem Körper ab. Auf den ersten Blick hätte er ein Hund sein können, ein dämonischer deutscher Schäferhund vielleicht, dessen Fell seltsam gescheckt war. Aber er hatte eine breite Brust wie ein Rottweiler und war an den Schultern so hoch wie ein Boxer.

Seine Augen waren von einer eigentümlichen Bernsteinfarbe und lagen inmitten einer Vielzahl von schwarzen Gesichtsmustern, die wie die Streifen eines Tigers wirkten. Dann erst bemerkte man, dass die abfallende Stirn und die schmale Schnauze an einen Wolf erinnerten. Und wenn man noch genauer hinschaute, was man wahrscheinlich nicht tun würde, selbst wenn man zu den wenigen gehörte, die ihn überhaupt sehen konnten, dann erkannte man, dass er etwas ganz anderes war.

In ihrer Hast zu entkommen, krabbelten die Fresser übereinander hinweg und zerstoben wie Blätter in einem starken Wind. Geist schritt steifbeinig mit gesenktem Kopf und gebleckten Zähnen auf sie zu, doch die Fresser verschwanden so schnell wie Schatten im Licht der Sonne und tauchten wieder in das Dunkel der Nacht. Als der Letzte von ihnen fort war, wirbelte Geist kurz zu Nest herum, um ihr einen dunklen, bedeutungsvollen Blick zuzuwerfen. Es wirkte, als wolle er an ihrem Gesicht ihre Entschlossenheit wegen seines etwas verspäteten Erscheinens ablesen, dann verblasste er wieder.

Nest stieß heftig die Luft aus, als die Kälte, die sich in ihrem Magen ausgebreitet hatte, allmählich schmolz und die Beklemmung verschwand, die sich um ihre Brust gelegt hatte. Ihr Atem ging in schnellen Stößen, und in ihren Ohren pochte das Blut. Sie sah sich schnell nach Bennett um. Das kleine Mädchen lag zu einem Ball zusammengerollt da, verbarg sein Gesicht in den Händen und weinte so heftig, dass es einen Schluckauf bekommen hatte. Hatte sie Geist gesehen? Nest nahm es nicht an. Nur wenige Leute sahen Geist. Sie rieb sich das Gras aus den Abschürfungen und Schnitten an Knien und Ellbogen und ging dann zu ihrem verängstigten Schützling. Sie hob Bennett auf und wiegte sie sanft in den Armen.

»Schon gut, Ben Ben«, gurrte sie besänftigend und küsste das Gesicht des kleinen Mädchens. »Hab keine Angst mehr. Es ist alles gut. Alles ist wieder gut.« Sie fröstelte, ohne es zu wollen. »Wir sind nur hingefallen. Jetzt ist es Zeit, dass wir nach Hause gehen, Liebes. Schau, da ist euer Haus, gleich dort drüben. Kannst du die Lichter sehen?«

Daniel glitt noch einmal an ihr vorbei und verschwand dann mitsamt Pick in der Nacht. Die Fresser waren vertrieben, und so machten sich die Eule und der Waldschrat davon und überließen es Nest, für Bennetts Heimkehr zu sorgen. Sie seufzte müde und begann durch den Park zu gehen. Ihr Atem wurde regelmäßig, und ihr Puls verlangsamte sich. Sie schwitzte, und die Luft fühlte sich heiß und feucht auf ihrem Gesicht an. Es war still im Park, der in das sanfte, ruhige Dunkel der Nacht gehüllt war. Sie drückte Bennett fest an sich und spürte, wie die Schluchzer des kleinen Mädchens langsam aufhörten.

»Oh, Ben Ben«, sagte sie, »ehe du dich's versiehst, wirst du zu Haus in deinem Bett liegen. Du willst bestimmt ganz schnell einschlafen, weil Montag doch der Vierte Juli gefeiert wird und du sicher nicht das Feuerwerk verpassen möchtest. All diese Farben, all diese bunten, schönen Farben! Stell dir vor, du würdest dann einschlafen und sie verpassen.«

Bennett Scott kuschelte sich an ihre Schulter. »Kommst du mit mir nach Hause, Nest? Bleibst du bei mir?«

Sie sagte es so eindringlich, dass Nest spürte, wie ihr Tränen in die Augen schossen. Sie starrte in die Nacht, zu den Sternen und dem Halbmond, der am wolkenlosen Himmel stand, zu den Schatten der Häuser, die vor ihr lagen, wo der Park endete und das Wohngebiet begann. Die Welt war ein Angst einflößender Ort für kleine Mädchen, aber die beängstigendsten Dinge waren nicht immer Fresser, und sie lebten nicht nur im Dunkel. Am Morgen würde sie mit Granny über Enid Scott sprechen. Vielleicht fiel ihnen gemeinsam etwas ein, was sie tun konnten. Sie würde auch noch Spook suchen. Pick würde ihr dabei helfen.

»Ich komme mit dir nach Hause, Ben Ben«, flüsterte sie. »Ich bleibe wenigstens für eine Weile.«

Ihre Arme waren erschöpft und schmerzten, aber sie weigerte sich, das kleine Mädchen abzusetzen. Als sie bei der Schranke angekommen war, die den Zugang zum Park versperrte, und sich nach links wandte, um zu den Sinnissippi-Townhomes zu gehen, war Bennett Scott fest eingeschlafen.

Kapitel 2

Robert Roosevelt Freemark – »Old Bob«, für alle außer seiner Frau, seiner Enkelin und dem Pfarrer – kam am nächsten Morgen mit schlechter Stimmung zum Frühstück herunter. Er war ein großer Mann von 1,85, mit breiten Schultern, mächtigen Händen und einer Robustheit, die sein Alter von fünfundsechzig Jahren Lügen strafte. Sein Gesicht war eckig, seine Züge waren markant, und das schneeweiße Haar, das er von seiner hohen Stirn glatt nach hinten kämmte, war dicht und gewellt. Er sah aus wie ein Politiker – oder zumindest, wie ein Politiker aussehen sollte. Aber Old Bob war ein Arbeiter. Er war es sein ganzes Leben gewesen und kleidete sich jetzt, nachdem er nach dreißig Jahren am Band bei der Midwest Continental Steel in Rente gegangen war, noch immer in Jeans und blaue Arbeitshemden. Für ihn hatte sich nichts geändert – er sah sich noch immer als einen von ihnen.

Old Bob war Old Bob gewesen, so lange sich irgendjemand erinnern konnte. Natürlich noch nicht in seiner Kindheit, aber schon kurz danach, und auf jeden Fall, nachdem er aus Korea zurückgekehrt war. Man redete ihn natürlich nicht mit Old Bob an, sondern nur, wenn man in der dritten Person über ihn sprach. So wie in »Old Bob weiß wirklich Bescheid«. Er war auch nicht Good Old Bob im Sinne von »guter alter Knabe«. Und das »old« hatte sich nie auf sein Alter bezogen. Es war mehr eine Bezeichnung für seinen Status, seine Beständigkeit oder Verlässlichkeit. Bob Freemark war sein ganzes Leben lang ein grundsolider Bürger von Hopewell gewesen und ein Freund aller Leute, die hier wohnten. Er gehörte zu der Sorte von Männern, auf die man sich immer verlassen konnte, wenn man Hilfe brauchte. Er hatte zu unterschiedlichen Zeiten für die Jaycees gearbeitet, für »United Way«, die Krebshilfe und das Rote Kreuz und immer an der Spitze ihrer Kampagnen gestanden. Er war Mitglied der Kiwanis, der Moose und der Veteranenvereinigung gewesen. (Die Rotarier hatte er gemieden, weil er das heuchlerische »Hi, Robert«-Gesäusele nicht ausstehen konnte.) Er war Mitglied der »First Congregational Church« und hatte dieser Kirche als Diakon und Vertrauensmann gedient, bis Caitlin starb. Die letzten zehn Jahre seines Berufslebens war er Vorarbeiter im Stahlwerk gewesen, und es gab nicht wenige in der Gewerkschaft, die sagten, dass er der Beste gewesen sei, den sie je gekannt hätten.

Doch als er an diesem Morgen in die Küche geschlurft kam, lag seine Stirn in düsteren Falten. Er war missmutig und hatte nicht im mindesten das Gefühl, dass sein Leben irgendeinen Sinn gehabt hatte. Evelyn war bereits auf. Sie saß mit ihrem Glas Orangensaft, den sie mit Wodka versetzt hatte, ihrer Zigarette, ihrem Kaffee und ihrem Magazin am Tisch. Manchmal dachte er, dass sie einfach überhaupt nicht mehr ins Bett ging, obwohl sie letzte Nacht geschlafen hatte, als er aufgestanden war, um nach Nest zu sehen. Seit fast zehn Jahren hatten sie getrennte Schlafzimmer, und es schien, dass sie mehr und mehr auch ihr Leben getrennt führten, seit Caitlin …

Er brach ab, hielt sich selbst davon ab, die Worte auch nur zu denken. Alles hatte mit Caitlin zu tun. Alles Schlechte.

»Morgen«, grüßte er mechanisch.

Evelyn nickte, ihre Augen hoben und senkten sich wie Jalousien.

Er machte sich eine Schale Cheerios zurecht, goß sich ein Glas Saft und eine Tasse Kaffee ein und setzte sich ihr gegenüber an den Tisch. Er machte sich mit zielstrebigem Eifer über die Frühstücksflocken her und verschlang sie mit großen Bissen, den Kopf über die Schale gebeugt und in wortloser Isolation vor sich hin brütend. Evelyn nippte an ihrem Wodka mit Orangensaft und nahm tiefe Züge aus ihrer Zigarette. Die Länge des Schweigens zwischen ihnen war bezeichnend für die Kluft, die ihrer beider Leben trennte.

Schließlich blickte Evelyn auf und runzelte missbilligend die Stirn. »Was bedrückt dich, Robert?«

Old Bob blickte sie an. Sie hatte ihn immer Robert genannt, nicht Old Bob oder auch nur einfach Bob, so als wäre eine gewisse Art von Formalität nötig für ihre Beziehung. Sie war eine kleine, energische Frau mit scharfen Augen, sanften Zügen, grauem Haar und einer sehr praktischen Lebenseinstellung. Sie war früher sehr schön gewesen, doch jetzt war sie nur noch alt. Die Zeit, die Wechselfälle des Lebens und ihre sture Weigerung, auf sich achtzugeben, hatten dafür gesorgt. Sie rauchte und trank die ganze Zeit, und wenn er sie darauf ansprach, sagte sie ihm, dass es ihr Leben sei und sie es so führen könne, wie sie wollte, und dass sie sich im übrigen einen Dreck darum schere.

»Ich konnte nicht schlafen, und so bin ich in der Nacht aufgestanden und habe nach Nest geschaut«, erzählte er ihr. »Sie war nicht da. Sie hatte ein paar Kissen unter die Decke gestopft, um mich zu täuschen, aber ich habe es gemerkt.« Er machte eine Pause. »Sie war wieder draußen im Park, nicht wahr?«

Evelyn blickte wieder in ihre Zeitschrift. »Lass das Mädchen in Ruhe. Sie tut, was sie tun muss.«

Er schüttelte hartnäckig den Kopf, obwohl er wusste, was kommen würde. »Es gibt nichts, was sie um zwei Uhr in der Nacht dort draußen tun müsste.«

Evelyn drückte ihre Zigarette aus und steckte sich sofort eine neue an. »Es gibt sehr viel, und du weißt es.«

»Du weißt es, Evelyn, ich nicht.«

»Willst du, dass ich es für dich ausspreche, Robert? Du scheinst Probleme zu haben, die richtigen Worte zu finden. Nest war draußen, um sich um die Fresser zu kümmern. Du kannst es akzeptieren oder nicht – es ändert nichts an der Tatsache an sich.«

»Draußen, um sich um die Fresser zu kümmern ...«

»Jene, die du nicht sehen kannst, Robert, weil dein Glaube an Dinge nicht weiter reicht als bis zu deiner eigenen Nasenspitze. Nest und ich sind, Gott sei Dank, nicht so.«

Er schob seine Frühstücksschale beiseite und funkelte sie böse an. »Und das war Caitlin auch nicht.«

Ihre scharfen Augen fixierten ihn durch eine Wolke aus Zigarettenrauch. »Fang nicht damit an, Robert.«

Er zögerte und schüttelte dann hoffnungslos den Kopf. »Ich werde mit Nest ein Gespräch darüber führen, Evelyn«, erklärte er leise. »Ich will nicht, dass sie nachts da draußen ist. Es ist mir egal, aus welchem Grund sie es tut.«

Seine Frau starrte ihn noch einen Moment lang an, als prüfe sie die Stärke seiner Worte. Dann kehrten ihre Augen erneut zu ihrer Zeitschrift zurück. »Du lässt Nest in Ruhe.«

Er blickte aus dem Fenster auf den Garten und den Park dahinter. Der Tag war hell und sonnig, der Himmel klar, die Temperatur lag um die dreißig Grad Celsius, und die Hitze stieg als feuchter Schimmer vom Gras auf. Es war erst Anfang Juli, und schon jetzt gab es Rekordtemperaturen. Es hatte im Frühling reichlich geregnet, sodass es den Feldern gut ging, vor allem dem Frühgetreide und den Sojabohnen, doch wenn die Hitze noch lange anhielt, würde es Probleme geben. Die Farmer klagten bereits jetzt, dass die Felder bewässert werden müssten, und selbst das würde nicht ausreichen, wenn es nicht ein wenig Regen gab. Old Bob starrte in den Park und dachte an die Mühsal der Farmer. Er erinnerte sich, wie sein Vater sich abgerackert hatte, als er die Farm bei Yorktown besessen hatte. Old Bob verstand nichts vom Ackerbau; er verstand nicht, warum jemand das tun wollte. Natürlich dachten die Farmer genau dasselbe über die Leute, die im Stahlwerk arbeiteten.

»Ist Nest noch im Bett?«, fragte er einen Augenblick später.

Evelyn stand auf, um sich einen neuen Drink einzugießen. Bob beobachtete die Menge Wodka, die sie in den Orangensaft kippte. Viel zu viel. »Warum hältst du dich nicht ein bisschen mit dem Zeug zurück, Evelyn? Es ist noch nicht einmal neun Uhr morgens.«

Sie sah ihn mit einem harten Blick an, das Gesicht verkniffen, ihr Mund verhärtet. »Ich stelle fest, dass du es gestern Abend nicht sonderlich eilig hattest, nach Hause zu kommen, nachdem du dir mit deinen Kumpels Geschichten vom Krieg erzählt hast. Und ich nehme nicht an, dass ihr bei eurem Treffen Tee getrunken und Shuffleboard gespielt habt, oder?« Sie nahm einen tiefen Schluck von ihrem Drink, ging zu ihrem Stuhl hinüber, setzte sich und nahm ihr Magazin in die Hand. »Lass mich in Ruhe, Robert. Und lass auch Nest in Ruhe.«

Old Bob nickte langsam und blickte wieder aus dem Fenster. Sie hatten fast die ganze Zeit, die sie verheiratet waren, in diesem Haus gelebt. Es war ein großes Gebäude, das auf zwei Morgen bewaldetem Land stand, das an den Park grenzte; er hatte damals, in den Fünfzigern, den Bau selbst überwacht. Er hatte das Land für zweihundert Dollar pro Morgen gekauft. Heute war es hundertmal soviel wert, selbst ohne das Haus. Caitlin war unter diesem Dach aufgewachsen und jetzt Nest. Alles, was in seinem Leben Bedeutung gehabt hatte, war geschehen, während er hier gelebt hatte. Seine Augen wanderten über das gealterte Holz der Küchenschränke, zu den Ziersimsen und Fußleisten und dann den Gang entlang zu dem getäfelten Eingangsflur. Er war hier einst glücklich gewesen.

Er stand auf, matt, resigniert und noch immer mit einem flauen Gefühl im Magen. Evelyn entkräftete ihn, er war hilflos angesichts ihrer Mentalität des sich Einmauerns, trieb ziellos durch sein Leben, unfähig, die Dinge so zu verändern, dass es irgendeinen Unterschied machte. Es stand seit Jahren nicht gut zwischen ihnen beiden, und es wurde immer schlimmer. Was würde aus ihnen werden? Nest war alles, was sie jetzt noch miteinander verband. Wenn sie einmal fort war, was schon in wenigen Jahren geschehen würde, was blieb ihnen dann noch?

Er fuhr sich mit der Hand durch das dichte weiße Haar und strich es zurück. »Ich gehe in die Stadt und sehe nach, ob es bei dem Streik etwas Neues gibt«, sagte er. »Ich bin in ein paar Stunden zurück.«

Sie nickte, ohne aufzuschauen. »Das Essen steht um zwölf auf dem Tisch, wenn du es willst.«

Er musterte sie noch einen Augenblick, dann ging er den Korridor entlang und aus der Vordertür in die Hitze hinaus.

Es dauerte noch eine weitere Stunde, bevor Nest in der Küche auftauchte. Sie reckte sich und gähnte, als sie hereinkam und sich einen Orangensaft nahm. Ihre Großmutter saß noch immer rauchend und trinkend am Tisch und las in ihrer Zeitschrift. Sie blickte auf, als Nest erschien, und lächelte sie schwach an. »Guten Morgen, Nest.«

»Morgen, Granny«, erwiderte Nest. Sie holte das Brot und steckte zwei Scheiben in den Toaster. Sie dachte an Bennett Scott, während sie an der Anrichte stand und in ihrem Nachthemd mit den Schultern rollte, um den hartnäckigen Schmerz in ihren Muskeln zu lösen. »Ist Grandpa da?«

Ihre Großmutter legte ihr Magazin hin. »Er ist ausgegangen. Aber er will mit dir sprechen. Er sagt, du warst gestern Nacht im Park.«

Nest zog ein letztes Mal die Schultern hoch und lehnte sich dann gegen die Anrichte, die Augen auf den Toaster gerichtet. »Ja, er hat Recht. Das war ich.«

»Was ist passiert?«

»Das Gleiche wie immer. Diesmal hatten sich die Fresser Bennett Scott geschnappt.« Sie erzählte ihrer Großmutter, was geschehen war. »Ich habe sie bis zu ihrer Haustür gebracht und sie Jared übergeben. Du hättest sein Gesicht sehen sollen. Er hatte solche Angst. Er hatte überall nach ihr gesucht und war kurz davor, die Polizei zu rufen. Seine Mutter war immer noch nicht zu Hause. Sie ist so eine Niete, Granny. Können wir da nicht irgendetwas unternehmen? Es ist nicht fair, wie sie Jared all diese Verantwortung aufbürdet. Wusstest du, dass er alle Mahlzeiten für die Kinder zubereiten muss – oder zumindest fast alle? Er muss nach der Schule für sie dasein. Er muss alles tun!«

Ihre Großmutter nahm einen tiefen Zug von ihrer Zigarette. Eine Rauchwolke hüllte sie ein. »Ich werde mit Mildred Walker sprechen. Sie hat mit den Leuten von der Fürsorge zu tun. Vielleicht kann einer von denen auf ein Schwätzchen bei Enid vorbeischauen. Diese Frau schaltet jedes Mal ihr Gehirn ab, wenn ein Mann in den Raum kommt. Sie gibt wirklich eine traurige Mutter ab, aber diese Kinder müssen nun einmal mit ihr leben.«

»Bennett hat auch Angst vor George Paulsen. Es dauert nicht mehr lange, dann zieht er dort ein.«

Ihre Großmutter nickte. »Jaja, George taucht immer gern da auf, wo es was umsonst gibt.« Ihre Augen suchten die von Nest, und ihr kleiner Körper beugte sich über den Tisch nach vorn. »Setz dich einen Augenblick zu mir. Und bring deinen Toast mit.«

Nest nahm ihren Toast und ihren Saft und setzte sich. Sie strich etwas Himbeermarmelade auf das Brot und nahm einen Bissen. »Gut.«

»Was wirst du deinem Großvater sagen, wenn er dich fragt, was du im Park gemacht hast?«

Nest zuckte mit den Achseln und warf ihre Haare zurück. »Das Gleiche wie immer. Ich bin aufgewacht und konnte nicht mehr einschlafen, also beschloss ich, etwas zu laufen. Ich habe die Kisssen unter die Decke gestopft, damit er sich keine Sorgen macht.«

Ihre Großmutter nickte. »Ich habe ihm gesagt, er soll dich in Ruhe lassen. Aber er macht sich Sorgen um dich. Er kann nicht aufhören, an deine Mutter zu denken. Er glaubt, dass du genauso enden wirst.«

Sie blickten sich schweigend an. Sie hatten dieses Thema schon viele Male besprochen. Caitlin Freemark, Nests Mutter, war drei Monate nach der Geburt ihrer Tochter von den Klippen gestürzt. Sie war nachts allein durch den Park gelaufen. Ihr geistiger Zustand war bereits seit einiger Zeit ziemlich labil gewesen; sie war eine zerbrechliche und unbeständige junge Frau gewesen. Nests Geburt und das Verschwinden ihres Vaters hatte sie tief verstört zurückgelassen. Es gab Spekulationen darüber, dass sie Selbstmord begangen hätte. Niemand hatte das jemals beweisen können, aber die Gerüchte hatten sich gehalten.

»Ich bin nicht meine Mutter«, sagte Nest ruhig.

»Nein, das bist du nicht«, stimmte ihre Großmutter zu. Ein abwesender, unruhiger Blick war in ihre scharfen alten Vogelaugen getreten, als hätte sie sich plötzlich an etwas erinnert, das am besten vergessen geblieben wäre. Ihre Hände spielten nervös mit ihrem Drink.

»Grandpa versteht es nicht, nicht wahr?«

»Er versucht es gar nicht.«

»Redest du noch mit ihm über die Fresser, Granny?«

»Er glaubt, ich würde mir die Dinge einbilden. Er denkt, der Alkohol würde aus mir sprechen. Er hält mich für eine alte Säuferin.«

»Oh, Granny.«

»Das ist schon eine ganze Weile so, Nest.« Ihre Großmutter schüttelte den Kopf. »Es ist genauso meine Schuld wie seine. Ich habe es ihm auch sehr schwer gemacht.« Sie machte eine Pause, wollte dieses Thema nicht zu sehr vertiefen. »Aber ich kann ihn nicht einmal dazu bringen, mir zuzuhören. Wie ich gesagt habe, er sieht sie nicht. Weder die Fresser noch die anderen Kreaturen des Waldes, die im Park leben. Er konnte noch nie einen Teil jener Welt sehen, nicht einmal, als Caitlin noch lebte. Deine Mutter hat versucht, ihm davon zu erzählen. Aber er hielt es alles für Spinnerei, nur die Einbildungskraft eines jungen Mädchens. Er hat mitgespielt, hat vorgegeben, dass er es verstünde. Aber wenn wir allein waren, hat er mit mir darüber gesprochen. Er hat mir erzählt, wie besorgt er über ihren Unsinn sei. Ich habe ihm gesagt, dass sie sich das vielleicht nicht nur ausdachte. Ich habe ihm gesagt, dass er ihr vielleicht besser zuhören sollte. Aber selbst damals konnte er sich nicht dazu durchringen.«

Sie lächelte traurig. »Er hat niemals unsere Verbindung mit dem Park verstanden, Nest. Und ich bezweifle, dass er das jemals wird.«

Nest aß den letzten Bissen ihres Toasts und kaute nachdenklich darauf herum. Sechs Generationen der Frauen ihrer Familie hatten im Dienst des Landes gestanden, das den Park bildete. Sie waren es gewesen, die mit Pick zusammengearbeitet hatten, um die Magie über die Jahre im Gleichgewicht zu halten. Sie waren es gewesen, die selbst mit Magie geboren worden waren. Gwendolyn Wills, Caroline Glynn, Opal Anders, Granny, ihre Mutter und jetzt sie selbst. Die Freemark-Frauen nannten sie Nest, obgleich diese Bezeichnung nicht sehr zutreffend war. Ihre Bilder hingen nebeneinander im Eingangsflur, ihre Rahmen vor dem bewaldeten Hintergrund des Parks. Großmutter sagte immer, dass diese Partnerschaft am besten mit den Frauen der Familie funktionierte, weil die Frauen blieben, während die Männer häufig weiterzogen.

»Grandpa spricht nie mit mir über den Park«, bemerkte Nest leise.

»Nein, ich glaube, er hat Angst davor.« Ihre Großmutter trank den Wodka mit Orangensaft aus. Ihre Augen sahen unscharf und wässrig aus. »Und ich will nicht, dass du jemals mit ihm darüber sprichst.«

Nest blickte auf ihren Teller hinab. »Ich weiß.«

Die alte Frau streckte ihren Arm über den Tisch und fasste ihre Enkelin am Handgelenk. »Nicht mit ihm und nicht mit irgendjemand anderem. Niemals. Es gibt einen guten Grund dafür, Nest. Das verstehst du doch, nicht wahr?«

Nest nickte. »Ja, das tue ich.« Sie blickte hoch und sah ihre Großmutter an. »Aber es gefällt mir nicht besonders. Ich mag es nicht, die Einzige zu sein.«

Ihre Großmutter drückte fest ihr Handgelenk. »Ich bin da. Du kannst immer mit mir sprechen.« Sie löste ihren Griff und lehnte sich zurück. »Vielleicht ist dein Großvater eines Tages ebenfalls in der Lage, mit dir darüber zu reden. Aber es ist sehr schwer für ihn. Die Leute wollen nicht an Magie glauben. Sie schaffen es ja nur gerade so, an Gott zu glauben. Du kannst nichts sehen, Nest, wenn du nicht daran glaubst. Manchmal glaube ich, er kann sich selbst einfach nicht gestatten zu glauben, weil Glaube nicht in seine Sicht der Welt passt.«

Nest schwieg einen Moment und dachte nach. »Aber Mama hat geglaubt, nicht wahr?«

Ihre Großmutter nickte wortlos.

»Was ist mit meinem Dad? Glaubst du, dass er auch geglaubt hat?«

Die alte Frau griff nach ihren Zigaretten. »Er hat geglaubt.«

Nest musterte ihre Großmutter, beobachtete, wie ihre Finger zitterten, als sie das Feuerzeug bediente. »Meinst du, er kommt jemals zurück?«

»Dein Vater? Nein.«

»Vielleicht will er mal sehen, was aus mir geworden ist. Vielleicht kommt er deshalb einmal zurück.«

»Halt nicht den Atem an, während du darauf wartest.«

Nest nagte an ihrer Lippe. »Ich frage mich manchmal, wer er ist, Granny. Ich frage mich, wie er aussieht.« Sie machte eine Pause. »Fragst du dich das auch manchmal?«

Ihre Großmutter zog an der Zigarette; ihre Augen waren hart und fixierten einen Punkt irgendwo links von Nest. »Nein. Was würde das denn bringen?«

»Er ist keine Waldkreatur, oder?«

Sie wusste nicht, wie sie dazu kam, eine solche Frage zu stellen. Sie erschreckte sich selbst, indem sie diese Worte aussprach. Und die Art, wie ihre Großmutter sie ansah, ließ Nest wünschen, sie hätte ihre Zunge im Zaum gehalten.

»Wie kommst du bloß auf einen solchen Gedanken?«, herrschte Evelyn Freemark sie an. Ihre Stimme klang scharf, und ihre Augen blitzten vor Ärger.

Nest schluckte ihre Überraschung herunter und zuckte mit den Achseln. »Ich weiß nicht. Ich schätze, es kam mir nur so in den Sinn.«

Ihre Großmutter sah sie einen langen Augenblick intensiv an und wandte sich dann ab. »Geh und mach dein Bett. Dann geh raus und spiel mit deinen Freunden. Cass Minter hat schon zweimal angerufen. Abendessen gibt es um sechs. Jetzt geh.«

Nest stand auf und trug ihr Geschirr zur Spüle. Niemand hatte ihr jemals etwas über ihren Vater erzählt. Niemand schien irgendetwas über ihn zu wissen. Aber das hielt sie nicht davon ab, über ihn nachzudenken. Man hatte ihr gesagt, dass ihre Mutter niemals seine Identität preisgegeben hätte, nicht einmal gegenüber Nests Großeltern. Aber sie vermutete, dass Großmutter trotzdem etwas über ihn wusste. Es hatte etwas mit der Art zu tun, wie sie das Thema vermied – oder wütend wurde, wenn es angeschnitten wurde. Warum tat sie das? Was wusste sie, dass sie so unwirsch reagierte? Vielleicht war das der Grund, warum Nest ihr beharrlich immer wieder Fragen über ihn stellte, selbst so alberne wie die eben. Ihr Vater konnte keine Waldkreatur sein. Wenn er das wäre, wäre ja auch Nest eine, oder?

»Bis später, Granny«, sagte sie, als sie den Raum verließ.

Sie ging den Korridor entlang zu ihrem Zimmer, um zu duschen und sich anzuziehen. Es gab alle möglichen Arten von Waldkreaturen, hatte Pick ihr einmal erzählt. Auch wenn er ihr nicht genau gesagt hatte, was sie waren. Bedeutete das also, dass es auch welche gab, die aus Fleisch und Blut bestanden? Bedeutete es, dass einige Menschen waren, wie sie selbst?

Sie stand nackt vor dem Badezimmerspiegel und sah sich lange an, bevor sie unter die Dusche ging.

Kapitel 3

Old Bob setzte rückwärts mit seinem ramponierten Ford Pick-up aus der Garage, fuhr den Weg entlang, der zwischen den weit ausladenden Laubbäumen hindurchführte, und bog dann auf die Sinnissippi Road ein. Trotz der Hitze hatte er die Fenster heruntergekurbelt und die Klimaanlage ausgeschaltet, weil er den Geruch der Bäume mochte. Seiner Meinung nach war der Sinnissippi-Park der schönste Wald weit und breit – er war es immer gewesen und würde es auch immer bleiben. Er erstreckte sich grün und hügelig bei den Klippen, die sich über dem Rock River erhoben, und die dichten Bestände von Hickorynussbäumen, Weißeichen, roten Ulmen und Ahornbäumen waren schon hier gewesen, lange bevor der weiße Mann in das Gebiet der Indianer eingedrungen war. In den Gebieten mit einer geringeren Dichte an größeren Bäumen gab es auch Birken, Walnuss- und Kirschbäume sowie ein paar Kiefern und Blautannen. Der Anblick der Wildblumen, die im Frühling blühten, und der Blätter, die im Herbst die Farbe wechselten, konnte einem fast schon schmerzhaft zu Herzen gehen. In Illinois waren Frühling und Herbst die Jahreszeiten, auf die man wartete. Der Sommer war nur eine Brücke zwischen den beiden, ein drei bis vier Monate währender Vorgeschmack darauf, was einen erwartete, wenn man an den Himmelspforten abgewiesen werden sollte. Es war eine mörderische Zeit, in der Mutter Natur die Hitze so hoch drehte, wie es an dem örtlichen Thermostat ging, und in der Millionen von gefräßigen Insekten ausschwärmten. Es war nicht in jedem Sommer so, und es war auch nicht an jedem Tag des Sommers so, aber es war häufig genug so, dass man andere Zeiten kaum noch wahrnahm. Der gegenwärtige Sommer war schlimmer als gewöhnlich, und heute sah es aus, als würde es ein typischer Tag werden. Die Hitze war jetzt schon drückend, selbst hier im Wald, doch es war unter dem Laubdach der Bäume längst nicht so schlimm, wie es in der Stadt sein würde. Und so atmete Old Bob den Geruch der Blätter und Blumen ein und genoß die schattige Kühle, während er den alten Lieferwagen in Richtung des Highways fuhr. Die lauschige Umgebung erinnerte ihn an das, was gut an seiner Heimatstadt war, während er auf dem Weg zu seiner regelmäßigen, morgendlichen Diskussion über das war, was nicht gut an ihr war.

Der Streik bei der Midwest Continental Steel dauerte bereits hundertsieben Tage, und ein Ende war nicht abzusehen. Das war eine schlimme Nachricht, nicht nur für die Firma und die Gewerkschaft. Das Stahlwerk beschäftigte fünfundzwanzig Prozent der arbeitenden Bevölkerung der Stadt, und wenn fünfundzwanzig Prozent des Konsumvermögens einer Gemeinschaft verschwanden, litten alle darunter. MidCon war einst das größte unabhängige Stahlwerk des Landes gewesen, doch als der Sohn des Gründers starb und die Erben das Interesse an der Firma verloren, war sie an ein Konsortium verkauft worden. Das allein hatte schon böses Blut erzeugt, auch wenn einer der Erben nominell weiter zur Firmenleitung gehörte. Schlimmer wurde es, als Ende der siebziger und Anfang der achtziger Jahre in der Folge des Booms von ausländischem Stahl der Markt für einheimische Produkte den Bach runterging. Das Konsortium durchlief einige Veränderungen im Management, der letzte Erbe der Gründerfamilie wurde entlassen, das Vierundzwanzig-Zoll-Werk geschlossen, und mehrere hundert Arbeiter wurden auf die Straße gesetzt. Später wurde eine kleine Zahl von Arbeitern wieder eingestellt und das Werk erneut in Betrieb genommen, aber die Missstimmung zwischen Management und Gewerkschaft war zu diesem Zeitpunkt bereits so tiefgehend und allgegenwärtig, dass keine der beiden Seiten sich dazu durchringen konnte, der anderen jemals wieder zu vertrauen.

Die Krise hatte sich zugespitzt, als die Gewerkschaft in die Verhandlungen für einen neuen Tarifvertrag eingetreten war. Eine jährliche Anpassung des Stundenlohns an die steigenden Lebenshaltungskosten, bessere medizinische Versorgung, eine Ausweitung dessen, was als Akkordarbeit zu gelten hatte, und ein Programm für bezahlten Urlaub waren einige der Forderungen, die von der Gewerkschaft gestellt wurden. Die wichtigsten Forderungen der Firma beinhalteten einen begrenzten Anstieg des Stundenlohns für die nächsten fünf Jahre ohne Angleichung an die Lebenshaltungskosten, Einschnitte in der medizinischen Versorgung, eine Einschränkung der Sonderzahlungen für Akkordarbeit und eine Streichung von bezahltem Urlaub. Man hatte sehr schnell einen toten Punkt erreicht. Beide Seiten lehnten eine Schlichtung ab und zogen es vor, auf ein Nachgeben der anderen zu warten. Die Gewerkschaft stellte eine Streikfrist. Die Firma antwortete mit einer Zurück-an-die-Arbeit-Frist. Als die Fristen näher rückten, ohne dass ein Fortschritt in den Verhandlungen erzielt worden wäre, traten sowohl Gewerkschaft als auch die Firma mit ihren Klagen an die Öffentlichkeit. Immer wieder tauchten die Verhandlungsführer beider Seiten im Fernsehen oder Radio auf, um sich über die neuesten Ungeheuerlichkeiten der Gegner auszulassen. Sehr bald sprachen beide Seiten mit jedem anderen, nur nicht mehr miteinander.

Dann hatte die Gewerkschaft vor hundertsieben Tagen begonnen, das Vierzehn-Zoll-Werk und das Walzwerk zu bestreiken. Der Streik hatte sich schnell auf das Vierundzwanzig-Zoll- und das Zwölf-Zoll-Werk ausgeweitet, und dann wurde die Arbeit bei Mid-Con komplett eingestellt. Zunächst machte sich niemand große Sorgen darüber. Es hatte schon früher Streiks gegeben, und sie waren immer irgendwie vorübergegangen. Außerdem war es Frühling gewesen, und nach dem Ende des bitterkalten Winters fühlten sich alle hoffnungsvoll und gestärkt. Aber ein Monat verstrich, ohne dass Fortschritte gemacht worden wären. Auf Geheiß des Bürgermeisters von Hopewell und des Gouverneurs von Illinois wurde ein Schlichter ernannt, der von Gewerkschaft und Management akzeptiert wurde, doch auch er erreichte nichts. Ein paar hässliche Zwischenfälle an der Kette der Streikposten verhärteten die Gefühle auf beiden Seiten. Zu diesem Zeitpunkt wurden die Auswirkungen des Streiks von allen verspürt – kleinere Firmen, die mit dem Stahlwerk Geschäfte machten oder seine Produkte verwendeten, Einzelhändler, die von dem Geld abhängig waren, das die Angestellten des Werks ausgaben, und alle möglichen weiteren Berufsstände, deren Kunden zu einem großen Teil aus Management und Gewerkschaftsangehörigen bestanden. Alle begannen, sich auf eine Seite zu schlagen.

Nach zwei Monaten verkündete die Firma, dass sie die Gewerkschaft nicht mehr anerkannte und jeden Arbeiter, der zu seinem alten Job zurückkehrte, akzeptieren würde. Sollten sie jedoch nicht binnen sieben Tagen an ihrem Arbeitsplatz erscheinen, würde man neue Leute einstellen, um sie zu ersetzen. Am ersten Juni würde das Vierzehn-Zoll-Werk mit Aufsehern der Firma als Arbeitern wieder in Betrieb gehen. Die Gesellschaft nannte diese Aktion den ersten Schritt in einem rechtmäßigen Prozedere, da sie die Gewerkschaft nicht mehr als Arbeitervertretung akzeptierte. Die Gewerkschaft nannte es Streikbrecherei und den Versuch, sie zu vernichten. Sie warnte davor zu versuchen, Streikbrecher an Stelle von »richtigen« Arbeitern einzusetzen, sie warnte vor dem Versuch, die Streikpostenkette zu durchbrechen oder irgendetwas anderes zu tun, anstatt die Verhandlung mit der Gewerkschaftsdelegation fortzusetzen. Die Gewerkschaft warnte, dass jeder Versuch, Firmenangestellte an den Fließbändern einzusetzen, töricht und gefährlich sei. Nur ausgebildetes Personal sollte die Maschinen bedienen. Die Firma erwiderte, dass sie für jede Ausbildung sorgen würde, die nötig wäre, und schlug vor, dass die Gewerkschaft in gutem Glauben die Verhandlungen wieder aufnehmen sollte.

Von da an wurde alles nur noch schlimmer. Die Firma nahm das Vierzehn-Zoll-Werk mehrmals in Betrieb, nur um es jeweils nach wenigen Tagen wieder zu schließen. Die Gewerkschaft sprach von unnötigen Verletzungen, die Firma hingegen von Sabotage. Aus den Städten der Umgebung wurden Ersatzarbeiter in Bussen herangekarrt, und es kam zu Prügeleien an der Streikpostenlinie. Bei zwei Zwischenfällen wurde die Nationalgarde gerufen, um die Ordnung wiederherzustellen. Schließlich wurde MidCon erneut vollständig geschlossen, und es wurde verkündet, dass alle Arbeiter gefeuert seien und das Werk zum Verkauf stünde. Alle Verhandlungen kamen zum Stillstand. Niemand versuchte noch vorzugeben, er würde sich um eine Lösung bemühen. Ein weiterer Monat verstrich. Die Streikposten blieben, niemand verdiente Geld, und die Gemeinde Hopewell und ihre Bürger wurden täglich bedrückter.

Jetzt, wo die Sommerhitze Rekordwerte erreichte, waren die Hoffnungen des Frühlings so vertrocknet wie der Staub, der die Straßen bedeckte, und das böse Blut war zu weiß glühender Asche zerkocht.

Old Bob erreichte den Lincoln Highway, bog von der Sinnissippi Road ab und fuhr in Richtung der Stadt. Er kam am Kroger-Supermarkt vorbei und an dem Schild, das die Handelskammer vor sechs Monaten angebracht hatte, auf dem stand »WILLKOMMEN IN HOPEWELL, ILLINOIS! WIR WACHSEN EUCH ANS HERZ!«. Im trüben Schimmer der Hitze des späten Morgens sah das Plakat verblasst und staubbedeckt aus, und die Worte schienen die Realität zu verhöhnen. Old Bob kurbelte die Fenster hoch und schaltete die Klimaanlage ein. Von hier an gab es keine Gerüche mehr, die ihn interessiert hätten.

Er fuhr die kombinierte vierspurige Straße entlang bis zu der Kreuzung, an der sie sich in zwei Einbahnstraßen aufspaltete, die Fourth Street, die nach Westen in die Stadt führte, und die Third, die nach Osten aus ihr herauskam. Er fuhr an ein paar Schnellimbissen, einem Spirituosengeschäft, einigen Tankstellen, Quik Dry Cleaners, Rock River Valley Printers und einem Elektroladen vorbei. Es war nicht viel Verkehr. Die Hitze stieg in Wellen vom Asphalt auf, und die Blätter an den Bäumen, die die Bürgersteige säumten, hingen matt in der windstillen Luft herab. Die Männer und Frauen von Hopewell hatten sich in ihre Häuser und Büros zurückgezogen, die Klimaanlage hochgedreht und gingen mit müder Entschlossenheit den Dingen ihres Lebens nach. Sofern sie nicht in Ferienkursen schwitzen mussten, waren die Kinder alle draußen in den Parks und Schwimmbädern, wo sie versuchten, sich Kühlung zu verschaffen und der Langeweile zu entgehen. In der Nacht würde die Temperatur um fünf bis zehn Grad sinken, und es gab vielleicht eine leise Brise, aber dennoch würde sich niemand sehr rasch bewegen. Es lag eine Schlaftrunkenheit über der Gemeinde, die auf das Andauern einer langen Siesta hinwies, auf eine Trägheit, die von Verzweiflung wisperte.

Old Bob schüttelte den Kopf. Nun, der Vierte Juli stand vor der Tür, und der Feiertag mit seinen Feuerwerken und Picknicks würde den Menschen vielleicht helfen, ihre Probleme zu vergessen.

Ein paar Minuten später fuhr er auf einen freien Parkplatz vor Josie's und stieg aus. Die Sonne strahlte so hell, und die Hitze war so drückend, dass ihm für einen Augenblick schwindlig wurde. Er griff nach dem Außenspiegel, um sich festzuhalten, und fühlte sich alt und töricht, während er verzweifelt versuchte vorzugeben, dass mit ihm alles in Ordnung war, indem er seine Füße anstarrte. Als er wieder genug im Gleichgewicht war, um allein zu stehen, ging er zur Parkuhr, warf ein paar Münzen in den Schlitz, schritt zur Eingangstür des Restaurants und trat hinein.

Kalte Luft fuhr als willkommene Erleichterung über ihn hinweg. Josie's befand sich an der Ecke Second Avenue und Third Street, gegenüber dem Spirituosengeschäft, dem Parkplatz der Bank und Hays Insurance. Über beide Vorderseiten zogen sich Fenster und erlaubten einen freien Blick auf die Kreuzung und jene, die sich zwischen ihren mit Klimaanlagen versehenen Büros und Autos hin und her schleppten. An den Fenstern zogen sich Sitzgruppen entlang, rote Lederbänke im Stil der fünfziger Jahre, gepolstert und neu vernäht. Weiter hinten befand sich eine L-förmige Theke, die von Barhockern umgeben war, und eine Handvoll Tische füllte den restlichen Raum aus. In einer Glasvitrine am Ende der Theke wurden frisch gebackene Doughnuts, süße Semmeln und Brote präsentiert; dazu Kaffee, Espresso, heiße Schokolade, Tee und Softdrinks, um sie herunterzuspülen. Bei Josie's gab es Black Cows, Green Rivers, Sarsaparillas und die sahnigsten Milchshakes in weitem Umkreis. Man konnte zu jeder Zeit ein Frühstück bekommen, und warme Mahlzeiten gab es bis drei Uhr, wenn die Küche geschlossen wurde. Das Essen gab es auch zum Mitnehmen, was hin und wieder genutzt wurde. Josie's hatte die besten Mittagsmenüs der Stadt, und fast jeder schaute ein- oder zweimal in der Woche zum Essen herein.

Old Bob und seine Kumpels von der Gewerkschaft waren jeden Tag hier. Bevor das Walzwerk geschlossen worden war, waren nur die Rentner regelmäßig gekommen, aber jetzt tauchten alle ohne Ausnahme jeden Morgen hier auf. Die meisten waren bereits da, als Old Bob in den hinteren Teil des Raums und zu den Tischen kam, die jene, die als Erste gekommen waren, zusammengeschoben hatten, damit auch die Spätkommer noch einen Platz fanden. Old Bob winkte ihnen zu und bog dann zur Theke ab. Carol Blier hielt ihn an, fragte, wie es ihm ginge, und bat ihn, irgendwann auf ein Schwätzchen in ihrem Büro vorbeizuschauen. Old Bob nickte, und während er weiterging, spürte er, wie Carols Augen ihm prüfend folgten; Carol verkaufte Lebensversicherungen.

»Na, da bist du ja«, begrüßte ihn Josie über die Theke hinweg und schenkte ihm dabei ihr strahlendstes Lächeln. »Deine Freunde haben sich schon gefragt, ob du noch kommst.«

Old Bob lächelte zurück. »Haben sie das?«

»Natürlich. Sie können doch nicht einmal gleichzeitig ausspucken und gehen, wenn du ihnen nicht zeigst, wie es gemacht wird – das weißt du.« Josie zog kokett eine Augenbraue hoch. »Ich schwöre dir, jedes Mal, wenn ich dich sehe, siehst du besser aus.«

Old Bob lachte. Josie Jackson war irgendwo in den Dreißigern, eine geschiedene Frau mit einer Tochter im Teenager-Alter und einem wertlosen Exmann, der zuletzt gesehen worden war, als er sich vor einem halben Dutzend Jahren nach Süden aus dem Staub gemacht hatte. Sie sah jünger aus, als sie war, und benahm sich auch jünger. Sie hatte große dunkle Augen, einen Mund, der gerne lächelte, lange blonde Haare und eine Figur, die einem den Kopf verdrehen konnte, vor allem aber einen Arbeitseifer, der die meisten anderen Leute beschämen musste. Sie hatte Josie's mit Geld gekauft, das sie sich von ihren Eltern geliehen hatte, die ein Teppich- und Fliesengeschäft besaßen. Sie hatte die meiste Zeit ihres erwachsenen Lebens als Kellnerin gearbeitet und wusste, was sie tat, und binnen kürzester Zeit war ihr Geschäft zum beliebtesten Frühstücks- und Mittagsrestaurant von Hopewell geworden. Josie führte es mit Charme, Fachkundigkeit und einer Leben-und-leben-lassen-Einstellung, bei der sich jeder sofort willkommen fühlte.

»Wie geht es Evelyn?«, fragte sie, lehnte die Ellbogen auf den Tresen und fixierte ihn mit ihren dunklen Augen.

Er zuckte mit den Achseln. »So wie immer. Ein Fels in der Brandung.«

»Ja, sie wird uns alle überleben, nicht wahr?« Josie fuhr sich durch ihre zerzausten Haare. »Na gut, geh nach hinten. Willst du das Übliche?«

Old Bob nickte, und Josie ging davon. Wenn er jünger und ungebunden gewesen wäre, hätte Old Bob ernsthaft darüber nachgedacht, sich mit Josie zusammenzutun. Aber das dachten alle alten Knacker über Josie und die meisten der jungen Spunde ebenso. Das war Josies Gabe.

Er schlängelte sich zwischen den eng nebeneinanderstehenden Tischen hindurch, blieb hier und dort für ein paar Sätze stehen und arbeitete sich nach hinten vor, wo die Gewerkschaftler saßen. Sie blickten auf, als er sich näherte, einer nach dem anderen, nickten flüchtig oder riefen ihm ein Wort der Begrüßung zu. Al Garcia, Mel Riorden, Derry Howe, Richie Stoudt, Penny Williamson, Mike Michaelson, Junior Elway und noch ein oder zwei weitere. Sie machten an einem Ende des Tisches Platz für ihn, und er schob einen Stuhl heran und ließ sich nieder.

»Also dieser Kerl, er arbeitete in einem Postamt, irgendwo drüben in Iowa, okay?«, sagte Mel Riorden. Er war ein großer, übergewichtiger Kranführer mit stoppeligem rotem Haar und der Tendenz, heftig zu zwinkern, während er redete. Das tat er auch jetzt. Wie einer dieser Werbespots, die einem zeigten, wie einfach es war, eine Jalousie zu öffnen und zu schließen. Zwinker, zwinker, zwinker. »Er kam in einem Kleid zur Arbeit. Nein, ehrlich, das ist bei Gott die reine Wahrheit. Es hat in der Zeitung gestanden. Er kam in einem Kleid zur Arbeit.«

»Was für eine Farbe hatte das Kleid?«, unterbrach ihn Richie

Stoudt und sah ernsthaft verwirrt aus – kein ungewöhnlicher Ausdruck auf Richies Gesicht.

Riorden blickte ihn an. »Was zum Teufel macht das denn für einen Unterschied? Es war ein Kleid an einem Mann, der in einem Postamt arbeitet, Richie! Stell dir das vor! Na jedenfalls kam er zur Arbeit, dieser Typ, und sein Vorgesetzter sieht das Kleid und sagt ihm, dass er so nicht arbeiten kann, dass er nach Hause gehen und sich umziehen soll. Das tut er. Und er kommt zurück und hat ein anderes Kleid an, dazu einen Pelzmantel und eine Gorillamaske. Der Vorgesetzte sagt ihm, er soll noch mal nach Hause gehen, aber diesmal will er nicht gehen. Also rufen sie die Polizei und schleppen ihn weg. Haben ihn wegen Ruhestörung angeklagt oder so was in der Art. Aber jetzt kommt das Beste. Hinterher sagte der Vorgesetzte einem Reporter – das ist wahr, ich schwöre es –, er sagte dem Reporter mit völlig ernster Miene, dass sie eine psychiatrische Überprüfung des Kerls erwägen. *Erwägen!*«

»Weißt du, ich habe von so einem Kerl gelesen, der seinen Affen in die Notaufnahme gebracht hat.« Albert Garcia nahm den Faden auf. Er war ein kleiner, kompakter Mann mit dünn werdendem, dunklem Haar und festen Zügen. Albert war ein verhältnismäßiger Neuling in der Gruppe, der vor weniger als zehn Jahren mit seiner Familie aus Houston hergekommen war, um bei MidCon zu arbeiten. Vor dem Streik hatte er die Walzen im Vierzehn-Zoll-Werk bedient. »Der Affe war sein Haustier, und er ist krank geworden oder so etwas. Also schleppt er ihn zur Notaufnahme. Das war in Arkansas, glaube ich. Sagt der Schwester, es sei sein Baby. Könnt ihr euch das vorstellen? Sein Baby!«

»Sah es ihm denn irgendwie ähnlich?«, lachte Mel Riorden.

»Das war doch nicht derselbe Kerl, oder?«, fragte Penny Williamson plötzlich. Er war ein klobiger schwarzer Mann, dessen Haut fast den gleichen blauen Schimmer hatte wie geölter Stahl. Er war Vorarbeiter in der Nummer-Drei-Anlage, ein guter und zuverlässiger Mann. Er bewegte seine massive Gestalt ein wenig und blinzelte Old Bob verschwörerisch zu. »Du weißt schon, der Postbeamte?«

Al Garcia war perplex. »Ich glaube nicht. Meinst du, das könnte sein?«

»Also, was ist passiert?«, fragte Riorden und biss in sein frisches Stück Plundergebäck. Seine Augen zwinkerten wie ein Kameraverschluss. Er ordnete den beträchtlichen Berg von Brötchen neu, die er auf seinem Teller aufgetürmt hatte, und wählte bereits sein nächstes Opfer aus.

»Nichts.« Al Garcia zuckte mit den Achseln. »Sie behandelten den Affen und schickten ihn wieder nach Hause.«

»Das war's? Das war die ganze Geschichte?« Riorden schüttelte den Kopf.

Al Garcia zuckte erneut mit den Achseln. »Ich fand sie nur einfach bizarr, das ist alles.«

»Ich finde dich bizarr.« Riorden blickte weg. »Was gibt's an diesem schönen Morgen Neues von der Ostseite der Stadt, Bob?«

Old Bob dankte nickend für den Kaffee und die Brötchen, die Josie vor ihn hinstellte. »Nichts, was du nicht schon weißt. An dem Ende der Stadt ist es auch heiß. Gibt es was Neues vom Werk?«

»Immer nur das Gleiche. Der Streik geht weiter. Das Leben geht weiter. Alle machen einfach mit allem weiter.«

»Ich kriege ein bisschen Arbeit auf dem Hof von Joe Preston«, erwähnte Richie Stoudt, aber alle ignorierten ihn, denn wenn Gehirn Dynamit wäre, hätte Richie nicht mal genug, um damit zu niesen.

»Ich habe Neuigkeiten für euch«, sagte Junior Elway plötzlich. »Es gibt da ein paar Jungs, die vorhaben, die Postenkette zu durchbrechen, wenn sie dadurch ihre Arbeit zurückbekommen. Am Anfang waren es nur wenige, aber ich glaube, mittlerweile sind es ziemlich viele.«

Old Bob dachte einen Augenblick schweigend darüber nach. Junior gehörte nicht gerade zu den verlässlichsten Quellen. »Ist das so, Junior? Ich glaube nicht, dass die Firma das zulässt, nach allem, was passiert ist.«

»Sie lassen es sehr wohl zu«, warf Derry Howe ein. Er war ein großer, kantiger Mann mit kurz geschorenem Haar und einem starren, misstrauischen Blick, der die Leute unruhig machte. Er war schon als Kind ein wenig seltsam gewesen, und zwei Einsätze in Vietnam hatten die Sache nicht verbessert. Seit dem Krieg hatte er seine Frau verloren, war ständig wegen Trunkenheit am Steuer eingebuchtet worden, und seine Arbeitsakte beim Stahlwerk war so übersät mit Eintragungen, dass es aussah, als hätte jemand auf das Papier geniest. Old Bob verstand nicht, warum sie ihn nicht längst gefeuert hatten. Er war unberechenbar und machte ständig Fehler, und die, die ihn am besten kannten, wussten, dass er nicht mit beiden Riemen im Wasser ruderte. Junior Elway war der einzige Freund, den er hatte, und das war ein durchaus zwiespältiges Vergnügen. Er durfte nur deshalb mit dieser Gruppe herumhängen, weil er der Sohn von Riordens Schwester war.

»Was meinst du damit?«, fragte Al Garcia schnell.

»Ich meine, dass sie es zulassen werden, weil sie das Vierzehn-Zoll-Werk über das Wochenende wieder in Betrieb nehmen werden, sodass es ab Dienstag wieder produziert. Gleich nach dem Vierten Juli. Das habe ich von einem Freund gehört, der dabei ist.« Howes Schläfe pochte, und seine Lippen wurden schmal. »Sie wollen die Gewerkschaft zerbrechen, und dies ist ihre beste Chance dazu: die Fabrik ohne uns wieder zum Laufen zu bringen.«

»Das haben sie doch schon versucht«, sagte Al Garcia und rümpfte die Nase.

»Also versuchen sie es jetzt noch einmal. Denk mal drüber nach, Al. Was haben sie denn zu verlieren?«

»Keiner aus der Gewerkschaft wird zurückgehen, um ihnen zu helfen«, verkündete Penrod Williamson und funkelte Howe böse an. »Das ist dummes Geschwätz.«

»Glaubst du nicht, dass es da draußen genug Männer gibt, die Frauen und Kinder ernähren müssen und für die das allmählich wichtiger wird als der Streik?«, fuhr ihn Howe an. Er strich sich über das kurz geschorene Haar. »Dann passt du nicht besonders gut auf, Penny. Die Pfennigfuchser sind jetzt am Drücker, und Leute wie wir sind Geschichte! Du glaubst, die Bundesgewerkschaft paukt uns da raus? Zum Teufel damit! Die Firma wird die Gewerkschaft zerbrechen, und wir sitzen hier und lassen es zu!«

»Nun, es ist nicht so, dass wir viel dagegen tun könnten, Derry«, argumentierte Mel Riorden und lehnte sich mit seinem beträchtlichen Gewicht bequem in dem Stahlrohrstuhl zurück. »Wir haben gestreikt und Posten aufgestellt, und das ist alles, was uns das Gesetz erlaubt. Und die Bundesgewerkschaft tut alles, was sie kann. Wir müssen einfach Geduld haben. Früher oder später wird diese Sache geklärt werden.«

»Und wie soll das geschehen, Mel?«, hakte Howe nach, und Zornesröte stieg ihm ins Gesicht. »Wie zum Teufel soll das bitte geschehen? Siehst du, dass irgendwelche Verhandlungen stattfinden? Ich sehe jedenfalls verdammt noch mal keine. Streiken und Posten aufstellen ist gut und schön, aber es bringt uns nicht weiter. Diese Leute, mit denen wir es zu tun haben, die sind nicht von hier. Sie scheren sich einen Dreck darum, was aus uns wird. Wenn du was anderes glaubst, bist du ein verdammter Narr!«

»Er hat da ein gutes Argument«, stimmte ihm Junior Elway zu und lehnte sich ernst nickend über seinem Kaffee nach vorn, sodass ihm sein dünnes blondes Haar ins Gesicht fiel. Old Bob schürzte die Lippen. Junior meinte immer, dass Derry Howe ein gutes Argument hätte.

»Verdammt richtig!« Howe kam jetzt in Fahrt; seine Gesichtszüge wirkten angespannt, und er dominierte den Tisch. »Glaubt ihr, wir werden dieses Ding gewinnen, indem wir hier rumsitzen und uns gegenseitig Mist erzählen? Ich sage euch, das werden wir nicht! Und uns wird auch niemand sonst helfen. Wir müssen das alleine erledigen, und wir müssen es schnell tun. Wir müssen ihnen mehr weh tun als sie uns. Wir müssen sie beim Geld packen, so wie sie uns an unserem gepackt haben!«

»Wovon sprichst du?«, knurrte Penny Williamson. Er hielt weniger von Derry Howe als irgendeiner der anderen; er hatte Howe sogar einmal aus seiner Schicht geworfen.

Howe starrte ihn an. »Denk mal drüber nach, Mr. Penrod Williamson. Du warst auch in Vietnam. Tu ihnen mehr weh, als sie dir weh tun, so haben wir drüben überlebt. Das ist die einzige Art, wie du in einem Krieg vorankommst.«

»Wir sind hier nicht im Krieg«, stellte Penny Williamson fest und deutete mit dem Finger auf Howe. »Und Vietnam hat nichts mit dem hier zu tun. Was redest du denn da, Mann? Sollen wir deiner Meinung nach zum Stahlwerk gehen und den Feinden ein paar Sprengladungen unterjubeln? Und vielleicht willst du ja auch noch ein paar Leute erschießen, wo du schon mal dabei bist!«

Derry Howes Faust krachte auf den Tisch. »Wenn es sein muss, dann ja, zur Hölle!«

Plötzlich herrschte Stille. Ein paar Köpfe drehten sich in ihre Richtung. Howe zitterte vor Wut, als er sich in seinem Stuhl zurücklehnte, und weigerte sich wegzublicken. Al Garcia wischte mit einer Serviette seinen verschütteten Kaffee auf und schüttelte den Kopf. Mel Riorden sah auf seine Armbanduhr.

Penny Williamson verschränkte die Arme über seiner breiten Brust und musterte Derry Howe so, wie er den Postbeamten in Kleid, Pelzmantel und Gorillamaske angesehen hätte. »Du passt besser auf, zu wem du so etwas sagst.«

»Derry ist nur aufgebracht«, sagte ein Mann, der direkt neben ihm saß. Old Bob hatte diesen Kerl vorher nicht bemerkt. Er hatte blaue Augen, die so blass waren, als wäre die Farbe ausgewaschen. »Sein Job ist am Fließband, und die Firma weiß nicht einmal, dass es ihn gibt. Du kannst dir doch vorstellen, wie er sich fühlt. Wir müssen nicht noch gegenseitig auf uns sauer werden. Wir sind doch hier alle Freunde.«

»Ja, Derry hat es nicht so gemeint«, pflichtete ihm Junior Elway bei.

»Was, meinst du, sollen wir tun?«, fragte Mike Michaelson plötzlich Robert Roosevelt Freemark und versuchte, die Unterhaltung in eine andere Richtung zu lenken.

Old Bob blickte noch immer den Mann neben Howe an und versuchte ihn einzuordnen. Die sanften glatten Züge waren ihm so vertraut wie seine eigenen, aber aus irgendeinem Grund konnte er sich nicht an seinen Namen erinnern. Er lag ihm auf der Zunge, aber er fiel ihm einfach nicht ein. Genauso wenig, wie er sich erinnern konnte, was der Mann arbeitete. Er war ein Stahlarbeiter, das stand fest. Zu jung, um in Rente zu sein, also musste er zu den Streikenden gehören. Aber woher kannte er ihn? Die anderen schienen ihn zu kennen, also warum konnte er den Mann nicht einordnen?

Sein Blick schweifte zu Michaelson, einem großen, hageren Maschinenbauer mit ausgeglichenem Wesen, der zur gleichen Zeit in Rente gegangen war wie Old Bob. Er kannte Mike schon sein ganzes Leben, und er wusste sofort, dass Mike versuchte, Derry Howe die Möglichkeit zu geben, sich abzuregen.

»Nun, ich finde, wir brauchen eine stärkere Präsenz des Bundesbüros«, sagte er. »Damit hat Derry vollkommen Recht.« Er faltete seine großen Hände vor sich auf dem Tisch und blickte die anderen an. »Ich glaube, wir brauchen jemanden von den Regierungsleuten, um mehr zu erreichen – vielleicht das Eingreifen von ein oder zwei Senatoren, damit wir die Verhandlungen wieder in Gang bekommen.«

»Noch mehr Gerede!« Derry Howe konnte ein verächtliches Schnauben nicht unterdrücken.

»Reden ist das Beste, was wir tun können«, behauptete Old Bob und warf ihm einen Blick zu.

»Ja? Also es ist nicht mehr so, wie es zu deiner Zeit war, Bob Freemark. Wir haben es nicht mehr mit örtlichen Eigentümern zu tun, mit Leuten, die ein Interesse an diesem Ort haben, die mit ihren Familien hier leben, wie wir alle. Wir haben es mit einem Haufen von New Yorker Blutsaugern zu tun, die alles Geld aus Hopewell herausquetschen und sich nicht im mindesten für uns interessieren.« Derry Howe saß zusammengesackt in seinem Stuhl und hatte die Augen gesenkt. »Wir müssen etwas unternehmen, wenn wir das hier überleben wollen. Wir können nicht einfach nur herumsitzen und darauf hoffen, dass uns irgendwer hilft. Das wird nicht passieren.«

»Da war so ein Typ irgendwo im Osten, in einer der Großstädte, Philadelphia, glaube ich«, sagte der Mann, der neben ihm saß. Er blickte ein wenig spöttisch aus seinen seltsam blassen Augen und hatte einen Mundwinkel leicht hochgezogen, als amüsierten ihn seine eigenen Worte. »Seine Frau starb und ließ ihn mit einer fünfjährigen Tochter allein, die ein wenig zurückgeblieben war. Er sperrte sie fast drei Jahre lang in einem Schrank neben dem Wohnzimmer ein, bevor jemand entdeckte, was er tat, und die Polizei rief. Als sie den Mann verhörten, sagte er, er hätte nur versucht, das Mädchen vor der feindlichen Umwelt zu beschützen.« Der Mann neigte den Kopf zur Seite. »Als sie das Mädchen fragten, warum sie nicht versucht habe zu entkommen, sagte sie, dass sie Angst gehabt hätte fortzulaufen, dass sie nichts anderes tun konnte, als darauf zu warten, dass jemand käme, um ihr zu helfen.«

»Also, mich werden sie nicht in einen Schrank sperren!«, schnaubte Derry Howe wütend. »Ich kann mir sehr gut selbst helfen!«

»Manchmal«, sagte der Mann, ohne jemanden konkret anzublicken, und seine Stimme war leise und eindringlich, »wird der Schlüssel umgedreht, bevor man auch nur merkt, dass die Tür geschlossen wurde.«

»Ich denke, Bob hat Recht«, sagte Mike Michaelson. »Ich denke, wir müssen dem Verhandlungsprozeß eine faire Chance geben. Diese Sachen brauchen ihre Zeit.«

»Zeit, die uns Geld kostet und ihnen eine bessere Chance bietet, unseren Widerstand zu brechen!« Derry Howe schob seinen Stuhl zurück und stand auf. »Ich verschwinde. Ich habe Besseres zu tun, als hier den ganzen Tag herumzusitzen. Ich habe genug davon, immer nur zu reden und nie etwas zu unternehmen. Euch kümmert es vielleicht nicht, wenn die Firma euch eure Jobs wegnimmt, aber ich lasse das nicht mit mir machen!«

Er stolzierte davon, schlängelte sich wütend zwischen den Tischen hindurch und warf die Tür hinter sich zu. Am Tresen verzog Josie Jackson das Gesicht. Einen Augenblick später ging auch Junior Elway. Die Männer, die noch am Tisch saßen, rutschten nervös auf ihren Stühlen herum.

»Ich schwöre, wenn der Knabe nicht der Sohn meiner Schwester wäre, könnte er mir gestohlen bleiben«, murmelte Melvin Riorden.

»Mit einer Sache hat er Recht«, seufzte Old Bob. »Die Dinge sind nicht mehr so, wie sie einmal waren. Die Welt hat sich verändert, seit wir in seinem Alter waren, und viele Veränderungen waren ziemlich hässlich. Die Leute wollen nicht mehr an einer Einigung arbeiten, wie sie es früher getan haben.«

»Die Leute wollen einfach nur ein Pfund Fleisch«, stimmte Al Garcia zu. Sein kantiger Kopf drehte sich auf dem bulligen Hals hin und her. »Es geht immer nur um Geld und darum, dem anderen Typen den Fuß in den Nacken zu setzen. Das ist der Grund, warum die Gewerkschaft und die Firma sich nicht auf etwas einigen können. Da kann man sich manchmal schon fragen, ob die Regierung uns nicht doch etwas ins Wasser getan hat.«

»Habt ihr mitbekommen, wie dieser Typ in einen Lebensmittelladen irgendwo auf Long Island gegangen ist, die Gänge entlangwanderte und auf Leute eingestochen hat?«, fragte Penny Williamson. »Er hatte zwei Schnitzmesser dabei, eines in jeder Hand. Er hat die ganze Zeit kein Wort gesagt, ist einfach nur reingegangen und hat begonnen, auf die Leute einzustechen. Er hatte zehn von ihnen niedergestochen, bevor jemand ihn aufhielt. Zwei hat er getötet. Die Polizei sagte, er sei zornig gewesen und hätte unter Depressionen gelitten. Zum Henker, wer tut das nicht?«

»Die Welt ist voller zorniger, depressiver Leute«, sagte Mike Michaelson, ordnete seine Kaffeetasse und das Besteck neu und starrte seine sonnengebräunten, faltigen Hände an. »Seht euch doch nur an, was die Leute sich alles antun. Eltern prügeln und foltern ihre Kinder. Jungen und Mädchen bringen sich gegenseitig um. Lehrer und Priester missbrauchen ihre Stellung, um schreckliche Dinge zu tun. Serienmörder suchen das ganze Land heim. Kirchen und Schulen werden verwüstet und angezündet. Es ist ein Trauerspiel.«

»Einige dieser Leute, von denen du sprichst, leben auch hier in Hopewell«, schnaubte Penny Williamson. »Erinnert ihr euch an diesen Jungen, der vor ein paar Jahren seine Lebensgefährtin mit einem Schlachtermesser ermordet und in Stücke gehackt hat? Ich bin mit dem Mann aufgewachsen. Der alte Peters, der vor zwei Wochen all diese Pferde getötet hat, weil sie seiner Meinung nach die Brut des Satans waren. Tilda Mason, die in den letzten sechs Monaten dreimal versucht hat, sich umzubringen – davon zweimal, während sie in der psychiatrischen Klinik war. Sie hat dabei auch noch versucht, ein paar der Leute zu töten, die dort arbeiten. Und erinnert ihr euch noch an diesen Riley Crisp, den Typ, den sie ›Karnickel‹ genannt haben und der unten an der Wallace gewohnt hat? Er hat sich auf die First Avenue Bridge gestellt und auf Leute geschossen, bis die Polizei kam. Dann hat er auf die geschossen und ist schließlich von der Brücke gesprungen und ertrunken. Wann war das? Letzten Monat?« Er schüttelte den Kopf. »Ich frag mich, wo das alles noch enden soll.«

Old Bob strich sich das weiße Haar zurück. Darauf wusste keiner von ihnen eine Antwort. Er musste dabei plötzlich an Evelyn und ihre Fresser denken. Es war genauso wahrscheinlich, dass es da draußen Fresser gab, wie dass die Regierung ihnen irgendetwas ins Wasser schüttete.

Er bemerkte plötzlich, dass der Mann verschwunden war, der neben Derry Howe gesessen hatte. Seine Stirn legte sich in Falten und sein Mund wurde hart. Wann war der Mann gegangen? Er versuchte erneut, sich an seinen Namen zu erinnern, doch es gelang ihm nicht.

»Ich besorge mir noch etwas mehr Arbeit draußen bei Preston«, verkündete Richie Stoudt entschlossen. »Ihr könnt ruhig darüber lachen, aber es bringt Brot auf den Tisch.«

Die Unterhaltung kehrte zum Streik und zu der störrischen Haltung der Firma zurück, und die Geschichten fingen wieder von vorne an, und einen Augenblick später hatte Old Bob den Mann vollständig vergessen.

Kapitel 4

Der Dämon trat in die Mittagshitze hinaus und fühlte sich wie zu Hause. Vielleicht war es seine Verrücktheit, die ihm das strahlend weiße Licht der Sonne und die drückende Wärme so angenehm machte, denn diese brannte in der Tat mit gleichermaßen unerbittlicher Hitzigkeit. Oder vielleicht war es auch die tiefe und dauerhafte Befriedigung, die ihm sein Wissen verschaffte, dass diese Ortschaft und ihre Bewohner ihm gehörten und er mit ihnen tun konnte, was er wollte.

Er folgte Derry Howe und Junior Elway zu dem Jeep Cherokee und stieg mit ihnen ein. Er saß bequem auf dem Rücksitz, ohne dass einer von ihnen seine Anwesenheit wahrnahm. Dies war eine der Fähigkeiten, die er erworben hatte – so vollständig mit seiner Umgebung zu verschmelzen, dass er ein Teil von ihr zu sein schien, so vertraut zu erscheinen, dass selbst jemand, der direkt neben ihm saß, kein Bedürfnis verspürte, seine Anwesenheit zu hinterfragen. Er nahm an, dass noch immer genug von ihrer Art in ihm war, um ihm dies zu ermöglichen. Er war einst selbst menschlich gewesen, aber das war lange her und fast vergessen. Was von seiner Menschlichkeit übrig geblieben war, war nur der Schatten einer Erinnerung an das, was diese Kreaturen waren. Gerade genug, dass er ähnlich genug aussehen und handeln konnte wie sie, um seine Natur zu verbergen. Seine schrittweise Verwandlung vom Menschen zum Dämon hatte den Rest verdrängt. Nach einiger Zeit hatte er bemerkt, dass er ihn nicht vermisste.

Junior startete den Motor des Jeeps und schaltete die Klimaanlage ein, die eine dichte Welle aus Hitze durch die Lüftungsschlitze in das geschlossene Innere des Wagens blies. Junior und Derry kurbelten die Fenster herunter, um die Hitze hinauszulassen, während der Jeep aus der Parklücke ausscherte, aber der Dämon atmete nur zufrieden ein und lächelte. Er befand sich seit etwas mehr als einer Woche in Hopewell. Er hatte nicht früher kommen wollen, weil John Ross ihm noch immer unermüdlich auf den Fersen war und eine beunruhigende Fertigkeit an den Tag gelegt hatte, ihn aufzuspüren, selbst wenn es eigentlich keine Möglichkeit gab, dies zu tun. Aber eine ganze Woche war bereits verstrichen, der Vierte Juli näherte sich, und es schien möglich, dass John Ross dieses eine Mal einen Schritt zu langsam sein würde. Es war wichtig, dass Ross sich nicht einmischte, denn der Dämon hatte seine zerstörerische Saat tief eingepflanzt und lange darauf gewartet, dass sie aufging. Jetzt stand die Ernte dieser Saat bevor, und der Dämon wollte dabei keine Störungen. Alles war bereit, alles, für das er so lange und hart gearbeitet hatte – ein schlauer Vorwand, ein apokalyptischer Bankrott und eine unumkehrbare Verwandlung, die das Kommen der Leere und die Verbannung des Wortes beschleunigen würde.

In seinem Geist wirbelten all diese Hoffnungen durcheinander, während der Jeep von der Second Avenue in die Fourth Street abbog und nach Westen auf die Stadtgrenze zufuhr. Durch Lücken in den Reihen der einstmals eleganten alten Wohnhäuser zu seiner Linken, die einige Blöcke oberhalb der Avenue G begannen und von dort stadteinwärts die gesamte West Third säumten, konnte man die langen dunklen Wellblechdächer von MidCon Steel sehen. Die Klimaanlage hatte im Moment zu arbeiten begonnen, und nachdem die Fenster jetzt wieder hochgekurbelt waren, bezog der Dämon seine Behaglichkeit aus seiner inneren Hitze. Seine Leidenschaft umhüllte ihn, war ein Kokon, in den er sich zurückziehen und von dem er zehren konnte, ein roter Dunst der Intoleranz, des Hasses und der Machtgier.

»Diese alten Knaben haben keine Ahnung«, sagte Derry Howe, der es sich in seinem Sitz bequem gemacht hatte. Sein Eierkopf glänzte in der Sonne. »Ich habe nicht vor, ihnen noch mal zuzuhören. Sie tun nichts anderes als herumzusitzen und immer noch ein bisschen mehr zu reden und zu reden. Die alten Säcke.«

»Ja, sie sehen einfach nicht, wie es wirklich ist«, stimmte ihm Junior zu.

Nein, nicht so wie du, dachte der Dämon zufrieden. *Nicht mit dem klaren, einleuchtenden Wissen, das ich dir eingegeben habe.*

»Wir müssen etwas unternehmen, wenn wir unsere Jobs behalten wollen«, sagte Derry. »Wir müssen die Firma daran hindern, die Gewerkschaft zu zerbrechen, und wir müssen sie jetzt sofort daran hindern.«

»Ja, aber wie sollen wir das machen?«, fragte Junior, warf ihm einen unsicheren Blick zu und raste mit dem Jeep dann an einer gelben Ampel vorbei, die gerade auf Rot schaltete.

»Oh, da gibt es Wege. Da gibt es Wege, Kumpel.«

Ja, es gibt viele, viele Wege.

Derry Howe blickte zu Junior hinüber und lächelte. »Du kennst doch das Sprichwort: Wo ein Wille ist, ist auch ein Weg. Also, ich habe den Willen, und ich gebe nicht nach. Ich brauche nur noch einen Weg. Und ich werde ihn finden, darauf kannst du einen lassen! Old Bob und die anderen können sich ihre Geduld da hinschieben, wo die Sonne nicht scheint.«

Sie kreuzten die Avenue G hinter dem Reifenhandel, der Tankstelle und dem Lebensmittelgeschäft und fuhren weiter auf die Maisfelder zu. Hinter den Querstraßen und zwischen den alten Wohnhäusern hindurch waren noch immer die Gebäude des Stahlwerks zu sehen. Werk Drei machte Platz für Werk Vier, Werk Fünf war noch ein Stück voraus hinter dem alten Speedway, der ganze MidCon-Komplex erstreckte sich am Nordufer des Rock River entlang. Der Dämon musterte die Häuser und Leute, an denen sie vorbeifuhren. Sie alle gehörten ihm, er durfte sie sich nehmen, sie besitzen, doch er verwarf sie jedes Mal, fast schneller, als er sie erwogen hatte. Dies war nur ein Brutplatz für ihn, nicht mehr. Am Vierten Juli würden sie alle in die Klauen der Fresser übergehen, und er wäre bereits auf dem Weg zu einem anderen Ort. Es war auch seine Welt, aber er verspürte keine Bindung zu ihr. Seine Arbeit war es, die ihn antrieb, die ihm einen Daseinszweck gab, und seine Ergebenheit für die finstere, chaotische Vision der Leere gestattete nichts neben sich. Es gab in seinem Leben nur Bedürfnis und Drang, und beide wurden befriedigt, indem er seinem Wahnsinn die Zügel schießen ließ. Nichts von seiner körperlichen Umgebung oder den Kreaturen, die sie bevölkerten, hatte irgendeine Bedeutung für ihn.

Der Jeep fuhr an einem Schrottplatz vorbei, auf dem sich hinter einem Maschendrahtzaun Autokadaver hoch auftürmten. Daran grenzte ein Wohnwagenpark, der aussah wie der letzte Zwischenstopp für Durchreisende auf dem Weg in die Obdachlosigkeit oder ins Grab, und hinter dem Zaun starrten sie zwei hagere, schwarzgesichtige Dobermänner aus wilden Augen an. Gezüchtet, um alles anzugreifen, das es wagte einzudringen, dachte der Dämon. Gezüchtet, um zu vernichten. Das gefiel ihm.

In der Glut der mittäglichen Sommerhitze ließ er seine Gedanken treiben, die Stimmen von Derry und Junior bildeten ein angenehmes Hintergrundsummen, das nicht störte. Er war zu Fuß nach Hopewell gekommen, war mit der unerbittlichen Gewissheit des Sonnenuntergangs aus der brütenden Hitze der Maisfelder und der Asphaltstraßen aufgetaucht. Er hatte sich dafür entschieden, auf diese Weise zu erscheinen, hatte die Stadt riechen und schmecken wollen, hatte gewollt, dass sie ihm etwas von sich preisgab. Es war etwas, das sie ihm nicht geben konnte, wenn er mit dem Wagen oder dem Bus angekommen wäre, wenn er sich von ihr abgeschlossen hätte. Er war aufgetaucht wie eine Fata Morgana, hatte Form und Gestalt aus Illusion und Verzweiflung geschaffen, Leben aus falscher Hoffnung. Er war in ein armes Wohngebiet am Rande der Stadt gewandert. Es war eine Ansammlung von verfallenen Hütten, die mit Teerpappe und Öltüchern gedeckt waren. Die Farbe an den Holzwänden blätterte ab, die mit Schindeln bedeckten Dächer waren rissig und verzogen, die Höfe ausgetreten und mit zerbrochenem Spielzeug, weggeworfenen Geräten und rostenden Fahrzeugen zugemüllt. Im Inneren der engen, luftlosen Behausungen kauerten die Überreste von Verzweiflung und endloser Enttäuschung. Kinder spielten im Schatten der Bäume, doch sie waren staubbedeckt, unstet und ohne Freude. Schon jetzt wussten sie, was die Zukunft ihnen bringen würde. Schon jetzt endete ihre Kindheit. Der Dämon lächelte, als er an ihnen vorbeikam.

An der Ecke von Avenue J und Twelfth Street, dort, wo verfallende Hütten, Weideland und ein paar verstreute Wohnhäuser aufeinander stießen, hatte ein Junge am Rand der Straße mit einem großen Hund gestanden. Das Tier mit seinem gesträubten Haar und den dunklen, böse aussehenden Fellmusterungen war keiner einzelnen Rasse zuzuordnen gewesen, sondern schien eine verwachsene Mischung aus mehreren zu sein. Der Hund hatte neben dem Jungen gestanden und war an eine Kette angeleint gewesen, deren Ende das Kind hielt. Seine Augen lagen tief in den Höhlen und funkelten unheilvoll, während seine Haltung eine kaum zurückgehaltene Wut verriet. Er verabscheute den Dämon auf den ersten

Blick, wie es alle Tiere taten, aber er hatte Angst vor ihm. Der Junge war noch nicht ganz ein Teenager. Er trug Bluejeans, ein T-Shirt und hohe Tennisschuhe, alles abgetragen und mit Schmutzflecken übersät. Die Haltung des Jungen war, genau wie die seines Hundes, zugleich angestrengt und herausfordernd. Er war groß und robust, und es war nicht zu verkennen, dass er ein Schläger war. Das meiste, was er in diesem Leben bekommen hatte, hatte er sich durch Einschüchterungen oder Diebstähle angeeignet. Wenn er lächelte, wie er es jetzt tat, lag keine Wärme darin.

»Hey, du«, sagte der Junge.

Das ruhige Gesicht des Dämons zeigte keine Regung. Nur eine weitere dumme, wertlose Kreatur, dachte der Dämon, als er näher trat. Nur ein weiteres missglücktes Ergebnis in dem missglückten Leben von irgendjemand. Er würde sein Zeichen hinterlassen, hier, bei diesem Jungen, als Signal für sein Erscheinen, um seinen Anspruch auf das anzumelden, was nun ihm gehörte. Er würde es mit Blut tun.

»Wenn du hier durch willst, musst du mir einen Dollar zahlen«, rief der Junge dem Dämon zu.

Der Dämon blieb einfach stehen, wo er sich befand, mitten auf der Straße, wo die Sonne auf ihn herabbrannte. »Einen Dollar?«

»Ja, das ist der Zoll. Sonst musst du umdrehen und den anderen Weg nehmen.«

Der Dämon blickte die Straße zurück, die er gekommen war, und dann wieder zu dem Jungen. »Dies ist eine öffentliche Straße.«

»Nicht vor meinem Haus. Vor meinem Haus ist es eine zollpflichtige Straße, und es kostet einen Dollar, sie passieren zu dürfen.«

»Aber nur, wenn man zu Fuß geht, nehme ich an. Nicht, wenn man mit dem Auto fährt. Ich schätze, nicht einmal ein Hund, der so bösartig ist wie deiner, könnte ein Auto stoppen.« Der Junge starrte ihn verständnislos an. Der Dämon zuckte mit den Achseln. »Also treibt der Hund den Dollar für dich ein?«

»Der Hund treibt ein Stück von deinem Hintern ein, wenn du nicht zahlst!«, herrschte ihn der Junge gereizt an.

Der Dämon musterte den Jungen einen Moment lang schweigend. »Wie heißt der Hund?«

»Es ist egal, wie er heißt! Zahl mir einfach nur den Dollar!« Das Gesicht des Jungen war rot angelaufen und vor Wut verzerrt.

»Nun, wenn ich seinen Namen nicht weiß«, sagte der Dämon sanft, »wie soll ich ihn dann zurückrufen, falls er jemanden angreift?«

Der Hund spürte die Wut des Jungen. Seine Nackenhaare richteten sich auf, und er bleckte mit einem tiefen Knurren die Zähne. »Du gibst mir besser den Dollar, Freundchen«, sagte der Junge, und ein dünnes Lächeln spielte um seine Lippen, als er zu dem Hund hinabblickte und dabei bedeutungsvoll mit der Kette rasselte.

»Oh, ich glaube nicht, dass ich das tun kann«, sagte der Dämon. »Ich habe kein Geld bei mir. Ich brauche keins. Die Leute geben mir einfach, was ich will. Ich brauche nicht einmal so einen Hund, um sie dazu zu bringen.« Er lächelte, sodass seine sanften Gesichtszüge sich in Falten legten, während seine seltsamen Augen den Jungen fixierten. »Das sind keine sonderlich guten Nachrichten für dich, nicht wahr?«

Der Junge starrte ihn an. »Du zahlst jetzt besser sofort, Dumpfbacke, oder ich lasse mal eben diese Kette los.«

Der Dämon schüttelte tadelnd den Kopf. »Das würde ich nicht tun, wenn ich du wäre. Ich würde diese Kette ganz fest halten, bis ich weit weg bin.« Er steckte die Hände in die Taschen und sah den Jungen mit schräggelegtem Kopf an. »Ich sag dir was. Ich bin ein fairer Mann. Du hast gerade einen großen Fehler gemacht, aber ich bin bereit, es auf sich beruhen zu lassen. Ich werde das alles vergessen, wenn du dich entschuldigst. Sag einfach, dass es dir Leid tut, und das war es dann.«

Dem Jungen fiel die Kinnlade herunter. »Was? Was hast du gesagt?«

Der Dämon lächelte etwas breiter. »Du hast mich schon verstanden.«

Einen Augenblick lang stand der Junge wie gelähmt da und starrte ihn ungläubig an. Dann stieß er einen Strom von Obszönitäten aus, ließ sich auf ein Knie nieder und löste die Kette vom Halsband des Hundes. »Uhps!«, zischte er höhnisch und warf die Kette verächtlich beiseite, während seine Augen heiß und wütend loderten.

Aber der Dämon hatte bereits seine Fähigkeit mit einer kleinen, beiläufigen Handbewegung beschworen, die ein wenig wie der Segen aussah, den ein Priester am Ende der Andacht erteilte. Nach außen hin schien sich nichts geändert zu haben. Der Dämon stand noch immer in der brütenden Hitze da, den Kopf schräggelegt, als würde er nachdenken; sein ruhiges Gesicht war ausdruckslos. Der Junge kam taumelnd wieder hoch und befahl dem freigelassenen Hund mit einem wütenden Ruf anzugreifen. Aber in dem Jungen hatte sich etwas Entscheidendes geändert. Sein Aussehen, sein Geruch und seine Bewegungen waren zu denen eines verängstigten Kaninchens geworden, das aus seinem Versteck aufgestöbert worden war und jetzt verzweifelt versuchte, wieder in Sicherheit zu gelangen. Der Hund reagierte instinktiv. Er stürzte sich sofort auf den Jungen und schnappte nach seiner Kehle. Der Junge stieß einen Ruf des Erstaunens aus, als der Hund ihn ansprang und zu Boden warf. Seine Hände fuhren hoch, während er sich im Staub des Hofes wälzte, und er versuchte verzweifelt, sein Gesicht zu schützen. Der Hund verbiss sich in den Jungen, und seine Rufe verwandelten sich in Schreie. Blutstropfen flogen durch die Luft. Scharlachfarbene Fäden vermengten sich mit der staubigen Erde.

Der Dämon sah noch einen Moment zu, bevor er sich abwandte und weiter die Straße entlangging. Er las später, dass die Behörden den zahnärztlichen Befund benötigt hätten, um den Jungen zu identifizieren, wenn man ihn nicht vor seinem Haus gefunden hätte. Nicht einmal seine Familie konnte ihn erkennen. Der Hund, den einer der Nachbarn als den besten Freund des Jungen beschrieb, kam die vorgeschriebenen zehn Tage in Quarantäne, um festzustellen, ob er tollwütig war, und wurde dann eingeschläfert.

Junior Elway fuhr den Jeep Cherokee vor dem heruntergekommenen Apartmenthaus an der Kreuzung der Avenue L und der West Third an den Bordstein, in dem Derry Howe eine kleine Einzimmerwohnung gemietet hatte. Sie unterhielten sich noch eine

Weile, während der Dämon zuhörte, und verabredeten, sich am Abend bei Scrubby's auf Pizza und Bier zu treffen. Beide waren geschieden, hatten die Vierziger bereits zur Hälfte überschritten und waren überzeugt, dass eine Menge Frauen gar nicht wussten, was sie an ihnen verpassten. Derry Howe stieg aus dem Wagen, und der Dämon folgte ihm. Sie gingen gemeinsam zum Haus, während Junior Elway davonfuhr.

Im Inneren des Apartments ratterte und summte der Ventilator in dem Versuch, der Hitze Herr zu werden. Er war der Aufgabe nicht gewachsen, und die Luft hing drückend und warm in der Wohnung. Derry Howe ging zum Kühlschrank, holte sich eine Flasche Bud heraus, schlenderte wieder ins Wohnzimmer hinüber und ließ sich auf das Sofa fallen. Er hatte eigentlich Streikpostendienst am Dreier-Werk, hatte sich aber am letzten Abend freistellen lassen, indem er behauptet hatte, dass ihm sein Rücken wieder Schmerzen bereiten würde. Sein Gewerkschaftsobmann hatte wahrscheinlich gewusst, dass er log, es ihm aber durchgehen lassen. Derry fühlte sich ermutigt. Er dachte bereits darüber nach, ob er das gleiche Spiel wohl auch bei der Sonntagsschicht durchziehen konnte.

Der Dämon setzte sich in den Schaukelstuhl, der Derry Howes Großmutter gehört hatte, bevor sie starb. Danach hatte ihn seine Mutter geerbt und wiederum ihm vermacht, als er verheiratet war und sie noch Hoffnung für ihn gehabt hatte. Heute hatte keiner mehr Hoffnung für Derry Howe. Zwei Einsätze in Vietnam, gefolgt von seiner fehlgeschlagenen Ehe mit einem Mädchen, von dem manche gedacht hatten, dass es ihn ändern würde, ein Dutzend Verhaftungen aus unterschiedlichen Gründen, eine kurze Gefängnisstrafe, die er im Kreisgefängnis abgesessen hatte, und zwanzig Jahre bei MidCon, in denen er nur ein einziges Mal befördert worden war, sich aber eine Menge Abmahnungen in seiner Akte eingehandelt hatte – das alles hatte dafür gesorgt, dass niemand mehr Hoffnung für ihn hatte. Die Straße, die seinen Lebensweg markierte, war immer geradliniger und schmaler geworden, und jetzt blieb nur noch zu bestimmen, wie weit sie noch führte und wie viele Pannen er noch auf ihr erleben würde.

Der Dämon hatte keine Schwierigkeiten gehabt, Derry Howe zu finden. In der Tat gab es so viele wie ihn, dass es überhaupt keine Mühe kostete. Der Dämon hatte ihn am zweiten Tag nach seiner Ankunft in Hopewell gefunden, einfach, indem er die Cafés und Bars der Stadt besuchte, einfach, indem er zuhörte, was die Leute der Stadt sich zu erzählen hatten. Er war sofort bei Howe eingezogen, hatte sich zu einer unerlässlichen Präsenz im Leben des anderen gemacht, sich in die Gedanken des Mannes gedrängt und Derrys Verstand so lange verdreht, bis dieser damit begonnen hatte, auf die Art zu denken und zu reden, die notwendig war. Keine große Herausforderung, aber eindeutig eine Notwendigkeit, wenn die Pläne des Dämons Erfolg haben sollten. Er war jetzt Derry Howes Schatten, sein Gewissen, sein Resonanzboden, sein Advokat des Teufels. Sein eigener, persönlicher Dämon. Und Derry Howe war im Gegenzug seine Kreatur.

Der Dämon sah Howe zu, wie er sein Bier austrank, sich in der schalen Luft der Wohnung auf die Füße hochkämpfte, in die Küche ging und im Wirrwarr seines Kühlschranks nach einer neuen Flasche suchte. Der Dämon wartete geduldig. Sein Leben war an diese Aufgabe gekoppelt, und diese Aufgabe erforderte viel Geduld. Er hatte alles geopfert, um das zu werden, was er war, aber er wusste aufgrund seiner Verwandlung durch die Mächte der Leere, dass ein Opfer erforderlich war. Nachdem er sich der Leere hingegeben hatte, hatte der Dämon sich verborgen gehalten, bis sein Gewissen verrottet und von ihm abgefallen war und er frei von ihm war. Sein Name war verloren gegangen. Seine Vergangenheit war verblasst. Seine Menschlichkeit hatte sich verflüchtigt und in Staub aufgelöst. Alles, was ihn einst ausgemacht hatte, war mit der Verwandlung verschwunden, sodass er in dieser höheren Lebensform wiedergeboren worden war. Zu Beginn war es hart gewesen, und einmal, in einem Augenblick großer Schwäche und Verzweiflung, hatte er sogar daran gedacht, das zurückzuweisen, dem er sich so bereitwillig hingegeben hatte. Aber am Ende hatte die Vernunft gesiegt, und er hatte allem entsagt.

Jetzt war es seine Aufgabe, die ihn antrieb, die ihn ernährte und seinem Leben einen Sinn gab. Die Aufgabe war alles, und die Leere definierte die Aufgabe so, wie es die Notwendigkeit jeweils erforderte. Im Augenblick, in diesem kurzen Abschnitt in der Zeit, bestand seine Aufgabe in der Vernichtung dieser Stadt und ihrer Bewohner. Sie bestand in der Befreiung der Fresser, die in den Höhlen unter dem Sinnissippi-Park lauerten. Sie bestand in der Verführung von Derry Howe. Sie bestand in der Überflutung der geborgenen kleinen Welt von Hopewell mit Chaos und Wahnsinn.

Und sie bestand noch aus etwas anderem, aus jener Sache, auf die es am meisten ankam.

Derry Howe kam zum Sofa zurück, setzte sich mit einem Grunzen hin und trank sein Bier. Er blickte den Dämon an und sah ihn zum ersten Mal, weil dieser jetzt bereit war, mit ihm zu reden.

»Wir müssen etwas tun, Kumpel«, verkündete Derry Howe feierlich und nickte dabei, um die Wichtigkeit seiner Ankündigung zu betonen. »Wir müssen diese Arschlöcher aufhalten, bevor sie uns brechen können.«

Der Dämon nickte. »Wenn Gewerkschaftsleute die Streikpostenlinie überqueren und zu ihrer Arbeit zurückkehren, ist der Streik verloren.«

»Das können wir nicht zulassen.« Howe fuhr mit seinen großen Händen um die Bierflasche und drehte sie langsam. »Sind sowieso alles verdammte Verräter! Was zum Teufel bilden die sich eigentlich ein? Machen sich auf unsere Kosten dick!«

»Was kann man tun?« überlegte der Dämon.

»Man sollte ein paar von ihnen erschießen, bei Gott. Das wird ihnen zeigen, dass wir es ernst meinen!«

Der Dämon dachte einen Moment über diesen Vorschlag nach. »Aber das würde die anderen nicht davon abhalten, wieder zu ihrer Arbeit zurückzukehren. Und du kämst ins Gefängnis. Du wärst nicht mehr von großem Nutzen, nicht wahr?«

Derry Howe runzelte die Stirn. Er nahm einen tiefen Zug aus der Flasche. »Aber was ist dann die Antwort, Kumpel? Wir müssen etwas tun.«

»Denk mal so darüber nach«, schlug ihm der Dämon vor, der dies bereits vor langer Zeit getan hatte. »Die Firma plant, das Vierzehn-Zoll-Werk wieder zu eröffnen. Leute aus der Firma sollen die qualifizierten Jobs übernehmen, und der Rest wird mit Streikbrechern aufgefüllt. Wenn es ihnen gelingt, ein Werk in Betrieb zu nehmen und ein paar Gewerkschaftsleute zurückzuholen, können sie daran arbeiten, auch die anderen wieder zu öffnen. Sobald sie auch nur ein einziges Werk wieder öffnen können, gibt das einen Schneeballeffekt, der euch überrollen wird.«

Howe nickte, sein Gesicht war knallrot und angespannt. »Und weiter?«

Der Dämon lächelte und holte den ausgelegten Köder ein. »Also, was wird passieren, wenn die Firma Nummer drei nicht wieder öffnen kann? Was geschieht, wenn sie das Vierzehn-Zoll-Werk nicht in Betrieb nehmen können?«

Derry Howe starrte ihn wortlos an und dachte darüber nach.

Der Dämon gab ihm eine kleine Hilfe. »Was geschieht, wenn es jedem klar wird, dass es gefährlich ist, die Streiklinie zu überqueren und im Stahlwerk zu arbeiten? Was geschieht dann, Derry?«

»Ja, klar.« Irgendwo tief in Derry Howes flachen Augen leuchtete etwas auf. »Niemand wird die Linie überqueren, der Streik geht weiter, und die Firma muss nachgeben. Ja, jetzt verstehe ich. Aber warum sollten sie das Vierzehner-Werk nicht wieder öffnen? Alles, was sie brauchen, sind Arbeiter. Außer ...«

Der Dämon sprach die Worte für ihn mit seiner eigenen Stimme aus, fast, als kämen sie aus seinem eigenen Verstand. »Außer es kommt zu einem Unfall.«

»Ein Unfall«, hauchte Derry Howe. Erregung zeigte sich auf seinen grobknochigen Zügen. »Ein wirklich schlimmer Unfall.«

»So was passiert manchmal«, sagte der Dämon.

»Ja, das tut es, nicht wahr? Ein Unfall. Vielleicht kommt dabei sogar jemand ums Leben. Ja.«

»Denk darüber nach«, sagte der Dämon. »Es wird jemand zu dir kommen.«

Derry Howe lächelte, sein Verstand raste. Er trank sein Bier aus und grübelte über die Möglichkeiten, die die Worte des Dämons ihm eingegeben hatten. Von nun an würde nur noch wenig Mühe nötig sein. Noch ein paar kleine Anstöße. Ein Stoß in die richtige Richtung. Howe war Sprengstoffexperte in Vietnam gewesen. Er würde nicht lange brauchen, um darauf zu kommen, wie er seine Kenntnisse hier anwenden konnte. Es war nicht einmal Mut notwendig. Nötig waren nur Dummheit und blinde Beharrlichkeit, und Derry Howe besaß beides im Überfluss. Aus diesem Grund hatte ihn der Dämon ausgewählt.

Der Dämon lehnte sich in dem Schaukelstuhl zurück und blickte plötzlich gelangweilt zur Seite. Es war so unwichtig, was mit Derry Howe geschah. Er war einfach nur ein weiteres Streichholz, das darauf wartete, angezündet zu werden. Vielleicht würde er Feuer fangen. Das konnte man nie genau wissen. Der Dämon hatte schon vor langer Zeit gelernt, dass eine Explosion in den meisten Fällen aus einer großen Menge von Funken entstand. Es war eine Lektion, die ihm sehr geholfen hatte. Derry Howe war einer von mehreren Funken, die der Dämon in den nächsten drei Tagen schlagen würde. Einige würden ein Feuer entfachen; einige würden vielleicht sogar explodieren. Aber im großen Plan waren sie nur Geplänkel, dazu bestimmt, die Aufmerksamkeit von dem wirklichen Grund abzulenken, aus dem der Dämon in diese kleine, unbedeutende Stadt im Mittelwesten gekommen war. Falls die Dinge sich so entwickelten, wie er es geplant hatte – und er hatte jeden Grund, an seinen Erfolg zu glauben –, war er schon lange wieder fort, bevor irgendjemand darauf kommen würde, dass sein Interesse dem Mädchen gegolten hatte.

Und dann war es natürlich bereits viel zu spät, es noch zu retten.

Kapitel 5

Nest Freemark ließ die Fliegentür hinter sich zuschlagen, sprang die Treppe hinunter und nahm dabei immer zwei Stufen auf einmal. Das Knallen ließ sie zusammenzucken, als es sie verspätet daran erinnerte, wie sehr es Großmutter ärgerte. Sie vergaß immer, die Tür festzuhalten. Sie wusste nicht, warum, es war einfach so. Sie bog vom Kiesweg auf den Rasen ab und durchquerte den Garten in Richtung des Parks. Mr. Scratch lag ausgestreckt im Schatten der nächstgelegenen Eiche. Die flauschigen Flanken des weiß-orangen Katers hoben und senkten sich mit jedem mühsamen Atemzug. Er war dreizehn oder vierzehn, schlief mittlerweile fast die ganze Zeit und träumte dabei seine Katzenträume. Er sah nicht einmal auf, als sie an ihm vorbeikam; seine Augen blieben geschlossen, seine zerfransten Ohren und das vernarbte Gesicht bildeten eine verhärmte Maske der Zufriedenheit. Seine Pflichten als Mäusejäger hatte er bereits vor langer Zeit an die jüngere und flinkere Miss Minx übergeben, die, wie üblich, nirgends zu sehen war. Nest lächelte dem alten Kater zu, als sie an ihm vorbeiging. Die Mühsale und das Ärgernis, sich mit den Fressern des Sinnissippi-Parks auseinanderzusetzen, betrafen ihn nicht.

Nest hatte immer von den Fressern gewusst. Oder zumindest so lange, wie sie sich erinnern konnte. Selbst als sie noch nicht wusste, was sie waren, war ihr bewusst gewesen, dass sie da waren. Sie hatte manchmal kurze Blicke von ihnen erhascht, kleine Bewegungen, die sie aus dem Augenwinkel wahrgenommen hatte, Teile und Fragmente von Schatten, die nicht ganz zu ihrer Umgebung passten. Sie war damals noch klein gewesen und hatte das Haus nicht allein verlassen dürfen, also hatte sie oft während der Abenddämmerung am Fenster gestanden und aufgepasst, da dies die Zeit war, in der sich die Fresser am ehesten zeigten.

Manchmal hatte ihre Großmutter sie in der Kühle des Abends in ihrem Kinderwagen spazieren gefahren. Sie war dem dunklen Band des Weges gefolgt, der sich durch den Park wand, und dann hatte sie die Wesen ebenfalls gesehen. Nest deutete auf sie, ihre Augen suchten ihre Großmutter und blickten sie ernst und fragend aus ihrem kindlichen Gesicht an. Ihre Großmutter hatte dann genickt und gesagt: »Ja, ich sehe sie. Aber du brauchst dir keine Sorgen zu machen, Nest. Sie werden dir nichts tun.«

Und das hatten sie auch nicht, obwohl sich Nest damals auch niemals wirklich Sorgen wegen ihnen gemacht hatte. Sie wusste nicht, was die Fresser waren, und hatte angenommen, dass sie so waren wie die anderen Kreaturen, die im Park lebten – die Vögel, Eichhörnchen, Mäuse, Backenhörnchen, Rehe und was nicht noch alles. Ihre Großmutter hatte niemals über die Fresser gesprochen, nie eine Erklärung abgegeben und ihnen auch nie besondere Beachtung geschenkt. Wenn Nest auf sie zeigte, sagte sie immer das Gleiche und ließ das Thema sofort wieder fallen. Nest hatte die Fresser mehrfach ihrem Großvater gezeigt, aber er hatte sie nur angestarrt, ihrer Großmutter einen Blick zugeworfen und ihr dann sein nachsichtigstes Lächeln geschenkt.

»Er kann sie nicht sehen«, hatte ihre Großmutter ihr schließlich erzählt. »Es macht keinen Sinn, mit ihm über sie zu sprechen, Nest. Er kann sie einfach nicht sehen.«

»Warum kann er das nicht?«, hatte sie verwirrt gefragt.

»Weil die meisten Leute es nicht können. Die meisten wissen nicht einmal, dass es sie gibt. Nur sehr wenige können sie sehen.« Sie beugte sich vor und berührte die Spitze von Nests kleiner Nase. »Du und ich, wir können das. Aber Robert nicht. Nicht dein Großvater. Er kann sie überhaupt nicht sehen.«

Sie hatte nicht gesagt, warum dies so war. So waren ihre Erklärungen stets: knapp und beiläufig. Sie hatte keine Zeit für viele Worte, außer wenn sie las, was sie sehr häufig tat. Wenn sie auf den Beinen war, bestand sie fast nur aus Bewegung und redete kaum, ging völlig in ihren Haushaltspflichten, der Gartenarbeit oder den Spaziergängen im Park auf. Das war zumindest früher so gewesen. Heute hatte sich dies geändert, weil Granny jetzt älter war, mehr trank und sich längst nicht mehr soviel bewegte. Klein, verwittert und grau saß sie am Küchentisch, rauchte ihre Zigaretten und trank bis Mittag ihren Wodka mit Orangensaft. Danach wechselte sie bis zum Abend zu Bourbon auf Eis. Sie sagte noch immer nicht viel, auch wenn sie es gekonnt hätte, sondern behielt das, was sie wusste, für sich, hielt ihre Erklärungen und Geheimnisse tief in sich verborgen.

Sie wies Nest schon früh an, nicht über die Fresser zu sprechen. Sie tat dies mit sehr viel Nachdruck. Sie sagte es Nest etwa zur selben Zeit, als sie dem Mädchen auch erklärte, dass nur sie beide die Fresser sehen konnten und es daher sinnlos war, mit ihrem Großvater darüber zu reden. Oder mit irgendjemand anderem, wie sie kurze Zeit später hinzufügte, als sie befürchtete, dass ihre immer redseligere Enkelin genau dies tun könnte.

»Die Leute werden sich dann nur über dich wundern«, erklärte sie. »Sie werden denken, dass du ein bisschen seltsam bist. Weil du die Fresser sehen kannst und sie nicht. Denk über die Fresser als ein Geheimnis, das nur wir beide kennen. Kannst du das tun, Nest?«

Eigentlich konnte sie das sehr gut, fand sie heraus. Aber das Fehlen einer tiefer gehenden Erklärung dieser Angelegenheit war verwirrend und frustrierend, und schließlich testete Nest die Theorie ihrer Großmutter über die Einstellung anderer Leute an einigen ihrer Freunde. Die Ergebnisse waren exakt so, wie ihre Großmutter es vorhergesagt hatte. Zuerst zogen ihre Freunde sie auf, und dann liefen sie mit der Geschichte zu ihren Eltern. Die Eltern riefen ihre Großmutter an, und diese war gezwungen, ihre Besorgnis mit einer überaus verwickelten Erklärung zu zerstreuen, die sich um die Auswirkungen von Märchen und die ausufernde Phantasie eines Kindes drehte. Nest wurde getadelt und musste zu ihren Freunden und deren Eltern gehen und sich dafür entschuldigen, ihnen Angst gemacht zu haben. Sie war fünf Jahre alt, als dies geschah. Es war das letzte Mal gewesen, dass sie mit irgendjemandem über die Fresser gesprochen hatte.

Natürlich war dies nur das erste von einer ganzen Reihe von Geheimnissen über die Kreaturen im Park gewesen, die sie für sich zu behalten gelernt hatte. Sprich nicht über die Fresser, hatte ihre

Großmutter sie gewarnt, und am Ende tat sie das auch nicht mehr. Aber es gab auch eine ganze Reihe von anderen Dingen, über die sie nicht sprechen konnte, und eine Zeit lang schien es so, dass ständig etwas Neues hinzukam, sobald sie sich auch nur umdrehte.

»Glaubst du, die Fresser würden mir jemals weh tun, Granny?«, fragte sie einmal, verstört über etwas, das sie in einem ihrer Bilderbücher gesehen hatte und das sie an die Verstohlenheit der Bewegungen der Kreaturen in den Schatten der Sommerabende und der öden Trübheit der Wintertage erinnert hatte. »Ich meine, wenn sie es könnten?«

Sie waren allein und spielten an einem kalten Wintersonntag am Küchentisch Domino, während ihr Großvater sich in seinem Zimmer vergraben hatte und sich eine Debatte über Auslandshilfen anhörte.

Ihre Großmutter blickte auf und sah sie mit ihren hellen, schwach funkelnden Vogelaugen starr an. »Wenn sie es könnten, ja. Aber das wird niemals geschehen.«

Nest runzelte die Stirn. »Warum nicht?«

»Weil du meine Enkelin bist.«

Nest legte ihre Stirn noch ein wenig mehr in Falten. »Was hat das denn damit zu tun?«

»Es hat alles damit zu tun«, war die Antwort. »Du und ich, wir haben Magie, Nest. Wusstest du das nicht?«

»Magie?« Nest hauchte das Wort voller Unglauben. »Warum? Warum haben wir Magie, Granny?«

Ihre Großmutter lächelte geheimnisvoll. »Wir haben sie einfach, mein Kind. Aber du darfst es keinem sagen. Du musst es für dich behalten.«

»Warum?«

»Du weißt, warum. Aber los jetzt, du bist dran, mach deinen Zug. Und sprich nicht mehr darüber.«

Damit war die Angelegenheit erledigt, soweit es ihre Großmutter betraf, und sie erwähnte das Thema nicht mehr. Nest versuchte noch ein- oder zweimal, es anzuschneiden, aber ihre Großmutter ging immer leichthin über die Angelegenheit hinweg, als sei der Besitz von Magie nichts Besonderes, als hätte es die gleiche Bedeutung wie der Umstand, dass man braune Augen hatte oder Rechtshänder war. Sie erklärte nie, was sie damit meinte, und sie lieferte niemals einen Beweis dafür. Nest glaubte, dass sie es sich nur ausgedacht hatte, so wie sie sich hin und wieder Märchen ausdachte, um das kleine Mädchen damit zu unterhalten. Sie tat es, damit Nest sich nicht vor den Fressern fürchtete. Magie, also wirklich, dachte Nest und deutete dann mit dem Finger auf die Wand und wartete vergebens, dass irgendetwas geschah.

Doch dann entdeckte sie Geist, und das Thema Magie erhielt plötzlich eine ganz neue Bedeutung. Das geschah ebenfalls, als sie noch fünf war, kurz nach ihrem Versuch, ihren Freunden von den Fressern zu erzählen, und fast ein Jahr, bevor sie Pick traf. Sie spielte in ihrem Garten auf der Schaukel und tat so, als würde sie fliegen, während sie am Ende der quietschenden Ketten hochgeschleudert wurde und wieder herabfiel, sicher von dem breiten Leinwandband festgehalten. Es war ein Tag im Spätfrühling, die Luft war noch kühl von dem vergehenden Hauch des Winters, das Gras neu und übersät mit Zeichenwurz, Flammendem Herz und anderen Blumen, und die Blätter an den Eichen und Ulmen begannen zu knospen. Schwere Wolken zogen über den Himmel des Mittleren Westens und brachten Regen aus den Ebenen, und das Sonnenlicht war bleich und schwach. Nests Großeltern waren im Haus beschäftigt, und da es ihr verboten war, das Grundstück ohne sie zu verlassen, und sie es auch noch nie getan hatte, hatten sie keine Veranlassung anzunehmen, dass sie es jetzt tun würde.

Aber sie tat es. Sie kletterte aus der Schaukel, ging zum Ende des Gartens, wo die neuen Triebe der Hecke noch durchlässig waren, schlüpfte durch eine Öffnung der ineinander verflochtenen Zweige und betrat den verbotenen Boden. Sie wusste nicht genau, was sie dazu veranlasst hatte. Es hatte etwas damit zu tun, dass sie über die Fresser nachgedacht hatte, dass sie sich vorgestellt hatte, wie sie an schattigen Stellen am Rand ihres Gartens erschienen und wieder verschwanden. Sie dachte ständig über sie nach, und an diesem Tag beschloss sie einfach, einmal nachzusehen. Verbargen sich die Wesen auf der anderen Seite der Hecke, gerade außerhalb ihrer Sichtweite? Gruben sie sich wie Maulwürfe in den Erdboden ein? Was taten sie dort hinten, wenn Nest sie nicht sehen konnte? Warum, fragte ihr neugieriger, fünf Jahre alter Verstand, sollte sie nicht versuchen, es herauszufinden?

Da war sie nun also. Sie stand am Rand des Parks und blickte über die breite, flache, grasbedeckte Ebene mit ihren Baseball- und Picknickplätzen hinweg bis dorthin, wo sich im Süden die Steilufer aus dem Fluss erhoben und im Osten die kleinen Wälder begannen. Sie stand da wie eine Pionierin, die bereit war, eine wunderbare neue Welt zu erkunden. Vielleicht noch nicht an diesem Tag, denn sie wusste, dass sie bei ihrem ersten Versuch noch nicht allzu weit gehen würde. Aber bald, versprach sie sich selbst. Bald.

Dann veränderte sich ihre Sicht, und sie wurde sich der Fresser bewusst. Sie hielten sich in einem dichten Gebüsch etwa fünfzehn Meter entfernt verborgen, das den Garten der Petersons umgab, und beobachteten sie. Sie sah sie, wie man eine Ansammlung von Schatten an einem grauen Tag wahrnehmen würde, vage und verschwommen. Nest erhaschte einen kurzen Blick auf ihre flachen, gelben Augen, die in der Dunkelheit leuchteten wie die einer Katze. Sie blieb dort stehen, wo sie war, blickte zurück und versuchte, sie deutlicher zu erkennen, herauszufinden, was sie eigentlich waren. Sie starrte intensiv hinüber und vergaß darüber die Zeit. Wie hypnotisiert vergaß sie, wo sie sich befand und was sie vorhatte.

Dann fiel ihr ein Regentropfen auf die Nase, ein kalter feuchter Tupfer auf ihrer Haut. Sie zwinkerte überrascht, und plötzlich waren die Fresser überall um sie herum, und sie erschrak so sehr, dass sie spüren konnte, wie ihre Furcht sich in ihr wand wie ein lebendes Wesen.

Und genauso plötzlich waren sie wieder verschwunden. Es geschah so schnell, dass sie sich nicht sicher war, ob es wirklich passiert war oder sie sich das Ganze nur eingebildet hatte. Während eines Augenblinzelns waren sie aufgetaucht und während eines anderen wieder fort. Wie konnten sie sich so schnell bewegen? Und wieso hatten sie es getan?

Das war der Moment, in dem sie Geist sah, der ein paar Meter entfernt dastand. Eine dunkle Gestalt im immer düsterer werdenden Abendgrau, so regungslos, als sei er aus Stein gemeißelt. Sie kannte damals noch nicht seinen Namen und wusste nicht, was er war und woher er kam. Sie starrte ihn an, von seinem Anblick wie gebannt, und konnte ihre Augen nicht von ihm abwenden. Sie dachte, dass er das größte Wesen war, das sie jemals aus solcher Nähe gesehen hatte, sogar noch größer, so erschien es ihr in diesem Augenblick, als die Pferde, die sie bei einem Besuch auf der Farm der Lehmans gestreichelt hatte. Er schien eine Art Hund zu sein, sah groß und wild aus und so unbeweglich wie die mächtigen Bäume, die in ihrem Garten als Schattenspender standen. Sein Fell war gescheckt; Schnauze und Kopf waren gestreift wie bei einem Tiger, und sein Körperhaar war gesträubt wie die Borsten eines Stachelschweins. Seltsamerweise hatte sie überhaupt keine Angst vor ihm. Daran erinnerte sie sich noch heute. Sie war vor Staunen überwältigt, aber nicht verängstigt. Nicht so, wie sie es bei den Fressern gewesen war. Ohne recht zu wissen, wieso sie sich so sicher war, erkannte sie, dass er da war, um sie vor ihnen zu beschützen.

Dann verschwand er, und sie war allein. Er verblasste einfach, als hätte er aus Rauch bestanden, der von einem plötzlichen Windstoß vertrieben worden war. Sie starrte die Stelle an, wo er gestanden hatte, und wunderte sich. Der Park vor ihr war still und leer im schwindenden Licht. Dann begann es heftig zu regnen, und sie lief schnell zum Haus.

Von da an sah sie Geist oft, möglicherweise weil sie nach ihm Ausschau hielt, vielleicht aber auch, weil er beschlossen hatte, sich ihr zu zeigen. Sie wusste noch immer nicht, was er war, und das tat auch niemand sonst. Pick erzählte ihr später, dass er eine Art Kreuzung war, eine Mischung aus Hund und Wolf. Aber da er aus Magie erschaffen und von ihr am Leben erhalten wurde, war sein genetischer Ursprung eigentlich sowieso ohne Bedeutung. Was immer er auch war, höchstwahrscheinlich war er der Einzige seiner Art. Pick bestätigte ihren Eindruck, dass er zu ihrem Schutz da war. Tatsächlich, so erklärte er ihr ziemlich ernst, hatte Geist sie beschattet, seit sie das erste Mal in den Park gekommen war, damals noch als Baby im Kinderwagen. Zuerst wunderte sich sich, wieso sie ihn nie gesehen hatte, aber dann entdeckte sie, dass sie eine ganze Menge anderer Dinge ebenfalls nicht gesehen hatte, und von da an kam es ihr nicht mehr so ungewöhnlich vor.

Als sie schließlich ihrer Großmutter von Geist erzählte, reagierte diese äußerst seltsam darauf. Sie stellte Nests Schilderung nicht in Frage. Sie deutete nicht an, dass das Mädchen sich geirrt haben könnte oder einfach nur verwirrt war. Für einen Augenblick wurde sie sehr still, ihre Augen nahmen einen abwesenden Ausdruck an, und ihre dünnen alten Finger verkrampften sich um die Fäustlinge, die sie gerade strickte.

»Hast du sonst noch irgendetwas gesehen?«, fragte sie leise.

»Nein«, erwiderte Nest und fragte sich plötzlich, ob es da etwas gab, das sie hätte sehen sollen.

»Dieser Hund ist also einfach so aufgetaucht? Die Fresser kamen in deine Nähe, und der Hund tauchte auf?« Grannys Augen blickten sie aufmerksam und scharf an.

»Ja. Beim ersten Mal. Jetzt sehe ich manchmal, wie er mir folgt und mich beobachtet. Er kommt nicht sehr dicht heran. Er bleibt immer ein Stück zurück. Aber die Fresser haben Angst vor ihm, das kann ich sehen.«

Ihre Großmutter schwieg.

»Weißt du, was er ist?«, drängte Nest begierig.

Ihre Großmutter sah ihr in die Augen. »Vielleicht.«

»Ist er hier, um mich zu beschützen?«

»Ich denke, das müssen wir herausfinden.«

Nest runzelte die Stirn. »Wer hat ihn geschickt, Granny?«

Aber die Großmutter schüttelte nur den Kopf und wandte sich ab. »Ich weiß es nicht«, antwortete sie, aber die Art, wie sie es tat, ließ Nest vermuten, dass sie es vielleicht doch wusste.

Für eine lange Zeit war Nest die Einzige, die den Hund sah. Manchmal kam ihre Großmutter mit ihr in den Park, aber bei diesen Gelegenheiten zeigte er sich nicht.

Doch eines Tages, Nest war bis heute nicht klar, warum, tauchte er in der Abenddämmerung aus einem Fichtenhain auf, als die alte Frau und ihre Enkelin über den Spielplatz am westlichen Ende des Parks zu den Klippen spazierten. Ihre Großmutter versteifte sich und hielt die Hand des kleinen Mädchens mit festem Griff.

»Granny?«, fragte Nest unsicher.

»Warte hier auf mich, Nest«, erwiderte ihre Großmutter. »Bewege dich nicht.«

Die alte Frau ging zu dem großen Tier hinüber und kniete sich vor ihm hin. Es wurde dunkel, und Nest konnte kaum noch etwas erkennen, aber es kam ihr so vor, als würde ihre Großmutter zu dem Tier sprechen. Es war sehr still, und sie konnte die Worte der alten Frau fast hören. Sie blieb eine Weile stehen, aber dann wurde sie müde und setzte sich zum Warten ins Gras. Es war niemand in der Nähe. Am Himmel erschienen die ersten Sterne, und Schatten verschluckten das letzte verblassende Licht. Ihre Großmutter und der Wolf starrten sich an, verharrten eine lange Zeit in einer seltsamen, schweigenden Kommunikation.

Schließlich erhob sich ihre Großmutter und kam zu ihr zurück. Der seltsame Hund sah ihr einen Augenblick lang nach und verschmolz dann langsam mit den Schatten.

»Es ist alles in Ordnung, Nest«, flüsterte ihre Großmutter mit einer dünnen, müden Stimme und ergriff wieder ihre Hand. »Sein Name ist Geist. Er ist hier, um dich zu beschützen.«

Sie sprachen nie wieder von diesem Treffen.

Während Nest sich durch die Hecke hinten im Garten zwängte, hielt sie einen Augenblick an, als sie den Rand des ausgefahrenen Feldweges erreichte, der parallel zu der südlichen Begrenzung des Gebietes verlief, und rief sich wieder in Erinnerung, wie ihr der Sinnissippi-Park damals beim ersten Mal vorgekommen war. Es ist so lange her, dachte sie und lächelte bei der Erinnerung daran. Der Park war ihr damals viel größer erschienen, eine riesige, weite Welt voller Geheimnisse, die darauf warteten, entdeckt zu werden, und Abenteuer, die erlebt werden wollten. Wenn sie nachts mit Pick unterwegs war, fühlte sie sich manchmal noch immer so, wie sie es getan hatte, als sie fünf war, und der Park erschien ihr dann mit seinen dunklen Forsten und düsteren Tälern, mit seinen schlammigen Flussarmen und massiven Klippen noch immer ebenso groß und unergründlich wie damals.

Doch jetzt, im harten Licht eines Julimittags, während die Sonne von einem wolkenlosen Himmel herunterbrannte und die Hitze in einem feinen Schleier von dem versengten Boden aufstieg, wirkte der Park klein und künstlich. Die Baseballplätze lagen gleich hinter dem Weg, die kahlen Spielfelder waren staubig, hart und ausgedörrt, das Gras hatte graue Spitzen und war strohig. Es waren insgesamt vier Plätze, zwei direkt hier, die anderen ein Stück weiter in Richtung Osten. Noch etwas weiter entfernt warf eine Gruppe von Laub- und Nadelbäumen ihre Schatten schützend auf einen Spielplatz für kleine Kinder, der mit Schaukeln und Kletterstangen ausgestattet war, mit Wippen und großen bunt angemalten Tieren auf mächtigen Sprungfedern, die in Beton eingelassen waren und auf denen man reiten konnte.

Der Eingang zum Park befand sich direkt rechts von Nest, und die geteerte Straße, die dort verlief, führte unter der Schranke hindurch auf den Fluss zu, bevor sie sich teilte. Wenn man ihr nach rechts folgte, kam man zu dem Wendekreis und den Klippen, wo sie in der vergangenen Nacht Bennett Scott gerettet hatte. Hinter dem Wendekreis befand sich ein hoher Zaun, über den jedes Kind ab sieben, das etwas auf sich hielt, hinwegklettern konnte. Dieser Zaun grenzte den hügeligen, von Bäumen beschatteten und auf erhabene Weise friedlichen Riverside-Friedhof ab. Hier war ihre Mutter beerdigt. Wenn man sich von der Teerstraße aus nach links wandte, machte man entweder einen Bogen unter einer Brücke hindurch zum Flussufer am Fuß der Klippen, wo ein paar Picknicktische standen, oder man ging noch etwas weiter zum Ostende des Parks, wo ein großer, geschützter Pavillon, eine Rodelbahn, ein Spielplatz und der dichte Wald warteten. Die Rodelbahn führte von der Anhöhe hinter dem Parkplatz bis hinab zu den schilfbedeckten Tiefen des Bayous. Im tiefsten Winter konnte einen eine gute Rutschpartie über das ganze Eis hinweg bis zu dem Eisenbahndamm bringen, dessen Gleise ostwärts nach Chicago und westwärts zu den großen Ebenen führten.

Jeder Rodler hatte das Ziel, mit seinem Schlitten bis zum Bahndamm zu rutschen. Nest hatte es dreimal geschafft. Überall im Park gab es große Kochstellen aus Backstein, kleinere Grills aus Eisen und hölzerne Picknicktische, sodass hier jede Menge Kirchenausflüge und Familientreffen gleichzeitig stattfinden konnten. Weiter östlich, im dichten Wald, gab es Trampelpfade, die vom Woodland-Heights-Viertel, in dem Robert Heppler wohnte, bis zum Ufer des Rock River führten. Dort standen Bäume, die über zweihundert Jahre alt waren. Einige der Eichen, Ulmen und Hickorynussbäume waren über dreißig Meter hoch, und der Park war voller dunkler, geheimnisvoller Orte, die von Dingen wisperten, die man nicht sehen, sondern sich nur vorstellen und heimlich wünschen konnte.

Nest wusste, dass der Park alt war. Er war niemals etwas anderes gewesen als ein Park. Bevor er offiziell benannt und von einem Landesgesetz geschützt worden war, war er eine ungezähmte Wildnis gewesen. Niemand hatte hier seit den Zeiten der Indianer gelebt. Außer den Fressern natürlich.

Sie nahm dies alles für einen Augenblick in sich auf, umarmte es mit ihren Sinnen, beanspruchte es für sich, wie sie es jedes Mal tat, wenn sie zurückkehrte. Es war vertrauter Boden, der zu ihr gehörte. So empfand sie für den Park – dass er durch ihre besondere und tiefe Vertrautheit mit seinen Myriaden von Kreaturen, seinen verborgenen Orten, seinem unwandelbaren Aussehen und auch mit seiner überwältigenden Einsamkeit ihr gehörte. Sie verspürte dies jedes Mal, wenn sie den Park betrat, als würde sie eine Aufgabe erfüllen, als wüsste sie, dass sie von allen Orten auf der ganzen Welt hierher gehörte.

Natürlich hatte Pick keinen geringen Anteil daran, nachdem er sie vor vielen Jahren als seinen menschlichen Partner bei der Pflege und Aufrechterhaltung der Magie des Parks angeworben hatte.

Sie wanderte über den Feldweg, trat mit ihren Laufschuhen in den Staub und ging über das von der Hitze verdorrte Gras der Baseballplätze, da sie den Weg zu Cass Minters Haus am Spring Drive durch den Park abkürzen wollte. Die anderen waren wahrscheinlich alle bereits dort: Robert, Brianna und Jared. Sie würde als Letzte ankommen, zu spät, wie immer. Aber es war Sommer, und es war eigentlich völlig egal, dass sie zu spät kam. Die Tage zogen sich unendlich hin, und die Zeit verlor ihre Bedeutung. Heute wollten sie fischen gehen, unten an dem alten Bootssteg unterhalb des Dammes und gerade außerhalb des Ostrands des Parks. Barsche, Klump- und Sonnenfische, man konnte sie alle noch fangen, wenn auch nicht mehr so mühelos wie früher. Man aß sie natürlich nicht. Dafür war der Rock River nicht sauber genug, nicht so wie damals, als ihr Großvater ein Junge gewesen war. Aber das Angeln machte Spaß, und es war eine ebenso gute Möglichkeit, sich die Zeit zu vertreiben, wie irgendetwas anderes.

Sie wollte gerade um das Gitter des ersten Baseballfeldes gehen, als sie jemanden rufen hörte.

»Nest! Warte!«

Sie drehte sich linkisch um, errötete, als sie erkannte, wer der Rufer war, und sah Jared Scott zu, wie er auf dem Feldweg aus Richtung des Parkeingangs herbeigelaufen kam. Sie blickte auf ihr »Grunge Lives«-T-Shirt und ihre kurze Laufhose hinab, darauf, wie albern sie an ihr herabhingen, musterte die Flachheit ihrer Brust und die Magerkeit ihrer Arme und Beine, und sie wünschte sich zum tausendsten Mal, dass sie mehr wie Brianna aussehen würde. Sie war auf sich selbst wütend, zuerst, weil sie so etwas dachte, dann darüber, dass sie wegen eines Jungen so bizarre Gefühle empfand, und schließlich, weil er angekommen war, direkt vor ihr stand und sie auf diese seltsame Art anlächelte.

»Hi, Nest«, begrüßte er sie.

»Hi, Jared.« Sie blickte schnell weg.

Sie marschierten los, bewegten sich an der Linie des Spielfelds entlang und blickten dabei beide auf ihre Füße. Jared trug alte Jeans, ein verblichenes graues T-Shirt und Tennisschuhe ohne Socken. Nichts passte ihm richtig, aber Nest fand, dass er trotzdem verdammt gut aussah.

»Hast du gestern noch etwas Schlaf bekommen?«, fragte er nach einer Minute.

Er war genauso groß wie sie (oh, na gut, vielleicht war er auch einen Zentimeter kleiner), hatte kurz geschnittene, dunkelblonde Haare, Augen, die so blau waren, dass sie einen fast erschreckten, ein stoisches Lächeln, das auf eine Vertrautheit mit den Wechselfällen des Lebens hinwies, und die Angewohnheit, sich vor dem Sprechen zu räuspern, was seine Nervosität darüber verriet, dass er Konversation betreiben musste. Sie wusste nicht, warum sie ihn mochte. Bis vor einem Jahr hatte sie noch nicht so für ihn empfunden. Vor einem Jahr hatte sie ihn für seltsam gehalten. Sie wusste noch immer nicht, woran es lag, dass sich das geändert hatte.

Sie zuckte mit den Achseln. »Ein wenig habe ich schon geschlafen.«

Er räusperte sich. »Na ja, nicht mein Verdienst, schätze ich. Du hast mir den Hintern gerettet, indem du Bennett nach Hause gebracht hast.«

»Nein, das habe ich nicht.«

»Und ob! Ich wusste nicht, was ich tun sollte. Ich kippte weg, und das Nächste, was ich mitkriegte, war, dass sie fort war. Ich hatte keine Ahnung, wo sie hingegangen sein könnte.«

»Na ja, sie ist noch sehr klein, und …«

»Ich habe es vermasselt.« Er hatte Schwierigkeiten, die Worte herauszubringen. »Ich hätte die Tür abschließen sollen oder so etwas, weil die Anfälle jederzeit …«

»Es war nicht deine Schuld«, unterbrach sie ihn hitzig. Ihre Augen trafen kurz seine und schauten dann wieder weg. »Deine Mama sollte dich nicht allein zum Babysitten der Kleinen dalassen. Sie weiß doch, was passieren kann.«

Er schwieg einen Moment. »Sie hat kein Geld für einen Babysitter.«

Oh, aber sie hat Geld, um in den Bars zu trinken, nehme ich an, wollte Nest sagen, tat es aber nicht. »Deine Mutter sollte sich um ein besseres Leben bemühen«, sagte sie stattdessen.

»Ja, das sollte sie, schätze ich. George gibt ihr da wirklich nicht viel.«

»George Paulsen weiß gar nicht, wie.« Nest spuckte betont aus. »Weißt du, was er mit Bennetts Kätzchen getan hat?«

Jared blickte sie an. »Spook? Was meinst du? Bennett hat mir nichts davon erzählt.«

Nest nickte. »Nun, mir hat sie es erzählt. Sie hat gesagt, dass George Spook irgendwohin gebracht hat, weil er Katzen nicht mag. Du weißt davon nichts?«

»Nein. Spook?«

»Sie hatte wahrscheinlich Angst, es dir zu erzählen. Ich würde es dem üblen Kerl zutrauen, dass er ihr befohlen hat, nichts davon zu sagen.« Sie blickte weg und zum Park hinüber. »Ich habe ihr versprochen, dass ich helfen werde, Spook zu finden. Aber ich weiß nicht, wo ich suchen soll.«

Jared schob seine Hände in die Jeanstaschen. »Ich auch nicht. Aber ich werde mitsuchen.« Er schüttelte den Kopf. »Ich kann es nicht glauben.«

Sie durchquerten den Park in Richtung Wald, der an die Gebäude grenzte, die zum Haus von Cass Minter führten. Beide waren in ihre eigenen Gedanken vertieft, atmeten die Hitze und Trockenheit ein und sahen dabei zu, wie ihre Füße den Staub in kleinen Wolken aufwirbelten.

»Vielleicht wird deine Mutter es sich zweimal überlegen, bevor sie wieder mit ihm ausgeht, wenn sie das von Spook erfährt«, sagte Nest nach einer Minute des Schweigens.

»Vielleicht.«

»Weiß sie, was gestern Nacht passiert ist?«

Er zögerte und schüttelte dann den Kopf. »Nein. Ich wollte es ihr nicht sagen. Bennett hat auch nichts davon erzählt.«

Sie gingen schweigend zum Waldrand und suchten sich einen Weg zwischen den Bäumen hindurch zu den Häusern und der Straße, die dahinter lagen. Von irgendwoher kam das aufgeregte Kreischen eines Kindes, gefolgt von einem Lachen. Sie konnten das Geräusch eines laufenden Rasensprenklers hören. *Wisk, wisk, wisk.* Es brachte Erinnerungen an längst vergangene Zeiten zu ihnen zurück, Zeiten, die zusammen mit der kurzen Dauer der kindlichen Unschuld verloren gegangen waren.

Nest sprach Jared Scott an, ohne ihn dabei anzusehen. »Ich mache dir keinen Vorwurf daraus. Dass du es deiner Mutter nicht erzählt hast, meine ich. Ich hätte es ihr auch nicht gesagt.«

Jared nickte. Seine Hände rutschten tiefer in seine Hosentaschen.

Sie griff impulsiv nach seinem Arm. »Wenn sie dich das nächste Mal allein zum Babysitten zurücklässt, rufst du mich an. Ich komme rüber und helfe dir.«

»Okay«, stimmte er zu und lächelte sie von der Seite her an.

Aber die Art, wie er es gesagt hatte, ließ Nest erkennen, dass er es nicht tun würde.

Kapitel 6

Nest und ihre Freunde verbrachten die langen, faulen Stunden des heißen Julinachmittags mit Angeln. Sie lachten, machten Witze und erzählten sich Lügengeschichten. Sie tranken Sechserpacks Limonade, die sie kühl hielten, indem sie die Dosen an einer Leine im Rock River versenkten, und kauten zufrieden auf roter Lakritze.

Jenseits des Schutzes, den der Park gewährte, und abseits der Brisen, die vom Fluss her wehten, stieg die Temperatur auf fast vierzig Grad. Die blaue Kuppel des wolkenlosen Himmels verschwamm fast vor widergespiegeltem Licht, und die Hitze lastete so schwer auf den Häusern und Geschäften von Hopewell, als wolle sie den Ort zum Schmelzen bringen. In der Innenstadt zeigte das digitale Signalschild an der Außenwand der First National Bank 40° an, und der Beton der Straßen und Fußwege glühte und dampfte in der sengenden Glut. Die Männer und Frauen in ihren klimatisierten Büroräumen begannen damit, ihre Freitagnachmittagflucht zu planen, und versuchten sich auszudenken, wie sie das glühende Innere ihrer Autos lange genug abkühlen konnten, um den Heimweg zu überleben.

An der Streikpostenlinie vor dem Eingang zu den fünf geschlossenen Werken von MidCon Steel hockten die Gewerkschaftsleute unter improvisierten Sonnenschirmen auf Gartenstühlen und tranken Eistee aus großen Kühlflaschen. Sie waren erhitzt, ausgelaugt und entmutigt, wütend über die Unerbittlichkeit ihres gemeinsamen Schicksals. Sie hingen dunklen Gedanken nach und spürten, wie ihnen die Fäden ihres Lebens aus den Händen glitten.

Im kühlen dunklen Inneren von Scrubby's Bar am westlichen Rand der Stadt, gleich neben dem Lincoln Highway, saß Derry Howe allein an einem Ende des Tresens, nippte an einem Bier und murmelte seine Pläne für MidCon unhörbar einer Kreatur zu, die niemand sonst sehen konnte.

Es war fast fünf Uhr nachmittags, die Sonne begann im Westen zu sinken, und die Abendbrotzeit rückte bereits näher, als Nest und ihre Freunde ihr Angelzeug und die letzten Limonadendosen zusammenräumten und sich auf den Heimweg durch den Park machten. Sie verließen den alten Bootssteg (der jetzt verlassen war, seit Riverside das Land gekauft und die Straße geschlossen hatte, die zu ihm führte), stiegen zum Friedhof hinauf und folgten dem Zaun das Steilufer entlang bis dorthin, wo die Klippen abfielen und der Park begann. Sie schlängelten sich durch eine Lücke im Maschendraht, wobei Jared und Robert die ausgefransten Ränder auseinanderhielten, damit die Mädchen hindurchsteigen konnten, folgten dann dem Wendekreis bis hinter die indianischen Grabhügel und nahmen schließlich Kurs auf die Baseballfelder. Obwohl die Sonne schon längst ihren langsamen Abstieg nach Westen begonnen hatte, hielt die Hitze noch immer an – eine dumpfe, brütende Schwere am Rand der Schatten. In den dunkleren Teilen der Fichten- und Kiefernhaine, wo die Schatten niemals ganz verblassten, blickten bernsteinfarbene Augen, die so flach und hart wie Stein waren, ihnen mit kalter Aufmerksamkeit nach. Nest, die sie als einzige sehen konnte, wurde dadurch an die zunehmende Dreistigkeit der Fresser erinnert und machte sich erneut Sorgen darüber, was das wohl bedeuten mochte.

Robert Heppler nahm einen tiefen Schluck aus seiner Coladose, rülpste dann Brianna Brown an und sagte mit unglaublicher Heuchelei: »Entschuldigung.«

Brianna zog eine Grimasse. Sie war klein und hübsch mit zarten Gesichtszügen und dichtem, gewelltem Haar. »Du bist widerlich, Robert!«

»Hey, das ist eine natürliche Körperfunktion.« Robert tat sein Bestes, sich als unschuldiges Opfer zu präsentieren. Klein und drahtig, mit einem frechen Gesicht und einem widerspenstigen, weißblonden Haarschopf, verärgerte Robert auf Dauer jeden, der mit ihm in Kontakt kam – insbesondere Brianna Brown.

»An nichts, was du tust, ist irgendetwas Natürliches!«, herrschte Brianna ihn gereizt an, doch es lag nicht genug Wut in ihrer Erwiderung, als dass einer der anderen sich Sorgen gemacht hätte. Die Fehde zwischen Robert und Brianna war bereits uralt. Sie war zu einem Teil ihres Lebens geworden. Niemand dachte sich mehr viel dabei, außer wenn ein gelegentliches Aufflammen die Gefühle derart erhitzte, dass es keiner von ihnen mehr ignorieren konnte. Das war in letzter Zeit nur einmal der Fall gewesen, im Frühsommer, als es Robert gelungen war, rotes Brausepulver in ihren Badeanzug zu schmuggeln, gerade bevor sie damit in das Schwimmbecken im Lawrence Park stieg. Die fürchterliche Peinlichkeit des daraus resultierenden roten Flecks hatte Brianna so wütend gemacht, dass sie Robert umgebracht hätte, wenn sie ihn in die Finger bekommen hätte. Auch so hatte sie fast zwei Wochen lang kein Wort mit ihm gesprochen, bis er sich in Gegenwart aller anderen bei ihr entschuldigt hatte und zugab, dass er sich dumm und kindisch benommen hätte – und selbst das schien Robert auf eine bizarre Weise zu genießen, die wahrscheinlich nicht einmal er selbst erklären konnte.

»Nein, hör zu, das habe ich in einem Artikel gelesen.« Robert sah sich um, ob ihm auch alle zuhörten. »Rülpsen und Furzen sind notwendige Körperfunktionen. Dadurch werden Gase ausgestoßen, die sonst den Körper vergiften würden. Habt ihr das von den explodierenden Kühen gehört?«

»O Robert!« Cass Minter verdrehte die Augen.

»Nein, wirklich, Kühe können explodieren, wenn sich genug Gas in ihnen ansammelt. Das ist eine medizinische Tatsache. Sie produzieren eine Menge Methangas, während sie Gras verdauen. Wenn sie es nicht wieder loswerden, kann es sie zum Explodieren bringen. Dieser ganze Artikel drehte sich darum. Ich schätze, das ist so ähnlich wie das, was mit Milchkühen geschieht, die nicht gemolken werden.« Er nahm einen weiteren Schluck aus seiner Coladose und rülpste erneut. Bei Robert wusste man nie, ob er sich etwas ausdachte oder die Wahrheit sagte. »Stellt euch nur vor, was mit uns passieren könnte, wenn wir nicht mehr rülpsen würden.«

»Vielleicht solltest du aufhören, Cola zu trinken«, schlug Cass trocken vor. Sie war ein großes, stämmiges Mädchen mit einem runden, freundlichen Gesicht und intelligenten grünen Augen. Sie trug immer Jeans und weite Hemden, ein unausgesprochenes Zugeständnis an ihr Gewicht, und ihr glattes braunes Haar sah aus, als hätte es schon seit einiger Zeit keinen Kamm mehr gesehen. Cass war Nests älteste Freundin; sie kannten sich schon seit der zweiten Klasse. Jetzt zwinkerte sie Nest zu. »Vielleicht solltest du lieber auf Tomatensaft umsteigen, Robert.«

Robert Heppler hasste Tomatensaft. Eine Aufsichtsperson hatte ihn einmal im Ferienlager dazu genötigt, vor den Augen von einem Dutzend anderer Kinder ein Glas zu trinken, woraufhin er es sofort wieder erbrochen hatte. Es war eine Frage des Stolzes für ihn, dass er lieber sterben würde, bevor er das noch einmal tat.

»Wo hast du das alles überhaupt gelesen?«, fragte Jared Scott ihn mit gutmütigem Interesse.

Robert zuckte mit den Achseln. »Im Internet.«

»Du solltest wissen, dass du nicht alles glauben darfst, was du liest«, verkündete Brianna und wiederholte damit etwas, das ihre Mutter regelmäßig sagte.

»Was du nicht sagst!«, schnaubte Robert. »Übrigens war das ein Artikel von Dave Barry.«

»Dave Barry?«, prustete Cass. »Na, das ist ja mal eine verlässliche Quelle. Ich nehme an, die aktuellen Weltnachrichten erhältst du von Erma Bombeck.«

Robert hielt an und drehte sich langsam zu ihr um. »Oh, das trifft mich bis ins Herz!« Er blickte Nest an. »Als ob ich nicht entscheiden könnte, was verlässlich ist und was nicht, richtig?«

»Halt mich da bloß raus«, bat ihn Nest.

»Jetzt sei nicht so empfindlich, Robert!«, rügte ihn Brianna und strich ihre makellosen weißen Shorts glatt. Nur Brianna trug weiße Shorts, wenn sie zum Angeln ging, und sie schaffte es sogar, sie irgendwie sauber zu halten.

»Empfindlich? Ich bin nicht empfindlich! Oder bin ich das?« Er warf die Arme in die Luft. »Bin ich das, Jared?«

Aber Jared starrte abwesend ins Nichts. Sein Gesicht war ruhig, sein Ausdruck abgeklärt, als habe er sich vollständig von allem gelöst, was um ihn herum vorging, und sei mit den Gedanken ganz woanders. Er hatte einen weiteren Anfall, erkannte Nest – sein dritter an diesem Nachmittag. Die Medikamente, die er nahm, schienen nicht sonderlich viel zu helfen. Zumindest richtete seine Epilepsie keinen großen Schaden an. Sie riss ihn nur eine Weile fort und brachte ihn dann wieder zurück – und schnipselte dabei kleine Stücke aus seinem Leben weg, wie Einzelbilder, die aus einem Comicheft ausgeschnitten wurden.

»Wie auch immer, ich finde nicht, dass ich empfindlich bin.« Robert drehte sich wieder zu Brianna um. »Ich kann doch nichts dafür, dass es mich interessiert, neue Sachen zu lernen. Was soll ich denn deiner Meinung nach tun – aufhören zu lesen?«

Brianna seufzte ungeduldig. »Du könntest zumindest aufhören, so dramatisch zu werden.«

»Oh, also jetzt bin ich zu dramatisch, ja? Toll, erst bin ich empfindlich und dann auf einmal zu dramatisch! Wie soll ich nur jemals mit meinem Leben zurechtkommen?«

»Das fragen wir uns täglich«, bemerkte Cass.

»Du verbringst zu viel Zeit vor deinem Computer!«, herrschte ihn Brianna an.

»Und du verbringst zu viel Zeit vor deinem Spiegel!«, konterte Robert prompt.

Es war kein Geheimnis, dass Brianna eine übermäßige Menge an Zeit darauf verwendete, gut auszusehen, was zu einem guten Teil daran lag, dass ihre Mutter eine Friseuse war, die fest daran glaubte, dass Make-up und Kleidung den entscheidenden Unterschied im

Leben eines jungen Mädchens ausmachten. Seit ihre Tochter alt genug war, um ihr zuzuhören, hatte Briannas Mutter ihr das Bedürfnis eingeimpft, immer »etwas aus sich zu machen«, wie sie es gern nannte. Sie brachte ihr bei, sich das Haar zu richten und Make-up aufzutragen, und sie hatte ihr eine umfangreiche Garderobe von zueinander passenden Kleidern zur Verfügung gestellt, die Brianna bei jeder Gelegenheit tragen musste – selbst wenn es sich dabei um einen Ausflug zum Fischen handelte. In letzter Zeit hatte Brianna begonnen, gegen die strikten Erwartungen aufzubegehren, die ihre Mutter an sie stellte, aber noch hatte Mom die elterlichen Zügel fest in der Hand, und eine ausgewachsene Rebellion war noch nicht in Sicht.

Die Anspielung auf den Spiegel ließ Brianna Browns Gesicht vor Zorn rot werden, und sie funkelte Robert hitzig an.

Cass Minter griff eilig ein. »Ihr verbringt beide zu viel Zeit vor beleuchteten Schirmen, Robert« – sie zwinkerte Nest erneut zu –, »aber in Briannas Fall ist das Ergebnis von offensichtlicherem Erfolg gekrönt.«

Nest musste unwillkürlich lachen. Sie beneidete Brianna um ihre Figur, ihre makellose Haut und ihr weiches, weibliches Aussehen. Sie war auf eine Art schön, wie Nest es nie sein würde. Briannas kleiner Jungmädchenkörper entwickelte seine Rundungen genau nach Plan, während der von Nest sich einfach weigerte, endlich zu knospen. Jungs sahen Brianna an und wurden hungrig und von Ehrfurcht ergriffen. Wenn sie Nest ansahen, ließ sie das kalt.

Robert setzte zum Sprechen an und rülpste, und alle brachen in Gelächter aus. Jared Scott räusperte sich, seine Augen richteten sich wieder auf seine Freunde. »Gehen wir morgen schwimmen?«, fragte er, als sei nichts geschehen.

Sie wanderten durch das Zentrum des Parks und blieben dabei im Schatten der großen Eichen, die sich vom Steilufer bis zu den Baseballplätzen erstreckten, die an Nests Garten grenzten. Dort wandten sie sich dann in Richtung von Cass Minters weitläufigem, zweistöckigem Zuhause. Auf dem vierten Feld, das am weitesten innerhalb des Parks und dicht bei der Rodelbahn lag, war gerade ein Spiel im Gang. Sie schlenderten darauf zu, völlig in ihre Unterhaltung versunken, die sich jetzt dem Thema zugewandt hatte, ob es sich lohnte, eine Fremdsprache zu lernen. Sie hatten das Spielfeld fast erreicht, als Nest verspätet bemerkte, dass einer der Spieler, die sich auf den Bänken lümmelten und darauf warteten, zum Schlag zu kommen, Danny Abbott war. Sie versuchte von ihm wegzuschwenken und drückte ein wenig gegen Cass, um sie dazu zu bewegen, wieder zur Straße zurückzukehren; aber es war zu spät. Er hatte sie bereits gesehen.

»Hey, Nest!«, rief er unbekümmert. »Warte mal.«

Sie wurde widerwillig langsamer, als er auf sie zugelaufen kam, und war jetzt schon sauer auf sich selbst, dass sie zugelassen hatte, dass dies passierte. »Oh, toll«, murmelte Robert vor sich hin. Ein finsterer Blick verzerrte seine schmalen Lippen.

»Geht schon vor«, sagte sie zu Cass und blickte dabei auf ihre Schuhe. »Ich komme in einer Minute nach.«

Cass ging weiter, als hätte sie das die ganze Zeit vorgehabt, und die anderen drei folgten ihr pflichtschuldig. Sie schlenderten etwa sechs Meter weiter und hielten dort an. Nest blieb stehen, als sich Danny Abbott näherte. Er war groß, stark, sah gut aus und hatte aus irgendeinem Grund ein Auge auf sie geworfen. Im Herbst würde er auf die High-School gehen; er war zwei Jahre älter als Nest und überzeugt, dass er der coolste Typ überhaupt war. Vor ein paar Monaten hatte Nest, geschmeichelt von seinem Interesse, auf einem Jugendtanz den Fehler begangen, sich von ihm küssen zu lassen. Der Kuss war alles gewesen, was sie von ihm wollte, und nach vollbrachter Tat war sie zu dem Entschluss gelangt, dass sie überhaupt nichts von Danny Abbott wollte. Aber Danny wollte sie nicht gehenlassen. Er begann damit, seinen Freunden von ihr zu erzählen, und einige dieser Geschichten kamen ihr zu Ohren. Danny behauptete, dass er viel weiter bei ihr gekommen wäre, als es in Wirklichkeit der Fall war. Was schlimmer war, er erzählte herum, dass sie noch mehr von ihm wollte. Sie mied ihn, wo es nur ging, aber das schien sein Interesse nur noch weiter anzuheizen.

Er schlenderte mit einem zuversichtlichen Lächeln auf sie zu, der große Sportler, der zu dem leicht zu beeindruckenden kleinen Groupie kam. Sie spürte, wie Ärger in ihr hochstieg. »Also, was geht ab?«, fragte er mit langsamer, träger Stimme. »Hast du was gefangen?«

Sie schüttelte den Kopf. »Nicht viel. Was willst du?«

»Hey, sei nicht so kratzbürstig.« Er fuhr sich durch das dunkle Haar und blickte in die Ferne, als sähe er in die Zukunft, um abzuschätzen, was sie bringen würde. »Ich habe mich nur gefragt, warum ich dich nicht mehr gesehen habe.«

Sie verlagerte ihr Gewicht von einem Fuß auf den anderen und zwang sich dazu, ihn anzusehen. Sie wollte sich nicht von ihm einschüchtern lassen. »Du weißt warum, Danny.«

Er schürzte die Lippen und nickte, als dächte er darüber nach. »Okay, ich habe einen Fehler gemacht. Ich habe ein paar Sachen gesagt, die ich nicht hätte sagen sollen. Es tut mir Leid. Können wir das Thema jetzt fallen lassen? Ich mag dich, Nest. Ich will nicht, dass du sauer auf mich bist. Hey, warum wartest du nicht hier, bis ich mit dem Spiel fertig bin, und dann gehen wir einen Burger essen.«

»Ich bin mit meinen Freunden hier«, sagte sie.

»Und? Das bin ich auch. Die können ihrer Wege gehen, und wir gehen unserer, richtig?«

Er warf ihr sein charmantestes Lächeln zu, und sie wollte am liebsten gegen ihren Willen ja sagen. Dumm, dumm. Sie schüttelte den Kopf. »Nein, ich muss nach Hause.«

Er nickte ernst. »Okay. Vielleicht morgen Abend. Weißt du was? Am Sonntag gibt's eine Party hier im Park. Die Jaycees organisieren sie. Magst du mit mir hingehen?«

Sie schüttelte zum zweiten Mal den Kopf. »Ich glaube nicht.«

»Warum nicht?« Ein Hauch von Gereiztheit lag jetzt in seiner Stimme.

Sie biss sich auf die Lippe. »Ich werde wahrscheinlich mit meinen Freunden hingehen.«

Er stieß ein angewidertes Seufzen aus. »Du verbringst eine Menge Zeit mit deinen Freunden, was?«

Sie sagte nichts.

Er blickte an ihr vorbei und schüttelte den Kopf. »Warum treibst du dich überhaupt mit denen rum? Ich begreife es nicht.« Jetzt sah er sie direkt und von oben herab an. »Ich finde, du verschwendest deine Zeit.«

Ihre Lippen pressten sich zusammen, aber sie sagte noch immer nichts.

»Ich will nicht an ihnen herummäkeln oder so was, aber denk nur mal drüber nach. Barbie-Püppchen, Big Bertha, Joe der Raumfahrer und Bobby das Schandmaul. Sonderbare Typen, Nest. Was hast du mit denen zu tun?«

»Danny«, sagte sie ruhig.

»Hey, ich versuche nur, meinen Standpunkt klarzumachen. Du hast viel mehr drauf als die, das ist alles. Du bist eine der besten Läuferinnen im Staat, und du bist noch nicht mal auf der High-School! Du bist praktisch berühmt! Du bist völlig anders als sie. Ich begreife es wirklich nicht.«

Sie nickte langsam. »Ich weiß, dass du das nicht tust. Vielleicht ist es genau das.«

Er seufzte. »Okay, wie auch immer. Trotzdem, warum wartest du nicht einfach?«

»Hey, Danny, du bist dran!«, rief jemand.

»Ja, schon gut, in einer Minute!«, rief er zurück. Er legte ihr die Hände auf die Schultern. »Komm schon, Nest. Sag mir, dass du bleibst, bis ich mit meiner Schlagrunde fertig bin.«

Sie trat zurück und versuchte sich von ihm zu lösen. »Ich muss gehen.«

»Nur eine Runde«, drängte er. »Fünf Minuten.« Er trat nach vorne, sodass seine Hände weiter auf ihren Schultern lagen. »Was sagst du dazu?«

»Abbott, du bist dran!«

»Hey, Nest, zieh deine Schultern unter seinen Händen weg!«, rief Robert Heppler plötzlich. »Du machst ihn nervös!«

Danny Abbott blinzelte, hielt seine Augen aber fest auf Nest gerichtet. Sein Blick war so intensiv, so entschlossen, dass Nest Freemark nur mit Mühe verhindern konnte, dass ihr schwindlig wurde. Aber sie war mittlerweile wütend genug, dass sie sich weigerte, ihm diese Befriedigung zu gönnen.

»Ich muss gehen«, wiederholte sie und blickte ihn weiter direkt an.

Seine Hände legten sich fester um ihre Schultern. »Ich lasse dich nicht weg«, sagte er. Er lächelte, aber es lag keine Wärme in seinen Augen.

»Nimm deine Hände weg«, sagte sie.

Ein paar der Jungen, die am Spielfeldrand herumgestanden hatten, kamen nun herbeigeschlendert, neugierig, was hier vor sich ging.

»So toll bist du nicht«, sagte er leise, sodass nur sie es hören konnte. »Nicht halb so toll, wie du glaubst.«

Sie versuchte sich von ihm zu befreien, aber sein Griff war zu fest.

»Hey, Danny, such dir jemanden, der so groß ist wie du!«, rief Robert und kam ein paar Schritte näher.

Das musste man Robert lassen, er hatte vor niemandem Angst. Er war in der Grundschule in so viele Prügeleien verwickelt gewesen, dass seine Eltern ihn zu einem Psychiater gebracht hatten. Er war häufiger suspendiert worden, als Nest sich erinnern konnte. Sein Problem war, dass er sich seine Gegner nicht besonders sorgfältig aussuchte. Danny Abbott musterte ihn mit unverhohlener Verachtung. Danny war größer, stärker, schneller und gemeiner als Robert, und er suchte nach einem Vorwand, um jemanden zu verprügeln.

»Was hast du gesagt, Heppler?«

Robert zuckte nur mit den Achseln. »Nichts.«

»Genau das dachte ich mir, du kleine Laus.«

Robert reckte in übertriebenem Schrecken seine Arme empor. »Auweia! Ich werde Laus genannt, und das von einem Kerl, der sich mit Mädchen rangelt!«

Ein halbes Dutzend Spieler hatte sich versammelt, und ein paar kicherten bei der Bemerkung. Danny Abbott ließ seine Hände von Nests Schultern fallen. Sie ballten sich zu Fäusten, und er wandte sich zu Robert um. Dieser grinste ihn unverschämt an, aber der Schatten eines Zweifels lag jetzt in seinen Augen.

»Robert!«, rief Cass mit leiser, warnender Stimme.

»Ich prügel dich durch den ganzen Park«, sagte Danny Abbott und ging auf ihn zu.

Nest Freemark trat ihm eilig in den Weg und brachte ihn zum Halten. Sie stand bebend vor ihm, die Arme seitlich ausgestreckt. »Lass ihn in Frieden, Danny. Ich bin es, auf die du wütend bist.«

Danny schüttelte den Kopf. »Jetzt nicht mehr.«

»Du bist doppelt so groß wie er!«

»Schätze, das hätte er sich überlegen sollen, bevor er seine große Klappe aufgerissen hat.«

»Hau ihn um, Danny«, murmelte einer seiner Freunde, und ein paar der anderen stimmten ihm schnell zu.

Nest spürte, wie die Hitze ihr die Kehle ausdörrte, als sie sie einatmete. »Schau, vergiss es einfach, Danny«, beharrte sie und versperrte ihm noch immer den Weg zu Robert. »Ich bleibe und sehe dir bei deiner Schlagrunde zu, okay?« Sie hasste sich selbst dafür, dass sie das sagte, aber sie hatte jetzt wirklich Angst. »Lass Robert in Ruhe.«

Er blickte sie an, und es stand offene Verachtung in seinen Augen. »Das hättest du dir vorher überlegen sollen. Du hättest ein bisschen besser darauf achten sollen, was du von dir gibst.«

Er setzte sich wieder in Bewegung, und sie trat schnell zurück, versperrte ihm noch immer den Weg. Sie spürte, dass sie begann, die Kontrolle zu verlieren, und ihr Atem ging jetzt viel schneller. Sie hatte es sich selbst versprochen! Sie hatte es Großmutter versprochen! »Danny, tu das nicht!«, fauchte sie ihn an.

»Danny, tu das nicht!« äffte er sie spöttisch nach, und die Jungs um ihn herum lachten.

»Danny, bitte!«

»Geh mir aus dem Weg«, knurrte er.

Er griff nach ihr, ihre Augen trafen sich, und ihre Magie schlug in ihn ein. Einen Augenblick später lag er auf dem Boden, Arme und Beine wirr durcheinander und ein Ausdruck vollständigen Schocks auf dem gut aussehenden Gesicht. Die anfeuernden Rufe seiner Freunde verwandelten sich in ein erschrecktes Keuchen, und Nest trat schnell beiseite. Ihr Gesicht war weiß, und ihre Augen blitzten angespannt vor Konzentration. Danny kämpfte sich hoch und funkelte sie wütend an. Er war sich nicht sicher, was gerade geschehen war, wusste aber, dass sie irgendwie dafür verantwortlich war, und stürmte plötzlich auf sie los. Ihre Augen fanden seine. Wieder ging er zu Boden, fiel wie eine Puppe in sich zusammen, als wüsste er nicht mehr, wie man aufrecht stand. Er rollte umher und kreischte dabei mit unnatürlich hoher und durchdringender Stimme sinnlose, unverständliche Laute.

Alle waren jetzt völlig still. Sie standen in zwei dichten Gruppen zusammen. Nests Freunde auf der einen Seite, Dannys auf der anderen, wie versteinert in der Glut aus Hitze und Aufregung, betäubt von dem, was sie gerade gesehen hatten, wie hypnotisiert von dem Schauspiel des Zusammenbruchs von Danny Abbott. Der Park war zu einer riesigen Arena geworden, die mit Gras bedeckt und von Bäumen begrenzt war und in der kein Geräusch zu hören war. Magie raste mit wilder Eleganz durch die Luft, doch niemand außer Nest konnte ihre Gegenwart wahrnehmen.

Danny kam auf Hände und Knie hoch und blieb in dieser Position. Sein Kopf hing zwischen seinen Schultern herab, seine Brust hob und senkte sich langsam. Er hustete heftig und spuckte aus, dann sog er ein paarmal intensiv die Luft ein. Er versuchte aufzustehen, gab es dann auf und begann mit einer bösartigen Beschimpfung von Nest, die schnell zu einem flüsternden Stöhnen verklang.

Nest drehte sich weg; sie fühlte sich kalt und leer, und ihr war zutiefst übel. Sie sah nicht zu Danny Abbott oder seinen Freunden. Sie blickte auch Cass, Robert, Brianna und Jared nicht an. »Lasst uns gehen«, flüsterte sie, kaum in der Lage, die Worte auszusprechen, und ohne sich zu vergewissern, ob ihr jemand folgte, ging sie davon.

Nest war bereits elf gewesen, als sie entdeckte, dass sie Magie benutzen konnte. Im Nachhinein war sie sich nie sicher, ob sie das schon immer gekonnt und es bloß nicht gewusst hatte oder ob ihre Fähigkeit sich erst mit dem Älterwerden entwickelt hatte. Selbst ihre Großmutter hatte es nicht genau sagen können, als sie ihr davon erzählte. Zu diesem Zeitpunkt hatte Nest schon knapp sechs Jahre mit den Fressern und Geist gelebt, und auch Pick kannte sie bereits fast ebenso lange. Sie wusste bereits, dass es Magie gab, und so war es kein allzu großer Schock, dass sie selbst über ein wenig davon verfügte. Außerdem hatte Granny seit so vielen Jahren behauptet, dass Magie in ihr war, auch wenn es niemals einen Beweis dafür gegeben hatte, dass sie schon immer halb daran geglaubt hatte, dass es so war.

Die Entdeckung, dass sie wirklich Magie bewirken konnte, war hauptsächlich Lori Adamis Schuld. Die beiden Mädchen hatten als Klassenkameradinnen in der Grundschule eine tiefe und beharrliche Abneigung gegeneinander gefasst. Jede von ihnen gab sich große Mühe, die andere zu demütigen, und jede verkündete ihren Freundinnen regelmäßig, was für eine Idiotin die andere war, und auf diesem Niveau blieb es lange Zeit. Doch in der sechsten Klasse eskalierte der Krieg zwischen den beiden plötzlich. Lori begann damit, bei jeder Gelegenheit schnippische Bemerkungen über Nest zu machen, immer vor anderen Kindern und immer in Hörweite von Nest. Nest reagierte darauf, indem sie so tat, als hätte sie nichts gehört, und wartete geduldig darauf, dass Lori ihr neues Spielchen leid wurde.

Aber Lori Adami war sehr ausdauernd, und eines Tages sagte sie, dass Nests Mutter verrückt gewesen sei und sich deshalb selbst umgebracht habe und dass Nest wahrscheinlich ebenfalls verrückt sei. Es war im Winter, und sie standen vor Schulbeginn in der Pausenhalle bei ihren Schließfächern und zogen sich Stiefel und Mäntel aus. Nest hörte die Bemerkung, und ohne auch nur darüber nachzudenken, ließ sie Mantel und Handschuhe zu Boden fallen, drehte sich um, ging zu Lori und schlug ihr ins Gesicht. Da Nest in all den Jahren niemals die Hand gegen sie erhoben hatte, wurde Lori davon vollkommen überrascht. Aber sie war mit drei Brüdern aufgewachsen und wusste deshalb, wie man sich wehrt. Sie zischte Nest irgendein Schimpfwort zu und stürzte sich auf sie.

Dann geschah etwas Seltsames. Nest, die nicht viel vom Kämpfen verstand, wusste nicht so recht, was sie tun sollte. Wut und Angst rangen in ihr um die Vorherrschaft. Sollte sie sich stellen oder davonlaufen? Sie stellte sich. Lori griff nach ihr, ihre Augen trafen sich, und Nest dachte, während sie die Hände hob, um sich zu wehren: *Du fasst mich besser nicht an, du gibst besser sofort auf, du hörst besser auf!* Und Lori brach zusammen, die Beine verdreht, die Arme ausgestreckt und der Mund vor Überraschung weit offen. Wütend kam Lori wieder hoch, aber in dem Augenblick, als sich ihre Augen trafen, begann sie, hilflos herumzustolpern. Sie versuchte etwas zu sagen, konnte aber anscheinend nicht sprechen; ihre Worte ergaben keinen Sinn und waren unverständlich. Einige der Schüler glaubten, sie habe einen Anfall, und rannten schreiend davon, um Hilfe zu holen. Nest war ebenso schockiert wie sie, aber aus einem anderen Grund. Sie wusste, was geschehen war. Sie konnte es nicht erklären, aber sie erkannte, was es war. Sie hatte die Woge der Magie wie ein tiefes, keuchendes Ausatmen gespürt, als sie ihren Körper verlassen hatte. Sie hatte gespürt, wie die Magie Lori eingehüllt hatte, wie sich unsichtbare Fäden fest und unlösbar um die Knöchel des Mädchens gewunden hatten. Sie würde niemals den entsetzten Blick auf Lori Adamis Gesicht vergessen. Sie würde niemals vergessen, wie sie sich dabei gefühlt hatte.

Sie wurden beide wegen ihres Streits von der Schule suspendiert. Nest kämpfte lange mit sich, wie viel sie ihrer Großmutter erzählen sollte, der sie bei allen Verfehlungen Rechenschaft ablegen musste; am Ende sagte sie ihr alles, wie sie es fast immer tat. Sie hatte das Bedürfnis, mit jemandem über das zu sprechen, was vorgefallen war, und Großmutter war die logische Wahl. War sie es nicht schließlich gewesen, die Nest immer wieder gesagt hatte, dass Magie in ihr war? Also schön – dann sollte sie dies hier erklären!

Aber Großmutter hatte zunächst gar nichts zu Nests Bericht gesagt. Sie fragte nur, ob Nest sich sicher sei, dass es so passiert sei, und ließ das Thema dann fallen. Erst später hatte sie Nest beiseite genommen, um mit ihr darüber zu sprechen, als sie sicher war, dass Old Bob aus dem Haus war.

»Es ist nicht so seltsam, wie es dir vorkommen mag, dass du Magie wirken kannst, Nest«, erzählte sie ihr. Sie saßen am Küchentisch, Nest mit einer Tasse heißer Schokolade, Granny mit ihrem Bourbon und Wasser. »Weißt du, warum das so ist?«

Nest schüttelte den Kopf, begierig, die Erklärung ihrer Großmutter zu hören.

»Weil du die Tochter deiner Mutter und meine Enkelin bist, und die Frauen unserer Familie haben schon immer etwas von Magie verstanden. Wir sind keine Hexen oder so etwas, Nest. Aber wir haben immer in der Nähe von Magie gelebt, hier beim Park, bei den Fressern, und wir haben von der Magie gewusst. Und wenn du lange genug neben etwas lebst und weißt, dass es da ist, wird etwas davon auf dich abfärben.«

Nest blickte ihre Großmutter zweifelnd an. *Auf dich abfärben?*

Ihre Großmutter beugte sich vor. »Jetzt hör mir genau zu, junge Dame. Ich habe dich einmal davor gewarnt, mit irgendjemandem über die Fresser zu sprechen. Damals hast du nicht auf mich gehört, richtig? Du hast über sie geredet. Und erinnerst du dich noch, welchen Ärger dir das eingebracht hat?« Nest nickte. »Gut. Also hör jetzt auf mich. Wenn du die Magie benutzt, wird dir das sehr viel mehr Ärger einbringen als das Gerede über die Fresser. Es wird dich in solche Schwierigkeiten bringen, dass ich nicht weiß, ob ich dir da wieder heraushelfen kann. Also sage ich dir jetzt, dass du deine Magie nicht mehr benutzen darfst. Hast du mich verstanden?«

Nest kaute auf ihrer Lippe. »Ja.«

»Gut. Dies ist sehr wichtig.« Großmutters Gesicht sah jetzt so zerknittert aus wie eine zusammengeknüllte Papiertüte. »Wenn du erwachsen bist, kannst du selbst entscheiden, wann du deine Magie benutzen willst. Dann kannst du die Vorteile und Risiken abwägen. Aber du wirst sie nicht benutzen, so lange du ein Kind bist, das unter diesem Dach lebt. Außer«, sie machte eine Pause, als sie sich an etwas erinnerte, »wenn du bedroht wirst und dein Leben in Gefahr ist und du keine andere Wahl hast.« Sie blickte plötzlich weg, als wolle sie Dingen ausweichen, über die sie lieber nicht nachdenken wollte. »In diesem Fall darfst du die Magie benutzen. Aber nur dann.«

Nest dachte einen Augenblick darüber nach. »Woher soll ich wissen, ob ich wirklich Magie in mir habe, wenn ich sie nicht ausprobiere?«

Die Augen ihrer Großmutter fixierten sie erneut. »Als du mit Lori Adami gekämpft hast, schienst du dir ziemlich sicher zu sein. Willst du mir sagen, dass du dir das vielleicht nur ausgedacht hast?«

»Nein.« Nest war sofort wieder in der Defensive. »Ich bin mir bloß nicht ganz sicher. Es ist alles so schnell passiert.«

Ihre Großmutter nahm einen tiefen Schluck aus ihrem Glas und zündete sich eine Zigarette an. »Du weißt es. Und jetzt tu, was ich dir gesagt habe.«

Und das hatte Nest getan, obwohl es ihr schwer gefallen war. Schließlich hatte sie ihr Versprechen gebrochen, doch erst mehrere Monate später, als sie ihre Magie auf einen Jungen anwendete, der versuchte, ihr am Schwimmbecken den Badeanzug herunterzuziehen. Später benutzte sie sie wieder bei einem Kind, das mit Steinen nach einer streunenden Katze warf. Sie wusste jetzt mit Sicherheit, dass die Magie wirklich existierte und dass sie sie bei jedem anwenden konnte. Aber das Seltsame war, dass sie sich bei ihrer Benutzung nicht sehr wohl fühlte. Es hätte ihr ein gewisses Maß an Befriedigung geben sollen, doch tatsächlich erzeugte es nur ein inneres Unwohlsein, als hätte sie etwas getan, für das sie sich schämen müsste.

Pick war es, der sie schließlich aufklärte, indem er ihr erklärte, dass ihre Großmutter gemeint hatte, dass Nest ihre Magie nicht gegen andere Menschen einsetzen durfte. Immer wenn sie sie gegen Menschen anwendete, würde sie sich schlecht fühlen, weil es so war, als kämpfe sie gegen jemanden, der sich nicht auf gleiche Art wehren konnte. Außerdem würde es eine Menge unerwünschter Aufmerksamkeit auf sie lenken. Aber die Fresser waren eine erlaubte Beute. Warum sollte Nest ihre Magie also nicht gegen sie anwenden?

Picks Idee hatte funktioniert. Ihre Magie gegen die Fresser zu benutzen befriedigte ihre Neugier und gab ihr die Möglichkeit, damit zu experimentieren. Schließlich erzählte sie ihrer Großmutter davon. Diese hatte, ohne viel dazu zu sagen, ihr Einverständnis gegeben. Dann hatte Pick ihre Mithilfe im Kampf gegen die nächtlichen Aktivitäten der Fresser erbeten, und die Beschwörung ihrer Magie war plötzlich zu einer ernsten Sache geworden. Danach war sie sehr darauf bedacht gewesen, sie nicht mehr gegen Menschen zu benutzen.

Bis jetzt, dachte sie erschöpft, während sie durch den Park nach Hause ging. Sie hatte sich von den anderen getrennt, sobald sie die Bäume erreicht hatten und vom Spielfeld aus nicht mehr gesehen werden konnten. Mit einem »Bis morgen« hatte sie sich von den anderen verabschiedet, als sei nichts geschehen, als sei alles in Ordnung. »Bis morgen«, hatten sie erwidert. Es war kaum ein Wort über den Zwischenfall gesprochen worden, aber sie wusste, dass sie alle darüber nachdachten und sich an die alten Geschichten erinnerten, die über Nest erzählt wurden.

Nur Robert hatte beim Abschied einen Kommentar dazu abgegeben. »Echt, es sah so aus, als hättest du ihn nicht einmal berührt!«, hatte er auf seine typische, direkte und gedankenlose Art gesagt. Sie war so bekümmert, dass sie nicht einmal den Versuch machte, darauf zu antworten.

Als sie den Rand des Feldwegs erreichte, hatte sie plötzlich das Gefühl, sich übergeben zu müssen. Ihr Magen rumorte, und ihr Kopf begann zu schmerzen. Das Innere ihres Munds schmeckte nach Kupfer, und ihr Atem kam schnell und unregelmäßig. Die Magie gegen Danny Abbott zu benutzen war ein Fehler gewesen, auch wenn sie dadurch wahrscheinlich Robert eine Tracht Prügel erspart hatte. Sie hatte ihrer Großmutter versprochen, es nicht mehr zu tun. Wichtiger noch, sie hatte es sich selbst versprochen. Aber irgendetwas war an diesem Nachmittag mit ihr geschehen. Sie war so wütend geworden, dass sie ihren Entschluss vergessen hatte. Sie hatte einfach die Kontrolle über sich verloren.

Sie schritt zwischen den Bäumen und Häusern hindurch, die parallel zum Park verliefen, und näherte sich jetzt ihrem Zuhause. Der Anblick der vertrauten weißen Fassade und des großen Schornsteins richtete sie ein wenig auf. Sie wusste, was ihr bei dem, was geschehen war, am meisten Sorgen bereitete. Es war das, was Danny gesagt hatte. Deine Freunde sind sonderbare Typen. Warum treibst du dich überhaupt mit denen rum? Aber in Wahrheit war sie es, die seltsam war, und die Beschwörung ihrer Magie hatte das nur bestätigt. Ihre Magie machte sie anders als alle anderen – aber das war nur ein Teil davon. Wie viel seltsamer konnte man denn sein, als zu wissen, dass man die Einzige war, die Fresser sehen konnte, die Einzige, die eine Art Monsterhund als Beschützer hatte, und die Einzige, die einen Waldschrat zum Freund hatte?

Sie wusste, dass sie es war, die nicht dazugehörte, und Tränen rannen ihr die Wangen hinunter; sie wünschte sich verzweifelt, nicht so zu sein, wie sie war.

Kapitel 7

Noch vor dem Abendessen machte Nest einen Lauf. Sie wartete nicht darauf, dass die Hitze nachließ – sie musste einfach allem entfliehen. Sie fragte ihre Großmutter, ob das in Ordnung ginge, und diese sagte ihr mit ihren unfehlbaren Instinkten für die Wichtigkeit der Bedürfnisse ihrer Enkelin, sie solle nur gehen. Es war nach sechs Uhr, die Sonne stand noch am westlichen Himmel, und das grelle Licht des Tages ging in einen sanfteren, goldenen Schein über. Die Farben wurden mit dem Verblassen des Lichtes dunkler, die Blätter und das Gras verwandelten sich in ein dunstiges Smaragdgrün, die Baumstämme waren wie in Tinte getunkt, und der Himmel nahm ein so klares, unergründliches Blau an, dass es schien, als könne man in ihm schwimmen, wie im Ozean, wenn man nur die Fesseln der Schwerkraft überwand. Als Nest aus der Einfahrt bog und die Sinnissippi Road hinunterlief, konnte sie fühlen, wie die Äste der großen Laubbäume im sanften Zug einer leichten Brise seufzten, und dieser Seufzer schien allgemeingültig und allumfassend zu sein. Der Freitag ging zu Ende, die Arbeitswoche war vorbei, und jetzt konnte das lange Vierter-Juli-Wochenende richtig beginnen. Sie lief bis zum Ende der Sinnissippi, fast einen Block von ihrer Auffahrt entfernt, und bog dann nach Osten in die Woodlawn ab. Vor ihr erstreckte sich die Straße bis in die Ferne, eine gerade Rennstrecke, die sich zwischen den Häusern mit ihren Vorgärten, Hecken und Bäumen verengte und schließlich in den Horizont überging. Sie lief entspannt auf ihr entlang, spürte, wie ihr Blut rauschte, ihr Herz pochte, der Atem regelmäßig ging und ihre Gedanken sich zerstreuten. Die Bewegung ihrer Beine und das Stampfen ihrer Füße nahmen sie völlig gefangen, hüllten sie ein und verschluckten sie dann. Sie nahm die an ihr vorbeiziehende Welt wie eine Wasserfarbe wahr, die auf einer Leinwand herabrann, und sie hatte das Gefühl, mit ihr zu verschmelzen. Nachbarn arbeiteten in ihren Gärten oder saßen auf ihren Veranden und tranken Tee und Limonade und hin und wieder auch etwas Stärkeres. Hunde und Katzen schliefen in der Wärme. Kinder spielten in den Gärten, und als sie an ihnen vorbeilief, rannten ein paar der Kleinen auf sie zu, bevor sie anhielten, als ob auch sie sich nach einer Flucht sehnten. Hin und wieder winkte jemand oder rief ihr etwas zu, gab ihr das Gefühl, willkommen und wieder ein Teil der Welt um sie herum zu sein.

Sie lief die gesamte Woodlawn entlang und bog dann nach links zur Moonlight Bay ab. Sie passierte Boote und Anhänger auf dem Weg zu den Kais und Camper, die zum White Pines State Park unterwegs waren, der sechzig Meilen weiter nördlich lag. Sie rannte die Ringstraße an der Bay entlang, passierte die Ufergrundstücke und wandte sich dann wieder nach Westen, zurück nach Hause. Langsam aber sicher legte sich ihr Trauma, blieb mitsamt ihren Fußabdrücken im Staub zurück. Zu dem Zeitpunkt, als sie in ihre Auffahrt einbog, fühlte sie sich wieder wohler in ihrer Haut. Ihr Hemd klebte feucht an ihrem Körper, und ihre Haut war mit einem Schweißfilm bedeckt. Sie fühlte sich ausgelaugt, schlaff und wie neu geboren. Als sie zur Hintertür kam, erlaubte sie sich, kurz zum Park hinüberzuschauen, warf einen Blick zurück, zu den Ereignissen des Nachmittags. Sie war jetzt besser in der Lage, sich dem zu stellen, was sie Danny Abbott angetan hatte, oder besser, was sie sich selbst angetan hatte. Der Schmerz, den diese Erinnerung in ihrem Herzen verursachte, war scharf, aber nur kurz. Sie seufzte müde, sagte sich selbst das, was sie schon häufig zu sich gesagt hatte, wenn die Dinge mal schlecht standen – dass sie noch ein Kind war –, und wusste, wie immer, dass es nicht so war.

Sie duschte schnell, zog sich frische Shorts und ein neues T-Shirt an (auf dem »Latte Lady« stand) und ging zum Abendessen hinunter. Sie setzte sich mit ihren Großeltern an den Küchentisch und aß Thunfisch und Nudeln mit grünen Bohnen. Granny nippte an ihrem Bourbon mit Wasser und stocherte in ihrem Essen herum. Old Bob fragte Nest, wie ihr Tag gewesen sei, hörte ihr aufmerksam zu, als sie von dem Angelausflug mit ihren Freunden berichtete, und verlor kein Wort über die letzte Nacht im Park. Durch die offene Fliegentür drangen leise und entfernt die Geräusche des Abends herein – die Rufe der Spieler und Zuschauer der Baseballspiele, die im Park stattfanden, das Zischen von Autoreifen auf dem heißen Asphalt von Wagen, die auf der Sinnissippi Road vorbeifuhren, das gedämpfte Brummen eines Rasenmähers, der ein paar Häuser entfernt das Gras stutzte, und das leise, silbrige Lachen von Kindern beim Spielen. Es gab keine Klimaanlage im Haus der Freemarks, und so waren all diese Geräusche deutlich zu hören. Nests Großeltern konnten den Gedanken nicht ertragen, die Welt auszuschließen. Man kann besser mit der Hitze fertig werden, wenn man mit ihr lebt, pflegten sie zu sagen.

»Gibt es Neuigkeiten vom Streik?«, fragte Nest ihren Großvater, nachdem sie aufgehört hatten, über das Angeln zu sprechen, hauptsächlich, um die Unterhaltung nicht einschlafen zu lassen.

Er schüttelte sein weißhaariges Haupt, schluckte den letzten Bissen des Essens hinunter und schob seinen Teller beiseite. Seine großen Schultern zuckten. »Nein, sie können sich nicht einmal darauf einigen, welchen Wochentag wir haben, Nest.« Er griff nach seiner Zeitung und überflog die Schlagzeilen. »Ich erwarte nicht, dass es in der nächsten Zeit zu einer Lösung kommt.«

Nest warf einen Blick zu ihrer Großmutter hinüber, aber die starrte mit leerem Ausdruck zum Fenster hinaus, während eine brennende Zigarette zwischen ihren Fingern zu Asche wurde.

»Das ist nicht mehr mein Problem«, verkündete Old Bob entschieden. »Zumindest dafür sollte ich dankbar sein. Das ist jetzt das Problem von jemand anderem.«

Nest beendete ihre Mahlzeit und begann, über Pick und den Park nachzudenken. Sie warf einen Blick hinaus in das schwindende Licht.

»Schau dir das an«, murmelte Old Bob und schüttelte die Zeitung, als wären Fliegen darin gefangen. »Schau dir das nur an. Zwei Jungen haben in Chicago einen Fünfjährigen aus einem Wohnungsfenster geworfen. Im fünfzehnten Stock, und sie haben ihn einfach rausgeworfen. Es gab keinen Grund dafür, sie hatten einfach nur beschlossen, es zu tun. Die Jungen waren zehn und elf Jahre alt. Zehn und elf! Was zur Hölle ist nur aus der Welt geworden?«

»Robert.« Großmutter blickte ihn tadelnd über den Rand ihres Glases an.

»Mein Gott, man kann sich wirklich nur noch wundern.« Old Bob senkte die Zeitung und blickte Nest an.

»Entschuldige meine Ausdrucksweise.« Er schwieg eine Weile und las weiter. Dann schlug er die Seite um. »Oh, meine Güte.« Er seufzte und schüttelte den Kopf, während seine Augen vor Ärger blitzten. »Hier ist noch so etwas, und das ist ein bisschen näher bei uns. Eines von diesen Anderson-Mädchen, die draußen an der Route Thirty gewohnt haben, hat gestern Nacht ihren Vater erschossen. Sie behauptet, dass er alle Mädchen von klein auf missbraucht hat. Sie sagt, sie habe es vergessen, bis es ihr in einem Traum wieder eingefallen sei.« Aufgebracht las er ein Stück weiter. »Außerdem steht hier, dass sie in der Vergangenheit psychische Probleme und die Familie seit längerer Zeit keinen Kontakt mehr zu ihr hatte.«

Er las noch ein Stück weiter und warf die Zeitung dann beiseite. »Diese Nachrichten sind nicht mal mehr das Papier wert, auf dem sie gedruckt sind.« Er musterte einen Augenblick den Tisch und warf dann Großmutter einen Blick zu, da er auf eine Erwiderung von ihr wartete. Großmutter schwieg und blickte wieder aus dem Fenster. Ihre Hand senkte sich mechanisch zum Aschenbecher, um die Zigarette auszudrücken.

Old Bobs Augen nahmen einen traurigen und abwesenden Ausdruck an. Er blickte zu Nest. »Gehst du wieder zum Spielen raus?«, fragte er ruhig.

Nest nickte und begann bereits damit, vom Tisch wegzurücken.

»Das ist in Ordnung«, sagte ihr Großvater. »Aber bevor es dunkel wird, bist du zurück. Und es gibt keine Ausreden.«

Die Art, wie er dies sagte, machte klar, dass er die letzte Nacht nicht vergessen hatte, auch wenn er das Thema bei Tisch nicht angesprochen hatte. Nest nickte noch einmal, ließ ihn wissen, dass sie verstanden hatte.

Ihr Großvater stand auf und verließ den Tisch. Er nahm die Zeitung mit und zog sich in die Abgeschiedenheit seines Zimmers zurück. Nest blieb noch einen Moment lang sitzen und blickte ihm nach, dann machte sie ebenfalls Anstalten aufzustehen.

»Nest«, sagte ihre Großmutter leise und blickte sie jetzt direkt an. Sie wartete, bis sie die Aufmerksamkeit ihrer Enkelin besaß. »Was ist heute Nachmittag geschehen?«

Nest zögerte und versuchte zu entscheiden, was sie sagen sollte. Sie zuckte mit den Achseln. »Nichts, Granny.«

Ihre Großmutter blickte sie lange und hart an. »Bring dein Geschirr zur Spüle, bevor du gehst«, sagte sie schließlich. »Und denk an das, was dein Großvater dir gesagt hat.«

Zwei Minuten später lief Nest bereits aus der Hintertür und die Verandastufen hinunter. Mr. Scratch war verschwunden, und Miss Minx hatte seinen Platz eingenommen. Als offizielle Mäusejägerin nahm sie eine wachsamere Position ein. Sie kauerte beim Geräteschuppen, schnupperte in der Luft und sah sich wachsam um. Nest ging zu ihr hinüber und kraulte ihren weißen Hals, bevor sie in Richtung Hecke schlenderte. Moskitos summten an ihren Ohren vorbei, und sie wedelte sie gereizt weg. Magie schien nutzlos zu sein, wenn es um Moskitos ging. Pick hatte einmal behauptet, er besäße ein Tonikum, das sie vertreibe, aber es stellte sich als so übelriechend heraus, dass es auch alle anderen vertrieb. Nest verzog das Gesicht, als sie sich daran erinnerte. Selbst ein hundertfünfzigjähriger Waldschrat wusste nicht alles. Sie näherte sich der Hecke und lauschte dabei den Geräuschen der Baseballspiele, die auf der anderen Seite stattfanden, als sie einen Blick nach links in den Garten der Petersons warf und die Fresser sah. Es waren zwei, und sie verbargen sich in den Fliederbüschen bei dem Komposthaufen, den Annie Peterson für ihren Gemüsegarten angelegt hatte. Sie beobachteten Nest, starrten sie mit ihren flachen, ausdruckslosen Augen an und waren im nahenden Zwielicht fast unsichtbar. Ihre Dreistigkeit machte Nest Angst. Es war, als warteten sie auf sie und hofften, sie unvorbereitet zu erwischen. Sie waren unerbittlich und erbarmungslos, und die Gewissheit dessen, was sie mit ihr anstellen würden, wenn sie die Chance dazu erhielten, war zermürbend. Nest bog in ihre Richtung ab, erneut irritiert von den Gefühlen, die sie in ihr weckten. Es kam ihr so vor, als könne sie nirgendwo mehr hingehen, ohne sie zu sehen.

Die Fresser blinzelten einmal, als sie sich ihnen näherte, und verschmolzen dann mit den Schatten. Nest starrte in das leere Dunkel und zitterte. Die Fresser waren wie Geier, die darauf warteten, alle Überreste zu verspeisen, die sie erwischen konnten. Mit dem Unterschied, dass Fresser nur an lebenden Wesen interessiert waren.

Sie dachte an das, was Pick ihr vor Jahren erzählt hatte, als sie ihn nach den Fressern gefragt hatte. Ihre Großmutter hatte das Thema gemieden, solange sie sich erinnern konnte, aber Pick war nur allzu gern bereit gewesen, sich darüber auszulassen.

»Deine Großmutter will nicht darüber reden? Sie will kein einziges Wort über sie sagen? Hm-hm, soso. In der Tat!« Er hatte sein moosbärtiges Gesicht in tiefe Knitterfalten gelegt und sich an der Seite seinesKopfes gekratzt, als würde das helfen, Gedanken freizubekommen, die in seinem Schädel gefangen saßen. »Also gut, dann hör mir zu. Als Erstes musst du verstehen, dass die Fresser eine Anomalie sind. Du weißt doch, was dieses Wort bedeutet, nicht wahr?«

Da sie damals erst acht Jahre alt gewesen war, hatte sie nicht die leiseste Ahnung gehabt. »Nicht so richtig«, hatte sie geantwortet.

»Verflixt, deine Erziehung lässt zu wünschen übrig! Liest du denn niemals etwas?«

»Du liest auch nicht«, hatte sie festgestellt.

»Das ist etwas anderes. Ich brauche nicht zu lesen. Für meine Art von Arbeit brauche ich es nicht. Aber du, du solltest Bücher lesen über …«

»Was bedeutet Anoma-Dingsbums?«, hatte sie ihn unterbrochen, da sie nicht bereit gewesen war, sich Picks mittlerweile wohlbekannte Belehrung über die Misere der ungebildeten Jugend von heute anzuhören.

Er hatte mitten im Satz abgebrochen, missbilligend etwas wegen ihrer Ungeduld vor sich hin gemurmelt und sich dann geräuspert. »Anomalie. Das bedeutet ›Abweichung‹. Es bedeutet ›eigentümlich‹. Es bedeutet, dass Fresser schwer einzuordnen sind. Erinnerst du dich an dieses Ratespiel, das du immer gespielt hast? Das, bei dem du damit anfängst zu fragen: ›Tierreich, Mineralien oder Pflanzenreich?‹ Nun, das ist die Art von Spiel, die du spielen musst, wenn du herausfinden willst, was die Fresser sind. Nur dass Fresser nichts von diesen Dingen sind, zugleich aber auch alles davon, weil das, was sie sind, zu einem großen Teil von dem bestimmt wird, was *du* bist.«

Sie hatte ihn verständnislos angestarrt.

Daraufhin hatte er die Stirn gerunzelt und war anscheinend zu dem Schluss gekommen, dass seine Erklärung nicht ganz deutlich gewesen war. »Lass uns ganz am Anfang beginnen«, hatte er verkündet und war auf der Platte des Picknicktischs in ihrem Garten ein Stück näher gerückt. Sie hatte sich vorgebeugt, sodass sie ihr Kinn auf die Hände stützen konnte und ihre Augen auf einer Höhe mit seinen gewesen waren. Es war an einem Spätnachmittag im Frühling gewesen, die Blätter der Bäume rauschten im Wind, und Wolken trieben wie wollige Raupen vor der Sonne entlang und warfen gesprenkelte Schatten, die sich wanden und verbogen.

»Fresser«, hatte er gesagt und dabei die Stimme bedeutungsvoll gesenkt, »gibt es nicht in verschiedenen Größen, Formen und Farben. Sie haben eigentlich gar kein Gesicht. Sie sind nicht so wie andere Wesen. Sie essen nicht, und sie schlafen nicht. Sie haben weder Eltern noch Kinder, sie gehen nicht zur Schule und wählen keine

Regierungen. Sie lesen keine Bücher und unterhalten sich auch nicht über das Wetter. Das Wort erschuf die Fresser, als es auch alles andere erschuf, und es erschuf sie als Teil des Gleichgewichts aller Dinge. Du erinnerst dich, was ich dir darüber erzählt habe, dass alles sich im Gleichgewicht befindet, so ähnlich wie eine Wippe, bei der ein paar Sachen auf der einen Seite liegen und ein paar auf der anderen, und beide Seiten wiegen gleich viel. Die Fresser sind ein Teil davon. Offen gesagt weiß ich nicht, warum. Aber andererseits ist es auch nicht meine Aufgabe, das zu wissen. Das Wort hat die Entscheidung getroffen, Fresser zu erschaffen, und so ist es eben. Aber nachdem ich das gesagt habe, nachdem ich gesagt habe, dass es nicht meine Aufgabe ist zu wissen, warum diese Fresser *erschaffen* wurden, muss ich hinzufügen, dass es sehr wohl meine Aufgabe ist zu wissen, was sie *tun*. Und das, junge Dame, ist der Punkt, wo es interessant wird. Fresser haben nur ein Ziel in dieser Welt. Es gibt nur eine einzige Sache, die sie tun.«

Er war jetzt noch näher gekommen, und sein verhutzeltes Gesicht hatte sich in verzückte Falten gelegt, während er seine Stimme zu einem verschwörerischen Flüstern gesenkt hatte. »Fresser, meine junge Freundin, verschlingen Menschen!«

Nest hatte ihre Augen weit aufgerissen, und Pick, der Waldschrat, hatte gelacht wie ein Verrückter aus einem Zeichentrickfilm.

Sie erinnerte sich heute noch, wie er es gesagt hatte. *Fresser verschlingen Menschen.* Es steckte natürlich mehr hinter der Erklärung, denn die Vielschichtigkeit der Fresser konnte nicht auf einen so einfachen Nenner gebracht werden. Sie enthielt nichts von der Tatsache, dass sie eine Naturgewalt waren, ebenso plötzlich, gewalttätig und unerbittlich wie ein Wirbelsturm im Mittelwesten, oder von ihrer seltsamen, symbiotischen Verbindung zu den Menschen, die sie vernichteten. Doch es war schwer, dichter an den Kernpunkt dieses Themas heranzukommen. Picks Beschreibung, so provokativ und grob sie auch war, blieb bis heute noch immer die zutreffendste, die Nest je gehört hatte. Selbst jetzt, sechs Jahre später, hatten seine Worte ihren wahren Kern behalten.

Eine schwache Brise ließ ihr den beißenden Geruch von Fichten in die Nase steigen, und die Erinnerungen verblassten. Sie wandte sich ab, joggte zum Ende ihres Gartens und schlüpfte gewandt durch die Lücke in der Hecke. Sie war fast hindurch, als Pick wie durch Magie auf ihrer Schulter erschien; in Wahrheit war er jedoch nur aus seinem Versteck in den belaubten Zweigen herabgesprungen. Mit seiner Größe von fünfzehn Zentimetern und seinen zweihundertfünfzig Gramm Gewicht war er so klein und leicht wie ein Vogel. Er war ein knorriges Stück Holz, das annähernd menschliche Züge besaß, die sich über einem moosigen Bart befanden. An Stelle von Haaren wuchsen Blätter auf seinem Kopf. Seine Arme und Beine bestanden aus biegsamen Zweigen, die sich zu winzigen Fingern und knubbligen Zehen verengten. Er sah aus wie eine etwas grob geratene Disney-Trickfigur. Seine wilden Augen waren so hart und flach wie Tintentropfen auf einem Stein.

Er suchte sich einen guten Platz und hielt sich an ihrem Kragen fest. »Was habe ich dir darüber gesagt, die Fresser zu provozieren?«, herrschte er sie an

»Es nicht zu tun«, antwortete sie pflichtbewusst und schwenkte nach Westen, den Feldweg entlang, auf den Eingang des Parks zu.

»Warum hörst du dann nicht auf mich?«

»Das tue ich. Aber es macht mich so wütend zu sehen, wie sie draußen herumschnüffeln, obwohl es noch hell ist.« Sie warf einen kurzen Blick zu den Ballspielern hinüber, um sich zu vergewissern, dass Danny Abbott sich nicht bei ihnen befand. »Früher taten sie das nicht. Sie haben sich nie gezeigt, solange die Sonne schien, nicht einmal dort, wo die Schatten am tiefsten waren. Jetzt sehe ich sie überall.«

»Die Zeiten ändern sich.« Picks Stimme klang trostlos. »Irgendetwas geschieht, so viel ist klar, aber ich weiß nicht, was es ist. Was es auch sein mag, es hat dafür gesorgt, dass das Gleichgewicht der Dinge sich noch weiter verschoben hat. In letzter Zeit sind eine Menge schlimmer Dinge hier in der Gegend passiert. Das ist nicht gut.« Er machte eine Pause. »Wie geht es dem kleinen Scott-Mädchen?«

»Gut. Aber George Paulsen hat ihr kleines Kätzchen Spook gestohlen. Ich habe Bennett versprochen, dass ich versuchen werde, es zu finden. Kannst du mir dabei helfen?«

Obwohl sie ihn nicht sehen konnte, wusste sie, dass er sich an seinem moosigen Bart zupfte und seinen blätterbedeckten Kopf schüttelte. »Na sicher doch, was habe ich denn sonst schon noch zu tun, außer nach der verloren gegangenen Katze von irgendjemandem zu suchen? Verflixt!« Er schwieg einen Augenblick, während sie am Spielfeld vorbeikamen. Die Zuschauer, die am Rand in Gruppen zusammenstanden, tranken Bier und Limonade und feuerten ihre Lieblingsspieler an. »Schläger, Schläger, Schläger – schwing!«, rief jemand. Keiner achtete auf Nest.

»Ich werde Daniel losschicken, vielleicht findet er irgendetwas heraus«, bot Pick grummelnd an.

Nest lächelte. »Danke.«

»Du kannst mir danken, indem du dich von den Fressern fernhältst!« Pick wollte sich nicht besänftigen lassen. »Du glaubst, deine Magie und dieser große Hund reichen aus, um dich zu beschützen, aber du kennst die Fresser nicht so wie ich. Sie unterliegen nicht denselben Gesetzen wie Menschen. Sie kommen, wenn du es nicht erwartest!« Sie konnte spüren, wie er auf ihrer Schulter ärgerlich hin und her rutschte. »Mieser Kriecher! Ich weiß nicht, warum ich dir das erzähle! Du weißt es bereits, und eigentlich sollte ich kein weiteres Wort darüber verlieren müssen!«

Dann tu es auch nicht, dachte sie und verbarg ein Grinsen. Klugerweise schluckte sie ihre Worte hinunter, statt sie auszusprechen. »Ich werde vorsichtig sein, ich verspreche es«, versicherte sie ihm und folgte der Asphaltstraße in Richtung der Klippen.

»Sieh zu, dass du das tust. So, jetzt geh über das Gras zu den Grabhügeln hinüber. An einem der Picknicktische da oben sitzt ein Indianer, und ich will wissen, was er vorhat.«

Sie warf ihm von der Seite einen Blick zu. »Ein Indianer?«

»Das habe ich doch gesagt, oder nicht?«

»Ein echter Indianer?«

Pick seufzte verzweifelt. »Wenn du tust, was ich dir gesagt habe, kannst du das selber herausfinden.«

Neugierig geworden, ob da wirklich ein Indianer war oder der Waldschrat sich das nur ausgedacht hatte, verließ sie die Straße und joggte auf die Klippen zu.

Kapitel 8

Der Indianer saß an einem Picknicktisch auf der einen Seite des Spielplatzes, direkt gegenüber dem Weg, der von den Grabhügeln herführte. Er war ganz allein und hatte sich einen Platz gesucht, der inmitten des Gestrüpps aus Kiefern und Fichten lag, das die nördliche Begrenzung des Parks gegen die Winterstürme schützte, die von Kanada herüberwehten. Er saß so, dass sein Rücken der Straße und dem Park zugewandt war, während er seinen Blick nach Westen auf die untergehende Sonne gerichtet hatte. Schatten sprenkelten seine stille, einsame Gestalt, und wenn sie nicht gewusst hätte, dass er hier sein musste, hätte Nest ihn vielleicht überhaupt nicht gesehen.

Er blickte nicht auf, als sie sich näherte. Sein langes, rabenschwarzes Haar war zu einem einzelnen Zopf geflochten, der bis zur Hälfte seines Rückens hinabreichte, und seine gebräunte Haut glänzte mit einem kupfrigen Schimmer, wo sie von einzelnen Sonnenstrahlen gestreichelt wurde. Er war ein großer Mann, selbst so zusammengekauert, wie er an dem Tisch saß, und die Finger seiner Hände, die er vor sich verschränkt hatte, waren knorrig und dick. Er trug etwas, das eine Armeejacke zu sein schien, deren Ärmel abgerissen worden waren, und dazu eine ausgebeulte und zerfranste Hose, Stiefel, die so zerknautscht waren, dass sie auch nicht mehr den geringsten Rest eines Glanzes aufwiesen, und ein rotes Tuch, das er sich lose um den Hals geknotet hatte.

Irgendwo in der Entfernung quietschte ein Kind vor Vergnügen. Der Indianer zeigte keine Reaktion.

Nest bewegte sich zu seinem Picknicktisch, der etwa acht Meter von dem Indianer entfernt war, und setzte sich. Sie saß so, dass sie ihn in aller Ruhe mustern konnte. Pick hockte auf ihrer Schulter und flüsterte ihr hektisch ins Ohr. Als sie nicht darauf reagierte, begann er ärgerlich auf und ab zu hüpfen.

»Was ist mit dir los?«, zischte er. »Wie willst du aus dieser Entfernung irgendetwas erfahren? Du musst dichter an ihn heran! Muss ich dir wirklich jede Kleinigkeit erklären?«

Sie griff nach oben, hob ihn von ihrer Schulter, setzte ihn auf den Tisch und blickte ihn tadelnd an. *Geduld*, formte sie lautlos mit den Lippen.

In Wahrheit versuchte sie sich über den Mann klar zu werden. Er sah aus, als könnte er ein Indianer sein, aber wie konnte sie da sicher sein? Das meiste, was sie über Indianer wusste, hatte sie aus Filmen und ein paar Aufsätzen in der Schule gelernt – nicht gerade das, was man eine solide Grundlage nennen würde. Sie konnte sein Gesicht nicht deutlich erkennen, und er trug nichts, was auch nur entfernt indianisch aussah. Keinen Schmuck, keine Federn, kein Wildleder und auch keine Büffelfellkleider. Er sah mehr wie ein Kriegsveteran aus. Sie fragte sich plötzlich, ob er obdachlos war. Neben ihm auf der Bank lagen ein schwerer Rucksack und eine Bettrolle, und er sah aus wie ein Mann, der viel bei Wind und Wetter draußen gewesen war.

»Was meinst du, wer er ist?«, fragte sie leise. Sie blickte Pick an. »Hast du ihn schon jemals zuvor gesehen?«

Der Waldschrat stand kurz vor einem Schlaganfall. »Nein, ich habe ihn noch nie gesehen! Und ich habe nicht die geringste Ahnung, wer er ist. Was, glaubst du, tun wir hier? Hast du mir denn überhaupt nicht zugehört?«

»Schschsch«, brachte sie ihn sanft zum Schweigen.

Sie saßen eine Zeit lang da, ohne zu sprechen (obgleich Pick ununterbrochen vor sich hin murmelte), und beobachteten den Mann. Er schien sich ihrer Gegenwart nicht bewusst zu sein. Er drehte sich nicht zu ihnen um. Er bewegte sich überhaupt nicht. Die Sonne versank hinter den Baumkronen, und die Schatten wurden tiefer. Nest sah sich wachsam um, aber sie konnte keine Fresser ausmachen.

Hinter ihr, weiter im Zentrum des Parks, gingen die Baseballspiele zu Ende, und die ersten Autos verließen die Parkplätze und fuhren zum Highway.

Dann stand der Mann plötzlich auf, nahm seinen Rucksack und die Bettrolle und kam auf Nest zu. Das Mädchen war so überrascht, dass sie nicht einmal so geistesgegenwärtig war, daran zu denken fortzulaufen. Sie saß wie gelähmt da, während er näher kam. Jetzt konnte sie sein Gesicht deutlich sehen, seine schweren, markanten Züge – dunkle Augenbrauen, eine flache Nase und breite Wangenknochen. Er bewegte sich mit der Eleganz und Leichtigkeit eines jungen Mannes, aber die Falten in seinen Augenwinkeln und um seinen Mund verrieten, dass er viel älter war.

Er setzte sich ihr gegenüber hin und stellte seine Sachen neben sich auf die Bank. Sie bemerkte plötzlich, dass Pick verschwunden war.

»Warum beobachtest du mich?«, fragte er.

Sie versuchte zu sprechen, bekam aber kein Wort heraus. Er klang nicht verärgert und sah auch nicht so aus, aber sein Gesicht und seine Stimme waren schwer einzuschätzen.

»Hast du deine Zunge verschluckt?«, hakte er nach.

Sie räusperte sich und schluckte einmal. »Ich habe mich gefragt, ob Sie ein Indianer sind.«

Er starrte sie regungslos an. »Du meinst Native American, nicht wahr?«

Sie biss sich auf die Unterlippe und errötete. »Entschuldigung. Native American.«

Er lächelte, es war nur ein leichtes Zusammendrücken der Lippen. »Ich nehme an, es ist egal, wie du mich nennst. Native American. Indianer. Rothaut. Die Worte beschreiben mich nicht. Ebensowenig wie eure Geschichte mein Volk beschreibt.« Die dunklen Augen musterten sie. »Wer bist du?«

»Nest Freemark«, antwortete sie.

»Ha, kleines Vogelnest, erbaut aus Zweigen und Fadenresten. Lebst du hier in der Nähe?«

Sie nickte und warf dann einen Blick über die Schulter. »Am Rand des Parks. Warum haben Sie mich ›Vogelnest‹ genannt?«

Die dunklen Augen bohrten sich förmlich in sie hinein. »Wurdest du nicht früher so genannt, als du klein warst?«

»Von meiner Großmutter, vor langer Zeit. Dann von einigen Kindern in der Schule, wenn sie mich aufziehen wollten.« Sie hielt seinem Blick stand. »Woher haben Sie das gewusst?«

»Ich benutze Magie«, offenbarte er ihr flüsternd. »Du nicht auch?«

Sie starrte ihn an und wusste nicht, was sie darauf sagen sollte. »Manchmal.«

Er nickte. »Ein Mädchen mit dem Namen Nest ist dazu bestimmt, von irgendjemandem ›Vogelnest‹ genannt zu werden. Es gehört nicht viel dazu, sich das auszurechnen. Aber ›Nest‹ – das ist ein Name, der Macht besitzt. Er hat eine Geschichte in der Welt, eine Gegenwart.«

Nest nickte. »Er ist walisisch. Die Frau, die ihn als Erste trug, war die Mutter und Ehefrau von walisischen und englischen Königen.« Sie war überrascht, wie offen sie mit dem Mann sprach, fast als würde sie ihn schon kennen.

»Du hast einen guten Namen, Nest. Meiner ist Two Bears. Er wurde mir von meinem Vater gegeben, der sagte ›Er ist so groß wie zwei Bären‹, als er mich als ziemlich großes Neugeborenes das erste Mal sah. So nannte man mich später, obwohl das nicht mein indianischer Name ist. In der Sprache meines Volkes heiße ich O'olish Amaneh.«

»O'olish Amaneh«, wiederholte Nest. »Woher kommen Sie, Two Bears?«

»Als Erstes müssen wir uns die Hand geben, um den Beginn unserer Freundschaft zu verdeutlichen, kleines Vogelnest«, verkündete er. »Danach können wir frei sprechen.«

Er bedeutete Nest, die Hand auszustrecken, und ergriff sie dann fest mit seiner eigenen. Seine Hand war hart und rau wie rostiges Eisen.

»Gut. Wegen deiner Jugend lassen wir den Teil mit der Friedenspfeife weg.« Er lächelte nicht. »Du hast mich gefragt, wo ich herkomme. Ich komme von überall. Ich habe an vielen Orten gelebt.

Aber dies hier« – er deutete um sich herum – »ist meine wahre Heimat.«

»Du kommst aus Hopewell?«, fragte Nest und merkte gar nicht, dass sie begonnen hatte, ihn zu duzen.

»Nein. Aber mein Volk stammt von diesem Land, aus dem Rock River Valley jenseits von Hopewell. Sie alle sind bereits seit langer Zeit tot, aber manchmal komme ich her, um sie zu besuchen. Sie sind gleich dort drüben begraben.« Er deutete auf die Grabhügel. »Ich wurde in Springfield geboren. Auch das ist bereits eine lange Zeit her. Für wie alt hältst du mich?«

Er wartete, aber sie konnte nur den Kopf schütteln. »Ich weiß es nicht.«

»Zweiundfünfzig«, sagte er leise. »Mein Leben verstreicht schnell. Ich habe in Vietnam gekämpft. Ich bin mit dem Tod marschiert und habe mit ihm geschlafen; ich kannte ihn, wie ich eine Geliebte gekannt hätte. Davor war ich jung, doch danach war ich sehr alt. Ich starb in Vietnam so oft, dass ich aufgehört habe, es zu zählen. Aber ich habe auch viele Männer getötet. Ich war ein LURP. Weißt du, was das ist?«

Nest schüttelte den Kopf.

»Ist auch egal«, sagte er und fuhr wegwerfend mit seiner großen Hand durch die Luft. »Ich war sechs Jahre lang dort, und als es vorbei war, war ich nicht mehr jung. Ich kam heim, und ich kannte mich selbst nicht mehr, nicht mein Volk und nicht mein Land. Ich war ein Indianer, ein Native American und eine Rothaut, alles in einem, und zugleich war ich nichts davon. Ich war tot, aber ich lief noch immer herum.«

Er blickte sie einen Moment mit undurchdringlichen Augen an, ohne etwas zu sagen. »Andererseits war das alles vielleicht auch nur ein Traum.« Seine flachen Gesichtszüge veränderten sich im schwindenden Licht, fast so als würde seine Gestalt sich verändern. »Das Problem mit Träumen ist, dass sie manchmal genauso real sind wie das Leben und du beides nicht auseinanderhalten kannst. Hast du Träume, kleines Vogelnest?«

»Manchmal«, erwiderte sie, fasziniert von der Art, wie seine

Stimme sich hob und senkte, während er sprach. Sie war abwechselnd rau und seidenweich, sanft und forsch. »Bist du wirklich ein Indianer, Two Bears?«

Er schaute einen Augenblick nach unten, löste seinen harten Blick von ihr und legte seine großen Hände flach auf die Platte des Picknicktisches. »Warum sollte ich dir das sagen?«

Er hielt die Augen gesenkt, sah sie nicht an. Nest wusste nicht, was sie sagen sollte.

»Ich werde es dir sagen, weil wir Freunde sind«, meinte er schließlich. »Und weil es keinen Grund gibt, es dir nicht zu sagen.« Seine Augen hoben sich wieder und suchten ihre. »Ich bin ein Indianer, kleines Vogelnest, aber ich bin auch etwas mehr als das. Ich bin etwas, das niemand jemals sein sollte. Ich bin der Letzte meiner Art.«

Er legte den Zeigefinger seiner rechten Hand an die Nase. »Ich bin ein Sinnissippi, der Letzte, der noch übrig ist, der Einzige auf der ganzen Welt. Meine Großeltern starben, bevor ich nach Vietnam gegangen bin. Mein Vater hat sich mit Alkohol zugrunde gerichtet. Meine Mutter starb aus Kummer. Mein Bruder starb, als er von den Stahlgerüsten fiel, die er in New York City zu bauen half. Meine Schwester starb an Drogen und Alkohol in den Straßen von Chicago. Wir waren alles, was noch übrig geblieben war, und jetzt gibt es nur noch mich. Von allen, die einst Sinnissippi waren, die dieses Tal in alle Richtungen bevölkerten, die in die Welt hinauszogen, um andere Stämme zu gründen, von ihnen allen gibt es nur noch mich. Kannst du dir vorstellen, wie sich das anfühlt?«

Nest schüttelte den Kopf; alles andere an ihr war wie versteinert.

»Weißt du irgendetwas über die Sinnissippi?«, fragte er sie. »Habt ihr in der Schule etwas über sie gelernt? Sprechen deine Eltern über sie? Die Antwort ist nein, nicht wahr? Wusstest du überhaupt, dass es uns gab?«

»Nein«, sagte sie leise.

Sein Lächeln wirkte verkniffen. »Denk hierüber einmal einen Augenblick lang nach, kleines Vogelnest. Wir waren ein Volk wie ihr. Wir hatten Traditionen und eine Kultur. Wir waren zumeist Jäger und Fischer, aber einige von uns waren auch Bauern. Wir hatten unser Zuhause; wir waren die Hüter dieses Parks und allen Landes, das sich um ihn herum erstreckt. Das alles ist fort, und keine Spur von uns ist zurückgeblieben. Selbst von unseren Grabhügeln nimmt man an, dass sie anderen Stämmen gehören. Es ist, als hätte es uns nie gegeben. Wir sind ein Gerücht. Wir sind ein Mythos. Wie ist das möglich? Nichts ist von uns geblieben, außer einem Namen. Sinnissippi. Wir sind ein Park, eine Straße, ein Mietshaus. Unser Name ist da, zurückgeblieben, nachdem wir fort waren, und doch bedeutet unser Name nichts, sagt nichts, erzählt nichts von uns. Selbst die Historiker wissen nicht, was der Name bedeutet. Ich habe vor langer Zeit darüber nachgeforscht. Einige glauben, der Name sei Sauk und beziehe sich auf das Land. Andere glauben, er sei Fox und bezeichne den Fluss, der sich durch das Land zieht. Doch niemand glaubt, dass es der Name unseres Volkes ist. Niemand glaubt das.«

»Hast du jemals versucht, es ihnen zu erzählen?«, fragte Nest, als er schwieg.

Er schüttelte den Kopf. »Warum sollte ich? Vielleicht haben sie Recht. Vielleicht haben wir gar nicht existiert. Vielleicht gab es keine Sinnissippi und ich bin nur ein Verrückter. Was macht das für einen Unterschied? Die Sinnissippi, falls es sie je gab, sind jetzt fort. Es gibt nur noch mich, und ich schwinde ebenfalls dahin.«

Seine Worte verklangen in der wachsenden Stille des Parks. Das Licht war fast verschwunden, die Sonne unter den Horizont gesunken, sodass ihr leuchtendes Orange nur noch ein blasser Fleck am immer dunkler werdenden westlichen Himmel war. Das Zirpen der Heuschrecken hatte begonnen, hob und senkte sich im groben Rhythmus mit den entfernten Geräuschen von Autos und Stimmen, als die letzten Ballspieler und Zuschauer den Park verließen.

»Was ist mit deinem Volk geschehen?«, fragte Nest schließlich. »Warum wissen wir nichts über sie?«

Two Bears kupferfarbenes Gesicht drehte sich wieder weg. »Sie waren ein altes Volk, und sie sind schon lange fort. Die Sauk und die Fox kamen nach ihnen. Dann erschienen weiße Europäer, die die neuen Amerikaner wurden. Die Sinnissippi wurden im Lauf der

Zeit aufgesogen, und keiner konnte mir sagen, warum. Was mir erzählt wurde, war vage. Die Sinnissippi haben sich nicht angepasst. Sie änderten sich nicht, wenn Änderungen nötig waren. Es ist eine bekannte Geschichte. Es ist mit so vielen Nationen geschehen. Vielleicht waren die Sinnissippi besonders schlecht dazu geeignet, die Veränderung mitzumachen, die ihr Überleben gesichert hätte. Vielleicht waren sie töricht oder blind oder unflexibel oder auch einfach nur unvorbereitet. Ich habe es nie erfahren.« Er machte eine Pause. »Aber ich bin zurückgekommen, um es herauszufinden.«

Seine großen Hände legten sich vor sein zerfurchtes Gesicht. »Es hat eine lange Zeit gebraucht, bis ich entschieden hatte, dass ich dies tun würde. Auf bestimmte Weise erschien es mir besser, es nicht zu wissen. Aber die Frage verfolgt mich, und so bin ich hier. Morgen Nacht werde ich die Geister der Toten aus der Erde beschwören, in der sie ruhen. Ich habe die Macht eines Schamanen, kleines Vogelnest, die mir in dem Wahnsinn des Krieges in Vietnam enthüllt wurde. Ich werde diese Kräfte benutzen, um die Geister der Sinnissippi zu beschwören, damit sie für mich tanzen. Und in ihrem Tanz werden sie die Antwort auf meine Fragen enthüllen. Ich bin der Letzte von ihnen, und daher müssen sie zu mir sprechen.«

Nest versuchte sich das vorzustellen. Die Geister der Sinnissippi, die in der Nacht im Park tanzten – in demselben Park, in dem die Fresser ungezügelt umgingen.

»Würdest du gerne zusehen?«, fragte Two Bears ruhig.

»Ich?« Sie hauchte das Wort, als wäre es ein Gebet.

»Morgen, um Mitternacht. Hast du Angst?«

Das hatte sie, aber sie weigerte sich, es zuzugeben.

»Ich bin ein Fremder, ein großer Mann, ein Kriegsveteran, der von erschreckenden Dingen spricht. Du solltest Angst haben. Aber wir sind Freunde, Nest. Unsere Freundschaft wurde mit unserem Handschlag besiegelt. Ich werde dir kein Leid antun.«

Die dunklen Augen spiegelten Lichtpunkte des aufgehenden Mondes wider. Dunkelheit hüllte den Park ein, die Dämmerung war fast vorüber. Nest erinnerte sich an das Versprechen, das sie ihrem Großvater gegeben hatte. Sie musste bald gehen.

»Wenn du kommst«, sagte der große Mann sanft, »lernst du wahrscheinlich etwas über das Schicksal deines eigenen Volkes. Die Geister werden von mehr sprechen als nur von den Sinnissippi. Der Tanz wird Dinge enthüllen, die du wissen solltest.«

Nest blinzelte. »Was für Dinge?«

Er schüttelte langsam den Kopf. »Was mit meinem Volk geschehen ist, kann auch mit deinem passieren.« Er machte eine kurze Pause. »Was wäre, wenn ich dir sagte, dass dies bereits jetzt geschieht?«

Nest spürte, wie sich ihr die Kehle zuschnürte. Sie fuhr sich mit der Hand durch die kurzen, lockigen Haare. Sie merkte, wie sich Schweißperlen auf ihrer Stirn bildeten. »Was meinst du damit?«

Two Bears lehnte sich zurück, und sein Gesicht verschwand für einen Augenblick in den Schatten. »Alle Völker denken, es wird sie immer geben«, sagte er leise. »Sie glauben nicht, dass sie irgendwann einmal nicht mehr dasein werden. Die Sinnissippi waren so. Sie glaubten nicht, dass sie jemals ausgerottet würden. Aber genau das ist geschehen. Dein Volk, Nest, glaubt dies ebenfalls. Sie werden für immer überleben, denken sie. Nichts kann sie vernichten, sie so vollständig aus der Welt und der Geschichte löschen, dass nur noch ihr Name übrig bleibt. Sie haben ein solches Vertrauen in ihre Unverwundbarkeit.

Und doch beginnt ihre Vernichtung bereits jetzt. Sie kommt ganz allmählich, in kleinen Schritten. Stück für Stück verlieren sie ihren Glauben an sich selbst. Ihr Leben ist von stetig wachsendem Zynismus erfüllt. Kleine Taten der Freundlichkeit und Wohltätigkeit werden als sinnlos oder als Zeichen der Schwäche betrachtet. Kleine Verhaltensfehler führen zu größeren. Es genügt nicht, die Unhöflichkeiten von anderen zu ignorieren; sie müssen mit gleicher Münze heimgezahlt werden. Die Menschen sind intolerant und schnell dabei, Urteile über andere zu fällen. Sie sind ohne Güte. Wenn ein Mann behauptet, Gott habe zu ihm gesprochen, verkündet prompt ein anderer, es sei ein falscher Gott gewesen. Wenn die Obdachlosen keine Unterkunft finden, dann sind sie gewiss selbst schuld an ihrer Lage. Wenn die Armen keinen Job haben, so liegt das sicher daran, dass sie nicht arbeiten wollen. Wenn jemand, dessen Lebensweise nicht mit deiner übereinstimmt, von einer schweren Krankheit niedergestreckt wird, so hat er das gewiss selbst verschuldet.

Schau dir dein Volk an, Nest Freemark. Deine Leute lassen ihre Alten im Stich. Sie meiden ihre Kranken. Sie vernachlässigen ihre Kinder. Sie machen alle nieder, die anders sind. Sie begehen jeden Tag Taten der Untreue, des Betrugs und der Verderbtheit. Sie fördern Lügen, die den Glauben der Menschen aushöhlen. Jede kleine Dunkelheit ist die Brutstätte für eine neue. Jeder kleine Fall von Zorn, Bitterkeit, Kleinlichkeit und Gier erzeugt einen weiteren. Sie werden von einem Gefühl der Vergeblichkeit heimgesucht. Sie fühlen sich machtlos, auch nur die kleinste Veränderung zu bewirken. Ihr Wahnsinn wird von ihnen selbst erzeugt, und doch sind sie machtlos gegen ihn, weil sie sich weigern, seinen Ursprung zu erkennen. Sie liegen im Krieg mit sich selbst, aber sie versuchen nicht einmal, die Natur der Schlacht zu ergründen, die sie schlagen.«

Er holte lange und tief Atem und stieß die Luft wieder aus. »Glaubt auch nur eine Handvoll von deinem Volk, dass das Leben in diesem Land heute besser ist, als es vor zwanzig Jahren war? Glauben sie, dass die düsteren Dinge, die es bewohnen, weniger bedrohlich geworden sind? Fühlen sie sich in ihren Häusern und Städten heute sicherer? Haben sie das Gefühl, dass Ehre, Vertrauen und Mitgefühl stärker wiegen als Gier, Täuschung und Verachtung? Kannst du mir versichern, dass du nicht um sie fürchtest?«

Ein tristes Abschätzen lag in seinen dunklen Augen. »Wir erkennen nicht immer das Ding, das kommt, um uns zu vernichten. Das ist die Lektion der Sinnissippi. Es kann viele verschiedene Gestalten annehmen. Vielleicht wurde mein Volk von einer Welt vernichtet, die nach Veränderungen verlangte, die es nicht mitmachen konnte.« Er schüttelte langsam den Kopf, als wollte er versuchen, hinter seine eigenen Worte zu blicken. »Aber es gibt Grund zu der Annahme, dass dein Volk sich selbst vernichtet.«

Er verfiel in Schweigen und starrte das Mädchen aus Augen an, die undurchdringlich in die Ferne zu blicken schienen. Nest holte tief Luft. »So schlimm ist es nicht«, sagte sie und versuchte, ihre Zweifel nicht in ihrer Stimme durchklingen zu lassen.

Two Bears lächelte. »Es ist schlimmer. Du weißt, dass es das ist. Du kannst es überall sehen, selbst in diesem Park.« Er blickte sich um, als wollte er einen Beweis für seine Behauptung in der Nähe finden. An den Rändern der tieferen Schatten waren Fresser sichtbar, aber der Indianer schien sie nicht wahrzunehmen. Er schaute wieder Nest an. »Dein Volk riskiert, das Schicksal der Sinnissippi zu erleiden. Komm morgen um Mitternacht zu der Beschwörung und urteile selbst. Vielleicht werden die Geister der Toten davon sprechen. Wenn sie es nicht tun, bin ich vielleicht nur ein weiterer Indianer mit zu viel Feuerwasser im Blut.«

»Das bist du nicht«, sagte Nest schnell, war sich zugleich aber auch nicht sicher, was er wirklich war.

»Wirst du kommen?«, drängte er.

Sie nickte. »Okay.«

Two Bears erhob sich, eine klobige Gestalt inmitten der Schatten. »Der Vierte Juli steht vor der Tür«, sagte er leise. »Unabhängigkeitstag. Die Geburt eurer Nation, der Vereinigten Staaten von Amerika.« Er nickte. »Auch meiner Nation, obwohl ich ein Sinnissippi bin. Ich wurde in sie hineingeboren. Ich habe für sie in Vietnam gekämpft. Mein Volk liegt in ihrer Erde begraben. Sie ist meine Heimat, welchen Namen sie auch immer tragen mag. Daher nehme ich an, dass ich recht daran tue, Interesse an ihrem Schicksal zu zeigen.«

Er hob seinen Rucksack und die zusammengerollte Schlafdecke auf und schlang sich beides um die Schultern. »Morgen Nacht, kleines Vogelnest«, wiederholte er.

Sie nickte. »Um Mitternacht, O'olish Amaneh.«

Er warf ihr ein kleines Lächeln zu. »Sag deinem kleinen Freund, er kann jetzt wieder unter dem Picknicktisch hervorkommen.«

Dann drehte er sich um und ging schweigend davon.

Samstag, 2. Juli

Kapitel 9

Der Ritter des Wortes kam mit dem Neun-Fünfzehner aus Chicago nach Hopewell, und keiner seiner Mitreisenden ahnte, wer er war. Er trug keine Rüstung, und das einzige Streitroß, das er sich leisten konnte, war dieser Greyhound-Bus. Abgesehen von seinem deutlich erkennbaren Hinken und dem seltsamen, gehetzten Blick, der sich in seinen blassgrünen Augen widerspiegelte, sah er aus wie ein völlig normaler Mann. Er ging ein bisschen zu krumm für seine achtunddreißig Jahre, war ein wenig zu verwittert dafür, dass er noch nicht einmal vierzig war. Größe und Gewicht waren durchschnittlich, er war eher schlank, aus bestimmten Blickwinkeln sogar fast mager. Seine Gesichtszüge waren nicht besonders markant. Sein glattes braunes Haar hatte er sich aus der hohen Stirn nach hinten gekämmt, auf Schulterlänge abgeschnitten und mit einem zusammengerollten Tuch zurückgebunden. Er trug Jeans, ein blaues Arbeitshemd aus Baumwolle und hochgeschlossene Wanderschuhe, die zerknautscht und ausgetreten waren. Die Schnürbänder waren an mehreren Stellen zusammengeknotet.

Seinen Seesack hatte er im Gepäckfach verstaut, und als der Bus vor dem Lincoln Hotel hielt, ging er ihn holen. Er stützte sich schwer auf einen knorrigen schwarzen Stock aus Walnussholz, während er durch den Bus nach vorne schritt, den Rucksack lose über die Schulter gehängt. Er blickte niemandem ins Gesicht. Er wirkte auf jene, die mit ihm reisten, deren Fahrt sie weiter nach Westen bringen würde, bis zu den Quad Cities und Des Moines, als wäre er ein Herumtreiber, und diese Einschätzung war nicht völlig falsch.

Doch auch wenn er überhaupt nicht so aussah, war er dennoch ein Ritter, das Beste, was die Menschen bekommen würden, und vielleicht besser, als sie es verdienten. Seit zehn Jahren bemühte er sich, sie zu beschützen, war ein Paladin ihrer Sache. Es gingen Dämonen um in der Welt, Wesen, die derart böse waren, dass sie die Menschheit vernichten würden, wenn man sie nicht vernichtete. Schon jetzt reagierten die Fresser auf sie und kamen aus ihren Verstecken, wagten es sogar, sich im Tageslicht zu zeigen, ernährten sich von den düsteren Gefühlen, die überall von den Dämonen in den Menschen gefördert wurden. Die Dämonen waren sehr geschickt in ihrer Arbeit, und die Menschen waren nur allzu bereit, zu ihren Opfern zu werden. Die Dämonen konnten für die Menschen lange genug alles sein, um ihre Herzen zu verdunkeln, und wenn die Menschen endlich merkten, was mit ihnen vorging, war es zu spät. Zu dieser Zeit waren die Fresser bereits dabei, sie zu verschlingen.

Der Ritter des Wortes war ausgesandt worden, die Dämonen zu vernichten. Seine Aufgabe hatte ihn zahllose Male von einem Ende des Landes bis zum anderen geführt, und noch immer reiste er weiter. Manchmal, in düsteren Momenten, glaubte er, dass seine Aufgabe niemals enden würde. Es gab Zeiten, da fragte er sich, warum er sie überhaupt übernommen hatte. Er hatte alles dafür aufgegeben, sein Leben hatte sich unwiderruflich verändert. Die Gefahren, denen er sich während seiner Mission aussetzte, waren größer als alles, dem sich jene, die unter Arthurs Banner geritten waren, hatten stellen müssen. Und er besaß auch keine Tafelrunde und ritterliche Gefährten, die seine Rückkehr erwarteten – keinen König, der ihn ehrte, keine holde Dame, die ihm das Leben angenehm machte. Er war ganz allein, und wenn seine Aufgabe beendet war, würde er das noch immer sein.

Sein Name war John Ross.

Er ließ sich den Seesack vom Fahrer holen, dankte ihm für seine Mühe, stützte sich dann auf seinen Stock und sah zu, wie die Türen des Busses sich schlossen, die Bremsen sich puffend lösten und sein silbernes Streitroß langsam davonfuhr. Er befand sich an der Ecke Fourth Street und Avenue A, vor ihm lag das Hotel, auf der einen Seite der Straße ein Farbengeschäft, auf der anderen eine Bibliothek. An der gegenüberliegenden Ecke befand sich eine Tankstelle mit

Reifenhandel. Alle Gebäude hier waren heruntergekommen und von der Sonne gebleicht. Alle Farben waren verwaschen, sodass nur noch beige und sandfarbene Töne übrig blieben; die Backsteine waren rissig und zerbröckelten. Der Lack der Holzverkleidungen blätterte in der Hitze ab. Der Beton der Fußwege und Straßen glänzte in der Glut der Sonne, und wo die Wege mit Asphalt ausgebessert worden waren, schimmerten sie in einem feuchten Schwarz.

Er bemerkte, dass er die Fourth Street entlang zur First Avenue starrte, und erinnerte sich an das, was er in seinem Traum gesehen hatte. Seine Augen schlossen sich bei dem Gedanken.

Er nahm seinen Seesack, humpelte die Stufen zur Eingangstür des Hotels hinauf und schob sie auf. Ein Schwall kühler Luft aus der Klimaanlage hieß ihn willkommen und ließ ihn dann schnell frösteln. Er meldete sich am Empfang an, nahm das billigste Zimmer, das sie hatten, und mietete es für eine ganze Woche, weil der Preis hierfür niedriger war als für die drei Tage, die er es brauchte. Er knauserte mit seinem Geld, weil er hauptsächlich von dem wenigen lebte, das ihm seine Eltern hinterlassen hatten. Er ließ den Seesack und seinen Rucksack beim Portier, der anbot, das Gepäck auf sein Zimmer zu bringen, und nahm sich eine der Broschüren, die verkündeten: »HOPEWELL – WIR WACHSEN EUCH ANS HERZ.« Er ging zu der Sitzgruppe in der Lobby hinüber und setzte sich in einen der abgewetzten Ohrensessel.

Das Titelbild der Broschüre bestand aus einer Collage mehrerer Fotos – ein Maisfeld, ein Park, ein Schwimmbad, die Innenstadt und eine der Anlagen von MidCon Steel. Im Inneren befand sich eine grobe Karte. Er las, dass Hopewell fünfzehntausend Einwohner hatte und mitten im Reagan-Land lag (sowohl die Stadt, in der Ronald Reagan geboren worden war, als auch jene, in der er aufwuchs, befanden sich in einem Umkreis von zwanzig Meilen). Hopewell besaß über siebzig Kirchen, war in allen Richtungen durch Freeways mit Großstädten verbunden und war die Heimat von Midwest Continental Steel, einem der größten unabhängigen Stahlwerke Amerikas. Die Broschüre führte aus, zwanzig Prozent der arbeitenden Bevölkerung Hopewells seien zwar bei MidCon beschäftigt, doch biete die Kommune mit ihrer vielfältigen und blühenden Wirtschaft aus Farmen und Geschäftsbetrieben auch andere Arbeitsmöglichkeiten.

Der Mann an der Rezeption kehrte mit seinem Zimmerschlüssel zurück. Keine andere Seele hatte in der Zeit, in der er fort gewesen war, die Lobby betreten. Er schien dankbar zu sein, als John Ross ihm einen Dollar für seine Bemühungen gab. Ross las die Broschüre zu Ende und steckte sie gemeinsam mit seinem Zimmerschlüssel in die Tasche seiner Jeans. Er blieb noch eine Weile in der Kühle der Lobby sitzen, lauschte dem Summen der Klimaanlage und blickte auf seine Hände hinab. Er hatte nicht viel Zeit für das, was getan werden musste. Er wusste durch seine Träume genug, um einen Ansatzpunkt zu haben, doch waren die Träume manchmal trügerisch, sodass er ihnen nicht vollständig trauen durfte. Zudem waren die Traumerinnerungen aus seiner Zukunft mehr als bruchstückhaft. Und sie blieben auch nicht stabil; sie hatten die Tendenz, sich zu verändern, während die Zeit verstrich und die Umstände sich änderten. Es war, als würde man versuchen, mit Sand und Wasser zu bauen. Manchmal konnte er nicht erkennen, an welchen Teil seines Lebens er sich nur erinnerte oder zu welchem Zeitpunkt die Ereignisse stattgefunden hatten oder stattfinden würden. Manchmal glaubte er, es würde ihn verrückt machen.

Er wuchtete sich mit einer abrupten, entschlossenen Bewegung aus dem Sessel. Auf seinen Stock gestützt, trat er durch die Vordertür in die Hitze hinaus und schritt die Fourth Street in Richtung des Herzens der Stadt entlang. Die Gebäude wirkten irgendwie flacher, als wären sie unter der Last der Hitze in sich zusammengesunken. Die Leute, an denen er auf der Straße vorbeikam, sahen ausgelaugt aus, ihre Augen blinzelten durch Sonnenbrillen in die Glut, die Köpfe hatten sie gesenkt, ihre Schultern waren gebeugt. Er überquerte die Locust Street, die Nord-Süd-Durchgangsstraße, die außerhalb der Stadt zur Route 88 wurde. Von dort ging er zur Second Avenue und wanderte sie in Richtung der Third Street entlang. Er konnte bereits das Plastikschild an dem Gebäude vor ihm lesen, auf dem JOSIE'S stand.

Vor ihm ragte eine Kirche auf und verschaffte ihm kurz ein wenig Schatten. Er wurde langsamer und blickte an ihr empor, musterte ihre rostfarbenen Steine, ihre Buntglasfenster, die bogenförmigen Türen und den offenen Glockenturm. Ein Schild in einem Glaskasten, der auf dem Rasenstück an der Ecke stand, verkündete, dass es sich um die First Congregational Church handelte. Ralph Emery war der Pfarrer, die Messe fand sonntags um 10 Uhr 30 statt, davor gab es um 9 Uhr 15 Erbauungsunterricht. Das Thema dieses Sonntags lautete »Wohin du auch gehst«. John Ross wusste, dass es im Inneren kühl und ruhig sein würde, ein Obdach vor der Hitze und der Welt. Es war lange her, dass er in einer Kirche gewesen war. Er merkte, dass er wissen wollte, wie es sich anfühlte, und dass er sich fragte, ob er seine Gebete noch immer auf ruhige, langsame Art sprechen konnte und nicht in einem Schwall von Verzweiflung. Er fragte sich, ob sein Gott noch an ihn glaubte.

Er blickte die Kirche noch einen Augenblick lang an, dann drehte er sich weg. Seine Beziehung zu Gott würde warten müssen. Jetzt beanspruchte zuerst einmal der Dämon, den er jagte, seine Aufmerksamkeit, jener, dem er nach Hopewell gefolgt war, um ihn zu vernichten. Er humpelte durch die Vormittagshitze und dachte über die Natur seines Widersachers nach. Er war sicher, dass er bei einer direkten Konfrontation siegen würde. Aber der Dämon war klug und schwer zu fassen; er konnte seine Identität vollständig verbergen. Er achtete sorgfältig darauf, sich nie völlig zu entblößen. Wieder und wieder hatte John Ross gedacht, er hätte ihn in der Falle, er könnte ihm die Maske vom Gesicht reißen und ihn zwingen, sich ihm zu stellen, doch jedes Mal war der Dämon entkommen. Der Dämon infizierte die Menschen, wie eine Krankheit, die sich von einem zum anderen übertrug, mit seinem Wahnsinn und übergab sie dann den Fressern, die sie verschlangen. Bislang hatte John Ross vergeblich nach einem Weg gesucht, ihn aufzuhalten. Es war schwierig gewesen, ihn auch nur aufzuspüren, während es sich als so gut wie unmöglich erwiesen hatte, ihn festzuhalten. Aber das würde sich jetzt ändern. Die Träume hatten ihm endlich etwas Nützliches enthüllt, etwas jenseits der düsteren, verfallenen Zukunft, die sich ereignen würde, wenn er versagte, etwas so Entscheidendes für das Überleben des Dämons, dass es sein Verderben bringen mochte.

John Ross erreichte die Kreuzung von Second Avenue und Third Street und wartete auf das grüne Licht. Als es aufleuchtete, ging er hinüber zu Josies's, humpelte zur Tür und schob sie auf.

Das Café war voll, die Samstagvormittagbesucher füllten fast alle Tische und Sitzecken, und es roch nach Kaffee und Doughnuts. Ross blickte sich um, musterte die Gesichter der Kunden, bemerkte vor allem den großen Tisch im Hintergrund, an dem mehrere Männer saßen, und ging dann zum Tresen. Die Hocker hier waren fast alle frei. Er wählte einen am Ende aus und ließ sich darauf nieder. Die Klimaanlage summte, und der Schweiß trocknete auf seinem Gesicht und den Händen. Er stellte den schwarzen Gehstock zwischen den Tresen und sein Knie. Gesprächsfetzen und Lachen drangen zu ihm herüber. Er sah sich nicht um. Das brauchte er nicht. Der Mann, den er suchte, war hier.

Die Frau, die hinter dem Tresen arbeitete, kam auf ihn zu. Sie war hübsch mit langen, zerzausten blonden Haaren, die sie zu einem Pferdeschwanz zurückgebunden hatte, ausdrucksvollen dunklen Augen und sonnengebräunter Haut. Eine kurze, weiße Baumwollhose und eine dazu passende Bluse schmiegten sich an die sanften Kurven ihres Körpers. Aber was ihn wirklich gefangen nahm, war ihr Lächeln. Es war breit, offen und strahlend. Es war lange her, dass ihn irgendjemand auf diese Weise angelächelt hatte.

»Guten Morgen«, begrüßte sie ihn. »Möchten Sie Kaffee?«

Er starrte sie an, ohne zu antworten, und spürte, wie sich etwas in ihm regte, das lange Zeit geschlafen hatte. Dann nahm er sich zusammen und schüttelte schnell den Kopf. »Nein, vielen Dank, Miss.«

»Miss?« Ihr Grinsen wurde breiter. »Es ist schon 'ne ganze Zeit her, dass mich jemand so genannt hat. Kenne ich Sie?«

Ross schüttelte zum zweiten Mal den Kopf. »Nein. Ich bin nicht von hier.«

»Das dachte ich mir. Ich kann mir Gesichter gut merken, und an Ihres erinnere ich mich nicht. Möchten Sie ein Frühstück?«

Er dachte einen Moment nach und studierte die Speisekarte, die hinter ihr an der Wand hing. »Wissen Sie, was ich jetzt wirklich gern hätte, wäre eine Cherry Cola.«

Sie zog eine Augenbraue hoch. »Ich denke, da können wir Ihnen helfen.«

Sie ging davon, und er folgte ihr mit den Augen, während er sich über die unerwartete Anziehungskraft wunderte, die sie auf ihn ausübte, und überlegte, wann er das letzte Mal so empfunden hatte. Er blickte zu seinen Händen hinab, die auf dem Tresen ruhten. Sie zitterten. Er wusste, dass sein Leben ein Trümmerhaufen war.

Ein Mann und ein Junge betraten das Café, kamen zum Tresen herüber, während sie zugleich nach freien Stühlen Ausschau hielten, und quetschten sich dann zwischen zwei Männer, die ein Stück entfernt saßen. Ross spürte ihre Augen auf sich ruhen. Er reagierte nicht. So war es immer – als könnten die Leute auf irgendeine Weise spüren, was er in Wirklichkeit war.

Die Frau mit dem Lächeln kam zurück und brachte ihm die Cherry Cola. Falls sie die Wahrheit spürte, so sah man es ihr zumindest nicht an. Sie stellte die Cola auf einer Serviette vor ihn hin und verschränkte die Arme unter ihrem Busen. Sie war wahrscheinlich in den Dreißigern, sah aber jünger aus.

»Sind Sie sicher, dass Sie nicht eine Waffel oder ein Stück Kuchen wollen? Sie sehen hungrig aus.«

Er lächelte unwillkürlich und vergaß für einen Moment seine Ausgelaugtheit. »Ich muss aus Glas bestehen, so wie Sie mich durchschauen. Tatsächlich bin ich am Verhungern. Ich habe mich nur noch nicht entscheiden können, was ich bestellen soll.«

»Jetzt kommen wir der Sache doch schon näher«, erklärte sie und lächelte zurück. »Lassen Sie mich etwas vorschlagen, da es ja Ihr erster Besuch hier ist. Bestellen Sie das Hackfleisch. Es ist mein eigenes Rezept. Sie werden es nicht bereuen.«

»Also gut. Es ist also Ihr eigenes Rezept?«

»Ja. Das hier ist mein Geschäft.« Sie streckte die Hand aus. »Ich bin Josie Jackson.«

»John Ross.« Er ergriff ihre Hand und hielt sie in seiner eigenen. Sie war kühl. »Nett, Sie kennen zu lernen.«

»Es ist auch nett, Sie kennen zu lernen. Es ist immer nett, jemanden kennen zu lernen, der mich ›Miss‹ nennt und es auch noch so meint.« Sie lachte und ging davon.

Er trank seine Cherry Cola aus, und als sein Hackfleisch kam, bestellte er dazu ein Glas Milch. Er aß das Hackfleisch und trank die Milch, ohne aufzusehen. Aus dem Augenwinkel ertappte er Josie Jackson, wie sie ihn anblickte, als sie hinter dem Tresen an ihm vorbeikam.

Als er fertig war, kam sie zurück und stellte sich vor ihn. Auf ihrer Nase waren unter der Sonnenbräune Sommersprossen zu sehen. Ihre Arme waren glatt und braun. Er spürte das Bedürfnis, ihre Haut zu berühren.

»Sie hatten Recht«, sagte er. »Das Hackfleisch war sehr gut.«

Sie strahlte, ihr Lächeln war atemberaubend. »Wollen Sie noch etwas mehr? Ich denke, das Haus kann sich einen Nachschlag leisten.«

»Nein, aber vielen Dank.«

»Kann ich Ihnen noch etwas anderes bringen?«

»Nein, alles bestens.« Er warf einen Blick über die Schulter, als wollte er sich von etwas überzeugen, und schaute dann wieder sie an. »Kann ich Sie etwas fragen?«

Ihre Mundwinkel zuckten. »Das hängt von der Frage ab.«

Er schaute erneut über seine Schulter. »Ist das Robert Freemark, der da hinten bei diesen Männern sitzt?«

Sie folgte seinem Blick und nickte dann. »Sie kennen Old Bob?«

Ross erhob sich mit Hilfe seines Stockes von dem Barhocker. »Nein, aber ich war ein Freund seiner Tochter.« Die Lüge brannte in seiner Kehle, während er sie aussprach. »Könnten Sie mit meiner Rechnung einen Augenblick warten, Josie? Ich möchte kurz hallo sagen.«

Er humpelte vom Tresen zu dem Tisch im Hintergrund hinüber und wappnete sich für das, was er tun musste. Die Männer, die an dem Tisch saßen, erzählten sich Geschichten und lachten, aßen Doughnuts und Gebäckstücke und tranken Kaffee dazu. Es sah aus, als fühlten sie sich hier wie zu Hause, als kämen sie oft hierher.

Bob Freemark hatte ihm den Rücken zugewandt und sah ihn nicht, bis einige der anderen bei seinem Näherkommen aufblickten. Dann drehte sich auch Old Bob zu ihm um, sein großer weißer Kopf hob sich, und die durchdringenden blauen Augen fixierten Ross mit einem nachdenklichen Blick.

»Sind Sie Robert Freemark, Sir?«, fragte ihn John Ross.

Der große Mann nickte. »Der bin ich.«

»Mein Name ist John Ross. Wir sind uns noch nie begegnet, aber Ihre Tochter und ich waren Freunde.« Dieses Mal ging ihm die Lüge leichter über die Lippen. »Ich wollte nur vorbeischauen und kurz hallo sagen.«

Old Bob starrte ihn an. Es wurde ruhig am Tisch. »Caitlin?«, fragte er leise.

»Ja, Sir, es ist eine lange Zeit her, als wir beide auf dem College waren. Damals kannte ich sie.« Ross achtete darauf, dass sein Gesicht ausdruckslos blieb.

Old Bob schien sich zu erholen. »Setzen Sie sich, Mr. Ross«, drängte er und zog einen leeren Stuhl von einem der angrenzenden Tische heran. Ross setzte sich behutsam und streckte sein Bein so vom Tisch weg, dass er Robert Freemark gegenübersaß, aber nicht den anderen. Die Unterhaltung am Tisch setzte wieder ein, aber Ross spürte, dass die anderen Männer ihnen dennoch zuhörten.

»Sie sagen, Sie kannten Caitlin?«, wiederholte Old Bob.

»In Ohio, Sir, als wir beide aufs College gingen. Sie war am Oberlin, und da war ich auch, allerdings ein Jahr weiter als sie. Wir haben uns bei einem Studentenball getroffen. Wir sind hin und wieder zusammen ausgegangen, aber es war nichts Ernstes. Hauptsächlich waren wir einfach nur gute Freunde. Sie hat viel über Sie und Mrs. Freemark gesprochen. Sie hat mir eine ganze Menge über Sie erzählt. Nachdem sie die Schule verließ, habe ich sie nie wiedergesehen. Ich habe gehört, dass sie gestorben ist. Das tut mir sehr Leid.«

Old Bob nickte. »Das war vor fast vierzehn Jahren, Mr. Ross. Das liegt weit in der Vergangenheit.«

Es klingt aber gar nicht so, dachte Ross. »Ich hatte mir selbst versprochen, dass ich versuchen würde, bei Ihnen und Mrs. Freemark vorbeizuschauen und hallo zu sagen, wenn ich jemals in diese Gegend kommen sollte. Ich habe sehr viel von Caitlin gehalten.«

Der andere Mann nickte, sah aber nicht so aus, als würde er es wirklich verstehen. »Wie haben Sie uns hier in Hopewell gefunden, Mr. Ross?«

»Bitte Sir, nennen Sie mich John.« Er rückte sein schlimmes Bein in eine andere Position. Die Männer am Tisch verloren das Interesse an dem, was er zu sagen hatte. Eine vierzehn Jahre alte Freundschaft mit einem toten Mädchen war unwichtig für sie. »Ich wusste, von wo Caitlin stammte«, erklärte er. »In dem Hotel, in dem ich wohne, habe ich nach Ihnen gefragt. Dann bin ich hierher gekommen. Josie sagte mir, wer Sie sind.«

»Soso«, sagte Old Bob leise. »Na, wenn das nichts ist.«

»Ja, Sir.«

»Woher kommen Sie?«

»New York City.« Er log erneut.

»Was Sie nicht sagen. New York City? Was führt Sie denn ausgerechnet hierher?«

»Ich bin mit dem Bus unterwegs zu Freunden in Seattle. Da ich keinen festen Zeitplan einhalten muss, habe ich einen kleinen Umweg hierher gemacht. Ich glaube, ich war der Ansicht, dass es an der Zeit war, mein Versprechen einzulösen.«

Er machte eine Pause, als dächte er über etwas nach, das er fast vergessen hätte. »Ich habe gehört, dass Caitlin eine Tochter hat.«

»Ja, das ist unsere Nest«, bestätigte Old Bob lächelnd. »Sie lebt bei uns. Sie ist bereits eine junge Dame.«

John Ross nickte. »Das ist gut zu hören.« Er versuchte, nicht an die Träume zu denken. »Sieht sie ihrer Mutter ein wenig ähnlich?«

»Sehr sogar.« Old Bobs Lächeln wurde breiter. »Nest bei uns zu haben hilft uns ein bisschen dabei, über Caitlins Verlust hinwegzukommen.«

Ross blickte zu Boden. »Das nehme ich an. Ich wünschte, ich könnte sie sehen. Ich denke oft an Caitlin.« Er schwieg, als fiele ihm nichts anderes ein, was er sagen könnte. »Nun, vielen Dank, Sir. Ich habe mich sehr gefreut, Sie kennen zu lernen.«

Er begann aufzustehen und half dabei mit dem Stock nach. »Bitte grüßen Sie Mrs. Freemark und Ihre Enkelin von mir.«

Er war bereits im Weggehen, als Old Bob ihn aufhielt. Die Hand des großen Mannes berührte ihn am Arm. »Warten Sie eine Minute, Mr. Ross. Ich finde es nicht richtig, dass Sie den ganzen Weg hierher gekommen sind, ohne die Möglichkeit zu haben, ausführlicher über Caitlin zu sprechen. Warum kommen Sie nicht heute Abend zum Essen zu uns? Dort können Sie auch Evelyn – Mrs. Freemark – und Nest treffen. Wir würden wirklich gerne mehr von dem hören, an das Sie sich erinnern. Werden Sie kommen?«

John Ross holte tief Luft. »Sehr gerne, Sir.«

»Gut. Das ist gut. Dann kommen Sie bitte gegen sechs.« Old Bob fuhr sich mit einer Hand durch das dichte weiße Haar. »Werden Sie eine Fahrgelegenheit finden, oder soll ich Sie abholen?«

»Ich werde schon hinkommen.« Ross lächelte.

Robert Freemark streckte die Hand aus, und Ross ergriff sie. Der Händedruck des alten Mannes war kraftvoll. »Es ist gut, dass Sie gekommen sind. Wir freuen uns darauf, Sie heute Abend bei uns zu haben.«

»Vielen Dank, Sir«, erwiderte Ross.

Dann ging er wieder zurück zum Tresen und lauschte der Unterhaltung hinter ihm, die allmählich in den anderen Gesprächen unterging. Er kannte also Caitlin, was? Wie war noch sein Name? Meint ihr, er ist einer von diesen Hippies? Er sieht ein wenig zerzaust aus. Was, glaubt ihr, ist mit seinem Bein los? Ross ließ die Worte an sich abgleiten und sah sich nicht um. Er fühlte sich traurig und alt. Er fühlte sich jeglichen Mitgefühls beraubt. Nichts von alldem hier bedeutete etwas. In Wahrheit bedeutete überhaupt nichts etwas, außer Nest Freemark.

Er kam zum Tresen und zu Josie Jackson zurück. Sie gab ihm die Rechnung und wartete, bis er ein paar Dollar aus seiner Jeanstasche hervorgekramt hatte.

»Sie kannten also Caitlin?«, fragte sie und musterte ihn dabei.

»Ja, vor langer Zeit.« Er hielt ihrem Blick stand und suchte nach einem Weg, irgendetwas von ihr mit sich zu nehmen, wenn er ging.

»Ist das der Grund, der Sie nach Hopewell geführt hat? Sie sehen nämlich nicht wie ein Handelsvertreter, ein Fernfahrer oder ein Privatdetektiv aus.«

Er warf ihr ein kurzes Lächeln zu. »Das ist der Grund.«

»Und wo wollen Sie jetzt hin?« Sie nahm das Geld, das er ihr reichte, ohne hinzuschauen. »Wenn Ihnen meine Neugier nichts ausmacht.«

Er schüttelte den Kopf. »Sie macht mir nichts aus. Um die Wahrheit zu sagen, hatte ich vor, in mein Hotelzimmer zu gehen. Ich bin ein wenig müde. Ich bin gerade erst mit dem Bus angekommen und habe nicht viel geschlafen.« Das Wort »Schlaf« sandte unwillkürlich eine Gänsehaut über seinen Rücken.

»Wohnen Sie im Lincoln Hotel?«, fragte sie.

»Für ein paar Tage.«

»Dann sehen wir Sie vielleicht noch häufiger hier, solange Sie in der Stadt sind?«

Er lächelte erneut. Ihm gefiel die Art, wie sie ihn ansah. »Ich sehe keine Möglichkeit, wie ich es vermeiden könnte, wenn alles bei Josie's so gut ist wie das Hackfleisch.«

Sie erwiderte sein Lächeln. »Manche Sachen sind sogar noch besser.« Sie hielt seinem Blick stand, ohne verlegen zu werden. »Bis später, John.«

Der Ritter des Wortes drehte sich um und schritt durch die Tür in die Mittagshitze hinaus. In ihm wirbelten Splitter von Hoffnung und Verwirrtheit planlos durcheinander.

Hinten im Café, am Tisch von Old Bob und den anderen, saß der Dämon als unsichtbare Präsenz in ihrer Mitte und sah Ross gehen.

Kapitel 10

Es ist Nacht. Der Himmel ist klar, und der Vollmond hängt strahlend über dem östlichen Horizont. Sterne übersäen das nächtliche Firmament mit nadelstichgroßen Silberpunkten, und die Brise, die über seine erhitzte Haut streicht, ist kühl und sanft. Er steht einen Augenblick lang da, blickt nach oben und denkt, dass nichts von dem Wahnsinn der Welt, in der er sich befindet, sich in dem Himmel widerspiegelt, den er betrachtet. Er wünscht sich, er könnte diesen Wahnsinn mit der Ruhe und dem Frieden, den er dort findet, besänftigen. Einen Moment lang erinnert er sich daran, wie die Dinge einmal waren.

Dann ist er wieder unterwegs. Er läuft in stetigem Tempo auf dem Beton des Highways in die Stadt hinein und hört bereits die Schreie und das Weinen der Gefangenen. Die Pferche sind zwei Meilen entfernt, aber die Zahl der Gefangenen, die sie enthalten, ist so groß, dass ihre Geräusche bis zu den Kornfeldern getragen werden. Die Stadt kommt ihm nicht bekannt vor. Sie liegt da, wo einmal Kansas oder vielleicht auch Nebraska war. Das umliegende Land ist flach und leer. Früher wuchs hier einmal Korn, doch jetzt gibt es nur noch Staub. In dem Land lebt nichts. Alle Felder sind vertrocknet. Alle Tiere wurden getötet. Alle Menschen sind von denen, die einst wie sie waren, gejagt und in die Pferche getrieben worden. Die Stille der Nacht wird nur von dem Summen und Zirpen der Insekten und dem trockenen, raschelnden Wispern alten Laubs durchbrochen, das vom Wind über die Steine getrieben wird.

Fresser spähen lauernd aus den Schatten hervor, während er vorbeiläuft, aber sie halten Abstand. Er ist ein Ritter des Wortes, und sie haben keine Macht über ihn. Das spüren sie, und sie wagen es nicht, ihn herauszufordern. Es sind Geschöpfe des Instinkts und der Gewohnheit, und sie reagieren auf das, was sie in den Menschen finden, auf die gleiche Art, wie Raubtiere auf den Geruch von Blut reagieren. John Ross weiß das. Er versteht, was sie sind, eine Lek-

tion, die ihm vor langer Zeit erteilt wurde, als es noch Hoffnung und Grund zu der Annahme gab, dass er etwas bewirken konnte. Die Fresser sind eine Naturgewalt, und sie reagieren mehr nach Instinkt als nach dem Verstand. Sie denken nicht, denn Denken wird nicht von ihnen verlangt. Sie existieren nicht, um zu denken, sondern um zu reagieren. Das Wort hat sie aus Gründen erschaffen, die John Ross nicht versteht. Sie sind ein Teil des Gleichgewichts des Lebens, aber ihr genauer Platz innerhalb dieses Gleichgewichts ist ihm rätselhaft. Sie werden von den dunkleren Gefühlen angezogen, die die Menschen heimsuchen. Sie tauchen auf, wenn diese Gefühle nicht länger unterdrückt werden können. Sie ernähren sich von diesen Gefühlen, und indem sie das tun, treiben sie die Menschen, die ihre Opfer sind, in den Wahnsinn. Mit genug Zeit, Raum und Ermutigung würden sie alles vernichten.

Der Ritter des Wortes hat viel darüber nachgedacht, warum dies so sein muss, aber um es zu begreifen, würde er ein besseres Verständnis für menschliches Benehmen benötigen, als er es besitzt. So ist er zu dem Entschluss gekommen, die Fresser einfach als eine Naturgewalt zu akzeptieren. Er kann sie sehen, was die meisten nicht können, und daher weiß er, dass sie existieren. Nur wenige andere verstehen das. Nur wenige haben auch nur eine Ahnung, dass es die Fresser überhaupt gibt. Wenn sie es wüssten, würden sie sich an Bibelstellen und Moralgeschichten aus ihrer Kindheit erinnern, und sie würden die Fresser schnell als Geschöpfe des Satans beschreiben. Aber die Fresser sind Wesen des Wortes. Sie sind weder gut noch böse, und ihr Existenzgrund ist viel zu komplex, als dass er auf so einfache Weise erklärt werden könnte.

Er kommt durch ein Gebiet, auf dem früher die Lagerhäuser der Stadt standen, und die flachen, ausdruckslosen Bernstein-Augen folgen ihm. Die Fresser fühlen nichts, enthüllen nichts. Die Fresser kümmern sich nicht um ihn, weder auf die eine noch auf die andere Weise. Das ist auch nicht ihre Aufgabe. Daran muss sich der Ritter des Wortes immer wieder selbst erinnern. Denn der Glanz ihrer Augen kommt ihm stets wie eine Herausforderung und eine Gefahr vor. Aber er hat gelernt, dass die Fresser so unempfänglich für Gefühle sind, wie das Schicksal es für Gebete ist. Sie sind wie der Wind und der Regen; wenn die richtigen Bedingungen herrschen, tauchen sie auf. Man sollte sie so hinnehmen, wie man eine Änderung des Wetters hinnimmt, denn sie reagieren nicht weniger unpersönlich und willkürlich.

Nichtsdestotrotz kommt es ihm so vor, während er an ihrem dunklen Versteck vorbeigeht, dass sie wissen, wer er ist, und ihn entsprechend beurteilen. Er kann sich nicht helfen, denn sie waren Zeugen all seiner Fehlschläge. Es hat den Anschein, dass sie ihn jetzt richten und sich, so wie er es auch tut, an all die Gelegenheiten erinnern, die er vergeudet hat. Der heutige Abend hält einen neuen Test für ihn bereit. Seine Erfolge in letzter Zeit mögen einige seiner früheren Niederlagen aufwiegen, aber es sind diese Niederlagen, die am schwersten wiegen. Wenn er nicht in Hopewell bei Nest Freemark versagt hätte, denkt er bitter, dann wären jetzt keine Erfolge notwendig. Er erinnert sich an sie, ein Kind von vierzehn Jahren. Er erinnert sich, wie dicht er herangekommen ist, sie zu retten, wie falsch er beurteilt hat, was zu tun nötig war. Er erinnert sich an den Dämon, der selbst im Angesicht seiner wildesten Gegenwehr die Oberhand behielt. Diese Erinnerung wird ihn nie verlassen. Sie wird ihn bis in sein Grab verfolgen.

Aber heute Nacht wird er nicht sterben, denkt er. In seinen Händen hält er den glänzenden, mit Runen verzierten Stab der Magie, den die Lady ihm vor all diesen Jahren gegeben hat. Er schwingt ihn, wie Arthur es mit Excalibur tun würde, der darauf vertraute, dass kein Feind ihm widerstehen könnte, keine Waffe stark genug war, ihn zu vernichten, und kein Übel so düster, dass es das Licht seiner Magie auslöschen könnte. Es ist das Vermächtnis seiner Niederlage, der Talisman, den er erhielt, als nichts übrig blieb außer der Schlacht selbst. Er wird weiterkämpfen, weil der Kampf alles ist, was noch übrig ist. Er ist stark, rein und auf seine Aufgabe fixiert. Er ist ein wandernder Ritter. Er ist Don Quixote, der gegen Windmühlen kämpft und keine Hoffnung hat, jemals Ruhe zu finden.

Er wird jetzt langsamer und ist dicht genug bei den Pferchen, um das rauchige Licht der Fackeln zu sehen, die das Gelände erhellen.

Er war noch nie hier, aber er weiß, was ihn erwartet. Er hat andere dieser Anlagen in anderen Städten gesehen. Sie sind alle gleich – provisorisch errichtete Abzäunungen, in die Menschen getrieben werden. Männer, Frauen und Kinder, eingefangen und versklavt, hierher gebracht, um aussortiert und abgefertigt zu werden. Sie werden einem bestimmten Zweck zugeteilt, benutzt und ausgebeutet und am Ende vernichtet. So ist es heute in der Welt, so ist es jetzt schon seit mehr als sieben Jahren. Alle Städte in Amerika sind entweder bewaffnete Heerlager oder Ruinen. Zu Beginn, als es noch Regierungen und Armeen gab, benutzten sie Atomraketen, Giftgas und Entlaubungsmittel. Dann machten die Raketen, Gifte und Entlaubungsmittel anderen, persönlicheren und primitiveren Waffen Platz, als die Regierungen und Armeen verschwanden und der Grad von Barbarei wuchs. Washington war dem Erdboden gleichgemacht, New York City zerfleischte sich selbst. Atlanta, Houston und Denver bauten Mauern, legten einen Waffenvorrat an und begannen damit, systematisch jeden zu vernichten, der in ihre Nähe kam. Los Angeles und Chicago wurden zu Jagdgebieten der Dämonen und ihrer Anhänger. An jeder Ecke wurden Schlachten geschlagen. Die Vernunft wich dem Blutrausch und ging verloren.

Irgendwo gibt es Orte, hat der Ritter gehört, an denen der Wahnsinn noch im Zaum gehalten wird, aber er hat sie nie gefunden. Einige befinden sich in anderen Ländern, aber er weiß nicht, wo. Die Technologie ist nur noch in Bruchstücken vorhanden und funktioniert nicht mehr auf verlässliche Weise. Flugzeuge fliegen nicht mehr, Schiffe segeln nicht mehr, und Züge fahren nicht mehr. Mit jedem verstreichenden Tag, mit jedem sterbenden Mann verschwindet mehr Wissen. Die Leere hat kein Interesse an Technologie, weil Technologie den Fortschritt fördert. Die Dämonen vervielfältigen sich, und ihr Ziel ist jetzt, den letzten Rest an menschlicher Vernunft zu vernichten und jeden Widerstand zu brechen. Wenig stellt sich ihnen dabei in den Weg. Der Wahnsinn, der den Anfang des Endes eingeleitet hat, setzt sich immer weiter fort.

Aber der Ritter kämpft weiter. Ein einsamer Streiter für die Welt, an sein Schicksal gekettet, als Strafe für sein Versagen, dem Wahn-

sinn Einhalt zu gebieten, als er noch die Chance dazu hatte. Er wandert von Stadt zu Stadt, von Feldlager zu Feldlager, befreit die armen Kreaturen, die in den Sklavenpferchen eingesperrt sind, und hofft, dass ein paar von ihnen die Flucht zu einem besseren Ort gelingt, dass ein oder zwei von ihnen irgendwie einen entscheidenden Unterschied in dem schrecklichen Krieg machen werden, der geführt wird. Er hat keine konkreten Erwartungen. Er muss weitermachen, weil er gelobt hat, es zu tun. Es gibt nichts anderes, das von Bedeutung ist.

John Ross wird noch langsamer, den Stab hält er mit beiden Händen vor sich. Er erinnert sich, wie es war, als der Stab sein Gehstock und eine Stütze beim Laufen war. Aber seine Träume haben aufgehört, und seine Zukunft ist zu seiner Gegenwart geworden. Der Wahnsinn von morgen ist zu dem von heute geworden. Das Hinken ist verschwunden, und er ist verwandelt. Der Stab ist jetzt sein Schwert und sein Schild; seine Macht durchdringt ihn, macht ihn stark. Die Magie, vor deren Anwendung er früher Angst hatte, wird jetzt offen verwendet. Es ist ein Zeichen der Wertschätzung seiner Dienste, dass er keinen Zwängen mehr unterliegt, aber es ist auch ein Zeichen seines Versagens.

Vor ihm wird das Licht der Fackeln heller. Die Werkzeuge des Überlebens sind noch primitiver geworden. Es gibt keine Elektrizität, keinen Treibstoff für Turbinen oder Generatoren, fast keine Kohle und kaum noch Öl. Es gibt kein fließendes Wasser. Es gibt keine Kanalisation oder Müllentsorgung. Es fahren nur noch wenige Autos, und sie haben nur noch wenige Straßen, die sie benutzen können. Der Beton der Autobahnen ist rissig und geborsten. Unkraut bahnt sich seinen Weg. Die Erde holt sich langsam zurück, was ihr gehört.

Er huscht auf eine Seite, um im Schatten zu bleiben. Er hat keine Angst, aber die Überraschung kann von Vorteil sein. Die Fresser, die ihn beobachten, ziehen sich vorsichtig zurück. Sie spüren, dass er sie sehen kann, während andere das nicht können – selbst jene nicht, die dem Wahnsinn anheimgefallen sind und den Dämonen dienen, selbst jene nicht, von denen sich die Fresser ernähren. Ihre Zahl ist jetzt riesig. Sie ist so stark angewachsen, dass es nirgendwo mehr eine dunkle Ecke gibt, in der sie nicht lauern. Während der Wahnsinn die Menschheit verzehrt hat, haben sie sich rasend vermehrt, doch in letzter Zeit hat sich dies verlangsamt. Einige werden schon bald verschwinden, denn die schrumpfende menschliche Bevölkerung kann sie nicht alle ernähren. Im Laufe der Zeit wird das Gleichgewicht sich wieder herstellen, und die Welt wird von neuem beginnen. Doch für die Zivilisation ist es zu spät. Die Zivilisation ist am Ende. Die Menschen sind dezimiert und auf die Stufe von Tieren herabgesunken. Falls es eine Wiedergeburt geben sollte, so wird sie ein Zufallstreffer sein.

Er fragt sich kurz, wie schlimm es wohl woanders auf der Welt ist. Er weiß es nicht mit Gewissheit. Er hat gehört, dass es nicht gut aussieht, dass sich das, was in Amerika begonnen hat, an anderen Orten schneller verbreitet hat. Die Saat, die hier nur langsam aufgegangen ist, findet in anderen Ländern einen fruchtbaren Boden. Er glaubt, dass jedes Land angegriffen wird und dass die meisten bereits besiegt sind. Er glaubt, dass die Zerstörung sich weit ausgebreitet hat. Er hat seit langer Zeit keinen Besuch mehr von der Lady erhalten. Er hat nichts vom Wort gehört.

Er nähert sich jetzt den Pferchen, einem weitläufigen Labyrinth aus Maschendrahtzäunen und Toren, hinter denen die Menschen gefangen gehalten werden. Fackeln qualmen und flackern an hohen Pfosten und beleuchten das Ausmaß des Elends, dem die Gefangenen ausgesetzt sind. Männer, Frauen und Kinder jeden Altes, jeder Rasse und jeden Glaubens – sie sind aus ihren Verstecken in der Umgebung aufgescheucht und wie Vieh in die Pferche getrieben worden. Hier werden sie eng zusammengezwängt, ohne dass an ihre Bedürfnisse ein Gedanke verschwendet wird, und sie bekommen nur das Allernötigste, um sie am Leben zu erhalten. Sie werden zur Arbeit und zur Zucht verwendet, bis sie nicht mehr stark genug sind, und dann werden sie getötet. Ihre Wächter sind Einst-Menschen, Wesen, die sich dem Wahnsinn ergeben haben, der von den Dämonen überall geschürt wird. Jener Wahnsinn, der zuvor isoliert war, sich nun aber wie ein Feuer verbreitet. Einst wurde akzeptiert, dass alle Menschen gleich erschaffen wurden, doch so ist es nicht mehr. Die Menschheit hat sich zu zwei getrennten und deutlich unterschiedlichen Lebensformen entwickelt, Starker und Schwacher, Jäger und Gejagter. Die Leere regiert; das Wort ist untätig. Die Einst-Menschen haben sich völlig ihren dunkleren Impulsen hingegeben und denken jetzt nur noch daran zu überleben, selbst auf Kosten ihrer Mitmenschen, selbst um den Preis ihrer Seelen. Mit der Zeit werden einige von ihnen sich selbst zu Dämonen entwickeln. Die Fresser ernähren sich von ihren Opfern, sie finden Lebenskraft in der Ausübung von Grausamkeiten, die so schrecklich sind, dass man kaum wagt, darüber nachzudenken. So ähnlich muss es damals in den Konzentrationslagern gewesen sein. Aber Ross kann es sich nicht vorstellen.

Er ist jetzt nahe genug, um die Gesichter der Gefangenen erkennen zu können. Sie starren mit dumpfen, leeren Augen durch den Maschendraht hindurch zu ihm hinaus. Sie sind zum größten Teil nackt und werden von denen, die von innen schieben, gegen den Zaun gedrückt. Sie warten, dass die Nacht endet und der Tag beginnt, sie warten ohne Hoffnung, ohne Denken und ohne Ziel. Sie wimmern und weinen, und sie kauern sich furchtsam zusammen. Sie kratzen sich ohne Ende. Er kann es kaum ertragen, sie anzusehen, aber er zwingt sich dazu, denn sie sind das Ergebnis seines Versagens. Überall auf dem Gelände stehen Einst-Menschen mit automatischen Waffen in Wachtürmen auf Posten. Paradoxerweise gibt es in dieser post-apokalyptischen Welt noch immer Waffen in großer Menge. Wachtposten patrouillieren am Rande des Geländes. Ross ist so schnell herangekommen, dass sie erst jetzt seine Gegenwart bemerken. Einige drehen sich zu ihm um, andere schwingen drohend ihre Waffen. Aber er ist nur ein einzelner Mann, allein und unbewaffnet. Sie sind nicht beunruhigt. Sie sind heute nicht besser im Erkennen von dem, was sie vernichten wird, als vor all diesen Jahren, als die ersten Dämonen über sie kamen.

Ein paar rufen ihm zu stehenzubleiben, aber er kommt ohne langsamer zu werden näher. Ein Befehl erschallt, und Schüsse werden abgefeuert. Eine Warnung. Er kommt näher. Wieder knallen

Schüsse, diesmal wild durcheinander und gezielt, um ihn zu treffen. Aber seine Magie ist bereits beschworen. Er nennt es Schwarzes Eis – glatt, schlüpfrig, unsichtbar. Es umhüllt ihn mit seinem schützenden Schild. Die Kugeln gleiten harmlos daran ab. Er schiebt den nächsten Einst-Menschen zur Seite und geht zu dem Maschendrahtzaun der Pferche. Er hält den Stab fest in beiden Händen und schwenkt die Spitze über seinen diamantförmigen Öffnungen. Licht flackert auf, und die Maschen fallen auseinander wie zerrissene Luftschlangen. Die Insassen der Pferche ziehen sich ängstlich zurück. Sie sind nicht sicher, was gerade geschieht, und wissen nicht, was sie tun sollen. Ross ignoriert sie und dreht sich zu den Einst-Menschen um, die vorstürmen, um ihn aufzuhalten. Er wirft sie mit einem einzigen Streich seines Stabs zu Boden. Die Wachen in den Türmen richten ihre Waffen auf ihn und beginnen zu schießen, aber die Kugeln können ihm nichts tun. Er richtet seinen Stab auf die Türme. Licht flackert grell strahlend und blendend auf, und einer nach dem anderen brechen die Türme zusammen und beginnen zu brennen.

Das Gelände ist jetzt ein einziges Chaos. Die Einst-Menschen laufen hektisch durcheinander und versuchen sich neu zu gruppieren. Der Ritter des Wortes ist unerbittlich. Er reißt an dem Maschendraht der Pferche, bis er in Fetzen herabhängt. Er brüllt die zusammengekauerten Gefangenen an, drängt sie aufzustehen, zu laufen, zu fliehen. Zunächst bewegt sich niemand. Dann beginnen ein paar von ihnen, die Kühneren, herauszukriechen und die Zuverlässigkeit ihrer neu gefundenen Freiheit zu prüfen. Dann folgen andere, und bald stürmen alle in die Nacht davon. Einige wenige, jene, die sich noch an einen Fetzen ihrer Menschlichkeit erinnern, halten an, um den Kindern und Alten zu helfen. Die Einst-Menschen stellen sich ihnen heulend vor Wut in den Weg, aber sie werden von der Flutwelle und der leuchtenden Magie des Ritters davongefegt. John Ross schreitet unbehelligt durch das Lager und wirft jene beiseite, die ihn aufhalten wollen. Die Fresser sind mittlerweile aufgetaucht, eine große Menge, die um ihn herumwieseln und -hüpfen, da sie in ihm die Aussicht auf frische Nahrung sehen. Er mag es nicht, als ihr Katalysator zu dienen, aber er weiß, dass er dagegen nichts tun kann. Die Fresser reagieren so, weil es in ihrer Natur liegt. Die Fresser sind hier, weil sie vom Elend und von den Schmerzen der Menschen angezogen werden. Daran kann nichts etwas ändern.

Er hat den größten Teil des Lagers durchquert und dabei die Pferche zerstört und ihre Insassen befreit, als er den Dämon erblickt. Er taucht aus den Schatten auf und kommt fast beiläufig auf ihn zu. Das Wesen sieht noch immer etwas menschlich aus, wenn auch auf groteske Weise, denn das meiste seiner Verkleidung ist von ihm abgefallen. An beiden Seiten begleiten ihn Einst-Menschen, deren Gesichter den gleichen Hass widerspiegeln, der auch in den Tiefen der leuchtenden Augen des Dämons lodert. Obwohl die Kreatur gekommen ist, um ihn zu vernichten, hat John Ross keine Angst. Andere seiner Art haben bereits früher versucht, ihn aufzuhalten. Keiner von ihnen lebt mehr.

Er wendet sich dem Dämon zu. Hinter ihm strömen die Gefangenen durch die leeren Straßen der zerstörten Stadt auf das dahinter liegende Brachland hinaus. Vielleicht werden ein paar von ihnen den Suchtrupps entkommen, die bald ausschwärmen werden. Vielleicht werden sie an einem anderen Ort ihre Freiheit finden. Der Ritter hat dazu beigetragen, was er konnte. Das ist alles, was er noch tun kann.

Überall um ihn herum sammeln sich Grüppchen von Fressern, die darauf warten, sich an den Überresten eines Kampfes zwischen dem Ritter und dem Dämon zu laben. Sie kriechen wie Schatten in den rauchigen Schein der Fackeln. Ihre geschmeidigen Körper dehnen sich aus und ziehen sich zusammen, wie die Wellen an einem Ufer.

Der Ritter hebt seinen Stab und läuft auf den Dämon zu. Als er das tut, fällt ein Netz auf ihn herab. Es ist schwer und dick, aus Stahldrähten geknüpft und an den Enden beschwert. Es zwingt ihn in die Knie. Sofort sind die Einst-Menschen über ihm, stürzen aus ihren Verstecken, stürmen ins Licht. Es ist eine Falle, und der Ritter ist in sie hineingetappt. Die Einst-Menschen werfen sich auf ihn, versuchen, ihm den Stab aus den Händen zu reißen und ihn so seiner einzigen Waffe zu berauben. Überall springen und huschen die Fresser wild umher, ihre Gier zieht sie herbei wie eine Flamme die

Motten. Im Hintergrund nähert sich der Dämon. Seine Augen leuchten vor Gier und Hass.

Licht flammt über der ganzen Länge des Stabs des Ritters auf und rast in die Menge seiner Angreifer.

John Ross erwachte mit einem Schrei, zerrte an den Feinden, die nicht mehr da waren, und wälzte sich unter der leichten Bettdecke herum, mit der er sich bedeckt hatte, als er seinem Schlafbedürfnis nachgegeben hatte.

Er erstickte seinen Schrei, hörte auf, um sich zu schlagen, kam unsicher in eine sitzende Position und umklammerte dabei den schwarzen Gehstock mit beiden Händen. Er saß da und starrte ins Nichts, während er aus seinem Traum auftauchte und seinen Sinn für Raum und Zeit wiedergewann. Die tragbare Klimaanlage summte an ihrem Platz auf dem Fensterbrett stetig vor sich hin, und die kühle Luft strich über sein schweißnasses Gesicht. Er atmete schnell und ungleichmäßig, und der Puls pochte in seinen Ohren. Er hatte das Gefühl, sein Herz würde zerbersten.

So war es manchmal. Er träumte und wachte dann mitten in diesem Traum auf, der ihm seine Zukunft in frustrierenden kleinen Fetzen offenbarte, aber keine Lösungsmöglichkeiten zeigte. Würde er aus dem Netz entkommen und den Einst-Menschen entfliehen, oder würde man ihn töten? Beides war möglich. Die Zeit war in seinen Träumen verzerrt, daher konnte er sich nicht sicher sein. Manchmal wurde die Antwort in späteren Träumen offenbart, aber nicht immer. Er hatte gelernt, mit der Ungewissheit zu leben, doch nicht, sie zu akzeptieren.

Er blickte zu der Uhr auf seinem Nachttisch. Er hatte nur drei Stunden geschlafen. John schloss die Augen. Drei Stunden. Er musste heute Nacht noch einmal schlafen, wenn er seine Stärke aufrechterhalten wollte. Er musste in die Welt der Träume zurückkehren, in die Zukunft seines Lebens, in die Vorhersage dessen, was geschehen würde, wenn er hier und jetzt versagte. Es war der Preis, den er dafür zahlte, dass er das war, was er war.

Er legte sich langsam wieder zurück aufs Bett und starrte an die

Decke. Er wusste, dass er jetzt nicht wieder einschlafen würde. Er konnte nie sofort wieder einschlafen, wenn er aus einem seiner Träume aufgewacht war, das Adrenalin ihn durchströmte und seine Nerven zum Zerreißen gespannt waren. Das war eben so. Er versuchte überhaupt nicht mehr zu schlafen oder nur noch für kurze Perioden, da er hoffte, so die Wirkung der Träume zu reduzieren. Aber es war schwer, so zu leben. Manchmal war es fast mehr, als er ertragen konnte.

Er ließ seine Gedanken treiben. Seine Erinnerungen an Zeiten und Orte, in denen er Frieden gefunden hatte und wo er zumindest ein klein wenig Behaglichkeit verspürt hatte, waren schwach und weit entfernt. Seine Kindheit war verschwommen, seine Jugend eine bunte Sammlung von Gesichtern und Ereignissen, die keine Verbindung zueinander hatten. Selbst sein Leben als Erwachsener in der Zeit, bevor er die Lady getroffen hatte, war ihm nicht mehr ganz klar im Gedächtnis. Er hatte sein gesamtes Leben verloren. Er hatte alles weggegeben. Einst war ihm das als richtig und notwendig erschienen. Sein Enthusiasmus und die Sache, an die er glaubte, hatten seine Entscheidung beeinflusst, und die Bedeutung der Aufgabe, die man ihm angetragen hatte, hatte alle Bedenken beiseite gewischt.

Aber das war vor langer Zeit gewesen. Er war sich nicht mehr so sicher, ob er die richtige Wahl getroffen hatte. Er war sich noch nicht einmal mehr seiner selbst sicher.

Er rief sich das Bild von Josie Jackson vor Augen, um ein wenig Distanz zu seinen eigenen Gedanken zu bekommen. Sie materialisierte sich vor ihm mit zerzaustem Haar, sonnengebräunter Haut, Sommersprossen und einem strahlenden Lächeln. Es tat ihm gut, an sie zu denken, aber dafür gab es keinen Grund. Sie hatte ihn angelächelt, und sie hatten sich unterhalten. Er wusste überhaupt nichts von ihr. Er konnte es sich nicht leisten, daran zu denken, sie näher kennen zu lernen. In drei Tagen würde er fort sein. Was machte es da aus, wie er sich fühlte, wenn er an sie dachte?

Aber wenn es nichts ausmachte, warum sollte er sich dann nicht einen Augenblick lang gehenlassen?

Er starrte an die Decke, auf die Risse im Putz, auf die Linien, die die Schatten auf die Farbe zeichneten, in Welten, die so weit entfernt waren, dass man sie nur in Träumen finden konnte.

Oder in Albträumen.

Josie Jackson verschwand. John Ross zwinkerte. In seinen Augenwinkeln bildeten sich Tränen, und er wischte sie schnell weg.

Kapitel 11

Nest Freemark verbrachte den Samstagvormittag damit, gemeinsam mit Großmutter das Haus zu putzen. Es machte keinen Unterschied, dass es das Wochenende des Vierten Juli war oder dass Nest besonders erpicht war, nach draußen zu kommen. Ebensowenig, wie es einen Unterschied machte, wie lange man gestern wach gewesen war. Der Samstagmorgen war zum Putzen reserviert, und das hatte Vorrang vor allem anderen. Großmutter stand um sieben auf, um acht stand das Frühstück auf dem Tisch, und um neun war man schon mitten beim Saubermachen. Diese Routine war wie in Stein gemeißelt. Als Granny und Nest mit der Arbeit begannen, war Old Bob bereits aus dem Haus. Es gab eine strikte Teilung der Pflichten zwischen Nests Großeltern, und diese richtete sich im groben danach, ob es um Arbeiten im Haus oder draußen ging. War sie drinnen, so war Großmutter zuständig. Gras mähen, Laub fegen, Schnee schippen, Holz hacken, den Gemüsegarten pflegen, Sachen besorgen und alles, was nichts mit den Blumenbeeten zu tun hatte, war Old Bobs Aufgabe. Solange er den Garten und das Äußere des Hauses in Schuss hielt, hatte er Grannys Wohlwollen und blieb von allen Arbeiten drinnen verschont.

Nest hingegen hatte sowohl drinnen als auch draußen Pflichten, und sie begannen mit dem Samstagvormittag-Hausputz. Sie stand mit Großmutter um sieben Uhr auf, um zu duschen und sich anzuziehen, und eilte dann in die Küche zu ihrem Frühstück aus Rührei,

Toast und Fruchtsaft. Sie wusste, dass sie um so früher fertig war, je eher sie anfing. Großmutter saß bereits kettenrauchend und ihren Wodka mit Orangensaft trinkend da. Ihr Frühstück stand unberührt vor ihr, und Old Bob blickte sie mit bissbilligend gerunzelter Stirn an. Nest aß schweigend ihre Eier und den Toast, trank ihren Saft und versuchte, keinen von beiden anzusehen. Stattdessen kreisten ihre Gedanken ausschließlich um den vergangenen Abend und um Two Bears.

»Woher wusste er, dass ich da war?«, hatte Pick ärgerlich wissen wollen, als sie sich auf den Rückweg durch den Park gemacht hatten und die heiße Juli-Dunkelheit sie wie klammer Samt einhüllte. »Ich war unsichtbar! Er hätte mich nicht sehen dürfen! Was für eine Art Indianer ist er überhaupt?«

Das Gleiche hatte sich Nest auch schon gefragt. Selbst abgesehen von dem indianischen Teil war Two Bears anders als jeder andere Mensch, den sie je kennen gelernt hatte. Er war auf seltsame Weise beruhigend, geradeheraus und vernünftig, aber irgendwie war er auch beängstigend. Ein wenig wie Geist – ein Paradoxon, das sie nicht auflösen konnte.

Sie grübelte jetzt über ihn nach, während sie mit Granny zusammen putzte, Staub wischte, die Möbel polierte, den Teppich saugte, die Fußböden wischte, die Paneele und Fensterbänke abwischte, die Toiletten und Waschbecken schrubbte und die Wannen und Duschen ausspülte. An einem einfachen Putztag beließen sie es beim Staubwischen und Saugen, aber am ersten Samstag des Monats wurde alles erledigt. Sie half ihrer Großmutter auch noch bei der Wäsche und dem Abwasch, und es war bereits fast Mittag, als sie endlich fertig wurde. Als ihre Großmutter ihr sagte, dass sie jetzt gehen könnte, schlang sie hastig ein Sandwich mit Erdnussbutter und Marmelade hinunter, trank ein großes Glas Milch und stürzte aus der Hintertür, wobei sie wieder einmal versehentlich die Fliegentür hinter sich zuknallen ließ. Sie zuckte bei dem Geräusch zusammen, drehte sich aber nicht um.

»Er hat gesagt, er sei ein Schamane«, hatte Nest am vergangenen Abend Pick erzählt. »Vielleicht bedeutet das, dass er Dinge sehen kann, die andere Leute nicht wahrnehmen. Heißt es nicht, dass indianische Medizinmänner über besondere Kräfte verfügen?«

»Woher soll ich wissen, was ein Medizinmann kann oder nicht kann?«, hatte Pick sie ärgerlich angefaucht. »Sehe ich aus wie ein Experte für Indianer? Ich lebe in diesem Park, und anders als gewisse Leute, die ich kenne, mache ich keine Ferienreisen in Gegenden dieses Landes, in denen es Indianer gibt. Warum weißt du nicht, was Indianer tun? Habt ihr die Indianer nicht in der Schule durchgenommen? Was für eine Art von Ausbildung bekommst du da überhaupt? Wenn ich du wäre, würde ich dafür sorgen, dass ich alles Wichtige über die Geschichte erführe ...«

Und so hatte er weiter und weiter geredet und kaum eine Pause gemacht, um Atem zu holen und ihr eine gute Nacht zu wünschen, als sie beim Haus angekommen war und ihn verlassen hatte, um hineinzugehen. Manchmal war Pick unerträglich. Eigentlich war er das sogar sehr oft. Aber dennoch war er ihr bester Freund.

Nest hatte Pick in dem Sommer getroffen, als sie sechs Jahre alt war. Sie hatte eines Abends nach dem Essen auf dem Holzrand ihrer Sandkiste gesessen und zum Park hinübergeschaut, von dem sie ein wenig durch die Lücken in der Hecke sehen konnte. Sie hatte vor sich hin gesummt und mit dem Sand gespielt, während sie den Park beobachtete, als sie den Fresser sah. Er huschte durch den Hintergarten der Petersons, geduckt im schwindenden Licht der Sonne von Deckung zu Deckung eilend. Sie starrte ihm konzentriert nach und fragte sich, wo er hinwollte und was er vorhatte.

»Sie sind gruselig, nicht wahr?«, sagte eine Stimme.

Sie sah sich schnell um, aber es war niemand zu sehen.

»Hier unten«, sagte die Stimme.

Sie blickte hinab, und dort, in der gegenüberliegenden Ecke der Sandkiste, saß etwas auf dem Rand, das aussah wie ein winziger, hölzerner Mann. Er schien aus Zweigen und Blättern zu bestehen, mit einem alten Gesicht, das aus Holz geschnitzt war, und einem Bart aus Moos. Er war so klein und reglos, dass sie ihn zuerst für eine Puppe hielt. Dann bewegte er sich ein wenig und ließ sie dadurch zusammenfahren und erkennen, dass er lebte.

»Ich mache dir doch keine Angst, oder?«, fragte er sie grinsend und wedelte mit seinen zweigartigen Fingern in ihre Richtung.

Sie schüttelte wortlos den Kopf.

»Das hatte ich auch nicht angenommen. Ich dachte mir, dass du nicht vor sehr vielen Dingen Angst hast. Nicht, wenn dir die Fresser und dieser große Hund keinen Schreck einjagen. Nein, keine Chance. Du würdest sicher keine Angst vor einem Waldschrat haben, sagte ich mir.«

Sie starrte ihn an. »Was ist ein Waldschrat?«

»Ich. Das ist es, was ich bin. Ein Waldschrat. Ich war es mein ganzes Leben lang.« Er kicherte über seinen eigenen Humor und räusperte sich dann betont. »Mein Name ist Pick. Wie heißt du?«

»Nest«, antwortete sie ihm.

»Tatsächlich wusste ich das bereits. Ich habe dich eine ganze Weile beobachtet, junge Dame.«

»Das hast du getan?«

»Beobachten ist so ziemlich die Hauptbeschäftigung von Waldschraten. Wir sind ziemlich gut darin. Tatsächlich sogar besser als Katzen. Ich nehme an, dass du nicht sehr viel über uns weißt.«

Sie dachte einen Augenblick nach. »Bist du ein Elf?«

»Ein Elf?«, schrie er schockiert. »Ein Elf? Also das nun ganz und gar nicht. Ein Elf, na, also wirklich! Völliger Unsinn!« Er richtete sich gerade auf. »Waldschrate sind real, junge Dame. Waldschrate sind Wesen des Waldes – so wie Tatterdemalions und Riffs –, aber sie sind geschäftige und hart arbeitende Leute. Das sind wir immer gewesen und werden es auch immer sein. Wir haben uns um wichtige Dinge zu kümmern.«

Sie nickte, ohne sich ganz sicher zu sein, wovon er eigentlich sprach. »Was tust du denn so?«

»Ich passe auf den Park auf«, verkündete Pick triumphierend. »Und zwar ganz allein, möchte ich hinzufügen. Das ist eine Menge Arbeit! Ich sorge dafür, dass die Magie im Gleichgewicht bleibt. Du weißt über Magie Bescheid, nicht wahr? Nun, in allen Dingen ist ein bisschen Magie enthalten, und in ein paar Dingen ist sogar sehr viel davon, und dies alles muss im Gleichgewicht zueinander sein.

Es gibt eine Menge Sachen, die dieses Gleichgewicht stören, und ich muss gut aufpassen, damit das nicht geschieht. Aber trotzdem gelingt mir das nicht immer. Dann muss ich die Bruchstücke auflesen und von vorne anfangen.«

»Kannst du zaubern?«, fragte sie neugierig.

»Ein wenig. Mehr als die meisten Waldkreaturen, aber ich bin auch älter als die meisten. Ich tue dies schon seit einer langen Zeit.«

Sie schürzte nachdenklich die Lippen. »Bist du so wie Rumpelstilzchen?«

Pick wurde scharlachrot. »Bin ich wie Rumpelstilzchen? Verflixt noch mal! Was für eine Frage ist das denn? Was habe ich dir denn gerade erzählt? Das ist der Ärger mit Sechsjährigen! Sie sind einfach nicht aufmerksam! Nein, ich bin nicht wie Rumpelstilzchen! Das ist ein Märchen! Es ist nicht wirklich! Waldschrate laufen nicht herum und spinnen Stroh zu Gold, Herrgott noch mal! Was bringen die euch eigentlich heutzutage in der Schule bei?«

Der Ausbruch des kleinen Mannes erschreckte Nest so, dass sie gar nichts sagte. Die Blätter, die aus seinem Kopf ragten, raschelten wild, und seine zweigartigen Füße stampften so hart auf, dass sie Angst hatte, sie würden abbrechen. Sie blickte nervös zum Haus hinüber.

»Nein, tu das nicht! Halte nicht Ausschau nach deiner Großmutter, als würdest du wollen, dass sie herauskommt, um mich zu verscheuchen. Ich habe dir gerade gesagt, dass ich glaube, dass du nur vor wenigen Dingen Angst hast. Mach mich nicht zum Lügner.« Pick breitete erschreckt die Arme aus. »Dieser ganze Märchen-Kram regt mich nur manchmal so auf. Ich wollte dich nicht erschrecken. Ich weiß, dass du erst sechs bist. Schau, ich bin über hundertfünfzig Jahre alt! Was weiß ich denn da schon über Kinder?«

Nest blickte ihn an. »Du bist hundertfünfzig? Das bist du nicht.«

»Das bin ich wohl. Ich war schon hier, bevor die Stadt gebaut wurde. Ich war schon hier, als es noch gar keine Häuser gab!« Pick runzelte die Stirn. »Damals war das Leben viel einfacher.«

»Wie bist du so alt geworden?«

»So alt? Das ist nicht alt für einen Waldschrat! O nein, meine

Dame! Zweihundertfünfzig ist alt für einen Waldschrat, aber nicht hundertfünfzig.« Pick legte den Kopf schief. »Du glaubst mir doch, oder?«

Nest nickte ernst, auch wenn sie noch nicht wusste, ob sie das wirklich tat.

»Es ist wichtig, dass du mir glaubst. Denn du und ich, wir werden gute Freunde werden, Nest Freemark. Darum bin ich hier. Um dir das zu sagen.« Pick streckte sich. »Also, was denkst du? Können wir Freunde sein, auch wenn ich dich hin und wieder anschreie?«

Nest lächelte. »Sicher.«

»Freunde helfen einander, weißt du?«, fuhr der Waldschrat fort. »Vielleicht werde ich ab und zu deine Hilfe brauchen.« Er warf ihr einen verschwörerischen Blick zu. »Ich brauche vielleicht deine Hilfe dabei, die Magie im Gleichgewicht zu halten. Hier, im Park. Ich könnte dir beibringen, was ich weiß. Zumindest einen Teil davon. Was meinst du? Würdest du das mögen?«

»Ich darf nicht in den Park gehen«, informierte Nest ihn ernst und warf dabei erneut einen flüchtigen Blick zum Haus hinüber. »Großmutter sagt, ich darf nur mit ihr zusammen in den Park gehen.«

»Hmmm. Ja, ich denke, das macht Sinn.« Pick rieb sich den Bart und verzog das Gesicht. »Elterliche Rechte. Ich will mich da nicht einmischen.« Sein Gesicht hellte sich wieder auf. »Aber das gilt nur noch ein Jahr oder so, nicht für immer. Nur, bis du etwas älter bist. Dann können wir auch mit deinen Lektionen anfangen. In der Tat bist du dann auch genau im richtigen Alter dafür. Für die Zwischenzeit habe ich eine Idee. Alles, was wir dafür brauchen, ist ein wenig Magie. Hier, nimm mich hoch und stell mich auf deine Hand. Vorsichtig jetzt. Du bist doch nicht eines von diesen tolpatschigen Kindern, die alles fallen lassen, oder?«

Nest streckte ihre zusammengelegten Hände nach unten, und Pick trat in die Höhlung hinein. Er setzte sich bequem hin und wies sie an, ihn vor ihr Gesicht zu heben.

»So, halte mich genau hier.« Seine Hände fuhren in schwingenden Mustern vor ihrem Gesicht hin und her, und er begann, seltsame Worte zu murmeln. »Schließe jetzt deine Augen«, sagte er. »Gut, gut. Lass sie geschlossen. Denke an den Park. Denke daran, wie er von deinem Garten aus aussieht. Versuche, ihn dir in Gedanken vorzustellen. Bewege dich nicht ...«

Ein warmes Gefühl glitt durch Nests Körper. Es begann irgendwo hinter ihren Augen und strömte durch Arme und Beine nach unten. Die Zeit verlangsamte sich.

Dann flog sie plötzlich. Hoch oben über dem Sinnissippi-Park schwebte sie durch die Abenddämmerung, der Wind rauschte an ihren Ohren vorbei und über ihr Gesicht hinweg, die Lichter von Hopewell waren glänzende kleine Nadelstiche weit unter ihr. Sie saß rittlings auf einer Eule, und die großen, braun und weiß gefiederten Flügel des Vogels waren weit ausgebreitet. Pick saß vor ihr, und sie hatte ihre Arme um seine Hüfte gelegt, um sich festzuhalten. Erstaunlicherweise waren sie beide gleich groß. Nests Herz pochte bis zum Hals, als die Eule sich in die Kurve legte und auf den Windströmungen ritt. Was wäre, wenn sie herabfiele? Aber sie erkannte schnell, dass die Bewegung sie nicht von ihrem Sitz fegen würde, dass sie sicheren Halt auf dem Rücken des Vogels hatte, und ihre Furcht verwandelte sich in Heiterkeit.

»Das ist Daniel!«, rief Pick ihr über die Schulter zu. Trotz des rauschenden Windes konnte sie ihn deutlich verstehen. »Daniel ist eine Schleiereule. Er bringt mich im Park überall hin. Das geht viel schneller, als wenn ich selbst laufen müsste. Eulen und Waldschrate haben im Großen und Ganzen eine gute Arbeitsbeziehung. Um die Wahrheit zu sagen, würde ich ohne Daniel überhaupt nicht zurechtkommen.«

Die Eule reagierte auf einen Schenkeldruck von Pick und glitt tiefer hinab. »Was hältst du hiervon, Nest Freemark?«, fragte Pick und deutete mit einem weiten Schwung seines Arms auf den Park unter ihnen.

Nest grinste breit und packte den Waldschrat fest um die Taille. »Ich finde es wundervoll.«

Sie flogen durch die Dämmerung, über die Spielplätze und die

Baseballfelder, die Pavillons und die Straßen. Sie schwebten nach Westen, über die Reihen von Grabsteinen aus Granit hinweg, die den grünen Teppich des Riverside-Friedhofs bedeckten. Von dort ging es nach Osten zu den Häusern von Mineral Springs, die im Schatten der Bäume ruhten, und dann nach Süden zu den steilen Klippen und schmalen Ufern des breiten Rock River. Jetzt flogen sie nach Norden, zu den Stadthäusern direkt vor dem Eingang zum Park, deren Farbe abblätterte. Sie überquerten den gesamten Sinnissippi bis zu den waldigen Regionen weiter im Inneren, glitten über die Wipfel der alten Bäume hinweg, über die Eichen, Ulmen, Hickorys und Ahornbäume, die aus der wachsenden Dunkelheit hervorragten, als wollten sie mit ihren belaubten Zweigen den sternenbedeckten Himmel berühren. Sie kamen zu der langen Abfahrt der Rodelbahn, deren unterer Abschnitt abgebaut war und auf den Winter mit seinem Schnee und Eis wartete. Am Rand einer schilfbedeckten Bucht, weit weg, wo niemand sonst es sehen konnte, entdeckten sie ein Reh mit seinem Kitz. Tief im dunkelsten Teil des Waldes machten sie die verstohlenen Bewegungen von Schatten aus, die, eingehüllt in das geheimnisvolle Grau des Zwielichts, etwas Lebendiges sein mochten.

Sie glitten an einer mächtigen alten Eiche vorüber, die viel größer war als ihre Nachbarn. Ihr Stamm war vom Alter und vom Wetter knorrig geworden, ihre Zweige bogen und wanden sich, als wäre eine gewaltige Wut und Verzweiflung mitten in der Bewegung eingefangen, als wäre ein Riese an dieser Stelle eingefroren und verwandelt worden, nur einen knappen Moment, bevor er auf die Welt hinabgefallen wäre, die er nun beschattete.

Dann traf ein Lichtstrahl Nest genau in die Augen, als sie wieder zurück zur Woodlawn Road flogen, und sie blinzelte überrascht.

»Nest!«

Es war ihre Großmutter, die rief. Sie blinzelte noch einmal.

»Nest! Es ist Zeit, dass du hereinkommst!«

Sie saß wieder auf dem Rand ihrer Sandkiste und starrte auf den dunkler werdenden Teil des Gartens, der an den Park grenzte. Ihre

Hände hatte sie vor sich zusammengelegt, aber sie waren leer. Pick war fort.

Sie erzählte ihrer Großmutter an diesem Abend nicht von ihm, da sie mittlerweile vorsichtig geworden war, mit irgendjemandem über den Park und seine Magie zu reden, selbst mit ihrer Großmutter. Stattdessen wartete sie ab, ob Pick zurückkehren würde. Zwei Tage später tat er das und tauchte mittags auf, als sie gerade an der Hecke entlanglief. Er saß plötzlich auf einem Zweig über ihrem Kopf, winkte grüßend mit seinem dürren Stockärmchen und erzählte ihr, dass sie sich beeilen müssten: Es gab Dinge zu erledigen, Orte zu besuchen und Leute zu treffen. Als sie an diesem Abend endlich ihrer Großmutter von ihm erzählte, nickte die alte Frau einfach nur, als sei das Auftauchen des Waldschrats die natürlichste Sache der Welt, und riet Nest, gut auf das zu hören, was Pick ihr sagte.

Danach wurde Pick ihr engster Freund; er stand ihr näher als ihre Schulfreunde, selbst jene, die sie schon ihr ganzes Leben lang kannte. Schließlich war er eine Waldkreatur, und für die meisten Leute existierten solche Wesen nicht. Nach außen hin hatten sie nichts gemeinsam. Abgesehen davon, dass Pick ein Waldschrat war, war er hundertfünfzig Jahre alt und ein alter Griesgram. Er war pingelig und aufbrausend. Er hatte kein Interesse an den Spielsachen, die sie mit ihm teilen wollte, oder an den Spielen, die sie gerne mochte.

Später, als sie älter wurde, erkannte sie, dass das, was sie zueinander hinzog, was sie auf eine Weise miteinander verband, wie es nichts anderes vermochte, der Park war. Der Park mit seinen Fressern und seiner Magie, mit seinen Geheimnissen und seiner Geschichte war ihr besonderer Ort, ihre private Welt, und obwohl er öffentlich war und jeder ihn besuchen konnte, gehörte er doch nur ihnen, weil niemand sonst ihn so zu schätzen wusste wie sie beide. Pick war sein Hüter, und sie wurde sein Lehrling. Er lehrte sie, wie wichtig es war, nach Schäden an den Bäumen und Verletzungen der Tiere zu suchen, die ihn bewohnten. Er erklärte ihr das Wesen der Magie der Welt, dass sie in allem vorhanden war, warum sie sich im Gleichgewicht befinden musste und was man im kleinen Maßstab tun konnte, um ihr dabei zu helfen. Er brachte ihr bei, wie man mit den Fressern umgehen musste, wenn sie die Sicherheit jener bedrohten, die sich nicht selbst schützen konnten. Er ließ sich von ihr gegen sie helfen. Er vermittelte ihr eine Einsicht in die nebeneinander existierenden Welten der Menschen und der Waldkreaturen, die ihr Leben veränderte.

Schließlich erzählte er ihr, dass ihre Großmutter, ihre Mutter und drei Generationen von Frauen aus der Familie ihrer Mutter vor ihrer Großmutter ihm geholfen hätten, sich um den Park zu kümmern.

An all dies dachte sie, als sie an diesem Samstagvormittag den Garten durchquerte. Sie hielt kurz an, um den schlafenden Mr. Scratch hinter den zerfransten Ohren zu kraulen, und sah sich vergebens nach Miss Minx um. Der Tag war heiß und träge, die Luft dunstig und drückend. Ihre Freunde wollten schwimmen gehen, aber sie hatte sich noch nicht entschieden, ob sie sich ihnen anschließen wollte. Two Bears beschäftigte sie noch immer, und sie war noch nicht bereit, an etwas anderes zu denken. Sie blinzelte in die Sonne, die voll und strahlend am wolkenlosen Himmel stand, wedelte eine Fliege weg, die ihr ins Gesicht geflogen war, und ging zu der Hecke und dem dahinter liegenden Park. Das Gras unter ihren Füßen war spröde und trocken und knisterte leise unter ihren Schritten. Fragen schwirrten ihr drängend durch den Kopf. Würden die Geister der Sinnissippi heute Nacht erscheinen, so wie Two Bears es glaubte? Würden sie ihr etwas über die Zukunft offenbaren? Nur ihr? Was würden sie sagen? Wie würde sie darauf reagieren?

Sie fuhr sich durch das lockige Haar und strich ein paar Strähnen aus der Stirn. Ihre Haut war bereits feucht vor Schweiß, und ein frischer Moskitobiss brannte auf ihrem Unterarm. Sie hatte Pick wiederholt gefragt, warum sie die Einzige war, die die Fresser und ihn sehen konnte oder von der Magie im Park wusste. Beim ersten Mal hatte Pick ihr gesagt, dass sie nicht die Einzige war, dass ihre Großmutter die Waldkreaturen und die Fresser ebenfalls sehen konnte und dass sie mehr über Magie wusste als Nest. Er hatte hinzugefügt, dass es an anderen Orten ebenfalls Menschen wie sie gab. Später, als sie ihre Frage so eingegrenzt hatte, dass sie Großmutter und andere Menschen an anderen Orten ausschloss, hatte Pick die Sache damit abgetan, dass er behauptete, sie hätte eben Glück gehabt und sollte dafür dankbar sein, und das wäre alles, und sie solle es einfach akzeptieren. Aber Nest konnte es nicht so einfach akzeptieren, nicht einmal jetzt, nach all den Jahren, die sie damit gelebt hatte. Dies war es, was sie von allen anderen Leuten unterschied. Dies war es, was sie ausmachte. Sie würde keine Ruhe finden, bis sie nicht den Grund verstand, der dahinter verborgen war.

Vor ein paar Wochen hatte sie Pick deshalb so sehr zugesetzt, dass er endlich etwas Neues preisgegeben hatte.

»Es hat damit zu tun, wer du bist, Nest!«, hatte er sie angeherrscht. Seine Stirn war in tiefe Falten gelegt gewesen, seine Augen hatten sie intensiv gemustert, und seine starre Haltung hatte gezeigt, dass er vorhatte, diese Sache endlich vom Tisch zu bekommen. »Denk doch darüber nach. Ich bin ein Waldschrat, also wurde ich mit der Magie geboren. Da du von der Magie und mir weißt, musst du ebenfalls mit ihr geboren worden sein. Oder zumindest muss du eine enge Affinität zu ihr haben. Du kennst doch das Wort, oder? ›Affinität‹? Ich habe nicht die Zeit, dir alles beizubringen.«

»Willst du damit sagen, ich habe Blut von Waldkreaturen in mir?«, fragte sie leise. »Ist es das, was du mir sagen willst? Dass ich wie du bin?«

»Oh, zum Kuckuck, pass doch auf, was ich sage!« Pick war purpurfarben angelaufen. »Warum mache ich mir überhaupt die Mühe, dir irgendetwas zu erklären?«

»Aber du hast gesagt …«

»Du bist überhaupt nicht wie ich! Ich bin fünfzehn Zentimeter groß und hundertfünfzig Jahre alt! Ich bin ein Waldschrat! Du bist ein kleines Mädchen! Waldkreaturen und Menschen sind unterschiedliche Spezies!«

»Schon gut, schon gut, beruhige dich. Ich bin nicht wie du. Gott sei Dank, möchte ich hinzufügen. Krebsgesicht.« Als er versuchte zu protestieren, sprach sie schnell weiter. »Also gibt es eine Affinität, die wir teilen, ein Band, das dafür sorgt, dass wir beide uns im Park so heimisch fühlen ...«

Aber Pick fuchtelte abwehrend mit den Händen und unterbrach sie. »Frag deine Großmutter. Sie war es, die behauptet hat, du könntest Magie benutzen. Sie ist es, die dir sagen sollte, warum.«

Damit war für Pick die Sache erledigt, und er hatte sich seither geweigert, auch nur ein einziges weiteres Wort darüber zu verlieren. Nest hatte darüber nachgedacht, ihre Großmutter zu fragen, aber Großmutter wollte nie mit ihr über den Ursprung ihrer Magie sprechen, sondern nur über die Konsequenzen, die sich ergeben konnten, wenn sie unvorsichtig damit umging. Wenn sie von ihrer Großmutter eine direkte Antwort haben wollte, würde sie die Angelegenheit auf die richtige Art, zur richtigen Zeit und am richtigen Ort angehen müssen. Im Augenblick wusste Nest noch überhaupt nicht, wie sie das anstellen sollte.

Pick sprang von einem niedrigen Ast auf ihre Schulter herab, als sie sich der Lücke in der Hecke näherte. Früher hatte es sie erschreckt, wenn er unerwartet auf diese Weise aufgetaucht war, als würde ein großer Käfer auf einem landen, aber sie hatte sich mit der Zeit daran gewöhnt. Sie blickte zu ihm hinab und sah die Ungeduld und Erschöpfung in seinen Augen.

»Der verflixte Indianer ist verschwunden!«, knurrte er anstelle einer Begrüßung.

»Two Bears?« Sie wurde langsamer.

»Geh weiter. Du kannst doch wohl gleichzeitig reden und laufen, oder?« Er setzte sich rittlings auf ihre Schulter und stieß sie mit seinen Hacken, wie man es mit einem störrischen Pferd tun würde. »Verschwunden, hat sich in einer Rauchwolke aufgelöst. Natürlich nicht im wörtlichen Sinn, aber es könnte gut möglich sein. Ich habe überall nach ihm gesucht. Ich war mir sicher, dass ich ihn an dem Tisch dort hinten finden würde, wie er mit diesem abwesenden Blick in den Sonnenaufgang starrt. Aber ich kann nicht einmal seine Spuren finden!«

»Hat er im Park geschlafen?« Nest zwängte sich durch die Hecke und gab dabei acht, Pick nicht von ihrer Schulter zu streifen.

»Keine Ahnung. Ich bin heute Morgen den ganzen Park mit Daniel abgeflogen, von einem Ende zum anderen. Der Indianer ist weg. Es gibt keine Spur von ihm.« Pick zupfte genervt an seinem Bart. »Es ist ärgerlich, aber es ist das kleinste unserer Probleme.«

Sie trat in den Park hinaus und überquerte den Feldweg in Richtung der Spielfelder. »Ist es das?«

»Vertraue mir.« Er warf ihr einen besorgten Blick zu. »Wandere mal hinüber in das dichte Gehölz, und ich werde es dir zeigen.«

Nest, die niemals wanderte, wenn sie auch laufen konnte, begann mit einem Dauerlauf, der sie über die offene Fläche des Parkzentrums zu den Waldgebieten brachte, die sich im Osten davon erstreckten. Sie passierte die Baseballfelder, die Spielplätze und die Rodelbahn. Sie umrundete den Ost-Pavillon und wich einer Gruppe von Ausflüglern aus, die sich um einen Tisch versammelt hatten. Köpfe drehten sich neugierig zu ihr um und wandten sich dann wieder ab. Sie konnte Hotdogs, Kartoffelsalat und Gürkchen riechen. Schweiß perlte auf ihrer Stirn, und ihr Atem fühlte sich heiß und trocken an. Das Sonnenlicht besprenkelte sie mit krausen Linien und unregelmäßigen Flecken, als sie unter dem durchbrochenen Baldachin der Baumkronen hindurchlief, abwärts zur Bucht und dem dahinter gelegenen Wald. Sie kam an einem Pärchen vorbei, das auf einem der Wege entlangwanderte, lächelte ihnen kurz grüßend zu und eilte weiter. Pick flüsterte ihr ins Ohr und spickte seine Richtungsangaben mit unnötigen Belehrungen über das Laufen zwischen Bäumen.

Sie überquerte die hölzerne Brücke an dem Bach, der aus dem Wald in die Bucht floß, und wandte sich wieder bergauf. Der Wald vor ihr war bereits sehr schattig und voller Gestrüpp. Hier hinten gab es keine Picknicktische oder Grillstellen mehr, sondern nur noch Wanderpfade. Die Bäume um sie herum waren stille Wächter, alte, dunkle Riesen, die seit ihrem Anbeginn nie gestört worden waren und das Verstreichen zahlloser Generationen von Lebewesen miterlebt hatten. Sie überragten alles andere mit ihrer massiven, unerbittlichen Präsenz. Das Sonnenlicht war hier ein Eindringling, der kaum in der Lage war, das Dach des Waldes zu durchstoßen. Es war nur als verstreute blasse Streifen inmitten der Düsternis zu sehen. An den Rändern von Nests Blickfeld wieselten Fresser verstohlen umher, kleine Bewegungen, die ebenso schnell wieder verschwanden, wie sie aufgetaucht waren.

»Immer geradeaus«, wies Pick sie an, als sie den Kamm der Anhöhe erreicht hatten, und sie wusste sofort, wohin sie liefen.

Sie drangen tief in den alten Wald ein, die Pfade wurden schmaler und wanden sich wie Schlangen. Dornige Zweige des Gestrüpps ragten aus dem Unterholz auf den Weg hinaus und drohten an manchen Stellen, den Durchgang völlig zu blockieren. Große Brennesselfelder wuchsen hier, und Disteln ragten tückisch aus dem Gras. Es war hier leise, so still, dass man die Stimmen der Ausflügler hören konnte, die fast eine Viertelmeile entfernt am Bach ein Picknick machten. Nest suchte sich vorsichtig ihren Weg, wählte ihren Pfad nach eigener Erfahrung und verließ sich nicht mehr auf Picks Anweisungen. Schweiß bedeckte ihre Haut und ließ ihre Kleidung klamm werden. Moskitos und Fliegen summten ihr an den Ohren vorbei und flogen ihr in Augen und Nase. Sie schlug vergeblich nach ihnen und wünschte sich plötzlich, sie hätte etwas Kaltes zu trinken.

Schließlich erreichte sie im Herzen des Waldes eine Lichtung, die von einer einzelnen, monströsen Eiche beherrscht wurde. Die anderen Bäume schienen vor ihr zurückzuweichen, ihre Stämme und Zweige waren verbogen und verdreht, um auf diese Weise etwas von dem lebensspendenden Licht zu erhaschen, das ihnen die weitausladende Krone der großen Eiche verwehrte. Die Lichtung, auf der dieser alte Baum stand, war, abgesehen von ein paar kleinen Flecken Gras und Unkraut, völlig kahl. Kein Vogel flatterte durch die uralten Äste der Eiche. Kein Eichhörnchen baute sein Nest im Schutz ihrer Zweige. In keinem Teil ihrer düsteren Gestalt war eine Bewegung auszumachen oder ein Geräusch zu vernehmen. In der ganzen Umgebung war die heiße Luft drückend und still.

Nest schaute den alten Baum hinauf, folgte seinen Zweigen empor zu dem dichten Schirm aus Blättern, der den Himmel aussperrte. Sie war eine lange Zeit nicht hier gewesen. Sie mochte es nicht, jetzt hier zu sein. Im Angesicht des Baumes fühlte sie sich klein und verwundbar. Das Wissen um das düstere Ziel, dem er diente, und das monströse Böse, das in ihm hauste, ließ sie frösteln.

Denn dies war der Kerker eines Maentwrog.

Kurz nach ihrem ersten Treffen hatte Pick ihr die Geschichte des Maentwrogs erzählt. Sie erinnerte sich noch von ihrem Flug auf Daniels Rücken über den Park an den uralten Baum. Sie hatte ihn in der verschwommenen Düsternis des dunkler werdenden Zwielichts gesehen und ihn sich gut gemerkt. Selbst mit sechs Jahren hatte sie gewusst, wenn etwas gefährlich war. Pick hatte ihren Verdacht bestätigt. Maentwrogs waren, um die Worte des Waldschrats zu verwenden, »zu fünfzig Prozent Raubtiere, zu fünfzig Prozent blutgierige Bestien und zu hundert Prozent böse«. Vor Tausenden von Jahren hatten sie Waldkreaturen und Menschen gleichermaßen gejagt. Sie hatten Mitglieder beider Rassen in plötzlichen, wilden Ausbrüchen der Raserei getötet, die von einem Bedürfnis ausgelöst wurden, das nur sie selbst verstanden. Sie entrissen ihren Opfern die Seelen, während diese noch lebten, und ließen sie hohl und vom Wahnsinn verzehrt zurück. Sie ernährten sich auf die Art der Fresser, doch beschränkten sie sich nicht auf die dunkleren Gefühle. Es waren denkende Kreaturen. Sie waren Jäger. Dieser hier war vor tausend Jahren in dem Baum gefangen worden, von indianischer Magie gebannt, als er zu zerstörerisch geworden war und nicht mehr toleriert werden konnte. Hin und wieder drohte er zu entkommen, aber die Magie der Wächter des Parks, Mensch und Waldschrat, war stets stark genug gewesen, ihn zu bändigen.

Bis jetzt, dachte Nest schreckerfüllt, als sie erkannte, warum Pick sie hierher geführt hatte. Der massive Stamm der uralten Eiche war an drei Stellen weit gespalten, die Borke so gerissen, dass das darunter liegende Holz in dunklen, zerfransten Schnitten sichtbar wurde, die eine üble, grünliche Flüssigkeit absonderten.

»Er befreit sich«, sagte der Waldschrat leise.

Nest starrte wortlos auf die zackigen Risse in der Haut des alten Baumes und war nicht in der Lage wegzuschauen. Der Boden um die Eiche herum war trocken und rissig. Wurzeln ragten aus ihm hervor, das Holz war fleckig und krank.

»Warum geschicht das?«, fragte sie wispernd.

Pick zuckte mit den Schultern. »Irgendetwas greift die Magie an. Vielleicht hat eine Verlagerung im Gleichgewicht der Dinge sie geschwächt. Vielleicht haben die Fresser ihre Nahrung geändert. Ich weiß es nicht. Ich weiß nur, dass wir einen Weg finden müssen, um es aufzuhalten.«

»Können wir das?«

»Vielleicht. Die Risse sind neu. Aber der Schaden ist viel größer, als ich ihn je zuvor gesehen habe.« Er schüttelte den Kopf und blickte dann nach links und rechts zu den umliegenden Bäumen. »Die Fresser spüren es. Sieh sie dir an.«

Nest folgte seinem Blick. Überall in den Schatten lauerten Fresser, tief im Dunkel verborgen, sodass nur ihre Augen sichtbar waren. In ihren Blicken lag eine unverkennbare Gier, und ihre verstohlenen Bewegungen verrieten eine freudige Erwartung, die beunruhigend war.

»Was geschieht, falls der Maentwrog freikommt?«, fragte sie Pick leise und bebte bei dem Gedanken an die Augen, die sie beobachteten.

Pick zog eine Augenbraue hoch und runzelte die Stirn. »Ich weiß nicht. Er ist so lange ein Gefangener des Baumes gewesen, dass es wahrscheinlich niemanden mehr gibt, der es weiß. Ich glaube auch nicht, dass es irgendjemand herausfinden will.«

Nest konnte ihm nur beipflichten. »Also müssen wir dafür sorgen, dass das nicht passiert. Wie kann ich helfen?«

Pick sprang von ihrer Schulter auf ihren Arm hinunter und rutschte dann an ihrem Bein auf den Boden hinab. »Bring mir etwas Salz. Einen von diesen großen Säcken, die sie für Wasseraufbereiter benutzen. Steinsalz, wenn du nichts anderes findest. Außerdem brauche ich einen Sack Dünger. Eine Schubkarre voll. Dann noch Pech oder Teer. Um die Risse aufzufüllen.« Er blickte sie an. »Tu dein Bestes. Ich werde hier bleiben und daran arbeiten, die Magie zu verstärken.«

Nest schüttelte bestürzt den Kopf und sah wieder den Baum an. »Pick, was geht hier vor?«

Der Waldschrat verstand, wonach sie ihn damit fragte. Er krempelte ärgerlich die Ärmel hoch. »Eine Art Krieg, nehme ich an. Wonach sieht es denn für dich aus? Jetzt mach, dass du loskommst.«

Sie holte tief Luft und schoss durch die Bäume davon. Sie rannte den schmalen Pfad entlang, ohne auf die Dornenranken und stechenden Nesseln zu achten, die nach ihr griffen. Auch ohne zu hören, wie er die Worte aussprach, spürte sie, wie Pick sie zur Eile antrieb.

Kapitel 12

Zehn Minuten später rannte sie den Kiesweg zu Robert Hepplers Haus entlang. Cass Minters war näher, und Nest wäre zu ihr gelaufen, aber es war wahrscheinlicher, dass Robert das hatte, was sie brauchte. Die Hepplers wohnten am Ende einer Privatstraße, die vom Spring Drive abging, auf drei Morgen Waldland, das an den östlichsten Punkt des Parks grenzte, direkt oberhalb des Ufers des Rock River. Es war ein idyllischer Ort, ein Miniaturpark mit großen alten Laubbäumen und einem Rasen, den Roberts Vater, von Beruf chemischer Ingenieur, aber Gärtner aus Leidenschaft, makellos hielt. Robert fand die Liebe, die sein Vater der Gartenarbeit entgegenbrachte, peinlich. Er behauptete gerne, dass sein Vater sich in einer Langzeittherapie befände, um seine morbide Faszination für Gras zu kurieren.

Nest betrat das Anwesen der Hepplers, indem sie über einen Bretterzaun an der Nordgrenze kletterte und über den Rasen lief, um zu dem Kiesweg zu gelangen, der auf das Haus zuführte. Das Haus ragte hoch und ruhig vor ihr auf. Es war ein zweistöckiges Gebäude im Cape-Cod-Stil, mit verwitterten Schindeln an den Seiten und weißem Putz. In den Fenstern hingen gemusterte Vorhänge, und eine Vielzahl bunter Blumen sproß in hölzernen Blumenkästen und Töpfen. Die Büsche waren makellos gepflegt und die Blumenbeete sauber abgegrenzt. Die Terrassenmöbel aus Korb glänzten. Alle Gartengeräte waren in einem Schuppen weggeräumt. Alles war an seinem Platz. Roberts Haus sah aus wie ein Gemälde von Norman Rockwell. Robert behauptete, dass er es eines Tages abfackeln würde.

Aber heute verschwendete Nest kaum einen Gedanken an das Haus der Hepplers, da Picks Worte und Benehmen ihr zu schaffen machten. Sie hatte Pick schon früher besorgt gesehen, aber noch nie so wie diesmal. Sie versuchte nicht daran zu denken, wie krank die alte Eiche aussah, die knorrige Borke ihres Stammes geborsten und feucht, ihre Wurzeln durch die trockene, rissige Erde sichtbar, aber das Abbild stand ihr trotzdem deutlich und bedrohlich vor Augen. Sie rannte die Auffahrt der Hepplers entlang, und ihre Schuhe wirbelten den Kies auf, sodass Staubwölkchen in der Sommerhitze aufstiegen. Roberts Eltern würden jetzt in der Arbeit sein, beide waren bei Allied Industrial beschäftigt, aber Robert sollte eigentlich daheim sein.

Sie sprang auf die sauber gefegte Veranda und schleppte dabei Staub und Kies mit hoch, drückte ohne sichtbaren Erfolg auf die Türklingel und klopfte dann ungeduldig gegen die Fliegentür. »Robert!«

Sie wusste, dass er da war; die Vordertür hinter dem Fliegengitter war offen. Schließlich hörte sie ihn, ein schnelles Fußgetrappel auf der Treppe, als er aus seinem Zimmer heruntergelaufen kam.

»Schon gut, ich komme!« Sein Blondschopf kam hinter dem Fliegengitter in Sicht. Er trug ein T-Shirt, auf dem »Microsoft Rules« stand, und Jeans. Er erblickte Nest. »Was machst du denn da? Wieso hämmerst du so gegen die Tür? Denkst du, ich bin taub, oder was?«

»Mach die Tür auf, Robert.«

Er machte sich daran, das Schloss zu öffnen. »Ich hoffe, das hier ist wichtig. Ich bin gerade beim Downloaden eines fraktalen Dekodierungssystems, das ich wochenlang im Internet gesucht habe. Jetzt speichert es da oben unkontrolliert vor sich hin. Wenn ich es verliere, dann gnade mir ...« Seine Finger fummelten am Türknauf herum. »Was tust du denn hier? Ich dachte, du wolltest mit Cass und Brianna schwimmen gehen. Ich glaube sogar, sie warten auf dich. Hat Cass nicht bei dir zu Hause angerufen? Was bin ich denn, eine Art Botendienst? Warum verlassen sich alle immer auf … Hey!«

Sie hatte die Fliegentür jetzt auf und zog ihn am Arm hinaus. »Ich brauche einen Sack voll Dünger und einen Beutel mit Salz zum Enthärten.«

Er riss irritiert seinen Arm los. »Was?«

»Dünger und Enthärtersalz!«

»Wovon redest du? Was willst du denn damit?«

»Hast du die Sachen? Können wir nachsehen gehen? Es ist wichtig!«

Robert schüttelte den Kopf und verdrehte die Augen. »Für dich ist alles wichtig. Das ist dein Problem. Reg dich ab. Bleib cool. Es ist Sommer, falls du es noch nicht bemerkt haben solltest, also brauchst du kein …«

Nest streckte die Arme aus und packte ihn an den Ohren. Ihr Griff war fest, und Robert japste. »Pass auf, Robert. Ich habe keine Zeit für Spielchen! Ich brauche einen Sack Dünger und einen Beutel mit Enthärtersalz! Lass mich das bitte nicht noch einmal sagen müssen!«

»Schon gut, schon gut!« Vom Hals abwärts wand sich Robert heftig und versuchte, den Kopf nicht zu bewegen, um seine gepeinigten Ohren zu schonen. Sein schmales Gesicht verzog sich vor Schmerzen. »Gehen wir!«

Nest ließ ihn los und trat zurück. »Es ist wichtig, Robert«, wiederholte sie eindringlich.

Robert rieb sich die schmerzenden Ohren und warf ihr einen kläglichen Blick zu. »Das hättest du nicht zu tun brauchen.«

»Es tut mir Leid. Aber du hast das Talent, meine schlimmsten Eigenschaften hervorzulocken.«

»Du bist seltsam, Nest, weißt du das?«

»Etwas Pech brauche ich auch noch.«

Robert sah sie an. »Wo wir schon dabei sind: Wie wäre es denn noch mit einem Rebhuhn in einem Birnbaum?«

»Robert.«

Robert machte vorsichtigerweise einen Schritt zurück. »Okay, schauen wir im Geräteschuppen nach. Ich glaube, da lagern ein Paar Säcke Dünger. Und im Keller ist Salz für die Wasseraufbereitung.«

Sie gingen zum Schuppen und fanden den Dünger, dann kehrten sie zum Haus zurück und stiegen in den Keller hinab, wo sie das Enthärtersalz holten. Die Beutel wogen fünfzig Pfund, und sie mussten zu zweit anpacken, um einen auf die Veranda hinaufzuschaffen. Sie schwitzten heftig, als sie es geschafft hatten, und Robert jammerte noch immer über seine Ohren.

Sie luden den Dünger auf das Enthärtersalz, und Robert trat ärgerlich gegen die Säcke. »Du packst mich besser nicht noch einmal so an, Nest. Wenn du kein Mädchen wärest, hätte ich dich vermöbelt.«

»Habt ihr auch Pech, Robert?«

Robert stemmte die Hände in seine schmalen Hüften und funkelte Nest böse an. »Für was hältst du das hier, für einen Gemischtwarenladen? Mein Vater zählt seine Sachen genau, musst du wissen. Vielleicht nicht das Salz, weil das nichts mit seinem geliebten Garten zu tun hat, aber den Dünger auf jeden Fall. Was soll ich ihm denn sagen, wenn er mich fragt, warum ein Sack fehlt?«

»Sag ihm, ich habe ihn mir geborgt und werde ihn ersetzen.« Nest warf einen ungeduldigen Blick zum Park hinüber. »Was ist mit dem Pech?«

Robert rang theatralisch die Hände. »Pech? Wozu das denn? Du meinst das Zeug, mit dem man Straßen flickt? Teer? Du willst Teer? Wo soll ich den denn hernehmen?«

»Nein, Robert, nicht Teer. Pech, die Art, mit der man Bäume flickt.«

»Ist es das, was wir hier tun? Bäume flicken?« Robert sah sie ungläubig an. »Spinnst du?«

»Hast du einen Bollerwagen?«, fragte sie. »Du weißt schon, von früher, als du noch klein warst.«

»Nein, aber ich denke, es wäre eine gute Idee, einen ganz anderen Wagen für dich zu rufen. Du weißt schon, die Art mit den gepolsterten Wänden.« Robert war völlig aufgebracht. »Schau, ich habe den Dünger aufgetrieben und das Salz, aber das ist alles ...«

»Vielleicht hat Cass einen«, unterbrach ihn Nest. »Ich werde sie anrufen. Geh du in der Zwischenzeit noch einmal zum Schuppen und suche nach dem Pech.«

Ohne auf seine Antwort zu warten, rannte sie ins Haus, durch Flur und Wohnzimmer zum Telefon in der Küche, während hinter ihr die Fliegentür zuklappte. Sie fühlte sich in der Falle. Es war schwer, so viel über den Park, seine Geschöpfe und seine Magie zu wissen und es seinen Freunden nicht erzählen zu dürfen. Aber was wäre, wenn sie es wüssten? Was würde geschehen, wenn der Maentwrog freikäme? Etwas so Schreckliches würde wohl kaum zu übersehen sein, nicht wahr? Nicht wie die Fresser oder Pick oder sogar Geist. Was würde das für die heimliche Barriere bedeuten, die Menschen und Waldkreaturen trennte?

Sie wählte die Nummer und kaute nervös auf ihrer Unterlippe. Dies dauerte alles viel zu lange. Cass hob beim zweiten Klingeln ab. Nest erzählte ihrer Freundin, was sie brauchte, und Cass sagte, sie würde gleich herüberkommen. Gute alte Cass, dachte Nest, als sie auflegte. Keine Fragen, keine Diskussionen – sie tat es einfach.

Sie ging wieder hinaus auf die Veranda, um auf Robert zu warten. Ein paar Augenblicke später tauchte er auf; er trug einen Eimer, auf dem »Baumversiegelung« stand. Er hatte noch einen alten Stock zum Umrühren und einen abgenutzten Pinsel gefunden und mitgebracht. Er warf alles auf den Boden und setzte sich neben sie auf die Stufen. Ohne etwas zu sagen, blickten beide in den schattigen Garten. Irgendwo in der Ferne, in Richtung der Woodlawn, hörten sie die Musik eines Eiswagens.

»Weißt du, ich wäre gestern schon klargekommen«, sagte Robert schließlich mit sturer Stimme. »Ich fürchte mich nicht vor Danny Abbott. Ich habe keine Angst, mit ihm zu kämpfen.« Er stieß mit dem Schuh gegen die Verandastufe. »Trotzdem danke für das, was du getan hast, was immer es auch war.«

»Ich habe gar nichts getan«, sagte sie.

»Ja, klar.« Robert schnaubte.

»Wirklich nicht.«

»Ich war dabei, Nest. Erinnerst du dich?«

»Er ist über sich selbst gestolpert.« Sie fuhr glättend mit den Handflächen über ihre Knie und blickte auf ihre Füße hinab. »Ich habe ihn nicht berührt. Du hast es gesehen.«

Robert sagte nichts. Er beugte sich vor und vergrub das Gesicht zwischen seinen Knien. »Alles, was ich weiß, ist, dass ich dich lieber zur Freundin habe als zur Feindin.« Er blickte zu ihr hoch und rieb sich vorsichtig die geröteten Ohren. »Also werden wir einen Baum flicken, was? Oh, Mann. Was für ein Spaß. Nur gut, dass ich dich mag, Nest.«

Ein paar Minuten später tauchte Cass mit Brianna auf und zog einen kleinen, roten Metallwagen hinter sich her. Sie luden das Enthärtersalz, den Dünger und den Eimer mit Baumversiegelung hinein und zuckelten die Auffahrt entlang. Nest und Robert zogen den Wagen, während Cass und Brianna aufpassten, dass die Ladung nicht aus dem Gleichgewicht geriet. Sie gingen bis zum Spring Drive und folgten diesem, bis sie die asphaltierte Auffahrt von Mrs. Eberhardt erreichten, die quer über ihr Grundstück bis zur Garage führte, die am Rand des Parks lag. Sie hatten die Auffahrt zur Hälfte hinter sich gebracht, als Alice Eberhardt auftauchte und sie anschrie, dass sie unbefugt ein Privatgrundstück betreten hätten. Das war nichts Neues. Mrs. Eberhardt schrie alle Kinder an, die die Abkürzung über ihr Land nahmen, und das waren eine ganze Menge. Robert sagte, dass es Mrs. Eberhardts Schuld sei, weil sie die Abkürzung überhaupt erst angelegt hatte. Er sah sie jetzt mit seinem »Leg dich nicht mit mir an«-Blick an und versicherte ihr, dass es sich um einen Notfall handelte und sie das Gesetz daher auf ihrer Seite hätten. Mrs. Eberhardt, eine pensionierte Schadenersatzbeamtin einer Versicherung und fest davon überzeugt, dass alle Kinder nur Schwierigkeiten machten, vor allem aber jene, die sich auf ihrem Hof herumtrieben, schrie zurück, dass sie wüsste, wer Robert sei, und dass sie mit seinen Eltern sprechen werde. Robert antwortete, dass sie vor sieben Uhr anrufen solle, weil sein Vater noch bis Ende des Monats die Nächte im Gefängnis verbringen müsse und seine Mutter ihn dort wahrscheinlich nach dem Abendessen besuchen würde.

Sie erreichten das Ende des Weges, gingen um die Garage herum zum Ende des Grundstücks und betraten den Park. Sofort waren sie im Wald, und so suchten sie den nächsten Pfad und folgten ihm.

»Du legst es wirklich darauf an, Robert«, meinte Brianna, aber es lag eine Spur von Bewunderung in ihrer Stimme.

»Hey, ich sehe die Sache so.« Robert legte den Kopf schief und sah aus wie ein Kampfhahn. »Jeder Tag ist eine neue Chance, sich Ärger einzuhandeln. Ich lasse keine einzige dieser Chancen aus, und wisst ihr auch, warum? Weil ich mir selbst dann Ärger einhandle, wenn ich das Haus gar nicht verlasse. Fragt mich nicht, warum. Es ist eine Gabe. Wo ist also der Unterschied, ob ich bei Mrs. Eberhardt Ärger bekomme oder zu Hause? Es ist alles relativ.« Er grinste Brianna an. »Außerdem macht es Spaß, sich in Schwierigkeiten zu bringen. Du solltest es mal ausprobieren.«

Sie arbeiteten sich weiter in das Innere des Waldes vor, während die Hitze und die Stille um sie herum anstiegen. Die Geräusche aus der Nachbarschaft verklangen. Wolken von Ungeziefer umschwärmten sie.

»Igitt!« Brianna verzog das Gesicht.

»Nur ein bisschen zusätzliches Protein für deine Diät«, witzelte Robert und leckte mit der Zunge durch die Luft.

»Was wollen wir hier draußen?«, fragte Cass, während sie pflichtbewusst weitertrottete, eine Hand als Stütze auf die Säcke in dem schwankenden Wagen gelegt.

Nest spuckte einen Käfer aus. »Es gibt da eine große Eiche, die nicht allzu gut aussieht. Ich will versuchen, ihr zu helfen.«

»Mit Salz und Dünger?« Robert verzog ungläubig das Gesicht. »Baumversiegelung kann ich ja noch verstehen. Aber Salz und Dünger? Aber wie auch immer, warum tust du das? Haben sie nicht Leute, die im Park arbeiten und kranken Bäumen helfen?«

Der Pfad wurde schmaler und der Boden immer unebener. Der Wagen begann zu hüpfen und zu knarren. Nest lenkte ihn um ein tiefes Loch herum. »Ich habe versucht, jemanden zu bekommen, aber sie sind alle wegen des Feiertagswochenendes unterwegs«, improvisierte sie.

»Aber woher weißt du, was zu tun ist?«, hakte Cass nach und sah ebenfalls zweifelnd aus.

»Ja, hast du schon andere kranke Bäume gesund gepflegt?«, fragte Robert mit seinem üblichen Grinsen.

»Ich habe meinem Großvater einmal dabei zugesehen. Er hat es mir gezeigt.« Nest zuckte wegwerfend mit den Schultern und zog weiter an dem Wagen.

Glücklicherweise fragte niemand nach Einzelheiten. Sie kämpften sich durch das Unkraut und Gestrüpp auf ihrem Pfad, schlugen nach Käfern und schoben Nesseln beiseite. Ihnen war heiß und unwohl in der feuchten Hitze. Nest begann sich allmählich schuldig zu fühlen, dass sie ihre Freunde dazu gebracht hatte mitzukommen. Sie hätte dies wahrscheinlich auch allein erledigen können, nachdem sie jetzt den Wagen und die Materialien hatte. Robert könnte zu seinem Computer zurückkehren, und Cass und Brianna könnten schwimmen gehen. Außerdem wusste sie nicht, was sie wegen Pick unternehmen sollte.

»Ihr braucht nicht weiter mitzukommen«, sagte sie schließlich und blickte über die Schulter zu ihnen, während sie am Wagengriff zog. »Ihr könnt zurückgehen, ich kriege das schon hin.«

»Vergiss es!«, polterte Robert. »Ich will diesen kranken Baum sehen.«

Cass nickte zustimmend. »Ich auch. Außerdem macht das mehr Spaß, als sich das Haar zu richten.« Sie grinste Brianna schief an.

»Ist es noch weit?«, fragte Brianna und machte vorsichtig einen Bogen um eine riesige Distel.

Fünf Minuten später erreichten sie ihr Ziel. Sie zogen den Wagen auf die Lichtung und bestaunten ehrfürchtig den Baum. Nest war sich nicht sicher, ob einer von ihnen die Eiche schon früher gesehen hatte. Sie hatte die anderen niemals hierhergebracht, also kannten sie den Baum wahrscheinlich nicht. Wie dem auch sei, der Ausdruck auf ihren Gesichtern sagte ihr, dass sie ihn niemals vergessen würden.

»Wow«, flüsterte Robert. Ansonsten war er ungewöhnlicherweise sprachlos.

»Das ist die größte Eiche, die ich je gesehen habe«, sagte Cass und blickte zu den dunklen Ästen hinauf. »Die allergrößte.«

»Wisst ihr was?«, meinte Robert. »Als sie diesen Baum gemacht haben, haben sie hinterher die Form weggeworfen.«

»Mutter Natur, meinst du«, sagte Cass.

»Gott«, warf Brianna ein.

»Wer auch immer«, meinte Robert.

Nest hatte sich bereits von ihnen entfernt, anscheinend, um sich den Baum näher anzusehen, tatsächlich aber, um nach Pick zu suchen. Es war nirgends eine Spur von ihm zu entdecken.

»Schaut euch an, wie die Borke geborsten ist«, sagte Cass. »Nest hatte recht. Dieser Baum ist wirklich krank.«

»Irgendetwas Übles ist in seinem Inneren passiert«, verkündete Brianna und trat vorsichtig einen Schritt vor. »Seht euch nur das Zeug an, das aus den Schwären heraussickert.«

»Vielleicht ist es nur Harz«, meinte Robert.

»Vielleicht fliegen Schweine nachts.« Cass sah ihn spöttisch an.

Nest ging auf die entlegene Seite des Baumes. Sie lauschte auf die Stille, auf das murmelnde Geräusch der Stimmen ihrer Freunde, auf das Rascheln der Fresser, die in den Schatten lauerten, wo man sie nicht sehen konnte. Sie blickte sich um und sah die Fresser, aber nicht Pick. Verwirrung verwandelte sich zu Sorge. Was, wenn ihm etwas passiert war? Sie blickte den Baum an und fürchtete plötzlich, dass der Schaden größer war, als sie geglaubt hatten, dass die Kreatur, die in ihm gefangen war, auf irgendeine Art bereits frei war. Hitze und Furcht legten sich drückend auf sie.

»Hey, Nest!«, rief Robert. »Was sollen wir denn jetzt tun?«

Sie suchte noch nach einer Antwort, als Pick sich von einem Zweig des Baumes auf ihre Schulter fallen ließ, sodass sie unwillkürlich zusammenzuckte. »Pick!«, keuchte sie und stieß erleichtert die Luft aus.

»Du hast ganz schön lange gebraucht«, knurrte er, sie ignorierend. »Jetzt hör zu, und ich sage dir, was zu tun ist.«

Er gab Nest eine schnelle Erklärung und verschwand dann wieder. Nest wanderte um den Baum herum, sammelte ihre Freunde ein und erzählte ihnen, was getan werden musste. Die nächste halbe Stunde arbeiteten sie daran, ihre Anweisungen auszuführen. Robert bekam die Baumversiegelungsmasse, um damit die Risse am Stamm zu füllen, und er benutzte Rührstab und Pinsel, um das teerartige Material in dicken Klumpen aufzutragen. Cass und Brianna verteilten den Dünger über die frei liegenden Wurzeln und Risse am Boden. Sie schütteten ihn in größeren Haufen aus und verteilten ihn dann mit den Händen. Nest nahm das Salz und schüttete es in einem dünnen Streifen aus, der den Baum in einem Umkreis von ungefähr acht Metern umschloss. Als Robert sie fragte, was sie da täte, erklärte sie ihm, dass sie das Salz dazu benutzte, den Baum vor einer besonders tückischen Abart von Holzwürmern zu schützen, die seine Krankheit verursacht hätten. Der Pech würde die offenen Stellen heilen, der Dünger gab den Wurzeln Nahrung, und das Salz verhinderte, dass die Holzwürmer zum Baum gelangen konnten. Das war zwar nicht die Wahrheit, aber es klang gut.

Als sie fertig waren, standen sie eine Weile da und begutachteten ihr Werk. Robert gab seine Theorie über Holzwürmer zum Besten, irgendeine wilde Geschichte, die er im Internet gelesen hatte, und Brianna gab ihre Theorie über Robert zum Besten. Dann bemerkte Cass, dass das Anstarren des Baumes genauso war, als würde man dem Gras beim Wachsen zusehen, Brianna klagte, dass ihr heiß sei und sie Durst habe, und Robert erinnerte sich an das Downloaden seines Programms. Der Nachmittag war noch nicht einmal zur Hälfte vorbei, und es war also noch genug Zeit, um schwimmen zu gehen. Aber Nest sagte den anderen, dass sie müde sei und lieber nach Hause gehen wollte. Robert schnaubte verächtlich und nannte sie einen Waschlappen, und Cass und Brianna schlugen vor, dass man auch einfach nur zusammen rumhängen könne. Aber Nest gab nicht nach. Sie musste sich mit Pick alleine treffen und wurde von den Gedanken an den Maentwrog und das Treffen heute Abend mit Two Bears abgelenkt. Die Lüge kam ihr selbst fadenscheinig vor, und sie trug noch zu ihrem eigenen Unbehagen bei, indem sie behauptete, ihre Großmutter hätte sie gebeten, ein paar Dinge im Haus zu erledigen. Sie versprach, sich mit ihnen am folgenden Tag nach der Kirche und dem Mittagessen bei den indianischen Grabhügeln zu treffen.

»Na ja, wie auch immer.« Robert zuckte mit den Schultern, konnte aber seine Verärgerung nicht verbergen.

»Ich rufe dich heute Abend an«, versprach Cass.

Sie nahm den Griff des Wagens und zog von dannen, gefolgt von Brianna und Robert. Mehr als einmal blickten ihre Freunde zu ihr zurück. Sie konnte die Fragen in ihren Augen sehen. Sie starrte ihnen nach und fühlte sich selbstsüchtig und verlogen.

Als sie außer Sicht waren, rief sie leise nach Pick. Der Waldschrat tauchte zu ihren Füßen auf, und sie hob ihn hoch und setzte ihn auf ihre Schulter.

»Wird irgendetwas hiervon helfen?«, fragte sie und deutete dabei vage auf den Baum, während sie darum kämpfte, ihre Gefühle zu unterdrücken.

»Möglich«, antwortete er. »Aber selbst im besten Fall ist es nur eine zeitweilige Heilung. Das Problem liegt darin, dass sich das Gleichgewicht verlagert hat. Die Magie, die den Baum beschützt, wird durchlöchert. Ich muss herausfinden, warum.«

Sie standen eine Weile schweigend da und musterten die große Eiche, als ob sie allein durch ihre Willenskraft geheilt werden könnte. Nest war heiß, und es juckte überall von der Hitze und der Erschöpfung, aber in ihrem Inneren bohrte ein viel tieferes Unbehagen. Ihre Augen folgten dem Umriss des Baumes. Er war so massiv und alt, ein Riese mit knorrigen Armen, der in der Zeit festgefroren schien. Wie viele Jahre hatte er überdauert? fragte sie sich. Wie viel von der Geschichte des Landes hatte er miterlebt? Was würde er ihr sagen, wenn er sprechen könnte?

»Meinst du, das Wort hat diesen Baum erschaffen?«, fragte sie Pick plötzlich.

Der Waldschrat zuckte mit den Schultern. »Ich denke schon.«

»Weil das Wort alles erschaffen hat, richtig?« Sie machte eine Pause. »Wie sieht das Wort aus?«

Pick sah sie an.

»Ist das Wort dasselbe wie Gott? Was meinst du?«

Pick sah sie erneut an.

»Nun, du glaubst doch nicht, dass es mehr als einen Gott gibt, oder?« Nests Worte begannen herauszusprudeln. »Ich meine, du glaubst doch nicht, dass das Wort, Gott und Mutter Natur alles verschiedene Wesen sind? Du glaubst doch nicht, dass sie alle herumlaufen und unterschiedliche Dinge erschaffen – Gott macht die Menschen, das Wort macht die Waldkreaturen und Mutter Natur die Bäume? Oder dass Allah für eine Rasse und einen Teil der Welt verantwortlich ist und Buddha für einen anderen? Das glaubst du doch nicht, oder doch?«

Pick starrte sie an.

»Denn all diese verschiedenen Länder und unterschiedlichen Völker haben ihre eigene Version von Gott. Ihre Religionen lehren sie, wer ihr Gott ist und was er glaubt. Manchmal glauben die verschiedenen Versionen sogar an das Gleiche. Doch niemand kann sich darauf einigen, wessen Gott der richtige ist. Jeder beharrt darauf, dass alle anderen sich irren. Doch welchen Unterschied macht das alles, sofern es nicht mehr als einen Gott gibt? Wenn es nur einen einzigen Gott gibt und er alles erschaffen hat, warum sollte man dann darüber streiten, ob man ihn Gott oder das Wort oder wie auch immer nennt? Das ist genauso, als würde man darüber streiten, wem der Park gehört. Der Park ist für jeden da.«

»Hast du gerade so eine Art Identitätskrise?«, fragte Pick ernst.

»Nein, ich will nur wissen, an was du glaubst.«

Pick seufzte. »Ich glaube, dass Geschöpfe wie ich vollkommen missverstanden und zu wenig gewürdigt werden. Ich glaube außerdem, dass es völlig egal ist, was ich glaube.«

»Mir ist es nicht egal.«

Pick zuckte mit den Achseln.

Nest starrte ihre Füße an. »Ich finde, du bist unvernünftig.«

»Was soll diese ganze Unterhaltung bezwecken?«, wollte Pick gereizt wissen.

»Es geht darum, dass ich wissen will, wer mich erschaffen hat.«

Nest holte tief Luft, um sich zu wappnen. »Ich will nur diese einzige Sache wissen. Weil es mich krank macht und ich es leid bin, anders zu sein und nicht zu wissen, warum. Der Baum und ich sind uns in gewisser Weise sehr ähnlich. Der Baum ist nicht das, was er zu sein scheint. Er mag einst vor langer, langer Zeit aus einem Samenkorn entsprossen sein, aber er wurde mit der Magie gefüllt, die den Maentwrog gefangen hält. Wer hat das getan? Wer hat es bestimmt? Das Wort oder Gott oder Mutter Natur? Und so denke ich also: Was ist mit mir? Wer hat mich gemacht? Ich bin nicht so wie irgendjemand anderer, oder? Ich bin ein Mensch, aber ich verfüge über Magie. Ich kann die Fresser sehen, was niemand sonst vermag. Ich weiß von dieser anderen Welt, der Welt, aus der du stammst, die niemand sonst kennt. Verstehst du denn nicht? Ich bin genau wie dieser Baum, ich habe Anteil an zwei Welten, an zwei Leben – aber ich habe das Gefühl, dass ich zu keiner von ihnen richtig gehöre.«

Sie nahm ihn von ihrer Schulter und hielt ihn sich auf der Handfläche dicht vors Gesicht. »Schau mich an, Pick. Ich mag es nicht, so verwirrt zu sein wie jetzt. Ich mag es nicht, das Gefühl zu haben, nicht dazuzugehören. Die Leute schauen mich komisch an; selbst wenn sie es nicht mit Sicherheit wissen, spüren sie doch, dass ich nicht so bin wie sie. Selbst meine Freunde. Ich versuche, dass es mir nichts ausmacht, aber manchmal tut es das doch. So wie jetzt.« Sie spürte, wie die Tränen in ihr hochstiegen, und kämpfte dagegen an. »Verstehst du, deshalb könnte es mir helfen, wenn ich etwas über mich selbst wüsste, und wenn es auch nur das ist, dass ich Recht damit habe, dass Gott und das Wort dasselbe sind. Selbst wenn es nur das wäre, damit ich wüsste, dass ich nicht einfach aus Teilen verschiedener Dinge zusammengeschustert wurde, dass ich nicht etwas vollkommen Fremdartiges bin, sondern dass ich ganz und vollständig erschaffen wurde, um genau so zu werden, wie ich bin.«

Pick sah aus, als fühle er sich unwohl. »Verflixt, Nest, ich habe kein besonderes Wissen darüber, wie Leute erschaffen werden. Mir kommst du nicht fremdartig vor, aber ich bin ein Waldschrat, und daher zählt meine Meinung vielleicht nicht.«

Sie presste die Lippen zusammen. »Vielleicht zählt sie mehr, als du glaubst.«

Er stieß einen langen Seufzer aus, zupfte kurz an seinem moosigen Bart und fixierte sie dann mit seinem stechenden Blick. »Ich mag diese Art von Unterhaltung nicht, also lass uns aufhören, Nettigkeiten auszutauschen. Pass genau auf. Du hast gefragt, ob ich glaube, dass das Wort und Gott dasselbe sind. Ja, das tue ich. Du kannst es nennen, wie du willst – Gott, Mohammed, Buddha, Mutter Natur oder Daniel die Eule; das ändert überhaupt nichts. Sie sind alle eins, und dieses Eine hat alles erschaffen, dich eingeschlossen. Ich würde daher der Möglichkeit nicht viel Glauben schenken, dass du zusammengeschustert wurdest und im Nachhinein von einer Handvoll unzufriedener Gottheiten verändert worden bist. Ich weiß nicht, warum du so geworden bist, wie du bist, aber ich bin mir ziemlich sicher, dass es aus einem bestimmten Grund geschehen ist und dass du aus einem Guss bist.«

Seine Stirn legte sich in Falten. »Wenn du dir über etwas Sorgen machen willst, dann sollte das meiner Meinung nach nicht sein, ob du deine Existenz Gott, dem Wort oder sonst jemandem verdankst. Ich finde, du solltest dir lieber darüber Sorgen machen, was von dir erwartet wird, jetzt, wo du hier bist, und was du tun kannst, damit du nicht zu einer großen Enttäuschung wirst.«

Sie schüttelte verwirrt den Kopf. »Was meinst du damit?«

»Nur dies: Alles, was existiert, hat ein Gegenstück. Das Wort ist nur die eine Hälfte der Gleichung. Die Leere ist die andere Hälfte. Das Wort und die Leere – das eine ein Schöpfer, das andere ein Vernichter, eines gut, eines böse. Sie führen einen Krieg – seit Anbeginn der Zeit. Das eine versucht das Gleichgewicht des Lebens aufrechtzuerhalten; das andere versucht es umzustoßen. Wir alle sind ein Teil dieses Streites, denn das, was auf dem Spiel steht, ist unser aller Leben. Das Gleichgewicht ist nicht nur dort draußen in der Welt; genauso existiert es auch in uns selbst. Und das Gute, das das Wort ist, und das Böse, das die Leere ist, befinden sich ebenfalls in uns. Und beide arbeiten daran, die Oberhand zu gewinnen, beide versuchen, einen Weg zu finden, den anderen zu besiegen.«

Er hielt inne und musterte sie. »Du hast bereits erkannt, dass du nicht so bist wie die meisten Leute. Du bist etwas Besonderes. Du stehst mit je einem Bein fest in einer von zwei Welten, Waldkreatur und Mensch. Es gibt nicht viele wie dich. Wie ich sagte, dafür gibt es einen Grund, so wie es für alles einen Grund gibt. Denk auch nicht für eine Sekunde, dass die Leere dies nicht wüsste. Du hast eine Präsenz und eine Macht. Du hast ein Ziel. Die Leere würde es gerne sehen, wenn dies alles auf ihre Seite wechseln würde. Du magst denken, dass du ein guter Mensch bist und dass nichts dies ändern kann. Aber du bist noch nie geprüft worden. Nicht wirklich. Du bist noch nicht den Dingen des Lebens ausgesetzt worden, die dich in etwas verwandeln könnten, das du noch nicht einmal erkennen würdest. Früher oder später wird das geschehen. Vielleicht früher, wenn man die Aufregung unter den Fressern bedenkt. Etwas passiert, Nest. Du solltest deine Gedanken besser darauf konzentrieren. Du solltest auf der Hut sein.«

Es folgte eine lange Zeit des Schweigens, als er geendet hatte, in der sie die Bedeutung verdaute, die hinter seiner Warnung steckte. Er stand steif aufgerichtet in ihrer Hand, die Arme vor seiner hölzernen Brust verschränkt, der Mund zu einer schmalen Linie zusammengepresst, die Augen von einem herausfordernden Licht erhellt. Er versuchte ihr etwas zu sagen, erkannte sie plötzlich. Seine Worte hatten mehr als nur eine Bedeutung; seine Warnung bezog sich auf etwas anderes. Ein Gefühl des Unbehagens breitete sich in ihr aus, der Schatten einer tiefen Unsicherheit. Sie merkte, wie sie an die letzten Tage zurückdachte, an Bennett Scotts Rettung auf den Klippen, an das Auftauchen des Maentwrogs aus seinem Gefängnis und an das vermehrte Erscheinen der Fresser und ihre Dreistigkeit. Hatte es etwas mit diesen Dingen zu tun?

Was versuchte Pick ihr zu sagen?

Sie wusste, dass sie es heute nicht mehr herausfinden würde. Sie hatte diesen Ausdruck bereits früher auf seinem Gesicht gesehen: stur und gereizt. Er würde nichts mehr sagen.

Plötzlich fühlte sie sich ausgelaugt und erschöpft. Sie senkte Pick in Richtung Boden und wartete ungeduldig, dass er von ihrer Hand heruntertrat. »Ich gehe jetzt nach Hause«, sagte sie. »Ich sehe dich heute Abend.«

Ohne auf seine Antwort zu warten, drehte sie sich um und verschwand zwischen den Bäumen.

Sie ging jedoch nicht nach Hause. Stattdessen wanderte sie durch den Park, von der Anhöhe hinunter zum Rand des Bayous und dann am Flussufer entlang nach Westen. Sie ließ sich Zeit, ließ ihre Gefühle zur Ruhe kommen und gab sich selbst die Möglichkeit, über die Dinge nachzudenken, die sie beunruhigten. Einige von ihnen konnte sie benennen, andere noch nicht. Was ihr Sorgen machte, war eine Kombination aus dem, was bereits geschehen war und was ihrem Gefühl nach noch passieren würde. Letzteres war keine wirkliche Vorahnung – mehr ein unangenehmes Wispern dessen, was möglich war. Der Tag war heiß und still, und die Sonne brannte auf ihrem langsamen Weg nach Westen von einem wolkenlosen Himmel herab. Der Park schwieg und fühlte sich leer an, und selbst die Stimmen der Ausflügler schienen weit weg zu sein und klangen gedämpft. Als ob jeder auf das wartete, was sie befürchtete. Als ob jeder wüsste, was bevorstand.

Sie ging unterhalb der Rodelbahn und oberhalb von ein paar Jungen vorbei, die am Ufer nahe der Rollschuhbahn angelten. Sie blickte die lange, gerade hölzerne Schanze hinauf bis zum Turm, auf dem die Schlittenfahrer im Winter ihre Abfahrt begannen, und sie erinnerte sich an das Gefühl, wenn man zu dem gefrorenen Fluss hinabschoss und immer mehr Geschwindigkeit für den Rutsch über das Eis aufnahm. In ihrem Innern fühlte sie sich, als würde dies jetzt auf eine andere Weise mit ihr geschehen. So als würde sie auf etwas Riesiges, Breites und Glattes zurasen und in dem Augenblick, wenn sie es erreichte, die Kontrolle verlieren.

Der Nachmittag verstrich. Sie hielt Ausschau nach Fressern, sah aber keine. Sie schaute sich nach Daniel um und konnte auch ihn nicht entdecken. Sie erinnerte sich, dass sie vergessen hatte, Pick danach zu fragen, ob er bei der Suche nach Bennett Scotts Kätzchen Spook Fortschritte gemacht hatte. Die Blätter der Bäume warfen gesprenkelte Schatten auf den Boden, über den sie ging, und sie stellte sich in ihren Mustern Gesichter und Figuren vor. Sie dachte über ihren Vater und ihre Mutter nach, beide geheimnisvolle Gestalten in ihrem Leben, so weit entfernt von ihr, fast mystisch. Sie dachte an Großmutter und ihre hartnäckige Weigerung, auf konkrete Weise über sie zu sprechen. In ihr wuchs eine kalte, harte Entschlossenheit. Sie würde Großmutter dazu bringen, ihr alles zu erzählen. Sie würde sie zum Sprechen zwingen.

Sie wanderte zum Fuß der Klippen, blieb aber den Stellen fern, an denen sich die Höhlen in den Fels bohrten. Pick hatte sie gewarnt, niemals dorthin zu gehen. Sie hatte es ihm versprechen müssen. Er beharrte darauf, dass es dort nicht sicher für sie war. Es war egal, dass andere Kinder die Höhlen regelmäßig erforschten, ohne dabei zu Schaden zu kommen. Andere Kinder konnten die Fresser nicht sehen. Andere Kinder verfügten nicht über Magie. Sie war gefährdet und musste sich von dort fernhalten.

Sie schüttelte den Kopf, während sie sich umdrehte und dem Weg folgte, der zum Steilufer hinaufführte. Da war es wieder, dachte sie. Die Erkenntnis, dass sie anders war. Immer anders.

Sie erreichte das höher gelegene Gebiet und wandte sich in Richtung des Friedhofs. Sie überlegte, dass sie das Grab ihrer Mutter besuchen könnte. Sie verspürte auf einmal das Bedürfnis, dies zu tun, das Bedürfnis, auf irgendeine Weise eine Verbindung zu ihrer verlorenen Vergangenheit herzustellen. Sie überquerte die Straße vor den indianischen Grabhügeln und ging auf die Bäume zu. Die Sonne brannte weißglühend am nachmittäglichen Himmel, und ihr Glanz blendete sie. Sie kniff die Augen zusammen und beschattete ihre Augen mit der Hand.

Vor ihr bewegte sich jemand in der Lichtflut.

Sie wurde langsamer, als sie einen schattigen Fleck erreichte, und versuchte zu erkennen, wer es war. Zunächst dachte sie, es sei Two Bears, der früh zu seinem abendlichen Besuch zurückgekehrt war. Aber dann erkannte sie, dass es ein Mann in einem waldgrünen Overall war, ein Angestellter des Parks. Er spießte Abfall mit einem Metallstab auf und sammelte ihn in einem Leinensack. Sie zögerte und ging dann weiter. Als sie sich näherte, drehte er sich zu ihr um und schaute sie an.

»Heißer Tag, was?« Sein sanftes Gesicht war glatt und ohne Ausdruck, und seine blauen Augen waren so blass, dass sie fast völlig ohne Farbe zu sein schienen.

Sie nickte und lächelte unsicher.

»Unterwegs zu einem Besuch auf dem Friedhof?«, fragte er.

»Meine Mutter ist dort beerdigt«, sagte sie und hielt an.

Der Mann stellte die scharfe Spitze seines Stockes auf den Boden und legte die Hände auf das stumpfe Ende. »Schlimme Sache, die Mutter zu verlieren. Ist sie schon lange fort?«

»Seit ich ein Baby war.«

»Ja, das ist wirklich eine lange Zeit. Weißt du, an meine erinnere ich mich kaum noch.«

Nest dachte für einen kurzen Augenblick daran, ihm von der großen Eiche zu erzählen, kam dann aber zu dem Schluss, dass er sowieso nichts ausrichten konnte und sie die Sache daher besser in Picks fähigen Händen lassen sollte.

»Hast du noch deinen Vater?«, fragte der Mann plötzlich.

Nest schüttelte den Kopf. »Ich lebe bei meinen Großeltern.«

Der Mann blickte sie traurig an. »Das ist nicht das Gleiche, wie einen Vater zu haben, nicht wahr? Solche alten Leute sind nicht mehr allzulange da, also musst du damit beginnen, dich auf dich selbst zu verlassen. Aber dann fragst du dich, ob du der Sache gewachsen bist. Denk mal an einen von diesen Bäumen. Er ist alt und knorrig. Er war kaum jemals von irgendjemandem abhängig. Doch dann kommt ein Waldarbeiter vorbei und sägt ihn in ein paar Minuten um. Was kann er da tun? Verstehst du, worauf ich hinauswill?«

Sie blickte ihn verwirrt an.

Der Mann blickte in den Himmel hinauf. »Das Wetter wird schön bleiben. Kommst du am Montag zu dem Feuerwerk?«

Sie nickte.

»Gut. Das wird sicher toll. Der Vierte Juli ist immer etwas Besonderes.« Sein Lächeln war ein wenig spöttisch. »Vielleicht werde ich dich da sehen.«

Sie fühlte sich plötzlich unbehaglich. Etwas an dem Mann beunruhigte sie. Sie wollte weg von ihm. Sie überlegte, dass es sowieso kurz vor der Abendbrotzeit war und sie allmählich nach Hause gehen sollte. Sie würde das Grab ihrer Mutter stattdessen am Abend besuchen, wenn es kühl und ruhig war.

»Ich muss gehen«, sagte sie mechanisch.

Der Mann sah sie weiter an und sagte nichts. Sie zwang sich, ihm zuzulächeln, und wandte sich dann ab. Die Schatten der großen Bäume begannen bereits länger zu werden. Sie ging schnell, angetrieben von ihrem Unbehagen.

Sie schaute nicht zurück, und so sah sie nicht, wie die seltsamen Augen des Mannes hart, kalt und entschlossen wurden, als er ihr nachblickte.

Als Nest Freemark außer Sicht war, schulterte der Dämon Leinensack und Stock und setzte sich in Bewegung. Er überquerte den Weg, der zu den Grabhügeln führte, und stieg zum Fluss hinab, während er leise vor sich hin pfiff. Immer im Schutz der Bäume, bewegte er sich stetig nach Osten. Wo der Abhang die Sonne verdeckte, war das Licht blass und grau, und die Schatten bildeten dunkle Flecken. Die nachmittäglichen Baseballspiele kamen allmählich zu einem Ende, und die Ausflügler machten sich auf den Heimweg. Der Dämon lächelte und ging weiter.

Richie Stoudt wartete an der Rodelbahn. Er saß an einem der Picknicktische und starrte auf den Fluss. Der Dämon war schon fast bei ihm, als Richie seine Gegenwart bemerkte. Richie sprang auf, grinste albern und schüttelte den Kopf.

»Hey, wie geht's?«, sprudelte es aus ihm heraus. »Hab dich gar nicht kommen gehört. Aber ich habe hier gewartet, wie du es gesagt hast. Ich habe deine Nachricht bekommen. Hab bei Preston schnell Schluss gemacht und bin direkt hierher gekommen.«

Der Dämon nickte lächelnd und ging weiter. »Dann lass uns anfangen.«

»Klar, klar.« Richie wippte auf den Ballen. Er war klein und drahtig, und sein schmales Gesicht lugte unter einem Schopf widerspenstiger dunkler Haare hervor. Er trug einen Overall über einem blauen Leinenhemd und hochgeschlossene Arbeitsstiefel, alles abgetragen und ausgebeult. »Ich wusste gar nicht, dass du für den Park arbeitest«, sagte er in dem Versuch, ein Gespräch zu beginnen. »Ziemlich geregelte Arbeitszeiten und so weiter, nehme ich an. Bist du sicher, dass das alles in Ordnung geht, so spät am Tag und so? Was tun wir eigentlich genau?«

Der Dämon gab keine Antwort. Stattdessen führte er Richie nach Osten zu den großen Bäumen hinter dem Pavillon und von dort zu dem Abhang, der bis zu dem kleinen Bach hinunterführte. Unter dem Laubdach war die Luft heiß und still, und die Moskitos begannen auszuschwärmen. Richie schlug gereizt nach ihnen.

»Ich hasse diese Dinger«, murmelte er. Als der Dämon darauf nichts erwiderte, meinte er: »Du hast gesagt, du würdest gut zahlen und ich könnte der Stadt eins auswischen. Stimmt das?«

»Völlig richtig«, erwiderte der Dämon, ohne sich auch nur die Mühe zu machen, ihn anzusehen.

»Na toll, das ist klasse, echt klasse!« Richie klang begeistert. »Ich meine, ich weiß nicht, ob dieser verdammte Streik jemals enden wird, und ich brauche irgendetwas Sicheres.«

Sie stiegen den Abhang zu dem Bach hinunter, überquerten die Holzbrücke und begannen auf der anderen Seite mit dem Aufstieg zum dichten Wald. In der Ferne lag der Bayou so flach und grau da wie gehämmertes Blech. Richie murmelte weiter etwas über die Moskitos und die Hitze vor sich hin, und der Dämon ignorierte ihn weiterhin. Sie erreichten den Kamm des Hügels, folgten dem Pfad, den Nest und Pick vorhin entlanggegangen waren, und standen kurze Zeit später vor der großen Eiche. Der Dämon sah sich vorsichtig um, aber es war niemand zu sehen, mit Ausnahme der Fresser, die ihnen den ganzen Weg über gefolgt waren und jetzt am Rand der Lichtung mit wachsam leuchtenden Augen lauerten.

»O Mann, schau dir das bloß an!«, rief Richie und starrte den kranken Baum hinauf. »Der Kerl sieht aus, als würde er abkratzen!«

»Genau das wollen wir feststellen«, erklärte der Dämon, und auf seinem sanften Gesicht zeigte sich keine Regung.

Richie nickte eifrig. »In Ordnung. Sag mir einfach, was ich tun soll.«

Der Dämon ließ den Leinensack fallen und packte den Stock mit der Metallspitze fester. Er legte seine freie Hand auf Richies Schulter. »Komm mal einen Augenblick mit mir zum Stamm hinüber«, sagte er freundlich.

Die Schatten waren dunkel und undurchdringlich, als sie nach vorne traten, der Dämon immer noch mit der Hand auf Richies Schulter. Als sie direkt vor dem mächtigen Stamm standen, nahm der Dämon seine Hand weg.

»Schau zu den Zweigen hinauf«, sagte er.

Richie tat es und spähte konzentriert in die Schatten. »Ich kann nichts erkennen. Nicht bei diesem Licht.«

»Geh einen Schritt näher heran. Leg dein Gesicht direkt gegen den Stamm.«

Richie warf ihm einen unsicheren Blick zu, tat dann aber, was ihm gesagt wurde. Er presste seine Wange gegen die raue Borke und starrte zu den Zweigen hinauf. »Ich kann noch immer …«

Der Dämon stieß das spitze Ende seines Stocks kraftvoll durch Richies Hals. Richie keuchte vor Entsetzen und Schmerz, als ihm Luftröhre und Kehlkopf zerdrückt wurden. Er versuchte zu schreien, aber sein Sprechapparat war zerstört, und das Blut, das seine Kehle hinabströmte, erstickte ihn. Seine Finger krallten sich in den Baum, als wollten sie die Borke wegreißen, und seine Augen traten aus den Höhlen. Er schlug wild um sich und versuchte freizukommen, doch der Dämon drückte gegen den hölzernen Schaft und nagelte Richie so fest gegen den Baum, während er dabei zusah, wie das dunkle Blut aus seiner zerfetzten Kehle spritzte.

Die Fresser stürzten aus ihren Verstecken und warfen sich auf Richie. Sie rissen an seinem sich windenden Körper, und in ihrer Gier, seinen Schmerz und seine Angst zu verzehren, kümmerten sie sich nicht um seine vergeblichen Versuche, sich zu schützen. Dann begann die von Richies Blut feuchte Borke in langen, gezackten Rissen auseinanderzubrechen, und Teile von Richies Körper wurden in die Spalten hineingezogen. Seine Hände und Füße waren zuerst dran. Als er sich wehrte, pressten sie sich in den Stamm, als bestünde er aus weichem Schlamm. Sein Schreckensschrei wurde zu einem erstickten Husten, und dann wurde langsam und gnadenlos immer mehr von ihm hineingesaugt. Als sein Kopf verschluckt wurde, war nichts mehr von ihm zu hören. Der Dämon riss seinen spitzen Stock heraus und schaute zu, wie Richies Rücken sich in einem letzten vergeblichen Aufbäumen wand und krümmte.

Einen Augenblick später war Richie Stoudt vollständig verschwunden. Die Fresser verschmolzen wieder mit der Nacht.

Der Dämon wartete eine Zeit lang und sah zu, wie der Baum damit begann, das als Schleim auszuscheiden, was er von Richie nicht haben wollte. Die Borke riss weiter und tiefer auseinander, als das Blutopfer seine Arbeit tat. Der Maentwrog fraß in seinem Gefängnis, sammelte die Kraft, die er benötigte, um sich zu befreien, und bereitete sich auf die Beschwörung durch den Dämon vor.

Der Dämon sah nach unten. Einer von Richies Stiefeln lag auf dem Boden. Der Dämon hob ihn auf. Er würde ihn zum Flussufer bringen, oberhalb des Damms, wo das Wasser recht wild war, und dort zurücklassen, damit man ihn fand. Sollten die Leute doch ihre Schlüsse daraus ziehen.

Vor sich hin summend hob er seinen Leinensack auf und verschwand zwischen den Bäumen.

Kapitel 13

Nest öffnete die Fliegentür auf der Veranda, als die große Standuhr gerade halb sechs schlug. Als sie in der Stille, die darauf folgte, stehen blieb, tauchte ihre Großmutter wie eine dünne, graue Erscheinung aus der Küche auf und hatte einen Topflappen in der Hand.

»Abendessen ist in einer Stunde, Nest. Geh und mach dich frisch. Wir bekommen Besuch.«

Nest fing die Fliegentür auf, als sie gerade wieder zuschlagen wollte, und schloss sie leise. Sie spürte unter ihren Kleidern den warmen und klebrigen Schweiß auf ihrer Haut. »Wer ist es denn?«, fragte sie.

»Jemand, den dein Großvater eingeladen hat. Du musst ihn fragen.« Großmutter schien davon nicht sehr angetan zu sein. Sie gestikulierte mit dem Topflappen. »Aber wasch dich erst. Du siehst aus wie etwas, das die Katze von draußen hereingeschleppt hat.«

Sie verschwand wieder in der Küche. Nest nahm den intensiven, leckeren Geruch von Schmorbraten wahr, und plötzlich merkte sie, wie hungrig sie war. Sie ging den Flur entlang, vorbei an Großmutter und den guten Gerüchen, und warf einen Blick in das Arbeitszimmer ihres Großvaters, doch er war nicht da. Sie horchte einen Augenblick, hörte ihn aber nicht und ging dann weiter zu ihrem Zimmer. Sie schloss die Tür, schob Nirvana in den CD-Player, zog sich aus und ging zur Dusche. Sie versuchte, nicht in den Spiegel zu schauen, tat es dann aber doch. Das Mädchen, das ihr von dort entgegenblickte, war mager und flachbrüstig. Es hatte knochige Arme und Beine und sah aus, als würde es völlig verschwinden, wenn es sich zur Seite drehte. Es wäre halbwegs hübsch gewesen, wenn sein Gesicht nicht so picklig wäre. Wie üblich machte sich Nest nicht viel aus ihm.

Sie verbrachte eine lange Zeit unter der Dusche. Dann trocknete sie sich ab, zog sich an und blickte aus dem Fenster zum Park hinüber. Sie dachte an Pick und die große Eiche, an ihre Freunde und die Magie, die sie vor ihnen verbarg, an den Müllsammler, an Geist und die Fresser. Sie dachte an Two Bears und den Tanz der Geister der toten Indianer, der in weniger als sechs Stunden stattfinden würde. Sie fragte sich, ob für Two Bears die Fresser sichtbar waren. Er hatte Pick deutlich wahrgenommen, warum sollte er da nicht auch die Fresser sehen können? Außer ihrer Großmutter hatte sie noch nie jemanden getroffen, der ebenfalls die Fresser sehen konnte. Pick hatte gesagt, es gäbe andere, aber nicht sehr viele, und sie alle würden an anderen Orten wohnen. Pick hatte gesagt, dass nur wenige Leute die Fresser sehen könnten, weil man dazu eine Verbindung zur Magie haben müsste. Vielleicht konnte Two Bears zaubern, überlegte sie. Musste er nicht über Magie verfügen, um die Geister beschwören zu können?

Sie verließ das Fenster und ging, noch immer mit ihren Spekulationen beschäftigt, durch den Flur zum Wohnzimmer. Ihr Haar war noch feucht und offen. Die Locken kitzelten sie an den Ohren. Sie strich sie unsicher zurück und wünschte sich plötzlich, sie würden keinen Besuch zum Essen bekommen. Sie dachte daran, wie langweilig es wahrscheinlich werden würde, und überlegte bereits, wie sie sich am besten direkt nach dem Essen davonmachen könnte …

»Hallo.«

Sie blieb überrascht stehen. Im Eingang stand ein Mann und blickte sie an. Sie war so sehr mit ihren Gedanken beschäftigt gewesen, dass sie ihn überhaupt nicht gesehen hatte.

»Hallo«, erwiderte sie.

»Es tut mir Leid, falls ich dich erschreckt habe.«

»Nein, ist schon in Ordnung. Ich habe über etwas nachgedacht.«

Die Worte klangen dumm, und sie errötete leicht. Der Mann schien es nicht zu bemerken. Seine grünen Augen schauten sie genau an; sein Blick war so intensiv, dass sie unwillkürlich blinzeln musste.

»Du musst Nest sein.« Er lächelte, als würde ihn dies freuen. »Mein Name ist John Ross.«

Er streckte seine Hand aus, und sie drückte sie. Sein Griff war stark, und sie dachte, dass er an harte Arbeit gewöhnt sein musste. Er kam ihr so vor, als bestünde er nur aus Knochen und Muskeln, aber seine Kleidung hing an ihm herab wie bei einer Vogelscheuche. Mit dem schulterlangen Haar, das er mit einem Tuch zurückgebunden hatte, sah er seltsam aus, aber irgendwie auch cool. Sie fand, dass er damit wirkte wie ein kleiner Junge. Plötzlich fragte sie sich, was er hier tat. War er ihr Gast oder nur jemand, der auf der Suche nach Gartenarbeit war?

Sie bemerkte, dass sie noch immer seine Hand hielt, und ließ schnell los. »Entschuldigung.«

Er lächelte und blickte sich um. Seine Augen kamen bei den Porträts der Freemark-Frauen zur Ruhe, die zusammen neben der Eingangstür hingen. »Deine Familie?«, fragte er.

Sie nickte. »Sechs Generationen von uns.«

»Hübsche Frauen. Dieses Haus fühlt sich gut an. Hast du dein ganzes Leben hier gewohnt?«

Sie überlegte noch, ob sie seine Frage beantworten oder selbst eine stellen sollte, als ihr Großvater aus dem Arbeitszimmer auftauchte. »Es tut mir Leid, dass es so lange gedauert hat. Ich habe nach ihrem Abschlussjahrbuch gesucht, als sie Vorsitzende des Studentenrats war. Nest, kennst du Mr. Ross bereits?«

Nest nickte und musterte ihren Großvater genau. Es war das Jahrbuch ihrer Mutter, das er in den Händen hielt.

»Mr. Ross kannte deine Mutter in der Schule. Auf dem College in Ohio.« Der Gedanke schien ihn zu faszinieren. »Er ist hergekommen, um uns zu besuchen und hallo zu sagen. Ich habe ihn heute morgen bei Josie's getroffen und eingeladen, bei uns zu essen. Schauen Sie, John, dies ist Caitlins Bild aus ihrem Abschlussjahr.«

Er öffnete das Jahrbuch und hielt es John Ross hin. Ross humpelte vorsichtig zu ihm hinüber, um einen Blick darauf zu werfen, und Nest bemerkte erst jetzt den polierten schwarzen Stock, der neben dem Schirmständer an der Wand lehnte. Der Stock war mit seltsamen Symbolen bedeckt, schwarze, flache Schnitzereien unter dem abgewetzten Glanz des Holzes. Nest starrte die Zeichen lange an, während John Ross und ihr Großvater das Jahrbuch ihrer Mutter anschauten. Die Zeichen hatten irgendetwas Vertrautes an sich. Sie hatte sie schon irgendwo gesehen. Dessen war sie sich sicher.

Sie blickte wieder zu John Ross und fragte sich, wie das sein konnte.

Ein paar Augenblicke später rief Großmutter sie zum Essen. Sie platzierte sie an dem großen Eßzimmertisch, Nest neben John Ross und gegenüber von Robert und ihr selbst. Sie stellte das Essen auf den Tisch, trank dann ihren Bourbon aus und goß sich einen neuen ein, bevor sie sich setzte. Sie nahm ihre Gabel in die Hand und begann zu essen, ohne die anderen groß zu beachten. Sehr ungewöhnlich für Großmutter, die sehr viel Wert auf gute Manieren legte. Nest überlegte, dass irgendetwas ihr eindeutig Sorgen machte.

»Kannten Sie meine Mutter lange?«, fragte Nest, die jetzt neugierig war, mehr über den Fremden zu erfahren.

Ross schüttelte den Kopf. Seine grünen Augen waren distanziert, als er sprach. »Nein, ich fürchte nicht. Ich habe sie erst in ihrem zweiten Jahr getroffen, und danach ist sie nach Hause zurückgekehrt. Wir hatten nur ein paar Monate zusammen. Ich wünschte, ich hätte sie besser gekannt.«

»Sie war hübsch, nicht wahr?«

Ross nickte. »Das war sie.«

»Sie haben erzählt, dass Sie am Oberlin ein Jahr über ihr waren«, meinte Old Bob. »Sind Sie dort geblieben und haben Ihren Abschluss gemacht?«

»Caitlin hätte auch ihren Abschluss machen können, wenn sie gewollt hätte«, sagte Großmutter ruhig und warf ihm einen scharfen Blick zu.

»Ich halte Caitlin für einen der klügsten Menschen, den ich je getroffen habe, Mrs. Freemark«, warf John Ross ein und blickte jetzt Großmutter an. Sie erwiderte seinen Blick sehr ruhig. »Aber sie war auch zerbrechlich. Sehr sensibel. Sie konnte leichter verletzt werden als die meisten anderen. Das habe ich an ihr bewundert.«

Großmutter legte ihre Gabel hin und nippte an ihrem Bourbon. »Ich weiß nicht, ob ich verstehe, was Sie sagen wollen, Mr. Ross.«

Ross nickte. »Es ist nur so, dass die meisten von uns so vom Leben abgehärtet sind, dass wir vergessen haben, wie man auf Schmerz reagieren muss. Caitlin war nicht so. Sie verstand, wie wichtig es ist, die kleinen Verletzungen wahrzunehmen, die andere Menschen ignorieren. Ihr ging es immer um das Heilen. Nicht um körperliche Verletzungen, verstehen Sie. Emotionale Wunden, jener Schmerz, der der Seele Schaden zufügt. Sie konnte sie erkennen und mit ein paar gut gewählten Worten heilen. Das konnte sie besser als jeder andere. Es war eine wirkliche Gabe.«

»Sie sagten, Sie wären miteinander gegangen? Sie und Caitlin?« Old Bob nahm sich noch etwas vom Fleisch und ignorierte den Blick, den Großmutter ihm zuwarf. Nest beobachtete fasziniert das Geschehen. Irgendetwas an der Gegenwart von John Ross hatte

Großmutter sehr aufgebracht. Nest hatte sie noch nie so gereizt erlebt.

»Immer mal wieder für eine Zeit in diesem Jahr.« John Ross lächelte, hielt aber die Augen auf seinen Teller gerichtet. »Die meiste Zeit waren wir nur Freunde. Wir sind zusammen ausgegangen. Wir haben viel miteinander gesprochen. Caitlin hat die ganze Zeit über Sie geredet. Und über ihre Heimat. Sie liebte den Park.«

»Ich muss Ihnen sagen, dass Caitlin Sie nie erwähnt hat, Mr. Ross«, betonte Großmutter und beobachtete sein Gesicht.

John Ross nickte. »Es tut mir Leid, das zu hören. Aber sie hat viele Dinge für sich behalten. Ich nehme an, ich war ihr im ganzen gesehen nicht sehr wichtig. Aber ich habe sie sehr bewundert.«

»Nun, vielleicht hat sie Sie erwähnt, und wir haben es bloß vergessen«, tröstete Old Bob und warf Großmutter einen warnenden Blick zu. Großmutter schnaubte und nippte wieder an ihrem Drink.

»Sie hatte viele Freunde, während sie am Oberlin war«, fügte Ross plötzlich hinzu und schaute von einem zum anderen, als wolle er sich von ihnen bestätigen lassen, dass er die Wahrheit sprach. Er blickte Großmutter an. »Dieser Schmorbraten ist köstlich, Mrs. Freemark. Ich habe schon eine lange Zeit nicht mehr so gut gegessen. Ich bin Ihnen sehr dankbar, dass Sie mich eingeladen haben.«

»Na ja«, sagte Großmutter, und ihr scharfer Gesichtsausdruck wurde etwas milder.

»Sie hatte wirklich viele Freunde«, verkündete Old Bob. »Ihre ganze Schulzeit hindurch hatte Caitlin viele Freunde. Sie hatte ein gutes Herz. Das haben die Leute gemerkt.«

»Kannten Sie meinen Vater?«, fragte Nest plötzlich.

Es wurde still am Tisch. Nest wusste sofort, dass sie eine Frage gestellt hatte, die sie nicht hätte stellen sollen. Großmutter funkelte sie böse an. Ihr Großvater starrte auf seinen Teller, völlig in sein Essen vertieft. John Ross nahm einen Schluck Wasser und stellte das Glas dann sorgsam wieder auf den Tisch.

»Nein«, sagte er ruhig. »Es tut mir Leid, aber ich habe ihn nie getroffen.«

Die Unterhaltung setzte nach einigen Augenblicken wieder ein und wurde ein wenig stockend fortgesetzt, indem Nests Großvater Ross Fragen stellte, die dieser kurz beantwortete, während Großmutter die ganze Zeit schweigend und verärgert dasaß. Nest beendete ihre Mahlzeit, bat darum, sie zu entschuldigen, und verschwand, bevor ihr die Erlaubnis erteilt wurde. Sie ging auf die Veranda und die Stufen zum Garten hinunter. Mr. Scratch schlief lang ausgestreckt auf dem Rasen, und Miss Minx beobachtete ihn mit beflissenem Misstrauen. Nest schlenderte zu der Schaukel hinüber, setzte sich in den verwitterten alten Reifen und pendelte gemächlich in der abendlichen Hitze hin und her. Die Reaktion ihrer Großeltern auf ihre Frage hatte sie peinlich berührt und irritiert, und sie fragte sich wieder einmal, warum niemand jemals etwas über ihren Vater sagen wollte. Es steckte mehr dahinter als der Umstand, dass er ihre Mutter geschwängert und dann nicht geheiratet hatte. Das war keine große Sache; es geschah ständig. Es war auch mehr als nur der Umstand, dass er hinterher verschwunden war. Eine Menge Kinder wuchsen bei nur einem Elternteil auf. Oder bei ihren Großeltern, wie sie es tat. Nein, es steckte mehr dahinter, und sie war sich nicht sicher, ob es etwas war, das ihr irgendjemand tatsächlich würde erklären können. Es kam ihr eher so vor, als ginge es um etwas, das die anderen vermuteten, aber nicht in Worte fassen konnten. Als wäre es etwas, das möglich war, über das sie aber nicht zu genau nachdenken wollten, weil sie befürchteten, dass es zutraf.

Ein paar Minuten später kam John Ross, auf seinen Stock gestützt, aus der Hintertür. Vorsichtig stieg er die abgewetzten Stufen hinab und humpelte zu der Schaukel hinüber, auf der sie vor und zurück schwang. Nest bremste, als er näher kam, und setzte die Füße auf, sodass sie ihn betrachten konnte.

»Ich schätze, die Frage nach deinem Vater hat einen wunden Punkt berührt«, sagte er mit einem schwachen, schmerzlichen Lächeln und kniff die Augen zusammen, während er zum nahenden Sonnenuntergang hinüberschaute. Der Himmel im Westen war leuchtend rot und von tief hängenden Wolken gesäumt, die fast die Bäume des Parks berührten.

Nest nickte, ohne zu antworten.

»Ich habe mich gefragt, ob du mich wohl zum Grab deiner Mutter begleiten würdest«, fuhr Ross fort und blickte noch immer nach Westen. »Dein Großvater meinte, es wäre in Ordnung, wenn du das tätest. Deine Großmutter warf ihm darauf einen ihrer Blicke zu, stimmte dann aber ebenfalls zu.« Er wandte sich ihr zu, und seine Stirn war gefurcht.

»Vielleicht interpretiere ich sie falsch, aber ich habe das unbehagliche Gefühl, dass sie glaubt, sie gibt mir nur gerade so viel Leine, dass ich mich damit selbst erhängen kann.«

Nest lächelte als Erwiderung und dachte an Geist.

John Ross fuhr mit der Hand langsam seinen Stock entlang. »Um die Wahrheit zu sagen, glaube ich, dass deine Großmutter mir nicht traut. Sie ist eine sehr vorsichtige Frau, was dich angeht.«

Nest nahm an, dass dies zutraf. Großmutter war manchmal so rigoros, was sie betraf, so besessen davon, auf sie Acht zu geben, dass Nest sich gelegentlich fragte, ob es eine Gefahr für sie gab, die sie selbst nicht bemerkte.

»Also, wäre das in Ordnung für dich?«, hakte Ross nach. »Wärst du bereit, mich zum Friedhof zu begleiten?«

Nest nickte, stieg von der Schaukel und deutete auf die Lücke in der Hecke. Sie ging wortlos und in einem Tempo voran, dem er gut folgen konnte. Hin und wieder schaute sie zu ihm zurück, um sich zu vergewissern, dass er Schritt hielt. Tatsächlich schien er stärker und behender zu sein, als sie erwartet hatte. Sie fragte sich, was mit seinem Bein geschehen war und ob es eine Möglichkeit gab, ihn danach zu fragen, ohne unhöflich zu erscheinen.

Sie durchquerten den Garten, zwängten sich durch die Lücke und betraten den Park. Die abendlichen Baseballspiele hatten bereits begonnen; alle Felder waren besetzt, und auf den Bänken und Grasflächen drängten sich die Familien und Fans. Sie führte John Ross den Feldweg bis zum Eingangstor entlang. Von dort folgten sie der Straße bis zu den Grabhügeln und den Klippen. Keiner von ihnen sprach. Die Hitze des Tages hing drückend in der Abendluft, und es gab kaum ein Anzeichen dafür, dass sich die Temperatur mit Einbruch der Nacht ändern würde. Die Insekten summten und zirpten im Schatten der Bäume in trübem Missklang, und die Geräusche der Spieler stiegen mit dem Hin und Her auf dem Rasen plötzlich immer wieder heftig an.

Nach einiger Zeit fiel sie einen Schritt zurück, um neben ihm zu gehen. »Wie lange bleiben Sie hier?«, fragte sie. Sie wollte mehr über ihn wissen, über sein Verhältnis zu ihrer Mutter.

»Nur ein paar Tage.« Seine Bewegungen waren gleichmäßig und gelassen. »Ich glaube, ich werde bis zum Feuerwerk bleiben. Ich habe gehört, es soll ziemlich spektakulär sein.«

»Sie können bei uns sitzen, wenn Sie mögen«, bot sie an. »Auf die Weise sind Sie bei jemandem, den Sie kennen. Sie kennen doch niemand anderen in Hopewell, oder?«

Er schüttelte den Kopf.

»Das ist Ihr erster Besuch hier?«

»Ja, das ist richtig.«

Sie überquerten die Straße an der Kreuzung und wandten sich nach Westen in Richtung des Wendekreises und des Eingangs von Riverside. John Ross blickte zu den Klippen hinüber, dorthin, wo die Eisenbahnschienen direkt am Rock River entlangführten. Nest beobachtete ihn aus den Augenwinkeln. Er schien etwas zu sehen, was jenseits dessen lag, was er anschaute; sein Blick war versunken und abwesend, sein Gesichtsausdruck von Schmerz durchzogen. Einen Moment lang wirkte er richtig jung auf sie, so als seien die Jahre von ihm abgefallen. Sie glaubte den Jungen sehen zu können, der in ihm steckte, so wie er vor vielleicht zwanzig Jahren gewesen sein mochte, bevor sein Leben ihn auf den rauen Weg geschickt hatte, dem er folgte, was immer dieser auch genau war.

»Haben Sie meine Mutter geliebt?«, fragte sie ihn plötzlich.

Er blickte sie überrascht an, das schmale Gesicht angespannt, die grünen Augen erschrocken. Er schüttelte den Kopf. »Ich glaube, das hätte ich wohl, wenn ich sie besser kennen gelernt hätte, aber die Chance dazu habe ich nicht bekommen.« Er lächelte. »Ist das nicht tragisch?«

Sie gingen zwischen den Spielplatzgeräten hindurch auf die Fichtenhaine zu. »Du siehst aus wie sie«, sagte Ross nach einer Weile.

Nest warf ihm einen Blick zu und beobachtete, wie er neben ihr her humpelte, auf seinen Stock gestützt und den Blick nach vorne gewandt. »Ich denke, das tue ich nicht«, sagte sie. »Ich glaube, ich sehe nicht so aus wie irgendjemand anderer. Was auch ganz gut so ist, weil ich es nicht besonders mag, wie ich im Augenblick aussehe.«

John Ross nickte. »Manchmal sind wir selbst unsere schlimmsten Kritiker.« Dann zog er eine Augenbraue hoch. »Aber ich mag, wie du aussiehst, auch wenn du das nicht tust. Also verklage mich doch.«

Sie musste gegen ihren Willen lächeln. Sie passierten die Fichten und gelangten zum Wendekreis und den Klippen. Zwei Autos parktem am Rand der Klippen, und in der Nähe vergnügte sich eine Familie. Sie dachte an Bennett Scott und die Fresser, sah es wieder vor Augen, erinnerte sich an die Nacht, die Hitze und die Angst. Sie dachte an Two Bears und fragte sich plötzlich, ob er wohl wieder im Park war. Sie schaute sich um, ob sie ihn erspähen konnte, aber er war nirgends zu sehen.

Sie führte John Ross zu der Lücke im Zaun und über den dahinter liegenden Friedhof. Sie gingen am Rand der Asphaltstraße entlang, wanderten zwischen den Reihen von Grabsteinen aus Marmor und Granit hindurch, über die makellos gepflegte Rasendecke und unter den würdevollen, stillen alten Laubbäumen entlang. Der Geruch von Kiefern und frisch gemähtem Gras erfüllte würzig die Luft. Nest fühlte sich seltsam entspannt. John Ross war es, der sie auf diese Weise fühlen ließ. Je länger sie bei ihm war, desto angenehmer fühlte sie sich – als würde sie ihn schon seit langer Zeit kennen und nicht erst seit ein paar Stunden. Es war die Art, wie er mit ihr redete, nicht wie mit einem Kind oder einem anderen Erwachsenen, sondern einfach wie mit einem Individuum; es war die Art, wie er sich bewegte, weder unsicher noch zu sehr auf seinen beschädigten Körper Rücksicht nehmend. Er schonte ihn nicht auf offensichtliche Weise, sondern nahm ihn einfach so hin, wie er war. Und vor allem war es die Art, wie er im Frieden mit der Gegenwart lebte, als ob nur das Hier und Jetzt zählte, als ob dieser Spaziergang mit ihr genug wäre, als ob das, was vorher passiert war oder danach geschehen mochte, keinen Platz in seinen Gedanken hatte.

Sie wanderten über das hügelige Grün des Friedhofs und die von Bäumen beschatteten Reihen von Gedenktafeln entlang, bis sie dorthin kamen, wo ihre Mutter lag. Der Platz befand sich auf einem Vorsprung, von dem aus man den Fluss und das dahinter liegende Land überblicken konnte. Der Grabstein ihrer Mutter war grau mit schwarzer Schrift und trug die Worte *GELIEBTE TOCHTER UND MUTTER* direkt unter ihrem Namen, Caitlin Anne Freemark. Nest blickte das Grab an, ohne etwas zu sagen, regungslos und abwesend. Die Flügel ihrer Gedanken hatten sie an andere Orte entführt.

»Ich erinnere mich überhaupt nicht an sie«, sagte sie schließlich, und mit dem Geständnis traten ihr Tränen in die Augen.

John Ross schaute zu den Bäumen hinüber. »Sie war klein und freundlich. Sie hatte sandfarbenes Haar und blaugraue Augen, von denen man sich niemals lösen konnte. Sie war hübsch, fast elfenhaft. Sie war sehr klug und erkannte viele Dinge rein intuitiv, die andere überhaupt nicht wahrgenommen hätten. Wenn du traurig warst und sie lachte, konnte sie dich damit in eine bessere Zeit und an einen besseren Ort in deinem Leben transportieren. Und wenn du glücklich warst, machte ihr Lachen dich froh, bei ihr zu sein. Sie war kühn und ohne jede Angst. Sie war niemals zufrieden damit, wenn man ihr sagte, wie etwas war; sie wollte es immer selbst ausprobieren.«

Er brach ab, wurde plötzlich still, als sei er an etwas erinnert worden, über das er nicht näher nachdenken wollte. Nest versuchte nicht, ihn anzusehen. Sie rieb sich die Augen und biss sich auf die Lippen, um ruhig zu bleiben. So war es immer, wenn sie hier zu Besuch kam. Gleichgültig, wie viel Zeit verstrichen war, es war immer dasselbe.

Später gingen sie im schwindenden Licht über den Friedhof zurück zum Zaun. Sie lauschten den ersterbenden Geräuschen eines fernen Rasenmähers und dem gelegentlichen Hupen eines Autos draußen auf dem Highway. Heute Abend war niemand auf dem

Friedhof; seine hügelige, grüne Fläche mit den schützenden Bäumen war in eine Stille gehüllt, in der sich nichts bewegte. Der Abend war schwül, die Luft schmeckte nach Schweiß, und es schien, dass die Zeit ihren unaufhaltsamen Marsch zu einem Kriechen verlangsamt hatte. Irgendetwas schien zu verschwinden, zu entgleiten, ein vages Gefühl wie die Chance auf Liebe oder die Hoffnung auf Verständnis.

»Vielen Dank, dass Sie mir von ihr erzählt haben«, sagte Nest ruhig, während sie die Asphaltstraße zum Parkzaun entlanggingen. Ihre Augen waren wieder trocken, und ihr Verstand wurde wieder klar.

»Nun, du erinnerst mich an sie«, erwiderte John Ross einen Moment später. »Das hilft mir dabei, dir zu berichten, wie sie war.«

»Ich habe Bilder von ihr«, sagte Nest. »Aber das ist nicht das Gleiche.«

»Nein, nicht, wenn du keine Erinnerungen an die Zeit hast, in der die Bilder aufgenommen wurden.« John Ross humpelte stetig voran, und sein Stock klickte bei jedem Schritt leise auf den Asphalt.

»Ich mag Ihren Stock«, wagte sich Nest vor. »Haben Sie ihn schon lange?«

Ross blickte zu ihr hinüber und lächelte. »Manchmal kommt es mir so vor, als hätte ich ihn schon mein ganzes Leben. Manchmal denke ich, ich wurde bereits mit ihm geboren. Vielleicht wurde ich das auch auf eine gewisse Weise.«

Mehr sagte er dazu nicht. Sie erreichten den Zaun, stiegen durch die Lücke und betraten wieder den Park. Sie waren erneut am Wendekreis in der Nähe der Klippen. Das Zwielicht wurde schwächer, die Sonne war hinter dem Horizont verschwunden, und nur ein blutrotes Schimmern erhellte noch die Welt. In der Ferne gingen die Baseballspiele zu Ende.

Im Schatten der Bäume, die den Klippenrand säumten, versammelten sich die Fresser. Ihre gedrungenen dunklen Körper bewegten sich lautlos hin und her, und ihre gelben Augen blinkten wie Leuchtkäfer. Während John Ross und Nest den Weg entlangschritten, wurden es immer mehr. Nest blickte nervös nach links und rechts und sah überall Augen, die sie unnachgiebig anstarrten. Warum waren es so viele? Ihr fuhr der beängstigende Gedanke durch den Kopf, dass sie vielleicht gemeinsam angreifen wollten, und es waren zu viele, um sich gegen sie zu wehren. So etwas hatten sie noch nie getan, aber das hieß nicht, dass sie es nicht jetzt tun würden. Das einzig Sichere bei Fressern war ihre Unberechenbarkeit. Sie straffte sich, war auf alles gefasst, fragte sich aber, was sie tun sollte. Ihr Herz pochte schnell, und ihr Atem beschleunigte sich.

»Lass dich von ihnen nicht beunruhigen«, sagte John Ross leise, und seine Stimme klang sanft und gelassen. »Sie sind nicht deinetwegen da. Sie sind wegen mir hier.«

Er sagte es so sachlich, dass sie im ersten Moment überhaupt nicht begriff. Dann blickte sie ihn überrascht an und flüsterte: »Sie können sie sehen?«

Er nickte, ohne sie anzuschauen, ohne scheinbar irgendetwas anzuschauen. »Genauso deutlich wie du. Das ist der Grund, warum ich hier bin, warum ich hergekommen bin. Um zu helfen, wenn ich kann. Ich diene dem Wort.«

Nest war wie betäubt. Sie schritten durch die Massen der Fresser weiter die Straße entlang, als würden sie einen Gartenspaziergang machen, und Nest kämpfte darum, ihre Gedanken zu ordnen.

»Du weißt über die Fresser Bescheid, nicht wahr?«, fragte er im Unterhaltungston. »Du weißt, was sie anlockt?« Sie nickte benommen. »Sie werden wegen meines Stocks von mir angezogen.« Sie schaute sofort hinüber und ließ ihre Augen über das schwarze, runenverzierte Walnussholz schweifen. »Der Stock ist ein Talisman, und seine Magie ist sehr mächtig. Er wurde mir übergeben, als ich in den Dienst des Wortes trat. Er ist eine Waffe. Ich trage ihn jeden einzelnen Tag in die Schlacht. Zugleich ist er auch die Kette, die mich an mein Schicksal fesselt.«

Seine Worte klangen gedämpft und rau, auf eine Art aber auch poetisch, und Nest ertappte sich, wie sie ihn anblickte und völlig neu wahrnahm. Er blickte nicht zurück, sondern schaute weiter nach vorn, fort von ihr, fort von den Fressern.

»Bist du ein Hüter?«, fragte er nach einer Weile. »Bist du mit einem Waldschrat verbunden, um auf diesen Park zu achten?«

Die Zahl ihrer Fragen verdoppelte sich sofort, und sie war von neuem völlig verwirrt. »Ja. Sein Name ist Pick.«

»Ich bin ein Ritter des Wortes«, sagte er. »Hat Pick dir von den Rittern erzählt?«

Sie schüttelte den Kopf. »Pick spricht nicht viel über das, was außerhalb des Parks vor sich geht.«

Ross nickte. Sie waren jetzt auf einer Höhe mit den Grabhügeln und wandten sich dem Spielplatz zu, nachdem sie vorsichtig über die Trennkette geklettert waren. Sie schritten über das mit kleinen Zweigen übersäte Gras unter den Laubbäumen. Auf den Baseballfeldern vor ihnen wuchsen die Schatten, während die Menschen sie verließen. Nest bemerkte, wie in den Häusern am Rande des Parks und in den Sinnissippi-Townhomes die ersten Lichter angingen. Im Osten des dunkler werdenden Himmels erschienen die ersten Sterne, und ein sichelförmiger Mond hing im Norden über dem Fluss.

»Haben Sie wirklich meine Mutter gekannt?«, fragte Nest. Ein bohrender Zweifel nagte an ihr, und sie misstraute jetzt allem, was er gesagt hatte.

Er schien sie nicht gehört zu haben. Eine Weile sagte er gar nichts, dann wurde er langsamer und blickte sie an. »Warum setzen wir uns nicht irgendwo hin und reden? Ich werde dir erzählen, was ich hier tue.«

Sie musterte ihn eingehend, während er auf ihre Antwort wartete. »In Ordnung«, stimmte sie schließlich zu.

Sie kamen unter den Laubbäumen hervor und entfernten sich vom Spielplatz. Als die beiden wieder ins Freie traten, fielen die Fresser, die sie beschattet hatten, zurück. Sie wagten nicht, ihnen zu folgen. Nest und John Ross blieben auf der westlichen Seite der Straße, die aus dem Park hinausführte, abseits von den Baseballspielen, die gerade endeten, und den Spielern und Fans, die ihre Sachen zusammenräumten. Sie gingen zu einem Picknicktisch, der in der Nähe der Schranke unter einer einzelnen Fichte stand.

Sie setzten sich im verblassenden Licht einander gegenüber, das Mädchen und der Mann. Ihrer Haltung und der Position ihrer Hände nach hätte man sie entweder für gute Freunde oder Gegner halten können, und in der weiten Leere der Nacht und des Himmels, die sich um sie erstreckte, konnte niemand ihre Worte hören.

»Dies ist die Geschichte, wie ich zu einem Ritter des Wortes geworden bin«, sagte John Ross leise, während seine grünen Augen ruhig in ihre blickten.

Und er erzählte Nest Freemark seine Geschichte.

Kapitel 14

Er war noch ein junger Mann, noch keine dreißig, als er seine Odyssee begann. Er ließ sich wieder treiben, wie er es die meiste Zeit seines Lebens getan hatte. Er hatte sein Vordiplom in englischer Literatur gemacht (seine Hausarbeit war über William Faulkner gewesen), und dieser Abschluss hatte das Ende jeglichen Rests von Zielrichtung in seinem Leben markiert. Anschließend war er auf einer ganzen Reihe von Schulen gewesen und hatte an unterschiedlichen Examenskursen teilgenommen. Zweimal hatte er kurz davor gestanden, seinen Studienabschluss zu machen, doch jedes Mal hatte er in letzter Minute einen Rückzieher gemacht. Er war der klassische Fall eines Akademikers, der nicht bereit und willens war, sich der Welt jenseits des Klassenzimmers zu stellen. Er war intelligent und aufgeweckt; er war in der Lage, seinen Weg zu machen. Dieser Weg schien ihm bloß niemals wichtig genug zu sein, um die Reise in Angriff zu nehmen.

Er war schon immer so gewesen. Von früh auf war er sehr gut in der Schule gewesen und hatte ohne Mühe viel Lob, Ehrungen und enthusiastische Empfehlungen erhalten. Während er zur Schule ging, während er an ihr teilnehmen *musste*, war es niemals nötig gewesen, darüber nachzudenken, etwas anderes zu tun. Es war eine bequeme, geordnete und abgeschlossene Existenz, und er war glücklich mit ihr. Aber mit seinem Schulabschluss war klar geworden, dass er sich nun einem konkreten Ziel zuwenden musste. Er hätte Lehrer werden und so im Klassenzimmer bleiben können, sicher und geborgen in der akademischen Welt, aber Unterrichten interessierte ihn nicht. Die Entdeckung war das, was zählte, das Aufdecken von Fakten, das Entziffern der Geheimnisse des Lebens. Und so kam er vom College zur Universität, vom Studium der Amerikanischen Literatur zu einem Stipendiatsprojekt in Griechischer Geschichte, und die ganze Zeit wartete er darauf, dass ein Licht ihm den Weg weisen würde, den sein Leben nehmen sollte.

Das geschah jedoch nicht, und als er sich seinem dreißigsten Lebensjahr näherte, begann er zu befürchten, dass es niemals geschehen würde. Seine Eltern, die ihn immer unterstützt hatten, begannen an seinem Leben zu verzweifeln. Als Einzelkind war er immer das alleinige Zentrum ihrer Erwartungen und Hoffnungen gewesen. Sie sagten es nicht, aber er konnte ihre Sorge um ihn aus ihrem beflissenen Schweigen herauslesen. Sie unterstützten ihn nicht mehr – er hatte schon vor langer Zeit die Kunst erlernt, sich Stipendien und Förderungsgelder zu sichern –, also waren die Finanzen kein Thema. Aber die Möglichkeiten, sein Studium weiterzuführen, nahmen immer mehr ab, und er war noch immer weit davon entfernt, sich für eine Karriere entscheiden zu können. Was konnte er denn mit einem Abschluss in Englisch und einer Wagenladung fast beendeter Studien in obskuren Bereichen anfangen? Wenn er sich nicht für das Lehramt entschied, was blieb ihm dann noch? Sollte er Versicherungen, Autos oder Staubsauger verkaufen? Sollte er in die Wirtschaft gehen? Für die Regierung arbeiten? Wenn nichts davon wirklich zählte, wenn nichts wichtig genug war, was konnte er dann noch tun?

Er entschloss sich, nach England zu gehen. Er hatte etwas Geld gespart, und er hoffte, dass ihm eine Auslandsreise vielleicht ein paar neue Einsichten vermitteln konnte. Mit Ausnahme einer kurzen Reise als Jugendlicher nach Kanada und einer zweiten nach Mexiko, als er Anfang zwanzig gewesen war, hatte er die USA noch nie verlassen. Er hatte keine Erfahrung als Tourist, überhaupt kaum eine Erfahrung im Leben außerhalb des Klassenzimmers, aber seine wachsende Verzweiflung ließ ihn diesen Sprung ins kalte Wasser wagen. Er würde in ein englischsprachiges Land fahren (nun, natürlich), und er würde dabei etwas über sein englisches Erbe erfahren (hoffte er). Seine einzige Beschäftigung außerhalb von Schule und Universität war Wandern und Campen gewesen, sodass er fit und in der Lage war, auf sich aufzupassen. Er hatte gewisse Kontakte zu ein paar Universitäten, die ihm helfen würden, Unterkunft zu finden. Vielleicht bekam er sogar hier und da ein wenig Arbeit als Gastdozent, obwohl ihm das nicht wichtig war. Es zählte einzig, dass er aus seiner gegenwärtigen Existenz ausbrach, um seine Zukunft zu finden.

Also beantragte er einen Reisepass, den er auch bekam, buchte einen Flug, verabschiedete sich von seinen Eltern und begann seine Reise. Er hatte keinen Zeitplan aufgestellt, keinen Termin im Kopf, zu dem er zurückkehren wollte, und auch keine konkreten Vorstellungen, was er tun wollte. Er ließ sich wieder treiben, und ohne sich um seinen Plan zu kümmern, sich selbst zu finden, reiste er durch England und Schottland, durch London und Edinburgh, von Süd nach Nord und wieder zurück. Er frischte Bekanntschaften aus seinen Universitätstagen in Amerika auf, besuchte kurz die Orte, die er auf seiner Liste als unbedingt zu besichtigen angekreuzt hatte, und zog weiter. Wann immer er konnte, wanderte er. Er empfand dies als beste und genaueste Art und Weise, die Landschaften kennen zu lernen. Zugleich sparte er so Geld – die Erkenntnis, dass ihn seine Reisen nicht näher zu seinem Ziel brachten, hatte er sich zwar noch nicht ganz eingestanden, aber sie war unausweichlich.

Er war im Sommer angekommen, sodass sich die ersten zwölf Monate seines Aufenthalts im nächsten Spätfrühling bereits rapide dem Ende näherten, als er zum ersten Mal nach Wales fuhr. Sein Entschluss, dorthin zu gehen, kam auf seltsame Weise überstürzt. Er las gerade etwas über die Geschichte der walisischen und englischen Könige, über Edward I. und den eisernen Festungsring, den er errichten ließ, um die Waliser in Snowdonia festzuhalten, als ihm ein Freund, dem John Ross von seiner momentanen Lektüre berichtet hatte, von einem Ferienhaus erzählte, das seine Eltern außerhalb von Betws-y-Coed besaßen, in dem er umsonst wohnen dürfe. Da er keine anderen Pläne hatte und von der Geschichte fasziniert war, über die er gelesen hatte, nahm er das Angebot seines Freundes an.

So reiste er also in das walisische County Gwynedd, zog in das Ferienhaus und begann damit, die Umgebung von Betws-y-Coed zu erforschen. Das Dorf lag im Herzen des Gwydir Forest, dort wo die Täler von Conwy, Llugwy und Lledr aufeinanderstießen, inmitten der weiten, ausgedehnten Wildnis des Snowdonia-Nationalparks. Snowdonia, das den größten Teil von Gwynedd bedeckte, war eine gebirgige, dicht bewaldete Gegend, und seine Wanderungen in dieser Wildnis erwiesen sich als lang und schwierig. Doch was er dort fand, war atemberaubend und geheimnisvoll, eine verborgene Welt, die den Walisern während der Belagerung durch Edward Longshanks Ende des 13. Jahrhunderts Schutz und Unterschlupf geboten hatte, wenn auch nur wenig Nahrung. Er machte Tagesausflüge zu den Burgen, nach Harlech, Caernarfon, Beaumaris, Conwy und all den anderen, die Edward hatte bauen, wiedererrichten und mit Garnisonen versehen lassen, um seinen eisernen Ring zu schmieden. Er besuchte die Städte und Dörfer in der Umgebung und beschäftigte sich ebenso sehr mit ihrem Brauchtum wie mit ihrer Geschichte. Überrascht bemerkte er, dass ihn das vage Wispern eines Ziels antrieb. Indem er seiner Neugier über die Vergangenheit nachgab, gab ihm irgendetwas das unausgesprochene Versprechen, dass eine Art von Offenbarung über die Zukunft seines Lebens vielleicht möglich war. Es war eine irrationale, unbegründete Hoffnung, doch hielt sie ihn unwiderstehlich in ihrem Bann. Er verbrachte den Frühling und den Sommer in Betws-y-Coed und dachte nicht ans Abreisen. Hin und wieder fragte er sich, ob er nicht die Gastfreundschaft seines Freundes und von dessen Eltern überbeanspruchte, doch sie meldeten sich nie, und er ließ es gerne darauf beruhen.

Dann kam ein Sommertag voller Sonnenschein und mit dem Geruch von Gräsern und Wildblumen in der Luft, als er auf einer

Wanderung südlich der Conwy Falls auf ein Schild stieß, auf dem FAIRY GLEN stand. Es war nur ein verwittertes, weiß angemaltes Brett mit schwarzen Buchstaben, das am Beginn eines ausgefahrenen Schotterwegs hing, der von der Asphaltstraße abging und zwischen Bäumen und Zäunen hindurch über eine Anhöhe führte. Es gab hier einen kleinen Parkplatz und eine Spendenbüchse. Sonst nichts. Er betrachtete das Schild, erst amüsiert, dann neugierig. Warum wurde dieses Tal wohl Fairy Glen genannt – Elfenschlucht? Natürlich, weil es magisch war. Weil es angeblich eine Verbindung zu einer Welt der Elfen besaß. Er lächelte und schaute den Weg entlang. Was konnte es schaden, es sich anzusehen? Er steckte ein Pfund in die Büchse und wanderte an dem Zaun entlang, über die Anhöhe und durch eine Allee großer Bäume, bis er zu einer kaum erkennbaren Öffnung im Zaun gelangte, hinter der das Geräusch von rauschendem Wasser zu vernehmen war. Er trat durch die Öffnung, folgte einem gewundenen Pfad, der zwischen Bäumen und Felsen hindurch zu der Quelle des Wasserrauschens hinabführte, und kam schließlich in die Schlucht.

Eine lange Zeit stand er nur da und schaute sich um, ohne sich zu bewegen, ohne zu denken, ohne irgendetwas zu tun. Die Schlucht war tief und schattig, aber von Streifen hellen Sonnenlichts durchzogen und von einem wolkenlosen blauen Himmel überdacht. Mächtige Felsen, geborsten und zerschmettert, lagen auf den Hängen und dem Boden der Schlucht, als hätte in uralten, vergessenen Tagen ein vulkanischer Ausbruch die Erde erschüttert und gespalten. Links von ihm strömte das Wasser eine Reihe von Stufen hinab, und das Rauschen klang in der Stille wie ein tiefes Donnergrollen. Der Fluss wurde schmaler und wieder breiter, während er sich seinen Weg durch einen Kanal bahnte, der durch die verstreuten Felsbrocken gebildet wurde. An einigen Stellen war er schnell und wild, an anderen hingegen so still und ruhig, dass man das Flussbett so klar erkennen konnte, als befände sich nur eine Glasplatte darüber. Farbige Steine bedeckten den Grund des Flusses und waren durch das kristallklare Wasser gut zu erkennen, und an den Ufern und Abhängen wuchsen ganze Büschel von Wildblumen. Das Fairy

Glen bildete eine Kathedrale aus verstreuten Felsen und Bäumen, die das Geräusch des tosenden Wassers einschloss und zugleich jede Störung von draußen verhinderte. In ihrem Schutz war man alleine mit seinem Gott, an welchen man auch immer glauben mochte.

John Ross trat nach einer Weile an den Rand des Wassers, hockte sich hin und berührte den Fluss. Das Wasser war eiskalt, wie er es erwartet hatte. Er starrte einen Moment lang hinein und verlor sich in der Zeit und in den Erinnerungen seines Lebens. Er sah sich selbst in der glänzenden Reflexion des Wassers, sonnengebräunt von seinem Jahr der Wanderungen durch England, stark und gesund, sein Blick bestimmt und sicher. Er sah nicht aus wie er selbst, dachte er plötzlich. Was hatte sich verändert? Er hatte ein weiteres Jahr damit verbracht, sich treiben zu lassen, ohne etwas zu erreichen oder zu einer Entscheidung über sein Leben zu kommen. Was hatte sich verändert?

Er stand auf und ging an den zerklüfteten Felsufern der Schlucht entlang. Er kämpfte sich über die mächtigen Steinbrocken, fand Halt für seine Füße inmitten der Strudel und kleinen Tümpel, welche die Lücken zwischen ihnen füllten. Er kniff die Augen zusammen, wenn er durch Stellen mit hellem Sonnenlicht kam, und genoß die Wärme auf seinem Gesicht. In den Schatten hielt er immer wieder an, um sich genauer anzuschauen, was in ihnen verborgen sein mochte, während er müßig darüber nachdachte, wo wohl die Elfen waren. Bislang hatte er noch keine gesehen. Vielleicht waren sie alle in Urlaub.

»Wenn Sie nach Magie suchen«, sagte eine tiefe Stimme, »dann sollten Sie nachts herkommen.«

John Ross machte fast einen Satz in die Luft und kam mitten im Schritt kurz ins Taumeln. Dann fand er sein Gleichgewicht wieder und sah sich schnell nach dem Ursprung der Stimme um.

»Wenn die Sonne untergegangen ist, der Mond am Himmel steht und die Sterne ihre Strahlen herabschicken, ist es viel eher eine Elfenschlucht.«

Jetzt sah er den Mann. Er hockte direkt vor ihm in einem Fleck dichter Schatten, war in einen Mantel gehüllt und hatte einen breitkrempigen Hut so tief ins Gesicht gezogen, dass seine Züge im Schatten lagen. Er hielt locker eine Angelrute in der Hand, deren Schnur in einen tiefen, ruhigen Tümpel hing. Seine Hände waren braun und rau, überzogen von winzigen weißen Narben, aber ruhig und bedacht, während sie die Angel und die Schnur sachte hin und her schwenkten.

»Sie würden gerne die Elfen sehen, nicht wahr?«, fragte er und schob den Rand seines Hutes ein wenig hinauf.

John Ross zuckte unbehaglich mit den Achseln. »Ich denke schon. Nachts, sagen Sie? Sie haben sie also bereits gesehen, ja?« Er versuchte etwas in ihrer Unterhaltung zu erkennen, das Sinn ergab, um eine Antwort zu formulieren, die darauf passte.

Das Lachen des Mannes war leise und tief. »Vielleicht habe ich das. Vielleicht habe ich sie gesehen, wie sie aus den Wasserfällen hervorkamen und das Wasser wie winzige helle Lichter hinuntergerutscht sind, als wären sie Sterne, die sich aus dem Himmel herabergossen. Vielleicht habe ich gesehen, wie sie aus den Schatten gekommen sind, in denen sie sich tagsüber verbergen, dort hinten, oberhalb der Fälle, zwischen Felsen und Erde – dort, wo die Sonne durch die Bäume bricht.«

Er deutete mit der Hand, und John Ross blickte unwillkürlich hin. Blinzelnd schaute er durch das Gleißen der Sonne über die verstreuten Felsen – dorthin, wo die Wasserfälle in einem blendenden Bogen aus Silber in die Tiefe stürzten. Auf der Wasseroberfläche tanzten kleine Lichtpunkte, und hinter dem schimmernden Vorhang schienen sich Schatten zu bewegen …

Ross drehte sich abrupt wieder zu dem Mann um, begierig, mehr zu hören. Doch der Mann war fort. Ross starrte einen Augenblick lang ungläubig auf die leere Stelle, dann ließ er eilig seinen Blick von einem Ufer zum anderen schweifen, von einem Ort zum nächsten. Er musterte die schattigen Stellen ebenso sorgfältig wie die sonnigen Abschnitte, aber der Mann war nirgends zu sehen.

Ein wenig benommen verließ er die Schlucht, wanderte den Schotterweg hinauf, bis zu der Asphaltstraße, und von dort zurück ins Dorf. An diesem Abend grübelte er über das nach, was er gesehen hatte, während er in einer Kneipe beim Abendessen saß und an einem walisischen Bier nippte. Es gab keine Möglichkeit, wie der Angler so schnell und spurlos hatte verschwinden können. Da war nichts, wo er sich hätte verstecken können. Aber wenn er nicht verschwunden war, dann war er vorher auch nicht dort gewesen, und das war eine Möglichkeit, mit der sich Ross gar nicht erst befassen wollte.

Mehrere Tage lang weigerte er sich, zu dem Glen zurückzukehren, obgleich er es eigentlich wollte. Er dachte daran, nachts dorthin zu gehen, wie es ihm der Angler geraten hatte, doch er fürchtete sich. Er glaubte, dass irgendetwas auf ihn wartete. Was wäre, wenn dieses Etwas eine Sache war, der er sich nicht zu stellen wagte?

Schließlich, drei Tage später, kehrte er tagsüber dorthin zurück. Der Himmel war grau und bedeckt, und die Wolken drohten mehr von dem Regen an, der bereits seit Tagesanbruch vereinzelt gefallen war. Auch heute war der Parkplatz leer, als er von der Asphaltstraße auf den Kiesweg einbog. Links von ihm befanden sich Kühe auf der Weide, die ihm träge und uninteressiert zuschauten. Er wappnete sich gegen die Kühle und die Feuchtigkeit, indem er seinen Regenmantel fester um sich zog, schritt durch die Öffnung in dem Zaun und wanderte den Pfad hinab. Er überlegte, dass diese Unternehmung ein Fehler war, dass er sie bereuen würde.

Er ging trotzdem stur weiter. Fast sofort erblickte er den Angler. Es war derselbe Mann; er war nicht zu verwechseln. Er trug seinen breitkrempigen Hut und den Mantel, und er angelte mit derselben Rute. Er saß ein wenig weiter von den Wasserfällen entfernt als beim letzten Mal, als hoffte er, dass er flussabwärts mehr fangen würde. Ross stieg vorsichtig über die Felsen, um zu ihm zu gelangen, während er zugleich genau aufpasste, während er sich dem Mann näherte, um sich zu vergewissern, dass das, was er sah, real war.

Der Angler blickte hoch. »Da sind Sie ja wieder. Ich wünsche einen schönen Tag. Haben Sie getan, was ich Ihnen geraten habe? Waren Sie in der Nacht hier?«

Ross blieb ein Dutzend Meter von ihm entfernt stehen. Der

Mann saß auf der anderen Flussseite auf einem flachen Stein, und es gab in der Nähe keine Stelle, an der man das Wasser gut überqueren konnte. »Nein. Noch nicht.«

»Nun, Sie sollten es tun, wissen Sie? Ich kann in Ihren Augen lesen, dass Sie es wollen. Die Elfen haben eine Bedeutung für Sie, mehr als sie für einen gewöhnlichen Menschen hätten. Spüren Sie das?«

Ross nickte, überrascht, dass er das wirklich tat. »Es ist nur …« Er brach ab, wusste nicht, wie er es sagen sollte. »Es ist schwer …«

»Zu glauben«, beendete der andere Mann den Satz ruhig.

»Ja.«

»Aber Sie glauben doch an Gott, nicht wahr?«

Ross spürte einen Regentropfen auf seine Nase fallen. »Ich weiß nicht. Ich denke schon.«

Der Mann bewegte seine Angelrute. »Es ist schwer, an Elfen zu glauben, wenn man nicht an Gott glaubt. Verstehen Sie?«

Das tat Ross nicht, aber er nickte dennoch bejahend mit dem Kopf. Über ihm wurden die Wolken dunkler, zogen sich zusammen und verdüsterten das Licht. »Wer sind Sie?«, fragte er impulsiv.

»Owain. Und Sie?«

»John Ross. Ich, ähm, reise herum und sehe mir ein wenig die Welt an. Ich habe mehrere Jahre studiert, Englisch und antike Zivilisation, aber ich … ähm, ich musste …«

»Hierher kommen«, sagte der Mann schnell. »Sie mussten ins Fairy Glen kommen. Um zu sehen, ob es die Elfen wirklich gibt. Das war es, was Sie tun mussten. Und was Sie noch immer müssen. Werden Sie also kommen? So wie ich es Ihnen geraten habe? Werden Sie nachts kommen und sie selbst sehen?«

Ross starrte ihn an, während er nach einer Antwort suchte. »Ja«, sagte er schließlich und sprach das Wort aus, bevor er es sich anders überlegen konnte.

Der Mann nickte. »Kommen Sie in zwei Nächten, wenn Neumond ist. Das ist die beste Zeit, sie beim Spielen zu überraschen; wenn nur das Sternenlicht leuchtet, sind sie weniger scheu.« Sein Gesicht hob sich etwas, gerade genug, dass Ross einen kurzen Blick auf seine groben, eckigen Züge erhaschen konnte. »Es wird eine klare Nacht zum Beobachten sein. Eine klare Nacht, um Wahrheiten zu erblicken und Entscheidungen zu treffen.«

Regen plätscherte auf die Felsen, den Boden und die Wasseroberfläche. Die Schatten in der Schlucht wurden tiefer, und in der Ferne grollte Donner. »Suchen Sie jetzt besser einen Unterschlupf«, sagte der Mann zu John Ross.

Dann öffneten sich die himmlischen Schleusen, und es begann zu schütten. John Ross senkte instinktiv den Kopf und zog die Kapuze seines Regenmantels hoch, um sich zu schützen. Als er wieder hochblickte, war der Angler verschwunden.

Es regnete den ganzen Rest des Tages und bis in den nächsten hinein. John Ross war von Unschlüssigkeit wie gelähmt. Er sagte sich selbst immer wieder, dass er nicht zum Fairy Glen zurückkehren würde. Er würde sich nicht einem so offensichtlichen Risiko aussetzen, bei dem nicht nur sein Leben auf dem Spiel stand, sondern möglicherweise auch seine Seele. So kam es ihm zumindest vor. Er blieb im Haus, las etwas und versuchte nicht nachzudenken, und wenn er dem Denken nicht mehr entkam, ging er in die Pubs und trank, bis er einschlief. Er wäre davongelaufen, wenn es noch einen Ort gegeben hätte, zu dem er hätte entkommen können, aber er hatte all seine Fluchtmöglichkeiten bereits vor langer Zeit ausgeschöpft. Ihm war klar, dass er auf diesem Weg so weit gekommen war, wie er konnte, und jetzt blieb ihm nur noch, sich zu stellen. Aber bedeutete das, zum Glen zu gehen oder sich von dort fernzuhalten? Seine Gedanken bewegten sich in immer kleineren Kreisen, während die Stunden verstrichen und die Zeit der Entscheidung näher rückte, und er verzweifelte an seinem Leben. Was hatte er getan, um sich zu einem solchen Ende zu treiben? In ein fremdes, unvertrautes Land, zu einem Geist, der ihn anzog wie eine Flamme die Motte, zu einer Elfenschlucht, in der es Magie geben mochte, an den Rand des Wahnsinns?

Nach einer Weile kam er zu dem Schluss, dass das, was ihn im Fairy Glen erwartete, unentwirrbar mit ihm verbunden war, ein

Schicksal, dem er nicht entfliehen konnte und das er daher annehmen musste. Mit dieser Einstellung erlangte er eine Art von Frieden. Am vorbestimmten Tag seiner Expedition fragte er sich, ob das, was ihn hierher gezogen und ihm das Gefühl vermittelt hatte, dass eine Selbsterkenntnis bevorstand, auf irgendeine Weise etwas mit dem zu tun hatte, was nachts im Glen geschehen würde.

Als es dunkel geworden war und er zu Abend gegessen hatte, schlüpfte er in warme Kleidung, seine Wanderstiefel und die Regenjacke. Er steckte eine Taschenlampe ein und verließ das Ferienhaus. Einen Teil des Weges konnte er per Anhalter mitfahren, und den Rest ging er zu Fuß. Es war fast Mitternacht, als er in den Kiesweg einbog, an dessen Anfang das Schild mit der Aufschrift FAIRY GLEN hing. Die Nacht war still und fühlte sich leer an, aber der Himmel war wolkenlos und mit Sternen übersät, genau wie der Angler es vorausgesagt hatte. Ross atmete die Nachtluft ein und versuchte ruhig zu bleiben. Seine Augen passten sich der Dunkelheit an, während er den Weg entlangschritt, den Zaun passierte und den Pfad in die Schlucht hinabstieg.

Hier war es dunkler, da es dem Sternenlicht kaum gelang, die überhängenden Äste der Bäume zu durchdringen. Die Schlucht war eine andere Welt, ein Rauschen herabstürzenden Wassers und ein Durcheinander zerschmetterter Felsen. Ross suchte sich seinen Weg über die Steinbrocken und am Flussufer entlang dorthin, wo er bereits zweimal den Angler gesehen hatte. Diesmal war nichts von ihm zu entdecken. In den von Moos und Weinranken überwucherten Wänden der Schlucht regte sich nichts. Verspätet dachte Ross daran, dass er es versäumt hatte, jemanden von seinen Plänen zu unterrichten. Falls er verschwand, würde niemand wissen, wo man ihn suchen sollte.

Er kam zu einer freien Stelle zwischen zwei Felsen, einem Ort, an dem der sternenhelle Himmel über ihm deutlich zu sehen war. Er blickte zu den Fällen zurück, konnte sie aber nicht sehen, sondern hörte nur das Wasser, das von den Steinen herabströmte. Wartend stand er da und wusste nicht, wonach er Ausschau halten sollte, war sich nicht sicher, ob er bleiben oder davonlaufen sollte.

Die Minuten verstrichen. Er sah sich erwartungsvoll um, ermutigt durch den Umstand, dass nichts geschehen war. Vielleicht würde gar nichts geschehen. Vielleicht hatte der Angler sich einen Scherz erlaubt und den leichtgläubigen Amerikaner mit einer Geschichte über Magie und Elfen auf den Arm genommen …

»John Ross.«

Der Klang seines Namens war ein silbriges Wispern in der Stille, so leise ausgesprochen, dass er aus seinem eigenen Inneren hätte kommen können. Er verharrte absolut regungslos und wagte nicht einmal zu atmen.

»John Ross, ich bin hier.«

Jetzt drehte er sich um und sah sie ihm gegenüber am Rand des Wassers stehen, nicht ganz im Fluss und auch nicht ganz außerhalb von ihm. Sie schien zwischen Erde und Wasser zu balancieren, kurz davor, auf eines von beiden zu fallen. Sie war jung und schön und im hellen Sternenlicht so ätherisch, dass sie fast nicht vorhanden war. Er starrte sie an: ihr langes Haar, ihr Gewand, ihre schlanken Arme, die sich ihm entgegenhoben.

»John Ross, ich brauche dich«, sagte sie.

Sie bewegte sich ein wenig, und das Licht fiel anders auf sie. Jetzt sah er, dass sie nicht real war, nicht greifbar, sondern aus Sternenlicht und Schatten bestand, aus der Nacht erschaffen. Sie war der Geist, für den er den Angler gehalten hatte – und der er noch immer sein mochte. Er schluckte heftig, um die Enge in seiner Kehle zu lösen, und konnte nicht sprechen.

»Du wurdest zu mir gerufen von Owain Glyndwr, meinem tapferen Owain, so wie er zu seiner Zeit von einem anderen gerufen wurde, der in meinen Diensten stand. Ich bin die Lady. Ich bin das Licht. Ich bin die Stimme des Wortes. Ich brauche dich. Wirst du mich annehmen?«

Ihre Stimme wisperte in der Stille der Nacht. Sie war tief und unwiderstehlich, unermeßlich und unveränderlich, die Summe von allem, was jemals sein konnte. Er erkannte sie sofort als das, was sie war, erkannte ihre Macht und das, was sie antrieb. Auf dem feuchten Boden der Schlucht fiel er vor ihr auf die Knie. Seine Augen waren fest auf ihre gerichtet, und seine Arme umklammerten verzweifelt seinen Körper. Hinter ihr, dort wo der Wasserfall in der Dunkelheit herabstürzte, begannen Lichter in der Schwärze zu funkeln und zu glänzen. Eines nach dem anderen blinkten sie auf und schwebten dann auf hauchzarten Flügeln, die einen leichten farbigen Schimmer hatten, wie Leuchtkäfer in die kühle Nacht hinaus. Er wusste, dass es die Elfen waren, derentwegen er hergekommen war, und Tränen traten in seine Augen.

»Es tut mir Leid«, flüsterte er schließlich. »Es tut mir Leid, dass ich nicht geglaubt habe.«

»Du glaubst noch immer nicht«, wisperte die Lady, als wären die Worte aus Gaze und die Luft ein Netz, in dem sie gefangen und zur allgemeinen Bewunderung präsentiert werden sollten. »Dir fehlt ein Grund, um zu glauben, John Ross. Doch das wird sich ändern. Dein Leben und deine Seele werden verwandelt werden. Du wirst für mich werden, was Owain Glyndwr einst war, was andere einst waren, ein Ritter des Wortes. Erhebe dich jetzt.«

Er stand auf und versuchte seine verwirrten Gedanken zu ordnen. *Owain Glyndwr.* Der Angler? War er *der* Owain Glyndwr, der walisische Patriot und Krieger? Er hatte von ihm gehört. Owain Glyndwr hatte zu Beginn des 15. Jahrhunderts gegen den englischen König Henry IV. gekämpft. Eine Zeit lang konnte er sich gegen Henry behaupten, und die Waliser waren wieder frei gewesen. Niemand konnte ihm standhalten, nicht einmal der berühmte Prince of Wales, der später Henry V. werden sollte, und die walisischen Armeen marschierten unter Glyndwrs Kommando sogar in England ein. Dann verschwand er plötzlich – löste sich so vollständig in Luft auf, dass es keine einzige Aufzeichnung darüber gab, was mit ihm geschehen war. Und die Engländer marschierten erneut in Wales ein.

»So ist es«, sagte die Lady, die ihn gehört zu haben schien, obgleich er sicher war, seine Gedanken nicht laut geäußert zu haben.

»Er stand in Eurem Dienst?«, flüsterte John Ross. »Owain Glyndwr?«

»Über viele Jahre.« Die Lady flimmerte, als sie sich zu einer anderen Stelle bewegte, dichter zu dem Ort, wo die Elfen in einem

Strom aus Licht den Wasserfall hinabglitten. »Er wählte den Dienst für mich statt des Dienstes für sein Volk, ein neues Leben mit neuen Verpflichtungen im Austausch für das alte. Ich brauchte ihn mehr. Er verstand das. Er verstand, dass nur er es sein konnte. Er opferte sich. Er war tapfer und stark im Angesicht schrecklicher Gefahr. Er war einer der Mutigen. Und mehr. Schau dir sein Gesicht genau an, John Ross.«

Sie machte eine Geste mit dem Arm, und der Angler tauchte wieder auf, direkt an ihrer Seite. Sein Mantel und der breitkrempige Hut waren verschwunden, ersetzt durch Kettenhemd und Plattenpanzer. Statt seiner Angelrute hielt er ein Breitschwert in den Händen. Er blickte John Ross an, sein Gesicht vollständig vom Sternenlicht erhellt, und in diesem Gesicht sah Ross sich selbst.

»Sein Blut fließt in deinen Adern.« Die Stimme der Lady schwebte flüsternd auf der nächtlichen Brise. »Dies ist der Grund, warum du zu mir gerufen wurdest. Was vor sechshundert Jahren ihn auszeichnete, spiegelt sich jetzt in dir wider, ein Ergebnis der Zeit, der Notwendigkeit und meines Willens und Befehls.«

Der Fairy Glen hallte von ihren Worten wider, das Geräusch wurde vom Tosen des Wassers und dem Licht der Sterne und Elfen zurückgeworfen. John Ross war vor Angst und Unglauben wie versteinert und konnte sich nicht bewegen. Ein Teil von ihm wollte davonlaufen, ein anderer standhalten, und ein dritter wollte schreien, herausbrüllen, was ihn aufwühlte. Das alles war falsch; es war Wahnsinn. Warum er? Warum, selbst wenn er aus Owains Geschlecht stammte? Er war kein Krieger, kein Kämpfer, kein Anführer, kein tapferer oder starker Mann. Er war ein gescheiterter Student, ein Herumtreiber ohne Ziel und Antrieb. Er mochte erwartet haben, hier sich selbst zu finden, doch nicht auf diese Weise – und gewiss nicht, um für die Sache der Lady zu kämpfen, was immer diese auch sein mochte.

»Ich kann nicht so sein wie er«, stieß er verzweifelt hervor. »Sieh mich an!«

»Schau her«, flüsterte sie anstelle einer Antwort und strich mit federleichter Geste vor ihm durch die Luft.

Was er erblickte, war unbeschreiblich. Ein schwarzes Loch öffnete sich, und plötzlich stand er in einer Welt, deren öde Landschaft und düstere Verzweiflung ihn instinktiv erkennen ließen, dass es in ihr nicht den leisesten Hauch von Hoffnung gab. Was sich in ihr bewegte, war nicht erkennbar – Dinge, die entfernt menschlich aussahen, aber auf allen vieren liefen, dunkle, schuppige Kreaturen, Schatten mit stumpfen, narbigen Zügen und Augen, in denen sich ein mattes, harsches Licht widerspiegelte. Sie bewegten sich durch die Ruinen einer verfallenen Zivilisation, durch die Überreste von Gebäuden und Straßen – das Ergebnis einer Katastrophe von gigantischem Ausmaß. Die Kreaturen schienen ein Teil der Landschaft zu sein, ihr auf die gleiche Weise verhaftet, wie Asche es dem Feuer ist, und sie waren eins mit den Schatten, die alles überzogen.

Das Bild veränderte sich. John Ross stand in dem Lager, in dem die Überlebenden des Holocaust eingepfercht waren. Sie wurden gefangen gehalten, um ihr Leben im Dienst jener zu verbringen, die einst wie sie waren, sich aber dem Wahnsinn hingegeben hatten, der ihre Welt vernichtet hatte.

Beide waren zu sehen, Sieger und Opfer, geboren aus demselben Fleisch und Blut; beide waren in etwas verwandelt worden, das kaum noch erkennbar und unsagbar traurig war.

Es gab mehr, Szene um Szene der Vernichtung und des Wahnsinns, der alles verzehrt hatte. Ross fühlte, wie sich etwas in ihm veränderte, eine schleichende Erkenntnis, und noch bevor sie die nächsten Worte aussprach, wusste er, wie sie lauten würden.

»Das ist die Zukunft«, sagte sie leise, und ihre Worte waren so zart wie Blumenknospen. »Sie nähert sich.«

Die Vision verschwand. Das schwarze Loch schloss sich. Ross stand wieder vor ihr, umgeben von den Elfen und der Nacht. Er fand seine Sprache wieder. »Nein«, sagte er. »Nein, so wird es niemals werden. Wir würden nie zulassen, dass dies aus uns wird. Niemals.«

Sie schwebte jetzt über der Wasseroberfläche in der Nachtluft. »Würdest du die Zukunft ändern, John Ross? Wärst du einer von jenen, die es nicht zulassen werden? Dann tue, was Owain Glyndwr einst tat, was all die anderen taten, die in meinen Dienst traten. Umarme mich.«

Sie näherte sich ihm langsam, ein Geist im Sternenlicht, der ohne sichtbare Bewegung zu ihm kam. »Das ist es, was von dir erwartet wird. Du musst einer meiner Streiter werden, einer meiner Paladine, einer meiner reisenden Ritter. Du musst in die Welt hinausgehen und jene bekämpfen, die im Dienst der Leere stehen. Der Krieg zwischen uns ist so alt wie die Zeit und ebenso endlos. Du weißt von ihm, denn in jeder Sprache wird von ihm berichtet. Es ist die Konfrontation zwischen Gut und Böse, zwischen Schöpfung und Vernichtung, zwischen Leben und Tod. Es gibt viele Krieger, die uns beiden dienen, doch nur eine Handvoll, die so sind wie du. Du hast lange nach dir selbst gesucht, John Ross, nach dem Weg, der dir in diesem Leben vorbestimmt ist. Aus diesem Grund bist du zu mir gekommen. Dein Weg führt zu mir. Ich bin die Straße, die du nehmen musst.«

Ross schüttelte erneut den Kopf. »Ich kann es nicht tun. Ich habe nicht den ... Ich bin nicht stark genug, nicht ...«

»Gib mir deine Hnd.«

Sie streckte die ihrige aus, die im Sternenlicht wie Quecksilber schimmerte. Ross zuckte davor zurück, wollte nicht tun, um was sie ihn gebeten hatte. Seine Augen senkten sich, und er versuchte sich zu verbergen. Die Lady wartete, ihre Hand ausgestreckt, ihr Körper regungslos. Sie war jetzt kaum noch einen Meter von ihm entfernt, so nah, dass er ihre Wärme spüren konnte, ein unsichtbares Feuer, das irgendwo tief in ihr loderte. Obwohl er es nicht wollte, konnte er nicht anders. Er blickte sie an.

»O mein Gott, mein Gott«, wisperte er vor Ehrfurcht und Angst.

»Gib mir deine Hand«, wiederholte sie.

Jetzt tat er es, überwältigt von ihrer Stimme und der Erkenntnis, dass er dem, was geschehen würde, nicht entfliehen konnte. Er legte seine Hand aus Fleisch und Blut in die ihre, die aus Hitze und Licht bestand, und der Schock der Berührung ließ ihn auf die Knie fallen. Er warf den Kopf zurück und wollte herausschreien, was er fühlte, doch kein Laut kam über seine Lippen. Er schloss die Augen und wartete darauf zu sterben, doch nicht der Tod, sondern das Leben ereilte ihn. Stärke durchströmte ihn, die aus seinem innersten Herzen gespeist wurde. Visionen überfluteten seine Gedanken, und er sah sich selbst, wie er sein könnte, wie er sein musste, ein erneuerter Mann, ein wiedergeborener Mann. Er sah seine Zukunft im Dienst der Lady, er sah die Straßen, denen er folgen würde, die Reisen, die er unternehmen musste. Er sah die Menschen, deren Leben er verändern würde, und jene, die er vielleicht retten konnte. In dem Durcheinander von Leidenschaft und Hitze, die den Kern seines Selbst verwandelten und neu erschufen, fand er den Glauben, den die Lady vorausgesehen hatte. Jetzt ließ sie ihn los, und keuchend sackte er nach vorn. Er spürte die kühle Feuchtigkeit der Erde an seinen Knien und Handflächen, fühlte die Macht ihrer Berührung, die ihn durchströmte.

»Erhebe dich«, flüsterte sie, und er tat es, überrascht, dass er es konnte. Wie ein Funke, den ein Feuerstein schlägt, tauchte in ihm das Versprechen auf, dass er alles tun konnte.

»Umarme mich«, flüsterte sie, und er tat auch dies, ohne zu zögern oder zu überlegen. Er warf seinen Zweifel und seine Furcht ab und schlüpfte in seinen neu gefundenen Mantel aus Zuversicht und Glauben. Er griff nach ihr und überantwortete sich unwiderruflich und für immer ihrem Dienst.

Kapitel 15

Das Zwielicht ging in die Nacht über, und die letzten Besucher verließen den Park, als John Ross mit Nest Freemark wieder nach Hause zurückkehrte. Er hatte seine Geschichte beendet oder ihr zumindest so viel erzählt, wie er ihr anvertrauen wollte, und sie sprachen jetzt darüber, was ihn nach Hopewell geführt hatte. Pick hatte sich ihnen angeschlossen. Er war aus dem Nichts aufgetaucht und saß jetzt nervös und mit weit aufgerissenen Augen auf der Schulter des Mädchens. Er versuchte sein Bestes, nicht zu überwältigt von der Gegenwart eines hehren Ritters des Wortes zu wirken, versagte aber kläglich. Pick wusste von den Streitern des Wortes – und er wusste auch, was es bedeutete, dass einer von ihnen nach Hopewell gekommen war. Es war auf gewisse Weise die Bestätigung seiner regelmäßig geäußerten Befürchtungen.

»Ich habe es dir gesagt!«, verkündete er triumphierend immer wieder und zupfte unablässig an seinem moosigen Bart, als hätte er Flöhe. »Ich wusste es die ganze Zeit! Eine so extreme Verschiebung des Gleichgewichts konnte nur das Werk von etwas sein, das absichtlich böse war und schlimme Absichten hatte! Ein Dämon ist im Park! Verflixt!«

Er war der Wächter des Sinnissippi-Parks und konnte daher einen gewissen Respekt erwarten, selbst von einem Ritter des Wortes; deshalb ertrug John Ross sein endloses Geschnatter, während er versuchte, seine Erklärung für Nest zu vervollständigen. Er verfolge diesen speziellen Dämon bereits seit Monaten, fuhr er fort, und brachte Pick damit kurz zum Schweigen.

Er hatte bei zahllosen Gelegenheiten versucht, ihn zu stellen, hatte immer wieder gedacht, es sei ihm gelungen, doch jedes Mal hatte er versagt. Jetzt war er ihm hierher gefolgt, nach Hopewell, wo der Dämon plante, ein Ereignis von so weitreichenden Konsequenzen in Gang zu setzen, dass es für das gesamte Land auf Jahre hinaus Auswirkungen haben würde. Das Ereignis selbst würde nicht notwendigerweise dramatisch oder spektakulär genug sein, um nationale Aufmerksamkeit zu erregen; so liefen diese Dinge nicht ab. Dieses Ereignis würde der Höhepunkt vieler anderer Ereignisse sein, die alle zu dem letzten sprichwörtlichen Tropfen führten, der das Fass zum Überlaufen bringen würde. Kleine Ereignisse führten zu großen Katastrophen, und so würde es auch hier sein.

»Der Dämon wird an diesem Wochenende versuchen, etwas zu unternehmen, das das Gleichgewicht auf eine Art verschieben wird, die nur schwer, wenn überhaupt wieder zu korrigieren ist.« John Ross ließ seine Stimme ruhig und distanziert klingen und achtete darauf, nicht erkennen zu lassen, was er sonst noch wusste. »Unsere Aufgabe ist es herauszufinden, was er vorhat, und es zu verhindern.«

»Wie sollen wir das denn tun?«, unterbrach ihn Pick zum zwanzigsten Mal. »Dämonen können sich so vollständig tarnen, dass nicht einmal eine Waldkreatur sie erkennen kann. Wenn wir nicht wissen, wer er ist, wie sollen wir dann seine Pläne stören?«

John Ross schwieg einen Augenblick. Sie gingen nun den Feldweg entlang, und die Lichter des Freemark-Hauses leuchteten vor ihnen durch die Bäume. Er hatte ihnen nichts von seinen Träumen erzählt. Er hatte ihnen nicht von der Zukunft berichtet, die er gesehen hatte, die Zukunft, die ihm die Wahrheit darüber verraten hatte, was der Dämon dadurch erreichen wollte, dass er nach Hopewell gekommen war. Er konnte es ihnen natürlich nicht erzählen. Er würde es ihnen nie erzählen können.

»Der Dämon ist nicht perfekt«, sagte er und wählte seine Worte sehr sorgsam. »Er macht Fehler, wie Menschen auch. Er war einst ein Mensch; er kann sich nicht vollständig von den Beschränkungen seiner Sterblichkeit lösen. Wenn wir genau aufpassen, werden wir ihn finden. Er wird etwas tun, das ihn entlarvt. Einer von uns wird etwas erfahren, das uns helfen wird.«

»Wie viel Zeit haben wir?«, fragte Nest schnell.

Ross holte tief Luft. »Bis Montag, bis zum Vierten Juli.«

»Der Vierte Juli?« Sie blickte ihn neugierig an. »Woher wissen Sie das?«

Ross wurde langsamer und stützte sich, plötzlich sehr müde, schwer auf den Stock. Er hatte einen Fehler begangen. »Manchmal teilt mir die Lady Dinge mit«, sagte er ruhig.

Die Lüge brannte ihm auf der Zunge, aber da konnte er nichts machen. Er hatte ihr so viel gesagt, wie er konnte, so viel, wie er wagte. Morgen, nachdem sie Zeit gehabt hatte, über das nachzudenken, was sie bereits wusste, würde er ihr mehr erzählen. Er musste damit vorsichtig sein und nicht zu viel zu schnell preisgeben.

Er wünschte ihr hinten im Garten eine gute Nacht, wo sie noch bleiben wollte, um mit Pick zu sprechen. Er sagte, dass sie sich morgen wieder treffen und sich weiter unterhalten würden. Er bat sie, vorsichtig zu sein. Pick erklärte schnell, dass er für sie beide die Augen offenhalten und den Dämon schnell finden würde, wenn er sich tatsächlich hier draußen herumtreiben sollte. Es war Protzerei, aber dennoch beruhigend zu hören.

Dann ging John Ross ins Haus, um sich bei Nests Großeltern noch einmal für das Essen zu bedanken. Er schritt langsam durch die Schatten, und der Stock gab ihm Stütze und Führung, wo das Licht am schwächsten war. Er war sich bewusst, dass die Augen des Mädchens ihm folgten, und es war ihm klar, dass bereits Zweifel an ihm in ihr aufstiegen. Sie war zu klug, um so leicht getäuscht zu werden. Er konnte nicht mehr tun, als den Zeitpunkt hinauszuzögern, an dem sie verlangen würde, gewisse Wahrheiten zu erfahren.

Er spürte, dass sich die Last seiner Aufgabe wie Blei auf ihn senkte, und er wünschte, er hätte es früher gewusst und mehr Zeit gehabt. Aber so funktionierten seine Träume nicht. Zeit war kein Luxus, der ihm zur Verfügung stand, sondern eine unberechenbare Unbekannte, die ihn an jeder Ecke zu narren schien. Er dachte erneut an all die Dinge, die er ihr nicht erzählt hatte. An das Geheimnis des Stocks, den er trug. An den Grund für sein Humpeln. An den Preis, den er für die Magie bezahlen musste, die ihm verliehen worden war.

An das, was aus Nest Freemark werden würde, falls die Zukunft nicht durch sein Erscheinen verändert wurde.

Nest saß mit Pick auf der Schulter im Reifen der Schaukel und erzählte ihm alles, was sie über John Ross erfahren hatte.

Als sie seine Geschichte wiederholte, stieß sie dabei auf Fragen, die sie vergessen hatte ihm zu stellen. Sie war überrascht, über wie viele Dinge Ross nicht gesprochen hatte, und sie wünschte sich jetzt, sie könnte ihn noch einmal zurückrufen. Er war nach Hopewell gekommen, um ihre Großeltern zu besuchen, um das Grab ihrer Mutter zu sehen, um ein Versprechen einzulösen, das er sich selbst gegeben hatte, und um alte Erinnerungen aufzufrischen. Aber er war auch gekommen, um sich dem Dämon zu stellen. Es schien ihr ein ziemlich großer Zufall zu sein, dass ihn beides hergeführt haben sollte. Besaßen diese Dinge irgendeine Verbindung? Was tat der Dämon überhaupt hier, in einem kleinen Nest, mitten im Reagan-Land? Gab es keine größeren Orte, in denen seine Machenschaften eine weitreichendere Wirkung erzielen konnten? Was war so besonders an Hopewell?

Und da war noch etwas, das sie viel mehr beunruhigte, etwas, das überhaupt nicht angesprochen worden war. Angeblich hatte John Ross nichts von ihr gewusst, bevor er nach Hopewell gekommen war, da er seit dem College nicht mehr mit ihrer Mutter gesprochen hatte. Aber wenn dem so war, warum hatte Nest dann das Gefühl, dass er so viel über sie wusste? Er hatte nichts Konkretes gesagt, aber das Gefühl war unverkennbar. Er hatte ihre Fähigkeit erkannt, die Fresser zu sehen. Er hatte von ihrer Beziehung zu Pick gewusst, ohne den Waldschrat zuvor getroffen zu haben. Er hatte sich ihr offenbart, als sei das notwendig gewesen, als wäre sie bereits seine Verbündete. Doch was genau erwartete er von ihr? Brauchte er etwa nur ein weiteres Paar Augen, das ihm half, nach dem Dämon Ausschau zu halten? Oder steckte mehr dahinter?

»Was denkst du?«, fragte sie Pick impulsiv.

Der Waldschrat runzelte die Stirn. »Was denke ich worüber?«

»Über ihn. Über John Ross.«

»Ich denke, dass wir Glück haben, dass er hier ist! Was sollte ich wohl sonst denken?« Der Waldschrat sah ungehalten aus. »Er ist ein Ritter des Wortes, Nest – einer der geweihten Streiter des Wortes! Er ist gekommen, weil ein Dämon hier sein Unwesen treibt, und das bedeutet, dass wir in großen Schwierigkeiten sind! Du weißt nichts von Dämonen; ich schon. Ein Dämon ist die schlimmste aller Kreaturen. Wenn es diesem hier gelingt, sein Vorhaben durchzuführen, dann wird das Resultat etwas sein, über das wir am besten nicht einmal nachdenken sollten! Verflixt!«

Nest ertappte sich, wie sie über Two Bears und die Warnung nachdachte, die er am vergangenen Abend ausgesprochen hatte. *Es gibt Grund zu der Annahme, dass dein Volk sich selbst vernichtet.* Vielleicht, überlegte sie, würden die Menschen das mit der Hilfe eines Dämons ein wenig schneller tun.

»Woher weißt du, dass er ein Ritter des Wortes ist?«, hakte sie nach.

»John Ross? Weil er es ist!«, raunzte Pick sie ärgerlich an. »Warum stellst du dich so an, Nest?«

Sie zuckte mit den Schultern. »Ich frage ja nur, das ist alles.«

Der Waldschrat seufzte tief. »Ich weiß es wegen des Stocks. Ein Stock wie dieser wird nur einem Ritter des Wortes übergeben. So ist es seit Jahrhunderten. Niemand sonst kann ihn tragen; niemand anderer darf es. Jeder Waldschrat weiß, wie sie aussehen, mit welchen Zeichen sie versehen sind. Die Runen – hast du sie bemerkt? Kamen sie dir vertraut vor?«

Das war so gewesen, und jetzt erkannte sie auch, warum. Pick hatte die gleichen Zeichen häufig in den Waldboden des Parks gezogen, wenn er seine heilende Magie gewirkt hatte. Das war es, wo sie die Runen schon früher gesehen hatte.

»Er scheint sehr erschöpft zu sein«, meinte sie, während sie noch über das nachgrübelte, was er über sich offenbart hatte.

»Du wärst auch erschöpft«, schnaubte Pick, »wenn du deine gesamte Zeit damit verbringen würdest, Dämonen zu verfolgen. Vielleicht kommt er ein wenig zur Ruhe, wenn wir tun, um was er uns gebeten hat, und den Dämon ausfindig machen!«

Unbeeindruckt von dem Rüffel blickte sie zu den Bäumen hinüber. Die Schatten waren zu einer schwarzen Wand verschmolzen, und nur das sanfte, silbrige Licht des Mondes und der Sterne und das grellere Gelb der Hauslampen durchdrangen die Dunkelheit. Moskitos summten um sie herum, aber Nest ignorierte sie, während sie faul mit dem Reifen hin und her schaukelte und über John Ross nachdachte. Irgendetwas war nicht in Ordnung. Irgendetwas an ihm war anders, als er sie glauben machen wollte. Was war das?

»Verflixt!«, rief Pick plötzlich und sprang auf ihrer Schulter auf die Beine. »Ich habe vergessen, ihm von dem Maentwrog zu erzählen! Zum Kuckuck noch mal! Ich wette, der Dämon hat etwas damit zu tun, dass die Magie schwächer wird, die ihn gefangen hält! Vielleicht ist das der Grund, warum der Dämon hergekommen ist – um den Maentwrog zu befreien!«

»Er sagte, er sei hier, um nach den Fressern zu sehen«, erwiderte Nest nachdenklich.

»Nun, natürlich! Aber die Fresser reagieren auf menschliches Verhalten, und wenn der Maentwrog freikommt, dürfte das schon ein paar Gefühle in den braven Bürgern von Hopewell hervorrufen, meinst du nicht?«

Vielleicht, vielleicht auch nicht, dachte Nest, behielt ihre Meinung aber für sich. Warum, fragte sie sich erneut, gab es plötzlich so viele Fresser im Sinnissippi-Park? Wenn sie von menschlichen Gefühlen angezogen wurden, wenn sie auf das reagierten, was düster, Angst einflößend und schrecklich war, warum waren dann so viele hier versammelt? Was hatte sie zu dieser Zeit an diesen Ort gezogen? War es wegen dem, was John Ross verhindern wollte? Wenn dem so war, warum waren sie dann jetzt schon in so großen Haufen hier, bevor noch geschehen war, was passieren sollte?

Sie lehnte sich in der Schaukel zurück, ließ Kopf und Schultern nach unten hängen und streckte die Beine nach oben. Pick, der dadurch von seinem Platz rutschte, gab einen wütenden Schrei von sich, sprang hinunter und verschwand. Nest ließ ihn gehen, sie wollte nicht mehr reden. Sie schaukelte langsam in der feuchten Nachtluft, blickte zu den Sternen hinauf und wünschte sich plötzlich, sie könnte angeln gehen oder eine Wanderung machen, die durch das umliegende Farmland führte. Sie wünschte sich, sie könnte irgendwo anders oder sogar jemand anderer sein. Sie verspürte den plötzlichen Drang, ihrer Gegenwart zu entfliehen und in ihre Vergangenheit zu entkommen. Sie spürte, wie ihr ihre Kindheit entglitt, und sie hatte auf einmal schreckliche Angst, sie zu verlieren. Sie wollte nicht erwachsen werden, selbst nachdem sie so hart darum gekämpft hatte. Sie wollte zurückgehen, nur für eine kurze Weile, nur lange genug, um sich daran zu erinnern, wie es war, wenn die Welt nicht größer war als ein Garten. Dann wäre alles mit ihr in Ordnung. Wenn sie nur noch eine einzige Chance erhielte, die Dinge so zu sehen, wie sie waren, würde mit ihr alles in Ordnung sein.

Hinter ihr glitt Miss Minx mit leuchtenden Augen aus den Schatten hervor, hielt an, um sie lange anzuschauen, und verschwand dann wieder in der Dunkelheit. Nest beobachtete, wie sie davonschlich, während sie mit dem Kopf nach unten in der Schaukel hing, und fragte sich, wo sie nachts hinging und was sie dort tat.

Dann wandten sich ihre Überlegungen wieder John Ross und dem Geheimnis zu, das sein Auftauchen umgab, und ihr kam ein seltsamer, beunruhigender Gedanke.

War es möglich, dass er ...?

War er ...?

Sie konnte den Gedanken nicht beenden, konnte ihn nicht in Worte fassen. Sie ließ ihn vor sich schweben, wie ein zerbrechliches Stück Glas. Sie spürte, wie ihr Herz aussetzte und ihr Magen kalt wurde. Es war töricht und unmöglich. Nein.

Sie schloss die Augen und atmete die Nachtluft ein. Dann öffnete sie sie wieder und vollendete den Gedanken.

Könnte John Ross ihr Vater sein?

Robert Heppler saß allein in seinem Zimmer vor dem Computer und hackte auf die Tasten, während er mit Brianna Brown telefonierte. »Also, was hältst du davon?«

»Ich denke, dass du wie üblich mal wieder aus einer Mücke einen Elefanten machst, Robert.«

»Na gut, und was denkt Cass?«

»Frag sie doch selbst.«

Er hörte, wie das Telefon an Cass Minter weitergegeben wurde. Er hatte Cass als Erste angerufen, weil er der Meinung war, dass sie die bessere Wahl für dieses Gespräch sei, aber ihre Mutter hatte ihm gesagt, dass sie über Nacht zu Besuch bei Brianna war. Jetzt musste er mit ihnen beiden sprechen.

»Was willst du mich fragen?«, knurrte ihm Cass ins Ohr.

»Über Nest. Findest du nicht, dass sie sich seltsam benimmt? Ich meine, seltsamer als sonst?«

»Seltsamer als du, meinst du?«

»Sicher. Seltsamer als ich. Wenn dich das glücklich macht.«

Cass dachte darüber nach. »Ich mag das Wort ›seltsam‹ nicht. Irgendetwas beschäftigt sie, das ist alles.«

Robert seufzte tief. »Schau. Sie kommt zu unserem Haus und zerrt mich praktisch raus, sammelt einen Haufen Dreck und Salz ein, zitiert dich, Brianna und den roten Wagen deiner Schwester herbei und scheucht uns alle dann in den Park, um dort eine Art Voodoo-Magie an einem kranken Baum zu praktizieren. Und als wir damit fertig sind, sagt sie uns, wir sollen nach Hause gehen, weil sie zu müde sei, um noch zu schwimmen. Einfach so. Miss Aqua-Lunge, die noch nie in ihrem Leben eine Chance, schwimmen zu gehen, versäumt hat. Das findest du nicht seltsam?«

»Schau mal, Robert. Leute tun Dinge, die andere Leute seltsam finden. So ist das nun einmal. Sieh dir Cher an. Sieh dir Madonna an. Sei nicht so selbstgerecht!«

»Ich bin nicht selbstgerecht!« Robert wurde langsam ärgerlich. »Ich mache mir Sorgen, das ist alles. Das ist ein Unterschied, weißt du? Ich frage mich bloß, ob da etwas vorgeht, von dem sie uns nichts erzählt. Ich frage mich, ob es etwas gibt, das wir tun sollten! Wir sind doch angeblich ihre Freunde, oder?«

Cass machte erneut eine Pause. Im Hintergrund konnte Robert hören, wie Brianna mit ihrer Mutter stritt. Es hatte etwas damit zu tun, dass sie zu viel Zeit am Telefon verbrachte. Robert verdrehte die Augen. »Jemand sollte der Frau ans Herz legen, sich um ihr eigenes Leben zu kümmern«, murmelte er.

»Was?«, fragte Cass verwirrt.

»Nichts. Also, was denkst du? Sollte einer von uns sie anrufen und fragen, ob mit ihr alles in Ordnung ist?«

»Einer von uns?«

»Okay, du. Du bist ihre beste Freundin. Mit dir würde sie sprechen. Mir würde sie es wahrscheinlich noch nicht einmal sagen, wenn ihre Socken in Flammen stünden.«

»Das würde sie aber wahrscheinlich, wenn es deine Socken wären.«

»Na toll.«

Er hörte, wie das Telefon erneut weitergereicht wurde. »Hallo? Wer ist da?«

Es war Briannas Mutter. Robert erkannte das nasale Plärren mit dem misstrauischen Unterton. »Hallo, Mrs. Brown«, antwortete er und versuchte, fröhlich zu klingen. »Hier ist Robert Heppler.«

»Robert, hast du nichts Besseres zu tun, als die Mädchen anzurufen?«

Um die Wahrheit zu sagen, hatte er das tatsächlich, aber das würde er ihr gegenüber niemals zugeben. »Hmmm, nun, ich hatte da eine Frage, und ich hoffte, Brianna oder Cass könnten mir dabei helfen.«

»Was für eine Art von Frage?«, raunzte Mrs. Brown. »Etwas, das eine Mutter nicht hören darf?«

»Mutter!« Robert hörte, wie Brianna im Hintergrund keuchte, was ihm eine gewisse Befriedigung verschaffte.

Es gab einen Streit mit Geschrei und Geschimpfe, und selbst der Umstand, dass jemand die Sprechmuschel zuhielt, konnte nicht verbergen, was vor sich ging. Robert nahm den Hörer vom Ohr und sah ihn mit hilfloser Resignation an.

Dann war Cass wieder in der Leitung. »Es ist Zeit, gute Nacht zu sagen, Robert. Wir sehen uns morgen im Park.«

Robert seufzte. »Okay. Sag Brianna, dass es mir Leid tut.«

»Das werde ich.«

»Eltern sind manchmal eine Plage.«

»Merk dir das, falls du selbst mal Vater wirst. Ich werde mit Nest sprechen, okay?«

»Okay.« Robert zögerte. »Sag ihr, dass ich draußen war, um zu sehen, wie sich der Baum macht. Sag ihr, dass er schlimmer aussieht als vorher. Vielleicht sollte sie jemandem Bescheid sagen.«

Im Hintergrund ging das Gestreite wieder los. »Mach's gut, Robert.«

Die Leitung wurde unterbrochen.

Jared Scott kam aus seinem Zimmer nach unten, um sich etwas zu essen zu holen, und stieß auf seine Mutter und George Paulsen, die vor dem Fernseher saßen und Bier tranken. Die anderen Kinder schliefen, zusammengepfercht in winzigen, heißen, stickigen Zimmern. Jared hatte beim Schein der kleinen Nachttischlampe, die ihm seine Mutter zu Weihnachten geschenkt hatte, über Stanley und Livingstone gelesen. Er las gerne über die Erforschung ferner Orte. Er überlegte, dass dies etwas war, das er gerne eines Tages tun würde, fremde Länder zu besuchen, um zu sehen, wer dort lebte. Er sah das Licht des Fernsehers, als er um die Biegung der Treppe kam, und wusste, dass seine Mutter und George noch wach waren, also schlich er den Rest des Weges auf Zehenspitzen und wollte gerade in die Küche gehen, als George ihn rief.

»Hey, Junge, was machst du da?«

Er drehte sich widerwillig um und versuchte, keinen der beiden anzusehen. Seine Mutter hatte mit einem Bud Light in der Hand gedöst. Beim Klang von Georges Stimme blickte sie sich benommen um. Sie war mit ihren zweiunddreißig Jahren noch schlank, begann aber an der Taille etwas breiter zu werden. Ihr langes Haar war glatt und ungekämmt, ihre Haut blass, und ihre Augen waren trüb und leblos. Früher war sie hübsch gewesen, doch jetzt wirkte sie selbst auf Jared alt und ausgelaugt. Sie hatte fünf Kinder, alle von verschiedenen Männern. Die meisten der Väter waren längst weitergezogen; Enid wusste nur bei zwei von ihnen genau, wer sie waren.

»Jared, warum schläfst du nicht?«, fragte sie und blinzelte benommen.

»Ich habe dich etwas gefragt«, herrschte George ihn an. Er war ein kleiner, untersetzter Mann mit dunklem Teint und einem kahl werdenden Kopf. Er arbeitete Teilzeit als Mechaniker in einer Garage, und seine Kleider und Hände waren immer schmierig.

»Ich wollte mir etwas zu essen holen«, antwortete Jared und achtete darauf, dass sein Tonfall neutral klang. George hatte ihn schon mehrfach geschlagen, nur weil er schnippisch geklungen hatte. George mochte es, ihn zu schlagen.

»Hol dir, was du brauchst, Liebling«, sagte seine Mutter. »Lass ihn in Ruhe, George.«

George rülpste laut. »Das ist dein Problem, Enid – du verzärtelst ihn wie ein Baby.« Jared ging eilig in die Küche, während Georges Stimme ihm folgte. »Er braucht eine feste Hand, siehst du das nicht? Mein Vater hätte mich grün und blau geprügelt, wenn ich nach der Schlafenszeit aus meinem Zimmer gekommen wäre. Gar nicht davon zu reden, dass man etwas zu essen wollte. Man aß sein Abendbrot am Tisch, und das war es dann bis zum Frühstück.«

Seine Stimme klang grob und streitsüchtig; es war derselbe Ton, den er immer gegenüber Enid Scott und ihren Kindern anschlug. Jared durchwühlte den Kühlschrank nach einem Apfel und machte sich dann wieder auf den Weg zur Treppe. »Hey!« Georges Stimme stoppte ihn auf der Stelle. »Warte mal einen Moment. Was hast du da?«

»Einen Apfel.« Jared hob ihn hoch.

»Ist das alles?«

Jared nickte.

»Ich will dich nicht erwischen, wie du hier Bier trinkst, Junge. Wenn du das mit deinen Freunden irgendwo anders machst, fein. Aber nicht hier. Hast du das verstanden?«

Jared spürte, wie ihm die Röte ins Gesicht stieg. »Ich trinke kein Bier.«

George Paulsens Kinn zuckte hoch. »Komm mir nicht komisch!«

»George, er kann es nicht!« Seine Mutter warf Jared einen schnellen Blick zu. »Er kann keinen Alkohol trinken. Das weißt du. Seine Medikamente vertragen sich nicht mit Alkohol.«

»Zur Hölle, glaubst du, das würde ihn auch nur einen Moment davon abhalten? Meinst du, das würde irgendeinen Jungen abhalten?« George leerte seine Dose. »Medikamente, zum Teufel! Das ist nur ein anderes Wort für Drogen. Kinder nehmen überall Drogen und trinken Bier. Sie haben es immer getan und werden es auch immer tun. Und du glaubst, dein Kind würde das nicht tun? Wann hast du zuletzt dein Hirn untersuchen lassen? Herrgott noch mal! Du überlässt das Denken hier am besten mir, okay? Kümmer du dich nur um das Essen und die Wäsche.« Er sah sie lange an und schüttelte den Kopf. »Schalt um; ich will Leno sehen. Das kannst du doch, oder?«

Enid Scott blickte auf ihre Hände hinab und schwieg. Nach einem Augenblick nahm sie die Fernbedienung und begann, durch die Programme zu zappen. Jared starrte sie mit steinernem Gesicht an. Er wollte, dass sie George sagte, er solle ihr Haus verlassen und wegbleiben, aber er wusste, dass sie das niemals tun würde; sie konnte es einfach nicht. Er stand da und fühlte sich elend, als er mit ansah, wie seine Mutter gedemütigt wurde.

»Mach, dass du nach oben kommst, und bleib da«, befahl ihm George schließlich und wedelte dazu abfällig mit der Hand. »Nimm deinen gottverdammten Apfel und verschwinde hier. Und komm nicht wieder runter und belästige uns!«

Jared wandte sich ab und biss sich auf die Lippe. Warum blieb seine Mutter bei diesem Kerl? Sicher, er gab ihr Geld und kaufte ihr Sachen, und manchmal war er sogar halbwegs nett. Die meiste Zeit war er jedoch übellaunig und bösartig. Meistens hing er nur herum, lebte auf ihre Kosten und machte ihnen das Leben schwer.

»Denk an eines, Bürschchen!«, rief George hinter ihm her. »Komm mir bloß niemals komisch. Hörst du? Niemals!«

Er ging weiter, ohne zurückzublicken, bis er am oberen Ende der Treppe angekommen war. Dort stand er schwer atmend im Flur vor seinem Zimmer, während Wut und Frustration in ihm brodelten. Er horchte auf das kehlige Geräusch von George Paulsens Stimme und dann auf die Stille, die darauf folgte. Er ballte die Hände zu Fäusten. Einen Augenblick später schossen ihm Tränen in die Augen, und er stand weinend in der Dunkelheit.

Samstagabend war die Stimmung bei Scrubby's wild und ausgelassen. Die Menge drängte sich an der Bar, alle Nischen und Tische waren voll besetzt, der Tanzboden quoll über, und die Jukebox plärrte. Stiefel stampften, Hände klatschten, und Stimmen sangen die Lieder von Garth Brooks, Shania Twain, Travis Tritt, Wynonna Judd und Dutzenden anderen populären Country-and-Western-Barden mit. Die vermischten Gerüche von Schweiß, Parfum und Bier schwängerten die Luft, und Rauch lag wie eine leichte Wolke über allem, doch zumindest hielt die Klimaanlage die Hitze in Schach, und es schien niemanden zu scheren. Die Arbeitswoche war vorüber, das langerwartete Feiertagswochenende zum Vierten Juli stand vor der Tür, und die Welt war in Ordnung.

An einem kleinen Tisch für zwei Personen, der in eine winzige Nische zwischen der Tür zum Lagerraum und der Rückwand gezwängt worden war, saß Derry Howe, der mit Junior Elway sprach und das Tohuwabohu um sie herum nicht einmal wahrnahm. Er erzählte Junior, was er tun würde, welchen Plan er am vergangenen Abend geschmiedet hatte. Er erklärte Junior, warum dafür zwei Leute nötig wären und dass Junior daher mitmachen müsste. Seine Überzeugung loderte in ihm; er war felsenfest überzeugt, dass die Gewerkschaft der ach so mächtigen MidCon ihre Bedingungen diktieren können würde, sobald alles gesagt und getan war. Aber seine Geduld mit Junior, der die Aufmerksamkeitsspanne einer Eintagsfliege hatte, wurde heftig strapaziert. Er beugte sich über dem schmalen Tisch nach vorn und versuchte leise zu sprechen, falls jemand ihnen zuhören sollte, und bemühte sich gleichzeitig, Juniors Gedanken bei der Sache zu halten, statt bei Wanda Applegate, die an der Bar saß und zu der Junior in den letzten beiden Stunden unablässig hinübergestarrt hatte. Wieder und wieder kämpfte Derry darum, dass Junior seine Augen von Wanda löste und ihn ansah. Jedes Mal blieben die Augen vielleicht dreißig Sekunden auf ihn gerichtet, bevor sie wieder davonwanderten wie rollige Katzen.

Schließlich packte er Junior an seinem Hemd und zog ihn halb über den Tisch, sodass Bier überschwappte und Aschenbecher und Servietten durch die Luft flogen. »Hör mir verdammt noch mal zu!«, schrie er. »Hör mir zu, wenn ich mit dir rede!«

Ein paar Leute drehten sich zu ihnen um, doch als sie den Ausdruck auf Derry Howes Gesicht sahen, wandten sie sich schnell wieder ihren eigenen Gesprächen zu. Die Musik dröhnte, die Tänzer sangen laut mit und klatschten in die Hände, und der Streit in der kleinen Ecknische blieb beinahe unbemerkt.

»Okay, okay, ich hör zu«, fauchte Junior und riss sich los. Er war zwanzig Pfund schwerer und fünf Zentimeter größer, aber es lag Furcht in seinen Augen, als er dies sagte. Und das war auch verdammt gut so, dachte Derry Howe zufrieden.

»Hast du irgendetwas von dem gehört, was ich dir bisher gesagt habe, Stachelschwein?«, zischte er. »Überhaupt irgendetwas?«

Junior fuhr sich mit der Hand über den Kopf und spürte die weichen Stoppeln. Sie waren das Ergebnis seines Besuchs beim Friseur an diesem Nachmittag, wo er sich spontan für einen Bürstenschnitt entschieden hatte. Er hatte gedacht, es würde ihn härter aussehen lassen, hatte er Derry hinterher erzählt. Er hatte gedacht, es würde ihn wie einen zähen, bösen Typen aussehen lassen. Tatsächlich sah er damit jedoch aus wie ein Trottel. Derry hatte sofort damit begonnen, ihn aufzuziehen, und gab ihm beleidigende Spitznamen. Stachelschwein. Kaktuskopf. Nazihirn. Und noch mehr in dieser Art.

»Ich habe jeden verdammten Satz gehört!«, fuhr ihn Junior wütend an, der Derrys Benehmen allmählich leid war. »Willst du, dass ich es wiederhole, Klugscheißer? Soll ich vielleicht aufstehen und es laut in den Saal brüllen?«

Wenn Derry Howe zuvor ärgerlich war, so wurde er jetzt richtig sauer. Sein Ausdruck veränderte sich, die Augen wurden flach und kalt, alle Farbe wich aus seinem Gesicht. Er blickte Junior an, als hätte dieser einen bestimmten Punkt überschritten und weile gar nicht mehr unter den Lebenden.

Junior schluckte heftig wegen der plötzlichen Trockenheit in seiner Kehle. »Schau mal, ich wollte nur sagen ...«

»Halt den Mund«, sagte Derry Howe ruhig. Selbst in dem allgemeinen Krach hörte Junior die Worte ganz deutlich. »Halt einfach den Mund und hör mir zu. Wenn ich dich noch einmal so etwas sagen höre, bist du Geschichte, Freundchen. Glaubst du mir das? Na, tust du das?«

Junior nickte und saß wie versteinert da. Er starrte in die Augen des Mannes, der ihm gegenübersaß, des Mannes, der bis vor einem Moment sein bester Freund gewesen war und jetzt jemand völlig anderer war.

»Dies ist zu wichtig für mich, als dass ich zulassen würde, dass du es vermasselst, verstehst du mich?« Derry Howes Stimme war ein leises Zischen. »Es steht zu viel auf dem Spiel, als dass du dumme Bemerkungen oder blöde Witze machen dürftest. Bist du dabei oder nicht? Antworte mir, verdammt noch mal!«

Junior nickte. So hatte er Derry noch nie gesehen. »Ja, klar, natürlich bin ich dabei.«

Derry Howe blickte ihn lange und intensiv an. »Also gut. Hier ist der Rest. Sag nichts, bis ich fertig bin. Hör einfach nur zu. Hier geht es ums Ganze, Junior. Wir können nicht zaghaft um den heißen Brei herumschleichen und darauf hoffen, dass die Firma von alleine zur Vernunft kommt. Mein Onkel und die anderen alten Säcke denken vielleicht, das würde funktionieren, aber da können sie auch drauf warten, dass in China ein Sack Reis umfällt. Sie sind alt und verbraucht, und das weiß die Firma. Die Geldsäcke haben nicht vor zu verhandeln. Das hatten sie die ganze Zeit über nicht. Es gibt nur dich und mich, Kumpel. Es liegt an uns. Wir müssen sie an den Tisch zerren, mit Fäusten und Tritten, wenn es sein muss, aber so, dass ihnen klar wird, dass sie das Stahlwerk wieder aufmachen müssen. Richtig? Okay. Also brauchen wir irgendeinen Hebel.«

Er beugte sich so weit zu Junior hinüber, dass sein Freund das Bier in seinem Atem riechen konnte. »Wenn diese Sache passiert, wird das solche Wellen schlagen, dass sie die Nationalgarde herschicken. Es reicht nicht, wenn es nach einem Unfall aussieht. Es reicht noch nicht einmal, wenn es danach aussieht, dass es die Schuld der Firma ist. Das genügt einfach nicht. Es muss Opfer geben. Jemand muss verletzt werden, vielleicht sogar sterben.«

Junior starrte ihn mit offenem Mund an und schüttelte dann hastig den Kopf. »Mann, das ist verrückt ...«

»Verrückt, weil es dafür sorgt, dass endlich etwas geschieht?«, herrschte ihn Derry an. »Verrückt, weil es funktionieren könnte? Zum Teufel, weil es funktionieren *wird*? In jedem Krieg gibt es Opfer, Junior. Und mach dir nichts vor, dies hier ist ein Krieg. Es ist ein Krieg, den wir gewinnen werden. Aber das wird nicht passieren, wenn man die Firma nicht für etwas verantwortlich macht, aus dem sie sich nicht herausreden kann. Es wird nicht passieren, wenn diese Sache nicht die nationale Aufmerksamkeit auf sich zieht.«

»Aber du kannst nicht einfach ... Du kannst nicht ...«

»Los, sag es, Junior«, zischte Derry verächtlich.

»Jemanden töten, verdammt noch mal!«

»Nein? Warum nicht? Warum zum Teufel nicht?«

Natürlich konnte er es. Er hatte es sogar bereits beschlossen. Er würde es tun, weil es notwendig war. Er würde es tun, weil dies ein Krieg war, genau wie er es gesagt hatte, und in einem Krieg wurden Leute getötet. Er hatte am vergangenen Tag Pläne geschmiedet, nachdem ihm die Idee mit dem Unfall gekommen war. Es war fast so gewesen, als hätte er sich mit jemandem unterhalten, als hätte er es mit einem engen Freund besprochen und sich mit ihm auf einen Weg geeinigt. Es ergab alles einen Sinn. Er war sich völlig sicher.

Junior schüttelte noch immer den Kopf. »Verdammt noch mal, Derry, du redest von Mord!«

»Nein, das tue ich nicht. Benutz nicht dieses Wort. In einem Krieg ist es kein Mord. Es ist nur – wie nennt man es? – ein Opfer für das Allgemeinwohl. Für die Gemeinde, für dich und mich und alle anderen. Das siehst du doch ein, oder?«

Junior nickte zweifelnd und versuchte noch immer, die Idee zu verarbeiten. »Also gut, okay, es ist ein Krieg. Also ist es etwas anderes. Und es wird ein Unfall sein, richtig? Nur ein Teil von etwas anderem, das geschieht?« Er wischte sich mit dem Handrücken über den Mund und sah dann wieder zu Derry hinüber. »Aber es wird nicht absichtlich geschehen, nicht wahr?«

Derry Howes Gesichtsausdruck veränderte sich nicht. Junior war so ein Esel. Er zwang sich zu einem Lächeln. »Natürlich nicht. Es wird ein Unfall sein. Wenn ein Unfall passiert, werden Leute verletzt. Es wird eine wahre Tragödie sein, wenn es geschieht. Es werden sich danach alle schlecht fühlen, aber am meisten die Firma, denn es wird die Schuld der Firma sein.«

Er streckte den Arm aus, legte die Hand um Juniors Nacken und zog das angespannte Gesicht seines Freundes dicht vor sein eigenes. »Denk immer daran, Junior«, flüsterte er. »Es wird nicht unsere Schuld sein. Es ist die Schuld der ach so mächtigen MidCon.« Er drückte hart gegen Juniors Nacken. »Danach werden sie auf Knien ankriechen, um wieder an den Verhandlungstisch zu kommen. Sie werden darum betteln, wieder mit uns reden zu dürfen. Tarnen und beobachten, Junior. Tarnen und beobachten.«

Junior Elway griff nach dem, was noch von seinem Bier übrig war.

Nest blieb noch ein paar Minuten in der Schaukel sitzen und hing ihren Gedanken über John Ross nach. Dann kletterte sie heraus und blickte in die Schwärze des Parks hinüber. Sie fragte sich, ob der Dämon, den er jagte, sich dort verbarg. Sie fragte sich, ob der Unhold die dunklen, verzweigten Höhlen der Fresser den beleuchteten Häusern der Menschen, die seine Beute waren, vorzog. Miss Minx schlich vorüber, auf der Jagd nach etwas, das Nest nicht sah. Sie beobachtete, wie die Katze sich geräuschlos durch die Dunkelheit bewegte, seidig und tödlich, und Nest hatte plötzlich ein Gefühl dafür, wie es sein musste, so gejagt zu werden.

Sie bewegte sich auf das Haus zu und wollte hineingehen, da sie wusste, dass sie nur ein oder zwei Stunden Schlaf vor sich hatte, bis es an der Zeit war, sich mit Two Bears bei den Sinnissippi-Grabhügeln zu treffen. Sie fragte sich, was Two Bears wohl von allem wusste. Wusste er von dem Dämon und John Ross und dem Krieg, den sie führten? Wusste er vom Wort und von der Leere? War er sich der Existenz dieser anderen Welt bewusst, ihrer Nähe zur Welt der Menschen und der Bande, die zwischen beiden existierten? Sie war sich sicher, dass er eine Menge wusste, von dem er ihr nichts erzählte, genau wie John Ross. Sie fragte sich, ob die beiden aus dem gleichen Grund nach Hopewell gekommen waren, aus einem Grund, den sie vielleicht nicht einmal selber erkannten, einer, der sowohl mit den Geistern der Sinnissippi wie auch mit dem Auftauchen des Dämons zu tun hatte. Das war natürlich reine Spekulation, aber Spekulationen waren alles, was sie hatte.

Sie ging zur Fliegentür und wurde dann langsamer, als sie Geräusche hörte, die aus der Küche kamen. Ihre Großeltern stritten sich. Sie zögerte kurz, dann ging sie am Haus entlang, bis zu dem Fenster, das sich über der Spüle befand, um dort zu lauschen. So etwas tat sie normalerweise nicht, aber sie hatte den Namen von John Ross gehört und war neugierig, ob er der Anlass für den Streit war. Bewegungslos und lautlos stand sie in den Schatten und horchte.

»Mir scheint er ein feiner junger Mann zu sein«, sagte ihr Großvater. Er lehnte an dem Tresen neben der Spüle, mit dem Rücken zum Fenster. Nest konnte seinen Schatten in einem Lichtfleck sehen, der einen Teil des Bodens beleuchtete. »Er war freundlich und geradeheraus, als er mich in Josie's angesprochen hat. Er hat um nichts gebeten. Es war meine Idee, ihn zum Essen einzuladen.«

»Du bist zu vertrauensselig, Robert«, erwiderte ihre Großmutter. »Das warst du schon immer.«

»Er hat uns keinen Anlass gegeben, uns anders zu verhalten.«

»Findest du es nicht ein wenig seltsam, wie er hier auftaucht? Unangemeldet, uneingeladen, einfach nur, um uns kennen zu lernen und über ein Mädchen zu sprechen, das er seit fünfzehn, sechzehn Jahren nicht mehr gesehen hat? Ein Mädchen, das schon lange Zeit tot ist – und niemals ein Wort von ihm? Kannst du dich erinnern, dass Caitlin jemals von ihm gesprochen oder auch nur seinen Namen erwähnt hat?«

Old Bob nippte an seiner Kaffeetasse und dachte nach. »Nein, aber das bedeutet nicht, dass sie ihn nicht kannte.«

»Es bedeutet aber auch nicht, dass er ein Freund war.« Nest sah ihre Großmutter förmlich vor sich, wie sie am Küchentisch saß, den Bourbon mit Wasser in der Hand und an ihrer Zigarette ziehend. »Ich mochte die Art nicht, wie er sich Nest gegenüber benommen hat.«

»Oh, um Gottes willen, Evelyn.«

»Rufe nicht leichtfertig um meinetwillen den Namen Gottes an, Robert!«, schoss Großmutter zurück. »Benutz stattdessen das Hirn, das er dir gegeben hat! Nimm einmal einen Augenblick lang an, dass er nicht der ist, für den er sich ausgibt. Nimm an, dass er jemand völlig anderer ist.«

»Jemand anderer? Wer?«

»Er! Ihn meine ich.«

Da war das Geräusch von Eis, das in einem leeren Glas klirrte, und von einer Zigarette, die angesteckt wurde, dann Stille. Nest beobachtete, wie ihr Großvater seine Kaffeetasse auf den Tresen stellte, sah, wie sein Löwenhaupt sich senkte, hörte ihn seufzen.

»Er ist fort, Evelyn. Er kommt nicht zurück. Niemals.«

Ihre Großmutter schob ihren Stuhl zurück und stand auf. Nest konnte hören, wie sie zum Tresen ging und sich einen Drink eingoß. »Oh, er kommt auf jeden Fall, Robert. Er kommt. Ich wusste es von Anfang an, von dem Augenblick an, als Caitlin starb und er verschwand. Ich habe es immer gewusst.«

»Warum sollte er das tun?« Old Bobs Stimme klang beunruhigt. »Evelyn, das kannst du nicht ernst meinen.«

Nest stand gebannt in der Hitze und der Dunkelheit und konnte sich nicht von dem lösen, was sie hörte. Sie sprachen über ihren Vater.

»Er will Nest«, sagte Großmutter ruhig. Sie zog an ihrer Zigarette und nahm einen tiefen Schluck aus ihrem Glas. Nest hörte beide Geräusche klar und deutlich in der Pause zwischen den Worten ihrer Großmutter. »Er wollte sie schon immer.«

»Nest? Warum sollte er Nest wollen? Insbesondere nach all dieser Zeit?«

»Weil sie sein ist, Robert. Weil sie ihm gehört und er nichts aufgibt, das noch nicht im Grab liegt. Weißt du das noch immer nicht? Selbst nach Caitlin weißt du das noch nicht?«

Es gab erneut eine Pause, und dann erklangen Geräusche, die Nest nicht entziffern konnte, vielleicht gemurmelte, gegrummelte Worte. Ihr Großvater richtete sich hinter dem Fenster gerade auf.

»Es ist fünfzehn Jahre her, aber ich erinnere mich noch gut genug an ihn.« Old Bob sprach leise, aber sehr betont. »John Ross sieht ihm überhaupt nicht ähnlich, Evelyn. Es ist nicht derselbe Mann.«

Großmutter stieß ein schnelles, raues Lachen aus. »Also wirklich, Robert. Manchmal erstaunst du mich. Er sieht ihm nicht ähnlich? Glaubst du auch nur für eine Minute, dass dieser Mann sein Aussehen nicht verändern könnte, wenn er genug Grund dazu hätte? Glaubst du nicht, dass er so aussehen könnte, wie er will? Begreifst du nicht, was er ist?«

»Evelyn, fang nicht damit an.«

»Manchmal bist du ein Narr, Robert«, erklärte Großmutter scharf. »Wenn du weiter vorgeben willst, dass ich eine verrückte alte

Frau bin, die sich Dinge einbildet, die nicht existieren, dann bitte, fein. Wenn du vorgeben willst, dass es keine Fresser im Park gibt, auch gut. Aber es gibt ein paar Dinge, die du nicht einfach wegwünschen kannst, und eines davon ist er. Du hast gesehen, was er war. Du hast gesehen, was er Caitlin angetan hat. Es gibt nichts, was ich ihm nicht zutrauen würde. Er kommt hierher, er kommt wegen Nest, und wenn er es tut, wird er nicht so dumm sein, so auszusehen wie damals, als er fortging. Tu, was du willst, Robert, aber ich habe vor, auf ihn vorbereitet zu sein.«

Es wurde wieder still in der Küche. Nest wartete und lauschte angespannt.

»Ich habe bemerkt, dass du keine Probleme hattest, ihn mit ihr in den Park gehen zu lassen«, meinte Old Bob schließlich.

Großmutter sagte nichts. Nest hörte das Geräusch ihres Glases, das hochgehoben und dann wieder abgesetzt wurde.

»Also ist da vielleicht gar nicht soviel, vor dem man Angst haben muss, wie du mich glauben machen willst. Vielleicht bist du dir auch nicht sicher, wer John Ross ist.«

»Vielleicht«, sagte Großmutter leise.

»Ich habe ihn eingeladen, morgen mit zur Kirche zu kommen«, fuhr Old Bob entschlossen fort. »Ich habe ihn gebeten, bei uns zu sitzen. Wirst du mitkommen?«

»Ich denke nicht«, erwiderte Großmutter nach einem Moment des Schweigens.

Nest holte langsam und tief Luft. Ihr Großvater entfernte sich vom Fenster. »Ich habe ihn außerdem eingeladen, anschließend mit uns zum Picknick in den Park zu kommen. Damit wir uns noch ein wenig unterhalten können.« Großvater räusperte sich. »Ich mag ihn, Evelyn. Ich glaube, Nest mag ihn auch. Und ich glaube nicht, dass es irgendeinen Grund gibt, vor ihm Angst zu haben.«

»Du wirst entschuldigen, wenn ich mir erlaube, darüber meine eigene Meinung zu haben«, erwiderte Großmutter nach einer Weile. »Auf diese Weise werden wir nicht alle überrascht werden.« Sie lachte leise. »Erspar mir diesen Blick. Und frag mich auch nicht, ob ich vorhabe, noch einen Drink zu nehmen, denn das habe ich.

Geh du ins Bett, Robert. Ich komme gut allein zurecht. Das tue ich schon eine lange Zeit. Geh schon.«

Nest hörte, wie ihr Großvater wortlos den Raum verließ. Sie blieb noch einen Moment lang dort, wo sie war, starrte in die leere, beleuchtete Küche hinauf und lauschte auf die Stille. Dann schlüpfte sie wieder durch die Schatten zurück, wie der Geist des Kindes, das sie schon lange nicht mehr war.

Kapitel 16

Nest schlief nicht ein, als sie schließlich in ihr Zimmer kam, sondern lag im Dunkeln, starrte an die Decke und lauschte dem Zirpen der Grillen durch das Fliegenfenster. Die Luft fühlte sich in der Juli-Hitze drückend und feucht an, und selbst die wirbelnden Flügel des großen Deckenventilators verschafften ihr kaum Erleichterung. Sie lag in Laufhose und T-Shirt auf ihrer Decke und wartete, dass es Mitternacht wurde, Zeit für ihr Treffen mit Two Bears. Die Zimmertür stand offen; der Gang dahinter war dunkel und still. Großmutter war sicher schon zu Bett gegangen, aber Nest wusste es nicht mit Sicherheit. Sie stellte sich vor, wie ihre Großmutter allein am Küchentisch saß, beleuchtet nur von dem sanften, durch die Bäume gefilterten Licht von Mond und Sternen. Wie sie dasaß, ihren Bourbon trank und ihre Zigaretten rauchte, während sie über die Geheimnisse nachdachte, die sie verbarg.

Nest sah zu, wie diese Geheimnisse als Schatten über ihre Zimmerdecke tanzten.

War John Ross ihr Vater? Und wenn er es war, warum hatte er sie verlassen?

Die Fragen tauchten wieder und wieder in ihren Gedanken auf, hingen isoliert in der Zeit und waren in frostige, gebieterische Einsamkeit gehüllt. Sie waren ein quälendes und tückisches Wispern in ihrem Verstand.

Falls John Ross ihr Vater war, warum war Großmutter ihm gegenüber dann so verbittert? Warum misstraute sie seinen Motiven derart? Was war es, das ihr Vater getan hatte?

Sie schloss die Augen, als könnten die Antworten darauf besser in der Dunkelheit gefunden werden. Sie zwang sich, das Hämmern ihres Herzens und das Pulsieren des Blutes, das durch ihre Adern raste, zu dämpfen, aber sie fand keine Ruhe. Warum war ihr Vater eine so rätselhafte Gestalt, ein Schatten, der kaum als Teil ihres Lebens zu erkennen war? Warum wusste sie so wenig über ihn?

Draußen schrie leise eine Eule, und Nest fragte sich, ob Daniel sie rief. Er tat das manchmal, nahm aus der Dunkelheit Verbindung mit ihr auf. Es war eine Geste, die sie nicht völlig verstand. Aber in dieser Nacht stand sie nicht auf, um nachzusehen. Sie war zu sehr in den inneren Kampf darum verstrickt, die Verwirrung und den Zweifel zu verstehen, die sie an jeder Ecke überfielen. Wie ein Sturm, der sich in den Ebenen des Mittelwestens bildete und sich dunkel, unheimlich und machtvoll nach Osten bewegte, so kündigte sich eine Offenbarung an. Sie konnte sie spüren, konnte sie wie Regen schmecken und riechen, als sei sie Elektrizität, die in der Luft mitschwang. Die wachsende Dreistigkeit der Fresser, der Verfall des Gefängnisses des Maentwrogs und das Auftauchen von John Ross und des Dämons signalisierten eine Veränderung im Gleichgewicht der Dinge. Auf eine Weise, die Nest nicht verstand, hatte dies alles eine Verbindung zu ihr. Soviel zumindest spürte sie nach der Zeit, die sie mit John Ross verbracht hatte. Es lag in den Worten, die er gesagt, und den Geheimnissen, die er ihr offenbart hatte. Er hatte sie ins Vertrauen gezogen, weil sie direkt davon betroffen war. Die Herausforderung, die ihr nun bevorstand, lag darin, ihn dazu zu bringen, ihr den Grund hierfür zu nennen, erkannte sie jetzt.

Als Mitternacht näher rückte, wie ihr die grün leuchtenden Zahlen ihres digitalen Weckers verrieten, stand sie auf, ging zur Zimmertür und lauschte. Mit Ausnahme der einzelnen Lampe, die Großmutter immer im Eingangsflur brennen ließ, war es dunkel im Haus. Nest ging wieder zu ihrem Bett zurück und drapierte die zusätzlichen Kissen unter der Decke, damit es so aussah, als schliefe sie dort. Dann löste sie das Fliegenfenster aus seiner Halterung, schlüpfte durch die Öffnung, zog das Netzgitter wieder an seinen Platz und schritt auf den Park zu.

In der Ferne bellte ein Hund. Das Geräusch war in der tiefen, nächtlichen Stille durchdringend und laut und erinnerte Nest plötzlich an Riley. Riley war der letzte Hund, den sie besessen hatte. Ein schwarzer Labrador mit großen Füßen, traurigen Augen und einem freundlichen Gemüt. Er war als Welpe zu ihr gekommen, ein Geschenk ihres Großvaters zu ihrem dritten Geburtstag. Sie hatte Riley von dem Moment an geliebt, als er in ihre Arme gesprungen war und aus nichts zu bestehen schien als rauen Pfoten, einer feuchten Zunge, großen Ohren und einem sich windenden Körper. Sie hatte ihn Riley genannt, weil sie fand, dass er wie ein Riley aussah, auch wenn sie noch nie jemanden getroffen hatte, der so hieß. Riley war während ihrer gesamten Kindheit ihr Hund gewesen. Er war da, wenn sie zur Schule ging, und wartete auf sie, wenn sie nach Hause kam. Er kam mit ihr, wenn sie die Straße entlang zu ihren Freunden ging, und er war an ihrer Seite, wenn sie in den Park schlüpfte. Er war dabei, als sie die Fresser sah und Pick und sogar Geist, auch wenn er nichts von alldem wahrzunehmen schien. Sie war fast zwölf, als sich ein Tumor in seiner Lunge bildete. Nicht operabel, sagte man ihr. Sie begleitete ihren Großvater, um ihren treuen Freund und Gefährten einschläfern zu lassen. Sie stand mit trockenen Augen und teilnahmslos dabei, als der Tierarzt Riley die Spritze gab und sein weicher Körper steif und seine Augen starr wurden. Sie weinte erst viel später, aber dann schien sie überhaupt nicht mehr aufhören zu können.

An was sie sich jedoch am besten erinnerte, war Großmutters Reaktion. Großmutter war zu Hause geblieben und hatte allein geweint; Nest erkannte, dass sie geweint hatte, als sie ihre geröteten Augen und die zusammengeknüllten Taschentücher im Papierkorb neben dem Küchentisch sah. Großmutter sagte nichts, als die beiden zurückkehrten, aber beim Abendessen verkündete sie in einem Tonfall, der keinen Widerspruch duldete, dass sie ihren letzten

Hund gekauft hätten. Katzen genügten völlig. Katzen konnten auf sich selbst Acht geben. Hunde waren zu abhängig, sie brauchten zu viel und brachen einem das Herz. Sie sprach ganz offensichtlich über Riley, aber Nest war sich ziemlich sicher gewesen, dass sie auf gewisse Art auch über Caitlin redete.

Einen Augenblick lang stand sie in der Dunkelheit der Sommernacht und erinnerte sich. Sie vermisste Riley mehr, als sie es ausdrücken konnte. Das hatte sie Großmutter niemals gesagt. Sie wusste, dass dies etwas war, das ihre Großmutter nicht hören wollte, dass es sie nur daran erinnern würde, wie sehr sie selbst Caitlin vermisste.

Nest warf einen Blick zu dem stillen Haus zurück, glaubte fast, dass Großmutter auftauchen würde, dass sie auf irgendeine Art wusste, was Nest vorhatte. Aber alles blieb ruhig. Nest wandte sich wieder ab und huschte durch die Schatten des Gartens, während ihre Augen die Umgebung absuchten. Miss Minx schlich, eng an den Boden gedrückt und wachsam, unter einer großen Eiche hervor. Eine zweite Katze, die seltsam gestreift war, folgte ihr. Draußen im Park, jenseits der Hecke, tauchte das Mondlicht die Baseballfelder und Spielplätze in silbrige Helligkeit. Das war ihre geheime Welt, dachte Nest und lächelte bei diesem Gedanken. Ihre geheime Welt, die nur ihr gehörte. Niemand kannte sie so, wie sie es tat, nicht einmal Granny, für die sie jetzt entfernt und fremd war. Nest fragte sich, ob auch sie einmal so empfinden würde, ob sie durch das Älterwerden die Welt ihrer Kindheit ebenso verlieren würde, wie sie die Kindheit selbst verloren hatte, und ob dies der Preis war, den man dafür zahlte, ein Erwachsener zu werden. Zwischen Erwachsenen und Kindern klaffte ein Abgrund, der die Geheimnisse trennte, die vor dem jeweils anderen verborgen waren. Wenn man alt genug wurde, wurde man mit den Geheimnissen vertraut, die nur Erwachsene kannten, und verlor zugleich jene, die nur Kindern bekannt waren. Man erfuhr niemals alle von den einen und verlor alle von den anderen; von beiden bleiben einem manche erhalten, während man andere niemals erfuhr. So war der Lauf der Dinge. Großmutter hatte es ihr vor fast einem Jahr erklärt, als Nest gespürt hatte, dass ihr Kinderkörper seine langsame Veränderung zu dem einer Frau begonnen hatte. Großmutter hatte ihr gesagt, dass das Leben einem niemals alles gab oder alles fortnahm.

Sie schlüpfte durch die Lücke in der Hecke, und Pick ließ sich mit einem missmutigen Grunzen auf ihre Schulter fallen.

»Das wird aber auch Zeit! Was hat dich so lange aufgehalten? Mitternacht ist die vereinbarte Zeit, falls du es vergessen haben solltest! Verflixt!«

Sie hielt ihre Augen nach vorn gerichtet. »Warum bist du so ärgerlich?«

»Ärgerlich? Wie kommst du darauf, dass ich ärgerlich wäre?«

»Du klingst ärgerlich.«

»Ich klinge so, wie ich immer klinge!«

»Nun, du klingst immer ärgerlich. Und heute Nacht ganz besonders.« Sie fühlte, wie er auf ihrer Schulter herumrutschte. Blätter und Zweige raschelten, bis er einen guten Platz gefunden hatte. »Erzähl mir etwas von meinem Vater.«

Er fauchte wie eine Katze. »Dein Vater? Wovon sprichst du?«

»Ich will etwas über meinen Vater erfahren.«

»Also, ich weiß gar nichts über deinen Vater! Das habe ich dir schon gesagt! Frag doch deine Großmutter!«

Sie blickte zu ihm hinunter, wie er in unwirschem Trotz auf ihrer Schulter ritt. »Warum will niemand über meinen Vater sprechen? Warum will mir nie jemand etwas von ihm erzählen?«

Pick trat gereizt gegen ihre Schulter. »Es ist ziemlich schwierig, über jemanden zu sprechen, den man nicht kennt, das könnte das Problem erklären, das ich habe, mit dir über deinen Vater zu reden! Hast du mit deinem Gehör ebenfalls ein Problem?«

Sie gab keine Antwort. Stattdessen lief sie eilig den Feldweg entlang und joggte dann quer über das Spielfeld auf die Klippen und den Fluss zu. Die feuchte Nachtluft strich ihr über das Gesicht, während ihre Füße über das frischgemähte Gras flogen. Sie rannte, als würde sie verfolgt. Ihre Brust dehnte sich bei ihren tiefen, regelmäßigen Atemzügen und zog sich wieder zusammen, und das Blut raste mit heißem Pochen durch ihre Adern. Pick stieß ein überraschtes Keuchen aus und klammerte sich an ihr T-Shirt, um nicht hinunterzufallen. Nest hörte ihn vor sich hin murmeln, während sie lief, obgleich seine Stimme von der Luft, die an ihren Ohren vorbeirauschte, verweht wurde. Sie verschwand in sich selbst, in den Bewegungen ihrer Arme und Beine, in dem Pochen ihres Blutes. Sie lief über die offene Fläche der Baseballfelder und Spielplätze, überquerte die Hauptstraße, übersprang die Absperrkette und rannte zwischen die Bäume, die sich vor den Grabhügeln erhoben. Sie lief voller Wut und Unzufriedenheit und dachte plötzlich, dass sie niemals aufhören wollte, dass sie einfach weiterlaufen könnte, durch den ganzen Park und weiter, dass sie weiterrennen könnte, bis es nichts mehr gab, wohin sie laufen konnte.

Aber sie tat es nicht. Sie erreichte die Picknickbänke gegenüber der Straße, die zu den Grabhügeln führte, und wurde langsamer. Sie war außer Atem und von der Anstrengung erhitzt, aber auch wieder ruhig, hatte ihre Frustration und ihre Zweifel für eine kurze Weile hinter sich gelassen. Pick kläffte sie an wie ein kleiner, wütender Hund, aber sie ignorierte ihn und sah sich nach Two Bears und den Geistern der toten Sinnissippi um. Sie blickte auf ihre Armbanduhr. Es war fast Mitternacht, und er war nirgends zu sehen. Die Grabhügel erhoben sich dunkel und still vor dem sternenbedeckten Hintergrund des südlichen Horizonts, von dem sich Mondlicht auf die Erde ergoß. Der Park fühlte sich leer und still an. Nichts bewegte oder zeigte sich. Selbst die Fresser waren nirgends zu sehen.

Eine Spur von Holzrauch trieb in der stillen Luft, scharf und unsichtbar.

»Wo ist er?«, fragte sie leise und drehte sich langsam in der feuchten Dunkelheit im Kreis, während ihre Augen nach links und rechts blickten und ihr Herz pochte.

»Hier, kleines Vogelnest«, antwortete seine vertraute Stimme, und sie zuckte bei ihrem Klang zusammen.

Er stand direkt vor ihr, so dicht, dass sie ihn hätte berühren können, wenn sie es gewollt hätte. Er war aus dem Nichts aufgetaucht, aus der Hitze und der Nacht, aus dem Äther. Über seiner ausgebeulten Hose und den ausgetretenen Armeestiefeln war er bis zur

Hüfte nackt und hatte sich Gesicht, Arme und Brust mit ineinander verwobenen schwarzen Streifen bemalt. Sein langes Haar war immer noch zu einem Zopf geflochten, doch jetzt hing eine Reihe von Federn daran. War er ihr früher groß erschienen, so wirkte er jetzt riesig auf sie. Die kupferfarbene Haut auf seinem massiven Brustkorb und den Armen glänzte hinter den Farbstreifen, und seine groben Gesichtszüge wirkten wie aus Licht und Schatten gemeißelt.

»Du bist also gekommen«, sagte er leise und sah sie neugierig an. »Und du hast deinen schüchternen kleinen Freund mitgebracht.«

»Das ist Pick.« Sie stellte den Waldschrat vor, der steif aufgerichtet auf ihrer Schulter saß und den großen Mann musterte.

»Erfreut«, knurrte Pick und klang ganz und gar nicht so. »Wieso kannst du mich sehen, wenn es niemand sonst kann?«

Ein kurzes Lächeln zeigte sich auf Two Bears Gesicht. »Indianische Magie.« Er blickte Nest an. »Bist du bereit?«

Sie holte tief Luft. »Ich weiß es nicht. Was wird geschehen?«

»Das, was ich dir gesagt habe, wird geschehen. Ich werde die Geister der Sinnissippi beschwören, und sie werden erscheinen. Vielleicht werden sie mit uns sprechen. Vielleicht auch nicht.«

Sie nickte. »Hast du dich deshalb auf diese Art angezogen?«

Er schaute an sich hinunter. »Auf diese Art? Oh, ich verstehe. Du hast Angst, ich könnte Kriegsbemalung tragen, dass ich mich darauf vorbereite, in die Nacht hinauszureiten und mir ein paar Bleichgesicht-Skalps zu besorgen.«

Sie runzelte unwillig die Stirn. »Ich habe nur gefragt.«

»Ich habe mich auf diese Weise gekleidet, weil ich mit den Geistern tanzen werde, wenn sie es gestatten. Für ein paar Momente werde ich eins mit ihnen sein.« Er machte eine kurze Pause. »Würdest du dich mir gerne anschließen?«

Sie dachte über die Möglichkeit nach, mit den toten Sinnissippi zu tanzen. »Ich weiß nicht. Kann ich dich etwas fragen, O'olish Amaneh?«

Er lächelte erneut, als er seinen indianischen Namen hörte. »Du kannst mich alles fragen.«

»Glaubst du, die Geister werden mir sagen, wer mein Vater ist, wenn ich sie danach frage? Meinst du, sie würden mir so etwas sagen?«

Er schüttelte den Kopf. »Du kannst sie nichts fragen. Sie reagieren nicht auf Fragen oder auf Stimmen. Sie reagieren auf das, was in deinem Herzen liegt. Vielleicht erzählen sie dir von deinem Vater, aber das wäre dann ihre eigene Entscheidung. Verstehst du?«

Sie nickte und war bei dem Gedanken, dass sie vielleicht die Antwort auf dieses dunkle Geheimnis erfahren würde, plötzlich nervös. »Muss ich irgendetwas tun?«

Er schüttelte erneut den Kopf. »Nichts. Komm einfach nur mit mir.«

Sie gingen zu einer kleinen eisernen Grillstelle hinüber, die sich neben einem Picknicktisch befand. In ihr glomm ein Häufchen roter Glut – der Ursprung des Holzrauchs. Two Bears nahm eine lange, kunstfertig geschnitzte Pfeife von dem Picknicktisch und überprüfte, ob der Inhalt in ihrem angekohlten Kopf gut gestopft war. Dann stieß er die Pfeife in die Glut, nahm das andere Ende in den Mund und paffte langsam, um sie zu entzünden. Der Inhalt des Kopfes fing an zu brennen, leuchtete auf, und Rauch stieg kräuselnd in die Luft.

»Friedenspfeife«, erklärte er, nahm sie aus dem Mund und blinzelte ihr zu. Er rauchte noch eine Weile weiter und zog den Rauch tief in seine Lungen. Dann reichte er ihr die Pfeife weiter. »Jetzt du. Nur ein paar Züge.«

Sie nahm die Pfeife nur zögernd. »Was ist da drin?«, fragte sie.

»Kräuter und Gräser. Sie werden dir nicht schaden. Das Rauchen der Pfeife ist nur ein Ritual, sonst nichts. Es erleichtert den Geistern den Übergang von ihrem Ruheort in unsere Welt. Es macht uns zugänglicher.«

Sie roch am Inhalt des Pfeifenkopfes und verzog das Gesicht. Die Nacht um sie herum war still und leer, und sie hatte das Gefühl, als wäre sie mit dem Indianer völlig allein in ihr. »Ich weiß nicht.«

»Nimm nur ein paar Züge. Du brauchst sie nicht in deine Lungen zu inhalieren.« Er machte eine Pause. »Hab keine Angst. Du hast doch Mr. Pick, der auf dich aufpasst.«

Sie schaute die Pfeife noch eine Weile überlegend an, dann nahm sie sie in den Mund und zog den Rauch ein. Sie nahm mehrere kurze Züge, rümpfte die Nase und gab die Pfeife an Two Bears zurück. »Igitt!«

Two Bears nickte. »Es ist ein gewöhnungsbedürftiger Geschmack.« Er inhalierte den stechenden Rauch und legte die Pfeife dann sorgsam auf dem Rand der Feuerstelle ab. »So.«

Dann ging er auf die offene Grasfläche hinaus und setzte sich mit gekreuzten Beinen so hin, dass er die Grabhügel anblickte. Nest schloss sich ihm an und setzte sich ebenfalls mit überkreuzten Beinen neben ihm in die Dunkelheit. Pick hockte noch immer auf ihrer Schulter, aber er war seltsam still geworden. Sie blickte zu ihm hinab, aber er starrte ins Nichts und nahm sie gar nicht wahr. Sie ließ ihn in Frieden. Der Himmel über ihnen war teilweise von den Zweigen der Bäume bedeckt, deren gesprenkelte Schatten im hellen Mondlicht ein wirres Netz über den Boden zogen. Nest wartete geduldig, ohne etwas zu sagen, und verlor sich in der Stille.

Two Bears begann zu singen, seine Worte kamen in einem leisen, stetigen Rhythmus. Die Sprache war Nest fremd, und sie nahm an, dass es indianisch war, wahrscheinlich Sinnissippi. Sie blickte nicht zu Two Bears, sondern dorthin, wo er hinschaute, über den Weg hinweg zu den Grabhügeln und in die Nacht hinaus. Pick saß wie versteinert auf ihrer Schulter, so schweigsam, wie sie ihn noch nie erlebt hatte, und war für den Augenblick zu einem Teil von ihr geworden. Sie spürte ein kurzes Stechen der Furcht und fragte sich plötzlich, ob das, was sie tat, vielleicht mehr war, als sie annahm, ob es gar zu einem düstereren Ergebnis führen würde, als sie erwartete.

Two Bears sang weiter, seine tiefe Stimme stetig und tonlos. Nest spürte, wie die ersten Zweifel sich mit ihrem Unbehagen vermischten. Nichts geschah; vielleicht würde auch gar nichts geschehen.

Dann blies kühl und unerwartet ein Wind vom Fluss herüber, der den Geruch von Dingen mit sich führte, die sie seit ihrer Kindheit vergessen hatte – es roch nach der Küche ihrer Großmutter, nach ihrer Sandkiste, nach Riley, nach ihrer Spielzeugkiste aus Zedernholz, nach den Seen von Wisconsin im Sommer. Nest zuckte überrascht zusammen. Der Wind strich an ihr vorüber und war fort. In der Stille, die darauf folgte, spürte sie, wie sich ihre Nackenhaare prickelnd aufrichteten.

An den Rändern der Grabhügel erschienen kleine, flimmernde Lichter, die sich in die Nacht erhoben, aufflackerten, dann wieder verblassten und sich mit rhythmischer Grazie in der Dunkelheit bewegten. Zu Anfang waren sie nichts, nur helle Bewegungen ohne Substanz. Allmählich begannen sie Gestalt anzunehmen. Arme und Beine erschienen, dann Körper und Köpfe. Nest spürte, wie sich ihre Kehle zusammenzog und ihr Mund trocken wurde. Sie beugte sich vor, starrte erwartungsvoll hinüber und versuchte sich darüber klarzuwerden, was sie da sah. Sie hörte, wie Pick auf ihrer Schulter einen leisen, überraschten Laut ausstieß.

Dann erhoben sich die Sinnissippi aus der Dunkelheit, ihre Geister nahmen Gestalt an und formten sich zu einem schattenhaften Spiegelbild ihrer früheren Körper. Sie schwebten über dem Boden, schwankten und drehten sich in kleinen Bögen. Sie tanzten, erkannte Nest, aber nicht so, wie sie es erwartet hatte, nicht wie Indianer es in Fernsehserien und Kinofilmen taten, die sie gesehen hatte. Sie bewegten sich nicht mit dieser vertrauten, abgehackten Auf-und-ab-Bewegung, sondern völlig anders. Ihre Bewegungen waren ballettartiger, fließender, und jeder tanzte für sich allein, als hätte jeder eine andere Geschichte zu erzählen. Nest schaute ihnen zu und war von der Schönheit, die sie sah, überwältigt. Nach einiger Zeit spürte sie, wie der Tanz nach ihr griff. Sie hatte das Gefühl, dass sie etwas von dem verstehen konnte, was die Tänzer ausdrücken wollten. Sie merkte, wie sie sich mit ihnen wiegte, sie hörte die Geräusche ihres Atmens, roch den Schweiß auf ihren Körpern. Sie waren Geister, das wusste sie, aber sie waren auch real. Sie wollte ihnen etwas zurufen, wollte, dass sie sich zu ihr umdrehten, sie anschauten, ihre Gegenwart zur Kenntnis nahmen. Aber sie schwieg.

Plötzlich stand Two Bears auf und ging hinüber. Er erreichte die Tänzer und beteiligte sich an ihrem Tanz. Sein großer, starker Körper wiegte und schlängelte sich ebenso fließend wie die der Geister. Nest bewunderte die Leichtigkeit, mit der er sich bewegte, und lächelte über seine Eleganz. Sie spürte, wie die Hitze seines Körpers ihren eigenen erfüllte, als seien sein Puls und der ihre miteinander verbunden. Sie beobachtete, erst schockiert, dann mit einer Spur von Entsetzen, wie sein Körper aus Fleisch und Blut in der Dunkelheit zu verblassen begann und ebenso geisterhaft wurde wie die der toten Sinnissippi. Trommeln waren jetzt zu hören, deren Wummern irgendwo aus der Nacht erschallte – oder vielleicht existierten diese Geräusche nur in ihrem Kopf, waren nur der Rhythmus ihres Herzschlags. Sie schaute dabei zu, wie Two Bears eins mit den Toten wurde, sah, wie er so wurde, wie sie waren, durchsichtig und flüchtig, geisterhaft und unwirklich. Sie starrte ihn gebannt an, als er weitertanzte. Das Pochen der Trommeln wurde drängender, die Bewegungen der Tänzer schneller. Sie spürte, wie die Hitze des Sommers sie durchflutete und sie veranlasste, heftig zu zwinkern, als feuerrote und goldene Blitze vor ihren Augen zuckten.

Dann war auch sie auf den Beinen, tanzte mit Two Bears und bewegte sich zwischen den Geistern der Sinnissippi. Sie merkte nicht, dass sie aufgestanden und zu ihnen gegangen war, wusste nicht, wie es geschah, aber plötzlich war sie dort, inmitten der indianischen Geister. Sie schwebte, so wie sie es taten, ohne die Erde zu berühren in der Nachtluft, gefangen zwischen Leben und Tod. Sie hörte sich selbst vor Freude und Hoffnung aufschreien. Sie tanzte hemmungslos und aus einem inneren Drang heraus. Sie wirbelte herum und wand sich, griff nach etwas, das sie nicht erkennen konnte, vorbei an Erinnerungen aus ihrer Vergangenheit, vorbei an ihrem eigenen Leben, vorbei an allem, was sie kannte …

Wie ein Fiebertraum erscheint die Vision vor ihr. Sie kommt aus dem Nichts und erfüllt ihren Verstand mit leuchtenden Farben und Bewegungen. Sie befindet sich in einem anderen Teil des Parks, in einem Teil, den sie nicht erkennt. Es ist Nacht, schwarz und bewölkt, ohne Mond und Sterne, eine Teufelsnacht. Zwischen den Bäumen laufen dunkle Gestalten umher. Sie sind vornübergebeugt, wendig und geschmeidig. Sie sieht Fresser, Dutzende von ihnen, deren gelbe

Augen in der Schwärze leuchten. Sie spürt, wie sich ihr Magen bei dem Gedanken verknotet, dass die Kreaturen sie sehen können. Schnell und zielstrebig huschen sie über die Grasflächen und Wege. Eine Frau führt sie an. Sie ist jung und stark, ihr beschattetes Gesicht lächelt aus wilden Augen, und ihr langes, dunkles Haar flattert hinter ihr her. Nest zwinkert ungläubig bei dem Anblick – ein Mensch spielt mit den Fressern, rennt ohne Angst mit ihnen gemeinsam umher. Die Frau wirbelt herum und dreht sich im Kreis, und wo immer sie hinläuft, jagen die Fresser hinter ihr her. Sie neckt und reizt sie, und es ist deutlich, dass die Kreaturen sie lieben. Fasziniert steht Nest im dunklen Park und starrt ungläubig zu der Frau, als diese übermütig lachend und juchzend auf sie zustürmt. Sie blickt in die Augen der Frau und sieht dort die Grenzen, die überschritten wurden, die Tabus, die gebrochen worden sind. Sie sieht das Leben der Frau vor sich ausgebreitet, sieht ihre entfesselte Seele und ihr furchtloses Herz. Sie wird alles wagen, diese Frau, und sie hat es auch bereits. Ihr wird niemand Angst machen, niemand wird sie mäßigen; sie schämt sich für nichts.

Sie stürzt sich in Nests Arme, zieht sie eng an sich und hält sie ganz fest. Nest zuckt zurück und starrt sie dann schockiert an. Sie kennt diese Frau. Sie erkennt ihr Gesicht. Sie hat ihr Gesicht, genauso wie es jetzt ist, in einer Reihe von gerahmten Fotografien gesehen, die auf dem Kaminsims im Wohnzimmer stehen. Es ist Caitlin Anne Freemark. Es ist ihre Mutter.

Und doch ist sie es nicht. Nicht ganz. Etwas stimmt nicht. Sie ist fast ihre Mutter, aber sie ist auch etwas anderes. Nest keucht vor Schreck und ist sich nicht sicher, was sie sieht. Die Frau reißt sich los, ihr Gesicht ist plötzlich erfüllt von Bedauern und Verzweiflung. Hinter ihr, kaum zu erkennen in der Dunkelheit, erscheint ein Mann. Er nimmt plötzlich Gestalt an, und die Fresser, die in Scharen um die Frau herumschwärmen, machen ihm sofort Platz, als er näher kommt. Nest versucht sein Gesicht zu erkennen, kann es aber nicht. Die Frau erblickt ihn und zischt vor Wut. Dann flieht sie in die Nacht, rennt schattenschnell davon, eilig verfolgt von den Fressern, und ist fort.

Nest zwinkerte erneut gegen die Dunkelheit und das plötzliche, helle Licht, das ihr in die Augen stach. Bilder wirbelten herum und verblassten, und ihre Sehkraft kehrte zurück. Sie saß wieder mit überkreuzten Beinen in der Dunkelheit auf dem Gras und hatte die Hände vor sich wie zum Gebet verschränkt. Two Bears saß neben ihr, seine Augen fest geschlossen, sein Körper vollkommen regungslos. In der Ferne erhoben sich die Grabhügel schweigend und leblos. Keine Lichter zogen über sie hinweg; keine Krieger tanzten über ihnen in der Luft. Die Geister der Sinnissippi waren verschwunden.

Two Bears öffnete die Augen und starrte ruhig und abwesend in die Dunkelheit. Nest ergriff seinen Arm.

»Hast du sie gesehen?«, fragte sie und konnte nicht verhindern, dass ihre Pein in ihren Worten mitschwang.

Der große Mann schüttelte den Kopf. Sein bemaltes, kupferfarbenes Gesicht war schweißgebadet, und seine Stirn war tief gefurcht. »Ich habe deine Vision nicht mit dir geteilt, kleines Vogelnest. Kannst du mir von ihr berichten?«

Sie versuchte zu reden, die Worte auszusprechen, musste aber erkennen, dass sie es nicht konnte. Sie schüttelte langsam den Kopf und fühlte sich wie gelähmt; ihre Haut war heiß und prickelte, ihr Gesicht war vor Scham und Verwirrung gerötet.

Er nickte. »Manchmal ist es besser, nicht über das zu sprechen, was wir in unseren Träumen sehen.« Er nahm ihre Hand in die seine und hielt sie fest. »Manchmal gehören unsere Träume nur uns.«

»Ist es wirklich geschehen?«, fragte sie leise. »Sind die Sinnissippi gekommen? Haben wir mit ihnen getanzt?«

Er lächelte. »Frag deinen kleinen Freund, wenn du ihn wiederfindest.«

Pick. Nest hatte ihn ganz vergessen. Sie blickte auf ihre Schulter hinunter, aber der Waldschrat war fort.

»Ich habe heute Nacht viele Dinge gelernt, kleines Vogelnest«, sagte Two Bears leise und hatte wieder ihre Aufmerksamkeit. »Man hat mir vom Schicksal der Sinnissippi, meines Volkes, berichtet. Man hat mir ihre Geschichte gezeigt.« Er schüttelte den Kopf.

»Aber es ist viel komplizierter, als ich vermutet hatte, und ich finde noch nicht die Worte, es zu erklären, nicht einmal mir selbst. Ich habe die Bilder sorgsam verstaut« – er berührte seine Stirn –, »aber sie sind durcheinander und vage, und sie brauchen Zeit, um sich wirklich zu offenbaren.« Seine Stirn war gerunzelt. »So viel aber weiß ich: Die Vernichtung eines Volkes geschieht nicht einfach so, und sie passiert auch nicht direkt, sondern durch eine komplexe Kette von Umständen und Ereignissen, und genau das ist zumindest zum Teil der Grund, warum es geschehen kann. Weil es uns an der Voraussicht mangelt, es zu verhindern. Weil wir uns nicht genügend dagegen wappnen. Weil wir es nicht wirklich verstehen. Weil wir selbst, zumindest zu einem gewissen Teil, der Feind sind, den wir fürchten.«

Sie drückte seine Hand. »Ich glaube nicht, dass ich etwas gelernt habe. Nichts über das, was uns zu vernichten droht. Nichts über Hopewell oder irgendeinen anderen Ort. Nur …« Sie schüttelte den Kopf.

Two Bears stand auf, zog sie mit hoch und hob sie dabei in die Luft, als wäre sie so leicht wie eine Feder. Die schwarze Farbe auf seinem Gesicht glänzte. »Vielleicht wurde dir mehr gezeigt, als du erkennst. Vielleicht musst du dir nur mehr Zeit geben, so wie ich auch.«

Sie nickte. »Vielleicht.«

Sie standen sich schweigend gegenüber und dachten über das nach, was sie wussten. Schließlich sagte Nest: »Wirst du morgen Abend wieder herkommen und die Geister der Sinnissippi noch einmal beschwören?«

Two Bears schüttelte den Kopf. »Nein. Ich gehe jetzt.«

»Aber vielleicht werden die Geister …«

»Die Geister sind erschienen, und ich habe mit ihnen getanzt. Es gibt nichts mehr für mich zu tun.«

Nest holte tief Luft. Sie wollte, dass er ihretwegen hier blieb. Sie fand Trost in seiner Gegenwart, in seiner Stimme, in der Stärke seiner Überzeugungen. »Vielleicht könntest du bis zum Vierten Juli bleiben. Nur noch ein paar Tage.«

Er schüttelte den Kopf. »Dazu gibt es keinen Grund. Dies ist nicht meine Heimat, und ich gehöre nicht hierher.«

Er ging zu der Grillstelle und holte seine Pfeife. Er klopfte den Inhalt des Kopfes in die Feuerstelle und schob die Pfeife dann in seinen Gürtel. Er zog ein Tuch hervor und wischte sich sorgfältig die schwarze Farbe von Gesicht, Armen und Brust. Dann schlüpfte er in seine zerfetzte Militärjacke. Er holte seinen Rucksack und die Bettrolle aus der Dunkelheit und machte sich reisefertig. Nest stand dabei, sah ihm zu und war nicht in der Lage, etwas zu sagen. Sie schaute nur zu, wie er sich langsam wieder in den Mann verwandelte, der er gewesen war, als sie ihn kennen gelernt hatte, zerlumpt, schäbig und abgerissen, nur ein weiterer Nomade, der von den Highways des Landes abgekommen war.

»Dies könnte deine Heimat sein«, sagte sie schließlich, und in ihrer Stimme lag eine Dringlichkeit, die sie nicht verbergen konnte.

Er ging zu ihr hinüber und blickte ihr in die Augen. »Sag meinen Namen«, befahl er sanft.

»O'olish Amaneh.«

»Und deinen eigenen.«

»Nest Freemark.«

Er nickte. »Namen voller Macht. Aber deiner ist der stärkere, kleines Vogelnest. Deiner ist es, der wahre Magie in sich birgt. Es gibt nichts, was ich noch für dich tun kann. Was noch zu tun bleibt, musst du selbst vollbringen. Ich bin gekommen, um mit den Toten meines Volkes zu sprechen, und das habe ich getan. Ich erkannte, dass es dir helfen würde, hier bei mir zu sein, und so bat ich dich teilzunehmen. Was ich dir zu geben in der Lage war, habe ich dir gegeben. Nun musst du das, was du erhalten hast, nehmen und klug einsetzen. Dazu brauchst du mich nicht.«

Sie starrte ihn in der feuchten Dunkelheit an, seine starken, groben Züge und die unnachgiebige Gewissheit in seinen Augen. »Ich habe Angst«, sagte sie.

»Ja«, stimmte er zu. »Aber Angst ist das Feuer, in dem Mut und Entschlossenheit gehärtet werden. Benutze sie so. Sag noch einmal meinen Namen.«

Sie schluckte. »O'olish Amaneh.«

»Ja. Sage ihn oft, wenn ich fort bin, damit ich nicht vergessen werde.«

Sie nickte.

»Leb wohl, kleines Vogelnest«, flüsterte er.

Dann drehte er sich um und ging davon.

Nest blickte ihm nach, bis er außer Sichtweite war. Sie konnte ihn sehen, bis er den Rand des Parks erreichte, und dann schien er in der Dunkelheit zu verblassen. Sie dachte mehr als einmal daran, ihn zurückzurufen oder ihm nachzulaufen, aber sie wusste, dass er das nicht wollen würde. Sie fühlte sich ausgelaugt und erschöpft, ohne Gefühle und jegliche Stärke, und sie fragte sich, ob sie Two Bears jemals wiedersehen würde.

»O'olish Amaneh«, wisperte sie.

Sie machte sich auf den Rückweg durch den Park und fragte sich erneut, was mit Pick geschehen war. In dem einen Augenblick hatte er noch auf ihrer Schulter gehockt, und im nächsten war er fort gewesen. Was war passiert? Sie trottete durch die Dunkelheit, bewegte sich auf ihr Haus und ihr Bett zu, und trotz allem, was geschehen war, begann sie jetzt schläfrig zu werden. Sie versuchte einen Sinn in die Vision zu bringen, die ihr die junge Frau, die Fresser und die schattenhafte Gestalt gezeigt hatte, die sie begleitete, aber es gelang ihr nicht. Sie versuchte etwas Nützliches aus dem zu ziehen, was ihr Two Bears erzählt hatte, aber auch das schlug fehl. Alles schien sie zu verwirren, eine Frage führte nur zur nächsten, und keine von ihnen führte zu der Antwort, nach der sie suchte.

In den Schatten um sie herum hielt eine Handvoll Fresser mit ihr Schritt, als wären sie Raubtiere, die darauf warteten, dass ihre Beute müde wurde. Sie beobachteten sie mit ihren beharrlichen, unnachgiebigen Blicken, und sie spürte das Gewicht ihres Hungers. Sie wusste, dass die Kreaturen nicht Jagd auf sie machten; sie beobachteten sie nur. Gewöhnlich kümmerte ihre Gegenwart sie nicht. Heute zermürbte es sie.

Sie hatte den Park bereits verlassen und schritt durch ihren Garten, als sie plötzlich erkannte, was an der jungen Frau in ihrer Vision falsch gewesen war. Sie blieb stehen, wo sie gerade war, und starrte mit geweiteten Augen in die Dunkelheit, während die Schauer auf ihrer Haut einer Trockenheit in ihrer Kehle wichen. Natürlich kannte sie die Frau. Soweit hatte sie Recht gehabt. Und sie hatte die Fotografie der Frau auch auf dem Kaminsims gesehen. Aber es war nicht das Bild ihrer Mutter gewesen. Es war das einer anderen Frau, einer, die vor einer langen Zeit jung gewesen war, bevor Nest oder ihre Mutter auch nur geboren waren.

Die Fotografie war von Großmutter gewesen.

Sonntag, 3. Juli

Kapitel 17

Es war kurz vor sieben, als Nest am folgenden Morgen erwachte, und die Sonne war bereits seit anderthalb Stunden aufgegangen. Sie hatte die meiste Zeit der Nacht schlecht geschlafen, verfolgt von Visionen ihrer Großmutter, geplagt von Fragen, Verdächtigungen und Zweifeln, und erst kurz vor Sonnenaufgang war sie fest eingeschlafen. Helles Sonnenlicht und Vogelgezwitscher weckten sie, und sie wusste sofort, dass es wieder ein heißer, schwüler Julitag werden würde. Die Luft, die vom Ventilator aufgewirbelt wurde, war warm und schal, und durch das offene Fenster sah sie, dass die Blätter der großen Eichen schlaff und bewegungslos herabhingen. Sie lag eine Weile regungslos da, starrte an die Decke und versuchte so zu tun, als sei letzte Nacht nichts geschehen. Sie war so begierig gewesen, den Tanz der Geister der Sinnissippi zu sehen, hatte unbedingt erfahren wollen, was die Geister ihr über die Zukunft verraten konnten. Aber man hatte ihr nichts von der Zukunft gezeigt. Stattdessen hatte man ihr einen seltsamen, fast beängstigenden Blick in die Vergangenheit gewährt. Sie fühlte sich betrogen und wütend. Sie fühlte sich verraten. Sie sagte sich, dass sie besser dran wäre, wenn sie Two Bears niemals kennen gelernt hätte.

O'olish Amaneh.

Aber nach einer Weile kühlte ihre Wut ab, und sie begann über die Möglichkeit nachzudenken, dass das, was sie gesehen hatte, wichtiger sein könnte, als ihr bewusst war. Two Bears hatte angedeutet, dass sie Zeit brauchen würde, um die Vision zu verstehen, zu begreifen, was sie in ihrem Leben für eine Bedeutung besaß. Sie starrte weiter an die Decke, versuchte einen Sinn in den Schatten zu entdecken, die dort von der Sonne hingemalt wurden, überlagerte sie mit ihren eigenen Bildern und wünschte, sie könnte sie zum Leben erwecken, damit sie mit ihr sprechen könnte.

Schließlich stand sie auf und ging ins Badezimmer. Am Spiegel machte sie halt, um zu sehen, ob sie sich irgendwie verändert hatte. Aber sie erblickte nur das Gesicht, das sie immer sah, wenn sie sich selbst anschaute, und keine enthüllten Geheimnisse. Sie seufzte kläglich, streifte ihr Nachthemd ab und ging unter die Dusche. Sie ließ kaltes Wasser über ihre erhitzte Haut strömen, ließ sich von ihm abkühlen, bis sie fröstelte, bevor sie herauskam und sich abtrocknete. Sie kleidete sich für die Kirche an, da sie wusste, dass ihr Großvater das erwarten würde. Sie schlüpfte in ein einfaches Baumwollkleid und ihre Lieblingsschuhe mit den flachen Absätzen und ging dann zum Frühstücken. Sie machte einen kurzen Abstecher ins Wohnzimmer, um die Bilder auf dem Kaminsims anzuschauen. Sie hatte Recht: Da war Großmutter und sah genauso aus wie in der Vision der vergangenen Nacht, ihr Gesicht jung, ihre Augen übermütig und herausfordernd.

Sie aß ihr Frühstück, ohne viel zu sprechen, und fühlte sich in der Gegenwart ihrer Großmutter unwohl. Sie sollte mit Großmutter über ihre Vision sprechen, wusste aber nicht, wie. Was konnte sie denn sagen? Sollte sie ihrer Großmutter berichten, was die Vision ihr enthüllt hatte, oder sollte sie einen indirekteren Ansatz wählen und sie nach ihrer Jugend fragen, danach, ob sie jemals mit den Fressern durch den Park gelaufen war? Und was hatte das überhaupt zu sagen? Was bedeutete es, wenn man mit den Fressern lief, wie es ihre Großmutter in der Vision getan hatte? Fresser musste man meiden; das hatte man Nest beigebracht, seit sie sehr klein war. Pick hatte sie gewarnt. Großmutter hatte sie gewarnt. Was hatte es also zu bedeuten, wenn man ihr etwas verbot, das ihre Großmutter getan hatte?

Und was, fragte sie sich plötzlich, hatte ihre Mutter getan, als sie klein gewesen war? Was hatte dies alles mit ihr zu tun?

»Du solltest etwas essen, Evelyn«, sagte ihr Großvater ruhig und brach damit das momentane Schweigen.

Großmutter trank ihren Wodka mit Orangensaft und rauchte ihre Zigaretten. Vor ihr stand nichts zu essen. »Ich habe vorhin etwas Toastbrot gegessen«, erwiderte die alte Frau abwesend. Ihre Augen blickten aus dem Fenster hinüber zum Park. »Iss du nur selbst; mach dir keine Sorgen um mich.«

Nest beobachtete, wie ihr Großvater den Kopf schüttelte und seinen Kaffee austrank. »Bist du fertig, Nest?«

Sie nickte, stand auf und sammelte ihr Geschirr ein, um es zur Spüle zu bringen. »Lass es stehen«, rief ihre Großmutter hinter ihr her. »Ich spüle es ab, wenn ihr weg seid.«

»Bist du sicher, dass du nicht mitkommen willst?«, drängte Old Bob sie sanft. »Es wäre gut für dich.«

Großmutter sah ihn von der Seite an. »Es wäre vielleicht gut für den Kirchentratsch. Geh du nur. Ich bereite das Picknick vor.« Sie machte eine kurze Pause, um an ihrer Zigarette zu ziehen. »Du solltest noch einmal über die Einladung an diesen Jungen nachdenken, Robert. Er ist nicht das, was du glaubst.«

Es war klar, was sie damit meinte. Nest stellte ihr Geschirr in die Spüle und wartete darauf, dass jemand etwas sagte. Als dies niemand tat, verließ sie den Raum und ging zum Badezimmer, um sich die Zähne zu putzen und die Haare zu bürsten. Aus der Küche hörte sie die leisen, aber entschiedenen Stimmen ihrer Großeltern, die über John Ross stritten.

Sie fuhr mit ihrem Großvater im Lieferwagen in die Stadt, und keiner von ihnen sagte etwas. Die Fenster waren heruntergekurbelt, sodass Old Bob die Bäume und Blumen riechen konnte. Es war gerade erst zehn Uhr, daher war die Illinois-Hitze noch nicht unerträglich, und es lag noch ein Hauch der nächtlichen Kühle in der Luft. Auf dem Lincoln Highway war nicht viel Verkehr, und als sie von der Sinnissippi Road abbogen, sah sie, dass der Parkplatz am Supermarkt fast leer war. Nest atmete die Sommerluft ein und schaute auf ihre Hände hinab. Sie fühlte sich auf seltsame Weise von allem losgelöst, als hätte man sie von ihrem Heim und den Menschen, die sie schon immer gekannt hatte, fortgenommen und in einen anderen Teil des Landes umgesiedelt. Sie hatte das Gefühl, sie müsste etwas tun – sie war bereits für den Kampf gegen den Dämon rekrutiert worden –, aber sie wusste nicht, wo sie beginnen sollte.

Sie schaute ihr Spiegelbild in der Windschutzscheibe an und fragte sich, ob sie tatsächlich erst vierzehn war oder ob sie nicht in Wirklichkeit viel älter war und einen wichtigen Teil ihres Lebens verpasst hatte, als sie schlief.

Old Bob parkte den Lieferwagen in der Second Avenue vor Kelly's Furniture, direkt gegenüber der First Congregational Church. Sie stiegen aus, überquerten die Straße und blieben auf dem Bürgersteig hin und wieder stehen, um ein paar der anderen zu begrüßen, die ebenfalls auf dem Weg zur Kirche waren. Nest erhielt überschwengliche Glückwünsche zu ihren Leistungen beim Laufen, gewürzt mit Kommentaren über die Stärke ihrer Konkurrenz, ihren Gesundheitszustand und die hochgesteckten Erwartungen, die von der Stadt in sie gesetzt wurden. Nest lächelte und nickte pflichtbewusst, erduldete dies alles so freundlich, wie sie konnte, und sah sich die ganze Zeit über vergeblich nach John Ross um.

Dann traten sie durch die breiten Doppeltüren in die Eingangshalle, die den Andachtsraum an zwei Seiten umschloss, und befanden sich im Inneren der Kirche. Es war kühl und dunkel, die intensive Hitze wurde von einer zentralen Klimaanlage in Schach gehalten und das brennende Sonnenlicht durch die Buntglasfenster gefiltert. An jeder Tür standen die Begrüßer und warteten darauf, den Eintretenden die Hand zu schütteln und an die Jacken der Männer und die Kleider der Frauen kleine Bumen zu heften. Nest und ihr Großvater wurden von einem älteren Ehepaar begrüßt, und die Frau fragte nach Evelyn. Ein Platzanweiser führte sie zu einer Bank auf halber Höhe der linken Seite des Andachtsraums. Die Kirche füllte sich schnell, und über die Hälfte der Bankreihen war bereits besetzt. Nest und ihr Großvater saßen am Mittelgang, hielten ihr Programmheft in der Hand und sahen sich in der stillen, kühlen Düsternis um. Die kathedralenartige Decke wölbte sich über ihnen, und seine hölzernen Stützbalken glänzten. Leise Orgelmusik ertönte, und die Kerzen auf dem Altar waren bereits von den Meßdienern angezündet worden. Nest blickte sich erneut nach John Ross um, doch er war nirgends zu sehen. Er würde nicht kommen, dachte Nest enttäuscht. Aber warum sollte er auch? Auf der anderen Seite des Andachtsraums, im hinteren Teil, saß Robert Heppler mit seinen Eltern. Die Hepplers mochten die Congregational Church, weil sie nicht im Dogma erstickte (so Robert, der damit angeblich seinen Vater zitierte) und ein größeres Spektrum von Lebensweisen und weltlichen Einstellungen tolerierte. Robert sagte, dies sei völlig anders als bei den Katholiken. Robert winkte Nest kurz zu, und sie erwiderte seine Begrüßung. Sie sah einen der Stahlarbeiterfreunde ihres Großvaters, Mr. Michaelson, der mit seiner Frau ein paar Reihen vor den Hepplers saß.

Die Chorsänger strömten herein und nahmen ihre Plätze auf der Galerie neben der Kanzel ein, und alle öffneten ihre Programmhefte und studierten den Ablauf der Messe und der Lieder.

Dann erschien John Ross auf der anderen Seite des Raums und humpelte mit Hilfe seines schwarzen Stocks durch die Türöffnung. Er trug ein frisches Hemd, eine lange Hose und eine Krawatte. Sein langes Haar war sorgfältig gekämmt und zurückgebunden. Er sah befangen und unsicher aus. Nest versuchte vergebens, seine Aufmerksamkeit zu erlangen. Ross folgte dem Platzanweiser den Mittelgang entlang zu einer fast leeren Reihe hinter den Michaelsons und nahm unbeholfen Platz.

Jetzt erhob sich der Chor, und der Organist spielte eine kurze Einleitung. Der Pfarrer erschien durch eine Seitentür auf dem Podium und ging zur Kanzel. Ralph Emery war rundlich, klein und sah irgendwie seltsam aus mit seinen großen Ohren und dem breiten Unterkiefer, aber er war freundlich und lustig, und er war für seine gedankenanregenden Predigten bekannt. Er stand jetzt in seinem schwarzen Talar vor der Versammlung und sah aus, als überlege er, wie er fortfahren sollte. Dann bat er die Gemeinde, den Kopf zu senken, und sprach ein kurzes Gebet. Als er fertig war, bat er alle, sich zu erheben und Lied 236 anzustimmen. Die Gemeinde stand auf, öffnete die Gesangbücher und begann »Morning Has Broken« zu singen.

Sie waren gerade bei der zweiten Strophe angelangt, als die Fresser zu erscheinen begannen und wie Geister aus dem Dunkel auftauchten. Sie krochen hinter den leeren Bänken ganz vorne hervor, wo niemand sich gerne hinsetzte, und kamen unter dem Opferstock und den Sakramenttischen im hinteren Teil des Raumes heraus. Sie erhoben sich aus der Chorgalerie, kamen hinter den blauen Samtvorhängen hervor, die den Altar einrahmten, und unter der freitragenden Kanzel. Sie schienen überall zu sein. Nest war so perplex, dass sie aufhörte zu singen. Sie hatte noch niemals Fresser in der Kirche gesehen. Sie hätte sich nie träumen lassen, dass sie hier hineinkonnten. Sie starrte die, die am nächsten waren, ungläubig an, ein Pärchen, das in der Reihe vor ihr zwischen den Beinen der Robinson-Schwestern herumwimmelte. Sie kämpfte den Ekel nieder, den sie darüber verspürte, die Kreaturen an diesem Ort zu sehen, an dem Gott angebetet wurde und von dem die Wesen der Finsternis verbannt waren. Sie schaute sich mit Grausen um und sah sie von den Deckenbalken herunterhängen, um die Kandelaber gerollt und in die Fresken und Erker gekrallt. Gelbe Augen starrten sie von allen Seiten an. Ihr Herz begann zu pochen, und ihr Puls raste wie wild. Niemand außer ihr konnte die Fresser sehen. Aber auch das half nichts. Sie konnte nicht zulassen, dass sie hier waren. Sie konnte ihre Gegenwart nicht dulden. Was taten sie in einer Kirche? In *ihrer* Kirche! Was hatte sie hierher gezogen? Trotz der Kühle im Andachtsraum begann sie zu schwitzen. Sie schaute zu ihrem Großvater, aber dieser war sich nicht bewusst, was geschah; sein Blick war fest auf das Gesangbuch gerichtet.

Dann wandte sie sich verzweifelt zu John Ross um.

John Ross hatte die Fresser im selben Moment erblickt wie Nest. Doch anders als das Mädchen wusste Ross, was passierte. Nur das Erscheinen des Dämons konnte dafür verantwortlich sein, dass sich so viele Fresser versammelt hatten – das Erscheinen des Dämons, gekoppelt mit seinem eigenen, berichtigte er sich, und erkannte Letzteres im Nachhinein als schmerzlichen Fehler. Er hätte dies nicht tun sollen. Er hätte nicht an diesen heiligen Ort kommen sollen und seinem eigenen verzweifelten Bedürfnis nachgeben dürfen, ein wenig die Einsamkeit zu lindern, die sein Leben verzehrte. Er hätte Robert Freemarks Vorschlag ablehnen und in seinem Hotelzimmer bleiben sollen. Er hätte sich nicht von der Anziehungskraft dieser Kirche beeinflussen lassen dürfen, die er auf dem Weg zu Josie's gespürt hatte. Er hätte tun sollen, was für alle am besten gewesen wäre – er hätte sich von hier fernhalten sollen.

Er zwang sich dazu, ruhig zu bleiben, sich nichts von dem anmerken zu lassen, was ihn bewegte, nichts zu tun, was seine Nachbarn erschrecken könnte. Sein Stock lehnte gegen den Sitz neben ihm, und sein erster Impuls war, ihn zu ergreifen und sich für den Kampf bereitzuhalten. Aber er konnte seinen Feind nicht erkennen, konnte ihn nicht identifizieren, obwohl er wusste, dass er hier war, dass er sich in der Öffentlichkeit um ihn herum verbarg.

Eine ältere Dame, die ein paar Plätze entfernt saß, blickte zu ihm herüber und lächelte. Er bemerkte, dass er aufgehört hatte zu singen. Er zwang sich zurückzulächeln und wieder in den Gesang einzustimmen, nachdem er zuvor nach dem Stock gegriffen und ihn vor sich hingestellt hatte. Er lehnte sich fest darauf, als benötigte er plötzlich eine Stütze.

In diesem Augenblick war es, dass er seinen Blick über die Gemeinde schweifen ließ und sah, dass Nest Freemark ihn anblickte. Er erwiderte ihren Blick und ließ sie dadurch wissen, dass er erkannte, was sie sah, und dass er dies ebenfalls wahrnahm. Er konnte die Furcht und das Grauen in ihren Augen erkennen, sah, wie tief ihre Angst war, und verstand viel besser als sie selbst, was sie verursacht hatte. Er fixierte sie mit seinem Blick und schüttelte langsam den Kopf. Tu nichts, warnte er sie. Bleib, wo du bist. Verlier nicht den Kopf.

Er sah in ihren Augen, dass sie verstand. Er sah aber auch, dass sie nicht wusste, ob sie zu tun vermochte, was er von ihr verlangte. Er dachte daran, zu ihr zu gehen, aber das konnte er nicht tun, ohne Aufmerksamkeit auf sich zu ziehen. Das Lied war zu Ende, und die Gemeinde setzte sich wieder. Er musterte die Versammlung kurz auf die winzige Chance hin, dass er den Dämon finden würde. Der Pfarrer begann mit seiner Lesung aus der Heiligen Schrift. Die Fresser krabbelten um seine Füße herum über das ganze Podium, dunkle Schatten, die den scharlachfarbenen Teppich so aussehen ließen, als befänden sich Tintenflecke darauf. Der Pfarrer beendete seine Lesung und fuhr damit fort, dass er die nächsten kirchlichen Termine verkündete. John Ross fühlte, wie seine Haut heiß wurde, als er wie festgenagelt an seinem Platz saß und nicht handeln konnte. Ich sollte nicht hier sein, dachte er ständig. Ich sollte jetzt gehen.

Der Chor erhob sich, um zu singen, und John Ross blickte zu Nest Freemark hinüber. Nest saß neben ihrem Großvater auf der Kante ihres Sitzes, ihr Gesicht war blass und ihr Körper steif. Ihre Augen schossen nach links und rechts und folgten den Bewegungen der Fresser, die ihr am nächsten waren. Mehrere waren fast auf ihr und wimmelten wie Schlangen zwischen den Beinen der Kirchgänger herum. Einer richtete sich direkt vor ihr auf, als wollte er sie verspotten, als wollte er sie dazu auffordern, etwas zu unternehmen. Ross sah die Verzweiflung, die sich in ihrem Gesichtsausdruck widerspiegelte. Sie war am Rand der Panik, kurz davor aufzuspringen. Ihm war klar, dass er etwas tun musste. Der Chor beendete sein Lied, und die Gemeinde erhob sich, um ein Wechselgebet mit dem Pfarrer anzustimmen.

Als dies geschah, veranlasste irgendetwas Nest Freemark dazu, plötzlich zum hinteren Teil des Andachtsraums zu blicken, und Ross sah, dass ihr Ausdruck sich zu einer erschrockenen Grimasse verwandelte.

Dann sah er es auch.

In der Tür stand Geist; sein Fell war aufgerichtet, das mit Streifen überzogene Gesicht gesenkt, die Ohren angelegt, die grünen Augen zusammengekniffen und funkelnd. Er war so groß, dass er die gesamte Türöffnung ausfüllte, eine monströse Erscheinung, die aus dem Dunkel auftauchte. Sein großer Kopf schwang langsam von links nach rechts, und seine Lefzen zogen sich zurück und enthüllten seine mächtigen Zähne. Er gab keinen Laut von sich, während er dastand und die Versammlung musterte, aber seine Absicht war unmissverständlich. Nests Angst hatte ihn herbeigerufen, ihn zu einem Ort gezogen, an dem er noch nie gewesen war; sie hatte ihn aus dem tiefen Wald heraus und in diese unvertraute Umgebung geführt. Sein abwägender Blick war voller Hunger.

Nest spürte, wie ihr Magen einen Satz machte. *Nein, Geist, nein, geh weg, geh weg!* Die Fresser stoben überall auseinander. Sie krabbelten unter die Bänke, huschten die Gänge entlang und kletterten die holzgetäfelten Wände hinauf, bis ihre dunklen Gestalten sich in den Schatten verloren. Ihr Herumgerenne war derart panisch, dass es die Luft in dem Raum in Bewegung brachte, und mehrere Köpfe aus der Gemeinde hoben sich überrascht.

Geist nahm sich einen Augenblick Zeit, seine Vorgehensweise zu überdenken, dann schritt er mit seinem vertrauten, steifbeinigen Gang nach vorne.

Nest sprang sofort von ihrem Platz auf und eilte den Gang entlang, um ihn aufzuhalten. Sie nahm sich nicht die Zeit, darüber nachzudenken, was sie tat. Sie dachte nicht darüber nach, dass sie noch nie die Idee gehabt hatte, sich ihm zu nähern, dass sie nicht im mindesten wusste, ob sie ihn kontrollieren konnte. Sie sagte nichts zu ihrem Großvater, als sie aus ihrer Sitzreihe schoss; sie sah ihn noch nicht einmal an. Das Einzige, woran sie denken konnte, war, was geschehen würde, wenn es Geist gelang, sich einen der Fresser zu schnappen – hier, in der Kirche, inmitten ihrer Familie, ihrer Freunde und Nachbarn. Sie hatte keine Ahnung, was dies für das Gewebe bedeuten würde, das die menschliche und die nichtmenschliche Welt voneinander trennte, und sie wollte es auch nicht herausfinden.

Das Wechselgebet kam zum Ende, und die Gemeinde setzte sich wieder. Köpfe drehten sich zu ihr um, als sie sich Geist näherte – dem Gespensterwolf, den sie nicht sehen konnten –, aber sie ignorierte sie. Geist schien noch größer zu werden, als sie sich ihm näherte und sein raubtierhafter Blick sie fixierte. Sie fühlte sich in seiner Gegenwart klein und verwundbar, ein zerbrechliches Stück Leben, das er, ohne darüber nachzudenken, auslöschen konnte. Aber sie ging trotzdem weiter, zielstrebig und von dem unumstößlichen Vorsatz getrieben, ihn fortzuschicken.

Als sie ihn erreichte, als sie glaubte, ihn berühren zu müssen, direkt gegen diese glänzenden Zähne und das gesträubte Fell zu stoßen, verblasste er plötzlich und war verschwunden.

Sie ging, ohne langsamer zu werden, weiter, durch die Stelle hindurch, an der er sich befunden hatte, und schloss die Augen, als eine Woge der Kälte über sie hinwegschlug. Erst als sie durch die Tür getreten war und sich draußen in der Vorhalle befand, blieb sie stehen. Sie zitterte und holte immer wieder tief Luft, um sich zu beruhigen, während sie sich gegen den Tisch mit christlicher Literatur lehnte, wo sie von den im Andachtsraum Versammelten nicht gesehen werden konnte.

Sie zuckte zusammen, als eine Hand ihre Schulter berührte. »Nest?«

John Ross stand neben ihr, die blassgrünen Augen fest auf sie gerichtet, und stützte sich auf seinen schwarzen, runenverzierten Stock. Er musste ihr gefolgt sein, erkannte sie, und zwar sehr rasch.

»Bist du in Ordnung?«, fragte er.

Sie nickte. »Haben Sie es gesehen?«

Er blickte sich in der Vorhalle um, als fürchtete er, jemand könne sie belauschen. Im Andachtsraum begann Reverend Emery mit seiner Predigt über das Thema »Wohin du auch gehst«.

»Ich habe es gesehen«, antwortete er. Er beugte sich zu ihr vor. »Was war das für eine Kreatur? Woher kennt sie dich?«

Sie schluckte, denn ihre Kehle war völlig trocken. »Das war Geist.« Sie schüttelte den Kopf und weigerte sich, es weiter zu erklären. »Wo sind all diese Fresser hergekommen? Was geschieht hier?«

Ross verlagerte unbehaglich sein Gewicht. »Ich glaube, der Dämon ist hier. Ich nehme an, das ist es, was sie hergelockt hat.«

»Hier? Warum?«

Ross schüttelte den Kopf. »Meinetwegen.« Er sah plötzlich müde aus. »Ich weiß es nicht. Ich stelle nur Vermutungen an.«

Sie spürte, wie sich eine eisige Kälte in ihrem Magen ausbreitete. »Was sollten wir tun?«

»Geh wieder rein. Bleib bei deinem Großvater. Ich werde hier draußen warten, bis die Andacht vorüber ist. Vielleicht zeigt sich der Dämon. Vielleicht kann ich ihn erkennen.« Seine Augen sahen sie intensiv an.

Sie nickte unsicher. »Zuerst muss ich auf die Toilette. Ich bin gleich zurück.«

Sie eilte die Vorhalle entlang zu dem Flügel »Christliche Erziehung« und hörte, wie Reverend Emerys tiefe, eindringliche Stimme ihr über die schweigende Gemeinde hinweg folgte. Sie fühlte sich nicht sehr gut; ihr Magen rebellierte, und ihr Kopf pochte heftig. Sie blickte durch die offenen Türen in die höhlenartige Düsternis des Andachtsraums; die Fresser waren weg. Sie runzelte überrascht die Stirn, dann schüttelte sie den Kopf und ging weiter. Es war nicht wichtig, warum sie verschwunden waren, sagte sie sich; nur dass sie fort waren, zählte. Ihre Schritte hallten auf dem Holzboden leise wider, als sie das untere Foyer durchquerte. Sie trat durch die Türen, die in die Eingangshalle führten, und fühlte sich erhitzt und ermattet. Mrs. Browning, die ihre Lehrerin in der fünften Klasse gewesen war, stellte Tassen und Servietten auf mehreren langen Tischen auf, an denen nach der Andacht ein Beisammensein stattfinden sollte. Die Toiletten befanden sich auf der anderen Seite des Raums. Nest schlüpfte an Mrs. Browning vorbei, ohne von ihr bemerkt zu werden, ging in die Küche und verschwand in der Damentoilette.

Als sie wieder herauskam, stand dort ein Mann und musterte die Kuchen und Kekse, die auf Tabletts drapiert worden waren. Er sah erwartungsvoll hoch, als sie eintrat.

»Ah, da bist du ja«, begrüßte er sie lächelnd. »Guten Morgen.«

»Guten Morgen«, erwiderte sie automatisch und blieb dann überrascht stehen. Es war der Forstangestellte, mit dem sie am vergangenen Tag gesprochen hatte, als sie durch den Park gegangen war, nachdem sie an dem kranken Baum gearbeitet hatten. Sie erkannte seine seltsamen, fahlen Augen. Er trug jetzt einen Anzug statt seiner Arbeitskleidung, aber sie war sich sicher, dass es derselbe Mann war.

»Fühlst du dich nicht gut?«, fragte er.

Sie schüttelte den Kopf.

Er nickte. »Na, das ist aber schade. Du willst sicher nicht auf diese guten Sachen verzichten. Die Predigt zu verpassen ist eine Sache, aber diese Kekse und Kuchen? Nein, Sir!«

Sie starrte an ihm vorbei.

»Hör mal, weißt du«, sagte er plötzlich, stellte sich vor sie und blockierte ihr den Weg, »da gibt es eine Kleinigkeit, die ich mit dir teilen möchte. Eine private kleine Predigt, wenn du so willst. Es ist doch so: Ich erinnere mich an eine Zeit, da hatten Predigten noch etwas zu sagen. Es ist schon eine ganze Weile her, aber früher hatten die Geistlichen eine Art, sich mitzuteilen, die einen dazu brachte, sich aufzurichten und wirklich zuzuhören. Jetzt gibt es diese Televangelisten mit ihren aufwendigen Gottesdiensten, mit ihren Colleges und Seminarhäusern, aber sie sprechen nicht über das, was zählt. Keiner von ihnen tut das. Weil sie Angst davor haben. Und weißt du auch, warum? Weil das, was wirklich zählt, ist, wie die Welt enden wird.«

Nest starrte ihn mit offenem Mund an.

»Wirklich, das ist es, was zählt. Weil wir alle dabei sein werden, wenn es geschieht. Es gibt allen Grund, das anzunehmen. Schau dich doch nur mal um. Was siehst du? Die Saat der Vernichtung, das ist es, was du siehst.« Ein behagliches Lächeln legte sein sanftes Gesicht in Falten. »Aber weißt du was? Die Vernichtung der Welt wird nicht auf die Art geschehen, wie es die Leute erwarten. O nein. Es wird nicht durch eine Flut oder ein Feuer passieren. Es wird nicht auf einmal geschehen, verursacht durch eine unerwartete Katastrophe. Es wird nicht eine einzelne Ursache haben. So funktioniert das nicht. Die Bibel irrt sich hier. Es wird durch eine Vielzahl kleiner Dinge passieren, eine Anhäufung scheinbar unbedeutender Ereignisse. So wie Dominosteine in einer Reihe, die umgestoßen werden – so wird es geschehen. Hier eine Sache, dort ein Ereignis, und ehe du dich's versiehst, bricht alles zusammen.« Er hielt kurz inne. »Natürlich muss jemand den ersten Dominostein anstoßen. Es muss mit jemandem beginnen, nicht wahr? Sag mir, kommt dir irgendetwas hiervon bekannt vor?«

Nest stand sprachlos vor ihm, ihr Verstand schrie ihr zu fortzulaufen, aber ihr Körper war wie gelähmt.

»Natürlich tut es das«, fuhr er fort und neigte seinen Kopf verschwörerisch in ihre Richtung. Seine seltsamen Augen verengten sich und brannten mit einem Feuer, dessen Anblick sie nicht ertragen konnte. »Ich sage dir noch etwas anderes. Die Vernichtung der Welt hängt von der Bereitschaft der Menschen ab, sich gegenseitig auf jede Weise Schaden zuzufügen, die nötig ist, um ihre eigenen Ziele zu erreichen. Und das können wir doch perfekt, nicht wahr? Wir wissen, wie wir uns weh tun können und wie man sich Entschuldigungen ausdenkt, um das dann zu rechtfertigen. Wir sind Opfer und Henker zugleich. Wir sind genau wie diese Dominosteine, von denen ich gesprochen habe: schön in einer Linie aufgereiht und bereit, umgestoßen zu werden. Wir alle. Sogar du.«

»Nein«, flüsterte sie.

Sein Lächeln wurde eisig. »Du glaubst, du kennst dich ziemlich gut, nicht wahr? Aber das tust du nicht. Noch nicht.«

Sie machte einen Schritt nach hinten und versuchte abzuschätzen, ob sie die Tür erreichen konnte, bevor er sie packte. Während sie dies tat, schwang die Tür auf, und Mrs. Browning kam herein.

»Oh, hallo, Nest«, begrüßte sie sie. »Wie geht es dir, meine Liebe?« Sie schien überrascht zu sein, den Mann bei ihr stehen zu sehen, lächelte ihn aber freundlich an und machte sich daran, ein weiteres Tablett mit Gebäck anzurichten.

Als sie dies tat, sagte der Mann zu Nest: »Nein, ich fürchte, du kennst dich selbst überhaupt nicht.«

Er machte eine Geste in Richtung von Mrs. Browning, worauf diese keuchte, als sei sie von einer Faust getroffen worden. Sie ließ das Tablett fallen, griff sich an die Brust und sackte zu Boden. Ihre Augen weiteten sich vor Entsetzen, und ihr Mund zuckte. Nest schrie auf und wollte zu ihr stürzen, aber der Mann mit den seltsamen Augen verhinderte das, indem er ihr schnell den Weg versperrte. Er fixierte sie mit seinem Blick und stellte sicher, dass ihr klar war, wie hilflos sie war.

Mrs. Browning kniete auf dem Boden, den Kopf gesenkt, das Gesicht kalkweiß, und ihre Kehle bewegte sich heftig, als sie zu schlucken versuchte. Aus Mund und Nase strömte Blut. Nests Schrei gefror ihr in der Kehle, unterbunden von den harten Augen des Mannes.

Dann fiel Mrs. Browning nach vorn auf ihr Gesicht, ihre Augen offen und starr.

Der Mann wandte sich Nest zu und zog eine Augenbraue fragend hoch. »Siehst du, was ich meine? Es gab nichts, was du tun konntest, nicht wahr?« Dann lachte er. »Vielleicht werde ich doch nicht für das Beisammensein bleiben. Wie ich schon sagte, die Kirche ist nicht mehr das, was sie einmal war. Die Pfarrer sind nur noch Stimmen im Wind, und an Gottesdiensten lässt sich nur noch das Verstreichen der Zeit messen.« Er ging zur Hintertür, blieb mit der Hand auf dem Knauf stehen und blickte über die Schulter zu ihr zurück. »Sei schön artig.«

Er öffnete die Tür und schloss sie leise hinter sich. Nest stand in der Küche, blickte zu Mrs. Browning hinunter und wartete, dass das Zittern aufhörte.

Kapitel 18

Sobald sie dazu in der Lage war, verließ Nest die Küche und ging durch die Empfangshalle zurück. Sie zitterte noch immer, und das Bild der letzten Augenblicke von Mrs. Browning war in ihren Verstand eingebrannt. Sie fand einen der Platzanweiser und bat ihn, so schnell wie möglich einen Krankenwagen zu rufen. Dann ging sie weiter. Sie fand John Ross im verlassenen Vorraum der Kapelle vor dem Andachtsraum. Sie zog ihn den langen Korridor entlang, bis man sie nicht mehr sehen oder hören konnte, und erzählte ihm, was geschehen war. War es der Dämon gewesen? Er nickte ernst, fragte, ob sie in Ordnung sei, und wirkte längst nicht so überrascht, wie sie erwartet hatte. Denn wenn der Dämon gekommen war, um nach ihm zu sehen, und es das gewesen war, was all die Fresser in die Kirche gelockt hatte, warum hatte er dann mit ihr geredet und mit der armen Mrs. Browning einen Anschauungsunterricht veranstaltet? Warum hatte er mit ihr darüber gesprochen, dass die Menschen sich selbst vernichteten, und damit zumindest teilweise das wiederholt, was sie von Two Bears gehört hatte? Was um alles in der Welt ging hier vor?

»Was wollte der Dämon von mir?«, platzte sie heraus.

»Ich weiß es nicht«, antwortete John Ross und blickte sie dabei fest und beruhigend an. Sie wusste sofort, dass er log.

Aber Reverend Emery hatte seine Predigt beendet, und die Gemeinde erhob sich, um das Abschlusslied zu singen, und damit war ihre Chance vorüber, ihn weiter zu befragen. Ross schickte sie wieder hinein zu ihrem Großvater und versprach ihr, dass sie später miteinander reden würden. Sie tat, um was er sie bat, unzufrieden wegen seines ausweichenden Verhaltens und misstrauisch, was seine Motive anging. Doch gleichzeitig sagte sie sich, dass sie vorsichtig vorgehen musste, wenn sie die Wahrheit über diese Dinge erfahren wollte. Sie huschte wieder den Gang entlang, setzte sich neben ihren Großvater auf die Bank und lächelte ihm reumütig zu, während um sie herum die Stimmen der Gemeinde anschwollen. Sie stimmte in den dritten Vers des Liedes ein, als ihr plötzlich der Gedanke kam, dass der Dämon möglicherweise versuchte, durch sie an John Ross heranzukommen, und dass dies der Grund gewesen sein könnte, warum er sie in der Küche der Kirche bedrängt hatte. Das würde auch erklären, warum Ross behauptete, nicht zu wissen, was vor sich ging. Es würde Sinn ergeben, wenn er ihr Vater war. Es würde einen perfekten Sinn ergeben.

Mrs. Browning war bereits weggebracht worden, als das Beisammensein begann, aber es wurde über nichts anderes gesprochen als über ihr plötzliches, unerwartetes Ableben. Nest hatte gehofft, sie würde weiter mit John Ross sprechen können, aber es gelang ihr nicht, ihn allein abzupassen. Zuerst war da ihr Großvater, der Ross mit ernster, gedämpfter Stimme begrüßte und ihm sagte, wie Leid es ihm täte, dass er ihre Kirche unter so tragischen Umständen kennen lernte. Gleichzeitig war Großvater aber trotzdem erfreut, dass Ross zur Messe erschienen war, erinnerte ihn an das Picknick am

Nachmittag und ließ sich das Versprechen geben, dass er kommen würde. Als Nächster war da Reverend Emery, der Ross mit traurigem Gesicht, einem festen Handschlag und der behutsamen Frage begrüßte, ob er während seines Aufenthalts in Hopewell seiner Dienste bedürfe. Dann war da noch Robert Heppler, der so beharrlich an Nest klebte, dass sie ihm schließlich sagte, sie würden schon dieselbe Luft atmen und er solle sich verziehen. Robert schien davon überzeugt zu sein, dass sie an einem verborgenen Gebrechen litt. Damit hatte er zwar nicht ganz Unrecht, aber in seiner Entschlossenheit, die Ursache für ihr Unwohlsein zu ergründen, war er so aufdringlich, dass sie ihm nicht einmal die Wahrheit darüber gesagt hätte, wenn ihr Leben davon abgehangen hätte.

Als es ihr endlich gelang, Robert und all die Gemeindemitglieder loszuwerden, die ihr mitteilen wollten, wie schrecklich doch diese Sache mit Mrs. Browning sei, und sich nach Großmutters Befinden erkundigten, war John Ross fort.

Sie war in düsterer Stimmung, als sie mit ihrem Großvater nach Hause fuhr, starrte aus dem Fenster ins Nichts, grübelte über die Ereignisse der letzten Tage und vor allem der letzten Stunden nach und versuchte das Spinnennetz aus Verwirrung und Widersprüchlichkeit zu entwirren, das sie umgab. Als ihr Großvater sie fragte, warum sie aus dem Andachtsraum gelaufen sei, erzählte sie ihm, ihr sei übel gewesen und sie sei zur Toilette gegangen. Als er fragte, ob es ihr jetzt wieder besser ginge, erwiderte sie, sie sei noch sehr bestürzt über Mrs. Browning und wolle nicht darüber sprechen. Das war dicht genug an der Wahrheit, dass er sie in Ruhe ließ. Sie wurde langsam gut darin, Leute Sachen glauben zu lassen, die nicht stimmten, aber sie hatte das unangenehme Gefühl, dass sie noch längst nicht so gut war wie John Ross.

Er wusste etwas über sie, das er für sich behielt, dachte sie düster. Er wusste etwas Wichtiges, und es hatte viel mit seinem Erscheinen in Hopewell zu tun. Es hatte eine Verbindung zu dem Dämon und zu ihrer Mutter. Es war das Zentrum von allem, was hier geschah, und sie war entschlossen herauszufinden, was dies war.

Obwohl sie sich noch weigerte, es vollständig und bedingungslos zu akzeptieren, glaubte sie, dass es damit zu tun hatte, dass er ihr Vater war.

Zu dem Zeitpunkt, als ihr Großvater den Lieferwagen die Auffahrt hochfuhr und neben dem Haus parkte, hatte sie sich dazu entschlossen, ihre Großmutter zur Rede zu stellen. Die mittägliche Temperatur näherte sich bereits der Vierzig-Grad-Marke, als sie in die Hitze hinaustrat. Die Luft war schwül vor Feuchtigkeit und von dem durchdringenden Geruch nach verbranntem Gras und Unkraut erfüllt. Die weit ausgebreiteten Zweige der großen Schattenbäume wirkten matt und regungslos unter dem unbarmherzigen Brennen der Sonne. Nest ging zur Veranda, hielt an, um Mr. Scratch hinter den Ohren zu kraulen, und betrat dann das Haus. Granny saß in einem geblümten Hauskleid und Pantoffeln am Küchentisch, nippte an einem Bourbon mit Wasser und rauchte eine Zigarette. Sie blickte auf, als Nest auf dem Weg zu ihrem Zimmer an ihr vorbeikam, sagte aber nichts. Nest ging in ihre Kammer, schlüpfte aus Kleid, Schuhen und Strümpfen und zog stattdessen ihre Laufshorts, ein T-Shirt mit dem Aufdruck »Never Grow Up«, Socken und Tennisschuhe an. Sie hörte ihre Großeltern im Flur reden. Granny fragte nach John Ross, und sie schien nicht glücklich über das zu sein, was sie hörte. Old Bob sagte ihr, sie solle leiser sprechen. Nest bürstete sich kurz die Haare, während die beiden den hitzigsten Teil ihres Gesprächs beendeten, und ging dann wieder in die Küche.

Sie hörten auf zu sprechen, als sie den Raum betrat, aber Nest tat so, als würde sie es nicht bemerken. Sie ging zum Kühlschrank und blickte hinein. Der Geruch nach gebratenem Hähnchen lag noch in der Luft, und so überraschte es sie nicht, einen damit gefüllten Behälter auf dem obersten Rost zu finden. Da standen außerdem ein Behälter mit Kartoffelsalat, einer mit rohem Gemüse und eine Schüssel mit Fruchtkompott. Wann hatte Großmutter dies alles gemacht? Hatte sie es zubereitet, während sie in der Kirche waren?

Sie blickte über ihre Schulter zu der alten Frau. »Ich bin erstaunt«, sagte sie lächelnd. »Es sieht toll aus.«

Großmutter nickte. »Ich hatte Hilfe von den Waldelfen.« Sie warf Old Bob einen herausfordernden Blick zu.

Old Bob antwortete darauf mit einem seltsam freundlichen, schiefen Grinsen. »Du hast noch nie irgendwelche Hilfe von Waldelfen gebraucht, Evelyn. Du könntest denen wahrscheinlich selber noch ein oder zwei Sachen beibringen.«

Großmutter errötete tatsächlich. »Alter Mann«, murmelte sie und erwiderte sein Lächeln. Dann verschwand das Lächeln, und sie griff nach ihrem Drink. »Nest, es tut mir Leid wegen Mrs. Browning. Sie war eine gute Frau.«

Nest nickte. »Danke, Granny.«

»Geht es dir jetzt wieder gut?«

»Ich bin in Ordnung.«

»Gut. Es kamen für euch beide Telefonanrufe, während ihr in der Kirche wart. Cass Minter wollte dich sprechen, Nest. Und Mel Riorden möchte, dass du ihn sofort zurückrufst, Robert. Er sagte, es sei dringend.«

Old Bob sah ihr zu, wie sie einen großen Schluck von ihrem Drink nahm. Er trug noch immer seine Anzugjacke und nahm sich jetzt die Zeit, sie auszuziehen. Er sah plötzlich müde aus. »In Ordnung. Ich werde mich darum kümmern. Entschuldigt mich bitte.«

Er drehte sich um und verschwand im Korridor. Nest holte tief Luft, ging zum Küchentisch hinüber und setzte sich ihrer Großmutter gegenüber. Durch das Südfenster fiel Sonnenlicht auf den Küchentisch. Seine Helligkeit wurde zum Teil durch die Schatten spendenden Bäume und die Spitzenvorhänge gedämpft, sodass sich auf der kunststoffbeschichteten Oberfläche komplizierte Muster bildeten. Das Licht fiel auf Großmutters Hände, die neben dem Aschenbecher und dem Drink ruhten, und ließ sie fleckig und schuppig aussehen. Die Tischplatte fühlte sich warm an, und Nest legte ihre Hände darauf, schob ihre Finger in eines der dekorativen Muster aus Licht und Schatten und zerstörte so seine Symmetrie.

»Granny«, sagte sie und wartete dann, bis die alte Frau sie anschaute. »Ich war gestern Nacht im Park.«

Großmutter nickte. »Ich weiß. Ich war auf und habe nach dir gesehen. Du warst nicht da, daher wusste ich, wo du hingegangen warst. Was hast du getan?«

Nest erzählte es ihr. »Ich weiß, es klingt ein wenig gruselig, aber das war es nicht. Es war interessant.« Sie brach ab. »Eigentlich war es auch ein wenig beängstigend. Zumindest ein gewisser Teil davon. Ich habe etwas gesehen, das ich nicht verstehe. Ich hatte diese ... Vision, könnte man es vielleicht nennen. Eine Art Tagtraum ... nur dass es natürlich in der Nacht war. Er handelte von dir.«

Sie beobachtete, wie die Augen ihrer Großmutter sich verdunkelten und ins Leere schweiften. Großmutter griff nach ihrer Zigarette und zog den Rauch tief in die Lungen. »Von mir?«

Nest blickte sie weiter fest an. »Du warst viel jünger, und du warst nachts im Park, so wie ich. Aber du warst nicht allein. Du warst von vielen Fressern umgeben. Du ranntest mit ihnen herum. Du warst ein Teil von ihnen.«

Die Stille, die darauf folgte, war fast greifbar.

Old Bob schloss die Tür seines Arbeitszimmers und starrte einen Moment lang ins Nichts. Das Zimmer befand sich auf der Nordseite des Hauses und wurde von einem großen alten Weißen Hickorybaum beschattet, aber die Julihitze war selbst hier eingedrungen. Old Bob bemerkte sie nicht. Er legte die Anzugjacke auf seinen Ledersessel und stemmte die Hände in die Hüften. Er liebte Evelyn, aber er war dabei, sie zu verlieren. Es waren das Trinken und die Zigaretten, hauptsächlich aber waren es Caitlin und all die Dinge, die die beiden miteinander geteilt und vor ihm verborgen hatten. Es gab eine geheime Geschichte zwischen ihnen, eine, die bis zu der Zeit von Caitlins Geburt zurückreichte – vielleicht sogar noch weiter. Sie betraf diesen ganzen Unsinn über Fresser und Magie. Sie betraf Nests Vater. Das Ganze ging weit über jede Vernunft hinaus, und es kerkerte Evelyn hinter einer Mauer ein, die er nicht erklimmen konnte, eine Mauer, die undurchdringlich geworden war, seit sich Caitlin selbst getötet hatte.

Da. Er hatte die Worte gedacht. *Seit sich Caitlin selbst getötet hatte.*

Er schloss die Augen, um seine Tränen zurückzuhalten. Es konnte natürlich ein Unfall gewesen sein. Es konnte sein, dass sie in dieser Nacht in den Park gegangen war, so wie sie es als Kind immer getan hatte, und dass sie abgerutscht und von den Klippen gestürzt war. Aber daran glaubte er keine Sekunde. Caitlin hatte den Park gekannt wie ihre eigene Hand. So wie Nest ihn kannte. Wie Evelyn ihn kannte. Er war immer ein Teil des Lebens der drei gewesen. Selbst Evelyn war in einem Haus aufgewachsen, das an den Park grenzte. Sie waren auf dieselbe Art ein Teil von ihm, wie es die Bäume und die Grabhügel waren, wie die Eichhörnchen, die Vögel und alles andere. Nein, Caitlin war nicht ausgerutscht und abgestürzt. Sie hatte sich selbst getötet.

Und er wusste noch immer nicht, warum.

Er starrte aus dem Fenster zu der Auffahrt, die zur Sinnissippi Road führte. Es war schwer gewesen, Caitlin zu verlieren, aber es würde unerträglich sein, falls er Evelyn verlor, dachte er. Sie hatten fast fünfzig Jahre zusammen verbracht; er konnte sich nicht erinnern, wie sein Leben vor ihr gewesen war. Er hasste das Trinken und das Rauchen, er hasste die Art, wie sie sich an den Küchentisch zurückgezogen und dort ihr Domizil aufgeschlagen hatte, und er hasste die Härte, mit der sie jetzt ihr Leben betrachtete. Aber er wollte sie lieber so haben als überhaupt nicht.

Aber was konnte er tun, um sie zu halten? Sie entglitt ihm von Tag zu Tag immer mehr, als säße sie auf einem Floß, dessen Halteleinen nachgaben, sodass sie langsam auf die See hinausdriftete, während er hilflos am Ufer stand und dabei zusah. Er ballte seine großen Hände zu Fäusten und zuckte mit den Achseln. Er war stark und klug und hatte einiges in seinem Leben geleistet, aber er wusste nicht, was er tun konnte, um sie zu retten.

Er griff nach seiner Krawatte und löste den Knoten. Was konnte er schließlich schon tun, was würde einen Unterschied machen? Gab es irgendjemanden, der ihm das sagen konnte? Er hatte mit Ralph Emery gesprochen, aber der Pfarrer hatte ihm gesagt, dass man an Evelyn nur herankommen konnte, wenn sie bereit war, Hilfe zu akzeptieren. Er war ein- oder zweimal zu ihnen gekommen, um mit ihr zu sprechen, aber Evelyn hatte kein Interesse daran gezeigt, aus sich herauszugehen. Nest war die Einzige, um die sie sich kümmerte, und manchmal dachte Bob, dass Nest es war, einfach indem sie da war, die den kleinen Unterschied für Evelyn ausmachte. Aber Nest war noch ein Kind, und es gab Grenzen bei dem, was ein Kind zu tun vermochte.

Außerdem, dachte er unbehaglich, war Nest für sein Gefühl selbst zu sehr wie ihre Großmutter.

Er nahm die Krawatte ab, legte sie zu seiner Jacke über den Sessel und ging zum Telefon, um Mel Riorden anzurufen. Er wählte, und der Apparat klingelte nur einmal, bevor Mel abhob.

»Riorden.«

»Mel? Hier ist Bob Freemark.«

»Ja, danke, dass du zurückrufst. Ich weiß das zu schätzen.«

Old Bob lächelte vor sich hin. »Was hast du getan? Hast du neben dem Telefon gestanden und auf meinen Anruf gewartet?«

»So ähnlich. Es ist nicht lustig. Ich habe ein Problem.« Der Tonfall von Mel Riordens Stimme machte das überdeutlich, aber Old Bob erwiderte nichts, sondern wartete, was Mel zu sagen hatte. »Du musst das für dich behalten, Bob, was ich dir erzählen will. Das musst du mir versprechen. Ich würde dich nicht mit reinziehen, wenn ich nicht müsste, aber ich kann diese Sache nicht auf sich beruhen lassen, und ich weiß nicht, was ich tun soll. Ich habe es bereits versucht und mir den Vorschlag eingefangen, doch zur Hölle zu gehen.«

Old Bob zog den Schreibtischstuhl heran und setzte sich. »Gut, das hier bleibt so lange zwischen dir und mir, wie du es willst, Mel. Warum erzählst du mir nicht einfach, um was es geht?«

Mel Riorden stieß einen besorgten Seufzer aus. »Es geht um Derry. Der Junge macht mehr Probleme als ein Dutzend Alligatoren in einem Wäscheschacht und ist zudem auch noch dumm wie Brot. Wenn er nicht das Kind meiner Schwester wäre ...« Er brach ab. »Na ja, das hast du alles schon oft genug gehört. Wie auch immer, ich war mit Carol und ein paar von den Enkelkindern in der Frühmesse. Al Garcia war auch da. Mit Angie und ihren Kids. Also gehe ich hinterher noch auf einen Kaffee, wie alle anderen auch. Ich sage hallo zu Al und Angie und ein paar anderen. Alle sitzen nett beisammen. Ich stehe da, mampfe einen Keks und schlürfe meinen Kaffee, während Carol mit den Enkeln schon losgegangen ist, und freue mich meines Lebens, da kommt meine Schwester. Sie sieht fürchterlich aus, äußerst besorgt und völlig aus dem Häuschen. Zuerst denke ich, sie hat getrunken. Aber dann sehe ich, dass es etwas anderes ist. Sie sagt zu mir: ›Mel, du musst mit ihm reden. Du musst herausfinden, was da vorgeht, und es beenden.‹«

»Was beenden?«

»Dazu komme ich noch.« Mel Riorden machte eine Pause, um seine Gedanken zu ordnen. »Weißt du, ich muss immer wieder an diese Zeitungsgeschichten denken, über die wir bei Josie's gewitzelt haben. Über Leute, die plötzlich Amok laufen. In ihren Köpfen rastet etwas aus, und sie drehen ohne wirklichen Grund plötzlich völlig durch. Man fragt sich, wie so etwas passieren kann, wieso die Menschen, die diese Leute kennen, das zulassen. Es ist einfach so. So wie der Lehrer in Mississippi, der in den Kindergarten kam und alle Kinder ermordete, weil er seinen Job verloren hatte. Hast du das heute in der Morgenzeitung gelesen?«

Old Bob schüttelte am Telefon den Kopf. »Ich habe die Zeitung noch nicht gelesen. Ich bin selbst gerade erst aus der Kirche zurück.«

»Ah ja, nun, das ist ein guter Grund, Katholik zu sein. Du bist schon früh mit der Kirche durch und hast den Rest des Tages Zeit für dich. Al und ich haben da mal drüber diskutiert, über die Vorteile, Katholik zu sein und nicht Protestant …«

»Mel.« Old Bob unterbrach ihn mitten im Satz. »Was ist mit Derry? Willst du sagen, dass er vorhat, jemanden zu ermorden?«

»Nein, nicht genau.« Mel Riorden machte eine kurze Pause. »Bleib bitte einen Augenblick dran, ja? Ich will nur sicher sein, dass Carol noch nicht vom Einkaufen zurück ist.« Er legte den Hörer hin und war für eine Minute weg, bevor er ihn wieder aufhob. »Ich will nicht, dass sie irgendetwas davon mitbekommt. Ich will nicht, dass irgendjemand es hört.«

»Willst du dich irgendwo mit mir treffen, wo wir ungestört reden können?«, fragte Old Bob.

»Nein, ich will das sofort erledigen. Außerdem weiß ich nicht, wie viel Zeit wir noch haben, wenn wir etwas unternehmen wollen.«

»Etwas unternehmen? Was sollen wir denn unternehmen, Mel?«

»Hab etwas Geduld mit mir.« Mel Riorden räusperte sich. »Als ich meine Schwester etwas beruhigt und beiseite genommen hatte, erzählte sie mir, dass jemand sie angerufen hatte, irgendein Freund. Er sagte, er hätte gehört, dass Derry gestern Abend bei Scrubby's mit Junior Elway getrunken und über einen Plan gesprochen hätte, MidCon lahmzulegen. Die Unterhaltung war nicht sehr deutlich, aber es wurde über einen Unfall gesprochen und darüber, dass vielleicht jemand dabei umkommen würde.«

Old Bob schüttelte langsam den Kopf. »Vielleicht hat sich jemand verhört.«

»Na ja, bei jedem anderen würde man es achselzuckend als das Gerede eines Betrunkenen abtun. Aber Derry ist seit Vietnam von der Rolle, und er kennt sich gut mit Waffen und Sprengstoffen aus. Meine Schwester bat mich, mit ihm zu sprechen. Ich wollte das nicht tun, weil ich weiß, dass Derry mich für einen alten Sack hält, aber ich habe ihr trotzdem gesagt, dass ich es versuchen würde. Also habe ich ihn angerufen, sobald ich nach Hause kam. Er schlief noch, und ich habe ihn geweckt. Er war nicht sehr angetan davon. Ich entschied, dass ich am besten gleich zum Thema kommen sollte. Ich erzählte ihm also von der Unterhaltung mit meiner Schwester und fragte ihn, ob da irgendetwas dran sei. Und er meinte, zur Hölle, ja, da sei was dran, aber es hätte nichts mit mir zu tun. Ich sagte ihm, dass er besser noch mal drüber nachdenken sollte, was immer es auch sein mochte. Erstens wissen die Leute jetzt schon, dass es etwas mit ihm zu tun hat, wenn etwas passiert; dafür hat er in der Kneipe selbst gesorgt. Und zweitens wird ihm alles, was er außerhalb der Gewerkschaft unternimmt, nur Ärger mit uns einbringen. Er sagt darauf, dass es ihn nicht kümmert, wer es weiß, und dass nur dann etwas erledigt würde, wenn es außerhalb der Gewerkschaft geschieht.«

»Was meinst du, hat er im Sinn?«, drängte Old Bob.

»Ich weiß es nicht. Er wollte es mir nicht sagen. Aber vielleicht würde er es dir erzählen. Er hat immer noch ein wenig Respekt vor dir, etwas, das er für mich längst nicht mehr übrig hat. Und ich glaube, dass er auch ein bisschen Angst vor dir hat. Nicht körperlich, aber … du weißt schon. Dein Ruf. Wenn du ihn fragen würdest, was er plant, würde er es vielleicht sagen.« Es folgte eine lange Pause. »Bob, ich weiß nicht, an wen ich mich sonst wenden soll.«

Old Bob nickte und dachte darüber nach. Derry Howe war von sich selbst und seinen wilden Ideen überzeugt, aber das meiste war nichts als Gerede. Die Gefahr kam durch seine Militärausbildung und seine Unfähigkeit, sich seit seiner Rückkehr aus Vietnam an irgendeine Art von normalem Leben zu gewöhnen. Da hatte Mel Recht; man durfte sein Geschwätz nicht einfach so abtun.

»Bob, bist du noch dran?«

»Ich bin hier«, antwortete er. Er wollte damit nichts zu tun haben. Er war sich überhaupt nicht sicher, was Derry Howe von ihm hielt, ob im Guten oder Bösen. Er wusste nicht einmal, ob ihm Derry die Uhrzeit sagen würde. Mel setzte mehr Vertrauen in ihn als er selber. Zudem hatte er selbst Probleme, die seine Aufmerksamkeit benötigten, und das größte von ihnen saß drüben in der Küche. Diese ganze Geschichte mit Derry klang nach Ärger, den er nicht gebrauchen konnte. »Ich weiß nicht, Mel«, sagte er.

»Gehst du heute mit Evelyn in den Park? Zum Picknick und zu dem Tanz? Sagtest du nicht, das würdet ihr tun?«

»Wir werden gehen.«

»Na ja, Derry wird auch dort sein. Er will mit Junior und ein paar anderen beim Hufeisenwerfen mitmachen. Ich bitte dich nur, dass du dir fünf Minuten Zeit nimmst und mit ihm sprichst. Frag ihn einfach nur, was er vorhat, das ist alles. Wenn er es dir nicht sagen will, gut. Aber wahrscheinlich tut er es. Vielleicht, wenn du es bist.«

Old Bob schüttelte den Kopf. Er wollte sich da nicht hineinziehen lassen. Er schloss die Augen und rieb sie sich mit seiner freien Hand. »Also gut, Mel«, sagte er schließlich. »Ich werde es versuchen.«

Ein hörbarer Seufzer der Erleichterung kam aus dem Hörer. »Danke, Bob. Wir sehen uns dort. Vielen Dank.«

Old Bob legte den Hörer langsam auf die Gabel. Kurze Zeit später stand er auf, um die Tür wieder zu öffnen.

»Nest, ich will, dass du mir zuhörst«, sagte Großmutter ruhig.

Sie saßen sich am Küchentisch gegenüber und blickten sich im diesigen Sonnenlicht fest in die Augen. Großmutters Hände zitterten, und sie legte sie übereinander, um sie ruhig zu halten. Nest sah die ganze Zeit über Enttäuschung, Wut und Trauer in ihrem Blick, und plötzlich fürchtete sie sich.

»Ich werde dich nicht anlügen«, sagte Großmutter. »Ich habe versucht, dich niemals anzulügen. Es gibt Dinge, die ich dir nicht erzählt habe. Einige, die du nicht zu kennen brauchst. Einige, die ich dir nicht sagen kann. Wir alle haben Geheimnisse in unserem Leben. Das steht uns zu. Nicht alles über uns sollte bekannt sein. Ich nehme an, dass gerade du das sehr gut verstehst. Geheimnisse geben uns den Raum, den wir brauchen, um zu wachsen und uns zu verändern, wie wir es tun müssen. Geheimnisse geben uns einen Privatbereich, wo Privatheit nötig ist, wenn wir überleben wollen.«

Sie wollte nach ihrem Drink greifen, hielt dann aber inne. Neben ihrem Ellbogen war die Zigarette zu Asche verglommen. Sie blickte sie an und schaute dann weg. Sie seufzte müde, und ihre Augen kehrten wieder zu Nest zurück.

»Warst du es, Granny?«, fragte Nest sanft. »Im Park, mit den Fressern?«

Großmutter nickte. »Ja, Nest, das war ich.« Sie schwieg einen Augenblick und sah aus, als stecke ein Bündel alter Stöcke in dem Hauskleid. »Ich habe es niemals jemandem erzählt. Nicht meinen Eltern, nicht deinem Großvater, nicht einmal Caitlin – und ich hätte es, weiß Gott, zumindest ihr sagen sollen. Aber ich habe es nicht getan. Ich hielt diesen Teil meines Lebens geheim, behielt ihn für mich.«

Sie griff über den Tisch hinweg nach Nests Hand und nahm sie in die ihre. Ihre Hände waren zerbrechlich und warm. »Ich war jung, eigensinnig und töricht. Ich war stolz. Ich war anders, Nest, und ich wusste es – anders, wie du es bist, mit dem Talent für Magie und in der Lage, die Waldkreaturen wahrzunehmen. Niemand konnte sehen, was ich sah. Weder meine Eltern noch meine Freunde oder sonst jemand. Es hob mich von allen anderen ab, und das gefiel mir. Meine Tante, Opal Anders, die Schwester meiner Mutter, war die Letzte vor mir gewesen, die Magie besessen hatte, und sie war gestorben, als ich noch sehr klein war. So gab es für eine ganze Zeit nur mich. Ich lebte am Park, und ich besuchte ihn, wann immer ich konnte. Er war meine eigene, private Welt. In meinem anderen Leben gab es nichts, das auch nur annähernd so aufregend war wie das, was im Park auf mich wartete. Ich ging nachts hin, so wie du es tust. Ich stellte fest, dass die Fresser auf mich warteten – neugierig, zutraulich, eifrig. Ich konnte erkennen, dass sie mich bei sich haben wollten. Sie waren begierig zu sehen, was ich tun würde. So kam ich zu ihnen, sooft ich konnte, mischte mich unter sie und folgte ihnen, immer beobachtend, mich fragend, was sie waren, und darauf wartend, was sie als Nächstes tun würden. Ich hatte niemals Angst. Sie bedrohten mich nie. Es schien überhaupt keinen Grund zu geben, nicht dort zu sein.«

Sie schüttelte langsam den Kopf und presste die Lippen zusammen. »Im Laufe der Zeit wurde mir die Gesellschaft der Fresser angenehmer als die der Menschen. Ich war ebenso wild wie sie; ich war ebenso hemmungslos. Ich streifte mit ihnen umher, weil ich mich dabei gut fühlte. Ich war zügellos und eitel. Ich glaube, ich wusste, dass eine Gefahr in dem verborgen lag, was ich tat, aber es fehlte ihr eine Identität, und da ich keine Beweise hatte, dass an dem, was ich tat, etwas Böses war, machte ich einfach so weiter. Meine Eltern konnten mich nicht kontrollieren. Sie versuchten mich in meinem Zimmer zu halten, sie versuchten mit mir zu argumentieren, sie versuchten alles. Aber der Park gehörte mir, und ich war nicht bereit, ihn aufzugeben.«

Irgendwo draußen auf der Woodlawn hatte ein Auto eine Fehlzündung, und Großmutter hörte einen Moment lang auf zu reden und starrte stattdessen aus dem Fenster, die Augen gegen die heiße Sonne zusammengekniffen. Nest fühlte, wie die Hand der alten

Frau sich fester um ihre eigene legte, und sie erwiderte den Druck, um ihre Großmutter wissen zu lassen, dass alles in Ordnung war.

»Der Indianer hatte kein Recht, es dir zu erzählen«, sagte Großmutter schließlich. »Kein Recht.«

Nest schüttelte den Kopf. »Ich glaube nicht, dass es Two Bears war, Granny. Ich glaube nicht, dass er es war.«

Großmutter schien sie nicht zu hören. »Warum tut er so etwas? Was treibt ihn dazu? Er kennt mich nicht einmal.«

Nest seufzte und sah Two Bears vor ihrem geistigen Auge, wie er mit den Geistern der Sinnissippi tanzte, und sie sah wieder die Vision ihrer Großmutter vor sich, die jung und mit wilden Augen inmitten der Fresser war. »Wann hörtest du damit auf, Granny?«, fragte sie sanft. »Wann hast du damit aufgehört, in den Park zu gehen?«

Großmutters Kopf fuhr hoch, und Furcht spiegelte sich in ihren zusammengekniffenen Augen. »Ich will nicht mehr darüber sprechen.«

»Granny«, drängte Nest. »Ich muss es wissen. Was glaubst du, warum hatte ich diese Vision von dir und den Fressern? Ich weiß es noch immer nicht. Du musst mir helfen.«

»Ich muss dir nicht helfen. Ich habe alles gesagt, was ich zu sagen habe.«

»Erzähl mir von dem anderen – von der schattenhaften Gestalt, deren Gesicht ich nicht sehen konnte. Erzähl mir von ihm.«

»Nein.«

»Granny, bitte!«

Die Tür der Bibliothek öffnete sich, und Old Bob kam den Flur entlanggeschlurft. Er blieb in der Küchentür stehen, Jacke und Krawatte über den Arm gelegt, seine massive Gestalt gebeugt und müde aussehend. Er blickte sie mit fragenden Augen an. Großmutter ließ Nests Hand los und griff nach ihrem Drink. Nest senkte den Blick auf den Tisch und wurde still.

»Robert, ich möchte, dass du dir alte Sachen anziehst und dann hinausgehst, um dieses Gestrüpp für die Müllabfuhr am Montag an die Straße zu bringen«, sagte Großmutter ruhig.

Old Bob zögerte. »Morgen ist Feiertag, Evelyn. Der Müll wird erst am Dienstag abgeholt. Wir haben noch viel Zeit ...«

»Tu es einfach, Robert!«, herrschte sie ihn an. »Nest und ich brauchen ein wenig Zeit für uns allein, wenn es dir nichts ausmacht.«

Nests Großvater errötete. Dann drehte er sich wortlos um und ging den Flur zurück. Nest und ihre Großmutter hörten zu, wie seine Schritte sich entfernten.

»Also gut, Nest«, sagte Großmutter, und ihre Stimme war von eiskalter Ruhe. »Ich werde dir noch diese eine Sache erzählen, und dann bin ich fertig. Frag mich danach nichts anderes mehr.« Sie leerte den Rest ihres Drinks und zündete sich eine Zigarette an. Ihr graues Haar fiel ihr spinnwebartig ins Gesicht. »Ich hörte damit auf, in den Park zu gehen, weil ich jemand anderen traf, der die Fresser ebenfalls sehen konnte und ebenfalls über Magie verfügte. Jemand, der mich liebte, der mich so sehr haben wollte, dass er alles getan hätte, um mich zu bekommen.« Sie nahm einen langen Zug von ihrer Zigarette und blies eine dichte Rauchwolke aus. »Schwer, sich jetzt vorzustellen, dass jemand diese alte Frau haben wollte. Schau mich nur an.«

Sie warf Nest ein trauriges, ironisches Lächeln zu. »Wie auch immer, so war es eben. Zu Anfang zog er mich an. Wir liefen beide mit den Fressern durch den Park und benutzten unsere Magie. Wir wagten alles. Wir wagten Dinge, über die ich nicht einmal sprechen kann, an die ich nicht einmal mehr denken kann. Es war falsch, sich so zu verhalten und die Dinge zu tun, die wir taten. Aber ich konnte einfach nicht anders. Was ich zuerst nicht erkannte, war, dass er böse war und dass er wollte, dass ich so wurde wie er. Aber ich bemerkte, Gott sei Dank, noch rechtzeitig, was geschah, und setzte dem Ganzen ein Ende.«

»Du hörtest auf, in den Park zu gehen?«

Großmutter schüttelte den Kopf. »Das konnte ich nicht. Ich konnte den Park nicht aufgeben.«

Nest zögerte. »Aber was hast du dann getan?«

Für einen Augenblick glaubte Nest, ihre Großmutter würde etwas Hässliches sagen. Sie hatte diesen Gesichtsausdruck. Dann nahm Granny ihre Zigarette, drückte sie im Aschenbecher aus und lachte spröde.

»Ich fand einen Weg, ihn davon abzuhalten, mir jemals wieder nahe zu kommen«, sagte sie. Ihre Kiefermuskeln spannten sich, und ihre Lippen pressten sich zusammen. Sie stieß die Worte rau und hastig aus. »Ich musste es tun. Er war nicht das, was er zu sein schien.«

Es war die Art, wie sie es sagte. Nest blickte sie forschend an. »Was meinst du damit: ›Er war nicht das, was er zu sein schien‹?«

»Lass es auf sich beruhen, Nest.«

Aber Nest schüttelte hartnäckig den Kopf. »Ich will es wissen.«

Großmutters zarte Hände verknoteten sich ineinander. »Oh, Nest! Es war nicht menschlich!«

Sie starrten sich fest in die Augen. Großmutters Gesicht war vor Ärger und Anspannung verzerrt. Der Puls in ihren Schläfen pochte, und ihr Mund bewegte sich, als würde sie auf den Worten kauen, die sie nicht aussprechen konnte. Aber Nest wollte nicht wegschauen. Sie würde nicht nachgeben.

»Er war nicht menschlich?«, wiederholte sie leise mit forschender, beharrlicher Stimme. »Wenn er nicht menschlich war, was war er dann?«

Großmutter schüttelte den Kopf, als wollte sie jede Verantwortung abschütteln, und atmete scharf aus. »Er war ein Dämon, Nest!«

Nest spürte, wie alle Kraft ihren Körper in einem erstickenden Strom verließ. Sie saß erstarrt auf ihrem Stuhl, und die Worte ihrer Großmutter waren ein raues Flüstern der Warnung in ihren Ohren. *Ein Dämon. Ein Dämon. Ein Dämon.*

Großmutter beugte sich vor und legte ihre trockenen, dünnen Hände über die von Nest. »Es tut mir Leid, dass ich dich enttäuscht habe, Kind!«, flüsterte sie.

Nest schüttelte schnell und heftig den Kopf. »Nein, Granny, es ist in Ordnung.«

Aber das war es natürlich nicht, und in den dunkelsten Ecken ihres Herzens wusste sie, dass es das vielleicht niemals wieder sein würde.

Kapitel 19

Danach tat Großmutter etwas Seltsames. Sie stand ohne ein weiteres Wort auf, ging durch den Flur zu ihrer Schlafkammer und schloss die Tür hinter sich. Nest saß am Küchentisch und wartete. Die Minuten verstrichen, aber Großmutter kam nicht zurück. Sie hatte ihre Zigaretten liegen gelassen. Nest konnte sich nicht erinnern, wann Großmutter das letzte Mal den Küchentisch auf diese Art mitten am Tag verlassen hatte. Sie nahm noch immer an, dass die alte Frau zurückkommen würde. Sie saß allein in der Küche, ins Licht der heißen Julisonne getaucht. Großmutter blieb in ihrem Schlafzimmer.

Schließlich stand Nest auf, ging zur Tür und schaute den Flur entlang. Der Korridor war still und leer. Nest stupste mit der Spitze ihres Tennisschuhs gegen den Holzfußboden. *Ein Dämon, ein Dämon, ein Dämon*! In ihrem Kopf wirbelten die Möglichkeiten durcheinander, die sich daraus ergaben. War der Dämon, den Großmutter gekannt hatte, derselbe, der jetzt hier war? Sie erinnerte sich, dass John Ross gesagt hatte, er wüsste nicht, warum der Dämon sich für sie interessierte, und sie fragte sich, ob das mit Großmutter zu tun hatte. Vielleicht versuchte der Dämon, durch sie an Großmutter heranzukommen – und nicht an John Ross. Möglicherweise war das seine Absicht.

Sie blickte auf ihre Füße und ihre sonnengebräunten Beine hinunter, und sie wünschte sich, dass irgendjemand ihr einfach die Wahrheit sagen würde. Denn sie war sich ziemlich sicher, dass dies im Augenblick niemand tat.

Nachdem sie eine Weile vergeblich gewartet hatte, dass Großmutter wieder auftauchte, ging sie in die Küche zurück und nahm das Telefon, um Cass anzurufen. Das Haus kam ihr bedrückend und verschlossen vor, selbst in der strahlenden Helligkeit des Mittags. Sie lauschte seinem Schweigen über das Klingeln des Telefons hinweg. Cass Minters Mutter nahm beim dritten Klingeln ab und informierte Nest, dass Cass und Brianna bereits losgegangen seien und sie im Park bei der Rodelbahn treffen würden. Nest bedankte sich bei Mrs. Minter und legte auf. Sie sah sich in der Küche um, als ob sie dort jemanden suche, der sie beobachtete, so sehr plagte sie das, was ihr ihre Großmutter erzählt hatte. *Ein Dämon.* Sie schloss die Augen, aber auch dort wartete der Dämon auf sie; seine sanften Züge lächelten, und seine blassen Augen blickten sie ruhig an.

Sie schaute auf die Uhr und ging den Flur entlang zur Hintertür. Das Picknick mit John Ross war erst um drei Uhr. Sie hatte etwas weniger als zwei Stunden, die sie mit Cass und den anderen verbringen konnte, bevor sie nach Hause musste. Sie trat in die Hitze hinaus und blinzelte in den strahlenden, sonnenbeschienenen Himmel. Die Luft war gesättigt von dem schweren Geruch der trockenen Erde, der Gräser und Blätter. In den Bäumen sangen die Vögel, und Autos, deren Reifen kläglich auf dem heißen Asphalt wimmerten, fuhren die Sinnissippi Road entlang. Sie befeuchtete ihre Lippen und sah sich um. Ihr Großvater kam die Auffahrt herauf, nachdem er den Gartenabfall weggebracht hatte. Er wurde langsamer, als er sich näherte, und ein unsicheres Lächeln zog über sein verwittertes Gesicht.

»Ist alles in Ordnung?«, fragte er. Seine großen Hände hingen schlaff herunter, und auf seiner Stirn stand Schweiß.

Nest nickte. »Sicher. Ich bin auf dem Weg, mich mit Cass und den anderen im Park zu treffen.«

Ihr Großvater warf einen zögernden Blick zum Haus hinüber und sah dann wieder zu ihr. »John wird um drei Uhr zum Picknick kommen.«

»Keine Angst, bis dahin bin ich wieder da.« Sie lächelte ihn beruhigend an. Wie viel wusste er über Großmutter und die Fresser? »Bis dann, Grandpa.«

Sie ging um den schlafenden Mr. Scratch herum und durchquerte eilig den Garten, die Augen entschlossen nach vorne gerichtet, damit sie nicht zurückschaute. Sie fühlte sich, als hätte ihr Großvater in ihren Augen alles gelesen, was sie dachte, und das wollte sie nicht. Sie fühlte sich, als würde ihr alles verheimlicht, während sie überhaupt keine Geheimnisse vor den anderen hatte. Aber da war natürlich John Ross. Sie war die Einzige, die die Wahrheit über ihn kannte. Na ja, zumindest einen Teil der Wahrheit. Sie seufzte hilflos.

Sie zwängte sich durch den Spalt zwischen den Büschen, als Pick sich auf ihre Schulter fallen ließ.

»Wurde auch Zeit«, grummelte er und machte es sich bequem. »Einige von uns sind schon seit Tagesanbruch auf den Beinen, musst du wissen.«

Sie blickte ihn ärgerlich an. »Schön für dich. Einige von uns haben versucht herauszufinden, warum andere von uns nicht ein bisschen ehrlicher über gewisse Dinge sprechen.«

Die hölzerne Stirn legte sich in Falten, und die tiefschwarzen Augen zogen sich zusammen. »Was soll das denn heißen?«

Sie blieb abrupt neben dem Feldweg stehen und blickte in den Park. Weiter östlich, wo die schattigen Bäume begannen, breiteten Familien ihre Decken und Picknickkörbe auf dem Rasen aus. Auf den Plätzen fanden Baseballspiele statt. Zwei Jungen warfen sich eine Frisbee-Scheibe zu, und ein Hund rannte hoffnungsvoll zwischen ihnen hin und her und jagte ihr nach. Das alles war ihr vertraut, und doch kam es ihr sehr fremd vor.

»Es soll heißen, dass du gestern Nacht sehr schnell verschwunden bist, nachdem die Geister der Sinnissippi aufgetaucht sind.« Sie blickte ihn finster an. »Warum hast du das getan?«

Der Waldschrat funkelte zurück. »Weil es ein Haufen Hokuspokus war, darum. Ich habe mich gelangweilt.«

»Lüg mich nicht an!«, zischte sie. Sie packte ihn an seinem zweigartigen Genick, riss ihn von ihrer Schulter und hielt ihn vor sich, während er um sich trat und sich wand. »Du hast die Vision auch gesehen, nicht wahr? Du hast dasselbe gesehen wie ich, und du willst es nicht zugeben! Aber dazu ist es zu spät, Pick!«

»Lass mich runter!«, wütete er.

»Oder was? Was wirst du sonst tun?« Sie hätte ihn am liebsten ins Gras geworfen und dort liegen lassen. »Ich weiß, wer sie war! Es war Großmutter! Ich habe es durch ein Bild auf dem Kamin erkannt! Ich dachte zuerst, es wäre Mutter, aber es war Großmutter! Du wusstest es, oder? Wusstest du es nicht?«

»Ja!« Er schlug nach ihr.

Er hörte auf, sich zu winden, und starrte sie unheilvoll an. Nest starrte zurück. Nach einer kurzen Weile stellte sie ihn auf ihre Handfläche und setzte sich neben dem Feldweg auf den Boden, während sie ihn vor ihr Gesicht hielt. Pick richtete sich empört auf und fuhr sich über Arme und Beine, als sei er in einen Haufen Müll geworfen worden.

»Tu das nie wieder!«, warnte er sie und war so wütend, dass er sie noch nicht einmal anschauen wollte.

»Hör auf, mich anzulügen, dann werde ich es vielleicht nicht mehr tun!«, fauchte sie und war genauso verärgert wie er.

Sein Mund mahlte hinter dem moosigen Bart. »Ich habe dich nicht angelogen! Aber es steht mir nicht zu, dir Dinge über deine Familie zu erzählen! Dazu habe ich kein Recht!«

»Was für eine Art von Freund bist du denn dann?«, wollte sie wissen. »Ein richtiger Freund hat keine Geheimnisse!«

Pick schnaubte. »Jeder hat seine Geheimnisse. Das ist ein Teil des Lebens. Niemand von uns sagt einem anderen alles. Das können wir nicht. Dann gäbe es keinen Teil von uns, der nicht jemand anderem gehörte!« Er zerrte ärgerlich an seinem Bart. »Also schön, ich habe dir nicht von deiner Großmutter und den Fressern erzählt. Aber sie hat dir auch nichts davon gesagt, oder? Also gibt es vielleicht einen Grund dafür, und vielleicht ist es ihre Sache zu entscheiden, ob sie will, dass du diesen Grund erfährst, und vielleicht ist es nicht meine Sache!«

»Vielleicht dies, vielleicht das! Vielleicht ist es gar nicht mehr wichtig! Sie hat es mir erzählt, als ich sie danach fragte, obwohl sie es eigentlich nicht tun wollte! Sie hat es mir erzählt, aber es wäre einfacher gewesen, wenn ich es von dir erfahren hätte!« Nest schüttelte den Kopf, und ihre Stimme wurde ruhiger. »Sie hat mir auch von dem Dämon erzählt. Ist das derselbe, der jetzt hier ist?«

Pick warf die Hände in die Luft. »Wie soll ich das beantworten können, wenn ich ihn noch nicht einmal gesehen habe?«

Nest musterte ihn einen Augenblick lang zweifelnd. »Er würde wahrscheinlich sowieso nicht mehr so aussehen wie damals, oder?«

»Schwer zu sagen. Dämonen verändern sich nicht mehr sehr stark, sobald sie zu Dämonen geworden sind.« Er blinzelte. »Warte einen Augenblick. Du hast ihn doch nicht etwa gesehen, oder?«

Nest erzählte ihm von der Begegnung in der Kirche, vom Auftauchen der Fresser und von Geist, von der armen Mrs. Browning und von John Ross. Als sie fertig war, setzte sich Pick in ihrer Handfläche hin und schüttelte den Kopf.

»Was geht hier vor?«, fragte er leise und sprach weniger zu ihr als zu sich selbst.

Sie ließ ihren Blick erneut zum Park schweifen, dachte darüber nach und suchte nach einer Antwort, die sich weigerte, gefunden zu werden. Dann stand sie auf, setzte Pick wieder auf ihre Schulter und ging weiter am Rand des Feldweges auf den Ostteil des Parks zu. »Erzähl mir von meiner Großmutter«, bat sie ihn nach einer Weile.

Pick blickte sie an. »Fang nicht schon wieder an. Ich habe alles gesagt, was ich darüber sagen kann.«

»Erzähl mir einfach nur, was sie mit den Fressern tat, als sie mit ihnen herumzog und ein Teil von ihnen war.« Nest merkte, wie ihre Stimme kurz aussetzte, als ihr die hässliche Vision wieder vor Augen stand.

Pick zuckte mit den Achseln. »Ich weiß nicht, was sie tat. Sie war jung und wild, deine Großmutter, und sie tat eine Menge Dinge, mit denen ich nicht einverstanden war. Das Herumtreiben mit den Fressern war eines davon. Sie tat es, weil ihr danach war, glaube ich. Sie war anders als du.«

Nest sah ihn an. »Auf welche Weise anders?«

»Sie war die Erste in deiner Familie, die über Magie verfügte, ohne jemanden zu haben, der sie in ihrem Gebrauch unterrichtete«, erwiderte er. »Sie wusste nicht, was sie damit tun sollte. Es gab kein

Gleichgewicht in ihrem Leben, so wie es eines in deinem gibt. Zumindest damals nicht. Sie hat dir dieses Gleichgewicht vermittelt, musst du wissen. Sie war von Anfang an da, um dich vor der Magie zu warnen. Für sie war niemand da. Opal, die Letzte vor ihr, war bereits tot, als deine Großmutter acht war. So gab es also nur mich, und auf mich wollte sie nicht hören. Sie dachte, es ginge mir nur um meinen eigenen Vorteil und dass das, was ich sagte, keine Bedeutung für sie hätte.« Er schürzte die Lippen. »Wie ich sagte, sie war sehr dickköpfig.«

»Sie sagte, sie sei in den Dämon verliebt gewesen.«

»Das war sie eine Zeit lang.«

»Bis sie die Wahrheit über ihn herausfand.«

»Genau, bis dahin.«

»Was tat sie, um ihn von sich fernzuhalten?«

Pick blickte sie an. »Hat sie dir das nicht erzählt?«

Nest schüttelte den Kopf. »Wirst du es tun?«

Pick seufzte. »Da haben wir es wieder.«

»Na gut, vergiss es.«

Sie gingen schweigend weiter, kamen an dem östlichen Baseballfeld vorbei und wandten sich dem Parkplatz zu, der sich vor der Rodelbahn befand. Vor ihnen schimmerten die Bäume heiß in der Mittagssonne, und der Fluss glänzte silbern und golden. In den Hintergärten der Häuser, die an den Park grenzten, arbeiteten die Leute in ihren Blumenbeeten und mähten Gras. Der Geruch von Hamburgern, die auf einem offenen Grill brieten, hing deutlich in der feuchten Luft.

»Ich sollte es dir nicht erzählen«, beharrte Pick ruhig.

»Dann tu es nicht.«

»Ich sollte es nicht tun.«

»In Ordnung.«

Pick zuckte mit den Schultern. »Deine Großmutter«, sagte er müde und starrte geradeaus. Für eine ganze Minute sagte er nichts weiter. »Der Dämon unterschätzte sie zu seinem eigenen Nachteil. Siehst du, sie verstand ihn besser, als er annahm. Sie hatte in diesen Nächten im Park ein paar Sachen gelernt, als sie mit ihm herumzog und Teil seines Lebens war. Sie wusste, dass es ihre Magie war, die ihn zu ihr hinzog. Sie wusste, dass die Magie alles für ihn bedeutete. Er wollte sie, weil sie darüber verfügte. Sie war in jenen Tagen sehr mächtig, Nest. Wohl ebenso mächtig wie er. Und so sagte sie ihm, dass sie die Magie gegen ihn verwenden würde, wenn er im Park blieb und sie nicht in Ruhe ließ. Sie würde sie bis zum Letzten verwenden. Sie würde ihn töten oder sich selbst oder sie alle beide – es war ihr egal.«

Er machte eine Pause. »Und sie hätte es auch getan. Sie war sehr entschlossen, sehr unsentimental, deine Großmutter.« Er kratzte sich an seinem Moosbart. »Jedenfalls überzeugte sie den Dämon damit. Er zog sich von ihr zurück. Hinterher hasste er sie dafür. Und er hasste auch sich selbst. Zu dem Zeitpunkt, als sie mit ihm fertig war, wollte er nichts mehr mit ihr zu tun haben.«

Nest versuchte sich vorzustellen, wie ihre Großmutter den Dämon kontrollierte, ihm drohte, ihn zu töten, wenn er sich weigerte, sie in Ruhe zu lassen. Die zerbrechliche, müde alte Granny.

»So, und das ist alles, was ich zu diesem Thema sagen werde«, stieß Pick erhitzt hervor. »Wenn du mehr wissen willst, musst du deine Großmutter fragen. Aber das würde ich mir zweimal überlegen, wenn ich du wäre. Das ist jedenfalls meine Meinung. Manche Dinge sollte man besser auf sich beruhen lassen, und dies ist eines davon. Glaub mir einfach. Lass es sein.«

»Haben das nicht die Beatles 1969 gesungen?«

»Was?«

»Vergiss es.« Nest machte das ganze Thema einfach krank. Nichts von dem, was sie gehört hatte, ließ sie sich besser fühlen. Pick machte sie mit seiner Weigerung, darüber zu sprechen, nur ärgerlich, aber sie nahm an, dass er Recht damit hatte, dass sie es besser von Großmutter hören sollte. Vielleicht war es auch an der Zeit, nach ihrem Vater zu fragen. Vielleicht war es an der Zeit, auf eine Antwort zu bestehen. Es gab zu viele Geheimnisse in ihrer Familie, und einige davon mussten gelüftet werden. Hatte sie nicht ein Recht darauf, sie zu erfahren?

»Ich muss gehen«, verkündete Pick und richtete sich auf ihrer

Schulter auf. Sie hielt an und blickte in sein schmales Gesicht. Seine grimmigen Augen starrten zurück. »Bring nur auf jeden Fall John Ross zum Baum des Maentwrogs, damit er sich selbst ansehen kann, was dort vorgeht.«

Nest nickte. »Ich werde ihn nach dem Picknick hinführen.«

Sie ließ Pick auf den Boden hinab, und er verschwand ohne ein weiteres Wort im hohen Gras, als wäre er eine Ameise. »Bye«, murmelte sie zu der leeren Stelle, wo er eben noch gestanden hatte.

Sie ging weiter über das Gras zu dem Parkplatz, der sich vor der Rodelbahn befand, und trat dabei nach Steinen und starrte auf den Boden, der unter ihr vorbeizog. Ihre Haut war bereits heiß und klebrig. Sie fuhr sich durch das lockige, feuchte Haar, strich es sich aus der Stirn und aus den Augen. Sie fühlte sich unbeholfen und dumm. Sie hasste das, was sie war. Sie fragte sich, was sie tun konnte, um die Dinge zu ändern.

Jemand rief ihr vom Spielfeld her nach, und sie schaute hinüber. An der Homeplate stand eine Gruppe von Jungen, die zu ihr herüberblickten; sie nahm an, dass einer von ihnen sie gerufen hatte. Schlimmer noch, sie nahm an, dass es Danny Abbott gewesen war. Sie schaute weg und ging weiter.

Sie überquerte den Parkplatz und erreichte die Rodelbahn, wo sie Cass und die anderen erblickte, die sich an einem Picknicktisch unter einer der großen Eichen versammelt hatten. Hinter ihnen, am Fuß des Hügels, strömte der Fluss mit träger Gleichgültigkeit jenseits der Absperrung sein Bett entlang. Ein paar Boote dümpelten sanft auf der Oberfläche, und die Insassen waren über ihre Angelruten und Köderbüchsen gebeugt. Sie schlenderte zu ihren Freunden hinüber, versuchte unbekümmert zu wirken und sich selbst davon zu überzeugen, dass sich nichts verändert hatte. Sie waren alle da – Cass, Brianna, Robert und Jared. Sie schauten auf, als sie näher kam, und Nest hatte das Gefühl, dass sie über sie gesprochen hatten.

»Hallo«, sagte sie.

»Pete und Repeat gehen spazieren«, sagte Robert mit ernstem Gesicht. »Pete muss nach Hause. Wer ist fort?«

»Elvis?«, fragte sie und quetschte sich zwischen Cass und Brianna.

»Guter Versuch. Zwei Typen gehen in eine Bar. Der eine hat einen Dobermann, der andere einen Terrier. Sagt der Barkeeper …«

»Robert!«, fuhr Brianna ihn an und schnitt ihm das Wort ab. »Meine Güte!«

»Hör schon auf mit den Witzen«, stimmte Cass ihr zu. »Die waren schon beim ersten Mal nicht witzig, damals, als Washington Präsident war.«

»Mein Gott!« Robert sah verärgert aus. »Na schön, also was wollen wir unternehmen? Und erzählt mir nicht, dass wir den Tag damit verbringen werden, noch mehr kranke Bäume zu pflegen.« Er warf Nest einen bedeutungsvollen Blick zu. »Vor allem, da wir bei dem letzten nicht sehr erfolgreich waren.«

»Was meinst du damit?«, fragte sie.

»Ich meine, dass er schrecklich aussieht.« Er schob sich die Brille auf der Nase zurecht und strich sein blondes Haar zurück. »Wir sind auf dem Weg hierher an ihm vorbeigekommen, und er sieht absolut tot aus. Was wir auch getan haben, es hat nicht geholfen.«

»Wir könnten schwimmen gehen«, schlug Brianna fröhlich vor und ignorierte ihn.

Nest schüttelte den Kopf. »Ich kann nicht. Ich muss um zwei nach Hause. Wie schlimm ist es, Robert?«

»Die Borke ist völlig aufgerissen, es sickert etwas Grünes heraus, und er hat lauter tote Blätter.« Er sah den Ausdruck auf Nests Gesicht und brach ab. »Was geht hier vor? Was hat es mit dieser ganzen Geschichte mit dem kranken Baum auf sich?«

Nest holte tief Luft und biss sich auf die Unterlippe. »Jemand vergiftet die Bäume im Park«, sagte sie und gab damit der Lüge, die sie aussprach, einen Funken Wahrheit.

Sie starrten sie an. »Warum sollte jemand so etwas tun?«, fragte Cass.

»Weil …« Sie zuckte mit den Schultern. »Weil er verrückt ist, nehme ich an.«

Robert runzelte die Stirn. »Woher weißt du das?«

»Grandpa hat es mir erzählt. Er hat es von den Parkangestellten gehört. Ich nehme an, es ist auch schon an anderen Orten passiert.« Sie kam jetzt richtig in Fahrt und klang sehr selbstsicher. »Es ist ein einziger Typ, der das tut. In einem anderen Park wurde er gesehen, sodass sie eine Beschreibung von ihm haben. Alle suchen nach ihm.«

Robert runzelte noch etwas mehr die Stirn. »Das ist das erste Mal, dass ich davon höre. Mein Vater hat noch nie etwas davon erzählt, dass jemand Bäume in den Parks vergiftet. Bist du dir da sicher?«

Nest sah ihn angewidert an. »Natürlich bin ich mir sicher. Warum sollte ich es sagen, wenn ich es nicht wäre?«

»Sie wissen also, wie dieser Typ aussieht?«, fragte Jared ruhig. Er sah müde aus, als hätte er nicht gut geschlafen.

»Ja.« Sie blickte die anderen verschwörerisch an. »Ich werde euch noch etwas verraten. Grandpa glaubt, dass er an diesem Wochenende im Park sein wird. Manchmal zieht er sich an wie ein Parkangestellter, um nicht aufzufallen, müsst ihr wissen. So kommt er damit durch, wenn er die Bäume vergiftet.«

»Er ist vielleicht an diesem Wochenende im Park?«, plapperte Brianna ihr nach, und ihre prozellanartigen Züge spiegelten Grauen wider.

»Wahrscheinlich«, meinte Nest. »Darum müssen wir wachsam sein und nach ihm Ausschau halten. So sieht er aus.« Sie gab eine sorgfältige Beschreibung des Dämons, angefangen bei seinen blassen Augen bis zu seinem sanften Gesicht. »Aber versucht nicht, in seine Nähe zu kommen, falls ihr ihn seht. Und passt auf, dass er nicht bemerkt, dass ihr ihn erkannt habt. Holt einfach nur mich.«

»Dich holen?«, wiederholte Robert misstrauisch.

»Damit ich es Grandpa erzählen kann, weil er weiß, was zu tun ist.«

Alle nickten ernst. Nest hielt die Luft an und wartete auf weitere Fragen, aber es kamen keine. Nicht schlecht, dachte sie und wusste nicht, ob sie über ihre Geschichte lachen oder weinen sollte. Du kannst es mit den besten Lügnern aufnehmen, was? Du kannst sogar deine Freunde belügen.

Danach wanderten sie eine Weile durch den Park, um sich die Zeit zu vertreiben. Nest beobachtete, dass ihre Freunde heimlich die Gesichter anderer Besucher musterten, als könnten sie tatsächlich den Baumvergifter finden, und sie fragte sich, ob sie das Richtige getan hatte. Sie brauchte jede Hilfe, die sie bekommen konnte, und dies würde ihren Freunden etwas zu tun geben, sodass sie nicht mehr so viel darüber nachdachten, warum Nest sich so seltsam benahm. Aber trotzdem schämte sie sich für das, was sie tat. Sie glaubte nicht, dass einer von ihnen den Dämon finden würde. Sie nahm an, dass nur John Ross das konnte und vielleicht nicht einmal er. Was sie davon überzeugte, dass sie wenigstens versuchen musste, etwas zu tun, war ihre Erinnerung an die Begegnung in der Kirchenküche am heutigen Morgen, an den Mord, an die bleichen Augen, die sie musterten, an die ruhige, gleichförmige Stimme, die ihr davon erzählt hatte, wie das Ende der Welt aussehen würde. Sie konnte sich bis in alle Ewigkeit Rechtfertigungen überlegen, aber sie fühlte sich dennoch verzweifelt und fast hoffnungslos.

Der Park füllte sich allmählich mit Familien, die zum Picknick herkamen und um an den Spielen teilzunehmen, die von den Jaycees ausgerichtet wurden, bevor das Tanzvergnügen am Abend beginnen würde. Es würde Softball, Badminton, Hufeisenwerfen und verschiedene Wettläufe für Erwachsene und Kinder geben. Mitglieder des Clubs waren bereits dabei, alles vorzubereiten. Imbiss- und Getränkestände wurden aufgebaut. Der Geruch von Hot dogs und Hamburgern hing in der schweren Juliluft, und Rauch stieg träge von den Backsteinkaminen der Kochstellen im Pavillon auf. Rote Eichhörnchen mit buschigen Schwänzen huschten die Zweige der großen Eichen entlang, und ein paar Hunde jagten hinter Bällen her. Von überall erklangen Lachen und fröhliches Rufen.

Eine leise Brise strich vom Fluss herüber und veranlasste Nest, zum Himmel aufzublicken. Ein dünner Gazestreifen aus Wolken zog über das Blau hinweg. Sie hatte ihren Großvater sagen hören, dass es am Vierten vielleicht regnen würde.

Sie trennte sich jetzt von den anderen und versprach, sich am Nachmittag wieder mit ihnen zu treffen, wenn alle familiären Verpflichtungen erledigt waren. Robert grillte mit seinen Eltern und ein paar Cousins im Garten. Cass und Brianna gingen zu einem Kirchenpicknick. Jared musste nach Hause, um auf die kleineren Kinder aufzupassen, während seine Mutter und George Paulsen in den Park gingen, damit George am Hufeisenturnier teilnehmen konnte.

Jared und Nest gingen zusammen durch den Park, ohne etwas zu sagen. Jared schien in Gedanken versunken zu sein, aber sie war gerne mit ihm zusammen, wie auch immer seine Stimmung war. Sie mochte die Art, wie er ständig über alles nachdachte und alles, was er sagen wollte, vorher genau abwägte.

»Gehst du heute Abend zu dem Tanz, Nest?«, fragte er plötzlich, ohne sie dabei anzusehen.

Sie blickte ihn überrascht an. »Sicher. Und du?«

»Mom sagt, ich darf für eine Weile hin. Die Kinder bleiben über Nacht bei Mrs. Pinkley, außer Bennett, die bei Alice Workman übernachtet. Du weißt schon, die Sozialarbeiterin. George und Mom gehen irgendwohin aus und kommen dann zurück, um fernzusehen.«

Sie gingen weiter, etwas unbeholfen in der Stille zwischen ihnen gefangen. »Willst du mit mir zum Tanz gehen?«, fragte er nach einer Minute.

Nest spürte, wie eine warme Welle ihren Hals hinabströmte. »Sicher.«

»Prima. Wir treffen uns um sieben.« Er war so ernsthaft. Er räusperte sich und schob die Hände in die Taschen seiner Jeans. »Du findest das doch nicht irgendwie komisch, oder?«

Sie musste gegen ihren Willen lächeln. »Warum sollte ich?«

»Weil es nur du und ich wären, nicht wir alle. Robert, Cass und Brianna könnten es komisch finden, dass wir sie nicht dabeihaben.«

Sie warf ihm einen schnellen Blick zu. »Es ist mir egal, was sie denken.«

Er dachte einen Augenblick darüber nach und nickte dann ernsthaft. »Gut. Mir auch.«

Sie trennte sich auf dem Feldweg von ihm und schlüpfte durch den Spalt in den Büschen. Es lag nicht nur an der Hitze, dass ihr ein wenig schwindlig war.

Kapitel 20

John Ross fuhr mit dem Portier des Lincoln-Hotels mit, der sich zum Sonntagsessen mit seinem Bruder und seiner Schwägerin traf, die ein Stück weiter nördlich wohnten. Der Mann setzte ihn an der Ecke Third Street und Sixteenth Avenue ab, und Ross ging den Rest des Wegs zu Fuß. Der Mann hätte ihn auch bis zur Schwelle der Freemarks gebracht – er hatte es sogar angeboten –, aber es war noch nicht einmal zwei Uhr, und Ross wurde nicht vor drei erwartet und wollte nicht zu früh ankommen. So humpelte er stattdessen die Third entlang zum Riverside-Friedhof. Er bewegte sich langsam in der Hitze und suchte Caitlin Freemarks Grab auf. Der Tag war still und feucht, aber hier, wo er unter den Laubbäumen entlangwanderte, war es kühl und schattig. Es waren noch andere Leute auf dem Friedhof, aber niemand beachtete ihn. Er trug eine frische Jeans, ein blassblaues Hemd und seine alten Wanderschuhe. Er hatte seine langen Haare gewaschen und sie mit einem sauberen Tuch zurückgebunden. Er sah halbwegs respektabel aus, besser ging es halt nicht.

Er trat vor Caitlin Freemarks Grab, sah auf den Marmorstein hinab, las mehrmals die Inschrift und musterte den rauen, dunklen Schatten der Buchstaben und Zahlen auf der hellen glasartigen Oberfläche. CAITLIN ANNE FREEMARK, GELIEBTE TOCHTER UND MUTTER. Er spürte, wie etwas an ihm zerrte; es war der plötzliche Drang, seine Lügen zu gestehen, seine Ausreden aufzugeben und den Freemarks zu offenbaren, wer er war und was er tat. Er blickte zu ihrem Haus hinüber, konnte es aber durch die Bäume hindurch nicht sehen und beschwor es stattdessen vor seinem geistigen Auge. Er stellte sich vor, wie sie seinen Blick erwiderten. Er konnte ihnen die Wahrheit natürlich nicht sagen. Nests Großmutter kannte den größten Teil davon sowieso schon, vermutete er. Das musste sie einfach. Und Robert Freemark? Old Bob? Ross schüttelte den Kopf und wollte keine Vermutung anstellen. Auf jeden Fall war Nest die Einzige, auf die es wirklich ankam, und er konnte es ihr nicht sagen. Vielleicht brauchte sie es nie zu erfahren. Wenn er schnell genug war, wenn er den Dämon finden und vernichten konnte, wenn er seine Pläne vereiteln konnte, bevor er sie ausführen konnte ...

Er blinzelte in der Hitze, und das Bild der Freemarks löste sich vor seinem geistigen Auge auf.

Vergib mir.

Er ging in den Park, folgte dem Zaun des Friedhofs bis zur Sinnissippi Road, dann der Straße, an den Townhomes vorbei bis zum Parkeingang. Dahinter ging er zwischen den großen, Schatten spendenden Bäumen bis zum Haus der Freemarks weiter. Old Bob begrüßte ihn überschwänglich und herzlich an der Tür. Sie standen in der Tür und plauderten miteinander, bis Großmutter und Nest sich zu ihnen gesellten, und holten dann die Picknicksachen aus der Küche. Ross bestand darauf zu helfen und wenigstens die Decke tragen zu dürfen, auf der sie sitzen wollten. Nest nahm den weißen Weidenkorb mit dem Essen. Old Bob trug die Kühltasche mit den Getränken und Würzsaucen, und sie gingen Großmutter nach, die sie aus der Hintertür führte, die Stufen hinab, an dem schlafenden Mr. Scratch vorbei, durch den Garten zu der Lücke in den Büschen und in den Park.

Der Park war voller Autos und Leute. Picknickgesellschaften besetzten bereits die meisten Tische und Grillstellen. Unter den Bäumen und entlang des Hügels lagen Decken ausgebreitet, auf allen Feldern fanden Softballspiele statt, und gegenüber dem Pavillon wurden die Spiele organisiert, die von den Jaycees vorbereitet worden waren. Es gab ein Ringewerfen, und man konnte sich als Baseballspieler betätigen. Das Hufeisenwurfturnier sollte jede Minute beginnen. Es waren Wagen hergebracht worden, bei denen es Zuckerwatte und Popcorn gab, und die Jaycees verkauften Limonade,

Eistee und Fruchtsaft auf Klapptischen aus der Schulmensa. An langen Schnüren schwebten mit Helium gefüllte Luftballons in der Luft. Rote, weiße und blaue Fähnchen hingen von den Balken und dem Dach des Pavillons. Unter einem gestreiften Zelt, das sich zu dem glatten Betonboden des Pavillons öffnete, spielte eine Kapelle. Eltern und Kinder drängten nach vorne, neugierig, was es dort zu sehen gab.

»Sieht aus, als wäre die gesamte Stadt hier«, meinte Old Bob mit zufriedenem Grinsen.

Ross sah sich um. Es hatte den Anschein, dass alle guten Plätze bereits besetzt waren, aber Großmutter führte sie ohne zu zögern weiter. Vorbei an den Baseballfeldern, dem Pavillon, den Spielen, der Zuckerwatte und dem Popcorn, der Kapelle und sogar noch an der Rodelbahn, an alldem vorbei und den Hügel hinab zur Bucht. Hier ging sie zielsicher zu einer kleinen, grasbewachsenen Anhöhe, die hinter dichtem Gebüsch verborgen war, im Schatten einer alten Eiche lag und einen freien Blick auf den Fluss gewährte.

Bemerkenswerterweise war niemand anders hier außer einem Paar Teenager, die auf einer Decke schmusten. Großmutter ignorierte sie und wies Ross an, die Decke in der Mitte der Anhöhe auszubreiten. Die Teenager sahen sich an, wie die Freemarks ihr Picknick vorbereiteten, dann standen sie auf und verschwanden. Großmutter beachtete sie überhaupt nicht. Ross schüttelte den Kopf. Old Bob fing seinen Blick auf und zwinkerte ihm zu.

In der Niederung war die Hitze drückend, aber hier war sie durch die kühle Brise vom Fluss und durch den Schatten der großen Eiche erträglicher. Es war auch leiser, die Geräusche der Menschenmenge klangen gedämpft und weit weg. Großmutter leerte den Picknickkorb aus, stellte das Geschirr hin und bat sie, sich zu setzen. Sie bildeten einen Kreis um die Lebensmittel, aßen Brathähnchen, Kartoffelsalat, rote Grütze, rohe Karotten und Selleriestangen, scharf gewürztes Rührei und Schokoladenkuchen von Papptellern. Das alles spülten sie mit kalter Limonade hinunter, die aus einer Thermosflasche in Pappbecher gegossen wurde. Ross musste an seine Kindheit denken und an die Picknicks, die er mit seiner eigenen Familie unternommen hatte. Es war lange her. Er hing still seinen Erinnerungen nach, während er aß, und ließ seinen Blick hin und wieder über die Freemarks schweifen.

Sollte ich es ihnen erzählen? Was sollte ich ihnen sagen? Wie tue ich das, was nötig ist, um diesem Mädchen zu helfen? Was tue ich, damit ich bei ihnen nicht versage?

»Hat Ihnen der Gottesdienst gefallen, John?«, fragte ihn Old Bob plötzlich, während er an einem Hühnerbein knabberte.

Ross schaute kurz zu Nest, aber sie sah ihn nicht an. »Sehr sogar, Sir. Ich freue mich, dass ich daran teilhaben durfte.«

»Sie sagten, Sie seien auf dem Weg nach Seattle, aber vielleicht könnten Sie Ihre Weiterreise verschieben und noch ein paar Tage bei uns verbringen.« Old Bob sah Großmutter an. »Wir haben mehr als genug Platz in unserem Haus. Sie wären uns sehr willkommen.«

Großmutters Gesicht war verschlossen und angespannt. »Robert, dräng dich nicht so auf. Mr. Ross hat sein eigenes Leben. Er braucht nicht unseres noch dazu.«

Ross zwang sich zu einem schnellen Lächeln. »Ich kann nur bis morgen oder übermorgen bleiben, aber trotzdem vielen Dank, Mr. und Mrs. Freemark. Sie haben jetzt schon viel zu viel für mich getan.«

»Ach, das war doch gar nichts.« Old Bob räusperte sich und musterte den Knochen in seiner Hand. »Verflixt gutes Hähnchen, Evelyn. Dein bestes bislang, würde ich meinen.«

Sie beendeten die Mahlzeit, während Old Bob jetzt von Caitlin erzählte, als sie noch ein Mädchen gewesen war. Er berichtete darüber, wie sie gewesen war und was sie getan hatte. Ross hörte zu und nickte ermunternd. Er überlegte, dass es eine ganze Weile her sein mochte, dass der alte Mann auf diese Weise über seine Tochter gesprochen hatte. Großmutter schien abgelenkt und distanziert zu sein, und Ross nahm an, dass sie nicht sonderlich gut zuhörte. Aber Nest war mit Feuereifer dabei. Sie studierte das Gesicht ihres Großvaters, während er die Geschichten erzählte, und lauschte konzentriert jedem seiner Worte. Sie war so gebannt, dass sie nichts anderes wahrzunehmen schien. Ross beobachtete sie, fragte sich, was sie dachte, und wünschte sich plötzlich, dass er es wüsste.

Ich sollte es ihr sagen. Ich sollte das Risiko eingehen. Sie ist stärker, als sie aussieht. Sie ist älter als ihre vierzehn Jahre. Sie kann es akzeptieren.

Aber er sagte nichts. Old Bob kam zum Ende, seufzte, schaute auf die Bucht hinaus, als blickte er in die Vergangenheit, und griff dann impulsiv nach der Hand seiner Frau, um sie zu streicheln. »Du bist schrecklich still, mein Augenstern.«

Für einen kurzen Augenblick verschwand alle Härte aus Evelyn Freemarks Gesicht, alle Falten und Altersflecken lösten sich auf, und sie war wieder jung. Ein Lächeln spielte um ihre Mundwinkel, und ihre Augen hoben sich, um in seine zu schauen.

Ross stand auf und stützte sich dabei auf seinen Stock. »Nest, was hältst du von einem Spaziergang mit mir? Mein Bein wird steif, wenn ich zu lange sitze. Vielleicht kannst du dafür sorgen, dass ich mich nicht verirre.«

Nest stellte ihren Teller hin und blickte zu ihrer Großmutter. »Möchtest du, dass ich dir beim Aufräumen helfe, Granny?«

Ihre Großmutter schüttelte den Kopf, ohne etwas zu sagen. Nest wartete einen Augenblick und stand dann auf. »Lassen Sie uns da lang gehen«, sagte sie zu Ross. Sie blickte zu ihren Großeltern. »Wir sind gleich wieder da.«

Sie stiegen den Hügel in einer Richtung hinauf, die sie von der Menschenmenge fortbrachte, nach Osten, zum entfernten Teil des Parks, wo der dichte Wald begann. Sie gingen, ohne etwas zu sagen. Nest zügelte ihre Schritte, sodass Ross, der mit der Hilfe seines Stocks an ihrer Seite humpelte, mit ihr mithalten konnte. Sie wanderten langsam zwischen den schattigen Eichen und Hickorybäumen hindurch, kamen an Familien vorbei, die auf Decken und an Tischen saßen und ihr Picknick genossen. Dann folgten sie der Biegung des Berghanges, als er sich wieder vom Fluss entfernte. Großmutter und Old Bob waren schon bald außer Sichtweite.

Als sie völlig allein waren, sagte Ross zu ihr: »Es tut mir Leid, was in der Kirche geschehen ist. Ich weiß, dass es unheimlich war.«

»Ich muss Ihnen etwas zeigen«, sagte sie und ignorierte seine Entschuldigung. »Ich habe es Pick versprochen.«

Sie gingen eine Weile schweigend weiter, und dann fragte sie scharf und anklagend: »Sind Sie ein Engel? Sie wissen schon, im biblischen Sinn? Ist es das, was Sie sind?«

Er starrte sie an, aber sie blickte auf den Boden. »Nein, ich glaube nicht. Ich bin nur ein Mensch.«

»Aber wenn Gott existiert, muss es Engel geben.«

»Ich nehme es an. Ich weiß es nicht.«

Ihre Stimme klang abgehackt und barsch. »Was? Was von beidem wissen Sie nicht? Ob es Engel gibt oder ob Gott existiert?«

Er wurde langsamer, blieb dann stehen und zwang sie, das ebenfalls zu tun. Er wartete, bis sie ihn anblickte. »Was ich dir erzählt habe, war die Wahrheit – über das Fairy Glen, die Lady, die Stimme und darüber, wie ich zu einem Ritter des Wortes wurde. Was willst du von mir wissen, Nest?«

Ihre Augen brannten. »Wenn es wirklich einen Gott gibt, warum ließ er dann zu, dass alle diese Fresser in seine Kirche kamen? Warum gestattete er die Anwesenheit eines Dämons? Warum erlaubte er, dass Mrs. Browning getötet wurde? Warum hat er nicht verhindert, dass dies alles passiert ist?«

Ross holte langsam und tief Luft. »Vielleicht ist dies nicht die Art, wie es funktioniert. Sollte die Kirche nicht jedem offenstehen?«

»Nicht Fressern und Dämonen! Nicht solchen Kreaturen! Was tun sie hier überhaupt? Warum sind sie nicht irgendwo anders?« Ihre Stimme war jetzt scharf und bebte. »Wenn Sie wirklich ein Ritter des Wortes sind, warum tun Sie dann nicht etwas gegen sie? Haben Sie denn nicht irgendeine Macht? Das müssen Sie! Können Sie sie nicht gegen diese Wesen benutzen? Warum ist das so schwer?«

Ross blickte zu den Bäumen hinüber. *Sag es ihr*. Seine Hände verkrampften sich um seinen Stock. »Wenn ich die Fresser vernichte, offenbare ich mich selbst.« Er schaute sie wieder an. »Ich lasse dadurch die Leute erkennen, was ich bin. Wenn das geschieht, stelle ich mich bloß. Schlimmer noch, ich schwäche mich selbst. Meine

Macht ist nicht unbegrenzt. Ich habe … nur eine bestimmte Menge davon. Jedes Mal, wenn ich sie anwende, entblöße ich mich damit. Wenn mich der Dämon in diesem Zustand findet, wird er mich vernichten. Ich muss geduldig sein, warten, die Zeit meines Handelns genau abwägen. Idealerweise brauche ich meine Macht nur einmal anzuwenden – wenn ich den Dämon vor mir habe.«

Er fühlte sich von seinen eigenen Worten in die Falle gelockt. »Pick muss dir von den Fressern erzählt haben. Sie sind nur durch uns hier. Sie reagieren auf uns, auf uns als Menschen. Sie zehren von unseren Gefühlen, von unserem Benehmen. Sie werden stärker oder schwächer, je nachdem, wie wir uns benehmen. Das Wort hat sie als eine Reflexion von uns erschaffen. Wenn wir uns gut benehmen, schwächen wir sie dadurch. Benehmen wir uns schlecht, werden sie stärker. Wenn wir ihnen zu viel geben, von dem sie zehren können, werden sie uns verschlingen. Aber sie unterliegen nicht denselben Gesetzen wie wir. Sie haben kein Leben, wie wir es kennen; sie haben keine Substanz. Sie kriechen in den Schatten herum und kommen daraus hervor, sobald wir das Dunkel freilassen, das in uns lauert. Ich kann sie alle zu Asche verbrennen, aber sie werden immer wiederkommen, wiedergeboren aus neuen Gefühlen, neuem Benehmen. Verstehst du?«

Das Mädchen nickte zweifelnd. »Sind sie überall auf der Welt?«

»Ja.«

»Aber gibt es nicht an Orten, wo die Dinge schlimmer sind, mehr von ihnen? An Orten, wo die Menschen einander töten, wo sie ihre Kinder töten?«

»Ja.«

»Warum sind Sie dann nicht dort? Was tun Sie hier, in dieser kleinen, unbedeutenden Stadt im Mittelwesten? Hier stirbt niemand. Hier geschieht nichts!« Ihre Stimme schwoll an. »Was ist an Hopewell so wichtig?«

Ross schaute nicht weg, wagte es nicht. »Das kann ich nicht beantworten. Ich gehe dorthin, wohin ich geschickt werde. Im Augenblick verfolge ich den Dämon. Wegen ihm bin ich hier. Ich weiß, dass etwas Entscheidendes passieren wird, etwas, das die Zukunft beeinflussen wird, und ich muss es verhindern. Ich weiß, es scheint unglaublich, dass irgendetwas, das in einem winzigen Ort wie Hopewell geschieht, eine so enorme Bedeutung haben kann. Aber wir wissen, wie die Geschichte funktioniert. Verheerende Umwälzungen werden von kleinen Ereignissen in abgelegenen Orten ausgelöst. Vielleicht ist es das, was hier geschieht.«

Sie musterte ihn konzentriert. »Es hat etwas mit mir zu tun, nicht wahr?«

Sag es ihr! »Es hat den Anschein«, wich er aus.

Sie wartete einen Moment, dann sagte sie: »Ich hatte gestern einen ... Traum über Großmutter. Darin war sie ein Mädchen, so wie sie auf den Bildern aussieht, die auf dem Kaminsims stehen. Sie lief mit den Fressern durch den Park. Sie war eine von ihnen. Ich habe sie danach gefragt, und sie hat zugegeben, dass sie dies getan hat, als sie ein Mädchen war.« Sie machte eine kurze Pause. »Es war ein Dämon bei ihr. Auch das gab sie zu. Sie sagt, sie hätte zu Anfang nicht gewusst, was er war, und hätte ihn fortgeschickt, sobald sie es herausfand. Pick sagte, es sei die Wahrheit.« Sie hielt erneut inne. »Ich frage mich jetzt, ob das derselbe Dämon ist, ob er zurückgekommen ist, um Großmutter durch mich weh zu tun.«

Ross nickte langsam. »Das ist möglich.«

Sie funkelte ihn düster an. Sie brauchte mehr, wollte eine bessere Antwort von ihm. »Aber wie würde das irgendetwas an der Zukunft ändern? Wen außer uns würde das irgendwie betreffen?«

Ross setzte sich wieder in Bewegung und zwang sie damit, ihm zu folgen. »Ich weiß es nicht. Was wolltest du mir zeigen?«

Sie holte ihn mit Leichtigkeit ein und blickte ihn weiter erhitzt an. »Wenn Sie etwas verbergen, werde ich herausfinden, was es ist.« Ihre Stimme war hart und entschlossen und forderte ihn heraus, darauf zu antworten. Als er dies nicht tat, trat sie an ihm vorbei, als wolle sie die Angelegenheit verächtlich beiseite schieben. »Hier entlang, dort drüben, zwischen den Bäumen.«

Sie stiegen einen leichten Abhang zu einem kleinen Bach hinunter, über den eine alte, hölzerne Brücke führte. Sie überquerten sie und drangen auf der anderen Seite in den dichten Wald ein. Hier war es still, es gab weder Menschen noch Geräusche oder Bewegungen. Die Hitze war im Unterholz gefangen, nichts von der Kühle des Flusses drang hier ein, um die Schwüle erträglicher zu machen. Insekten, die von ihrem Schweiß angelockt wurden, summten ihnen lästig vor dem Gesicht herum.

»Eigentlich war es gar kein Traum«, sagte sie plötzlich. »Über Großmutter, meine ich. Es war eine Vision. Ein Indianer namens Two Bears zeigte sie mir. Er nahm mich gestern Nacht mit, nachdem Sie fort waren, mit in den Park, um den Tanz der Geister der Sinnissippi zu sehen. Er sagt, er sei der Letzte von ihnen.« Sie hielt inne. »Was meinen Sie?«

Trotz der Hitze begann John Ross zu frösteln. O'olish Amaneh. »War es ein großer Mann, ein Vietnam-Veteran?«

Sie schaute schnell zu ihm hinüber. »Kennen Sie ihn?«

»Vielleicht. Es gibt Geschichten über einen indianischen Schamanen, einen Seher. Er verwendet verschiedene Namen. Ich bin ein- oder zweimal Leuten begegnet, die ihn getroffen haben.« Auch hierüber konnte er ihr nichts sagen. Er konnte es kaum ertragen, daran zu denken. O'olish Amaneh. »Ich glaube, dass er möglicherweise im Dienst des Wortes steht.«

Nest schaute wieder weg. »Das hat er nicht gesagt.«

»Nein, das würde er auch nicht. Er tut es nie. Er taucht nur einfach auf und spricht über die Zukunft, wie sie mit der Vergangenheit verwoben ist, wie alles miteinander verbunden ist, und verschwindet dann wieder. Es ist immer dasselbe. Aber aus dem, was ich gehört habe, schließe ich, dass er einer von uns ist.«

Sie zwängten sich durch ein Gestrüpp, das den schmalen Pfad überwuchert hatte, spuckten Mücken aus, die ihnen in den Mund geflogen waren, und senkten die Köpfe gegen die grellen Sonnenstrahlen, die hier und dort durch die Schatten drangen.

»Erzähl mir etwas über Geist«, bat John Ross und versuchte, das Thema zu wechseln.

Das Mädchen zuckte mit den Schultern. »Sie haben ihn gesehen. Ich weiß nicht, was er ist. Er war schon da, als ich noch ganz klein war. Er beschützt mich vor den Fressern, aber ich weiß nicht, warum. Selbst Großmutter und Pick scheinen es nicht zu wissen. Ich sehe ihn nicht sehr oft. Er erscheint hauptsächlich, wenn die Fresser mich bedrohen.«

Sie erzählte ihm von ihren nächtlichen Vorstößen in den Park, um verirrte Kinder zu retten, und dass Geist immer auftauchte, wenn die Fresser versuchten, sie aufzuhalten. Ross dachte darüber nach. Er hatte noch nie von so etwas gehört, und aus dem, was Nest ihm erzählte, konnte er nicht erkennen, ob Geist eine Kreatur des Wortes oder der Leere war. Sein Benehmen deutete darauf hin, dass Geists Absichten gut waren, aber Ross wusste, dass die Dinge nicht so einfach lagen, wie sie erscheinen mochten, wo sie Nest Freemark betrafen.

»Wo gehen wir hin?«, fragte Ross, als sie die Anhöhe erklommen hatten und in den Schatten des Waldes eindrangen.

»Nur noch ein kurzes Stück«, erwiderte sie und eilte auf dem schmalen Pfad voraus, um ihm den Weg zu weisen.

Der Boden wurde ebener, und die Bäume schlossen sich um sie, sodass sie in ihre schweren Schatten gehüllt wurden. Die Luft war übel riechend und klamm vor Feuchtigkeit, und überall schwirrten Insekten umher. Ross schlug vergebens nach ihnen. Der Pfad wand sich durch dichtes Gestrüpp und Gebüsch. Er verzweigte sich mehrfach, aber Nest zögerte nie, einen Weg zu wählen. Ross bewunderte die Leichtigkeit, mit der sie durch das Gewirr steuerte, und dachte darüber nach, wie sehr sie hier zu Hause war, wie sehr sie hierher zu gehören schien. Sie hatte das Selbstvertrauen der Jugend, das eines jungen Mädchens, das den Weg, den sie bereits zurückgelegt hatte, gut kannte, auch wenn sie noch nicht erkannt hatte, wie viel von ihm noch vor ihr lag.

Sie traten aus dem Dickicht auf eine Lichtung, und dort, direkt vor ihnen, stand eine gewaltige Eiche. Die Eiche ragte hoch auf, war offenkundig der größte Baum im ganzen Park und einer der größten, die Ross je gesehen hatte. Aber der Baum war krank, seine Blätter kräuselten sich und wurden an den Spitzen schwarz. Seine Borke war aufgerissen, zerfetzt und sonderte eine farblose Flüssigkeit ab, die das Erdreich bei seinen Wurzeln befleckte. Ross starrte den Baum einen Augenblick an und war zu gleichen Teilen von seiner Größe und dem Ausmaß seines Verfalls überwältigt. Dann blickte er fragend zu dem Mädchen hinüber.

»Das ist es, was ich Ihnen zeigen wollte«, bestätigte sie.

»Was ist mit ihm nicht in Ordnung?«

»Genau das ist die Frage«, erklärte Pick, der aus dem Nichts auf Nest Freemarks Schulter auftauchte. »Ich dachte, Sie wüssten es vielleicht.«

Der Waldschrat war mit Staub und Blattresten bedeckt. Er richtete sich auf der Schulter des Mädchens auf und sah entschieden beunruhigt aus.

»Ich habe den ganzen Morgen damit verbracht, Kräuter und Wurzeln zu suchen, die man als Medizin verwenden könnte, aber nichts scheint zu helfen. Ich habe alles versucht, inklusive Magie, aber ich kann den Verfall nicht aufhalten. Er hat jetzt den gesamten Baum erfasst und jeden Zweig und jede Wurzel infiziert. Ich bin mit meiner Weisheit am Ende.«

»Pick glaubt, dass es das Werk des Dämons ist«, erklärte Nest mit Nachdruck.

Ross sah sich den Baum erneut an und war noch immer erschüttert. »Warum sollte der Dämon das tun?«

»Nun, weil dieser Baum das Gefängnis eines Maentwrogs ist!«, erklärte Pick hitzig. Rasch erzählte er John Ross die Geschichte von der Gefangennahme des Maentwrogs, wie er all die Jahre hier eingekerkert geblieben war, sicher eingeschlossen hinter den vereinten Wänden aus Magie und Natur. »Doch jetzt nicht mehr«, schloss der Waldschrat mit unheilvoller Düsternis. »Bei der Geschwindigkeit, mit der sich der Verfall verbreitet, wird er frei sein, ehe wir uns versehen!«

Ross trat vor und stand schweigend an der großen Eiche. Er wusste einiges über die Kreaturen, die der Leere dienten, und besonders über jene, die Maentwrogs genannt wurden. Es gab nur eine Handvoll von ihnen, aber sie waren schreckliche Geschöpfe. Ross hatte niemals einem gegenübergestanden, aber man hatte ihm berichtet, was sie anrichten konnten, dass sie völlig von ihrem Drang zu vernichten verzehrt wurden, auf nichts reagierten als ihren Hunger danach. Seit Jahrhunderten war keiner von ihnen mehr frei über die Erde gestreift. Er wollte gar nicht daran denken, was es bedeuten würde, wenn einer von ihnen jetzt freikam.

Der Stock pulsierte leicht in seiner Hand und reagierte damit auf die Nähe der Bestie, warnte vor der Gefahr. Er starrte zu den Zweigen des uralten Baumes hinauf und suchte nach etwas, das ihm zu entscheiden half, was er tun sollte.

»Ich verfüge über keine Magie, die hier helfen könnte«, sagte er ruhig. »Ich habe keine Fähigkeiten in dieser Richtung.«

»Es ist das Werk des Dämons, nicht wahr?«, wollte Pick erregt wissen.

Ross nickte. »Ganz bestimmt.«

Das schmale Gesicht des Waldschrats zog sich zu einem Knoten aus Falten zusammen. »Ich wusste es, ich wusste es einfach! Das ist der Grund, warum unsere ganzen Anstrengungen erfolglos geblieben sind! Er arbeitet dagegen an!«

Ross schaute weg. Es machte Sinn. Der Maentwrog bildete eine weitere Ablenkung, eine neue Quelle der Verwirrung. Das war die Art, wie der Dämon gerne vorging: ordentlich mit Rauch und Spiegeln hantieren, um das zu verbergen, was er wirklich plante.

Nest erzählte Pick von der Begegnung, die sie am Morgen in der Kirche mit dem Dämon gehabt hatte, und der Waldschrat hüpfte auf ihrer Schulter auf und ab und rief, dass er sie gewarnt hätte, dass er es ihr gesagt hätte. Nest sah bestürzt aus. Sie begannen zu diskutieren. Ross warf ihnen einen kurzen Blick zu und trat dann alleine vor, bis er direkt am Baum stand. Der Stock pochte in seiner Hand, er vibrierte vor Magie, wurde heiß vor Erwartung auf das, was dort wartete. *Noch nicht.* Er streckte seine freie Hand aus und berührte sanft die verletzte Borke. Der Baum fühlte sich glatt und kalt unter seinen Fingern an, als wäre die Krankheit an die Oberfläche gekommen und überzöge seine raue Rinde. Ein Maentwrog, dachte er grimmig. Eine Bestie.

Ross musterte den Boden um sich herum. Überall war die Erde feucht und löchrig, große Teile der entblößten Wurzeln des Baumes waren sichtbar. Auf seiner Oberfläche krabbelten keine Ameisen oder Käfer. Nirgends bewegte sich etwas. Der Baum und sein Erdreich waren für alle Lebewesen zum gemiedenen Gebiet geworden.

Ross seufzte tief. Seine Unzulänglichkeit bestürzte ihn. Er müsste in der Lage sein, etwas zu tun. Er müsste über Magie verfügen, die er hier anwenden konnte. Aber er war ein Ritter, und die Magie, die ihm übertragen worden war, konnte nur vernichten.

Er drehte sich wieder um. Nest und Pick hatten aufgehört, sich zu streiten, und schauten ihn schweigend an. Er konnte die Frage lesen, die in ihren Augen stand. Was sollten sie jetzt tun? Sie warteten, dass er ihnen darauf eine Antwort gab.

Es gab nur eine Antwort, die er für sie hatte. Sie würden den Dämon finden müssen.

Was natürlich, wie so viele Dinge, leichter gesagt als getan war.

Kapitel 21

Nachdem John Ross und Nest gegangen waren, half Old Bob Evelyn dabei, die Überreste des Picknicks aufzuräumen. Während seine Frau das Geschirr und die Essensreste einpackte, sammelte er die benutzten Pappteller, Becher und Servietten ein und brachte sie zu dem Mülleimer an einer der Grillstellen. Als sie fertig waren, saßen sie gemeinsam auf der Decke und blickten dorthin, wo sich das Sonnenlicht auf dem blauen Wasser des Rock River in glänzenden Farbsprenkeln widerspiegelte.

Sie mochte es, als ich sie Augenstern nannte, dachte er, als er neben ihr saß, seine Hand auf der ihren, und sich an den plötzlichen warmen Blick erinnerte, den sie ihm geschenkt hatte. Er führte ihn zurück zu der Zeit, als sie viel jünger waren, als Caitlin noch ein Baby gewesen war, vor dem Schnaps, den Zigaretten und dem ganzen Kummer. Er erinnerte sich, wie lustig sie gewesen war, wie strahlend und fröhlich und voller Leben. Er schaute sie an und sah das junge Mädchen tief in ihrem alt werdenden Körper eingeschlossen. Seine Kehle zog sich zusammen. Wenn sie mich bloß wieder an sich heranlassen würde.

Auf dem Fluss trieben Boote langsam und ziellos mit der Strömung. In einigen saßen Angler, die ihre Ruten über das Wasser ausstreckten und auf ihren hölzernen Sitzen nach vorne gebeugt in stiller Meditation warteten. In anderen Booten befanden sich Schwimmer und Leute, die sich sonnen wollten. Sie waren auf dem Weg zu der Handvoll winziger Inselchen, die ein Stück westlich des Parks und der Bucht im Wasser verstreut lagen. Ein paar große Jachten waren zu sehen, deren Motoren leise und entfernt wie ziellose Hummeln brummten. Flaggen und Fähnchen wehten an ihren Masten. Ein einzelnes Segelboot versuchte, mit seinem schlaff herabhängenden, dreieckigen Segel eine Brise einzufangen. Vögel glitten im Sonnenlicht von Baum zu Baum, auf das Wasser hinaus und wieder zurück, wie kleine Flecken aus Licht und Schatten.

Nach einiger Zeit sagte er: »Ich werde einen Spaziergang zum Hufeisenturnier machen und mit ein paar von den Jungs reden. Möchtest du mitkommen?«

Sie überraschte ihn. »Das würde ich tatsächlich gerne, Robert.«

Sie erhoben sich, begannen den Hügel hinaufzusteigen, und ließen Decke, Picknickkorb und die Kühltasche zurück. Niemand würde sie stehlen; das hier war Hopewell. Old Bob dachte bereits über das nach, was er tun wollte. Er hatte Mel Riorden versprochen, dass er mit Derry Howe sprechen würde, und er legte viel Wert darauf, seine Versprechen einzuhalten. Er hatte keine Ahnung, was er dem Jungen sagen sollte. Es war schließlich nicht seine Angelegenheit. Er arbeitete nicht mehr bei MidCon; er war kein aktives Mitglied der Gewerkschaft. Seine Verbindung zum Stahlwerk und jenen, die dort arbeiteten, wurzelte hauptsächlich in der Vergangenheit, war Teil einer Geschichte, die für immer hinter ihm lag. Was jetzt gerade geschah, würde wahrscheinlich keinen direkten Einfluss auf ihn haben, nicht in der Zeit, die ihm noch zum Leben verblieb. Es mochte natürlich Auswirkungen auf Nest haben, aber er nahm an, dass sie fortziehen würde, wenn sie erwachsen war. Sie war zu talentiert, um in Hopewell zu bleiben. Er könnte argumentieren, dass er viel von sich selbst in das Stahlwerk investiert hatte, aber er war nie ein Mann gewesen, der danach getrachtet hatte, ein Vermächtnis zu hinterlassen, und er hielt wenig davon, die Vergangenheit mit in die Zukunft zu schleppen.

Doch es gab noch andere Leute, an die man denken musste, und es lag nicht in seiner Natur, deren Bedürfnisse außer Acht zu lassen. Wenn Derry irgendetwas Törichtes plante, etwas, das für jene Menschen nachteilig war, die seine Freunde und Nachbarn waren, dann schuldete er es ihnen zu versuchen, etwas dagegen zu unternehmen.

Aber was sollte er sagen? Was würde Eindruck auf einen Jungen wie Derry machen, der für niemanden viel Respekt übrig hatte, der keinen Grund hatte, ihm zuzuhören oder auch nur die Uhrzeit zu sagen?

Aber Mel glaubte, der Junge würde ihm zuhören, hätte Respekt vor ihm. Also würde er es versuchen.

Evelyn schob ihren Arm unter seinen, und er spürte, wie sie sich gegen ihn lehnte. Sie bestand mittlerweile aus gar nichts mehr – nur Vogelknochen, die von alter Haut und eiserner Entschlossenheit zusammengehalten wurden. Er zog sie ohne Mühe mit sich und genoß das Gefühl ihrer Berührung, ihre Nähe zu ihm. Er liebte sie noch immer und wünschte, er könnte sie wieder zu dem machen, was sie einmal gewesen war. Doch er wusste, dass er das nicht vermochte. Er lächelte zu ihr hinab, und die scharfen alten Augen schauten ihn kurz an, bevor sie wegschauten. *Ich liebe dich auf immer*, dachte er.

Sie erklommen die Anhöhe und waren wieder inmitten der Menschenmenge. Kinder liefen überall herum, zogen Ballons und Papierschlangen hinter sich her, lachten und kreischten. Leute umlagerten die Erfrischungsstände, um sich mit Limonadendosen, Popcorntüten und Zuckerwatte zu versorgen. Old Bob steuerte um sie herum und schwenkte auf das Hufeisenwurfturnier zu, das auf dem ebenen Platz hinter dem Pavillon ausgetragen wurde. Er konnte bereits Derry Howe sehen, der sich unbeschwert inmitten einer Menge aus anderen jüngen Männern befand. Groß und hager stand er in seinen Jeans, einem T-Shirt und alten Tennisschuhen da, eine Bierdose in der Hand.

Old Bob sichtete Mike Michaelson und seine Frau, winkte ihnen zu und führte Evelyn hinüber, um mit ihnen zu plaudern. Mike wollte wissen, ob Old Bob irgendetwas von Richie Stoudt gehört hatte. Richies Vermieter hatte angerufen und gesagt, dass Richie ein paar Arbeiten für ihn hätte ausführen sollen, aber nicht erschienen war. Auch in seiner Wohnung meldete sich niemand. Old Bob schüttelte den Kopf. Al Garcia schlenderte herbei, begierig, ihnen die Fotos von seinem neuen Enkelkind zu zeigen. Ein paar Minuten später erschien Mel Riorden, pries die Limonade, die sie hier verkauften, über den grünen Klee und warf Old Bob einen bedeutungsvollen Blick zu. Seine Frau Carol, eine warmherzige und freundliche Frau, schloss sich ihm an, betrachtete verzückt das Enkelkind und zog Al Garcia mit seinen Kamerakünsten auf. Die Unterhaltung wurde von Gelächter und herzlichen Gefühlen getragen, aber Old Bob fühlte sich von ihr ausgeschlossen. Die Aufgabe, die zu übernehmen er sich bereit erklärt hatte, und die Konsequenzen, die sich aus ihr ergeben mochten, distanzierten ihn von dem Gespräch. Sein Verstand beschäftigte sich mit dem Problem, wie er sich Derry Howe nähern sollte. War es wirklich notwendig? Vielleicht irrte sich Mel. Wäre nicht das erste Mal. Und würde mit Sicherheit nicht das letzte Mal sein.

Penny Williamson kam herbei, seine schwarze Haut glänzte vor Schweiß, und seine mächtigen Arme waren mit Staub bedeckt. Dieses Jahr würde ihn niemand beim Hufeisenturnier schlagen, verkündete er. Er war gut drauf, mächtig gut drauf. Vier Treffer schon. Er schlug Old Bob auf den Rücken und beugte sich vor, um sich die Bilder anzuschauen. Er fragte Al Garcia, wessen Enkelkind das sei, es könne jedenfalls nicht Als sein, da es nicht so hässlich sei wie er, musste wohl ein Glückstreffer sein. Erneut brach Gelächter aus.

Old Bob holte tief Luft, bat Evelyn flüsternd, sie einen Moment zu entschuldigen, und löste sich von der Gruppe. Er schlängelte sich durch die Menschenmenge, schmeckte Staub und Schweiß in der Luft, roch Popcorn und Zuckerwatte. Leute sagten hallo und begrüßten ihn, während er an ihnen vorbeiging. Er bewegte sich auf Derry Howe zu und dachte gleichzeitig, dass er es wahrscheinlich besser bleibenlassen sollte. Howe sah ihn kommen, beobachtete ihn, nahm einen tiefen Schluck von seinem Bier und schüttelte den Kopf. Old Bob sah in seinen Augen Misstrauen, Wachsamkeit und sehr viel Ungeduld.

Er ging zu Derry, nickte und sagte: »Hast du einen Augenblick Zeit?«

Howe sah ihn an und zögerte, ob er ihm den Augenblick geben sollte oder nicht. Dann lächelte er, war die Gemütsruhe in Person, schlenderte zu ihm und sagte: »Klar, Robert. Was liegt an?«

Robert ging neben ihm her, und gemeinsam wanderten sie von den Teilnehmern des Turniers davon. Er nickte zum Feld hinüber. »Hast du Glück gehabt?«

Derry Howe zuckte mit den Achseln, blickte ihn an und wartete.

»Ich habe ein Gerücht gehört, du würdest etwas Besonderes für den Vierten planen.«

Derrys Ausdruck veränderte sich nicht. »Wo hast du das gehört?«

»Ich habe gehört, du würdest möglicherweise eine Art Unfall planen.« Old Bob ignorierte ihn und schaute ihn nicht an. »Etwas, um die MidCon-Leute dazu zu bringen, sich etwas mehr zu bemühen, diesen Streik zu beenden.«

»Mann, was du so alles hörst.« Derry warf seine Bierdose in einen metallenen Mülleimer und schob die Hände in die Taschen seiner Jeans. Er lächelte und war vollkommen ruhig. »Hast du vor, zum Feuerwerk zu kommen, Robert? Und unsere Unabhängigkeit zu feiern?«

Old Bob nickte. »Ich nehme an, du redest nicht von mir, denn wo es MidCon betrifft, haben wir beide dieselben Geschäftsinteressen.«

Es gab eine lange Pause, während Derry ihn musterte. Er hatte die Bemerkung falsch verstanden. »Du willst dabei mitmachen?«

»Nein.«

»Was sagst du denn dann?«

Old Bob seufzte. »Ich sage, dass du diese Sache etwas mehr durchdenken solltest, bevor du handelst. Ich sage, dass es nicht nach einer sehr guten Idee klingt. Wenn du etwas gegen die Firma unternimmst, wodurch Leute zu Schaden kommen, könnte es auf dich zurückfallen. Du könntest dabei ebenfalls zu Schaden kommen.«

Derry Howe schnaubte. »Ich habe keine Angst, ein Risiko einzugehen. Nicht so wie Mel und der Rest von euch, die nur herumsitzen und den ganzen Tag Reden schwingen, während euer Leben die Toilette runtergespült wird. Ich habe es schon früher gesagt, und ich sage es jetzt wieder. Dieser Streit wird nicht zu einem Ende kommen, wenn wir nichts unternehmen. Die Firma sitzt das Problem einfach aus. Sie machen das Vierzehn-Zoll-Werk wieder auf – zur Hölle, sie haben es wahrscheinlich schon wieder aufgemacht. Am Dienstag morgen wird es wieder voll in Betrieb sein. Sie bringen Streikbrecher und Firmenleute her, um es zu betreiben. Einige der Streikenden sprechen davon zurückzugehen, aufzugeben, weil sie es mit der Angst zu tun bekommen. Du weißt, wie es ist. Wenn das geschieht, sind wir am Ende, Robert Roosevelt Freemark. Und das weißt du.«

»Vielleicht. Aber es ist auch keine Lösung, irgendetwas in die Luft zu jagen.«

Derry verzog das Gesicht. »Wer sagt denn irgendwas darüber, etwas in die Luft zu jagen? Habe ich so etwas behauptet? Ist es das, was du gehört hast?«

»Du warst Sprengstoffexperte in Vietnam. Ich kann zwei und zwei zusammenzählen.«

Howe lachte. »Ja? Lass dir gesagt sein, bei deinen Rechenkünsten hapert es. Diese Sprengstoffsachen sind alte Kamellen. Ich erinnere mich kaum noch an etwas davon. Die Zeit geht weiter, nicht wahr?«

Old Bob nickte geduldig, so wie man es mit einem Kind tat. »Also wäre es nicht deine Schuld, falls ein Unfall passieren sollte, nicht wahr?«

»Kaum.«

»Ein Unfall, der MidCon wie ein Haufen Tölpel aussehen lassen würde, weil sie versucht haben, das Werk ohne die Gewerkschaft aufzumachen?«

»So als würden Kinder in einem Haufen Feuerwerkskörper mit Streichhölzern spielen?«

»So ähnlich.«

Derry nickte nachdenklich. »Weißt du, Robert, die Sache mit Feuerwerkskörpern ist, dass sie empfindlich und unberechenbar sind. Manchmal benehmen sie sich nicht so, wie du glaubst, dass sie es sollten. Auf diese Weise passieren all diese Unfälle, bei denen Leuten die Hände abgerissen werden und so weiter. Sie spielen mit Sprengkörpern, für deren Umgang sie nicht ausgebildet sind. Sie gehen dumme Risiken ein.«

Old Bob schüttelte den Kopf. »Wir sprechen hier nicht von Feuerwerkskörpern. Wir sprechen von MidCon und davon, dass Leute zu Tode kommen!«

Derry Howes Augen leuchteten und waren hart. »Da hast du völlig Recht.«

Old Bob schaute zu den Bäumen hinüber, in ihre kühlen Schatten. »Ich mag überhaupt nicht, was ich da höre.«

»Dann hör es dir eben nicht an.« Derry lächelte verächtlich. »Tu dir selbst einen Gefallen, Robert. Sitz dieses Ding einfach aus. Es ist sowieso nicht deine Sache. Weder deine noch Mels oder die der anderen. Ihr hattet eure Zeit. Es ist an der Zeit, beiseite zu treten. Bleib am Vierten zu Hause. Schau dir einen Film an oder so. Bleib weg vom Feuerwerk – von allen Feuerwerken.«

Er machte eine Pause, und ein dunkler, wilder Schimmer trat in seine Augen. »Ich habe mich entschieden, Robert Roosevelt. Ich weiß, was ich tun werde. Ich werde diesen Streik beenden. Ich werde MidCon einen Vierten Juli bereiten, den sie nicht vergessen werden, und wenn es vorbei ist, werden sie gar nicht schnell genug wieder an den Verhandlungstisch kommen können. So wird es geschehen, und es gibt nichts, was sie dagegen tun können.« Er fuhr sich mit der Hand in einer schnellen, abschätzigen Bewegung über das kurz geschorene Haar. »Oder du. Misch dich nicht ein. Es wäre besser für dich.«

Er zwinkerte Old Bob zu und ging zu seinen Freunden zurück.

Robert Freemark schaute ihm einen Augenblick wütend nach, dann wandte er sich ab. Während er durch die dichte Menschenmenge zurück zu Evelyn ging, verwandelte sich sein Ärger in Enttäuschung. Er nahm an, dass er nicht wirklich erwartet hatte, Derry Howes Meinung zu ändern. Er nahm an, dass er nicht erwartet hatte, überhaupt irgendetwas zu erreichen. Vielleicht hatte er gehofft, es würde sich herausstellen, dass Mel Riorden sich geirrt hatte, dass Derry nicht wirklich etwas Törichtes plante. Was auch immer der Fall war, sein Fehlschlag, irgendetwas zu erreichen, führte dazu, dass er sich leer und missmutig fühlte. Er hätte bessere Argumente anführen und überzeugender reden müssen. Er hätte einen Weg finden müssen, um zu Derry durchzudringen.

Er kämpfte sich zu Evelyn durch und litt dabei sowohl unter der Julihitze wie auch unter seinem Ärger. Irgendwo tief im Inneren, wo er die Dinge verbarg, von denen er nicht wollte, dass andere Leute sie bemerkten, fühlte er, wie eine Dunkelheit sich ausbreitete und Gestalt annahm. Etwas Schlimmes würde geschehen. Wahrscheinlich hatte Derry vor, die Maschinen im Stahlwerk zu beschädigen. Oder er hatte vor, der Brieftasche oder dem Image der Firma einen heftigen Schlag zu versetzen. Aber aus irgendeinem Grund fühlte Old Bob, dass es etwas Schlimmeres sein könnte. Er hatte das Gefühl, es könnte etwas Katastrophales sein.

Er erreichte Mel und Carol Riorden, Al Garcia, Penny Williamson und Evelyn und lächelte unbekümmert, um seine Sorgen zu verbergen. Sie sprachen noch immer über das neue Enkelkind. Mel warf ihm einen fragenden Blick zu. Er runzelte die Stirn und schüttelte langsam den Kopf. Er konnte die Enttäuschung sehen, die sich auf dem Gesicht seines Freundes abzeichnete.

Evelyn nahm ihn beim Arm und zog ihn fort. »Komm mit mir«, bestimmte sie und leitete ihn durch die Menge. »Ich muss mich selbst um eine kleine Sache kümmern.«

Er ließ sich von ihr zurück zum Hufeisenturnier führen, zurück zu Derry Howe. Old Bob warf ihr einen schnellen Blick zu und dachte nach. Nein, es konnte nicht um Derry gehen, oder? Evelyn erwiderte seinen Blick nicht, sondern schaute unverwandt und konzentriert nach vorne. Er hatte diesen Blick bereits früher gesehen, und er wusste, dass sie sich durch nichts von dem abbringen lassen würde, was sie sich vorgenommen hatte.

Die Menge, die beim Turnier zuschaute, teilte sich vor ihnen. Evelyn bog nach links ab, zog Old Bob mit sich und ging an den Zuschauern vorbei auf die Teilnehmer zu.

»Bleib einfach neben mir stehen, Robert«, sagte sie ruhig. »Du brauchst nichts zu sagen. Ich übernehme das Reden.«

Sie ließ seinen Arm los, trat vor ihn und übernahm die Führung. Er erblickte George Paulsen, der sie aus der Gruppe der Teilnehmer heraus anstarrte, aber Evelyn schien ihn nicht wahrzunehmen. Sie bewegte sich stattdessen auf Enid Scott zu, die mit ihrer Jüngsten, Bennett, an der Seite stand.

Enid sah Evelyn kommen und wandte sich ihr zu. Ihre blassen, müden Augen sahen überrascht aus. Sie trug Shorts und ein dazu passendes Trägerhemd, die beide besser an ihr ausgesehen hatten, als sie zwanzig Pfund leichter gewesen war. Sie strich sich ein paar lose Strähnen ihres glatten, wirren Haars aus der Stirn und setzte ein unsicheres Lächeln auf.

»Hallo, Mrs. Freemark«, begrüßte sie die ältere Frau, und ihre Stimme brach ein wenig, als sie den Ausdruck in Evelyns dunklen Augen bemerkte.

Evelyn kam direkt vor ihr zum Stehen. »Enid, ich komme gleich zur Sache«, sagte sie leise. Sie waren mit Ausnahme von Bennett und Old Bob allein; niemand sonst konnte hören, was sie miteinander sprachen. »Ich weiß, dass du eine schwere Zeit hinter dir hast und dass es wahrlich kein Honigschlecken ist, allein fünf Kinder großzuziehen. Ich finde, du hast das besser gemacht, als eine Menge Frauen in deinen Umständen es getan hätten, und dafür bewundere ich dich. Du hast deine Familie zusammengehalten, so gut es ging. Du hast fünf Kinder, auf die du stolz sein kannst.«

»Vielen Dank«, stammelte Enid überrascht.

»Ich bin noch nicht fertig. Die Kehrseite der Medaille ist, dass du einen ganzen Haufen Entscheidungen in deinem Leben getroffen hast, die zu der begründeten Meinung Anlass geben, dass du etwa so viel gesunden Menschenverstand besitzt wie ein Eichhörnchen. Früher oder später werden sich einige dieser Entscheidungen fürchterlich rächen. Deine Wahl von Männern, zum Beispiel, ist katastrophal. Als Beweis dafür hast du fünf vaterlose Kinder, und ich sehe nicht, dass sich da in letzter Zeit irgendein Fortschritt ergeben hätte. Deine regelmäßigen Besuche in den Bars und Nachtlokalen dieser Gemeinde lassen vermuten, dass Alkohol zu einem Problem für dich wird. Und es ist keine Schande, arbeitslos und Sozialhilfeempfängerin zu sein, aber es ist sehr wohl beschämend, wenn man nichts dagegen tun will.«

Robert zwinkerte ungläubig, als er das Feuer in der Stimme seiner Frau hörte und sah, wie der Rücken in dem geblümten Kleid sich straffte. Die kleine Bennett starrte Evelyn mit offenem Mund an.

»Nun, äh, ich glaube nicht, dass Sie das Recht haben, mir vorzuschreiben ...«, begann Enid Scott erregt und mittlerweile auch verärgert.

»Du musst eins verstehen, Enid. Ich stehe hier nicht als Beispiel dafür, wie eine Frau ihr Leben führen sollte. Um die Wahrheit zu sagen, habe ich ein paar derselben Fehler gemacht wie du, und ich habe sie noch schlimmer gemacht. Ich bin dir ähnlicher, als du glaubst. Das gibt mir nicht nur das Recht, auf diese Weise mit dir zu sprechen, sondern verpflichtet mich sogar, es zu tun. Ich sehe, worauf dein Leben zusteuert, und ich kann dich nicht über das Ende der Klippe laufen lassen, ohne dir eine Warnung zuzurufen. Du kannst in deinem Leben eine Menge Fehler machen und trotzdem damit durchkommen. Das wissen wir beide. Aber es gibt einen Fehler, den du nicht machen darfst – niemals, wenn du mit dir selbst danach weiterleben willst. Und das ist, nicht für deine Kinder da zu sein, wenn sie dich brauchen. Das ist schon mehrfach vorgekommen. Sag gar nichts, Enid. Sag nicht, es wäre nicht so, denn das wäre eine schreckliche Lüge, und die willst du doch nicht zu deinem Sündenkatalog hinzufügen. Bislang ist nichts Schlimmes passiert. Aber früher oder später wird etwas passieren. Und wenn es geschieht, wird das dein Ende sein.«

Evelyn fixierte die andere Frau mit ihrem Blick, holte schnell Atem und trat vor. Enid Scott fuhr zusammen, und Bennett zuckte zurück. Doch alles, was Evelyn tat, war, Enids Hand zu ergreifen, sie zu halten und dann sanft zu streicheln.

»Wenn du mich jemals brauchst, ruf mich an«, sagte sie ruhig. »Zu jeder Zeit und aus welchem Grund auch immer. Wenn du mich rufst, bin ich da. Das ist ein Versprechen.«

Ein paar Leute schauten jetzt herüber. Sie spürten, dass irgendetwas vorging, auch wenn sie nicht sagen konnten, was es war. George Paulsen trennte sich von seinen Mitstreitern beim Turnier und kam mit zusammengekniffenen Augen herübergeschlendert. »Was geht hier vor?«, herrschte er sie an.

Evelyn ignorierte ihn. »Bist du in Ordnung, Enid? Ich habe dich doch nicht zu grob angefahren, oder?«

»Na ja«, flüsterte Enid Scott unsicher.

»Ich fürchte, das habe ich.« Evelyn fuhr fort, ihre Hand zu streicheln, sie zwischen ihren eigenen festzuhalten. Ihre Stimme war sanft und beruhigend, als sie sagte: »Ich spreche auf diese Weise mit dir, weil ich es für das Beste halte, ganz direkt zu sein. Aber ich wäre gerne deine Freundin, wenn du mich ließest. Ich weiß, dass du hier keine Familie hast, und ich möchte nicht das Gefühl haben, dass du allein bist.«

»Sie ist nicht allein, sie hat mich!«, verkündete George Paulsen und kam näher.

Großmutter fixierte ihn mit einem vernichtenden Blick. »Dich als Begleitung zu haben ist nichts, worauf sie stolz sein sollte!«, fauchte sie ihn an.

Paulsen wurde rot vor Wut. »Hör mal zu, alte Frau …«

Old Bob wollte schützend vortreten, aber Evelyn war zu schnell für ihn. Sie trat nahe an George Paulsen heran und zielte mit beiden Zeigefingern wie mit Pistolenläufen auf ihn.

»Leg dich nicht mit mir an, George«, zischte sie. »Denk nicht einmal daran. Dazu hast du nicht den Mumm. Und jetzt hör mir zu. Du kannst bei Enid bleiben oder auch nicht – das liegt bei euch beiden. Aber wenn ich noch ein einziges Mal höre, dass du diese Frau oder eines ihrer Kinder schlägst, wenn ich noch einmal eine Beule bei einem von ihnen sehe, die mir nicht gefällt, oder wenn ich auch nur sehe, dass du drohend die Hand gegen sie erhebst, dann wirst du glauben, dass Gott selbst aus dem Himmel heruntergelangt hat und dich zerquetscht wie einen Käfer. Haben Sie das verstanden, Sir?«

George Paulsen zuckte zurück, als ihre Finger langsam auf ihn zufuhren, um ihn an der Brust zu berühren.

»Und mach dir nicht vor, du könntest irgendetwas vor mir verbergen, George«, fuhr sie leise fort. »Auch wenn du glaubst, ich würde es nicht merken – ich werde es herausfinden. Und dann werde ich über dich kommen, egal, wie schnell oder wie weit weg du vor mir davonläufst.« Sie ließ ihre Finger sinken. »Denke immer daran.«

Für einen Augenblick glaubte Old Bob, George Paulsen würde Evelyn schlagen. Aber er musste irgendetwas in ihren Augen gesehen oder tief in seinem Inneren gespürt haben, dass dies ein Fehler gewesen wäre. Er versuchte zu sprechen, konnte es nicht, schoss Enid einen giftigen Blick zu und stakste davon.

Mittlerweile starrten ziemlich viele Leute herüber. Evelyn ignorierte sie, nahm sie überhaupt nicht wahr. Sie wandte sich wieder an Enid Scott und Bennett, nickte der Frau beruhigend zu und lächelte das Kind freundlich an. »Komm doch einmal zum Eisessen zu mir, Kleines«, lud sie Bennett ein. »Nest und ich würden uns freuen. Und bring deine Mutter mit, wenn du kommst.«

»Mrs. Freemark«, setzte Enid Scott an, konnte aber nicht weitersprechen.

Evelyn blickte ihr ruhig und aufmerksam in die Augen. »Ich heiße Evelyn. So nennen mich meine Freunde. Denk über das nach, was ich gesagt habe, Enid. Ich werde auf dich Acht geben.«

Dann kehrte sie zu Old Bob zurück, hakte sich bei ihm unter und drehte ihn wieder in Richtung Fluss. »Es ist eine Schande, einen so schönen Tag damit zu verschwenden, hier in der Hitze herumzustehen. Warum setzen wir uns nicht unten an den Fluss und warten auf Nest.«

Er starrte sie an. »Du verblüffst mich, Evelyn«, sagte er und machte keinen Versuch, das Erstaunen in seiner Stimme zu verbergen. »Das tust du wirklich.«

Ein leises Lächeln spielte um ihre Mundwinkel, ein Hauch von Schalkhaftigkeit, der sofort wieder verblasste. »Hin und wieder, Robert«, erwiderte sie sanft. »Nur hin und wieder.«

Kapitel 22

Obgleich John Ross es Nest Freemark gegenüber nicht zugegeben hatte, war er O'olish Amaneh bereits früher begegnet. O'olish Amaneh war es gewesen, dem er sein Humpeln zu verdanken hatte.

»Dein altes Leben ist vorbei, mein tapferer fahrender Ritter«, hatte die Lady in jener Nacht im Fairy Glen gewispert, als sie ihn an sich gedrückt und seinen Treueschwur entgegengenommen hatte, während sie zugleich seine Stärke prüfte. Überall um sie herum sausten die Elfen durch die Schwärze des Wassers und die Kühle der Schatten, und der Klang ihrer Stimme in seinem Ohr ließ ihn erschauern. »Jetzt gehörst du zu mir, so lange ich es für nötig erachte. Du wirst dich um niemand anderen kümmern oder ihm Treue leisten. Du wirst deinem Zuhause entsagen. Du wirst deiner Familie und deinen Freunden entsagen. Verstehst du mich?«

»Ja«, hatte er geantwortet.

»Es wird ein Opfer von dir gefordert werden, ein Opfer an Leib und Seele, an Herz und Verstand, in dieser Welt und in der kommenden. Dein Opfer wird groß sein, aber es ist notwendig. Verstehst du?«

»Ja«, antwortete er erneut.

»Ich habe dich zu mir geholt, John Ross. Jetzt sende ich dich wieder zurück. Verlasse dieses Land und kehre in deine Heimat zurück.

Dort ist der Ort, an dem du benötigt wirst, um meinen Kampf zu führen. Ich bin das Licht und der Weg, die Straße, der du folgen, und das Leben, das du führen musst. Geh jetzt und gehe in Frieden.«

Er tat, was sie ihm gesagt hatte. Er ging vom Fairy Glen zu seinem Ferienhäuschen in Betws-y-Coed, packte seine Taschen, reiste nach England und kaufte einen Standby-Flug in die Staaten. Er tat dies in dem festen Glauben, dass sein Leben sich auf die Weise geändert hatte, von der er immer erwartet hatte, dass es eines Tages geschehen würde. Und er hatte die Hoffnung, dass er hier endlich den Sinn seines Lebens gefunden hatte. Er wusste noch nicht, was er tun sollte. Er war ein Ritter des Wortes geworden, aber er wusste nicht, was von ihm erwartet wurde. Er trug das Blut von Owain Glyndwr in sich, und er würde der Streiter des Wortes sein und mit der Leere kämpfen, wie es sein Vorfahr zu seiner Zeit getan hatte. Er wusste nicht, was das bedeutete. Er war verängstigt und freudig erregt und voller Leidenschaft. Die Visionen der Zukunft, die ihm die Lady gezeigt hatte, hatten sich für immer in seinen Verstand eingebrannt, und wenn er an sie dachte, stiegen ihm Tränen in die Augen. Er war nur ein Mann, nur ein einzelner Mann, aber er wusste, dass er tun musste, was immer man von ihm forderte – selbst wenn das bedeutete, sein Leben zu geben.

Aber es war noch nicht real für ihn. Es war noch immer ein Traum, und je weiter er sich vom Fairy Glen und jener Nacht entfernte, desto mehr wurde es zu einem solchen. Er fuhr heim zu seinen Eltern, die damals noch lebten, um sie wissen zu lassen, dass es ihm gut ginge, er aber nicht bleiben würde. Er drückte sich absichtlich vage aus und erzählte ihnen nichts von dem, was ihm widerfahren war. Es war ihm nicht verboten worden, dies zu tun, aber er wusste, dass es töricht wäre, darüber zu sprechen. Ob seine Eltern ihm glauben würden oder nicht, auf jeden Fall würden sie sich nur unnötig Sorgen machen. Da war es besser, dass sie ihn noch immer für einen Herumtreiber hielten, wenn er wieder ging. Es war besser, dass sie es nicht erfuhren.

Und so wartete er, wie in der Zeit eingefroren. Er versuchte sich vorzustellen, wie sein Leben im Dienst der Lady aussehen würde. Er bemühte sich, seine Zweifel und Ängste zu überwinden, das Gefühl seiner Unzulänglichkeit zu bekämpfen, das in ihm aufstieg. Was konnte er schon tun? Was würde von ihm verlangt werden, das er auch erfüllen konnte? War er stark genug, um zu tun, was nötig war? War er wirklich der, für den die Lady ihn hielt?

Er wartete darauf, dass sie zu ihm sprach, dass sie ihm ihre Pläne mitteilte. Sie tat es nicht. Er besuchte Freunde und Bekannte aus seiner Vergangenheit, versuchte in der Gegenwart zu leben, bis seine ungewisse Zukunft ihn einholen würde. Wochen verstrichen. Noch immer erschien die Lady nicht. Zweifel stiegen in ihm auf. Hatte er das alles nur geträumt? Hatte er sie sich nur eingebildet? Oder, schlimmer noch, hatte er ihre Absichten missverstanden? Was wäre, wenn das große Ziel, das er sich ausmalte, der Sinn, nach dem er so lange gesucht hatte, eine Lüge war? Zweifel verwandelten sich in Misstrauen. Was war, wenn man ihn betrogen hatte? Er wurde von Albträumen heimgesucht, aus denen er selbst in den heißesten Nächten zitternd und fröstelnd hochschreckte oder in den kühlsten Räumen erhitzt und verschwitzt aufwachte. Etwas war schief gegangen. Vielleicht war er nicht der Streiter, nach dem sie gesucht hatte, und sie hatte es bemerkt und ihn im Stich gelassen. Vielleicht hatte sie ihn für immer verlassen.

Starker Glaube verwandelte sich langsam in zerbrechliche Hoffnung, während das gewisperte Versprechen der Lady in den leeren Korridoren seines Verstandes nachhallte.

Dein Weg führt durch mich. Ich bin die Straße, der du folgen musst.

Dann kam der Indianer zu ihm. Er saß auf dem Bett in seinem Zimmer und war allein im Haus, da seine Eltern den Nachmittag über weg waren. Er starrte die Worte auf einem Stück Papier an, Worte, die er in dem Versuch geschrieben hatte zu verstehen, was mit ihm geschah, als sich die Tür öffnete und der Indianer erschien.

»Ich bin O'olish Amaneh«, sagte er ruhig.

Er war ein großer Mann. Seine Haut war kupferfarben, das Haar zu Zöpfen geflochten und schwarz, seine Augen bohrend und scharf. Er trug alte Armeekleidung und Mokassins und hatte einen Rucksack und eine zusammengerollte Schlafdecke dabei. In einer Hand hielt er einen langen, schwarzen Stock.

Er kam ins Zimmer und schloss die Tür hinter sich. »Ich bin gekommen, um dir dies zu geben«, sagte er und hielt ihm den Stock hin.

Ross starrte ihn an, sah den Glanz des Holzes, die Runenzeichen, die hineingeschnitzt worden waren, und das Licht, das darüber hinwegglitt. Er saß wie gelähmt auf seinem Bett.

»Du bist John Ross?«, fragte ihn O'olish Amaneh.

Ross nickte, war nicht in der Lage zu sprechen.

»Du bist ein Ritter des Wortes?«

Ross zwinkerte heftig und schluckte, um die Trockenheit aus seiner Kehle zu vertreiben. »Kommst du von ihr?«, brachte er heraus.

Der Indianer antwortete nicht.

»Stehst du im Dienst der Lady?«, drängte er.

»Der Stock gehört dir«, beharrte O'olish Amaneh ruhig und ignorierte seine Fragen. »Nimm ihn.«

Ross konnte es nicht. Er wusste plötzlich mit erschreckender Gewissheit, dass es kein Zurück mehr gab, wenn er es tat. Die Klarheit seines Wissens war bestürzend. Es war der Stock, etwas an der Art, wie er glänzte, an der Komplexität seiner Verzierungen. Es lag an der beharrlichen Art, wie der Indianer ihn drängte, den Stock zu ergreifen. Wenn er das tat, war es aus. Wenn er das tat, war es sein Ende. Er erkannte, dass er dafür doch noch nicht bereit war. Er wollte nicht mehr ein Teil dessen sein, was im Fairy Glen geschehen war, in Wales, im Reich der Magie der Lady.

Der Indianer war wie ein Felsen, der bewegungslos vor ihm aufragte. »Dein Glaube muss stärker sein als dies«, teilte er ihm flüsternd mit. »Dein Glaube muss dich tragen. Du hast geschworen zu dienen. Du kannst nicht widerrufen. Es ist verboten.«

»Verboten«, wiederholte Ross ungläubig. Er war den Tränen nahe, voller Verachtung für sich selbst, für seine Schwäche und seine schwindende Entschlossenheit. »Verstehst du nicht?«, hauchte er.

Der Indianer zeigte keine Regung. »Du bist ein Ritter des Wortes. Du wurdest erwählt. Du brauchst den Stock. Nimm ihn.«

Ross schüttelte langsam den Kopf. »Ich kann nicht.«

»Steh auf«, befahl O'olish Amaneh.

Das Gesicht des großen Mannes blieb unverändert; es zeigte kein Zeichen der Enttäuschung, des Ärgers oder von irgendetwas anderem. Die Augen fixierten John Ross, waren ruhig und fest auf ihn gerichtet, so dunkel und tief wie nächtliche Teiche, bodenlose Abgründe im Schatten seiner mächtigen Stirn. Ross konnte seinen Blick nicht lösen. Langsam stand er auf. Der Indianer trat vor und hielt ihm den Stock vor sein verängstigtes Gesicht, sodass er die eingeschnitzten Zeichen, das polierte Holz, seine knorrige Länge sah.

»Nimm den Stock«, sagte er ruhig.

John Ross versuchte zurückzutreten, bemühte sich, seinen Blick von den Augen zu lösen, die ihn bannten.

»Nimm den Stock«, wiederholte O'olish Amaneh.

Gehorsam hob Ross die Hände, und seine Finger schlossen sich um das polierte Holz. Sofort raste ein Feuer durch seinen Körper. *O Gott! Sein linker Fuß begann sich zu verkrampfen, wurde von Schmerz gepackt, der sich bis tief in den Knochen bohrte. Ross versuchte zu schreien, brachte aber keinen Laut heraus. Der Schmerz verstärkte sich immer mehr, wurde schlimmer als alles, was er je zuvor gespürt hatte, als alles, was er für möglich gehalten hatte. Seine Hände verkrampften sich so fest um den Stock, dass seine Knöchel weiß wurden. Er fühlte sich, als würden seine Finger Abdrücke im Holz hinterlassen. Er konnte nicht loslassen. Sein Fuß zuckte und verdrehte sich, und der Schmerz stieg sein Bein hinauf, verkrampfte seine Muskeln, riss an seinen Sehnen und fuhr wie Feuer durch seine Nerven. Er bohrte sich in sein Knie, und jetzt stand sein Mund weit offen, und den Kopf hatte er vor Pein in den Nacken geworfen.*

Dann war der Schmerz plötzlich ebenso schnell verschwunden, wie er aufgetaucht war. John Ross keuchte vor Schock und Erleichterung, und sein Kopf sackte ihm auf die Brust. Er lehnte sich schwer auf den schwarzen Stock, ließ sich von ihm stützen und verließ sich auf seine Stärke, ihn aufrecht zu halten. *Mein Gott, mein Gott!*

Langsam trat O'olish Amaneh von ihm zurück. »Jetzt gehört er dir«, wiederholte der Indianer. »Du bist mit ihm verbunden. Ihr seid eins. Du kannst ihn nicht aufgeben, solange du nicht aus deinem Dienst entlassen wurdest. Denke daran. Versuche nicht, dich von ihm zu trennen. Versuche nicht, ihn wegzuwerfen. Niemals.«

Dann war O'olish Amaneh fort, war lautlos wie ein Geist aus der Tür und den Korridor entlang verschwunden. Ross wartete einen halben Atemzug, dann machte er einen schnellen Schritt auf die Tür zu, um sie zu schließen. Er brach sofort zusammen, sein Fuß knickte um, da sein Bein nicht in der Lage war, sein Gewicht zu tragen. Er kämpfte sich wieder hoch, stützte sich schwer auf den Stock und fiel erneut hin. Er lag ausgestreckt auf dem Boden und starrte sein Bein an. Erneut mühte er sich auf die Beine, biss die Zähne zusammen und kniff die Augen zu. Das, was mit ihm geschehen war, machte ihm solche Angst, dass er kaum zu atmen vermochte.

Schließlich gelang es ihm zu stehen, doch nur mit Hilfe des Stocks. Er würde wieder ganz von vorne lernen müssen zu gehen. Er lehnte sich gegen die Wand und weinte vor Zorn und Frustration.

Warum wurde mir das angetan?

Er sollte die Antwort noch in derselben Nacht erhalten, als er zum ersten Mal von der Zukunft träumte, die zu verhindern seine Aufgabe war.

»Einen Penny für Ihre Gedanken, John Ross.«

Es war Abend, das Tageslicht war mit dem langsamen Nahen der Dämmerung immer trüber geworden, und die Hitze lastete wie eine schwere Decke auf dem Park. Ross saß allein unter einem Hickorybaum im Gras, nicht weit entfernt von der Band, die gerade alles für den Tanz im Pavillon aufbaute. Leute wanderten umher, sahen beim Aufbau zu, aßen Popcorn, Eis und Zuckerwatte und tranken Limonade und Eistee. Auf den Baseballfeldern fanden noch immer Spiele statt, aber die letzten der organisierten Wettläufe und das Hufeisenturnier waren bereits zu Ende. Ross hatte sich für eine Weile in seinen Erinnerungen an die Vergangenheit verloren, an die Zeit, als er noch nicht verstanden hatte, was die Lady von ihm erwartete und was es bedeutete, ein Ritter des Wortes zu sein.

Die vertraute Stimme riss ihn aus seinen Erinnerungen. Er schaute auf und lächelte Josie Jackson an. »Einen Penny? Ich schätze, das ist mehr, als sie wert sind. Wie geht es Ihnen?«

»Gut, vielen Dank.« Sie stand vor ihm und musterte ihn für einen Augenblick unverhohlen. Sie trug eine Bluse mit Blumenmuster und hochgestelltem Kragen sowie einen knielangen Rock, der an ihrer schmalen Taille von einem Gürtel zusammengehalten wurde. Ihre blonden Haare hatte sie zurückgebunden, und sie trug Sandalen und ein goldenes Armband. Selbst in der stickigen Hitze sah sie frisch und kühl aus. »Ich habe Sie heute Morgen beim Frühstück vermisst. Sie sind nicht vorbeigekommen.«

Er lächelte reuevoll. »Meine Schuld. Ich habe verschlafen und bin direkt zur Kirche gegangen. Die Freemarks hatten mich eingeladen.« Er zog sein gutes Bein an und verschränkte die Hände um sein Knie. »Ich fürchte, ich gehe nicht sooft zur Kirche, wie ich sollte.«

Sie lachte. »Und wie war es?«

Er zögerte und sah vor seinem geistigen Auge die dunklen Gestalten der Fresser, die durch die Kapelle huschten, Geist, der aus der Dunkelheit des Vorraums geschritten kam, und den Dämon, der sich irgendwo in den Schatten verbarg. *Wie war es?* »Es war nicht ganz so, wie ich es in Erinnerung hatte«, erwiderte er ohne eine Spur von Ironie in der Stimme.

»Das ist nie so.« Sie trat einen Schritt näher. »Sind Sie heute Abend allein?«

Die ausdrucksvollen dunklen Augen hielten ihn an seinem Platz. Er schaute weg, um sich davon zu befreien, und sah sie dann schnell wieder an. Nest war mit ihren Freunden fortgegangen. Old Bob brachte Evelyn nach Hause. Er vertrieb sich die Zeit, während er auf den Dämon wartete. »Sieht so aus«, sagte er.

»Möchten Sie ein wenig Gesellschaft?«, fragte sie ihn, und ihre Stimme klang dabei ruhig und entspannt.

Er spürte, wie sich seine Kehle zusammenzog. Er war es leid, allein zu sein. Was konnte es schaden, ein wenig Zeit mit ihr zu verbringen, ein paar Stunden mit einer hübschen Frau zu teilen. »Gern«, antwortete er ihr.

»Gut.« Sie setzte sich mit einer anmutigen Bewegung neben ihn, sodass sie sich berührten. Er spürte die Weichheit ihrer Schulter und ihrer Hüfte. Eine Weile saß sie ohne etwas zu sagen da und sah mit ruhigem, distanziertem Blick zu, wie die Leute sich beim Pavillon versammelten. Er betrachtete aus den Augenwinkeln die Sommersprossen auf ihrer Nase und überlegte, was er sagen könnte.

»Ich bin nicht gerade ein guter Tänzer«, gestand er schließlich und bemühte sich, ihre Gedanken zu lesen.

Sie blickte ihn an, als sei sie überrascht, dass er so etwas zugab, und lächelte ihn dann verschmitzt an. »Warum unterhalten wir uns dann nicht einfach nur?«

Er nickte und schwieg einen Augenblick. Er blickte zum Pavillon hinüber. »Hätten Sie gerne ein Eis oder etwas zu trinken?«

Sie schaute ihn noch immer an und lächelte. »Ja.«

»Welche Sorte?«

»Überraschen Sie mich.«

Er stemmte sich mit Hilfe seines Stocks auf die Füße, humpelte zum Erfrischungsstand hinüber, kaufte zwei Tüten Schokoladeneis und humpelte wieder zurück, die Augen gegen die Glut der untergehenden Sonne zusammengekniffen. Es ist nur für eine kurze Zeit, sagte er sich selbst. Nur, damit er sich daran erinnern konnte, wie es war, wenn man sich gut fühlte. Er setzte sich wieder neben sie und gab ihr eine Eiswaffel.

»Mein Lieblingsgeschmack«, sagte sie, und es klang, als ob sie es so meinte. Sie biss ein Stückchen ab. Ihre mit Sommersprossen übersäte Nase zog sich zusammen. »Hmmm, wirklich gut.« Sie nahm einen weiteren Bissen und schaute ihn an. »Also, erzählen Sie mir etwas von sich.«

Er dachte einen Augenblick nach, während er die Menschenmenge musterte, und erzählte ihr dann von seiner Reise durch Großbritannien. Sie hörte aufmerksam zu, während er seine Besuche der Schlösser und Kathedralen schilderte, der Gärten, Moore, Dörfer und Städte. Er erzählte gerne von England, und er nahm sich Zeit, ihr ein genaues Bild davon zu vermitteln, wie es dort war – von den Farben und Gerüchen, wenn es regnete, was oft der Fall war; von den ländlichen Gegenden mit ihren Bauernhöfen und briefmarkengroßen Feldern, die von Steinmauern begrenzt wurden; von dem Nebel und den Wildblumen im Frühling, wenn überall Farben waren, die durch die Veränderungen des Lichts mal verschwommen und dann wieder leuchtend klar wurden.

Als er endete, lächelte sie und sagte, eines Tages wolle sie einmal hinfahren. Sie erzählte davon, wie es war, ein Café zu führen, ihr eigenes Geschäft, das sie ganz allein aufgebaut hatte. Sie berichtete ihm, wie es war, in Hopewell aufzuwachsen, mal gut und mal schlecht. Sie sprach von ihrer Familie, die sehr groß war und hauptsächlich an anderen Orten lebte. Sie fragte ihn nicht, womit er seinen Lebensunterhalt verdiente oder nach seiner Familie, und er sprach nicht von sich aus darüber. Er erzählte ihr, dass er lange Jahre Student gewesen sei, und vielleicht nahm sie an, dass er das noch immer war. Sie alberte mit ihm herum, als hätte sie ihn schon ihr ganzes Leben gekannt, und das mochte er. Es war angenehm, mit ihr zusammenzusein. Er fand sie hübsch, lustig und klug, und er wollte sie besser kennen lernen. Er wurde von ihr angezogen, wie er schon lange nicht mehr von einer Frau angezogen worden war. Es war ein gefährliches Gefühl für ihn.

An einem Punkt sagte sie zu ihm: »Ich nehme an, Sie halten mich für ziemlich direkt, dass ich mich selbst eingeladen habe, den Abend mit Ihnen zu verbringen.«

Er schüttelte sofort den Kopf. »Das denke ich überhaupt nicht.«

»Halten Sie mich vielleicht für leichtlebig?« Sie machte eine Pause. »Sie wissen schon.«

Überrascht von der Frage starrte er sie an und konnte nichts erwidern.

»Gütiger Himmel, John, Sie werden ja rot!« Sie lachte und stieß ihm sanft in die Rippen. »Entspannen Sie sich. Ich mache nur Spaß. So bin ich nicht.« Sie grinste. »Aber ich bin neugierig und nicht schüchtern. Ich kenne Sie nicht, aber ich glaube, das würde ich gerne. Also gehe ich ein Risiko ein. Das tue ich öfter. Meiner Meinung nach entgeht einem vieles, wenn man nie Risiken eingeht.«

Er dachte an sein eigenes Leben und nickte langsam. »Ich schätze, dem kann ich mich nur anschließen.«

Die Sonne war hinter dem Horizont versunken, und Dunkelheit legte sich über den Park. Die Band spielte bereits und begann jetzt einen langsamen, romantischen Walzer, der die älteren Paare hinaus auf die Tanzfläche unter den farbigen Lampen trieb, die um den Pavillon angebracht worden waren. Draußen auf dem Rasen tanzten kleine Kinder miteinander und machten mit großen, gewichtigen Schritten die Erwachsenen nach. John Ross und Josie Jackson schauten ihnen schweigend und lächelnd zu, während ihre Gedanken auf den sanften Schwingungen der Musik dahintrieben.

Nach einer Weile fragte er sie, ob sie gerne einen Spaziergang machen würde. Sie standen auf und schlenderten zwischen den dunklen Bäumen hindurch. Josie hakte sich bei seinem freien Arm unter, kam dicht an ihn heran und passte sich seinem humpelnden Schritt an. Sie gingen vom Pavillon zur Rodelbahn und dann zwischen den Bäumen hindurch zum Fluss. Die Musik hallte ihnen sanft und einladend nach. Die Nacht war voller heller Sterne, aber die Sommerhitze machte sie drückend, und die Luft hing schwer unter dem Firmament. Zwischen den alten Laubbäumen war es dunkel und still, und der Fluss unter ihnen war ein glänzendes, silbergekröntes Band.

Sie blieben auf einer kleinen Erhöhung inmitten einer Gruppe von Ulmen stehen, um zu ihm hinabzuschauen und dabei der in der Ferne noch immer hörbaren Musik zu lauschen, den wirren Lauten von Unterhaltungen, dem Gelächter und dem Zirpen der Grillen weit weg im Wald. Auf dem Fluss schaukelten ein paar Boote an ihrem Anker auf und ab, und weiter entfernt, am anderen Ufer des Rock River, strichen Autolichter über Privatstraßen, wie die Augen von nächtlichen Jägern.

»Ich bin gerne mit dir zusammen, John«, sagte Josie leise. Sie drückte dabei bekräftigend seinen Arm.

Er schloss die Augen gegen den Schmerz, den ihm diese Worte bereiteten. »Ich bin auch gerne mit dir zusammen.«

Es gab ein langes Schweigen, und dann beugte sie sich zu ihm und küsste ihn sanft auf die Wange. Als er sich ihr zuwandte, um sie anzusehen, küsste sie ihn auf den Mund. Er ließ alle Vorsicht fahren und küsste sie zurück.

Sie löste die Umarmung, und er sah die strahlende Verwunderung in ihren Augen. »Dieses eine Mal«, flüsterte sie, »werde ich wohl etwas direkter sein, als ich glaubte.«

Er brauchte einen Moment, bis ihm der Sinn der Worte klar wurde, und dann noch einen weiteren, bis das vertraute Frösteln ihn durchfuhr, als die Erinnerungen in der Stille seines Verstandes aufschrien.

Als er in der Nacht, nachdem ihm O'olish Amaneh den schwarzen Stock mit den seltsamen Runen und dem schrecklichen Geheimnis gegeben hat, schläft, träumt er zum ersten Mal von der Zukunft, die die Lady prophezeit hat. Es ist keiner von den Träumen, wie er sie früher gehabt hat. Der Traum ist nicht abgehackt und surreal, wie Träume es gewöhnlich sind. Er ist nicht aus Leuten und Orten aus seinem Leben zusammengefügt, besteht nicht aus Ereignissen, die sein Unterbewusstsein auf den Kopf gestellt und verdreht hat. Der Traum ist voller Geräusche, Geschmäcker, Gerüche, Bilder und getragen vom Gefühl des Lebens, und auf eine seltsame und Angst einflößende Weise weiß er, dass das, was er erlebt, real ist.

Er träumt nicht einfach von der Zukunft, er erlebt sie.

Er schließt kurz die Augen gegen die Gefühle, die diese Erkenntnis in ihm erzeugt. Dann öffnet er sie schnell wieder, um sich umzuschauen. Die Welt, in der er sich wiederfindet, ist albtraumhaft. Er steht auf einem Hügel und schaut auf die Überreste eines Ortes hinab. Die Stadt war einst groß und stark bevölkert; jetzt liegt sie in Trümmern, alles Leben hat sie verlassen. Es glimmt keine Glut mehr, und es steigt kein Rauch mehr auf; sie ist schon eine lange Zeit tot. Leblos liegt sie da, ihre Steine und Balken und Stahlträger ragen aus der Erde wie abgenagte Knochen.

Nach einer Weile beginnt er die Fresser wahrzunehmen. Es sind nur wenige, sie durchstreifen die Ruinen, ihre dunklen Gestalten sind in der Düsternis kaum zu erkennen, aber ihre gelben Augen leuchten hell. Er weiß instinktiv, was sie sind. Sie sind weit weg, inmitten des Schutts, und sie scheinen ihn nicht wahrzunehmen. Er spürt ein Zucken in seiner rechten Hand, blickt hin und bemerkt, dass er den schwarzen Stock trägt. Dort, wo er ihn gepackt hat, pulsiert ein sanftes Licht. Es signalisiert, dass ihm die Magie des Stocks zur Verfügung steht. Im Dienste des Wortes ist er in der Lage, die Magie zu benutzen. Sie ist stark und mächtig. Sie befähigt ihn, fast allem zu widerstehen. Sie verleiht ihm die Macht zu zerstören und zu beschützen. Es ist die Magie des Wortes, die tief aus dem Schoß der Erde entspringt. Sie wispert ihm verführerisch zu und macht ihm Versprechungen, die sie nicht immer erfüllen kann. Seine erste Reaktion ist der Drang, den Stock wegzuwerfen, aber irgendetwas, das tief in seinem Inneren verankert ist, verbietet es ihm.

Er fühlt sich auf dem Hügel schutzlos und beginnt sich unsicher auf einige Bäume zuzubewegen. Als er das tut, stellt er fest, dass er nicht mehr humpelt, dass sein Bein geheilt ist. Er ist nicht überrascht; er wusste, dass es so sein würde.

Als er die Bäume erreicht, erwartet ihn dort die Lady. Sie ist eine kleine, blasse Weißheit inmitten der Dunkelheit und so flüchtig wie Spinnweben. Sie blickt ihn an, lächelt und verblasst dann. Er erkennt, dass sie nicht real ist; sie ist nicht einmal hier. Sie ist eine Erinnerung. Er war schon früher an diesem Ort, in einer anderen, zurückliegenden Zeit, vor der Zerstörung, und seine Rückkehr hierher hat die Erinnerung ausgelöst.

Jetzt beginnt er zu verstehen. Er lebt in der Zukunft, doch nur in seinem Schlaf. Es ist der Preis der Magie, über die er gebietet, des Titels, den er führt, und der Verantwortung, die er trägt. Er wird sein Leben von nun an in zwei Welten führen – in der Gegenwart, wenn er wach ist, und in der Zukunft, wenn er schläft. Die Bilder strömen auf ihn ein wie ein Fluss, der bei einer Überschwemmung über die

Ufer brandet. Er ist ein Ritter des Wortes, und er muss die Zukunft verhindern, in der er sich jetzt befindet. Aber er braucht das Wissen, das ihm diese Zukunft geben kann, um dies zu tun. Er muss von der Zukunft die Fehler und verpassten Gelegenheiten der Vergangenheit erfahren. Wenn es ihm gelingt, sie zu entdecken, dann kann er sie vielleicht korrigieren. Jedes Mal, wenn er schläft, gibt ihm das eine neue Chance zu lernen. Jedes Mal, wenn er schläft, flüstert ihm die Zukunft die Geheimnisse der Vergangenheit zu. Aber die Zukunft ist nie dieselbe, weil die Vergangenheit stetig voranschreitet und sie verändert. Und sein Schlaf zeigt ihm weder geordnet noch in erkennbarer Chronologie, was geschehen wird. Die Zukunft kommt zu ihm, wie sie es will, und sie offenbart sich ihm, wie es ihr gefällt. Er kann es nicht kontrollieren; er muss es einfach hinnehmen.

Und überleben. Denn er wird von den Dämonen und ihren Verbündeten, den Einst-Menschen, die ihnen dienen, und jenen Wesen, die der Leere überantwortet wurden, gejagt. Nur wenige sind noch übrig, die ihnen Widerstand leisten können. Er ist einer von ihnen. Mehr als einmal haben sie ihn gefangen. Sie haben ihn getötet, nimmt er an, aber er weiß es nicht mit Sicherheit. Die Zukunft verändert sich jede Nacht. Vielleicht verändert sie auch sein Schicksal.

Er entsinnt sich jetzt an dies alles. Seine Erinnerungen an die Vergangenheit füllen die Lücken, sodass er bereits ein Veteran seiner Träume ist, obwohl dies seine erste Nacht mit ihnen ist. Die Wahrheiten steigen auf und stellen sich ihm. Er ist verkrüppelt, damit er niemals den Stock aufgeben wird. Ohne den Stock besitzt er keine Magie. Ohne den Stock ist er hilflos. Wenn er nicht ohne Hilfe des Stocks gehen kann, wird er weniger sorglos mit ihm umgehen. Schließlich ist er sein einziger Schutz. Er ist verkrüppelt, damit er sich immer daran erinnert.

So wurde es für ihn bestimmt. Seine Vergangenheit ist mit seiner Zukunft verwoben. Wenn er bei seiner Mission im Dienst des Wortes versagt, wird die Zukunft eintreten, in der er sich jede Nacht aufhält. Er wird wieder vollständig sein, aber er wird sich in jener vernichteten Welt befinden, die er hier erblickt. Und er wird noch ei-

nen weiteren Preis zahlen. Magie, die er in der Gegenwart benutzt, wird ihm in der Zukunft fehlen. Jedes Mal, wenn er in seinem früheren Leben die Magie beschwört, wird sie ihm in seinem späteren für eine unbestimmte Zeitspanne entzogen. Er muss sich der Magie klug und effizient bedienen, wenn er sie beschwört, oder er wird sich eines Tages, zu einer Zeit und an einem Ort, auf die er keinen Einfluss hat, möglicherweise in einer Situation, in der er sie benötigt, waffenlos wiederfinden.

Er steht allein zwischen den Bäumen auf dem Hügel über der zerstörten Stadt und grübelt darüber nach, was es für ihn bedeutet zu schlafen und warum er immer allein und abseits von anderen bleiben muss …

»Josie«, sagte er sanft und suchte nach den richtigen Worten.

Plötzlich war da eine Bewegung in den Schatten, das Geräusch eiliger Schritte und schweren Atems. Ross drehte sich um, als die Schatten sich rasch und bedrohlich um ihn zusammenzogen. Er trat von Josie fort und versuchte sich vor sie zu stellen. Er hörte ihr überraschtes Keuchen und sah die maskierten Gesichter der Männer, die nach ihnen griffen. Er versuchte ihre gemurmelten Drohungen zu verstehen, und dann waren sie über ihm.

Sie drängten ihn zurück, auf den Kamm des Hügels zu, packten ihn an Armen und Schultern und versuchten ihm den Stock zu entreißen. Er schrie sie an: *Nein, wartet, was tut ihr da?* Er kämpfte darum freizukommen, zog den Stock aus ihrer Reichweite und schirmte ihn ab. Der eine schlug nach ihm, versuchte ihn ins Gesicht zu treffen, aber Ross duckte sich weg. Er konnte sich mit seinem schlimmen Bein nicht schnell bewegen oder rennen. Er war gezwungen, sich ihnen zu stellen. Er hörte, dass einer von ihnen ihm hässliche, grobe Schimpfnamen gab, während einer der anderen ihn »Spion« und »Firmenschwein« nannte. *Das bin ich nicht!* versuchte er zu erklären. Josie schrie sie wütend an. *Was tut ihr? Hört auf! Lasst ihn in Ruhe!* Er stand in Gefahr, zu Boden zu gehen. Er stemmte sich gegen den Ansturm und schwang das obere Ende seines Stocks heftig gegen den nächsten Angreifer. Er spürte, wie das

Holz auf einen Knochen traf; der Mann stöhnte und stolperte zurück. Mit dem unteren Ende hämmerte Ross gegen die Schienbeine eines anderen Mannes, und dieser heulte vor Schmerz laut auf.

Dann waren sie alle über ihm und warfen ihn zu Boden. Faustschläge hagelten auf ihn herab, während er auf den Waldboden krachte. Jemand trat ihm in die Rippen. Er hörte Josie aufschreien und sah, wie sie mit rudernden Armen vorstürzte, um ihn zu beschützen. Ein Stiefel krachte gegen seinen Kopf und löste Schmerz und helle Lichter aus. Er versuchte die Männer abzuschütteln, die ihn auf dem Boden festhielten, und wieder auf die Beine zu kommen. Der Stock war zur Seite geschoben worden, sodass er ihn nicht mehr zum Einsatz bringen konnte. Sie versuchten noch immer, ihn aus seinen Händen zu reißen, ihm seinen einzigen Schutz zu rauben. Er spürte die Schläge, die auf ihn niederprasselten, und das Blut, das sich in seinem Mund sammelte. Es wurde immer schwerer zu atmen. Josie schrie noch immer, aber ihre Stimme war heiser und klang, als hätte ihr jemand die Hand auf den Mund gepresst.

Ein Stiefel nagelte sein linkes Handgelenk auf dem Boden fest. *Tut das nicht!* wollte er ihnen zuschreien, konnte es aber nicht. Er kämpfte in stiller, nutzloser Verzweiflung darum freizukommen. Sie zerrten an seinem Stock, bogen seine Finger auseinander und ließen ihm keine andere Wahl …

Hört auf, bitte!

Die Runen, die in die polierte schwarze Oberfläche geschnitzt waren, begannen mit einem Licht zu pulsieren. Eine feurige Hitze brannte auf seiner ganzen Länge.

Nein!

Die Magie brach in einer strahlenden weißen Explosion mit solcher Gewalt aus dem Stock hervor, dass sie die Luft selbst in ihrem Wirbelwind entfesselter Macht zu verzehren schien. Sie war nicht beschworen worden, sondern aus eigenem Antrieb als Reaktion auf die Not ihres Herrn hervorgebrochen. Mit einem einzelnen gleißenden Blitz schleuderte sie John Ross' Angreifer in die Nacht davon. Sie flogen von ihm weg wie Papierschnipsel, die gewichtslos von einem starken Wind mitgerissen wurden, und er war wieder frei.

Hinterher lag er keuchend da, und die Magie war ebenso schnell verschwunden, wie sie aufgetaucht war. Seine Angreifer kamen in der Dunkelheit benommen auf die Beine und stolperten davon. Ihre Entschlossenheit war verflogen, ihr Vorsatz vergessen und ihre Verwirrung überwältigend.

Zu spät für mich, dache John Ross verzweifelt, da er den Preis kannte, den er jetzt dafür würde zahlen müssen, dass er die Magie verwendet hatte. *Viel zu spät.*

Als er die Augen gegen den Schmerz schloss, der in seinem Körper und in seinem Verstand tobte, hörte er Josie seinen Namen rufen, und in der darauf folgenden Stille streckte er suchend seine Hand nach ihr aus.

Kapitel 23

Nest Freemark saß mit ihren Freunden am Rand des Pavillons im Gras und sah zu, wie sich die Tänzer zu den Klängen der Musik wiegten und vorbeiglitten. Überall um sie herum saßen Familien und Pärchen auf Decken und Gartenstühlen, und ihre Gesichter leuchteten in den Farben der Laternen, die von den Balken des Pavillons herabhingen. Die Hitze des Tages hielt an, aber jetzt wehte eine sanfte Brise vom Fluss herüber und verschaffte den Versammelten gerade genug Abkühlung, um den salzigen Nachgeschmack der Tagesglut hinter sich zu lassen. Die Brise und die Musik verwoben sich, und gemeinsam beruhigten sie die Nerven und linderten jedes Unwohlsein. Die Leute begannen wieder zu lächeln und erinnerten sich, wie wichtig es war, nett zueinander zu sein. Die Nacht war weich wie Samt, hielt sie in ihren Armen und wiegte sie allmählich in den Schlaf.

Robert erklärte Jared irgendetwas über Computer. Brianna und Cass sprachen über Schulkleider und Make-up. Nest fragte sich, wie sie dies alles hatte zulassen können.

Es hätte so wundervoll sein können, dachte sie wehmütig.

Die Dinge entwickelten sich nicht so, wie sie es geplant hatte. Jared hatte sie in der Dämmerung kurz vor Sonnenuntergang ohne Probleme gefunden, als die Band gerade ihre Instrumente aufbaute und der Fußboden des Pavillons gefegt wurde. Als sie allein unter den alten Laubbäumen standen, hatte sie für ein paar Augenblicke geglaubt, dass sie jetzt, endlich, die Chance haben würde, mit ihm zu reden, wirklich mit ihm zu reden, nur sie beide. Sie hatte geglaubt, dass er sich ihr vielleicht anvertrauen würde, dass er ihr möglicherweise etwas erzählen würde, das er noch nie jemandem gesagt hatte – und dass sie ihm im Gegenzug vielleicht irgendetwas Wunderbares oder Überraschendes erzählen würde. Ihr Kampf, die Wahrheit über John Ross und ihre Familie herauszufinden, hatte sie ausgelaugt und niedergeschlagen zurückgelassen. Sie hatte einen Punkt erreicht, an dem sie einfach alles für eine Weile hinter sich lassen wollte. Kein Dämon, kein Maentwrog, kein Pick, keine Magie. Nur ein Junge, den sie mochte und mit dem sie zusammensein wollte. Das konnte doch nicht zu viel verlangt sein! Den ganzen Tag hatte sie sich darauf gefreut. Sie hatte sich vorgestellt, wie es sein würde, wie gut sie sich dabei fühlen würde. Sie würde mit ihm reden, mit ihm tanzen, und wenn alles richtig lief, würde sie sich von ihm küssen lassen. Sie würde ihn anschauen und sich wenigstens für ein paar Augenblicke einfach nur gut fühlen.

Sie bewegten sich in diese Richtung, als Robert, Cass und Brianna zu ihnen stießen. Eins, zwei, drei, waren sie da, ihre Freunde. Sie lächelten fröhlich und hatten nicht den geringsten Schimmer, dass Nest mit Jared allein sein wollte, dass sie wollte, dass sie sich verdrückten, einfach verschwanden. Warum sie nicht vorausgesehen hatte, dass dies geschehen könnte, wusste sie nicht. Aber jetzt, da es passiert war, fühlte sie sich irgendwie betrogen. Es war selbstsüchtig und kleinmütig von ihr, so zu empfinden, aber sie konnte nichts dagegen tun. Sie fühlte sich gefangen, so eingeengt durch die Ereignisse ihres Lebens, dass sie kaum noch atmen konnte. Sie hatte gehofft, sie würde bei diesem Tanz eine kleine Atempause von ihren Problemen erhalten. Es sah nicht so aus, als würde dies geschehen.

Sie rutschte unruhig auf dem Gras hin und her und überlegte, was sie tun sollte. Vielleicht sollte sie nach Hause gehen. Vielleicht sollte sie es einfach aufgeben. Sie warf Jared einen Blick aus heißen, ärgerlichen Augen zu, versuchte ihn dazu zu bringen, etwas zu sagen, etwas zu tun. Irgendetwas. Sie dachte, er würde es tun, aber er saß einfach nur da. Vielleicht sollte sie es sein, die etwas sagte oder tat, ereiferte sie sich, aber auch das schien nicht das Richtige zu sein.

So saß sie also mit ihren momentan überflüssigen Freunden da, lauschte der Musik, sah den Tänzern zu und wünschte, dass ein kleines Wunder geschehen würde.

Sie erhielt ihr Wunder, als Jared schließlich aufstand und sie in einem atemlos hervorgestoßenen Wortschwall fragte, ob sie tanzen wollte. Mit einer hastigen Entschuldigung in Richtung ihrer Freunde kam sie auf die Beine und folgte ihm auf die Tanzfläche. Ein Adrenalinschub brachte ihren Puls zum Rasen, und sie fühlte sich wie auf Wolken. Sie nahm seine linke Hand in ihre rechte und trat linkisch in seine Umarmung. Sein Arm legte sich um ihre Hüfte, und seine Hand ruhte auf ihrem Rücken. Sie konnte die Hitze seiner Haut spüren. Sie begannen langsam und vorsichtig zu tanzen und passten sich schrittweise an die Bewegungen des anderen an. Jared führte sanft, aber bestimmt. Er leitete sie um die anderen Tänzer herum und bewegte sich im Rhythmus der langsamen, sanften Musik. Nest war ebenso groß wie er, und sie senkte ihr Kinn auf seine Schulter, um sich kleiner zu machen. Sie mochte es, wie er sie hielt. Sie mochte, wie er roch und wie er ihr immer wieder einen Blick zuwarf, um zu sehen, ob alles in Ordnung war. Bei seinem schüchternen Lächeln hätte sie am liebsten geweint.

Sie schloss die Augen, rückte dichter an ihn heran und spürte, wie seine Arme sich fester um sie schlossen. Sie hatte ihre Flucht. Sie vergrub ihr Gesicht an seiner Schulter. Sie versuchte nicht, nach Cass, Brianna oder Robert zu schauen, sie versuchte nicht, nach irgendjemandem zu schauen. Sie hielt ihre Augen geschlossen und bewegte sich mit Jared Scott, ließ sich von ihm führen, wohin er wollte, überließ sich ihm völlig.

Sie tanzten diesen Tanz und noch einige mehr. Als die Musik

schneller wurde, tanzten sie trotzdem langsam weiter. Nest spürte, wie ihre Müdigkeit, ihre Zweifel und Ängste von ihr abglitten, einfach in dem Hintergrund aus Bewegungen und Musik verblassten. Sie fühlte sich wunderbar ruhig; sie fühlte sich verliebt und hoffnungsvoll. Sie hielt Jared dicht an sich gedrückt, lehnte sich gegen ihn, ihr Gesicht an seinem Hals und in seinem zerzausten Haar verborgen. Die ganze Zeit über sprachen sie nicht, kein einziges Wort. Es gab nichts, was gesagt werden musste, und jeder Satz hätte nur das verdorben, was geschah.

So gut, dachte Nest, und ihr Atem ging sanft und ruhig. So schön.

Dann öffnete sie für einen kurzen Moment die Augen und erblickte den Dämon.

Er ging an der Tanzfläche vorbei und schlängelte sich als einzelne, schattenhafte Gestalt zwischen den Familien hindurch, die es sich im Gras bequem gemacht hatten. Er trug noch immer seine Tarnung als Parkangestellter, auch wenn er jetzt statt des Overalls eine einfache Hose und ein Oberhemd anhatte. Er blickte weder sie noch jemand anderen an, sondern schaute mit leuchtendem und konzentriertem Gesicht zu einem Punkt in der Ferne, jenseits ihres Blickfeldes. Nest hörte sofort auf zu tanzen und starrte ihm nach, als er sich entfernte. Wo war John Ross? Sie hatte ihn nicht mehr gesehen, seit ihre Großeltern nach dem Picknick heimgegangen waren. Sie musste ihn sofort finden.

Doch der Dämon verschwand bereits in der Dunkelheit, zog sich aus dem Licht zurück. Sie würde ihn verlieren.

»Was ist denn los?«, fragte Jared, und seine Hände ließen sie los, als sie von ihm zurücktrat. Sein Tonfall verriet ihr, dass er befürchtete, etwas falsch gemacht zu haben. Sein Gesicht wirkte bekümmert und unsicher, als er sie anstarrte.

Ihre Augen fanden sofort seine. »Das ist der Mann, nach dem ich gesucht habe. Der, von dem ich euch erzählt habe, der die Bäume vergiftet.« Ihre Worte überschlugen sich fast. »Hol die anderen, Jared, und dann such John Ross. Du kennst John, du hast ihn vorhin bei meinen Großeltern gesehen. Finde ihn und sage ihm, wo ich hingegangen bin – dorthin.«

Sie deutete in Richtung des Dämons, der bereits fast außer Sicht war. »Beeil dich, ich werde dort hinten warten!«

Sie eilte jetzt davon, ließ Jared mitsamt seiner vergeblichen Proteste zurück und schoss durch die Menschenmenge, um den Dämon einzuholen. Sie würde sich ihm natürlich nicht nähern. Sie wusste, wie gefährlich das wäre. Aber sie würde in Sichtweite bleiben und herauszufinden versuchen, wo er hinging.

Sie rauschte an den Leuten vorbei, die sich um den Pavillon versammelt hatten, und eilte in die Dunkelheit. Gerade am Rand ihres Blickfeldes konnte sie den Dämon noch sehen, der das Gras in Richtung der Rodelbahn überquerte und von dort aus dem Weg folgte, der zum Westteil des Parks führte. Sie wurde etwas langsamer, da sie ihm nicht zu nahe kommen wollte, und vertraute darauf, dass die Dunkelheit sie verbergen würde. Sie wünschte, Pick oder Daniel wären hier, um ihr bei der Verfolgung des Dämons zu helfen, aber sie hatte keinen von beiden in den letzten Stunden gesehen. Sie würde es ohne sie schaffen müssen. Ihr Blick strich über die Bäume um sie herum. War Geist hier irgendwo in der Nähe? Würde sie irgendeinen Schutz haben, falls der Dämon sie angreifen sollte? Sie schob die Frage beiseite und eilte weiter.

Die Laute der Musik und des Tanzes verklangen hinter ihr und machten dem stetigen Zirpen der Grillen und den weiter entfernten, unablässigen Geräuschen des Verkehrs auf dem Highway Platz. Leise schlüpfte sie zwischen den Bäumen hindurch, schattenhaft und in der Nacht so gut wie unsichtbar. Sie konnte sich lautlos bewegen; Pick hatte ihr beigebracht, wie das ging. Außerdem konnte sie nachts gut sehen. Der Dämon würde sie nicht so einfach abschütteln können. Nicht dass es den Anschein hatte, er würde das versuchen. Es sah nicht so aus, als mache er sich Sorgen, dass ihm jemand folgen könnte. Er ging, ohne zurückzuschauen, seine Augen waren geradeaus gerichtet, sein Schritt gleichmäßig. Nest schlich ihm hinterher.

Sie folgte dem Dämon durch die Bäume oberhalb des Flusses, vom Ostende des Parks bis zum Westen. Sie näherten sich der Brücke, die die Straße überspannte, die hier einen Bogen machte und zum Fuß der Klippen hinabführte. Nest sah immer wieder über die Schulter zurück und hoffte, John Ross zu entdecken, um ihr zu Hilfe zu kommen, aber er war nirgends zu sehen. Mehr als einmal fragte sie sich, ob sie umkehren sollte, aber jedes Mal sagte sie sich, dass sie noch ein kleines Stück weitergehen würde. Der Himmel war von Sternen erhellt, aber der schwere Baldachin der Baumkronen hielt das Licht ab und tauchte den Wald in tiefe Dunkelheit. Sie wusste, dass niemand so weit draußen war. Jeder, der sich heute Nacht im Park befand, war bei dem Tanzvergnügen. Wenn der Dämon in dieser Richtung weiterging, würde er bald den Friedhof erreichen. Nest fragte sich plötzlich, ob das wohl sein Ziel war. Sie musste mit einem Mal an ihre Mutter denken, die dort begraben war. Als Nächstes dachte sie an Two Bears.

Dann blieb der Dämon abrupt direkt vor der Brücke unter einer Straßenlampe stehen und blickte in die Ferne. Erwartete er jemanden? Nest schlich näher heran. Vorsichtig, warnte sie sich selbst. Dichter brauchte sie ihm nicht zu kommen.

Sie kauerte sich neben ein paar Fichten hin und wartete, dass etwas geschah. Dann raunte ihr eine vertraute Stimme von hinten zu: »Hey, Nest, was machst du da?«

Sie sprang auf die Füße und wirbelte herum. Zwei Meter von ihr entfernt stand Danny Abbott, die Hände in die Hüften gestemmt, und grinste breit. »Wem spionierst du denn nach?«

»Danny, verschwinde hier!«, zischte sie wütend.

Sein Grinsen wurde noch breiter. »Dem Kerl da drüben?«, fragte er und deutete an ihr vorbei.

Als sie sich umschaute, ob der Dämon noch da war oder ob er etwas gemerkt hatte, stürmten dunkle Schatten auf sie zu. Sie schrie auf und wollte fliehen, wurde jedoch von den Füßen gerissen und so heftig zu Boden geworfen, dass es ihr die Luft aus den Lungen trieb. Helle Lichter explodierten vor ihren Augen, als ihr Kopf gegen eine frei liegende Wurzel knallte. Sie konnte Danny Abbotts Lachen hören. Jemand saß rittlings auf ihr und drückte ihr Gesicht in den Schmutz. Ein Streifen Isolierband wurde ihr über den Mund geklebt. Ihre Arme wurden nach hinten gezogen und ihre Handgelenke mit Isolierband zusammengebunden. Dann zog man sie wieder auf die Beine und stülpte ihr einen Leinensack über den Kopf und ihren ganzen Körper. Weiteres Isolierband wurde ihr um die Knöchel gewickelt und befestigte den Sack unterhalb ihrer Knie.

Als sie vollständig eingepackt und verschnürt war, wurde sie über eine stämmige Schulter geworfen. Einen Moment lang wurde alles still, mit Ausnahme des Atmens ihrer Angreifer und ihres eigenen erstickten Schluchzens.

»Weinst du?«, fragte Danny Abbott, und sein Mund befand sich direkt neben ihrem Ohr. Sie hörte die Befriedigung in seiner Stimme und wurde sofort still. »Du glaubst, du wärst zäh, was? Na, lass uns mal sehen, wie zäh du wirklich bist. Machen wir doch die Probe aufs Exempel. Wir werden dich dorthin bringen, wo die Sonne niemals scheint, kleines Mädchen. Und dann werden wir ja sehen, ob es dir gefällt. Du wirst eine Nacht im Dunkeln verbringen. Weißt du, wovon ich rede, Nest? Natürlich weißt du das. Die Höhlen, meine Süße. Da wirst du hingebracht. Ganz nach unten in die tiefen, dunklen Höhlen.«

Sie trugen sie wie einen Getreidesack die Straße entlang, die sich unter der Brücke hindurch zum Fuß der Klippen hinabwand. In der heißen Schwärze des Futtersacks war sie wie in einem Kokon gefangen und schlug immer wieder gegen den knochigen Rücken und die Schultern des Jungen, der sie trug. Sie schrie gegen das Band an, das ihren Mund verschloss, aber ihre Rufe waren gedämpft und sinnlos. Sie war wütend auf Danny Abbott und all seine Freunde, die mitverantwortlich für dieses idiotische Vorhaben waren, vor allem aber hatte sie Angst. Pick hatte sie wieder und wieder gewarnt, niemals in die Höhlen zu gehen. In den Höhlen lebten die Fresser, dort verbargen sie sich vor den Menschen. Sie war in den Höhlen nicht sicher. Und jetzt wurde sie dorthin gebracht.

Nest hatte außerdem Angst, weil sie überhaupt nichts tun konnte, um sich selbst zu helfen. Sie war so fest mit dem Band gefesselt worden, dass sie ihre Arme und Beine nicht befreien konnte. Das Band über ihrem Mund hielt sie vom Schreien ab. Da sie sich in dem Futtersack befand, konnte sie nicht einmal sehen, was mit ihr geschah. Sie konnte ihre Magie nicht benutzen, da für diese Sichtkontakt notwendig war. John Ross würde nach ihr suchen, doch wie sollte er sie finden? Pick und Daniel waren nicht in der Nähe. Ihre Großeltern waren heimgegangen. Ihre Freunde waren nur Kinder, so wie sie selbst.

Was war mit Geist? Ihr Mut stieg ein wenig. Er war sicher in der Lage, sie zu finden und etwas für ihre Rettung zu unternehmen. Sie spürte, dass ihre Entführer sich über unebenen Boden bewegten, denn ihre Schritte wurden langsamer und unsicherer. Sie verließen die asphaltierte Straße. Nest hörte das Klicken einer Taschenlampe, und Danny Abbott sagte etwas darüber, es ruhig anzugehen. Sie spürte, dass die Luft an ihren nackten Knöcheln ein wenig kühler wurde. Sie betraten die Höhlen.

»Setzt sie dort hinten ab«, sagte Danny Abbott.

Nest kämpfte gegen ihre wachsende Verzweiflung an und versuchte herauszufinden, was eigentlich geschehen war. Wie hatten Danny und seine Freunde sich an sie heranschleichen können, ohne dass sie es bemerkt hatte? Das konnten sie nicht. Sie mussten auf sie gewartet haben. Aber wenn sie auf sie gewartet hatten, mussten sie gewusst haben, dass sie kommen würde. Ein kalter, schwerer Kloß breitete sich in ihrem Magen aus. Der Dämon hatte dies alles arrangiert. Er hatte sich von ihr beim Tanz sehen lassen, sie verleitet, ihm zu folgen, und sie dann dorthin geführt, wo die Jungen darauf warteten, sie zu fangen und in die Höhlen hinabzuschleppen. So musste es gewesen sein.

Aber warum sollte der Dämon das tun? Sie schloss in der Schwärze des Sacks die Augen und schluckte gegen die Trockenheit in ihrer Kehle. Sie war sich nicht sicher, ob sie die Antwort auf diese Frage wirklich wissen wollte.

Sie wurde von der Schulter des Jungen, der sie trug, heruntergehoben und auf eine kalte, flache Felsplatte gelegt. Sie lag dort, ohne sich zu bewegen, und lauschte den Geräuschen der schlurfenden Füße und leisen Stimmen.

Sie hörte Kleidung rascheln, als sich jemand über sie beugte. »Ich schätze, wir gehen jetzt nach Hause«, sagte Danny Abbott, und seine Stimme klang gehässig und selbstzufrieden. »Ich wünsche dir eine schöne Nacht, Nest. Denk darüber nach, was für ein Biest du bist, okay? Wenn du intensiv genug darüber nachdenkst, entschließe ich mich morgen vielleicht, zurückzukommen und dich freizulassen. Vielleicht.«

Sie gingen lachend davon, machten dabei Witze über Geister und Spinnen und beschrieben all die unangenehmen Dinge, die jemandem widerfahren konnten, der allein in den Höhlen zurückblieb. Sie knirschte mit den Zähnen und dachte verächtlich, dass die Jungs noch nicht einmal die Hälfte von dem wussten, was hier passieren würde.

Dann wurde es ruhig, die Stille lastete schwer um sie herum. Keines der nächtlichen Geräusche drang mehr zu ihr – weder aus dem Wald noch vom Fluss, vom Park, von der Siedlung, den Straßen, der ganzen Stadt. Es war, als hätte man sie in einen dieser Iso-Tanks gesteckt, von denen sie gelesen hatte und in denen man von allen Sinneswahrnehmungen abgeschnitten war. Nur dass sie natürlich die Kälte der Felsen spürte, die allmählich durch den Futtersack kroch und in ihren Körper eindrang. Und sie spürte, wie sie mit aller Macht versuchte, nicht zu schreien.

In der Nähe tropfte Wasser. Sie sammelte ihre Kraft, versuchte sich zu bewegen und stellte fest, dass sie es konnte. Sie wälzte sich auf die Seite und schaffte es, sich aufzusetzen. Vielleicht gelang es ihr, auf die Füße zu kommen, überlegte sie plötzlich. Aber was würde sie dann tun? Sie blieb, wo sie war, und dachte nach. Es würde jemand kommen. Ihre Freunde, selbst wenn sie John Ross nicht finden sollten. Sie würden sie nicht allein lassen – auch wenn sie das vor einer kurzen Weile noch gehofft hatte. Als sie sich daran erinnerte, stiegen ihr Tränen in die Augen. Sie schämte sich für das, was sie empfunden hatte. Sie wünschte, sie könnte es zurücknehmen.

Nest drückte ihr Gesicht gegen das Gewebe des Sacks, sodass sie hindurchschauen konnte. Aber es war in den Höhlen so dunkel, dass sie selbst nachdem sie ihren Augen Zeit gegeben hatte, sich an das wenige Licht anzupassen, das es geben mochte, nichts sehen konnte. Sie mühte sich eine lange Zeit damit ab, ihre Hände zu befreien, aber das Isolierband war stark und elastisch, und der Klebstoff hielt es unverrückbar an ihrer Haut fest. Nest schwitzte heftig in dem Sack, doch selbst der Schweiß machte sie nicht glitschig genug, um aus ihren Fesseln zu schlüpfen.

Sie fragte sich erneut, wo Geist war. Konnte er sie hier nicht finden? War es möglich, dass er nicht in die Höhlen kommen konnte?

Die Zeit verstrich, und Verzweiflung begann, ihre Entschlossenheit schwinden zu lassen. Vielleicht würde niemand sie finden. Schließlich hatte sie keine Spuren zurückgelassen, denen man folgen konnte. Alles, was man wusste, war, dass sie das Tanzvergnügen beim Pavillon verlassen und nach Westen in den Park gegangen war. Sie könnte überall sein. Es mochte die ganze Nacht dauern, bis man sie fand. Vielleicht dauerte es sogar noch länger. Es konnte gut sein, dass sie noch hier war, wenn Danny Abbott und seine schmierigen Freunde am Morgen zurückkamen. Falls sie überhaupt zurückkamen.

Warum war das geschehen?

Da hörte sie Stimmen. Jemand war draußen auf der Straße! Sie versuchte ihnen etwas zuzurufen, versuchte durch das Isolierband hindurchzuschreien. Sie wälzte sich in dem Leinensack herum und trat nach allem, was sie erreichen konnte, um ihnen ein Zeichen zu geben. Doch die Stimmen wurden leiser und verhallten schließlich in der Stille. Niemand kam. Zitternd von der Anstrengung saß sie in der Dunkelheit, und der Schweiß trocknete auf ihrer Haut.

Als sie sich wieder beruhigt hatte, begann sie die Möglichkeit ihrer Rettung neu zu überdenken. Was auch immer geschah, ihre Großeltern würden sie nicht die ganze Nacht über hier draußen lassen. Wenn sie von dem Tanz nicht nach Hause kam, würden sie beginnen, nach ihr zu suchen. Eine Menge Leute würden dabei helfen. Man würde sie finden. Natürlich würde man sie finden. Und dann würde es Danny Abbott Leid tun. Ihre Vorfreude darauf wich jedoch bald der Unsicherheit. Wusste er denn nicht, wie diese Sache ausgehen würde? Wusste er nicht, in welche Schwierigkeiten er kommen würde?

Oder gab es einen Grund, warum er sich darüber keine Sorgen machte?

Die Zeit schleppte sich dahin. Nach einer Weile bemerkte sie, dass sie nicht allein war. Es wurde ihr nicht plötzlich bewusst; das Gefühl überkam sie schrittweise, während sie über ihr Schicksal nachgrübelte. Sie konnte nichts hören oder sehen, aber sie spürte, dass jemand bei ihr war. Sie wurde still, ein Gefühl des Schreckens breitete sich langsam in ihr aus. Natürlich war noch jemand in den Höhlen, wies wie sich selbst in einer Mischung aus Furcht und Ärger zurecht.

Da waren die Fresser.

Sie bewegten sich fast lautlos, als sie Nest umkreisten. Sie spürte, wie die Wesen sie ansahen, sie musterten und sich vielleicht fragten, was sie hier machte. Sie kämpfte ihre Abscheu nieder und zwang sich, ruhig zu bleiben und sich nicht dem Meer der Verzweiflung zu ergeben, in dem sie zu ertrinken drohte. Sie spürte, wie die Hände der Kreaturen sie streiften, ein leises Prickeln, bei dem sie eine Gänsehaut bekam. *Sie berührten sie!* Sie konnte das Gefühl nicht identifizieren – es war vielleicht wie alte Papiertüten oder wie Kleider, die vor Schweiß und Fett steif geworden waren. Sie hatten sie noch nie zuvor berührt, hatten niemals diese Gelegenheit gehabt, und der Gedanke, dass sie es jetzt tun konnten, machte sie völlig verrückt. Sie kämpfte gegen den heftigen Drang an, um sich zu schlagen und zu schreien. Sie zwang sich dazu, normal zu atmen. Sie versuchte zu beten. *Bitte, Gott, komm mir zu Hilfe. Bitte, lass nicht zu, dass sie mir weh tun.*

»Es ist gruselig, ganz allein hier unten zu sein, nicht wahr?«, flüsterte eine Stimme.

Nest zuckte in ihrem Gefängnis aus Leinenstoff zusammen. Der Dämon. Sie schluckte und stieß schnell und hörbar die Luft aus.

»Ganz allein unten im Dunklen, in einem schwarzen Loch, in dem deine größten Feinde hausen. Hilflos dem ausgeliefert, was sie dir antun wollen. Du hasst es, hilflos zu sein, nicht wahr?«

Die Stimme des Dämons war sanft und seidig. Sie glitt durch die Stille wie Fledermausflügel. Nest schloss die Augen, um sich gegen ihren heimtückischen Klang abzuschirmen, und knirschte mit den Zähnen.

»Du fragst dich sicher, ob irgendjemand dich finden wird. Wie lange wird es dauern? Wie viel mehr musst du noch ertragen?« Der Dämon machte eine Pause, als dächte er darüber nach. »Nun, John Ross wird nicht kommen. Und auch deine Großeltern werden nicht kommen. Dafür habe ich gesorgt. Also, wer bleibt dann noch? Oh, ich vergaß. Der Waldschrat. Nein, ich denke nicht. Habe ich jemanden vergessen?«

Geist!

Der Dämon lachte leise auf selbstzufriedene Art vor sich hin. »Tatsache ist, du musst dir ganz allein die Schuld an dem hier geben. Du hättest niemals versuchen sollen, mir zu folgen. Natürlich wusste ich, dass du es tun würdest. Du konntest gar nicht anders, nicht wahr? Es war so einfach, Danny Abbott diesen Vorschlag zu machen. Er ist so wütend auf dich, Nest. Er hasst dich. Es war leicht, ihn davon zu überzeugen, dass er es dir heimzahlen konnte, wenn er einfach nur das tat, was ich ihm sagte. Er war so begierig darauf, dass er nicht einmal über die Konsequenzen seines Handelns nachdachte. Keiner von ihnen hat das getan. Sie sind alle so törichte, formbare Jungen.«

Die Stimme des Dämons bewegte sich zu einem anderen Teil der Höhle. Aber Nest konnte den Dämon selber nicht hören, nahm nicht einen einzigen Schritt wahr.

»Also bist du jetzt hier, ganz allein mit mir. Warum?, musst du dich gefragt haben. Warum mache ich mir diese ganze Mühe? Warum … werfe ich dich nicht einfach in ein Loch und verschließe die Öffnung?« Die Stimme des Dämons verwandelte sich in ein Zischen. »Das könnte ich tun, weißt du?«

Er hielt einen Augenblick inne, als warte er auf eine Erwiderung, dann seufzte er erneut. »Aber ich will dich nicht verletzen. Ich will dich unterrichten. Das ist der Grund, warum ich dich hierher gebracht habe. Ich will, dass du erkennst, wie hilflos du mir gegenüber bist. Ich will, dass du begreifst, dass ich mit dir alles tun kann, was ich will. Du kannst es nicht verhindern. Deine Freunde und deine Familie können es nicht verhindern. Niemand kann es. Das musst du akzeptieren. Ich habe dich hierher gebracht, damit du aus erster Hand verstehen kannst, wovon ich gestern gesprochen habe, von der Wichtigkeit zu lernen, allein zu sein, zu lernen, sich nur auf sich selbst zu verlassen. Denn auf andere Leute kannst du dich nicht verlassen, nicht wahr? Ich meine, wer wird dich denn aus dieser Lage befreien? Deine Mutter ist fort, deine Großeltern sind alt, deine Freunde sind schwach, und niemand sonst schert sich einen Dreck um dich. Wenn es darauf ankommt, hast du nur dich selbst.«

Nest bebte förmlich vor Wut. Sie hätte den Dämon mit Freuden getötet, wenn sie die Möglichkeit dazu gehabt hätte. Sie hasste den Dämon, wie sie in ihrem ganzen Leben noch nie jemanden gehasst hatte.

»Ich muss jetzt gehen«, sagte er, und die Stelle, von der seine Stimme kam, änderte sich erneut, bewegte sich von ihr fort. »Ich habe einige Dinge zu erledigen, solange die Nacht noch jung ist. Ich muss ein paar Feinde vernichten. Dann komme ich zu dir zurück. Danny Abbott wird es nämlich nicht tun. Morgen früh wird er bereits vergessen haben, dass du überhaupt hier bist. Du musst dich also auf mich verlassen. Denk immer daran.«

Dann senkte sich die Stimme zu einem rauen Flüstern, das wie Sandpapier an ihren Nervenenden kratzte. »Es wäre vielleicht klug, deine Zeit bei den Fressern dazu zu nutzen, darüber nachzudenken, was für dich wichtig ist. Denn dein Leben wird sich von nun an ändern, Nest. Es wird sich auf eine Weise ändern, die du dir niemals hättest träumen lassen. Dafür werde ich sorgen. Das ist der Grund, warum ich hergekommen bin.«

Die Stille kehrte langsam und drückend in die Dunkelheit zurück. Nest wartete darauf, dass der Dämon weitersprach. Aber es erklang kein Laut. Sie saß in der heißen Schwärze des Sackes da, verbittert, verängstigt und allein.

Dann kehrten die Fresser zurück. Als ihre Berührungen erneut begannen, brach ihre Standhaftigkeit vollständig zusammen, und sie schrie lautlos in das Isolierband.

Kapitel 24

Old Bob beendete gerade die Sonntagsausgabe der *Chicago Tribune*, als es an der Tür läutete. Er hatte früh am Morgen, noch vor der Kirche, mit der Zeitung begonnen und sich den Tag über in seiner freien Zeit durch die verschiedenen Abschnitte gearbeitet. Es war ein Teil seines Sonntagsrituals, eine Bestandsaufnahme der Ereignisse der Welt, mit genug Zeit, um in Ruhe zu beurteilen, was sie für eine Bedeutung hatten. Er saß in seinem Sessel im Arbeitszimmer, die Füße auf einer Polsterbank, und schaute sofort auf die Wanduhr.

Zwanzig vor elf. Spät für einen Besuch.

Er stand auf und ging auf den Korridor hinaus, während sich erste Spuren von Unruhe in seinem Magen breitmachten. Evelyn war bereits im Vorraum. Zwei Meter von der Vordertür entfernt stand sie wie angewurzelt da, als wage sie nicht, näher heranzugehen. In einer Hand hielt sie ihre Zigarette, die langsam zu Asche verbrannte, ein stilles Maß für die Schnelligkeit ihrer Reaktion auf das Klingeln. Der Blick, den ihm seine Frau zuwarf, war unergründlich. Sie waren bei Anbruch der Dämmerung nach Hause gekommen, hatten sich von John Ross verabschiedet und Nest bei ihren Freunden zurückgelassen. Sie hatten die Überreste und das Geschirr aus dem Picknickkorb geholt, die Kühltasche geleert und die Decke weggeräumt. Evelyn hatte kaum gesprochen, während sie das taten, und Old Bob hatte sie nicht gefragt, woran sie dachte.

»Mach auf, Robert«, sagte sie jetzt zu ihm, als er den Korridor entlangkam, als hätte er etwas anderes vorgehabt.

Er zog den Riegel zurück und öffnete die Tür. Vier Jugendliche drängten sich im Licht der Verandalampe zusammen und blickten ihn durch die Fliegentür hindurch an. Nests Freunde. Er erkannte ihre Gesichter und erinnerte sich an die Namen von ein oder zwei. Enid Scotts ältester Sohn. Cass Minter. Der Sohn von John und Alice Heppler. Das hübsche Mädchen, das immer so aussah, als sei sie auf dem Weg zu einem Fototermin.

Der Heppler-Junge war es, der sprach. »Mr. Freemark, können Sie uns bitte dabei helfen, nach Nest zu suchen? Wir haben überall nachgesehen, und es ist, als wäre sie vom Erdboden verschluckt worden oder so. Wir haben auch versucht, John Ross zu finden, wie sie uns gebeten hat, aber er ist ebenfalls verschwunden. Ich glaube, Danny Abbott weiß, was passiert ist, aber er lacht uns nur aus.«

Robert Heppler, erinnerte sich Old Bob plötzlich. Das war der Name des Jungen. Was hatte er gesagt? »Was meinst du damit, dass es ist, als wäre Nest vom Erdboden verschluckt worden?«

»Na ja, sie ist schon seit fast zwei Stunden weg«, fuhr Robert fort, und seine Besorgnis spiegelte sich auf seinem schmalen Gesicht wider. Er schob sich die Brille die Nase hinauf und fuhr sich mit der Hand durch das zerzauste blonde Haar. »Sie ist diesem Kerl nachgegangen, dem, der die Bäume vergiftet, wissen Sie? Dem, vor dem Sie Nest gewarnt haben. Sie dachte, sie hätte ihn gesehen, und da ist sie …« Er schluckte hinunter, was er noch hatte sagen wollen, und blickte den Scott-Jungen an. »Jared, du warst dabei; erzähl du.«

Jared Scott sah bleich und besorgt aus, als er sprach. Seine Worte kamen langsam und mit Bedacht. »Wir tanzten, Nest und ich, und da sah sie diesen Kerl, genau wie Robert gesagt hat. Sie bekam diesen seltsamen Gesichtsausdruck und sagte mir, dass er es wäre, der die Bäume vergiftet hätte, und dass ich Robert, Cass und Brianna suchen müsste und wir dann John Ross aufspüren und ihm auftragen sollten, ihr zu folgen. Dann ist sie hinter dem Typen hergelaufen. Also haben wir alle nach Mr. Ross gesucht, aber wir können ihn nicht finden.«

Old Bob runzelte die Stirn und dachte nach. Jemand vergiftete die Bäume?

»Na ja, jedenfalls haben wir Mr. Ross nicht gefunden«, unterbrach Robert ungeduldig Jareds Erzählung, »also haben wir selbst nach Nest gesucht. Wir haben versucht herauszufinden, wo sie hingelaufen ist, also sind wir in dieselbe Richtung gegangen wie sie, und dort sind wir auf Danny Abbott und seine Freunde gestoßen, die uns entgegenkamen. Sie lachten und witzelten über irgendetwas, und als sie uns sahen, verstummten sie plötzlich und begannen sich zu zerstreuen. Ich fragte sie, ob sie Nest gesehen hätten, und plötzlich wirkten sie alle ganz verschmitzt und sagten so Sachen wie: ›Ach ja, Nest Freemark, erinnert ihr euch noch an sie?‹ Sehen Sie, wir hatten gestern einen Zusammenstoß mit ihnen, und sie sind noch immer angepisst. Entschuldigung. Verärgert. Na jedenfalls sagte ich ihnen, dass das nicht sehr lustig sei und dass ein Kerl da draußen rumliefe, der Bäume vergiftet, und dass er vielleicht Nest etwas antun wird. Danny sagte so etwas wie ›Was für ein Kerl?‹, und ich merkte genau, dass er es weiß. Dann schubsten er und seine Neandertaler-Freunde Jared und mich zur Seite, und sie sind wieder zum Tanz zurückgegangen. Zu diesem Zeitpunkt haben wir beschlossen, Sie zu holen.«

Old Bob stand einfach nur da, versuchte einen Sinn in das alles zu bringen und hing noch immer an der Sache fest, dass jemand Bäume im Park vergiftete. Es war Evelyn, die als Erste sprach.

»Robert«, sagte sie und kam näher, sodass sie vor ihm stand. Ihre Augen waren hell und hart im Licht der Verandalampe. Es gab kein Zögern in ihrer Stimme. »Du gehst jetzt sofort los, suchst das Mädchen und bringst es heim.«

Old Bob antwortete mit einem kurzen Nicken, sagte: »Das werde ich, Evelyn«, wandte sich dann wieder Nests Freunden zu, wies sie an: »Ihr wartet hier«, und ging in die Küche, um eine Taschenlampe zu holen. Ein paar Sekunden später kam er mit schnellem, sicherem Schritt zurück und hatte eine große, von vier Batterien gespeiste Eveready in der Hand. Als er an seiner Frau vorbeikam, berührte er sie kurz an der Schulter, sagte: »Mach dir keine Sorgen, ich werde sie finden«, und trat aus der Haustür in die Nacht hinaus.

Als John Ross wieder in der Lage war zu stehen, half ihm Josie Jackson, wieder den Hügel hinaufzusteigen. Sie umging den überfüllten Pavillon und manövrierte ihn zu ihrem Wagen. Sie wollte ihn ins Krankenhaus fahren, aber er meinte, das sei nicht nötig, er hätte sich nichts gebrochen, was auch stimmte, wenn er seiner Erfahrung trauen konnte. Josie wollte, dass er eine Anzeige bei der Polizei machte, aber auch das lehnte er ab und wies darauf hin, dass keiner von ihnen beiden auch nur den leisesten Schimmer hatte, wer ihn angegriffen hatte (außer dass es sich wahrscheinlich um Gewerkschaftler aus dem MidCon-Werk handelte), und dass er ein Fremder in der Gemeinde war, was bei einer Beschwerde über Einheimische gewöhnlich nicht sehr hilfreich war.

»John, verdammt noch mal, wir müssen doch irgendetwas wegen dieser Sache unternehmen!«, rief sie, während sie ihm auf den Beifahrersitz ihres Chevy half und danach sein blutiges Gesicht mit einem Taschentuch abtupfte. Sie hatte jetzt aufgehört zu weinen, und Zornesröte stand in ihrem Gesicht. »Wir können nicht einfach so tun, als sei nichts passiert! Schau dir an, was sie mit dir gemacht haben!«

»Na ja, es war alles ein Irrtum«, wiegelte er ab, zwang ein Lächeln auf seine geschwollenen Lippen und versuchte ihre Sorge und Empörung zu lindern. Er wusste, dass der Dämon für das Geschehene verantwortlich war und dass es nichts gab, was man jetzt tun konnte. »Bring mich einfach zurück zum Hotel, Josie, und dann komme ich schon zurecht.«

Aber davon wollte sie nichts hören. Es war schon schlimm genug, dass er nicht in die Notaufnahme gehen oder eine Anzeige bei der Polizei machen wollte, aber zu erwarten, dass sie ihn ins Hotel brachte und dort sich selbst überließ, war undenkbar. Er würde mit zu ihr kommen und dort die Nacht verbringen, sodass sie ihn im Auge hatte. Er protestierte, es ginge ihm gut, er brauche nichts als eine Dusche und eine Mütze voll Schlaf (dabei ignorierte er den Schmerz in seinen Rippen – ein deutliches Anzeichen dafür, dass eine oder mehrere angeknackst waren – und das Pochen in seinem Schädel, das aller Wahrscheinlichkeit nach von einer Gehirnerschütterung herrührte), aber davon wollte sie nichts wissen. Sie sah den tiefen Riss an seiner Stirn, die Schnitte und blauen Flecken in seinem Gesicht und das Blut, das durch seine Kleidung sickerte, und sie war entschlossen, dass jemand bei ihm bleiben musste, falls er Hilfe brauchen sollte. Ihr eigenes Gesicht und ihre Kleidung waren mit Blut und Schmutz beschmiert, und ihr zerzaustes Haar war voller Zweige und Blätter, aber das alles schien sie nicht wahrzunehmen.

»Wenn ich jemals herausfinde, wer das war …«, fluchte sie leise und ließ die Drohung unvollendet.

Er lehnte seinen Kopf gegen den Sitz und schloss die Augen, als sie ausparkte und in Richtung des Highways fuhr. Er war verärgert darüber, dass er sich von den Angreifern hatte überrumpeln lassen und gezwungen gewesen war, seine Magie zu benutzen. Gleichzeitig ermutigte ihn der Überfall jedoch auch, denn er zeigte, dass der Dämon sich wegen ihm Sorgen machte. Wie man es auch betrachtete, einer Gruppe von streikenden MidCon-Arbeitern den Gedanken einzuflößen, dass er ein Spion der Firma sei, war eine verzweifelte Maßnahme. Vielleicht waren seine Chancen, den Dämon aufzuhalten, besser, als er geglaubt hatte. Er fragte sich, ob er in seiner Analyse der Situation oder in dem Traum, der ihn hergeführt hatte, etwas übersehen hatte. Josie sagte ihm, er solle die Augen aufmachen und nicht einschlafen, mit Gehirnerschütterungen sei nicht zu spaßen. Er folgte ihrer Anweisung und drehte den Kopf so, dass er ihr Gesicht anschauen konnte. Sie lächelte ihn kurz von der Seite an und wärmte ihn damit in seinem Innern, wo die Gedanken an den Dämon einen eisigen Schauer zurückgelassen hatten.

Sie fuhr ihn zu ihrem Haus, einem älteren, zweistöckigen Holzgebäude, das am Ende einer Sackgasse stand und auf den Rock River hinabblickte. Sie parkte in der Zufahrt und lief um das Auto herum, um ihm herauszuhelfen. Sie legte ihm den Arm um die Hüfte, während er sich auf den Stock stützte, um sein verkrüppeltes Bein zu schonen, und half ihm die Stufen hinauf. Dann führte sie ihn durch die Tür und den Korridor entlang in die Küche. Sie platzierte ihn am Frühstückstisch, holte saubere Tücher, heißes Wasser, ein Antiseptikum und Verbandszeug und begann, seine Verletzungen zu versorgen. Sie schwieg, während sie sein blessiertes Gesicht verarztete; ihre Augen waren konzentriert, ihre Hände sanft und sicher. Das Haus war still. Ihre Tochter übernachtete bei einer Freundin, erklärte sie und wechselte dann schnell das Thema.

»Du solltest das hier wirklich nähen lassen«, sagte sie, während sie ein Klammerpflaster über dem Riss an seiner Stirn anbrachte und die Wunde so gut schloss, wie sie konnte. Ihre Augen wandten sich von der Wunde ab und suchten die seinen. »Was ist da draußen geschehen? Dieser weiße Blitz – es sah aus, als wäre irgendetwas explodiert.«

Er lächelte sie so linkisch an, wie er konnte. »Feuerwerkskörper. Ich hatte sie in der Tasche. Während des Kampfes fielen sie heraus, und irgendetwas muss sie wohl entzündet haben.«

Ihre Augen lösten sich von seinen und kehrten zu seinem geschundenen Gesicht zurück, doch nicht, bevor er den Zweifel in ihnen registriert hatte. »Es tut mir Leid, dass das passiert ist«, sagte er und versuchte die Situation herunterzuspielen. »Ich habe den Abend genossen.«

»Ich auch. Halt still.«

Sie beendete ihre Arbeit an seinem Gesicht und bewegte sich dann an seinem Körper nach unten. Sie bestand trotz seiner Proteste darauf, dass er sein Hemd auszog, und runzelte besorgt die Stirn, als sie die großen Prellungen auf seinen Rippen sah. »Das sieht nicht gut aus, John«, sagte sie leise.

Sie säuberte seine Abschürfungen und Schnitte und bemerkte, wie er zusammenzuckte, wenn sie Druck auf seine Rippen ausübte. Dann machte sie kalte Kompressen für die schwerer in Mitleidenschaft gezogenen Bereiche. Sie brachte ihm heißen Tee und entschuldigte sich dann, weil sie sich waschen wollte. Er hörte sie die Treppe hinaufsteigen und dann das Rauschen einer Dusche. John nippte am Tee und sah sich in der Küche um. Überall waren kleine Zeichen dafür zu erkennen, dass es Josies Küche war – eine Reihe von bemalten Teekesseln, die nebeneinander oben auf dem Küchenschrank standen; Bilder ihrer Tochter, die an ein Notizbrett geheftet waren; Zeichnungen, einige mit vergilbenden Rändern, die ihre Tochter gemacht haben musste und die an den Kühlschrank geklebt waren; frische Blumen, die in einer Vase im Fenster über der Spüle standen; und eine kleine Schale mit Katzenfutter, die neben der Hintertür stand. Er musterte die hellen, bedruckten Vorhänge und die Tapete, deren Mischung aus sanften Gelb-Blau- und Rosatönen das Weiß von Putz und Holz einrahmte. Es gefiel ihm hier, stellte er fest. Er fühlte sich zu Hause.

Er wurde allmählich schläfrig, also füllte er seine Teetasse auf und trank in großen Zügen, um wieder wach zu werden. Wenn er jetzt einschlief, würde er träumen. Wenn er träumte, würde er wieder in die Zukunft zurückkehren – doch diesmal würde er dort keinen Schutz haben, bis er wieder erwachte, weil er in der Gegenwart die Magie des Stocks verwendet hatte, um sich zu retten. Er wusste, wie sich das anfühlen würde. Es war schon früher geschehen. Es würde wieder geschehen. Das war der Preis, den er dafür bezahlte, ein Ritter des Wortes zu sein. Es war der Preis dafür, am Leben zu sein.

Josie kam wieder herunter. Sie trug flauschige Hausschuhe und einen weißen Bademantel, und ihr langes, helles Haar glänzte vor Feuchtigkeit. Sie schenkte ihm ihr schönstes Lächeln, dessen Strahlen ihn wohlig einhüllte, und fragte, wie er sich fühle. Er sagte, dass es ihm besser ginge, und bewunderte den frisch gewaschenen Glanz ihrer Haut und die hohe Wölbung ihrer Wangenknochen. Sie fragte, ob er hungrig sei, lachte, als er verneinte, und machte ihm trotzdem einen Toast, stellte Butter und Marmelade vor ihn und setzte sich ihm gegenüber, um ihm beim Essen zuzusehen. Sie nippte an ihrem Tee und erzählte ihm, wie ihre Großmutter ihr immer spät abends Tee und Toast gemacht hatte, wenn keiner von beiden schlafen konnte. Ross hörte ihr zu, ohne etwas zu sagen, und stellte fest, dass er tatsächlich Hunger hatte. Er schaute einmal kurz auf die Uhr. Es war nach elf, später, als er gedacht hatte.

»Bist du müde, John?«, fragte sie, als er mit Essen fertig war. »Das musst du eigentlich. Ich denke, es ist jetzt nicht mehr gefährlich, wenn du schlafen gehst.«

Er lächelte bei dem Gedanken. »Ich sollte lieber gehen, Josie.«

Sie schüttelte entschieden den Kopf. »Vergiss es, Freundchen. Du bleibst heute Nacht hier. Ich habe zu viel in dich investiert, um dich allein in dieses Hotelzimmer wandern zu lassen.« Sie hielt inne und wurde sich jetzt erst bewusst, wie das klingen musste, was sie gerade gesagt hatte. Sie überspielte es mit einem Achselzucken. »Ich dachte, ich hätte ziemlich klargemacht, dass ich mich besser fühlen würde, wenn du heute hier schlafen würdest. Macht es dir etwas aus?«

Er schüttelte den Kopf. »Nein, ich möchte dir bloß nicht zur Last fallen. Ich fühle mich schon schuldig genug wegen dem, was passiert ist.«

Sie stand auf und warf ihr Haar zurück. »Und zwar auf mehr als eine Weise, möchte ich wetten. Du kommst mit mir.«

Sie legte den Arm um seine Hüfte, um ihm auf die Beine zu helfen, und ließ ihn dann dort liegen, während sie ihn den Korridor entlang und die Treppe hinauf führte. Das Haus war fast völlig dunkel; das Licht aus der Küche reichte nur bis zu dem ersten halben Dutzend Stufen. Danach bewegten sie sich in der nur von den Sternen erhellten Düsternis. Unter ihren Füßen knarrten leise die alten Holzstufen. Vor ihnen, am hinteren Ende des Korridors im ersten Stock, schimmerte sanftes Lampenlicht. Ross ertastete seinen Weg mit dem Stock und mit Hilfe von Josies Führung. Er nahm sich Zeit und stützte sich auch dann auf sie, wenn es nicht nötig war, weil er das Gefühl ihres Körpers an seinem und den Geruch ihres Haares, das über sein Gesicht strich, mochte.

»Vorsichtig, John«, warnte sie ihn und legte ihren Arm fester um seine Hüfte, wobei sie sich bemühte, unterhalb seiner verletzten Rippen zu bleiben.

Er zuckte schweigend zusammen. »Es geht mir gut.«

Als sie das obere Ende der Treppe erreicht hatten, machten sie, noch immer aneinander geschmiegt, eine Pause. »Okay?«, fragte sie, und er nickte. Sie hob das Gesicht und küsste ihn auf den Mund. Seine Lippen waren aufgesprungen und geschwollen, und ihr Kuss war sanft. »Tut das weh?«, fragte sie, und er schüttelte wortlos den Kopf.

Sie half ihm den Korridor entlang in ein dunkles Schlafzimmer, ein Gästezimmer, wie er annahm. Das große Bett war sehr sorgfältig gemacht, das Kissen auf dem kleinen Sofa war glatt und ordentlich platziert, die Ablage des Nachtschränkchens leer. Sie ließ ihn an der Tür stehen, ging zum Bett und deckte es auf. Dann kam sie zu ihm zurück und brachte ihn hinüber. Er konnte das leise Summen einer Klimaanlage im Fenster hören und spürte die kühle Luft auf den nackten Armen und seinem Oberkörper. Der Raum war dunkel; das einzige Licht kam aus dem Korridor und von den Sternen, die blass durch die Fenstervorhänge schienen. Sie half ihm auf das Bett, beugte sich über ihn und küsste ihn auf die Stirn.

»Warte hier«, sagte sie.

Sie verließ den Raum und verschwand im Korridor. Einen Augenblick später ging das Licht draußen aus. Geräuschlos tauchte sie wieder auf, eine schattenhafte Gestalt in der Dunkelheit. Sie kam zum Bett herüber, stellte sich neben ihn und schaute zu ihm hinab. Er konnte gerade noch den Glanz ihres Haares und die Rundung ihrer Hüfte erkennen.

»Kannst du den Rest deiner Sachen allein ausziehen?«, fragte sie.

Er schlüpfte aus seinen Wanderschuhen, Socken und Jeans, kroch dann unter die kühle Decke und ließ seinen Kopf in das weiche Kissen sinken. Eine tiefe Müdigkeit überkam ihn, und er wusste, dass er schnell einschlafen würde. Es gab nichts, was er dagegen tun konnte; er würde schlafen, und dann würde er träumen. Aber vielleicht würde der Traum nicht so schlimm werden, wie er befürchtete.

»John?« Josie sprach sanft seinen Namen in der Dunkelheit.

Er holte tief Atem und stieß die Luft dann langsam wieder aus. »Ja, ich bin noch hier. Ich bin in Ordnung, Josie. Geh jetzt zu Bett. Vielen Dank, dass …«

Er spürte ihr Gewicht auf dem Bett, und dann lag sie neben ihm und schmiegte sich an ihn. Ihre kühlen Arme legten sich um ihn, und der Bademantel war verschwunden. »Ich denke, ich bleibe besser bei dir«, flüsterte sie und küsste ihn auf die Wange.

Er schloss die Augen, als er ihren weichen Körper an seinem spürte und den Seifengeruch ihrer Haut und ihrer Haare roch. »Josie …«

»John, bitte tu mir einen großen Gefallen«, unterbrach sie ihn, und ihre Lippen strichen über seine Wange. Die Finger ihrer Hand streichelten seinen Arm wie Bänder aus Seide. »Sag für eine Weile nichts. Ich habe es bisher mit purem Mut und dem Vertrauen in meine Instinkte geschafft. Wenn du jetzt das Falsche sagst, falle ich einfach auseinander. Ich will nichts von dir, was du mir nicht geben willst. Ich möchte nur, dass du mich eine Weile festhältst. Und erlaubst, dass ich dich festhalte. Das ist alles, was ich möchte. Okay?«

Ihre Berührung linderte die Schmerzen seines Körpers und ließ seine Furcht vor dem nahenden Schlaf verebben. Er kannte das Risiko, das er einging, aber er konnte nicht anders. »Okay.«

»Leg bitte deine Arme um mich.«

Er tat, um was sie ihn bat, zog sie dicht an sich, und es gab keinerlei Abstand mehr zwischen ihnen.

Old Bob schritt über die Grasflächen des Sinnissippi-Parks und ging auf den Pavillon und die dort versammelten Menschen zu. Seine Schultern waren gestrafft, und sein großes Gesicht strahlte konzentrierte Entschlossenheit aus. Nests Freunde eilten ihm nach und flüsterten einander zu, als sie die Entschiedenheit in seinen langen Schritten bemerkten. Jetzt konnte sich jemand auf etwas gefasst machen, hörte er den Heppler-Jungen vergnügt verkünden. Er ignorierte die Bemerkung, seine Stirn war gerunzelt, die Augen schauten besorgt. Irgendetwas war bei dieser Sache faul. Es war schon genug Anlass zur Sorge, dass Nest verschwunden war, aber diese Sache mit den vergifteten Bäumen ließ darauf schließen, dass die Angelegenheit komplexer war, als er bislang begriff. Und den Umstand, dass eine Bande älterer Jungen darin verwickelt war, mochte er auch ganz und gar nicht. Doch hauptsächlich war da der Blick in Evelyns Augen. Hinter der Sorge und der Angst um ihre Enkelin hatte Old Bob noch etwas anderes wahrgenommen. Evelyn wusste etwas über diese Sache, etwas, das weit über sein eigenes Wissen hinausging. Ein weiteres Geheimnis vielleicht, vielleicht auch nur ein Verdacht. Aber der Blick war unmissverständlich gewesen.

Er überquerte den Parkplatz vor dem Pavillon und wurde langsamer, als er sich der Menschenmenge näherte. Die Band spielte noch immer, und es tanzten noch immer Paare unter den bunten Laternen und dem Zeltdach. Die feuchte Nachtluft war erfüllt von Lachen und Unterhaltungen. Er schaute über die Schulter zu Nests Freunden zurück und wartete, bis sie ihn eingeholt hatten.

»Welcher ist Danny Abbott?«, fragte er.

Sie schauten sich um, ohne zu antworten. Sein Herz zog sich zusammen. Wenn der Junge nach Hause gegangen war, war er in Schwierigkeiten.

Dann sagte Brianna Brown: »Dort ist er.«

Sie deutete auf einen gut aussehenden Jungen mit dunklem Haar und breiten Schultern, der direkt hinter den Tischen, an denen Limonade und Säfte verkauft wurden, in den Schatten stand. Ein paar andere Jungen waren bei ihm, und sie sprachen und scherzten mit zwei jungen Mädchen in abgeschnittenen Jeans und knappen Oberteilen.

Old Bob holte tief Luft. »Wartet hier«, sagte er und setzte sich in Bewegung.

Er stand schon direkt vor Danny Abbott, bevor der Junge ihn bemerkte. Er lächelte, als Danny sich umdrehte, legte ihm freundschaftlich den Arm um die Schulter und zog ihn fest an sich. »Danny, ich bin Robert Freemark, Nests Großvater.« Er sah ein ängstliches Wiedererkennen über die Augen des Jungen huschen. »Also, ich möchte nicht viel Zeit verschwenden, darum würde ich eine schnelle Antwort zu schätzen wissen. Wo ist meine Enkelin?«

Danny Abbott versuchte sich zu entfernen, aber Old Bob hielt ihn energisch fest und warf seinen Freunden einen schnellen Blick zu, um abzuschätzen, ob einer von ihnen Ärger machen würde. Keiner von ihnen sah so aus, als hätte er Lust, sich einzumischen. Die Mädchen entfernten sich bereits. Die Jungen sahen aus, als würden sie nur allzugern ihrem Beispiel folgen. »Sie bleiben bitte noch einen Moment, Gentlemen«, befahl er und stoppte sie mitten im Schritt.

»Mr. Freemark, ich weiß nicht, was …«, begann Danny Abbott.

Old Bob bewegte seine Hand in Dannys Nacken und drückte stark genug zu, dass der Junge zusammenzuckte. »Das war ein schlechter Anfang, mein Sohn«, sagte er ruhig. »Ich kenne deinen

Vater Ed. Deine Mutter kenne ich auch. Es sind gute Leute. Sie würden es nicht sehr schätzen herauszufinden, dass ihr Sohn ein Lügner ist. Von gewissen anderen Dingen ganz zu schweigen. Also lass uns das hier hinter uns bringen, bevor ich die Beherrschung verliere. Wo ist Nest?«

»Es war nur ein Spaß«, murmelte einer der anderen Jungen, vergrub die Hände in den Jeanstaschen und blickte weg.

»Halt's Maul, Pete!«, zischte Danny ihn wütend an, und die Worte kamen ihm über die Lippen, bevor er es sich anders überlegen konnte. Dann sah er den Ausdruck von Old Bobs Gesicht und wurde blass.

»Eine letzte Chance, Danny«, sagte Old Bob sanft. »Gib mir eine klare Antwort, und wir lassen es dabei bewenden. Keine Anrufe bei deinen Eltern, keine bösen Gefühle mehr zwischen uns beiden. Andernfalls ist unser nächster Halt auf dem Polizeirevier. Und ich werde Anzeige erstatten. Haben wir uns verstanden?«

Danny Abbott nickte schnell und senkte die Augen. »Sie liegt in einen Futtersack geschnürt in den Höhlen.« Seine Stimme klang mürrisch und ängstlich. »Pete hat Recht, es war nur ein Spaß.«

Old Bob musterte ihn einen Moment, um den Wahrheitsgehalt von Dannys Geständnis abzuschätzen, und ließ ihn dann los. »Wenn ihr irgendetwas geschieht«, sagte er und blickte dabei betont von einem Gesicht zum nächsten, »werdet ihr dafür zur Rechenschaft gezogen.«

Er kehrte dorthin zurück, wo Nests Freunde am Rande des Parkplatzes dicht zusammengedrängt und mit vor Aufregung leuchtenden Augen auf ihn warteten. Er ließ seinen Blick über die Menschenmenge schweifen und suchte nach Leuten, die er um Hilfe bitten konnte. Doch er kannte keinen gut genug, um ihn in diese Angelegenheit zu verwickeln. Er würde die Sache allein erledigen müssen.

Er erreichte Nests Freunde und lächelte sie beruhigend an. »Ihr jungen Leute geht jetzt nach Hause«, wies er sie an. »Ich glaube, ich weiß, was geschehen ist, und es ist nichts Ernstes. Nest geht es gut. Geht jetzt. Sie wird euch anrufen, sobald sie zu Hause ist.«

Er entfernte sich von ihnen, ohne auf eine Antwort zu warten, da er keine weitere Zeit verschwenden wollte. Er ging am Rand der asphaltierten Straße in Richtung des Westteils des Parks und der Höhlen. Er schritt schnell und entschlossen voran und sah erst über die Schulter zurück, als er sich ein gutes Stück von der Menschenmenge entfernt hatte und sich tief in der Dunkelheit zwischen den Bäumen befand. Niemand folgte ihm. Er hielt die Taschenlampe locker in der rechten Hand, darauf vorbereitet, sie zu jedem Zweck zu benutzen, der erforderlich war. Er nahm nicht an, dass man ihn angreifen würde, aber er wies die Möglichkeit nicht völlig von der Hand. Er schaute sich noch einmal um, sah nichts und niemanden und wendete seine Aufmerksamkeit wieder der Dunkelheit vor ihm zu.

Er folgte der Straße bis zu der Stelle, wo sie unter der Brücke einen Bogen machte, und verließ sie dort. Die Straßenlaternen spendeten genug Licht, um ohne Schwierigkeiten voranzukommen, und er blieb im Freien, wo er jede Bewegung um sich herum wahrnehmen konnte. Die Anstrengung ließ ihn jetzt schwitzen, seine Achselhöhlen und der Hemdkragen waren feucht, seine Stirn naß. Der Park um ihn herum war ruhig, die großen Bäume still; ihre Zweige und Blätter hingen schlaff und bewegungslos in der stickigen Luft, während ihre Schatten den Boden mit seltsamen, komplizierten Mustern überzogen. Hinter ihm flammte kurz ein Autoscheinwerfer auf und verschwand dann wieder, als er der Straße folgte, die aus dem Park hinausführte. Er kam aus dem Schatten der Brücke und trat in das gedämpfte Sternenlicht hinaus.

»Halte aus, Nest«, flüsterte er leise.

Er ging eilig den Weg entlang auf die schwarze Öffnung der Höhlen zu. Der Fluss war ein silbergekröntes Seidenband zu seiner Linken, und rechts von ihm ragten schwarz die Klippen auf. Seine Schuhe knirschten leise auf dem Kies. Vor seinem inneren Auge sah er wieder den Blick in Evelyns Augen, und ein kalter Kloß breitete sich in seinem Magen aus. Was wusste sie, das sie vor ihm verbarg? Er dachte plötzlich an Caitlin, die vor über einem Dutzend Jahren von genau diesen Klippen gestürzt und zerschmettert auf den Felsen aufgeschlagen war. Das Bild ließ ihm blutroten Hass in die Augen und die Kehle steigen. Er würde es nicht ertragen können, auch Nest zu verlieren. Es wäre sein Ende – und auch das Ende von Evelyn. Es wäre das Ende von allem.

Er erreichte den Höhleneingang und schaltete die Taschenlampe ein. Der von vier Batterien gespeiste Strahl schnitt einen hellen Pfad in die Dunkelheit und drang tief in das Innere der Höhlen ein. Er arbeitete sich vorsichtig vor, hielt an, um zu lauschen, und hörte fast augenblicklich etwas – ein gedämpftes Geräusch, eine Bewegung. Er eilte weiter, drang jetzt in die Höhlen ein und schwang dabei den Strahl der Taschenlampe heftig hin und her, um das zerklüftete Gebiet abzusuchen.

Dann fand das Licht sie plötzlich. Er wusste sofort, dass es Nest war, obgleich sie in einem Jutesack steckte, aus dem nur ihre Knöchel und Füße herausschauten. Er lief auf sie zu, rief nach ihr und stolperte mehrmals über lose Felsbrocken, bevor er sie erreichte.

»Nest, ich bin's, Großvater«, sagte er schwer atmend und dachte: *Gott sei Dank, Gott sei Dank!* Er langte in die Hosentasche und holte sein Taschenmesser heraus, um das Isolierband und den Sack von ihren Knöcheln loszuschneiden. Als er damit fertig war und den Sack entfernt hatte, schnitt er auch die Klebestreifen an ihren Händen durch. Dann zog er so sanft es ging den letzten Streifen von ihrem Mund.

Ihre Arme legten sich sofort um ihn herum. »Grandpa, Grandpa«, schluchzte sie, zitterte am ganzen Körper, und Tränen rannen ihr über die Wangen.

»Alles ist gut, Nest«, flüsterte er sanft und strich ihr über die Haare, wie er es getan hatte, als sie klein war. »Es ist alles gut, Kleines. Du bist in Ordnung.«

Dann hob er sie hoch, nahm sie auf die Arme, wie er es mit einem Baby getan hätte, und trug sie hinaus in die Nacht.

Jared Scott rannte über den Rasen vor seinem Mietshaus, sein dunkles Haar flatterte wild um ihn herum, das T-Shirt war schweißnaß. Er erhaschte durch die Vorhänge des Wohnzimmers einen Blick auf den Fernsehschirm und wusste, dass seine Mutter und George da waren. Er wurde noch etwas schneller, war begierig, ihnen zu erzählen, was geschehen war, alles über Nest, Danny Abbott und Mr. Freemark. Er stürmte durch die Fliegentür und rief dabei schon laut: »Mom, ein paar Kerle haben Nest entführt und in die Höhlen geschleppt, und wir haben Mr. Freemark geholt, damit er uns half …«

Er kam an der Wohnzimmertür abrupt zum Stehen, und die Worte gefroren ihm im Hals. Seine Mutter lag auf der Couch, George Paulsen neben ihr. Der Großteil der Kleidung der beiden war auf dem Fußboden verstreut. Überall lagen Bierdosen herum.

Seine Mutter versuchte sich mit den Armen zu bedecken und lächelte schwach und mit aschfahlem Gesicht, als er sie anstarrte.

»Jared, Liebling …«

Jared trat zurück und wandte den Blick ab. »Entschuldige, Mom, ich wollte …«

»Was zum Teufel glaubst du, das du da tust, du kleiner Bastard!«, brüllte George, kam von der Couch hoch und stürzte wütend auf ihn zu.

»George, er hat sich nichts dabei gedacht!« Seine Mutter versuchte, mit ungelenken, langsamen Bewegungen wieder in ihre Bluse zu schlüpfen.

Jared wollte davonlaufen, doch sein Fuß verfing sich im Teppich, und er rutschte aus. Sofort war George über ihm, riss ihn an seinem Hemd wieder auf die Beine und brüllte ihn an. Jared versuchte sich zu entschuldigen, versuchte etwas zu seiner Verteidigung zu sagen, aber George schüttelte ihn so heftig, dass er kein Wort herausbrachte. Auch seine Mutter schrie mit rotem Gesicht und blitzenden Augen, als sie über den mit Kleidung und Bierdosen übersäten Boden stolperte.

Dann schlug ihm George mit der Hand ins Gesicht, und Jared schlug ohne nachzudenken zurück. Er erwischte George genau an der Nase, und Blut schoss heraus. George ließ ihn los und stolperte überrascht zurück, während er sich mit beiden Händen an die Nase fuhr. In diesem Augenblick durchströmte ein Gefühl urtümlicher Wut Jared Scott. Er erinnerte sich, wie Old Bob Freemark Danny Abbott und seine Freunde zur Rede gestellt hatte. Er erinnerte sich an die stolz erhobenen Schultern des alten Mannes und an die Entschlossenheit in seinen Augen.

»Verschwinde hier!«, brüllte er George an, nahm eine Boxerhaltung ein und hob drohend die Fäuste. »Das hier ist nicht dein Zuhause! Es ist meines und das meiner Brüder, meiner Schwestern und meiner Mom!«

Einen Augenblick lang stand George Paulsen einfach nur geschockt da, während ihm das Blut über Mund und Kinn lief. Dann trat ein wilder Blick in seine Augen, und er warf sich auf Jared. Er erwischte ihn an der Kehle und riss ihn zu Boden. Jared wand sich hin und her, versuchte freizukommen, aber George hielt ihn fest und schrie Obszönitäten. Der Mann richtete sich über ihm auf und begann ihn mit den Fäusten zu bearbeiten. Er drosch mit harten, bösartigen Schlägen auf sein Gesicht ein, die Jareds Kopf herumwarfen und Lichtblitze vor seinen Augen aufzucken ließen. Er versuchte sich zu schützen, aber George schlug seine Hände einfach beiseite und prügelte weiter. Dann schwärmten dunkle Gestalten aus den Schatten hervor, Wesen mit katzenhaft leuchtenden, wilden Augen, die Jared noch nie gesehen hatte. Sie stürzten sich mit dem ungezähmten Hunger von Raubtieren auf George, ihre geschmeidigen, besitzergreifenden Glieder wanden sich um ihn, schmiegten sich verführerisch an seinen Körper. Ihre Gegenwart schien den Mann zu noch größerer Raserei zu treiben. Die Schläge kamen immer schneller, und Jareds Widerstand begann zusammenzubrechen. Seine Mutter begann erneut zu schreien und bettelte George an aufzuhören. Das Geräusch von zerbrechenden Knochen erklang, und ein warmer Strom von Blut überflutete Jareds Mund und Kehle.

Dann lähmte ihn der Schmerz vollständig, und alle Geräusche und Bewegungen verschwanden, verblassten wie die letzte Szene eines Films langsam in einer verschwommenen Dunkelheit.

Am Beginn der Straße, die unter der Brücke hindurch und dann die Klippen hinauf führte, bat Nest ihren Großvater, sie abzusetzen. Sie hatte aufgehört zu weinen, und ihre Beine waren wieder kräftig genug, sie zu tragen. Sobald sie wieder auf eigenen Füßen stand, starrte sie eine lange Zeit auf den Fluss hinaus, um sich zu sammeln, und versuchte die Erinnerung an das, was geschehen war, aus ihren Gedanken zu verbannen. Ihr Großvater stand neben ihr und wartete schweigend.

»Ich bin in Ordnung«, sagte sie schließlich und wiederholte damit die Worte, die er zu ihr gesagt hatte.

Seite an Seite schritten sie die Straße entlang, der alte Mann und das Mädchen, ohne sich noch zu berühren, ohne etwas zu sagen, die Augen auf den Asphalt gesenkt. Sie gingen unter der Brücke hindurch und kamen aus der Dunkelheit auf die grasbewachsene Ebene des Parks. Nest blickte sich verstohlen nach den Fressern um, nach hastigen kleinen Bewegungen, die ihre Gegenwart verraten würden, aber sie sah nichts von alldem. Sie spürte noch immer ihre Hände auf sich, fühlte, wie sie sich unter ihre Haut gruben, in ihr Blut und ihre Knochen hinein, an all ihrem Widerstand vorbei in ihr Innerstes, wo ihre Angst und Wut brodelten, wovon sie zehren konnten.

Sie fühlte sich geschändet und gedemütigt, als sei sie nackt ausgezogen und besudelt und entehrt zurückgelassen worden.

»Wie hast du mich gefunden?«, fragte sie und hielt ihre Augen dabei gesenkt, damit er nicht sehen konnte, was sich darin widerspiegelte.

»Deine Freunde«, erwiderte ihr Großvater, ohne sie anzusehen. »Sie kamen zum Haus und holten mich, um nach dir zu suchen.«

Sie nickte, dachte jetzt an Danny Abbott und den Dämon und wollte gerade etwas sagen, als sie das laute Knallen einer Schrotflinte hörten. Der weiße Kopf ihres Großvaters hob sich. Beide blieben stehen, wo sie waren, und starrten in die Finsternis. Die Schrotflinte feuerte wieder. Und wieder. Sechsmal knallte es.

»Evelyn«, hörte Nest ihren Großvater heiser flüstern.

Und dann rannte er durch den Park auf sein Haus zu.

Kapitel 25

Evelyn Freemark trat auf die große Veranda hinaus und sah zu, wie Robert und die Kinder hinter der Ecke des Hauses verschwanden und zum Park hinübergingen, um nach Nest zu suchen. Selbst als die Dunkelheit der Nacht sie verschluckte und sie nicht mehr zu sehen waren, schaute sie ihnen noch nach. Bewegungslos stand sie im gelben Lichtschein der Verandalampe, und ihre Gedanken wanderten durch die Jahre zurück zu Nest und Caitlin und ihrer eigenen Kindheit. Sie hatte ein langes Leben gelebt, und wenn sie darauf zurückschaute, war sie immer aufs Neue überrascht, wie schnell die Zeit verstrichen war und wie sehr die Jahre zusammengerückt waren.

Die Fliegentür begann hinter ihr zuzufallen, und sie griff automatisch danach, um sie aufzufangen und sorgfältig zu schließen. In der tiefen nächtlichen Stille hörte sich das Quietschen der Scharniere und Federn wie das Lachen von Geistern an.

Nach einer Weile begann sie sich umzusehen. Sie beobachtete die Schatten, wo der Rasen sich wie ein dunkler werdender Teppich zu den Hickorynussbäumen und zu dem gemischten Bestand aus Blautannen und Walnussbäumen erstreckte, die die Ecken ihres zwei Morgen großen Grundstücks markierten. Sie wusste bereits, was sie dort erblicken würde, aber das Verandalicht blendete sie. Sie langte durch die Tür, schaltete es aus und stand im Dunkeln. Besser, dachte sie. Jetzt konnte sie sie deutlich erkennen, ihre leuchtenden gelben Augen, Dutzende von ihnen, zu viele, um zufällig hier zu sein, zu viele, um sie davon zu überzeugen, dass sie sich bei ihrer Einschätzung, was passieren würde, geirrt hatte.

Sie lächelte mit zusammengekniffenen Lippen. Wenn man sie gut genug verstand, konnten einem die Fresser Dinge erzählen, ohne zu sprechen.

Ihre Augen hatten sich jetzt völlig an die Dunkelheit gewöhnt und waren in der Lage, die knochigen Formen der Bäume auszumachen, die glatte Fläche des Rasens, das flache, breite Band der Straße und die niedrigen, ausladenden Dächer der Häuser weiter unten an der Straße. Sie schaute sich ihre Umgebung eine Weile lang an und wandte ihre Aufmerksamkeit dann der Veranda zu, auf der sie stand – den Balken und Geländern, den Brettern der Überdachung und dem abgenutzten Holzboden. Zuletzt ruhten ihre Augen auf dem alten Schaukelstuhl aus Eichenholz, den sie schon vor ihrer Ehe mit Robert besessen hatte. An solchen Dingen konnte sie die Ereignisse ihres Lebens festmachen. Dieses Haus war der stumme Zeuge ihres gesamten Lebens als verheiratete Frau gewesen – all der Freuden und Wunder, die sie hatte erleben dürfen, und auch der Tragödie und des Verlustes, den sie hatte erleiden müssen. Diese Wände hatten ihr Frieden gegeben, wenn sie ihn gebraucht hatte. Sie hatten ihr Stärke verliehen. Sie waren ein Teil von ihr, tief in ihrem Herzen und ihrer Seele verwurzelt. Sie lächelte. Es konnte ihr Schlimmeres widerfahren, als ihr Leben hier zu beenden.

Sie musterte noch einmal kurz die Fresser, schlüpfte dann durch die Fliegentür und ging in den hinteren Teil des Hauses. Sie musste sich beeilen. Falls der Dämon sie heimsuchen sollte, und dessen war sie sich jetzt sicher, würde er keine Zeit verschwenden. Nachdem Robert aus dem Weg war, würde er die Sache so schnell wie möglich zu Ende bringen wollen. Er war sicher davon überzeugt, dass er das konnte. Sie war alt und ausgelaugt und ihm nicht mehr gewachsen. Sie lachte vor sich hin. Er war auf bestimmte Weise, die ihm nicht einmal bewusst war, so vorhersehbar, und am Ende würde das sein Verderben sein.

Sie ging an ihrem eigenen Schlafzimmer vorbei in das von Robert. Sie schlief nicht mehr hier, aber sie räumte für ihn auf, und sie wusste, wo er seine Sachen aufbewahrte. Sie knipste die Nachttischlampe an und trat in seinen begehbaren Wandschrank. Das Licht folgte ihr und drang als silbriger Schimmer durch die rissige Tür. Auf der Rückseite des Schranks befand sich eine kleinere Tür, die zu einem Stauraum führte. Den Schlüssel dazu fand sie dort, wo sie wusste, dass er ihn aufbewahrte, auf dem Regalbrett darüber. Sie schob ihn ins Schloss und öffnete die Tür.

Darin befand sich die zwölfkalibrige Pump-action-Schrotflinte, die er früher für die Jagd verwendet hatte und mittlerweile eigentlich nur noch aus Gewohnheit besaß. Sie zog die Waffe aus ihrer Lederhülle und holte sie ans Licht. Der polierte Kolben aus Holz und der glatte, metallene Lauf glänzten sanft. Sie wusste, dass er sie regelmäßig säuberte und man sie abfeuern konnte, wenn es sein musste. Hinten in dem Stauraum stand ein Pappkarton, in dem sich Schachteln mit Patronen befanden. Sie holte den Karton in den Schrank und öffnete ihn. Sie ließ den Vogeldunst unbeachtet und nahm stattdessen die schwereren Doppel-Null-Patronen, die einem Menschen ein faustgroßes Loch durch den Leib pusten konnten, wenn man dicht genug dran war und richtig zielte. Ihre Hände waren völlig ruhig, als sie sechs Patronen durch den Ladeschlitz in das Magazin schob und weitere sechs in eine Tasche ihres Hauskittels gleiten ließ.

Dann stand sie reglos da, blickte auf die Schrotflinte hinunter und dachte daran, dass es fast zehn Jahre her war, seit sie das letzte Mal damit geschossen hatte. Sie war früher eine gute Schützin gewesen und mit Robert im Herbst auf die Jagd gegangen, sobald die Entensaison eröffnet worden war, die Luft nach Moschus geduftet hatte und der Wind schon einen Hauch von Winter mit sich trug. Das war lange her. Sie fragte sich, ob sie diese Waffe noch abfeuern konnte. Sie fühlte sich angenehm und vertraut in ihren Händen an, aber sie war alt und nicht mehr so ausdauernd. Was, wenn ihre Kraft sie verließ?

Sie lud mit einer schnellen geübten Bewegung eine Patrone in den Lauf, überprüfte, dass die Waffe gesichert war, und lächelte schief. Dies würde der Tag sein.

Sie verließ den Schrank mit der Schrotflinte in der Hand und durchquerte das Haus. In Nests Zimmer machte sie lange genug Halt, um ein paar Worte auf einen Notizzettel zu kritzeln, den sie dann unter das Lieblingsdaunenkissen ihrer Enkelin steckte. Zufrieden, dass sie alles getan hatte, was sie konnte, schlich sie leise den Korridor entlang und lauschte in die Stille, während sie spürte, wie die Anspannung in ihr stieg. Jetzt würde es bald passieren. Sie war froh, dass Robert nicht hier war, dass sie sich um ihn keine Sorgen machen musste. Wenn er mit Nest zurückkam, würde es bereits vorbei sein. Trotz ihrer drängenden Weisung an Robert, Nest zu suchen, machte sie sich keine wirklichen Sorgen um das Mädchen. Nest war besser beschützt als jeder von ihnen; dafür hatte sie gesorgt. Das Monster, das aufgetaucht war, um sie zu bedrohen, ahnte nicht einmal die Hälfte davon.

Sie trat aus dem Haus und presste die Waffe dabei gegen ihre Seite, wo man sie nicht gut sehen konnte. Sie blieb gleich hinter der Fliegentür stehen, um die Dunkelheit draußen mit den Augen abzusuchen, und ihre Sinne waren aufs höchste gespannt. Es hatte sich nichts verändert. Er war noch nicht hier. Nur die Fresser hatten sich versammelt. Sie ging über die Veranda zu ihrem Schaukelstuhl, lehnte die Schrotflinte in einem tiefen Schatten gegen die Wand und setzte sich bequem hin.

Und ob ich schon wanderte im finsteren Tal, fürchte ich kein Unglück …

Der Dämon würde kommen. Er würde kommen, weil er sie für das hasste, was sie ihm vor all den Jahren angetan hatte, und weil sie der einzige Mensch war, vor dem er Angst hatte. Seltsam, dass er immer noch so empfinden sollte, obgleich sie jetzt alt, schwach und nahezu machtlos war. Sie staunte über die Symmetrie des Lebens, darüber, wie einem alles Gute und Böse, das man tat, irgendwann zurückgezahlt wurde, wie es einen bloßstellte. Sie hatte so viele Fehler begangen, aber sie hatte auch gute Entscheidungen getroffen. Angefangen mit Robert. Er hatte sie die ganze Zeit hindurch geliebt, selbst als Caitlins Tod sie zerschmettert und ihr zügelloses Trinken und Rauchen sie ausgehöhlt und ihr jeden inneren Frieden geraubt hatte. Und Nest, die mit ihr durch Blut und Magie verbunden war, die das Abbild ihrer selbst als junges Mädchen war, nur stärker und kontrollierter. Sie schloss kurz die Augen und dachte an ihre Enkelin. Nest, ihr liebes Kind, das ahnungslos im Zentrum des Mahlstroms stand, der dabei war, sich zu bilden.

»Guten Abend, Evelyn.«

Ihre Augen öffneten sich schlagartig und durchforschten die

Finsternis. Sie erkannte seine Stimme sofort, diesen glatten, einschmeichelnden Singsang, der sanft aus der Hitze aufstieg. Er stand direkt neben dem Weg, nicht ganz so nahe, dass sie ihn klar hätte erkennen können. Sie versuchte das Beben in ihrem Inneren zu unterdrücken und schaukelte leicht hin und her, um ihre Furcht zu besänftigen. »Du hast dir Zeit gelassen«, sagte sie.

»Nun ja, Zeit hat mich noch nie sehr interessiert.« Sie konnte sein Lächeln mehr fühlen als sehen. »Zu dumm, dass du dasselbe nicht von dir sagen kannst, Evelyn. Du bist ganz schön alt geworden.«

Sie war kurz verärgert, ließ ihre Stimme aber ruhig klingen. »Nun, ich gebe auch nicht vor, etwas zu sein, das ich nicht bin. Ich bin ganz zufrieden damit, wer ich bin. Ich habe gelernt, mit mir zu leben. Ich bezweifle, dass du das von dir sagen kannst.«

Der Dämon lachte leise vor sich hin und verschränkte die Arme vor der Brust. »Oh, das ist eine schreckliche Lüge, Evelyn! Schäm dich! Du hasst dich selbst! Du hasst dein Leben!« Das Lachen erstarb. »Das ist der Grund, warum du trinkst, rauchst und dich in deinem Haus vergräbst, nicht wahr? Das war früher nicht so. Du hättest die Magie vor vielen Jahren, als du noch jung, hübsch und talentiert warst, ebenso annehmen sollen, wie ich es getan habe. Du hattest diese Chance, und du hast sie von dir gewiesen. Und mich hast du ebenfalls von dir gewiesen. Schau dir an, was es dich gekostet hat. Also bitte, ich denke, ich kann besser mit mir leben als du mit dir.« Er machte eine kurze Pause. »Und darauf läuft es am Ende ja wohl hinaus, nicht wahr?«

Sie nickte. »Das tut es wohl.«

Der Dämon musterte sie. »Du wusstest, dass ich zurückkommen würde, um diese Sache zu beenden, oder? Du hast doch nicht geglaubt, du könntest mir entkommen?«

»Keinen Moment lang. Aber ich bin überrascht, dass du dachtest, du brauchtest dazu Hilfe.«

Er starrte sie mit einem Hauch von Verwirrung auf seinem sanften Gesicht an. »Ich fürchte, jetzt weiß ich nicht, was du meinst.«

»John Ross.«

Der Dämon schnaubte. »Oh, Evelyn, jetzt werd doch nicht albern. Ross ist ein Geschöpf des Wortes. Er verfolgt mich schon seit einiger Zeit. Ohne viel Erfolg, möchte ich hinzufügen.«

Schau an, es scheint, dass ich mich bei Mr. Ross geirrt habe, dachte sie überrascht.

Der Dämon beobachtete sie genau. »Mach dir keine Hoffnungen, meine Liebe. John Ross wird nichts am Ausgang der Dinge ändern. Dafür habe ich bereits gesorgt.«

»Selbstverständlich«, erwiderte sie ruhig.

Er schaute sich betont um, musterte beiläufig die Schatten um sie herum. Sein Lächeln war leer und kalt. »Schau, wer gekommen ist, um dir Lebewohl zu sagen.«

Sie hatte sie bereits gesehen: Dutzende von Fressern, die aus der Dunkelheit gekrochen kamen, um sich am Rand des Lichts zu versammeln. Sie drängten sich erwartungsvoll mit starren, ausdruckslosen Augen vor, ihre dunklen Körper zusammengekauert. Einige von ihnen waren bereits bis zum entfernten Ende der Veranda vorgedrungen und pressten ihre Köpfe gegen das Geländer, wie groteske Kinder, die nach Süßigkeiten suchten.

Sie starrte ihn mit einem undurchdringlichen, harten Blick an. »Vielleicht sind sie auch gekommen, um dir Lebewohl zu sagen.« Sie winkte ihm beiläufig zu. »Komm näher, damit ich dich besser sehen kann.«

Der Dämon tat es und trat aus den Schatten. Seine Arme hingen lässig herab, seine bleichen, ausgewaschenen blauen Augen blickten sie fast schläfrig an.

»Oh, du hast dich ziemlich verändert«, sagte sie. »Wenn du findest, dass ich gealtert bin, solltest du dich selber genauer anschauen. Ist das das Beste, was du zustande bringst? Hast du deine Seele für so wenig verkauft? Wie traurig.«

Es folgte ein langes Schweigen. Dann flüsterte der Dämon: »Das ist das Ende deiner Reise, Evelyn.«

Sie stand auf, schaute ihn an und fühlte sich in der Gegenwart seiner Stärke klein und verletzlich. Doch sie wurde von ihrer Wut gestützt und von der Gewissheit, dass er nicht halb so clever war, wie er glaubte. Sie bewegte sich langsam hinter ihren Schaukelstuhl, stützte sich darauf und schaute ihn mit einem breiten, bitteren Lächeln an.

»Warum kommst du nicht auf die Veranda, sodass wir darüber reden können?«, fragte sie.

Er erwiderte ihr Lächeln. »Was hast du vor, Evelyn?« Er neigte den Kopf zur Seite und erwog alle Möglichkeiten.

Sie wartete geduldig ab, ohne etwas zu sagen, und einen Augenblick später nahm er ihre Herausforderung an und kam auf sie zu. Die Fresser folgten ihm in erwartungsvoller Erregung. Sie hatte seit Jahren nicht mehr so viele an einem Ort gesehen. Nicht mehr, seit sie mit ihnen als junges Mädchen nachts im Park gespielt hatte. Nicht mehr, seit der Dämon und sie ein Liebespaar gewesen waren. Die Erinnerungen kochten in ihr als eine bittere Gefühlsaufwallung hoch, die die Hitze und die Dunkelheit der Nacht erstickend schwer machte.

Als er die Stufen fast erreicht hatte, griff sie nach der Schrotflinte und brachte sie in einer einzigen geschmeidigen Bewegung in Anschlag, sodass der lange Lauf direkt auf seine Brust gerichtet war. Sie schob den Sicherungshebel zur Seite und legte den Finger auf den Abzug. Er war keine fünf Meter entfernt und bot ein deutliches Ziel. Er blieb sofort stehen, und auf seinem Gesicht zeichnete sich ehrliche Überraschung ab.

»Du kannst mich damit nicht verletzen«, sagte er.

»Ich kann die Verkleidung, hinter der du dich verbirgst, in Fetzen schießen«, verkündete sie ruhig. »Und es wird dich einige Zeit kosten, dir eine neue zuzulegen, nicht wahr? Ein wenig zusätzliche Zeit ist vielleicht alles, was ich brauche, und mag mehr sein, als du dir leisten kannst.«

Er lachte leise und schlug die Hände wie in kindlicher Bewunderung vor sich zusammen. »Evelyn, du bist erstaunlich! Ich habe es völlig übersehen! Wie konnte ich nur so dumm sein? Du hast deine Magie verloren, oder? Darum hast du die Schrotflinte! Deine Magie funktioniert nicht mehr!« Er grinste vor Erregung über seine Entdeckung. »Und ich habe die ganze Zeit geglaubt, du würdest dich als Problem erweisen. Erzähl es mir. Was ist geschehen? Hast du sie komplett aufgebraucht? Nein, das hättest du nicht getan. Du hast sie aufgespart, um sie gegen mich zu verwenden. Oder gegen dich selbst. Erinnerst du dich, wie du gedroht hast, das zu tun, als du herausfandest, was ich bin? Das war vor einer langen Zeit. Oh, wie habe ich dich dafür gehasst! Ich habe geduldig auf die Gelegenheit gewartet, dir heimzuzahlen, was du mir angetan hast. Aber da war immer deine Magie, die ich bedenken musste, nicht wahr?« Er hielt kurz inne. »Aha! Das ist es! Du hast sie verloren, weil du sie *nicht* benutzt hast! Du warst so damit beschäftigt, sie aufzusparen, dass du darüber alt und müde wurdest und sie komplett verloren hast! Das ist der Grund, warum du mich nicht verfolgt hast. Darum hast du gewartet, dass ich zu dir komme. Oje! Arme Evelyn!«

»Du Armer«, erwiderte sie, drückte den Gewehrkolben gegen die Schulter und schoss ihm ein Loch direkt durch die Brust. Die gesamte Vorderseite seines Hemdes explodierte in einem roten Schauer, und der Dämon wurde über den schattenbefleckten Rasen geschleudert.

Nur dass er einen Augenblick später nicht mehr da war. Er verschwand einfach, löste sich in Luft auf. Dann tauchte er abrupt zwei Meter weiter rechts unverletzt wieder auf, blickte sie an und lachte leise.

»Du hast nicht richtig gezielt«, feixte er.

Fresser rannten hin und her und schossen, rasend vor Hunger, blitzschnell auf sie zu. Sie erkannte sofort, was geschehen war. Es war nicht der Dämon gewesen, auf den sie gefeuert hatte. Es war eine Illusion gewesen, die er erschaffen hatte, um sie zu täuschen.

»Leb wohl, Evelyn«, flüsterte er.

Seine Hand hob sich in einer beiläufigen Geste, die ihre Augen auf sich zog, und sie spürte eine zermalmende Kraft, die sich um ihre Brust schloss. Sie riss ihre Augen los, hob die Schrotflinte erneut und feuerte ein zweites Mal. Wieder zerbarst die Brust des Dämons, und er wurde davongeschleudert. Die Fresser rannten in alle Richtungen auseinander, erklommen die Veranda, nur um sofort wieder hinabzuspringen, und ihre leuchtenden Augen strahlten voll wilder Erwartung. Evelyn schwang bereits auf der Suche nach dem

Damon den Lauf herum und feuerte links und rechts von der Stelle, wo er gestanden hatte. Das schwere Schrot zerfetzte die Luft, und Bleikügelchen schlugen in die Zaunpfosten beim Tor, in die Stämme der alten Hickorybäume und die anmutigen Zweige der Fichten. In den angrenzenden Häusern gingen die Lichter an.

»Sei verdammt!«, zischte sie.

Sie zog zum fünften Mal am Ladehebel, lud eine neue Patrone in den Lauf, schwang die Waffe nach rechts, dorthin, wo die Fresser sich am dichtesten zusammendrängten, und feuerte in ihre Mitte. Ihre Arme und Schultern pochten vor Erschöpfung und Schmerz, und die Wut brannte in ihrer Kehle wie Feuer. Noch eine Patrone war übrig. Sie sah ihn am anderen Ende der Veranda über das Geländer klettern, pumpte die letzte Patrone in den Lauf und feuerte am Haus entlang.

Nachladen!

Sie zog sich bis zur Fliegentür zurück und griff nach den Patronen in ihrer Kitteltasche, während sie die leeren mit den Füßen beiseite trat. Dann war er direkt vor ihr und streckte die Hand aus. Sie spürte seine Finger, die sich um ihre Brust schlossen. Die Schrotflinte fiel herunter, als sie versuchte, nach seinem Gesicht zu greifen.

Dann stürzten sich die Fresser auf sie, und alles verschwand in einem leuchtend roten Nebel.

George Paulsen rannte aus den Sinnissippi-Townhomes, weg von Enid Scotts Schreien, und seine Hände bedeckten sein Gesicht. Er stürmte mit solcher Gewalt durch die Fliegentür der Wohnung der Scotts, dass er sie aus den Angeln riss und sich dabei die Haut von den Händen fetzte. Überall an ihm war Blut, und der Geruch danach war in seiner Nase. Aber es waren nicht die Schreie oder das Blut, ja nicht einmal die zerschlagene, reglose Gestalt, die er auf dem Boden des Wohnzimmers zurückgelassen hatte, wovor er floh.

Es war Evelyn Freemark.

Sie war direkt vor ihm, eine schimmernde Gestalt, die dunkel und geisterhaft aus dem Nichts auftauchte. Wohin er sich auch wandte, sie war schon da. Sie flüsterte ihm zu, wiederholte die Worte, die sie zuvor im Park zu ihm gesagt hatte, ihre finstere Warnung, was geschehen würde, wenn er Hand an Enid Scott oder ihre Kinder legen würde. Er schrie gegen dieses unaufhörliche Wispern an, schlug in die Luft und in sein eigenes Gesicht. Wie von Sinnen rannte er über den öden Hof auf die Straße hinaus und versuchte verzweifelt zu entkommen.

Die dunklen Wesen sprangen ihm nach, die Kreaturen, die aufgetaucht waren, als er Jared Scotts vergebliche Versuche, sich zu schützen, unterbunden hatte. Sie hatten ihn ermutigt, dem Jungen weh zu tun; sie hatten gewollt, dass er litt.

Aber jetzt waren sie auch hinter ihm her.

Er konnte ihren Hunger in dem rauen Geräusch ihres Atems fühlen.

O Gott! O Gott! Er schrie die Worte wieder und wieder in die Stille und die Dunkelheit hinaus.

Blindlings die Straße entlang taumelnd, erklomm er die Anhöhe, die zum Lincoln Highway führte, und ein Auto tauchte aus dem Licht der Gebäude vor ihm auf. George Paulsen schwankte zur Seite, während das Auto mit gellender Hupe an ihm vorbeischoss. Da holten ihn die dunklen Wesen ein, drängten ihn zurück an den Friedhofszaun und begannen ihn zu zerreißen. Sein Inneres wurde von ihren Klauen und Zähnen zerfetzt; er hörte sich selbst kreischen. Während die dunklen Kreaturen sich an ihn klammerten, drehte er sich zu dem Friedhofszaun um und kletterte den Maschendraht hinauf. Er erreichte den oberen Rand, verlor den Halt und glitt wieder zurück. Er griff nach etwas, um seinen Fall zu bremsen, verhakte seine Finger in den Maschen und verfing sich mit dem Hals in den bloßliegenden Spitzen am oberen Rand des Zauns.

Der scharfe Stahldraht schnitt durch weiches Fleisch und entblößte Arterien, und George Paulsens Blut schoss heraus. Er sackte zusammen, und Schmerz überflutete ihn. Die dunklen Kreaturen verlangsamten ihren Angriff, nahmen sich Zeit und näherten sich ihm bedächtig. Er wusste, dass er ihnen jetzt nicht mehr entkommen würde. Er schloss die Augen vor Furcht und Verzweiflung. Sie berührten ihn, ihre Finger tauchten versuchsweise in sein Blut. *O Gott!*

Einen Augenblick später versiegte sein Leben.

Chicago steht in Flammen. Wohin der Ritter des Wortes auch schaut, erheben sich Feuersäulen vor der dunkler werdenden Skyline der Stadt und lassen ihre rote Glut in das rauchige Zwielicht der Stadt sickern. Es ist ein außergewöhnlich heißer, trockener Sommer, und das ausgedörrte Gras, das die leeren Parks überzieht und sich durch die Risse im Asphalt zwängt, entflammt schnell. Die Häuser, die den ausgehöhlten Stahl-und-Glas-Monolithen der verlassenen Innenstadt am nächsten sind, warten darauf, dass sie an der Reihe sind, hilflose Opfer der sich nähernden Vernichtung. Unten bei den Kais und Docks lodern alte Tanks und Treibstoffbehälter hoch auf, und die Überreste ihres Inhalts explodieren wie Kanonenschüsse.

John Ross eilt den Fußweg entlang, der an den Chicago River grenzt, und bewegt sich von der Bresche in der Mauer der Festung nach Süden. Er trägt den Stab vor sich her, hat aber zeitweise keinen Zugang zu seiner Magie. Es ist die Folge einer jener Situationen, bei denen er früher auf sie zurückzugreifen gezwungen war – vor dem Armageddon, vor dem Untergang. Und so muss er wie ein gewöhnlicher Mensch fliehen und sich verbergen. Seine Feinde suchen bereits nach ihm. Sie haben ihn hierher verfolgt, wie sie ihn überall hin verfolgen, und sie wissen, dass er irgendwo inmitten dieses Flammenmeers zu finden ist. Ein Ritter des Wortes ist eine gute Beute, und jene, die ihn finden, werden eine hohe Belohnung erhalten. Doch sie wissen auch, dass er nicht leicht zu überwältigen sein wird, und ihre Vorsicht gibt ihm einen Vorteil.

Er ist spät zum Untergang der Stadt hinzugekommen. Der Angriff dauert bereits seit Monaten an, die Einst-Menschen und ihre Dämonenherren belagern die improvisierten Mauern und verstärken Tore, die die Leute dahinter beschützen. Chicago ist eine der stärksten Bastionen, die noch übrig sind, ein Militärlager, das mit Disziplin und Können geführt wird und dessen Bewohner bewaff-

net und ausgebildet sind. Aber keine Bastion ist uneinnehmbar, und die Angreifer haben schließlich einen Weg hinein gefunden. Man hat ihm berichtet, dass sie durch die Abwasserkanäle Zugang erlangt haben und dass es keine Möglichkeit gibt, sie weiter abzuwehren. Jetzt steht das Ende bevor, und niemand kann noch etwas anderes tun als zu fliehen oder zu sterben.

Die Straßen sind von Leichen übersät, achtlos von jenen zurückgelassen, die ihnen das Leben geraubt haben. Männer, Frauen und Kinder – es werden keine Ausnahmen gemacht. Sklaven gibt es reichlich, und Nahrung ist knapp. Außerdem ist eine Lektion erforderlich. Fresser huschen durch die Schatten, arbeiten sich von Leichnam zu Leichnam, suchen nach einem Fetzen schwindenden Lebens, nach Schmerz, Grauen, hilfloser Wut, nach Schock und Todesangst, um sich davon zu nähren. Aber die Schlacht bewegt sich zu anderen Orten, und so folgen ihr die Fresser. Ross kämpft sich an der Ziegelmauer entlang, die die winzigen Gärten einer Reihe verlassener kleiner Häuser abgrenzt, und sucht nach einem Weg hinaus, während er die Schreie und das Weinen jener hört, denen dies nicht gelungen ist. Der Angriff verlagert sich zu einem Punkt vor ihm, und er erkennt die Gefahr. Er muss umkehren. Er muss einen anderen Weg finden. Aber seine Möglichkeiten schwinden, und ohne die Magie, die ihn schützt, ist er unsicher, was er tun soll.

Schließlich beginnt er, den Weg zurückzugehen, den er gekommen ist, und wendet sich nach Westen, zu den Außenbezirken der Stadt, weg vom Lake Michigan und der Innenstadt. Die Nacht wird bald anbrechen, und die Jäger werden ihn dann nicht so leicht finden können. Wenn es ihm gelingt, die Freeways zu erreichen, kann er ihnen bis in die Vororte folgen und weg sein, bevor sie merken, dass er entkommen ist. Seine Kehle ist trocken, und seine Muskeln schmerzen, denn er hat seit Tagen nicht mehr geschlafen. Er ist in die Stadt gekommen, weil ein Traum ihm ihre Vernichtung prophezeit hat. Doch überall wird ihm misstraut, er ist eine Kassandra, die in der Wildnis ein untergehendes Troja beklagt, und seine Warnungen werden ignoriert. Einige würden ihn am liebsten als Spion einsperren. Andere würden ihn gerne von den Mauern stürzen. Wenn sie nicht seine Magie fürchteten, wäre er schon tot. Es ist ein sinnloses, auszehrendes Leben, das er führt, aber es ist alles, was er noch hat.

Er kommt zu einem Feuergefecht, das an einer Straßenecke tobt, und springt schnell zurück in eine schattige Nische, um sich vor den Kämpfenden zu verbergen. Automatische Waffen durchsieben Holztüren, hämmern in Ziegelwände und löschen das Leben jedes Menschen aus, der ins Schussfeld gerät. Die Fresser tollen ausgelassen durch das Blutbad, hüpfen und springen mit ungezügeltem Vergnügen herum und zehren von der Wut und Angst der Kämpfer. Töten ist die mächtigste Form des Wahnsinns und somit die stärkste Nahrungsquelle für die Fresser, und sie werden davon angezogen wie Fliegen von Blut. Sie geben keinen Laut von sich, und niemand schenkt ihnen Beachtung, denn sie sind eine stille, unsichtbare Präsenz. Aber in ihren lampenartigen Augen erkennt Ross das Vergnügen, das sie aus den dunklen Gefühlen ziehen, die das Töten freisetzt, und es erinnert ihn an die Furien der griechischen Mythologie, die jene in den Wahnsinn trieben, die skrupellose Verbrechen begingen. Wenn es im wirklichen Leben Furien gäbe, denkt er, dann wären sie die Mütter dieser Fresser.

Als der Kampf erstirbt, macht er sich wieder auf den Weg, läuft eilig auf die Ansammlung der Freeways zu, die von Westen in die Stadt führen, und hofft, dass der Weg frei ist. Die Nacht senkt sich um ihn herum wie Jalousien, die gegen das rauchige, feurige Licht der Vernichtung der Stadt herabgelassen werden. Die Gerüche, die auf ihn einstürmen, sind ätzend und ranzig – verkohltes Fleisch und verbranntes Blut. Krankheiten werden ausbrechen, und viele von denen, die nicht in den Kämpfen umkommen, werden an den Nachwirkungen sterben. Tausende werden aus der Stadt in die Wildnis getrieben. Wie viele werden überleben, um woanders Zuflucht zu finden?

Er erreicht den Zubringer, der auf den Ost-West-Freeway führt, aber die Angreifer strömen aus allen Richtungen vor ihm zusammen, füllen die vierspurige Autobahn und sammeln sich dort aus einem unbekannten Grund. Er zieht sich vorsichtig zurück und arbeitet sich durch die Hinterhöfe von Mietshäusern und die zersplit-

terten Glasfronten von Geschäftsgebäuden dorthin vor, wo die Feiernden sich nicht ganz so dicht drängen. Er findet eine Anhöhe, auf der sich eine verlassene Wohnsiedlung befindet, und betritt ein Haus, von dem er einen guten Blick auf den Freeway hat, der in die Stadt führt. Von einem Fenster im Obergeschoss schaut er auf die riesige Prozession hinab, die sich von Westen nähert. Er benutzt sein Fernglas, um sich einen besseren Überblick zu verschaffen, während ein düsterer Verdacht in ihm aufsteigt.

Dort, auf dem rissigen Band aus Beton, das sich wie ein Streifen bis zum Horizont erstreckt, sieht er die ersten Reihen gefangener Menschen. Angekettet schlurfen sie gebeugt in großen Gruppen herbei, ihr Leben verschont, damit sie als Sklaven dienen können. In Käfigen auf Rädern befinden sich jene, auf die ein besonderer Tod wartet. Köpfe, die auf Seile aufgezogen wurden und auf Pfählen stecken, zeugen von der Zahl derer, die bereits den Tod gefunden haben.

Dann sieht er sie. Sie fährt auf einem Plattformwagen, der von einem Dutzend jener gezogen wird, die sie unterworfen hat. Groß, königlich und kalt wie der Tod, sitzt sie inmitten der Dämonen, die ihre Lieblinge sind – sie ist die Königin der Verwüstung, die sie nun in Augenschein nimmt. Ihre Geschichte ist Legende. Sie war eine Weltklasse-Athletin, die zweimal Medaillen bei den Olympischen Spielen gewann. Dann wurde sie, die über eine charismatische Redegewalt verfügte, eine Aktivistin, kämpfte erst für Reformen und später für eine Revolution. Jedermann verehrte sie und vertraute ihr, und sie verriet sie alle. Entlang des Freeways werden die Einst-Menschen, die ihr dienen, still und neigen ehrerbietig die Köpfe. John Ross spürt, wie sich ein Kloß in seinem Magen bildet. Selbst von seinem Versteck aus kann er die Leere in ihren Augen erkennen. Sie ist bar jeden Gefühls, in ihrem Inneren ebenso tot wie die Kreaturen, die sie bei ihrem Vormarsch zerquetscht hat. Sie ist eine entscheidende Figur in dem gnadenlosen Kampf der Leere gegen das Wort. Sie ist John Ross' größter Fehlschlag.

Er kannte sie, als sie anders war, vor vielen Jahren, als noch Zeit war, sie zu retten.

Er kannte sie als Nest Freemark.

Montag, 4. Juli

Kapitel 26

Nest Freemark erwachte von dem Geräusch unterdrückter, leiser Stimmen vor ihrer Zimmertür. Der große Standventilator war abgeschaltet und zur Seite gerückt worden, und die Tür war geschlossen, sodass sie nicht sehen konnte, wer dort war. Sie versuchte zu verstehen, was gesprochen wurde, aber die Worte waren zu leise. Sie lag mit dem Gesicht zur Tür da, starrte den vertrauten Holzrahmen an, die Decke bis zum Kinn hochgezogen und die Hände an den zusammengeknautschten Rand geklammert. Sie wusste nicht, wann sie endlich eingeschlafen war oder wie lange sie geschlafen hatte. Das Licht im Zimmer war grau und gedämpft und die Temperatur recht niedrig, sodass sie annahm, dass es frühmorgens war. Doch als sie auf ihren Wecker schaute, sah sie, dass es fast Mittag war.

Hatte es in der Nacht geregnet? Ihre Gedanken trieben umher. Großmutter hatte das Geräusch von fallendem Regen immer geliebt.

Tränen stiegen ihr in die Augen, und sie wischte sie schnell weg. Sie würde nicht wieder zu weinen beginnen – noch nicht. Sie hatte genug geweint. Sie spürte etwas Kratziges an ihrem nackten Ellbogen und griff unter die Decke, um Großmutters zerknitterte Nachricht hervorzuholen. Nest hatte sie unter ihrem Kissen gefunden, als ihr Großvater sie schließlich ins Bett gebracht hatte – nachdem sie Großmutter weggebracht hatten, nachdem die Polizisten, Sanitäter, Feuerwehrleute und Nachbarn gegangen waren und nachdem sie sich wieder und wieder geweigert hatte, irgendwo anders die Nacht zu verbringen. Allein in der Dunkelheit ihres Zimmers und immer tiefer in den Wirbel ihrer Trauer und Wut hinabsinkend, hatte sie sich auf ihrer Decke zu einem Ball zusammengerollt. Während der Ventilator kühle Luft über ihre erhitzte Haut blies, hatte sie die Augen fest gegen das Grauen und Elend zusammengepresst und sich das Kissen gegen das Gesicht gedrückt. Dabei waren ihre Finger auf die Notiz gestoßen. Sie hatte sie hervorgezogen, aufgefaltet und ungläubig angestarrt. Die Nachricht war von Großmutter. Sie hatte sie seither so oft gelesen, dass sie die Worte auswendig kannte.

Wenn er Dich heimsucht,
benutze Deine Magie.
Vertraue Geist.
Ich liebe Dich.
Granny

Sie schaute sich die Sätze jetzt erneut an, versuchte, eine verborgene Bedeutung darin zu finden. Aber die Nachricht war völlig geradlinig, und die Warnung, die sie enthielt, war unmissverständlich. Großmutter hatte die Botschaft in den letzten Augenblicken vor ihrem Tod geschrieben. Sie hatte sie aller Wahrscheinlichkeit in dem Bewusstsein verfasst, dass sie sterben würde. Nest hatte sorgfältig darüber nachgedacht, es von allen erdenklichen Seiten betrachtet und die Möglichkeiten mit sich selbst erörtert, bis sie sich sicher war. Die Polizei, die Feuerwehrleute, die Sanitäter und die Nachbarn mochten sich einig sein, dass Großmutter eine alte Trinkerin war, die Dinge gesehen hatte, die nicht da waren, und die schließlich so viel getrunken hatte, dass sie eine Schrotflinte herausgeholt hatte, um auf ihre Phantome zu schießen, und damit den Herzinfarkt ausgelöst hatte, an dem sie gestorben war. Sie mochten sie mit einem Schulterzucken abtun. Ein paar Worte des Mitgefühls und die unausgesprochene Überzeugung, dass jeder, der verrückt genug war, herumzulaufen und Löcher in Bäume und Zäune zu schießen, um Ärger förmlich bettelte. Mit dieser Erklärung würden sie sicher besser schlafen können als mit der Wahrheit. Aber die Tatsache blieb bestehen, dass die Wahrheit etwas völlig anderes war. Großmutter war nicht tot, weil sie getrunken hatte oder verrückt gewesen war. Sie war tot, weil der Dämon sie getötet hatte.

Ich muss ein paar Feinde vernichten.

Nest hörte noch immer seine Worte, die er in der Schwärze der Höhle zu ihr gesagt hatte, körperlos, aus der Ferne und triefend vor Boshaftigkeit. Der Dämon hatte sich sehr sorgfältig darauf vorbereitet, Großmutter zu vernichten. Er hatte sich viel Mühe gegeben, jeden fortzulocken, der sie beschützen konnte, und dann war er zu ihr gekommen. Nest wusste, dass es so war. Sie war sich noch nie im Leben über etwas so sicher gewesen.

Jetzt warnte Großmutter sie mit ihrer zerknitterten Botschaft, die sie in ihren Händen hielt, dass der Dämon auch hinter ihr her war.

Warum?

Nest hatte die ganze Nacht über diese Frage nachgedacht, und sie hatte noch immer keine Antwort darauf gefunden. Die ganze Zeit über hatte sie angenommen, dass der Dämon erst in zweiter Linie an ihr interessiert war, dass er nur versuchte, durch sie an Großmutter oder John Ross heranzukommen. Aber Großmutters Nachricht deutete an, dass seine Absichten persönlicher waren. Großmutter glaubte ganz offensichtlich, dass der Dämon auch hinter Nest her war. *Benutze Deine Magie. Vertraue Geist.* Großmutter hätte in den letzten Minuten ihres Lebens alles Mögliche schreiben können, aber sie hatte sich für diese Sätze entschieden.

Warum?

Weil Großmutter geglaubt hatte, dass dies wichtiger war als alles andere. Weil sie gewusst hatte, was geschehen würde.

Was mehr war, als Nest von sich behaupten konnte.

Was wollte der Dämon von ihr?

Sie rollte sich auf den Rücken und starrte an die Decke. *Benutze Deine Magie. Vertraue Geist.* Als ob die Magie Großmutter irgendwie genutzt hätte. Und wo war Geist in der letzten Nacht gewesen, während sie darum gekämpft hatte, nicht den Verstand zu verlieren, als die Fresser auf ihr herumgeklettert waren? Warum sollte sie annehmen können, dass eines von beidem ihr gegen den Dämon irgendwie helfen konnte? Die Fragen summten in ihrem Kopf wie aufgeschreckte Bienen umher, und sie schloss die Augen gegen ihr unablässiges Gezeter. Die Antworten, die es zum Schweigen bringen konnten, waren nirgendwo in Sicht. Gott, sie würde ihre Großmutter so sehr vermissen. Sofort stiegen ihr Tränen in die Augen. Sie konnte noch immer nicht glauben, dass ihre Großmutter fort war, dass sie nicht mehr mit ihrem Wodka mit Orangensaft, ihrer Zigarette und ihrem Aschenbecher am Küchentisch saß, dass sie Nest nicht fragte, wann sie nach dem Feuerwerk heute Abend nach Hause kommen wollte, dass sie nicht dasein würde, um mit ihr über die Fresser, die Waldkreaturen und die Magie im Park zu sprechen.

Nest schluchzte leise. Sie konnte noch immer den Blick auf Großmutters Gesicht sehen, als sie leblos auf der Veranda gelegen hatte, die Schrotflinte fest umklammert. Sie würde sich immer an diesen Anblick erinnern, er würde ein kaltes Schaudern am Rande ihrer schöneren Erinnerungen sein. In dem Augenblick, als sie ihren Gesichtsausdruck gesehen hatte, hatte Nest gewusst, wie ihre Großmutter gestorben war. Die Botschaft bestätigte das bloß.

Sie drehte sich wieder auf die Seite und starrte auf das gardinenverhangene Fenster und den dahinter liegenden, bedeckten Himmel. Ihre Kehle schmerzte von dem, was sie fühlte. Sie würde niemals darüber hinwegkommen, dachte sie. Sie würde niemals wieder dieselbe sein.

Auf dem Korridor vor ihrem Zimmer näherten sich Schritte. Einen Augenblick später öffnete sich die Tür, und jemand kam herein. Sie lag bewegungslos da und lauschte auf die Stille. Sie hoffte, dass, wer immer es auch war, er wieder fortgehen würde.

»Nest?«, sprach ihr Großvater sie sanft an.

Sie antwortete nicht, aber er kam trotzdem zu ihrem Bett herüber und setzte sich neben sie.

»Hast du wenigstens ein wenig geschlafen?«, fragte er.

Sie schloss die Augen gegen den Klang seiner Stimme. »Ja.«

»Das ist gut. Ich weiß, es war nicht einfach. Aber du musstest dich ausruhen.« Er schwieg eine Weile, und sie spürte seine Augen auf sich ruhen. Sie blieb reglos liegen, in sich zurückgezogen. »Bist du hungrig?«

»Nein.«

»Da draußen ist eine Menge zu essen. Den ganzen Morgen über sind Leute vorbeigekommen und haben Kochtöpfe und Essenbehälter mit allem gebracht, was du dir vorstellen kannst.« Er lachte leise vor sich hin. »Es sieht so aus, als hätten einige von ihnen ihre ganze Küche leergeräumt. Wir haben genug Nahrungsmittel, um eine Armee zu versorgen. Ich weiß nicht, was wir mit den ganzen Sachen tun sollen.«

Seine Hand ruhte auf ihrer Schulter. »Warum stehst du nicht auf und kommst raus, um mir Gesellschaft zu leisten?«

Sie schwieg eine Weile und dachte darüber nach. »Ich habe Stimmen gehört.«

»Freunde. Nachbarn. Jetzt sind alle wieder weg. Nur du und ich sind noch hier.« Er rutschte auf dem Bett herum, und sie hörte ihn seufzen. »Sie sagen, sie hätte nicht gelitten. Massiver Herzanfall. Ich habe vorhin mit dem Doktor gesprochen. Er war sehr freundlich. Heute Nachmittag muss ich zum Bestattungsinstitut, um einen Sarg auszusuchen. Die Zeitung hat bereits eine Todesanzeige bekommen. Reverend Emery hat geholfen, sie aufzusetzen. Er hat sich bereit erklärt, auf der Beerdigung am Donnerstag die Rede zu halten.«

Er brach ab, als wüsste er nicht, was er als Nächstes sagen sollte. In der Stille konnte Nest die alte Uhr im Korridor ticken hören.

Einen Augenblick später sagte ihr Großvater ruhig, mit Trauer in der Stimme: »Ich verstehe es einfach nicht.«

Sie nickte, ohne etwas zu erwidern, und dachte, dass sie es besser verstand als er, aber nicht wusste, wie sie es ihm erklären sollte.

Seine Hand schloss sich fester um ihre Schulter. »Du hast letzte Nacht vielleicht ein paar Kommentare gehört, loses Gerede über deine Großmutter. Und wahrscheinlich wirst du noch mehr davon hören. Ich möchte nicht, dass du dem irgendeine Beachtung schenkst. Deine Großmutter war ein besonderer Mensch. Eine Menge Leute haben das nicht verstanden. Sie hielten sie für sonderbar. Ich schätze, das war sie, aber sie war gutherzig und fürsorglich, und sie wusste, wie man auf Menschen Acht gab. Es kümmert mich nicht, was sie alle sagen; sie war nicht dort draußen und hat mit der Schrotflinte ins Leere geschossen. So war deine Großmutter nicht.«

»Ich weiß«, sagte Nest schnell, als sie die Verzweiflung hörte, die sich in seine Stimme schlich.

Sie wälzte sich herum, sodass sie sein Gesicht sehen konnte. Es sah sorgenvoll und müde aus, die Altersfalten waren tiefer in sein Gesicht eingegraben, das weiße Haar zerzaust. Als sie ihm in die Augen schaute, erkannte sie, dass er geweint hatte.

Seine Stimme bebte. »Es ging ihr gut, als ich sie verließ, Nest. Sie machte sich natürlich Sorgen um dich, aber es ging ihr gut. Ich weiß einfach nicht, was passiert ist. Ich glaube nicht, dass sie die Schrotflinte geholt hätte, wenn sie nicht in Gefahr gewesen wäre. Sie hat seit Jahren nicht einmal mehr nach ihr geschaut.«

Er brach ab, und seine Augen fuhren suchend über ihr Gesicht. Er wartete darauf, dass sie sprach, dass sie etwas auf seine Worte erwiderte. Als sie still blieb, räusperte er sich, und seine Stimme wurde wieder fester.

»Als deine jungen Freunde gestern Abend kamen, um mich zu bitten, ihnen zu helfen, nach dir zu suchen, sagten sie etwas Seltsames. Sie sagten, du würdest jemanden jagen, der die Bäume im Park vergiftet, jemanden, von dem ich dir erzählt hätte. Aber davon weiß ich überhaupt nichts.« Er schaute einen Augenblick weg. »Die Sache ist die, Nest, ich bekomme das Gefühl, dass ich von einer Menge Sachen, die vorgehen, überhaupt nichts weiß. Früher war das nicht so wichtig.« Er sah sie wieder an. »Aber nach dem, was letzte Nacht geschehen ist, ist es das jetzt, denke ich.«

Seine Augen blieben auf sie gerichtet. Nest fühlte sich wie ein Reh, das im Scheinwerferlicht eines Autos gefangen war. Sie wusste nicht, was sie sagen sollte. Sie wusste nicht einmal, wo sie anfangen sollte.

»Können wir darüber ein wenig später sprechen, Großvater?«, fragte sie schließlich. »Im Augenblick kann ich es einfach nicht.«

Er dachte einen Moment über ihre Bitte nach und nickte dann. »In Ordnung, Nest. Das erscheint mir fair zu sein.« Er stand auf, und seine Augen schweiften durch den Raum, als suche er nach etwas. »Wirst du herauskommen und etwas essen?«

Sie richtete sich auf und zwang sich zu einem Lächeln. »Sicher. Gib mir nur eine Minute, okay?«

Er ging wieder durch die Tür und schloss sie leise hinter sich. Nest saß ohne sich zu bewegen in ihrem Bett und starrte ins Nichts. Was konnte sie zu ihm sagen? Schließlich stand sie auf, ging ins Bad und nahm eine Dusche. Sie ließ das Wasser eine lange Zeit über sich hinwegrauschen. Die Augen hatte sie geschlossen, ihre Gedanken schweiften zu anderen Zeiten und Orten und kehrten dann zurück, um sich auf das zu konzentrieren, was vor ihr lag. Sie trocknete sich ab und begann sich anzuziehen. Sie war gerade damit fertig, Shorts und ein T-Shirt überzustreifen, und bückte sich, um ihre Tennisschuhe zuzubinden, als sie ein kratzendes Geräusch am Fenster hörte.

»Nest!«, rief Pick drängend.

»Pick!«, rief sie erleichtert und eilte herbei, um die Gardinen zur Seite zu ziehen.

Der Waldschrat stand auf dem Fensterbrett und sah heruntergekommen und schmierig aus, als hätte er sich im Schlamm gewälzt. Sein belaubter Bart war beschmiert, und seine zweigartigen Beine waren dreckverkrustet. »Es tut mir Leid, dass ich so spät dran bin, Mädchen. Ich hatte eine schreckliche Nacht! Wenn ich keine Hilfe bekomme, weiß ich nicht, was ich tun soll! Das Gleichgewicht der Dinge ist auf eine Weise gestört, wie ich es noch nie erlebt habe! Die Fresser sind überall unterwegs!« Er brach ab, und sein Gesicht wurde weicher. »Es tut mir Leid, Nest. Ich kann nicht glauben, dass es geschehen ist.«

»War es der Dämon?«, fragte sie schnell.

»Natürlich war es der Dämon!« Er war so sachlich, sich seiner Sache so unerschütterlich sicher, so sehr *Pick*, dass sie gegen ihren Willen lächeln musste. Pick machte ein düsteres Gesicht. »In eurem ganzen Vorgarten stinkt es nach seiner Magie! Er muss direkt bis zur Vordertür gekommen sein! Wie konnte er das tun? Wo wart ihr, du und dein Großvater?«

Sie berichtete ihm schnell, was geschehen war – wie sie von dem Dämon vom Tanz weggelockt worden war, wie Danny Abbott und seine Freunde sie in einen Leinensack gesteckt und in die Höhlen geschleppt hatten, wie der Dämon dorthin gekommen war und sie verhöhnt hatte, wie ihr Großvater von ihren Freunden geholt worden war, um nach ihr zu suchen, und wie Großmutter daher ganz allein zu Hause zurückgeblieben war.

»Oh, das ist ein hinterhältiges Stück Arbeit!« Pick spuckte verärgert aus. »Früher einmal wäre deine Großmutter ihm ebenbürtig gewesen. Tatsächlich wäre sie sogar mehr als das gewesen. Das habe ich dir ja schon erzählt. Sie hätte ihn in zwei Hälften gerissen, wenn er so etwas versucht hätte!«

Nest kniete sich vor die Fensterbank, sodass ihr Gesicht auf einer Höhe mit seinem war. »Warum hat sie es dann nicht getan, Pick?«, fragte sie. »Sie sagte immer, dass sie Magie besäße, dass wir beide sie besäßen. Warum hat sie sie nicht benutzt?«

Pick verzog sein zerfurchtes Gesicht, kniff seine scharfen blauen Augen zu schmalen Schlitzen zusammen, und sein Mund verschwand in seinem Bart. »Ich weiß es nicht. Sie hätte keine Schrotflinte gebraucht, wenn sie ihre Magie besessen hätte. Sie war mächtig, Nest – willensstark und sehr fähig. Sie hatte ihre Magie studiert, hatte gelernt, wie man sie einsetzte. Sie mag nicht mehr so stark gewesen sein wie früher, aber er hätte bei einem Kampf mit ihr eine ganze Menge Federn lassen müssen! Und neben den Spuren von seiner Magie gab es nicht das geringste Anzeichen von jener deiner Großmutter!« Er kratzte sich am Bart. »Um die Wahrheit zu sagen, habe ich sie seit langer Zeit nicht mehr ihre Magie benutzen sehen – seit sehr langer Zeit, Mädchen. Nicht, seit deine Mutter …«

Er brach ab und starrte sie an, als sähe er sie plötzlich in einem neuen Licht.

»Was ist?«, fragte sie schnell.

»Na ja, ich weiß nicht«, antwortete er unbestimmt. »Ich habe mich nur etwas gefragt.«

Sie ließ die Sache auf sich beruhen und beschloss stattdessen, ihm von der Nachricht zu erzählen. Sie zog sie aus der Tasche, faltete sie auseinander, sodass er sehen konnte, dass es Großmutters Schrift war, und las sie ihm vor. Als er die Worte hörte, ging eine seltsame Verwandlung mit seinem Gesicht vor. »Verflixt«, flüsterte er.

»Was ist denn?«, wollte sie wissen. »Hör auf, mich erraten zu lassen, was du denkst, Pick!«

»Na ja, es ist nur, dass ...« Er schüttelte langsam den Kopf. Seine Lippen bewegten sich noch, aber es drang kein Laut zwischen ihnen hervor.

»Warum sollte der Dämon hinter mir her sein?«, drängte sie und stupste ihn beharrlich mit dem Finger.

Dann öffnete sich die Tür ihres Zimmers, und ihr Großvater schaute herein. Pick verschwand sofort. Nest stand auf, strich die Vorderseite ihres T-Shirts glatt und brachte ihre Gesichtszüge unter Kontrolle.

»Deine Freunde sind an der Hintertür«, sagte ihr Großvater. »Ich denke, du solltest zu ihnen gehen.«

Zögernd verließ Nest ihr Zimmer und folgte ihm den Gang entlang. Die alte Standuhr tickte im Rhythmus ihrer Schritte. Als sie am Wohnzimmer vorbeikamen, warf sie einen Blick auf die Bilder von ihrer Mutter und von Großmutter, die auf dem Kaminsims standen. Großmutters Stickarbeit lag unbeendet auf der Lehne des alten Sessels. Ihre Kreuzworträtselhefte stapelten sich neben dem Sessel auf dem Boden. Überall waren kleine Spuren von ihr. Matte Bahnen grauen Lichts drangen durch die vorgezogenen Gardinen und Fensterläden, aber der Raum fühlte sich modrig und ohne jedes Leben an.

In der Küche standen Dutzende von Essensbehältern unberührt auf dem Tisch und den Anrichten, wie vergessene Gäste. Ihr Großvater wurde langsamer und schaute sich zögernd die Unmengen von Geschirr an. »Ich kümmere mich besser darum. Geh du nur nach draußen.«

Sie ging den Gang weiter bis zur Fliegentür und öffnete sie. Robert, Cass und Brianna warteten auf sie. Cass hielt einen Strauß aus Gänseblümchen, Margeriten und Ringelblumen in der Hand.

»Hi«, sagte sie als Begrüßung.

»Hi«, antworteten sie, nicht ganz wie aus einem Munde.

Cass reichte ihr die Blumen, und Tränen glitzerten in ihren

dunklen Augen. »Es tut mir Leid wegen deiner Großmutter, Nest. Wir alle werden sie vermissen.«

»Sie war die Beste«, stimmte Brianna ihr zu und wischte sich über die Nase.

Robert schob die Hände in seine Hosentaschen und schaute auf eine Weise zu seinen Schuhen hinab, als hätte er sie nie zuvor gesehen.

»Danke, dass ihr vorbeigekommen seid.« Nest roch automatisch an den Blumen. »Sie sind sehr schön.«

»Na ja, Gänseblümchen hatte sie immer am liebsten«, sagte Cass.

»Erinnerst du dich, wie sie sich mich vorgeknöpft hat, als ich das ganze Beet da draußen abgeschnitten habe?«, fragte Robert plötzlich. Er schien überrascht, dass er etwas gesagt hatte, und warf Nest einen schnellen, hoffnungsvollen Blick zu. »Mann, war sie aufgebracht. Aber als du ihr sagtest, dass ich sie nach Hause mitnehmen und meiner Mutter geben wollte, sagte sie sofort, das wäre in Ordnung, und dann hat sie uns mit ins Haus genommen und uns mit Milch und Keksen versorgt. Erinnerst du dich?«

»Ich erinnere mich, wie sie mir geholfen hat, das Aschenputtel-Kostüm für Halloween zu nähen, als ich sechs war«, sagte Brianna lächelnd. »Sie hat den Großteil der Arbeit geleistet, aber meiner Mutter gesagt, wir hätten es zusammen gemacht.«

»Ich kann noch immer nicht glauben, dass sie fort ist«, sagte Cass.

Sie schwiegen einen Moment, dann fragte Robert: »Was ist überhaupt mit ihr geschehen, Nest? Es schwirren jede Menge Gerüchte herum.«

Nest verschränkte schützend die Arme. »Sie hatte einen Herzanfall.« Sie versuchte zu überlegen, was sie ihnen noch sagen konnte. Ihr Blick schweifte von Robert weg und kehrte dann zu ihm zurück. »Ich nehme an, ihr habt von der Schrotflinte gehört.«

Robert zuckte mit den Achseln. »Über diesen Teil der Geschichte sprechen alle, und du kannst dir ausmalen, was einige von ihnen sagen. Aber mein Vater meint, dass die Leute tratschen werden, wer immer du auch bist oder was du auch tust, und so gewöhnst du dich am besten gleich daran.«

»Die Leute sind gemein«, sagte Brianna zu niemand Bestimmtem.

Niemand sagte etwas, und ihre Augen wanderten in der Stille beklommen umher.

»Danke, dass ihr mich gestern Abend nicht im Stich gelassen habt«, versuchte Nest das Thema zu wechseln. »Ihr wisst schon, dass ihr Großvater geholt habt, um nach mir zu suchen.«

Sie erzählte ihnen, was mit ihr geschehen war, und ließ dabei nur den Teil mit dem Dämon aus. Als sie fertig war, fügte sie hinzu, dass sie in Ordnung sei, es wäre ihr nichts passiert, und sie sollten die ganze Sache vergessen.

»Was ist mit dem Mann, der die Bäume vergiftet?«, fragte Brianna und zog gespannt die Augenbrauen hoch.

Nest schüttelte den Kopf. »Ich weiß es nicht. Er ist noch immer da draußen.«

»Danny Abbott ist ein Arschloch«, murmelte Robert wütend. »Du hättest erlauben sollen, dass ich ihn verdresche, als ich die Chance dazu hatte, Nest.«

Sie musste lächeln, als er das sagte. Sie trat aus der Tür, und die vier gingen in den schattigen Hintergarten, wo sie sich an den alten Picknicktisch setzten. Dicke, graue Wolken zogen aus dem Westen vorüber, wo der Himmel bereits dunkler wurde. Es würde bald Regen geben, das war sicher. Im Park hatten bereits die ersten Softballspiele begonnen. Autoladungen voller Familien kamen an, um ihre Picknicksachen auszupacken und sich auf die Ereignisse des Tages und das Feuerwerk am Abend vorzubereiten. Nest sah einer Autoschlange zu, die an den Townhomes vorbei die Sinnissippi Road entlangkroch.

»Wo ist Jared?«, fragte sie und wunderte sich erst jetzt, warum er fehlte. Niemand sagte etwas. Nest sah das Unbehagen, das sich auf ihren Gesichtern spiegelte. »Was ist passiert? Wo ist er?«

»Er ist im Krankenhaus, Nest«, sagte Cass und hob die Augen. »Um dir das zu sagen, sind wir gekommen. Es kam heute Morgen in den Nachrichten, aber wir dachten, dass du es vielleicht nicht gehört hast.«

»George Paulsen hat ihn richtig schlimm verprügelt«, sagte Brianna leise.

»Er hat ihn fast totgeprügelt«, knurrte Robert und strich sich aggressiv die blonden Haare zurück. »Dieses Schwein.«

Nest spürte, wie ihr Magen eiskalt wurde und ihre Kehle sich zusammenzog. Sie schüttelte langsam den Kopf und konnte es nicht glauben.

»Ich nehme an, es ist passiert, gleich nachdem dein Großvater uns heimgeschickt hat«, erklärte Cass. Ihr rundes Gesicht war schmerzerfüllt, und ihre dunklen Augen blinzelten heftig. »Jared kam durch die Tür, und George wurde aus irgendeinem Grund sauer auf ihn und schlug ihn. Jared schlug zurück, und dann ist George erst richtig ausgerastet.«

»Ja, und dann ist er weggelaufen, bevor die Polizei ankam.« Roberts Gesicht war rot vor Wut. »Aber es hat ihm nichts genutzt. Er ist abgestürzt, als er versuchte, über den Friedhofszaun zu klettern, und hat sich an den blanken Drähten die Kehle aufgerissen. Er ist verblutet, bevor ihn jemand fand. Mein Vater sagt, das war das Beste, was ihm passieren konnte.«

Nest fühlte, wie sich eine riesige Leere in ihr breitmachte. »Wie geht es Jared?«

Cass schüttelte den Kopf. »Er liegt im Koma. Es ist ziemlich schlimm.«

»Mom meint, er stirbt vielleicht«, sagte Brianna.

Nest schluckte und kämpfte gegen die Tränen an, die ihr in die Augen steigen wollten. »Er kann nicht sterben.«

»Das habe ich auch gesagt«, stimmte ihr Robert schnell zu. »Nicht Jared. Er ist nur weggetreten, wie es ihm manchmal passiert. Er wird zurückkommen, wenn es ihm besser geht.« Er schaute schnell weg, als sei er verlegen wegen dem, was er gesagt hatte.

Nest rieb sich die Augen und erinnerte sich an die schüchterne Art, mit der Jared sie immer angeschaut hatte. Sie bemühte sich, die Kontrolle über sich zu behalten. »Warum sollte George Paulsen so etwas tun?«

»Du weißt schon«, schnaubte Robert. »Die alte Enid und er waren am Saufen und machten miteinander rum.« Cass warf ihm einen scharfen Blick zu. »Hey, das taten sie! Mein Dad sagte, das haben sie gemacht.«

»Dein Dad weiß auch nicht alles, Robert«, sagte Cass tonlos.

»Sag das ihm.«

»Meine Mutter sagt, sie hat zuerst versucht, es zu leugnen«, warf Brianna ein, »aber dann ist Mrs. Scott zusammengebrochen und hat ihnen alles erzählt. Sie haben sie nicht eingesperrt, aber sie haben ihr die Kinder weggenommen und in Pflege gegeben. Ich schätze, sie ist in großen Schwierigkeiten.«

Jeder in dieser Familie ist in Schwierigkeiten, dachte Nest traurig. *Aber Jared ist es, der den Preis dafür bezahlt.* Irgendjemand hätte schon vor langer Zeit etwas tun müssen, um ihm zu helfen. Vielleicht hätte sie das sein sollen. Sie hatte Bennett geholfen, als sie sich verirrt hatte; warum hatte sie keinen Weg gefunden, Jared zu helfen? Warum hatte sie nicht bemerkt, dass er Hilfe brauchte? Sie konnte sich bildlich vorstellen, wie George Paulsen ihn schlug, und förmlich sehen, wie die Fresser aus den Schatten herbeikamen, um ihn anzuspornen. Sie konnte auch Großmutter sehen, wie sie auf der Veranda stand und die Schrotflinte auf den Dämon gerichtet hatte, während Hunderte leuchtende Augen sie hungrig aus den Schatten heraus anstarrten.

»Es ist einfach nicht fair«, sagte Brianna.

Sie redeten noch eine Weile weiter in der Abgeschiedenheit des Gartens unter den Eichen, während sich hinter der Hecke der Park mit Ausflüglern füllte. Schließlich sagte Nest zu ihnen, dass sie hineingehen müsste, um etwas zu essen. Robert wollte wissen, ob sie später zum Feuerwerk in den Park kommen würde, und Cass blickte ihn nur an und sagte, er sei ein Idiot. Aber Nest sagte, dass sie es vielleicht tun würde, sie hätte darüber nachgedacht und sähe keinen Grund, nur im Haus zu hocken. Großmutter würde gewollt haben, dass sie hinging. Sie würde ihren Großvater fragen.

Sie wartete, bis sie durch die Hecke in den Park verschwunden waren, dann stand sie auf und ging langsam zum Haus hinüber. Ein seltsames, unangenehmes Gefühl wuchs in ihr, dass ihr irgendwie alles entglitt. Sie war wegen ihres Lebens nie verunsichert gewesen und hatte immer geglaubt, sie könne mit allen Veränderungen, die kommen mochten, umgehen. Doch jetzt spürte sie, wie alles außer Kontrolle geriet, so als könnte sie sich auf überhaupt nichts mehr verlassen. Es war nicht nur der Verlust von Großmutter und vielleicht auch Jared; es war die düstere Art, wie die Welt jenseits des Parks plötzlich in ihr Leben eingedrungen war. Es war das Erscheinen von John Ross und O'olish Amaneh. Es war das Kommen des Dämons. Es war die Gefahr, die der Maentwrog darstellte, der aus seinem jahrhundertelangen Gefängnis auszubrechen drohte. Es war das plötzliche Auftauchen von so vielen Fressern an Orten, wo man sie noch nie gesehen hatte, und Picks Warnung vor einer Veränderung im Gleichgewicht. Es war das Wiedererscheinen des Geheimnisses, das ihre Mutter und ihren Vater umgab. Es war der Umstand, dass Geist sie in der letzten Nacht nicht beschützt hatte.

Doch hauptsächlich, dachte sie, waren es die Angst und die Ungewissheit, die sie bei der Aussicht verspürte, sich auf ihre Magie verlassen zu müssen, um am Leben zu bleiben – ihre Magie, der sie misstraute und die sie nicht mochte, eine genetische Gabe, die aus ihrem eigenen Fleisch und Blut entsprang und die sie nie ganz verstanden hatte. Großmutter hatte ihr nur eine einzige Ermahnung zurückgelassen: *Wenn er dich heimsucht, benutze deine Magie*. Nicht »falls er dich heimsucht« oder »sollte er dich heimsuchen«. Da war kein Platz für eine Diskussion darüber, was geschehen würde oder was von ihr gefordert wurde, und Nest Freemark, gerade erst vierzehn Jahre alt und isoliert durch ihren Verlust, ihre Zweifel und die Geheimnisse, die man ihr vorenthielt, fühlte sich nicht in der Lage, damit umzugehen.

Sie kämpfte noch immer mit dem Gefühl ihrer Verwundbarkeit und stand allein, keine drei Meter von der Hintertür entfernt, als der Dämon erschien.

Kapitel 27

Der Dämon trat hinter der Garage hervor, wo sie an die Zufahrt grenzte, die auf die Straße führte. Er tauchte aus einem schattigen Fleck auf, der von einem der alten Hickorybäume geworfen wurde. Nest war wie gelähmt, als sie ihn erblickte; all die Gedanken, die in ihrem Geist herumgespukt hatten, verschwanden so schnell wie Glühwürmchen im Tageslicht. Sein Erscheinen überraschte sie so sehr, dass sie nicht einmal daran dachte aufzuschreien. Sie stand einfach nur da und starrte ihn schockiert an. Sein sanftes Gesicht war ohne jeden Ausdruck, als sei es völlig natürlich, dass er sich ihr näherte. Er musterte sie mit seinen ausgewaschenen blauen Augen, und sein Blick war fast zärtlich. Er schien etwas an ihr zu bemerken, das sie selbst nicht wahrnahm, er beurteilte es, schätzte es offen und ausführlich ab. Großmutters Worte gellten in ihren Ohren. *Wenn er dich heimsucht. Wenn er dich heimsucht.* Die Worte gingen in ein immer höher werdendes Schrillen über, das sie taub machte. Sie versuchte sich aus seinem Bann zu lösen, in die Sicherheit des Hauses zu flüchten, doch sein Blick hielt sie an Ort und Stelle. Wie sehr sie auch dagegen ankämpfte, sie konnte nicht entkommen. Sie spürte, wie ihr Tränen in die Augen traten. Wut kochte in ihr hoch, doch selbst das war nicht stark genug, um sie zu befreien.

Dann neigte der Dämon den Kopf zur Seite, als hätte etwas anderes seine Aufmerksamkeit erregt. Er lächelte sie an, eine schnelle, leere Geste, der Widerhall einer privaten Erheiterung. Er hob die Finger an die Lippen und warf ihr einen Kuss zu. Im nächsten Augenblick war er verschwunden, war zurück in die Schatten neben der Garage getreten und mit ihnen verschmolzen.

Nest stand wie angewurzelt an ihrem Platz, und ihre Hände zitterten. Sie wartete darauf, dass er wieder auftauchte, dass er sie heimsuchte, wie Großmutter es gesagt hatte. Aber nichts geschah. Das Schrillen in ihren Ohren ließ nach, und sie begann wieder die Geräusche der Menschen im Park zu hören, die Finken, die in den

Bäumen des Gartens sangen, und die Autos, die die Woodlawn Road entlangfuhren. Sie holte tief Luft, hielt den Atem an und versuchte sich zu beruhigen.

»Nest?«

John Ross humpelte langsam durch die Lücke in der Hecke. Eine Welle der Erleichterung überflutete sie. Ohne nachzudenken lief sie zu ihm, rannte durch den Garten und war kaum in der Lage, den Schrei der Dankbarkeit zu unterdrücken, der in ihrer Kehle aufstieg. Sie warf die letzten Reste der Ketten ab, die sie gefesselt hatten. Sie rannte, um ihrer Angst und ihrem Abscheu zu entkommen, um sie besiegt und machtlos hinter ihrer Schnelligkeit zurückzulassen.

Als sie John Ross erreichte, warf sie sich in seine Arme und klammerte sich an ihn.

»Hey, hey, es ist alles in Ordnung«, sagte er schnell, stützte sich mit dem Stock ab und legte ihr seinen freien Arm beruhigend um die Schultern. »Was ist los, Nest? Hey, hör auf zu weinen.«

Sie schüttelte den Kopf, der an seiner Brust ruhte, kämpfte gegen die Tränen und keuchte nach Luft, während sie versuchte zu sprechen. Alles stürzte in einer einzigen heißen Flutwelle aus ihr heraus. All die Wut und Angst, all das Grauen und die Trauer der vergangenen Nacht verdunsteten wie Regenwasser nach einem Sommergewitter auf dem heißen Beton.

»Ich habe von deiner Großmutter gehört und bin sofort hergekommen«, sagte er leise. »Es tut mir Leid, Nest. Ich wünschte, ich hätte gewusst, dass er das tun würde. Ich hätte versucht, es zu verhindern. Ich weiß, wie du dich fühlen musst. Ich weiß, wie schwer es sein muss.«

»Es tut so weh«, sagte sie schließlich, und die Worte kamen in kleinen Schluchzern aus ihrem Mund.

»Das kann nicht anders sein«, erwiderte er. »Nicht, wenn du jemanden verlierst, den du so sehr liebst.«

Sie schüttelte langsam den Kopf, rieb dabei ihr Gesicht an seinem Hemd und drückte sich noch immer an ihn. »Warum ist das geschehen? Warum hat er das getan? Hat er sich nur für das gerächt, was passiert ist, als sie ein Mädchen war? Ist es das?« Ihre Stimme wurde immer höher, und die Worte kamen immer schneller. »John, er war gerade hier. Er stand unten an der Garage und starrte mich an. Ich konnte mich nicht bewegen. Wenn Sie nicht gekommen wären …«

»Nest, beruhige dich, alles ist in Ordnung.« Er klopfte ihr besänftigend auf den Rücken.

Sie klammerte sich noch fester an ihn. »Granny hat mir eine Nachricht geschrieben, John. Direkt bevor sie starb. Sie wusste, was geschehen würde. Die Botschaft besagt, dass der Dämon auch hinter mir her ist. Hinter mir! Warum?«

Die Worte hingen scharf und reglos in der Stille, die auf sie folgte. John Ross sagte nichts, aber damit sagte er alles. Nest spürte, wie der Abgrund, von dem sie zu fliehen versucht hatte, sich ihr wieder näherte. Ross wusste es, konnte es ihr aber nicht sagen. Genau wie Großmutter hatte auch er Geheimnisse zu verbergen. Ihre Entschlossenheit begann zu schwinden. Sie hörte die Fliegentür aufgehen und sah ihren Großvater heraustreten. Sie fühlte sich von allen Seiten bedrängt, eingezwängt von ihrer Unwissenheit und Verwirrung. Sie musste wissen, was vorging. Sie musste es wissen, bevor es zu spät war.

Eine Welle wilder Entschlossenheit und verwegenen Mutes überflutete sie. »John«, sagte sie schnell und hob ihr Gesicht von seiner Brust, um ihm in die Augen schauen zu können. Ihr Herz pochte heftig. »Bist du mein Vater?«

Der Schmerz, der in seine Augen trat, als sie diese Worte aussprach, war fast greifbar. Er starrte sie mit einer solchen Intensität an, dass sie das Gefühl bekam, er sei nicht in der Lage, mit Worten auszudrücken, was er empfand.

»Es ist nur, weil Großmutter dir so misstrauisch und ablehnend gegenüberstand«, sprach Nest eilig weiter und versuchte ihm die Antwort leichter zu machen, sich von ihm das erzählen zu lassen, von dem sie bereits wusste, dass es so war. »Ich habe gehört, wie sie mit Grandpa gesprochen hat. Sie sagte Dinge, die es ziemlich klarmachten … Ich bin nicht wütend oder so, weißt du? Ich wollte nur … ich wollte …«

Er hob die Hand zu ihrem Gesicht, legte sie an ihre Wange. »Nest«, sagte er sanft. »Ich wünschte bei Gott, ich wäre dein Vater. Ich wäre sehr stolz, dein Vater zu sein.« Er schüttelte traurig den Kopf. »Aber ich bin es nicht.«

Sie starrte ihn ungläubig an, spürte, wie die Erwartung in ihr zu Verzweiflung zerbröckelte. Sie war sich so sicher gewesen. Sie hatte gewusst, dass er ihr Vater war, hatte es an der Art gemerkt, wie Großmutter auf ihn reagierte, an der Art, wie er von ihrer Mutter gesprochen hatte, an seiner Vergangenheit, an seiner Stimme, seinen Augen und allem, was er war. Wie konnte er es nicht sein? Wie konnte er?

Ihr Großvater kam jetzt heran, und Nest drehte sich zu ihm um. Er sah den betroffenen Ausdruck auf ihrem Gesicht und presste die Kiefer aufeinander. Seine Augen hefteten sich sofort auf John Ross.

»Guten Morgen, John«, sagte er mit deutlicher Schärfe in der Stimme. Er legte seine Hand beruhigend auf Nests Schulter.

»Guten Morgen, Sir«, antwortete Ross und nahm seine eigene Hand weg.

»Ist hier irgendetwas nicht in Ordnung?«

»Nein, Sir. Ich kam nur vorbei, um mein Beileid auszusprechen. Es tut mir sehr Leid um Mrs. Freemark. Ich glaube, sie war eine sehr bemerkenswerte Frau.«

»Danke für die freundlichen Worte und ihr Mitgefühl.« Der alte Mann hielt kurz inne. »Macht es Ihnen etwas aus, mir zu sagen, was mit Ihrem Gesicht geschehen ist?«

Nest, die ins Nichts gestarrt hatte und noch immer benommen davon war, dass Ross nicht ihr Vater war, schaute schnell zu ihm auf und bemerkte jetzt erst die Schnitte und Blutergüsse.

»Ich wurde beim Tanz gestern Abend von ein paar Arbeitern der MidCon angegriffen«, sagte Ross mit einem kaum merklichen Achselzucken. »Es war eine Art Verwechslung. Sie hielten mich für einen Spion der Firma.«

»Ein Spion der Firma?« Nests Großvater sah skeptisch aus. »Die Firma hat keine Spione. Warum sollte sie uns ausspionieren? Aus welchem Grund?«

Ross zuckte erneut mit den Achseln. »Es ist jetzt vorbei, und es geht mir gut. Ich wünschte nur, ich wäre für Sie und Nest dagewesen.«

Nests Großvater schaute sie an. »Du hast geweint, Nest. Bist du jetzt wieder in Ordnung?«

Nest nickte, ohne etwas zu sagen, und fühlte sich innerlich tot. Sie schaute ihren Großvater an und blickte dann schnell weg.

Robert Freemark straffte sich und wandte sich wieder John Ross zu. »John, ich muss Ihnen etwas erzählen. Ich weiß, dass Evelyn Ihnen nicht sonderlich wohlgesonnen war. Sie dachte, dass Sie vielleicht nicht der sind, der Sie zu sein vorgeben. Sie misstraute Ihren Motiven. Ich sagte ihr, sie sei albern und dass ich Sie für einen guten Mann hielte.«

Er schüttelte langsam den Kopf. »Aber ich muss zugeben, dass eine Menge seltsamer Dinge geschehen sind, seit Sie angekommen sind. Nest ist seit mehreren Tagen nicht sie selbst. Sie glaubt vielleicht, ich hätte das nicht bemerkt, aber das habe ich sehr wohl. Die Ereignisse der letzten Nacht haben mich zum Nachdenken gebracht. Eine Menge Dinge passen nicht zusammen. Ich schätze, ich muss Sie bitten, einige davon zu erklären.«

Ross begegnete seinem offenen Blick mit einem müden, distanzierten Ausdruck. Er schien die Angelegenheit einen Augenblick lang abzuwägen, bevor er antwortete. »Ich denke, das schulde ich Ihnen, Mr. Freemark.«

Nests Großvater nickte. Nest trat zurück, sodass sie beide Männer sehen konnte, und spürte, dass hier etwas begann, das nicht sehr angenehm enden würde.

»Nun, da ist diese Geschichte von dem Mann, der die Bäume im Park vergiftet.« Robert Freemark räusperte sich. »Nests Freunde haben mir von ihm erzählt, als sie mich holten, um nach ihr zu suchen.« Er erzählte John Ross rasch, was geschehen war. »Sie sagten, Nest hätte sie erst auf die Suche nach Ihnen geschickt und ziemlich klargemacht, denke ich, dass Sie ebenfalls von diesem Mann wussten.«

Er hielt inne und wartete. John Ross warf Nest einen Blick zu.

»Ich weiß von ihm. Ich bin nach Hopewell gekommen, weil ich ihn verfolgt habe.«

»Ihn verfolgt?«

»Das ist es, was ich tue.«

»Sie verfolgen Leute? Gehören Sie zur Polizei? Sind sie ein Gesetzeshüter?«

Ross schüttelte den Kopf. »Ich arbeite auf eigene Kappe.«

Nests Großvater starrte ihn an. »Wollen Sie mir sagen, dass Sie ein Privatdetektiv sind? Oder ein Kopfgeldjäger?«

»Etwas anderes.«

Es gab eine lange Pause, während Nests Großvater den anderen Mann musterte und seine Hände locker auf seinen Hüften ruhten. »Kannten Sie meine Tochter Caitlin überhaupt, John? Entsprach irgendetwas davon der Wahrheit?«

»Ich wusste von ihr, aber ich habe sie niemals persönlich getroffen. Ich bin nicht mit ihr zur Schule gegangen. Wir waren keine Klassenkameraden. Es tut mir Leid, dass ich das erfunden habe. Ich musste Sie kennen lernen. Genauer gesagt, musste ich Nest kennen lernen.«

Eine neue Pause, die diesmal länger anhielt. »Warum, John?«

»Weil ich, auch wenn ich Nests Mutter nicht kannte, ihren Vater kenne.«

Jetzt starrte auch Nest ihn intensiv an, und ein Ausdruck des Grauens zog über ihr Gesicht. Sie schluckte heftig gegen das plötzliche Ziehen in ihrer Kehle und blickte rasch zu ihrem Großvater. Das Gesicht von Old Bob war bleich geworden. »Vielleicht spucken Sie am besten alles aus«, sagte er.

John Ross nickte und stützte sich auf den schwarzen Stock, als würde ihn das Gespräch auf nicht erkennbare Weise erschöpfen. Er sah einen Moment auf seine Schuhe hinab und blickte dann Nest an.

»Es tut mir Leid, Nest, es wird sehr weh tun. Ich wünschte, ich brauchte es dir nicht zu erzählen, aber ich muss es. Ich hoffe, du wirst es verstehen.« Er schaute wieder zu ihrem Großvater. »Es gibt eine Menge Gerede darüber, wie Ihre Frau starb, Sir. Einige Leute sagen, sie sei eine verrückte alte Frau gewesen, die starb, als sie auf

Gespenster schoss. Ich glaube nicht, dass das stimmt. Ich glaube, sie schoss auf den Mann, den ich verfolge, den Mann, wegen dem ich hergekommen bin. Sie versuchte sich zu verteidigen. Aber er ist ein sehr gewitzter und gefährlicher Widersacher, und sie war nicht stark genug, um ihn aufzuhalten. Er hat sehr viel Ärger und Unheil angerichtet, und er ist noch nicht fertig damit. Er kam aus einem bestimmten Grund nach Hopewell. Er weiß es noch nicht, aber ich kenne den Grund.«

Nest holte tief Luft, als seine grünen Augen sich wieder auf sie richteten. »Er ist hinter dir her. Deine Großmutter wusste es. Das machte sie für ihn zu einer Bedrohung, und deshalb räumte er sie aus dem Weg.«

Sein Blick ruhte fest auf ihr. »Er ist dein Vater, Nest.«

In seinem Traum steht der Ritter des Wortes mit einer Gruppe abgerissener Überlebender auf einer bewaldeten Anhöhe südlich der brennenden Stadt. Die Menschen hatten so viel Zeit und Energie darauf verwendet, sich selbst zu vernichten, dass ihre Anstrengungen sie erschöpft hatten, und jetzt haben die Dämonen und die Einst-Menschen die Macht übernommen. Zunächst waren die Zeltlager und Nomaden ihre Beute gewesen, doch in letzter Zeit richten sich ihre Angriffe gegen die von Mauern geschützten Städte. Die schwächsten sind bereits gefallen, und die Natur des Widersachers wird erkennbar. Der Ritter hat während der gesamten Vernichtung der alten Welt gegen die Dämonen gekämpft, er hat sie bei jeder Gelegenheit attackiert und versucht, das Abbröckeln der Zivilisation zu verlangsamen. Doch die Flut ist unerschöpflich und hält unvermindert an, und ein neues, dunkles Zeitalter ist angebrochen.

Der Ritter schaut sich um und vergewissert sich, dass die Frauen und Kinder in Sicherheit geleitet werden, während er als Wachposten dient. Die meisten sind bereits in die Nacht verschwunden, und der Rest schwindet mit der Schnelligkeit von Geistern dahin. Nur ein paar bleiben bei ihm zurück, eine Handvoll jener, die zu spät gemerkt haben, dass nicht er der Feind ist. Unter ihnen brennt die Stadt mit wütendem Knistern. Horden von Gefangenen werden weggebracht. Es sind jene, die nicht geflohen sind, als noch Zeit war, die nicht auf seine Warnung gehört haben. Der Ritter schließt die Augen, übermannt von der Trauer und Verzweiflung, die sich in ihm ausbreiten. Es ändert sich nie. Er kann sie nicht dazu bringen, ihm zuzuhören. Er bringt sie nicht dazu zu glauben.

Schau! sagt ein wettergegerbter Mann neben ihm, dessen Stimme ein leises Zischen der Furcht und der Wut ist. Da ist sie!

Jetzt sieht er die Frau, wie sie aus der Dunkelheit hervor ins Licht tritt, umgeben von den Männern, die sorgsam darauf bedacht sind, ihr nicht zu nahe zu kommen. Sie ist groß und königlich, und ihre Gesichtszüge sind kalt. Er hat sie nie zuvor gesehen, und dennoch hat sie etwas Vertrautes an sich. Er ist sofort fasziniert. Sie strahlt Macht aus und besitzt eine unerschütterliche Präsenz. Sie ist eindeutig die Anführerin der Männer um sie herum, und diese beeilen sich hastig, ihre Befehle auszuführen. Ein Gefangener wird zu ihr gebracht und auf die Knie gezwungen. Er will sie nicht anschauen und zieht den Kopf hartnäckig zwischen seine Schultern ein. Sie packt seine Haare und reißt heftig an ihnen. Als ihre Augen sich treffen, geht eine schreckliche Verwandlung mit ihm vor. Er windet sich und zittert wie ein wütendes, zu Tode erschrecktes Tier, das sich in einer Schlinge verfangen hat. Er sagt Dinge, schreit sie heraus, aber die Worte sind unverständlich. Dann ist sie mit ihm fertig, und er krümmt sich, als sei er auf einer Lanze aufgespießt, bevor er, sich im Staub windend, stirbt.

Die Frau tritt, ohne ihn eines weiteren Blickes zu würdigen, an ihm vorbei und geht weiter, während die Flammen der Stadt mit ihrem orangen Lodern den leeren Blick auf ihrem Gesicht einfangen.

Kennst du sie? fragt der Ritter den Mann, der gesprochen hat.

O ja, ich kenne sie. Der Mann flüstert, als könnte die nächtliche Brise seine Worte bis zu ihr tragen. Sein Gesicht ist narbig und von Falten übersät. Sie war einst ein Mädchen. Bevor sie das wurde, was sie jetzt ist. Ihr Name war Nest Freemark. Sie lebte in einer kleinen Stadt namens Hopewell in Illinois. Ihr Vater kam am Vierten Juli zu ihr, als sie gerade vierzehn war, und veränderte sie für immer. Ihr Vater, der selbst ein Dämon war, machte auch sie zu einem. Ich hörte, wie er das einem Mann erzählte, bevor er ihn tötete. Das war in einem Gefängnis. Ihr Vater hätte auch mich getötet, wenn er gewusst hätte, dass ich gelauscht habe.

Erzähl mir von ihr, sagt der Ritter ruhig.

Er führt den Mann zu den Bäumen, sodass sie den anderen in die Sicherheit folgen können, und während ihr heimlicher Rückzug von dem Grauen unter ihnen in der Ebene stattfindet, fängt der Mann an zu erzählen.

Als John Ross an jenem Morgen in Josie Jacksons Bett erwachte, hatte er solche Schmerzen, dass er sich kaum bewegen konnte. All seine Muskeln und Gelenke waren über Nacht steif geworden, und die Prellungen von den Schlägen, die er erhalten hatte, waren zu leuchtend bunten Blutergüssen auf Brust und Rippen geworden. Er lag neben Josie und versuchte verschiedene Teile von sich zu bewegen, ohne sie aufzuwecken. Alles tat ihm weh, und er wusste, es würde Tage dauern, bevor er wieder richtig auf dem Damm war.

Der Traum der vergangenen Nacht lauerte mit verhüllter Drohung in der dunklen Abgeschiedenheit seines Geistes. Es war ein Grauen, das er nicht abschütteln konnte, und er wurde aufs Neue an den älteren Traum erinnert, jener, der ihm den ersten Hinweis auf das Monster gegeben hatte, zu dem Nest Freemark werden würde.

Sollte ich es ihr sagen? fragte er sich erneut. Jetzt, während noch Zeit ist? Würde es ihr helfen, es zu wissen?

Als sie aufstanden, ließ ihm Josie ein heißes Bad ein und machte dann das Frühstück. Er zog sich gerade an, als sie mit der Nachricht von Evelyn Freemarks Tod hereinkam. Über die Einzelheiten wurde im Radio berichtet, und es hatten auch mehrere von Josies Freunden angerufen. Ross ging schweigend in die Küche, um zu essen, und die kurze Freude, die er in der vergangenen Nacht gefunden hatte, verblasste bereits. Er versuchte, nicht zu zeigen, was er fühlte. Der Dämon hatte ihn übertölpelt. Er hatte den Angriff auf John nicht inszeniert, weil dieser eine Bedrohung für seine Pläne darstellte, sondern um ihn aus dem Weg zu räumen, damit er Evelyn Freemark nicht helfen konnte. Er hatte soviel Zeit damit verbracht, sich um Nest Sorgen zu machen, dass er vergessen hatte, an die Menschen zu denken, die ihr nahestanden. Der Dämon zwang Nest in die Knie, indem er sie der Menschen beraubte, auf die sie sich verließ. Und Ross hatte es überhaupt nicht bemerkt.

Er beendete sein Frühstück, sagte Josie, dass er hinaus zu Old Bob wolle, und sie bot an, ihn zu begleiten. Er dankte ihr, sagte aber, dass er es für besser hielte, dies allein zu tun. Sie meinte, das ginge in Ordnung, und schaute schnell weg, doch er sah den verletzten Ausdruck in ihren dunklen Augen. Sie ging zur Spüle, stand dort und sah aus dem Küchenfenster.

»Ist das ein Lebewohl, John?«, fragte sie nach einer Weile. »Du kannst es mir ruhig sagen.«

Er musterte die sanfte Rundung ihrer Schultern unter dem Kleid. »Ich bin nicht sicher.«

Sie nickte und erwiderte nichts. Sie fuhr sich mit der Hand durch das zerzauste Haar und sah weiter aus dem Fenster.

Er suchte nach etwas, das er noch sagen konnte, doch es war zu spät für Erklärungen. Er hatte in der letzten Nacht seine eigenen Regeln gebrochen, indem er sich gestattet hatte, ihr nahe zu kommen. Verbundenheit mit einem anderen war einem Ritter des Wortes verboten. Es war eine Sache, sein eigenes Leben zu riskieren; doch das Leben eines anderen aufs Spiel zu setzen war etwas völlig anderes.

»Ich werde Hopewell bald verlassen, vielleicht sogar schon heute. Ich weiß nicht, wann ich zurückkommen werde.« Seine Augen trafen auf ihre, als sie sich umdrehte, um ihn anzusehen. »Ich wünschte, es könnte anders sein.«

Sie musterte ihn einen Augenblick. »Das würde ich gerne glauben. Kann ich dir schreiben?«

Er schüttelte langsam den Kopf. »Ich habe keine Adresse.«

Ihr Lächeln war matt und zerbrechlich. »Schon gut. Wirst du mir manchmal schreiben?«

Er sagte, er würde es versuchen. Er sah, dass sie mehr sagen wollte, dass sie ihn fragen wollte, warum er so schwierig und geheimnistuerisch war. Aber sie tat es nicht. Sie blickte ihn nur einfach weiter an, als wüsste sie tief in ihrem Inneren, dass es vergeblich war, dass sie ihn niemals wiedersehen würde.

Sie fuhr ihn zum Hotel zurück, damit er seine Kleidung wechseln konnte, und brachte ihn dann zu den Freemarks, wo sie ihn am Parkeingang absetzte. Die ganze Zeit über sprach sie kaum ein Wort. Doch als er Anstalten machte, aus dem Wagen zu steigen, griff sie nach ihm, legte ihm die Arme um den Hals und küsste ihn heftig auf den Mund.

»Vergiss mich nicht«, flüsterte sie und schenkte ihm einen Hauch des Lächelns, das ihn bei ihrer ersten Begegnung zu ihr hingezogen hatte.

Dann straffte sie sich hinter dem Lenkrad, während er die Autotür schloss, und fuhr davon, ohne zurückzuschauen.

In diesem Augenblick fasste er den Entschluss, Nest Freemark von ihrem Vater zu erzählen.

Jetzt, als er in Nests untröstliches Gesicht blickte, fragte er sich, ob er die richtige Entscheidung getroffen hatte. Die Mischung aus Schock und Grauen, die ihre Augen erfüllte, war bestürzend. Sie blinzelte heftig, und er erkannte, dass sie von ihm wegschauen wollte, sich vor seiner furchtbaren Enthüllung verbergen wollte, aber sie konnte es nicht. Sie versuchte zu sprechen, aber sie brachte kein Wort heraus. Auch Old Bob war wie betäubt, doch kannte er nicht die gesamte Wahrheit. Er wusste nicht, was Nest wusste. Er wusste nicht, dass ihr Vater ein Dämon war.

»Mein Vater?«, flüsterte sie schließlich. »Bist du sicher?«

Die Worte hingen wie eine giftige, unheilvolle Anschuldigung in der darauffolgenden Stille.

»Nest«, setzte ihr Großvater an und streckte die Hand nach ihr aus.

»Nein, sag nichts«, brachte sie ihn rasch zum Schweigen und trat einen Schritt zurück. Sie riss ihren Blick von Ross los und schaute zum Park hinüber. »Ich muss … ich brauche nur …«

Sie brach verzweifelt ab, Tränen strömten über ihr Gesicht, und sie stürmte durch den Garten zu der Lücke in der Hecke und in den

Park hinaus. Sie rannte an dem Baseballfeld hinter ihrem Haus vorbei, den Feldweg entlang in Richtung des Parkeingangs und dann zum Friedhof. John Ross und ihr Großvater schauten ihr hilflos nach und sahen ihre Gestalt kleiner werden und schließlich zwischen den Bäumen verschwinden.

Dann sah Old Bob mit einem ausdruckslosen Blick zu Ross. »Sind Sie sich dabei ganz sicher?«

Ross nickte und spürte, wie sich die Düsterkeit des Tages wie eine Zentnerlast auf ihn herabsenkte. »Ja, Sir.«

»Ich weiß nicht, ob Sie ihr das auf diese Weise sagen mussten.«

»Ich weiß nicht, ob ich so lange damit hätte warten sollen.«

»Sie haben ihn hierher verfolgt, ihren Vater, bis nach Hopewell?«

»Ja, Sir.«

»Und er ist wegen Nest gekommen?«

Ross seufzte. »Ja, Sir, das ist er. Er will sie mit sich nehmen.«

Old Bob schüttelte ungläubig den Kopf. »Sie entführen? Können Sie ihn nicht verhaften?«

Ross schüttelte den Kopf. »Dazu habe ich keine Befugnis. Außerdem kann ich ihn nicht einmal finden. Und falls mir das gelingt, kann ich nichts von dem beweisen, was ich Ihnen erzählt habe. Ich kann nur versuchen, ihn von dem abzuhalten, was er vorhat.«

Old Bob schob seine großen Hände in die Taschen. »Wie haben Sie das alles herausgefunden?«

»Das kann ich Ihnen nicht sagen.«

Old Bob blickte weg und dann wieder zu ihm zurück, während sein Gesicht vor Wut rot anlief. »Sie kommen mit einer Geschichte über Ihre Collegezeit mit Caitlin nach Hopewell, die nichts als Lüge ist. Es gelingt Ihnen, sich in unser Heim einladen zu lassen, und dann verheimlichen Sie uns die Wahrheit darüber, was Sie hier tun. Sie warnen uns nicht vor Nests Vater. Sie mögen glauben, dass Sie gute Gründe für alles haben, was Sie getan haben, John, aber ich muss Ihnen sagen, dass ich jetzt genug davon habe. Sie sind hier nicht mehr willkommen. Ich will, dass Sie von meinem Grundstück und aus unserem Leben verschwinden.«

John Ross erduldete starr den vernichtenden Blick des alten

Mannes. »Das kann ich Ihnen nicht verdenken, Sir. Ich würde genauso empfinden. Das alles tut mir Leid.«

Er machte eine kurze Pause. »Aber nichts von dem, was Sie gesagt haben, ändert etwas an der Tatsache, dass Nest noch immer in Gefahr ist, und ich kann ihr am besten helfen.«

»Irgendwie bezweifle ich das, John. Ich finde, Sie haben verdammt schlechte Arbeit dabei geleistet, uns zu beschützen.«

Ross nickte. »Ich nehme an, das habe ich. Aber die Gefahr, in der Nest sich befindet, verstehe ich besser als Sie.«

Old Bob nahm die Hände aus den Taschen. »Ich glaube nicht, dass Sie irgendetwas von diesem Mädchen verstehen. Und jetzt hauen Sie ab, John. Finden Sie Nests Vater, wenn es das ist, was Sie tun wollen. Aber kommen Sie nicht mehr hierher.«

John Ross stand noch einen Augenblick da, blickte den alten Mann an und suchte vergeblich nach etwas, das er sagen konnte. Dann drehte er sich wortlos um und humpelte davon.

Kapitel 28

Nest floh in gedankenlosem Schock in den Park. Ihre Gedanken waren in alle Winde verstreut, ihre Vernunft vernichtet. Wenn sie einen Weg gewusst hätte, es zu tun, wäre sie aus ihrer Haut herausgefahren, aus ihrem Körper, aus ihrem Leben. Das Gesicht des Dämons ließ sie nicht in Frieden; sein Abbild, seine glatten, nichtssagenden Züge und die blassen, leeren blauen Augen, waren so tief in ihren Geist eingebrannt, dass sie sie nicht vertreiben konnte.

Dein Vater …

Dein Vater …

Sie flog förmlich in einen Hain aus Kiefern und Fichten hinein, stürzte sich in die verhüllenden Schatten, verzweifelt bemüht, sich zu verbergen, hysterisch in ihrem Drang zu fliehen. Die Zweige peitschten ihr gegen Gesicht und Arme, sodass ihr die Tränen in die

Augen traten, doch dieser Schmerz war greifbar und erklärbar und verlangsamte ihre Flucht. Sie kam stolpernd zum Halten und verlor ihren Schwung. Sie hatte keinen Grund weiterzulaufen oder einen besseren Ort, zu dem sie fliehen konnte. Sie bewegte sich ziellos in dem Gestrüpp des Gehölzes hin und her, hatte Tränen in den Augen und die Hände an ihren Seiten zu Fäusten geballt. Das passiert nicht wirklich, dachte sie. Es konnte nicht sein. Sie wanderte zwischen den Nadelbäumen hindurch, bis sie eine massive alte Eiche fand, legte die Arme um den knorrigen Stamm und drückte sich fest an ihn. Sie spürte, wie die raue Borke an ihren Armen und Beinen kratzte, an ihren Wangen und der Stirn, und presste sich noch härter dagegen.

Dein Vater …

Sie konnte die Worte nicht aussprechen, den Gedanken nicht vollenden. Sie drückte stärker und stärker, versuchte ihren Körper mit dem Baum zu verschmelzen. Sie wollte mit ihm eins werden. Sie sollte in ihm verschwinden und nie wieder gesehen werden. Sie weinte jetzt heftig, Tränen rannen ihr über das Gesicht und ihr Körper zitterte. Sie presste die Augen fest zusammen. Hatte ihr Vater wirklich Großmutter getötet? Hatte er auch ihre Mutter umgebracht? Würde er jetzt versuchen, sie zu töten?

Tu etwas!

Sie zwang sich dazu, in ihrem Inneren ganz ruhig zu werden, und stoppte die Tränen. Ihre Schluchzer erstarben, als sich die kalte Erkenntnis in ihr festsetzte, dass ihr Weinen nichts nützte, dass es nicht half. Sie stieß sich vom Baum ab, starrte durch Lücken zwischen den Nadelbäumen in den Park und setzte ihre Selbstbeherrschung aus kleinen, verstreuten Fragmenten neu zusammen. Zwischen den Zweigen erhaschte sie kurze Blicke auf das andere Leben, das dort geführt wurde. Es war der Vierte Juli, der amerikanische Unabhängigkeitstag. Welche Freiheit sollte sie feiern? Sie blickte auf ihre Arme hinunter, auf die roten Spuren, die die Borke der Eiche hinterlassen hatte und die ihre Haut gesprenkelt und schuppig aussehen ließen.

Ein Schauer erfasste sie. Würde sie sich jemals wieder auf dieselbe

Weise ansehen können? Wie viel von ihr war menschlich und wie viel etwas ganz anderes? Sie erinnerte sich, wie sie Großmutter, nachdem sie die vielen Jahre der Geheimniskrämerei leid war, noch vor wenigen Tagen gefragt hatte, ob ihr Vater ein Waldgeschöpf sei. Sie erinnerte sich, wie sie sich hinterher gefragt hatte, wie sich das wohl anfühlen würde.

Jetzt konnte sie sich das wahrhaftig fragen.

Sie verlagerte ihren Blick nach innen, starrte ins Nichts und war noch immer nicht fähig, daran zu glauben. Vielleicht täuschte sich John Ross. Warum konnte das nicht sein? Aber sie wusste, dass er sich nicht täuschte. Das war der Grund, warum Großmutter in all den Jahren so eifrig darauf bedacht gewesen war, jede Diskussion über ihren Vater zu vermeiden. Sie fühlte sich schlecht, als sie daran dachte, an all die Lügen und Halbwahrheiten, an die langjährige Täuschung. Überflutet von Elend und Furcht fühlte sie sich aller Menschen beraubt, auf die sie sich verlassen konnte, und besudelt von einer Lebensgeschichte, die sie bloßgestellt und im Stich gelassen hatte.

Sie ging wieder zu der Eiche zurück und lehnte sich, plötzlich völlig ausgelaugt, gegen ihren Stamm. Sie saß noch dort, starrte die Bäume an, die sie umgaben, und versuchte zu überlegen, was sie als Nächstes tun sollte, als Pick sich aus dem Baum neben dem Weg fallen ließ und zu ihr eilte.

»Verflixt, ich dachte, ich würde dich niemals einholen!«, keuchte er und fiel erschöpft vor ihr auf die Knie. »Wenn es Daniel nicht gäbe, würde ich in diesem vertrackten Park nirgendwo hinkommen!«

Sie schloss müde die Augen. »Was tust du hier?«

»Was ich hier tue? Was *glaubst* du denn, das ich hier tue? Ist das eine Art Fangfrage?«

»Geh weg.« Ihre Stimme war ein flaches, hohles Flüstern.

Pick schwieg beharrlich, bis sie die Augen öffnete, um zu sehen, was er tat. Er saß angespannt da und hatte die Augen fest auf sie gerichtet. »Ich werde so tun, als hätte ich das nicht gehört«, sagte er ruhig, »weil ich weiß, wie fassungslos du wegen deines Vaters bist.«

Sie wollte etwas Schnippisches sagen, sah dann aber den Ausdruck in seinen Augen und konnte sich gerade noch zügeln. Sie spürte, wie ihre Kehle sich zusammenschnürte. »Du hast es gehört?«

Pick nickte.

»Alles?«

»Alles.« Pick verschränkte abwehrend seine hölzernen Arme. »Tu mir einen Gefallen. Sag nicht, ich hätte dir von dieser ganzen Sache erzählen sollen. Lass mich dich nicht an etwas erinnern müssen, was du bereits weißt.«

Sie presste die Lippen zu einer schmalen Linie zusammen, um die Tränen zurückzuhalten. »Und das wäre?«

»Das wäre, dass es nicht meine Sache ist, dir Geheimnisse über deine Familie zu enthüllen.« Pick schüttelte ermahnend den Kopf. »Es tut mir Leid, dass du es herausfinden musstest, aber es tut mir nicht Leid, dass du es nicht von mir erfahren hast. Auf jeden Fall ist es kein Grund für dich, aufzuspringen und einfach davonzulaufen. Es ist nicht das Ende der Welt.«

»Zumindest nicht deiner.«

»Und auch nicht deiner!«, herrschte er sie an. »Du hast einen schlimmen Schock erlitten, und du hast das Recht, aufgebracht zu sein, aber du kannst es dir nicht leisten, deshalb auseinanderzufallen. Ich weiß nicht, wie John Ross es herausgefunden hat, und ich weiß nicht, warum er beschlossen hat, es dir zu sagen. Aber ich weiß, dass es nichts helfen wird, wenn du dich in einem Loch vergräbst und darauf wartest, dass alles wieder gut wird. Du musst etwas dafür *tun*!«

Nest musste fast lachen. »Und was zum Beispiel, Pick? Was sollte ich tun? Zurück zum Haus gehen und die Schrotflinte holen? Das hat Großmutter wirklich eine Menge genutzt! Er ist ein Dämon! Hast du nicht zugehört? Ein Dämon! Mein Vater ist ein Dämon! Verdammt! Es klingt wie ein schlechter Scherz!« Sie wischte sich neue Tränen weg. »Wie auch immer, ich werde mit dir nicht über diese Sache sprechen, bevor du mir nicht die Wahrheit über ihn erzählt hast. Du kennst doch die Wahrheit, oder? Du hast sie immer gekannt. Du hast sie mir nicht erzählt, solange Großmutter lebte, weil du das Gefühl hattest, dass es nicht deine Sache war. Okay. Das verstehe ich. Aber jetzt ist sie tot, und irgendjemand sollte mir jetzt sofort die Wahrheit sagen, oder ich werde ziemlich sicher ebenfalls bald tot sein!«

Sie schluckte heftig, um die Schluchzer zu unterdrücken, die in ihrer Kehle aufstiegen, und war gleichzeitig zornig, verängstigt und traurig.

»Oh, um alles in der Welt!« Pick warf angewidert die Arme in die Luft und begann an seinem Bart zu zerren. »Was genau meinst du denn, das ich dir erzählen soll, Nest? Welchen Teil der Wahrheit hast du noch nicht selbst herausgefunden, so ein schlaues Mädchen, wie du bist? Deine Großmutter war ein wildes Ding, ein junges Mädchen, das eine Menge Regeln gebeugt und noch mehr gebrochen hat. Dieser Indianer hat dir mit seinen Tänzen und Visionen das meiste davon gezeigt. Sie rannte mit den Fressern im Park herum, wagte alles, und das führte dazu, dass sie sich mit dem Dämon einließ. Der Dämon wollte sie; ob um ihrer selbst willen oder wegen ihrer Magie, weiß ich nicht. Er wurde rasend vor Wut, als sie herausfand, was er war, und ihm sagte, dass sie nichts mehr mit ihm zu tun haben wollte. Er bedrohte sie und sagte, diese Entscheidung habe nicht sie zu treffen. Aber sie war zäh und hart. Sie hatte keine Angst vor ihm und ließ sich nicht kleinkriegen. Sie sagte ihm, was sie tun würde, wenn er sie nicht in Frieden ließe, und er wusste, dass sie es ernst meinte.«

Der Waldschrat stampfte mit dem Fuß auf. »Kannst du mir soweit folgen? Gut. Hier ist der Rest der Geschichte. Er wartete auf seine Chance, sich zu revanchieren, so wie es die Art der Dämonen ist. Er bestand hauptsächlich aus Rauch und dunkler Magie, daher war das Altern kein Problem für ihn. Er konnte es sich leisten, Geduld zu haben. Er wartete, bis deine Großmutter heiratete und deine Mutter geboren wurde. Er wartete darauf, dass deine Mutter heranwuchs. Ich nehme an, deine Großmutter dachte, sie hätte ihn zum letzten Mal gesehen, aber sie irrte sich. Die ganze Zeit über wartete er darauf, sich an ihr zu rächen. Er tat es durch deine Mutter. Er täuschte sie mit seiner Magie und seinen Lügen, und dann verführte er sie. Nicht aus Liebe oder aus Lust. Aus Hass. Aus dem Verlangen, deiner Großmutter weh zu tun. Vorsätzlich, bösartig, erbarmungslos. Du warst das Resultat. Zunächst wusste deine Großmutter nicht, dass er dafür verantwortlich war, und selbst wenn sie es gewusst hätte, hätte sie es deiner Mutter nicht erzählt. Doch der Dämon wartete, bis du ein paar Monate alt warst, und erzählte es dann beiden. Zusammen.«

Nest starrte ihn mit vor Grauen geweiteten Augen an.

Sein Gesicht legte sich in Falten. »Er erzählte ihnen auch, warum er es getan hätte. Hat ihm großes Vergnügen bereitet. Ich war dabei. Kurz darauf ist deine Mutter die Klippen hinuntergestürzt. Ich denke, sie hat es wohl absichtlich getan, aber es war niemand dabei, als es geschah, deshalb kann ich mir da nicht sicher sein.«

Seine Verärgerung über ihr Verhalten schien zu schwinden. Seine Stimme wurde sanfter. »Was mir an der Sache die größten Sorgen macht, ist, dass der Dämon deiner Großmutter weh tun wollte, um sich für das zu rächen, was sie ihm angetan hat, und das war der Grund, warum er deine Mutter vernichtet hat, aber ich glaube, dass er hinter dir aus einem anderen Grund her ist. Ich denke, er glaubt, dass du zu ihm gehörst, dass du sein Kind bist, sein Fleisch und Blut, und das ist der Grund, warum er zurückgekommen ist – um das zu fordern, was ihm gehört.«

Nest legte die Arme um die Knie, die sie an die Brust gezogen hatte, und horchte auf das leise Rascheln der Fichten- und Kiefernzweige, als ein Luftzug durch den schattigen Hain blies. »Warum nimmt er an, dass ich mit ihm gehen würde? Oder bei ihm bleibe, wenn er mich entführt? Ich bin überhaupt nicht wie er.«

Doch noch während sie es sagte, fragte sie sich, ob das stimmte. Sie sah aus, redete und benahm sich wie ein Mensch, aber das tat der Dämon in seiner menschlichen Verkleidung ebenfalls, wenn er es wollte. Darunter verborgen lag der Kern aus Magie, der sie beide definierte. Deren Ursprung in ihr kannte sie nicht. Doch wenn sie sie von ihrem Vater geerbt hatte, dann war vielleicht mehr von ihm in ihr, als sie sich wünschen konnte.

Pick deutete mit dem Finger auf sie. »Du darfst keine Zweifel an dir selbst haben, Nest. Dass er dein Vater ist, ist nichts weiter als ein Zufall der Geburt. Es bedeutet nicht, dass du über seine Magie verfügst. Was immer es für ein menschlicher Teil von ihm war, der für deine Entstehung verantwortlich war, er ist seit langem tot und verschwunden, verschluckt von dem Wesen, zu dem er geworden ist. Such nicht nach etwas, das es nicht mehr gibt.«

Sie presste die Lippen zusammen. »Das tue ich nicht.«

»Woran denkst du denn dann, Mädchen?«

»Daran, dass ich nicht mit ihm gehen werde. Dass ich ihn für das hasse, was er getan hat.«

Pick nickte zweifelnd. »Das muss er wissen, meinst du nicht? Und es scheint ihn nicht zu bekümmern. Er scheint zu denken, dass er dich dazu bringen kann, zu ihm zu kommen, ob du willst oder nicht. Denk darüber nach. Du musst sehr vorsichtig sein. Du musst klug sein.«

Er legte das Kinn in seine Hände und stützte die Ellbogen auf die Knie. »Diese ganze Angelegenheit ist sehr verwirrend, wenn du mich fragst. Ich frage mich noch immer, was John Ross von allen Orten auf der Welt ausgerechnet in Hopewell tut. Warum sollte ein Ritter des Wortes beschließen, ausgerechnet diesen bestimmten Kampf auszutragen? Um dich zu retten? Warum, wenn es überall, wohin du auch schaust, Dutzende gibt, die in jeder Sekunde verloren gehen? Du bist meine beste Freundin, Nest, und ich werde alles tun, um dir zu helfen. Aber John Ross hat nicht diese Verbindung zu dir. Da draußen findet ein Krieg zwischen dem Wort und der Leere statt, und das, was hier im Sinnissippi-Park vor sich geht, ist darin nur ein schrecklich kleines Scharmützel, auch wenn dein Vater daran beteiligt ist. Ich glaube, da muss noch mehr dahinter stecken, etwas, von dem wir nichts wissen.«

»Meinst du, Großmutter wusste es?«, fragte sie zögernd.

»Schon möglich. Vielleicht ist das der Grund, warum der Dämon sie getötet hat. Aber ich glaube es nicht. Ich denke, er hat sie ermordet, weil er Angst vor ihr hatte, Angst, dass sie ihm in die Quere kommen und seine Pläne vereiteln könnte. Und weil er sich an ihr rächen wollte. Nein, ich glaube, John Ross ist derjenige, der es weiß. Ich denke, das ist der Grund, warum er hier ist. Vielleicht war der Tod deiner Großmutter der Anlass für ihn, dir von deinem Vater zu erzählen – weil er etwas weiß, von dem wir nichts ahnen.«

Nest schüttelte zweifelnd den Kopf. »Warum sollte er mir dann nicht einfach erzählen, was das ist?«

»Ich weiß es nicht.« Pick zerrte heftig an seinem Bart. »Ich wünschte, ich wüsste es.«

Sie warf ihm ein schiefes, trauriges Grinsen zu. »Das ist nicht sehr tröstlich.«

Sie schwiegen eine Weile und starrten sich durch die wachsenden Schatten an. Die Geräusche des Parks waren weit weg und klangen gedämpft. Ein paar einzelne Regentropfen fielen auf Nests Gesicht, und sie hob die Hand, um sie wegzuwischen. Über ihnen zog eine dunkle Wolke vorbei, aber am Himmel dahinter waren helle Flecken zu sehen. Vielleicht würde es doch kein Gewitter geben.

»Diese Botschaft, die dir deine Großmutter hinterlassen hat, erinnert mich an etwas«, sagte Pick plötzlich und richtete sich auf. »Erinnerst du dich an die Geschichte, die du mir von der ersten Begegnung deiner Großmutter mit Geist erzählt hast? Ihr wart im Park, nur ihr beide, und sie ist direkt auf ihn zugegangen. Erinnerst du dich daran? Er stand gerade noch in den Schatten, hast du erzählt, bewegte sich nicht, und sie starrten sich eine lange Zeit an, als würden sie irgendwie miteinander sprechen. Dann kam sie zurück und erzählte dir, dass er da sei, um dich zu beschützen.« Er hielt inne. »Fragst du dich da nicht, wo genau Geist hergekommen ist?«

Nest starrte ihn an, und ihre Gedanken rasten, als sie darüber nachdachte, worauf er hinauswollte. »Du meinst, es war Großmutter?«

»Deine Großmutter verfügte über ihre eigene Magie, Nest, und sie lernte einige Dinge von deinem Vater, bevor sie herausfand, wer er war, und aufhörte, irgendetwas mit ihm zu tun zu haben. Geist tauchte auf, nachdem deine Mutter gestorben war, nachdem dein Vater sich offenbart hatte, nachdem klar wurde, dass du dich in Gefahr befinden könntest. Noch bezeichnender vielleicht, er erschien etwa zur gleichen Zeit, als deine Großmutter aufhörte, ihre Magie zu benutzen, die Magie, die sie nicht mehr besaß, um sich mit ihr zu verteidigen, als dein Vater gestern Abend zu ihr kam.«

»Du glaubst, dass Großmutter Geist erschaffen hat?«

»Ich halte es für möglich. War Geist nicht da, um dich zu beschützen, seit du ein kleines Kind warst, das kaum laufen konnte?« Picks Stirn legte sich in tiefe Falten. »Er ist ein Geschöpf aus Magie, nicht aus Fleisch und Blut. Wer sonst sollte ihn hierher gebracht haben?«

Unglauben und Verwirrung spiegelten sich auf Nests Gesicht. »Aber warum sollte Großmutter es mir nicht erzählt haben? Warum sollte sie vorgeben, dass sie sich über ihn nicht sicher war?«

Pick zuckte mit den Schultern. »Darauf weiß ich ebenso wenig eine Antwort wie auf die Frage, warum John Ross dir nicht sagt, warum er wirklich hier ist. Aber wenn ich Recht habe und Geist wirklich erschaffen wurde, um dich zu beschützen, dann würde das die Botschaft erklären, nicht wahr?«

»Und wenn du nicht Recht hast?«

Pick antwortete nicht; er starrte sie nur mit feurigen Augen an. Sie erkannte, dass er nicht einen Moment lang glaubte, sich zu irren. Er war absolut davon überzeugt, Recht zu haben. Der gute alte Pick.

»Und wenn du schon dabei bist, denk auch mal über Folgendes nach«, fuhr er fort und lehnte sich vor. »Angenommen, John Ross hat Recht. Angenommen, dein Vater ist wegen dir zurückgekommen. Schau dir doch an, wie er dabei vorgeht. Er schnappt dich nicht einfach und schleppt dich davon. Er hat dich im Park gefunden und dich damit getriezt, dass du dich auf niemanden verlassen könntest. Er kam zu dir in die Kirche und stellte dich zur Rede. Er benutzte seine Magie gegen diese arme Frau, um zu demonstrieren, was mit dir passieren könnte. Er ließ dich von diesem Abbott-Jungen kidnappen und in die Höhlen bringen, um dich dann erneut zu triezen, indem er dir sagte, wie hilflos du seist. Er tötete deine Großmutter und lenkte währenddessen John Ross, deinen Großvater und auch mich ab. Was meinst du, wo ich die ganze Nacht über war? Ich habe versucht, den Maentwrog in diesem Baum gefangen zu halten, und es hat mich alles gekostet, was ich geben konnte, um das zu bewerkstelligen. Aber du siehst, worauf das hinausläuft, nicht wahr? Dein Vater hat sich eine riesige Menge Arbeit gemacht, um dich glauben zu lassen, dass er alles tun kann, was er will, oder?«

Sie nickte und musterte genau das verhutzelte Gesicht. »Und du glaubst, du weißt, warum er das getan hat?«

»Das tue ich. Ich glaube, er hat Angst vor dir.«

Er ließ die Worte in der Stille nachwirken, hatte seine scharfen Augen fest auf sie gerichtet und wartete auf ihre Erwiderung. »Das ergibt keinen Sinn«, sagte sie schließlich.

»Tut es das nicht?« Pick zog eine seiner buschigen Augenbrauen hoch. »Ich weiß, dass dich das, was geschehen ist, verängstigt hat und dass du glaubst, keine Möglichkeit zu haben, dich zu schützen, aber vielleicht hast du die. Deine Großmutter hat dir gesagt, was du tun musst. Sie hat dir geraten, deine Magie zu benutzen und Geist zu vertrauen. Vielleicht solltest du auf sie hören.«

Nest dachte eine Weile darüber nach, ohne etwas zu sagen, während sie allein mit dem Waldschrat in den Schatten des Hains saß. Außerhalb ihrer Zuflucht ging die Welt ihren Gang, ohne sich um ihre Abwesenheit zu kümmern. Doch sie ließ Nest nicht vergessen, wohin sie gehörte. Ihre Laute drangen zu ihr und erinnerten sie daran, dass sie zurückgehen musste. Sie dachte daran, wie viel sich an einem einzigen Tag geändert hatte. Großmutter war tot. Jared lag vielleicht im Sterben. Ihr Vater war auf unheilvolle Weise wieder in ihr Leben zurückgekehrt. Ihre Magie war zu dem Schild und Schwert geworden, auf das sie sich verlassen musste.

»Ich schätze, ich muss etwas unternehmen, nicht wahr?«, sagte sie ruhig. »Etwas anderes als fortzulaufen und mich zu verstecken.« Sie reckte trotzig ihr Kinn. »Ich nehme an, ich habe keine große Wahl.«

Pick zuckte mit den Achseln. »Für was du dich auch entscheidest, ich werde bei dir sein. Daniel und ich. Vielleicht auch John Ross. Was auch immer seine Gründe sein mögen, ich bin sicher, dass er diese Sache zu einem Ende bringen will.«

Sie blickte ihn skeptisch an. »Ich hoffe, das sind gute Nachrichten.«

Der kleine Mann nickte ernst. »Ich auch.«

Derry Howe stand in T-Shirt und Jeans am Fenster seiner kleinen Wohnung, schaute auf den bewölkten Himmel und fragte sich, ob das Wetter dem Feuerwerk am Abend in die Quere kommen würde, als Junior Elway mit seinem Jeep Cherokee ankam. Junior fuhr beim Einparken über den Bordstein und stellte dann unbeholfen die Räder gerade, als der Jeep wieder auf die Straße hinabplumpste. Derry nahm einen tiefen Schluck von seinem Bud und schüttelte den Kopf. Der Kerl konnte ums Verrecken nicht Auto fahren.

Der Fensterventilator quietschte und ratterte vor ihm und blies einen dünnen Strom lauwarmer Luft auf seinen Bauch und seine Brust. Es war heiß und beengt in der Wohnung. Derry versuchte sein Unbehagen zu ignorieren, aber seine Toleranzgrenze war bereits überschritten. Hinter seinen Schläfen pochte ein beharrlicher Kopfschmerz, den selbst vier Exedrin nicht hatten beruhigen können. Seine Hand schmerzte von den Schnitten, die er sich am vergangenen Tag dabei zugezogen hatte, als er mit einem Küchenmesser Drähte zusammengezwirbelt hatte. Am schlimmsten aber war das ständige Summen in seinen Ohren, mit dem er bereits aufgewacht war und das einfach nicht verschwinden wollte. Zunächst hatte er befürchtet, dass er sein Gehör verlor, doch dann hatte er seine Meinung geändert und schob es darauf, dass er in der letzten Nacht zu viel getrunken hatte, und nahm sich ein frisches Bud aus dem Kühlschrank, um Feuer mit Feuer zu bekämpfen. Drei Biere später hielt das Summen unvermindert an. Es klang, als wären Millionen Bienen in seinem Kopf. Wie Dutzende Jätmaschinen.

Er schloss einen Moment die Augen und schob die Kiefer hin und her, um sich dadurch vielleicht etwas Erleichterung zu verschaffen. Verdammt, dieses Geräusch war entnervend.

Der Dämon, der es sich unsichtbar in dem Schaukelstuhl bequem gemacht hatte, der Derrys Mutter gehört hatte, drehte die Lautstärke eine Stufe höher und lächelte.

Derry trank sein Bud aus und ging zur Wohnungstür. Er schaute durch das Guckloch, bis Junior auf der Treppe zu sehen war, riss dann die Tür auf und sprang heraus wie ein Schachtelteufelchen.

Junior wich vor Schreck einen halben Meter zurück. »Verdammt noch mal, mach das nicht!«, fauchte er ihn wütend an und schob sich dann an ihm vorbei in die Wohnung.

Derry lachte meckernd. »Was ist, bist du nervös oder was?«

Junior ignorierte ihn, sah sich um, ob sie allein waren, erblickte Derrys Bier und ging zum Kühlschrank, um sich ebenfalls eines zu holen. »Ich bin schließlich hier, oder nicht?«

Derry verdrehte die Augen. »Dir entgeht aber auch gar nichts, was?« Er hob seine Stimme: »Bring mir auch ein kaltes mit, wenn du dich schon selbst bedienst!«

Er wartete ungeduldig darauf, dass Junior wieder auftauchte, nahm ihm ohne zu fragen das Bier aus der Hand und winkte ihn zur Couch hinüber. Sie setzten sich nebeneinander hin und starrten auf die erkalteten Überreste einer Pizza, die in einem offenen Karton auf dem ramponierten Tisch stand.

»Hast du Hunger?«, fragte Derry, dem es eigentlich egal war und den es drängte, endlich weiterzumachen.

Junior schüttelte den Kopf, nahm einen langen Zug von seinem Bier und ließ sich nicht drängen. »Also. Ist alles vorbereitet?«

»Das musst du mir sagen. Bist du heute für die Nachtschicht eingeteilt?«

Junior nickte. »Genau wie wir es geplant haben. Ich bin gestern hingegangen, habe ihnen gesagt, dass ich den Streik satt hätte, wieder an die Arbeit zurückwollte, und sie gebeten, mich so schnell wie möglich einzuplanen. Du hättest sie sehen sollen. Sie haben gegrinst wie Honigkuchenpferde und meinten, ich könne sofort anfangen. Ich habe es gemacht, wie du es wolltest, und ihnen gesagt, dass ich in die Schicht von vier Uhr bis Mitternacht möchte. Ich beginne in …« Er blickte auf seine Uhr. »In etwas mehr als einer Stunde. Fix und fertig angezogen und so weiter. Siehst du?«

Er deutete auf seine Arbeitsschuhe mit den Stahlkappen. Derry zeigte ihm durch ein widerwilliges Nicken seine Anerkennung. »Wir haben sie an den Eiern, und sie wissen es nicht einmal.«

»Ja, hoffen wir's.« Junior sah nicht überzeugt aus.

Derry versuchte sich seine Verärgerung nicht anmerken zu lassen. »Hoffnung hat damit nichts zu tun. Wir haben einen Plan,

Kumpel, und der Plan ist es, der diese Sache gelingen lassen wird.« Er warf Junior einen Blick zu. »Du wartest hier.«

Er stand auf und verließ das Zimmer. Der Dämon beobachtete Junior, der auf dem Sofa herumrückte, mit seinem Bier spielte, ein kaltes Stück Wurst von der Pizza nahm und in den Mund steckte und den uralten Fensterventilator anstarrte, als hätte er so etwas noch nie gesehen.

Derry kam zurück und hatte eine metallene Brotdose mit Verschlussklammern und einem Handgriff dabei. Er gab sie Junior, der sie zögernd entgegennahm und auf Armeslänge von sich hielt.

»Entspann dich«, spottete Derry, setzte sich wieder und nahm einen Zug von seinem Bud. »Es wird nichts passieren, bevor du den Schalter umlegst. Du kannst sie fallen lassen, mit Füßen treten und fast alles mit ihr anstellen, es besteht keine Gefahr, bis du sie scharf machst. Siehst du den Metallschieber auf der Rückseite, unterhalb des Scharniers? Das ist der Schalter. Wenn du ihn von dem grünen Knopf weg zum roten schiebst, hast du noch fünf Minuten – das ist reichlich Zeit. Nimm sie mit, stell sie am Anfang der Schicht in deinen Spind und nimm sie in der Pause mit hinaus, als wolltest du dir einen Imbiss genehmigen. Dann schiebst du sie unter das Gehäuse des Hauptgetriebes und gehst weg. Wenn sie hochgeht, wird es so aussehen, als hätten sich die Motoren der Walzen erhitzt und seien explodiert. Hast du das verstanden?«

Junior nickte. »Alles klar.«

»Denk bloß daran. Fünf Minuten. Es ist vorprogrammiert.«

Junior stellte die Brotdose neben der Pizza auf den Tisch. »Wo ist deine?«

Derry zuckte mit den Achseln. »Drüben im Schlafzimmer. Willst du sie sehen?«

Sie standen auf und gingen durch die Schlafzimmertür, während sie gleichzeitig ihre Biere leerten. Jetzt waren sie entspannt und witzelten darüber, wie es wohl morgen sein würde. Der Dämon sah ihnen zu, wie sie den Raum verließen, dann erhob er sich aus dem Schaukelstuhl, ging zum Tisch hinüber und öffnete den Deckel der Brotdose. Sandwiches, eine Tüte Chips, eine Packung Kekse und eine Thermosflasche verbargen, was sich darunter befand. Der Dämon nahm die Sachen weg. Derry hatte die Wahrheit gesprochen; er hatte die Uhr so eingestellt, dass die Explosion fünf Minuten nach Betätigung des Schiebers ausgelöst wurde.

Der Dämon schüttelte missbilligend den Kopf und stellte sie von fünf Minuten auf fünf Sekunden.

Derry und Junior kamen wieder herein, setzten sich auf die Couch, tranken noch ein Bier und gingen den Plan ein letztes Mal durch, bis Derry sich überzeugt hatte, dass sein Kumpel alles genau verstanden hatte. Dann nahm Junior die Brotdose und machte sich auf den Weg zum Stahlwerk. Als er fort war, massierte sich Derry die Schläfen und ging dann ins Badezimmer, um sich noch ein paar Exedrin zu genehmigen, die er mit einem frischen Bier hinunterspülte.

Ich sollte mich mit dem Zeug besser zurückhalten, ermahnte er sich selbst und stellte die Dose beiseite. *Muss heute Nacht auf Zack sein. Muss cool sein.*

Er warf die Pizza in den Müll und holte das zweite Gerät hervor, das ein wenig anders konstruiert war, um seinen Zweck zu erfüllen, und verdrahtete es zu Ende. Als er fertig war, legte er es in eine Picknickkühltasche aus Plastik, befestigte es und schloss den Deckel. Er lehnte sich zurück und sah es sich voller Stolz an. Dieses Baby wird seinen Job tun, und zwar gründlich, dachte er.

Der Dämon kam herüber und setzte sich neben ihn. Derry konnte ihn nicht sehen und wusste nicht, dass er anwesend war. »Du nimmst besser deine Kanone mit«, flüsterte der Dämon, und für Derry war es eine Stimme im Inneren seines Kopfes.

Derry blickte den ratternden alten Fensterventilator an und verglich seinen müden Rhythmus mit dem Summen in seinem Kopf. »Ich nehme besser meine Kanone mit«, wiederholte er geistesabwesend.

»Für den Fall, dass dich jemand aufhalten will.«

»Niemand wird mich aufhalten.«

Der Dämon lachte leise. »Robert Freemark wird es vielleicht tun.«

Derry Howe starrte ins Nichts. »Zumindest mag er es versuchen.« Sein Kinn war schlaff. »Zu dumm für ihn, falls er es versuchen sollte.«

Als er aufstand und ins Schlafzimmer ging, um seine Fünfundvierziger aus der hintersten Ecke seines Schranks zu holen, stand der Dämon ebenfalls auf, öffnete die Kühltasche und verstellte auch diese Uhr.

Nest ging durch den Park nach Hause. Pick saß auf ihrer Schulter; beide sprachen kein Wort. Es war fast vier Uhr, und der Park war voller Menschen. Sie ging um die Familien herum, die es sich an Picknicktischen und auf Decken auf dem freien Gelände bequem gemacht hatten, und folgte der Baumreihe, die im Norden an die Sinnissippi Road grenzte. Es war nicht so, dass sie versuchte sich zu verbergen; ihr war bloß nicht danach, sich mit jemandem zu unterhalten. Selbst Pick hatte dies begriffen und ließ sie in Ruhe.

Fresser beschatteten sie. Nest nahm sie aus den Augenwinkeln als Blitze dunkler Bewegungen wahr und versuchte vergeblich, sie zu ignorieren.

Sie passierte den Parkeingang und ging den Feldweg hinter ihrem Haus entlang. Über ihr trieben dichte Wolkenbänke vorbei, und die Sonne spielte durch ihre Spalten hindurch Verstecken. Leuchtende, sonnige Strahlen wechselten sich mit grauen Schatten ab und sprenkelten die Erde mit ihrem Licht, während sich im Westen dichte Gewitterwolken auftürmten. Es würde mit Sicherheit regnen. Sie schaute ohne Interesse zum Himmel und wieder weg, während sie darüber nachdachte, was sie tun musste, um sich zu schützen. Bis gestern Nacht hatte sie angenommen, dass der Dämon, John Ross und der Wahnsinn, den beide nach Hopewell gebracht hatten, nichts mit ihr persönlich zu tun hatten, dass sie nur am Rande des Geschehens stand und mehr Beobachterin als Beteiligte war. Jetzt begriff sie, dass sie nicht nur eine Beteiligte, sondern die Hauptakteurin war, und sie hatte beschlossen, dass sie besser daran tat, sich auf niemanden als auf sich selbst zu verlassen. Vielleicht konnten Pick und Daniel ihr irgendwie helfen. Vielleicht würde John Ross ihr beistehen. Vielleicht würde Geist sie verteidigen, wenn es darauf ankam. Aber genauso gut konnte es sein, dass sie auf sich allein gestellt war. Für diese Annahme gab es gute Gründe. Jedes Mal, wenn der Dämon aufgetaucht war, war es ihm gelungen, sie zu isolieren, und sie musste damit rechnen, dass er dies erneut schaffen würde.

Ihr Vater.

Aber auf diese Weise sollte sie ihn nicht betrachten, das wusste sie. Er war ein Dämon, und er war ihr Feind.

Sie grübelte über Großmutters Botschaft nach. Sollte sie sich auf sie verlassen? Hatte Pick Recht mit seiner Annahme, dass Großmutter Geist erschaffen und dafür ihre Magie geopfert hatte? War das der Grund, warum sie dem Dämon schutzlos ausgeliefert gewesen war? *Vertraue Geist!* Sie erinnerte sich, dass Großmutter ihr wieder und wieder erzählt hatte, dass die Fresser ihr niemals etwas tun würden, dass sie etwas Besonderes wäre, dass sie beschützt würde. Sie hatte es nie in Frage gestellt, es nie bezweifelt. Aber der Dämon war kein Fresser, und vielleicht hatte Großmutter dieses Mal Unrecht. Warum hatte ihr Großmutter nicht mehr erzählt, als sie die Gelegenheit dazu gehabt hatte? Warum hatte sie Nest nichts gegeben, auf das sie sich verlassen konnte?

Ich habe solche Angst, dachte sie.

Sie zwängte sich durch die Lücke in der Hecke und betrat den Hintergarten. Das Haus ragte dunkel und trübe vor ihr auf, und sie scheute sich, es zu betreten. Pick verschwand von ihrer Schulter, zog sich in die Bäume zurück. Sie zögerte einen Augenblick und ging dann auf die Hintertür zu, während sie zur Hälfte erwartete, dass der Dämon sie anspringen würde.

Doch es war ihr Großvater, der auftauchte und aus den Schatten des Verandaeingangs trat. »Bist du in Ordnung, Nest?«, fragte er sie ruhig, während er auf den Stufen stand und seine großen Hände schlaff an den Seiten herabhingen. Er sah ausgezehrt und müde aus.

Sie nickte. »Ich bin okay.«

»Es war ein schrecklicher Schock, so etwas über deinen Vater zu hören«, sagte er und testete sie mit seinen Worten. Er schüttelte den Kopf. »Ich bin noch immer nicht sicher, ob ich es glaube.«

Sie hatte plötzlich Mitleid mit ihm, mit diesem starken Mann, der so viel verloren hatte. Sie warf ihm ein dünnes Lächeln und einen Blick zu, der sagte: *So geht es mir auch.*

»Ich habe John weggeschickt«, sagte er. »Ich habe ihm gesagt, dass ich sein Erscheinen unter falschem Vorwand missbillige, was auch immer seine Gründe dafür waren, und dass ich es besser fände, wenn er nicht zurückkäme. Es tut mir Leid, falls dir das nicht recht ist.«

Nest starrte ihn verständnislos an. Sie wollte ihn fragen, ob er den Verstand verloren hätte, aber sie hielt ihre Zunge im Zaum. Ihr Großvater wusste nicht das über John Ross, was sie wusste, daher war es nicht fair von ihr, ihn zu verurteilen. Es war klar, dass er aus Sorge um sie so gehandelt hatte. Hätte sie denn an seiner Stelle etwas anderes getan?

»Ich werde mich eine Weile hinlegen, Grandpa«, sagte sie und ging an ihm vorbei die Stufen hinauf und ins Haus.

Sie schritt den Korridor entlang zu ihrem Zimmer und schloss die Tür hinter sich. Schatten warfen Muster an Decke und Wände, und die Luft war schwer und drückend. Sie fühlte sich gefangen und allein.

Würde John Ross sie im Stich lassen? Würde er sie im Angesicht der Feindseligkeit ihres Großvaters aufgeben? Schlimmer noch, war es möglich, dass es nichts mehr gab, was er tun konnte?

Als sie auf dem Bett lag, bemerkte sie, dass sie heftig und verzweifelt darum betete, dass sie nicht allein sein würde, wenn der Dämon das nächste Mal auftauchte.

Kapitel 29

Der Nachmittag ging in den Abend über; es war ein allmähliches Verstreichen der Minuten und Stunden, das durch den Wechsel des Lichts und das Längerwerden der Schatten meßbar war. Der Regen kam nicht, aber die Wolken türmten sich im Westen immer weiter auf. Old Bob wanderte wie ein ruheloser Geist durch das Haus. Er sah sich Dinge an, die er seit Jahren nicht mehr angeschaut hatte, dachte an alte Freunde aus anderen Zeiten und beschwor Erinnerungen aus einer fernen Vergangenheit herauf. Besucher kamen und gingen und brachten Kochtöpfe und Beileidsbekundungen. Schnittblumen und Topfpflanzen wurden geliefert, kleine weiße Karten, die sorgsam in schmucklose weiße Umschläge geschoben worden waren, Worte des Bedauerns, mit penibler Sorgfalt geschrieben. Die Nachricht von Evelyn Freemarks Tod hatte sich durchs Radio und von Mund zu Mund verbreitet; der Zeitungsartikel würde nicht vor morgen erscheinen. Anrufer fragten nach Einzelheiten, und Old Bob teilte sie ihnen pflichtschuldig mit. Alle Entscheidungen über Beerdigung und Gedächtnisgottesdienst waren getroffen worden. Die örtliche Abteilung der Herzhilfe hatte ein Konto eingerichtet, auf das Spenden in Evelyns Namen eingezahlt werden konnten. Old Bob lief herum wie ferngesteuert, kümmerte sich um die Einzelheiten, weil sie erledigt werden mussten, und versuchte zu begreifen, dass sie wirklich fort war.

Nest blieb in ihrem Zimmer und hatte die Tür geschlossen. Sie tauchte erst auf, als Old Bob sie zum Abendessen rief. Sie aßen am Küchentisch, ohne zu sprechen. Hinterher, als das Licht verblasste und die Dämmerung einsetzte, riefen ihre Freunde an und fragten, ob sie sich mit ihnen im Park treffen wollte, um das Feuerwerk anzuschauen. Sie fragte ihren Großvater, ob sie gehen dürfe, und er wollte erst nein sagen, um sie in der Sicherheit des Hauses und in seiner Nähe zu haben. Doch dann erkannte er, wie töricht eine solche Vorgehensweise war. Er konnte sie für einen Tag oder sogar für eine Woche behüten, doch was dann? Zu irgendeinem Zeitpunkt würde er sie sich selbst überlassen müssen, und er sah keinen Grund, warum er das Unvermeidliche hinauszögern sollte. Nest war gewitzt und vorsichtig; sie würde keine Risiken eingehen, vor allem nicht nach der vergangenen Nacht. Außerdem war es fraglich, ob ihr Vater wirklich da draußen war. Niemand außer John Ross hatte ihn tatsächlich gesehen, und er war sich nicht sicher, ob er

Ross noch vertraute. Großmutter hatte befürchtet, dass Nests Vater irgendwann zurückkehren könnte, doch sie hatte niemals gesagt, dass er wieder da sei. Old Bob hatte zuerst überlegt, die Polizei zu rufen und ihnen von seinen Befürchtungen zu erzählen, doch als er darüber nachdachte, hatte er erkannt, dass er keinen konkreten Beweis hatte, nur ein paar vage Verdächtigungen, die zum größten Teil auf den Aussagen von John Ross beruhten.

Am Ende hatte er die Sache auf sich beruhen lassen und gab Nest die Erlaubnis zu gehen, nachdem sie ihm im Gegenzug versprochen hatte, dass sie bei ihren Freunden und an einem belebten Ort bleiben und sich nicht allein herumtreiben würde. Im Park war sie sicher, glaubte er. Sie hatte ihr ganzes Leben dort verbracht, hatte ihn von einem Ende zum anderen durchstreift, als Kind dort gespielt und betrachtete ihn als ihren eigenen Hintergarten. Er konnte sich nicht dazu bringen, ihr jetzt zu verbieten, ihn zu betreten, vor allem, da sie noch immer mit dem Schock über den Tod ihrer Großmutter zu kämpfen hatte.

Nachdem sie gegangen war, begann er damit, die Küche aufzuräumen, indem er die Essensgaben wegräumte. Kühlschrank und Gefriertruhe waren schnell bis zum Rand gefüllt, und noch immer standen Dutzende von Nahrungsbehältern herum. Er griff zum Telefon, rief Ralph Emery an, und als der Geistliche abhob, bat er ihn, gleich am nächsten Morgen jemanden zu schicken, der dieses ganze Zeug abholen und zur Kirche bringen sollte, wo es an jene verteilt werden konnte, die es eher brauchten als die Freemarks. Der Pfarrer versprach, dass er sich darum kümmern würde, dankte ihm für seine Großzügigkeit, sprach ein paar Minuten mit ihm über Evelyn und verabschiedete sich dann.

Die Schatten im Haus waren zu einer schwarzen Masse verschmolzen, und Old Bob ging durch die leeren Räume und schaltete die Lichter an, bevor er in die Küche zurückkehrte, um weiter aufzuräumen. Die Schrotflinte war fort, aus Gründen, die er nicht verstand; sie war von der Polizei mitgenommen worden. Das sei Teil ihrer Ermittlungen, hatten sie ihm gesagt, und er fühlte sich ohne sie seltsam unwohl. Man sollte annehmen, dass es genau umgekehrt sein müsste, sagte er sich immer wieder. Er wusch das Geschirr mit der Hand ab, etwas, das er seit langer Zeit nicht mehr getan hatte, und stellte fest, dass es ihm half, sich zu entspannen. Die ganze Zeit über dachte er an Evelyn. Mehr als einmal schaute er zum Küchentisch hinüber und stellte sich vor, wie sie dasaß, ihren Bourbon mit Wasser vor sich, die Zigarette in der Hand, das Gesicht vom Licht abgewandt und die Augen abwesend ins Nichts gerichtet. An was hatte sie all die vielen Male gedacht, die sie dort gesessen hatte? Hatte sie sich an ihre Kindheit in dem kleinen Häuschen ein paar Meter entfernt erinnert? Hatte sie an Nest gedacht? An Caitlin? An ihn? Hatte sie sich gewünscht, dass ihr Leben anders verlaufen wäre, dass sie mehr damit angefangen hätte? Hatte sie an verpasste Gelegenheiten und verlorene Träume gedacht? Sein Lächeln war traurig. Er bedauerte jetzt, dass er sie nie danach gefragt hatte.

Er beendete den Abwasch, trocknete das Geschirr ab und stellte es weg. Er schaute sich um und fühlte sich plötzlich verloren. Das Haus war voller Erinnerungen an sein Leben mit Evelyn. Er ging ins Wohnzimmer, stand vor dem Kaminsims und sah sich die Bilder an, die darauf standen, dort an der Ecke bei dem Bogenfenster, wo immer der Weihnachtsbaum aufgestellt wurde. Die Erinnerungen wirbelten in seinem Kopf herum, einige waren fern und verblasst, andere so neu und deutlich wie die Trauer über seinen Verlust. Er ging zur Couch hinüber und setzte sich. Morgen würden seine Freunde sich bei Josie's zum Kaffee treffen und in seiner Abwesenheit auf die gleiche Weise über Evelyn sprechen, wie sie über den Postangestellten im Gorillakostüm oder den Kerl, der all diese Kinder getötet hatte, geredet hatten. Sie würden es nicht aus Boshaftigkeit tun, sondern weil sie sie für sonderbar gehalten hatten und ihr Tod ihnen jetzt irgendwie bedrohlich vorkam. Schließlich war sie hier gestorben, in Hopewell – nicht in irgendeiner anderen Stadt in einem anderen Staat. Sie war hier gestorben, wo sie gelebt hatte, und sie war jemand, den sie gekannt hatten. Ja, sie war seltsam gewesen, und es war eigentlich wirklich keine Überraschung, dass sie an einem Herzanfall gestorben war, während sie mit der Schrotflinte auf Schatten geschossen hatte, denn Evelyn Freemark hatte schon absonderlichere Dinge getan. Aber in ihrem Hinterkopf würde die Erkenntnis lauern, dass sie in Wahrheit gar nicht so anders war als sie selbst und dass das, was ihr geschehen war, auch ihnen zustoßen konnte. In Wahrheit verspürte man selbst mit den unglücklichsten, ruhelosesten Seelen eine unbehagliche Verwandtschaft; man hatte das Gefühl, wenigstens ein paar von ihnen während seines Lebens getroffen zu haben. Man war mit ihnen zusammen Kind gewesen, hatte die Hoffnungen und Träume eines Kindes mit ihnen geteilt. Die düstere Zukunft, die einige von ihnen verschluckt hatte, war niemals weiter als eine Armeslänge von einem selbst entfernt gewesen. Das wusste man. Man wusste, dass ein einziges Unglück das eigene Leben für immer verändern konnte, dass man verletzlich war, und um sich selbst zu schützen, wollte man alles darüber wissen, warum es einen anderen getroffen hatte und man selbst verschont geblieben war.

Old Bob lauschte auf die Stille und ließ die Erinnerungen in die Dunkelheit davonziehen. Mein Gott, würde er sie vermissen.

Nach einiger Zeit wanderten seine Gedanken zu dem Anruf, den er von Mel Riorden erhalten hatte. Mel und Carol waren am Morgen dagewesen, um ihm ihr Beileid auszusprechen, und hatten ihm versprochen, ihn nach dem Begräbnis zum Mittagessen einzuladen, falls er sich danach fühlte. Old Bob hatte ihnen die Hände gereicht, ein linkisches Ritual zwischen alten Freunden, deren Leben durch ein einschneidendes Ereignis verändert worden war und dessen Bedeutung sie nicht in Worten auszudrücken in der Lage waren. Später hatte Mel angerufen und Old Bob mit gedämpfter Stimme gesagt, dass es etwas gäbe, was er wissen müsse. Anscheinend hatte Derry aus heiterem Himmel angerufen und sich dafür entschuldigt, dass er ihm mit seinem Gerede über MidCon Angst gemacht hätte. Er sagte, er hätte sich wirklich nichts dabei gedacht. Er hätte nur etwas Dampf abgelassen, und alles, was die Gewerkschaft beschlösse, sei für ihn völlig in Ordnung. Er hatte gefragt, ob er mit Mel, Carol und ein paar der anderen zum Feuerwerk gehen und bei ihnen sitzen könne. Mel machte bei seinem Bericht immer wieder Pausen, um sich zu vergewissern, dass Old Bob ihm noch zuhörte, und seine Stimme klang hoffnungsvoll. Vielleicht hatte er sich in seinem Neffen getäuscht, beendete er seine Erzählung zaghaft. Möglicherweise bewies der Junge doch noch ein wenig gesunden Menschenverstand. Er hatte nur gewollt, dass Old Bob dies erführe.

Als Mel aufgelegt hatte, hatte Old Bob eine Weile das Telefon angesehen und sich gefragt, ob er irgendetwas davon glaubte und ob es einen Unterschied machte, falls er das tat. Dann hatte er die Angelegenheit beiseite geschoben und sich um sein eigenes Leben gekümmert, indem er die Beerdigungsvorbereitungen beendet und sich um Nest gesorgt hatte. Doch jetzt stieg die Sache wieder in seinen Gedanken auf, und er dachte aus einem neuen Blickwinkel darüber nach. Die Wahrheit war, sie fühlte sich irgendwie nicht richtig an. Es klang einfach nicht nach Derry Howe. Er glaubte nicht, dass der Junge sich in einer Million Jahre ändern würde, geschweige denn in vierundzwanzig Stunden. Aber vielleicht war er ungerecht. Die Menschen veränderten sich – selbst Menschen, von denen man glaubte, dass sie in ihrem ganzen Leben niemals anders sein würden. So etwas geschah einfach.

Er trommelte mit den Fingern auf die Sofalehne und starrte dabei ins Nichts. Er ging also mit Mel und Carol zum Feuerwerk, ja? Das war eine Premiere. Wo war denn sein Kumpel Junior Elway, dass er sich dafür entschieden hatte, mit den alten Leuten auszugehen?

Old Bob stand vom Sofa auf und ging in die Küche, um im überfüllten Kühlschrank nach einer Dose Root-Bier zu suchen. Als er es fand, riss er den Deckel auf, nahm es mit ins Wohnzimmer und setzte sich wieder.

Feuerwerk. Das Wort nagte an ihm, löste Assoziationen an etwas anderes aus, das er nicht ganz erfassen konnte. Hatten er und Derry nicht gestern über Feuerwerk geredet, als er den Jungen wegen des Unsinns angesprochen hatte, den dieser offensichlich plante? Derry Howe, der Vietnamveteran, der Sprengstoffexperte, der davon gesprochen hatte, mit Streichhölzern in einem Haufen Feuerwerkskörper zu spielen, darüber, dass Sprengkörper empfindlich waren, wenn man nicht wusste, was man tat, dass sie Unfälle verursachen konnten …

Er richtete sich gerade auf. Was hatte Derry genau gesagt? *Ich werde MidCon einen Vierten Juli bereiten, den sie nicht vergessen werden.* Aber da war noch mehr gewesen, etwas Persönliches. Eine Warnung. *Bleib am Vierten zu Hause. Bleib weg vom Feuerwerk.*

Old Bob stellte die Dose Root-Bier auf den Kaffeetisch, ohne sich dessen ganz bewusst zu sein, und seine Gedanken rasten. Seine Vermutung war lächerlich. Sie ergab keinen Sinn. Was sollte Derry Howe dadurch erreichen wollen, dass er das Feuerwerk zum Vierten Juli sabotierte? Auf welche Weise sollte das eine Auswirkung auf MidCon Steel haben? Er ging alle Möglichkeiten durch, ohne auf irgendetwas Neues zu stoßen. Es schien keine Verbindung zu geben.

Dann kam ihm etwas in den Sinn, und er stand schnell auf und trat auf die überdachte Veranda hinaus, wo er die alten Zeitungen aufbewahrte. Er bückte sich zu ihnen und begann sie durchzugehen. Die meisten waren alte Ausgaben des *Chicago Tribune*, aber es befanden sich auch ein paar Blätter der *Hopewell Gazette* darunter. Die Freitagsausgabe war weg, erinnerte er sich; er hatte sie benutzt, um den Abfall damit einzuwickeln. Er fand die Zeitung vom Donnerstag, blätterte sie auf und überflog sie rasch. Da stand nichts über den Vierten Juli. Aber er konnte sich an etwas erinnern, an irgendeine große Anzeige. Er wünschte, er hätte ihr mehr Aufmerksamkeit geschenkt, aber es war Jahre her, dass er sich um das gekümmert hatte, was am Vierten Juli im Park veranstaltet wurde. Das Feuerwerk war alles, was Evelyn und ihn jemals daran interessiert hatte, und wann das stattfand, wusste man, ohne darüber lesen zu müssen.

Er warf die Zeitung vom Donnerstag beiseite und fragte sich, was aus der Samstagsausgabe geworden war. Er ging den Flur entlang zu seinem Arbeitszimmer und schaute dort nach, konnte sie aber nicht finden. Einen Augenblick stand er regungslos da und versuchte sich daran zu erinnern, was er mit ihr getan hatte. Dann ging er zurück in die Küche. Er fand die Samstagszeitung auf dem Tresen, wo sie unter mehreren der Kochtöpfe lag, die er für die Kirche beiseite gestellt hatte. Er zog sie vorsichtig darunter hervor, breitete sie auf dem Tisch aus und begann die Seiten zu überfliegen.

Er fand auf Anhieb, was er gesucht hatte. Die Jaycees hatten ein Flugblatt mit den Veranstaltungen beigelegt, die am Sonntag und Montag im Sinnissippi-Park stattfanden: Einlass frei, jeder ist willkommen. Spiel, Spaß und ordentlich zu essen. Die Veranstaltungen fanden am Montag mit dem Feuerwerk ihren Höhepunkt, das bei Einbruch der Dämmerung stattfinden würde. Dieses Jahr, so verkündete das Flugblatt in fetten Lettern, wurde das Feuerwerk von MidCon Steel gesponsert und bezahlt.

Eine lange Zeit starrte Old Bob nur auf das Flugblatt und traute seinen eigenen Schlussfolgerungen nicht. Er musste sich irren, dachte er immer wieder. Aber das war die Art, in der ein Kerl wie Derry Howe dachte, oder nicht? Sabotiere das Feuerwerk, das von MidCon gesponsert wurde, jage dabei vielleicht ein paar Zuschauer mit in die Luft und verursache dadurch viel blöses Blut. Doch was dann? Jeder gibt MidCon die Schuld? MidCon muss etwas tun, um Sympathien zurückzugewinnen, und beendet daher den Arbeitskampf? Es war so weit hergeholt, dass er seine Schlussfolgerung einen Moment lang komplett verwarf. Es war lächerlich! Aber das würde Derry Howe nicht denken, oder? Old Bob fühlte, wie sich tief in seiner Brust ein kalter Fleck ausbreitete. Nein, nicht Derry.

Er sah auf die Uhr. Nach neun. Er blickte aus dem Fenster. Es wurde dunkel. Sie würden jetzt bald mit dem Feuerwerk beginnen. Plötzlich dachte er an Nest. Sie würde mit allen anderen dort sitzen und in Gefahr sein. Er hörte Evelyn, die zu ihm das Gleiche sagte wie am letzten Abend ihres Lebens: »Robert, du gehst jetzt sofort los, suchst das Mädchen und bringst es heim.«

Er nahm die Taschenlampe vom Tresen und eilte aus der Tür.

Mittlerweile hatte der größte Teil der Menschenmenge die Spielplätze, Baseballfelder und Picknicktische verlassen und versammelte sich an den grasbewachsenen Hängen neben der Rodelbahn, die bis zum Fluss hinabführten. Die Feuerwerkskörper würden von einer Bühne, die auf einem flachen, offenen Teil des Flussufers errichtet worden war, über die Bucht geschossen werden. In der Mitte des Hangs war eine Schnur gezogen worden, das die Zuschauer von der Gefahrenzone fernhalten sollte. Streifen aus fluoreszierendem Klebeband hingen von der Schnur herab, und Freiwillige patrouillierten mit Taschenlampen an ihr entlang. Die Menschen auf dem Hügel drängten sich hauptsächlich am Rand der Absperrung zusammen, hatten es sich auf Decken und Gartenstühlen bequem gemacht und lachten und unterhielten sich, während die Dunkelheit anbrach. Überall liefen Kinder mit Wunderkerzen herum, die helle Kometenschwänze hinter sich herzogen. Hier und dort explodierte in den Bäumen links und rechts ein verbotener Knallfrosch, der alte Leute zusammenzucken und Eltern die Stirn runzeln ließ. Die Schatten wurden dichter, und die Umrisse des Parks und seiner Besucher wurden undeutlicher. Unten, bei der Schwärze des Flusses, wob ein Trio von Taschenlampen sporadische Muster in die Luft, während die Techniker die letzten Vorbereitungen für das große Spektakel trafen.

Nest Freemark und ihre Freunde saßen auf einer Decke, aßen Wassermelonenstücke und tranken Brause. Sie befanden sich weit oben auf dem Abhang, westlich der Rodelbahn, wo die Dunkelheit am größten war und wohin die Lichter aus dem Park nicht vordrangen. Um sie herum saßen Familien, aber Nest konnte ihre Gesichter nicht sehen und erkannte keine der Stimmen, die sie hörte. In der Düsternis waren alle anonym, und Nest gefiel es so. Abgesehen von ihren Freunden war sie darauf bedacht, mit niemandem zusammenzutreffen.

Sie war spät in den Park gekommen, als die Dämmerung bereits begonnen hatte, in die Nacht überzugehen, und es schon schwerfiel, noch etwas zu erkennen. Sie hatte sich wachsam umgeschaut, während sie den Hintergarten durchquert hatte, und halb damit gerechnet, dass der Dämon aus den Schatten hervorspringen würde. Als Pick auf ihre Schulter hinabgesprungen war, während sie sich durch die Büsche gezwängt hatte, war sie gegen ihren Willen zusammengezuckt. Er war gekommen, um sie in den Park zu begleiten, hatte er sie mit seiner geschäftsmäßigsten Stimme informiert, die keinen Widerspruch duldete. Seit Sonnenuntergang patrouillierte er durch den Park. Auf Daniels Rücken ritt er durch die windstille Hitze und suchte die Gehölze, Baseballfelder und Spielplätze nach Anzeichen für Gefahr ab. Sobald Nest sicher bei ihren Freunden angekommen war, würde er seinen Wachdienst wieder aufnehmen. Im Augenblick war alles friedlich. Es gab keine Spur von dem Dämon. Es gab keine Spur von John Ross. Der Maentwrog, der noch immer in seinem geschundenen Baum gefangen saß, verhielt sich ruhig. Selbst die Fresser waren nicht zu sehen. Pick zuckte mit den Achseln. Vielleicht würde doch nichts passieren.

Nest warf ihm einen bezeichnenden Blick zu.

Als Pick sie in der Nähe des von Menschen wimmelnden Pavillons mit seinen Zuckerwatte-, Popcorn- und Getränkeständen verließ, eilte sie zu dem Treffpunkt, den sie mit ihren Freunden ausgemacht hatte. Ein oder zwei Leute blickten in ihre Richtung, aber man sprach sie nicht an. Sie wurde nur einmal kurz von Großmutters Freundin Mildred Walker angehalten, die direkt in ihrem Weg stand und der sie deshalb nicht ausweichen konnte. Mrs. Walker sagte ihr, wie Leid es ihr wegen Großmutter und wegen ihres jungen Freundes Jared täte und dass sie sich keine Sorgen machen sollte, das Sozialamt würde sich darum kümmern, dass den Kindern in Zukunft nichts mehr passieren konnte. Sie sagte es mit so viel Gefühl und aufrichtiger Besorgnis, dass Nest am liebsten geweint hätte.

Später vertraute ihnen Brianna an, dass ihre Mutter ihr erzählt hatte, dass die Leute vom Sozialamt bereits nach kurzfristigen Pflegefamilien für die Scott-Kinder suchten. Ihre Mutter hatte ihr außerdem gesagt, dass Jared noch immer im Koma lag, und das war nicht gut.

Jetzt saß Nest in der Dunkelheit, nippte an ihrer Brause und dachte darüber nach, wie ungerecht das Leben sein konnte. Draußen auf dem Fluss leuchteten die roten und grünen Positionslichter bewegungslos auf dem ruhigen Wasser inmitten eines Meeres aus Schwärze. Es regte sich kein Wind; die Luft war wieder heiß und stickig geworden, und der Geruch von Staub und alten Blättern war zurückgekehrt. Aber der Himmel war dicht mit Wolken bedeckt, die den Mond und die Sterne verbargen, und der Regen war bereits zu ihnen unterwegs. Nest wünschte, er würde sich beeilen und endlich beginnen. Vielleicht würde er helfen, die Dinge abzukühlen, alles sauber zu waschen und jedem eine frische Einstellung bescheren. Vielleicht würde er helfen, einiges von dem Wahnsinn fortzuspülen.

Ein verirrtes Glühwürmchen blinkte kurz vor ihrem Gesicht und verschwand in der Dunkelheit. Jemand in einem Gartenstuhl nieste, und das Geräusch klang wie das Bellen eines Hundes. Gelächter brandete auf. Robert machte eine Bemerkung über die Art der Keime in den Mündern der Leute, und Brianna teilte ihm mit, dass er vulgär und widerlich sei. Robert stand auf und verkündete, dass er Popcorn holen ginge, ob er jemandem etwas mitbringen solle? Niemand wollte etwas, und Brianna sagte ihm, er solle sich mit dem Zurückkommen Zeit lassen und vielleicht sogar darüber nachdenken, nach Hause zu gehen und seinen Mund im Spiegel zu überprüfen. Robert ging pfeifend davon.

Nest lächelte und fühlte sich entspannt. Sie dachte darüber nach, wie gut es war, hier in der Dunkelheit zu sitzen, umgeben von all diesen Menschen. Sie fühlte sich beschützt und sicher, als könne ihr hier nichts geschehen. Wie trügerisch das war. Sie wünschte, sie könnte in die Dunkelheit verschwinden, eins werden mit der Nacht, unsichtbar und ungreifbar, vor jedem Unheil gefeit. Sie fragte sich, ob Pick wohl Glück hatte. Sie versuchte sich vorzustellen, was der Waldschrat zu ihrer Verteidigung unternehmen würde, falls das notwendig werden sollte, und konnte es nicht. Sie fragte sich, ob der Dämon dort draußen war und auf sie wartete. Sie fragte sich, ob auch John Ross dort wartete.

Nach einiger Zeit begann sie, an Two Bears zu denken, und wünschte sich, er wäre noch hier und könnte ihr helfen. Es war so viel Stärke in ihm, eine Stärke, die sie in sich selbst nicht spürte, obwohl er behauptet hatte, sie sei in ihr. Sie hätten Namen, die Macht besäßen, hatte er gesagt. Aber ihrer sei der stärkere, derjenige, der wahre Magie enthalte. Er hätte ihr gegeben, was er konnte; der Rest müsste von ihr kommen.

Aber was war es gewesen, das er ihr gegeben hatte? Jene kurze Vision von ihrer Großmutter als jungem Mädchen, die wild mit den Fressern und dem Dämon durch den Park rannte? Ein Einblick in ihre verzwickte und tragische Familiengeschichte? Sie wusste es nicht. Da war mehr, glaubte sie. Etwas Tieferes, Persönlicheres. *Denke*. Sein Verlangen, mit den Geistern seines Volkes, den Sinnissippi, in Verbindung zu treten, hatte ihn nach Hopewell geführt, aber es war ihre Beziehung zur Magie gewesen, die ihn zu ihr hingezogen hatte. Dein Volk riskiert, das Schicksal des meinigen zu erleiden, hatte er sie gewarnt und wollte, dass sie es begriff. Niemand weiß, wer mein Volk war und wie es unterging. Es kann auch deinem Volk geschehen. Es geschieht bereits jetzt, ohne ihr Wissen, aber mit ihrer eifrigen Hilfe. Dein Volk vernichtet sich selbst.

Wir erkennen nicht immer das Ding, das kommt, um uns zu vernichten. Das ist die Lektion der Sinnissippi.

Aber er mochte genauso gut von ihrem Vater gesprochen haben.

Sie starrte gedankenverloren in die Dunkelheit. Es war alles miteinander verknüpft. Sie spürte es in ihren Knochen. Das Schicksal ihrer Freunde, ihrer Familie, der Nachbarn und von Menschen, die sie nicht einmal kannte. Ihr eigenes Schicksal. Die Schicksale des Dämons und von John Ross. Vielleicht auch von O'olish Amaneh. Sie alle waren mit einem einzigen Band verknüpft.

Ich bin nicht stark genug dafür.

Ich habe Angst.

Sie starrte ins Nichts, die Worte hingen erstarrt, unbeweglich in ihrem Geist. Dann hörte sie Two Bears' deutliche Antwort, jene Erwiderung, die er ihr vor zwei Nächten gegeben hatte.

Angst ist das Feuer, in dem Mut und Entschlossenheit gehärtet werden. Benutze sie so.

Sie saß allein in der Dunkelheit, fühlte sich nicht mehr wohl dabei vorzugeben, sie sei unsichtbar, und versuchte zu erkennen, ob sie das tun konnte, was Two Bears von ihr erwartete.

Sechs Meter entfernt stand John Ross als schattenhafte Gestalt in der stärker werdenden Dunkelheit und wachte über sie. Nachdem ihn Old Bob weggeschickt hatte, war er auf der Suche nach dem Dämon durch den Park gewandert, entschlossen, ihn aufzuspüren. Er war zu den Höhlen gegangen, wo die Fresser hausten, war am Flussufer nach Osten bis zur Rodelbahn und an ihr vorbei in den tiefen Wald gewandert, zu dem Gefängnis des Maentwrogs hinaufgestiegen, jener alten, misshandelten Eiche, in die das Monster gebannt war, aber nirgendwo hatte er den Dämon gefunden.

Daraufhin dachte er darüber nach, zu Nest Freemark zurückzukehren, tat es aber nicht. Was konnte er ihr sagen, das er nicht bereits gesagt hatte – oder wo er sich dagegen entschieden hatte, es ihr mitzuteilen? Es war gnug, dass er ihr die Wahrheit über ihren Vater erzählt hatte. Ihr mehr zu sagen barg das Risiko, das an Mut und Entschlossenheit zu untergraben, was sie noch aufbringen konnte. Das Beste, was er tun konnte, war, auf sie aufzupassen, darauf zu warten, dass der Dämon zu ihr kam, und da zu sein, wenn er auftauchte, und dann alles zu tun, was in seiner Kraft stand, um sie zu retten.

Er verließ den Park, ging zum Lincoln Highway, um bei McDonald's etwas zu essen, und kehrte dann zurück. Er saß inmitten der Zuschauer beim Baseballfeld, das dem Haus der Freemarks am nächsten lag, und sah der Sonne dabei zu, wie sie sich im Westen auf den Horizont hinabsenkte. Als die Dämmerung anbrach und das Spiel abgebrochen wurde, wanderte er zu einem kleinen Kieferngehölz, das an den Feldweg grenzte. Eine Zeit lang stand er im Schutz der Bäume und beobachtete Pick und Daniel, die über ihm kreisten – er hatte mit seiner Magie dafür gesorgt, dass sie ihn nicht sehen konnten. Als Nest in den Park kam, folgte er ihr.

Jetzt wartete er ab. Er war nahe genug, um handeln zu können, falls der Dämon auftauchte, nahe genug, um ihr helfen zu können, falls sie in Gefahr geriet. Die Besucher um ihn herum waren in Dunkelheit gehüllt und nur vage, formlose Gestalten. Inmitten des Krachens von Knallfröschen und des Pfeifens kleiner Raketen erklangen Rufe und Gelächter von den bevölkerten Hängen. Die Luft war feucht und stickig. Sie war erfüllt von dem zufälligen Summen von Insekten und dem groben Geruch von Kiefernnadeln und Holzrauch. Er packte seinen Stock mit fester Hand und fühlte sich angespannt und unsicher. Er brauchte nur eine einzige Chance gegen den Dämon, aber würde er sie auch bekommen? Wie stark würde Nest Freemark sein? Er ging auf die Bewaldung hinter dem Pavillon zu, änderte seine Position erneut, um zu vermeiden, dass die versammelten Menschen ihn bemerkten, und konzentrierte sich auf Nest. Er konnte sie gerade noch sehen, wie sie mit ihren Freunden im hinteren Teil der Menge saß.

Dann erblickte er ein bekanntes Gesicht und wandte schnell den Kopf ab, als Robert Heppler auf dem Rückweg vom Popcornstand an ihm vorbeikam.

»Und hab ich was verpasst?«, fragte Robert die Mädchen, als er sich auf die Decke fallen ließ und die Tüte Popcorn dabei fest umklammerte. »Möchtest du etwas?«, fragte er Brianna Brown. »Ich habe nur ganz wenig daraufgehaucht. Oder hast du dich in dem Rest der Wassermelone gesuhlt, während ich weg war?«

Brianna zog eine Grimasse. »Das Herumsuhlen überlasse ich dir, Robert. Du bist so gut darin.«

Nest starrte in die Luft und nahm die Unterhaltung kaum wahr. Robert blickte zu ihr herüber. »Hey, Nest, rate mal, wen ich gerade gesehen ...«

Ein Kind stürmte aus der Dunkelheit in ihre Mitte, ein kleiner Junge, der blindlings durch die Nacht rannte und in beiden Händen mit Wunderkerzen wedelte. Er sah sie zu spät, bog erst ab, als er bereits fast über ihnen war, verlor beinahe das Gleichgewicht und stolperte über Robert. Der brüllte ihn wütend an, und überall sprühten Funken. Cass und Brianna sprangen auf und traten nach den Glutstücken, die auf die Decke gefallen waren.

Nest stand mit ihnen auf, trat abwesend zurück, und als sie das tat, hörte sie Pick schreien. Er schrie im Inneren ihres Kopfes, rief ihr so zu, dass nur sie es hören konnte, und rief von so weit weg, dass sie nur Bruchstücke verstand. Doch sie bemerkte den Schrecken, der in seiner Stimme lag.

Nest, Nest ... schnell, lauf ... hier, die Eiche bricht ... Dämon ... weiß, dass du ... der Maentwrog bricht ...

Dann hörte das Schreien abrupt auf und hinterließ ein Echo, das ihr in den Ohren gellte, während sie schockiert und wie gelähmt inmitten der Menschenmenge und ihrer Freunde stand.

»Pick?«, flüsterte sie in die Stille, die er hinterlassen hatte. Ihre Hand griff blindlings in die Luft. »Pick?«

Ihre Freunde starrten sie an, und ihre Augen waren voller Unsicherheit. »Nest, was ist los?«, fragte Cass besorgt.

Aber Nest wandte sich bereits von ihr ab und begann zu laufen. »Ich muss weg!«, rief sie ihnen über die Schulter zu und rannte in die Nacht davon.

Kapitel 30

Es war eher eine Handlung aus Instinkt als aus Überlegung, die Reaktion auf eine überwältigende, schreckliche Angst davor, dass ein weiteres Leben, das ihr teuer war, ausgelöscht werden könnte. Nest zögerte nicht, als sie durch die Menschenmenge schoss. Natürlich lockte der Dämon sie heraus. Natürlich war es eine Falle. Um das zu erkennen, brauchte sie nicht lange nachzudenken. Wenn sie dort blieb, wo sie war, sicher inmitten der Menge, die sich auf den Hängen des Sinnissippi-Parks versammelt hatte, konnte er sie nicht so einfach erreichen. Aber es war Pick, der sich in Gefahr befand, ihr bester Freund auf der ganzen Welt, und sie würde ihn nicht im Stich lassen, nicht einmal, um ihr eigenes Leben zu schützen.

Sie raste durch die Menschenmenge, als wäre sie selbst eines der wilden Kinder, die mit ihren Wunderkerzen herumliefen, wich Gartenstühlen und Kühltaschen aus, machte einen Bogen um Decken voller Menschen und mühte sich, die offene Schwärze der Wälder zu erreichen, die sich dahinter erstreckten. Sie wusste, wohin sie laufen musste, wo der Dämon sie erwarten würde, wo Pick sich befand; die panischen Worte des Waldschrats hatten es ihr verraten. Der tiefe Wald. Das Gefängnis des Maentwrogs. Die alte Eiche, aus der, so schien es, das Monster freizukommen drohte. Sie glaubte Stimmen zu hören, die hinter ihr erschallten und ihren Namen riefen, aber sie ignorierte sie, begrub sie unter ihrer Entschlossenheit, nicht langsamer zu werden. Sie sprang über die letzte Kühltasche, die ihr im Weg stand, und stürmte auf die Bäume zu.

Auf dem offenen Gelände, jenseits der Taschenlampen und Wunderkerzen, verlangsamte sie gerade genug, um sich an den Wechsel des Lichts zu gewöhnen. Vor ihr erhoben sich die Bäume als dunkle, senkrechte Linien vor dem weicheren Schwarz der Nacht. Sie lief um Picknicktische und Grillstellen herum und rannte auf die welligen Hügel zu, die sich vor dem tiefen Wald erstreckten. Die Geräusche der Menschenmenge verklangen hinter ihr, verhallten in der Ferne und ließen sie allein mit dem Keuchen ihres Atems und dem Pochen ihres Herzens. Jetzt hörte sie ihren Namen ganz deutlich, aber sie zwang sich weiterzurennen und versuchte, die unwillkommene Aufforderung zu ignorieren, nicht davonzulaufen. Als das Rufen weiterging und sie mit Sicherheit ihren Ursprung erkannt hatte, hielt sie widerstrebend an und drehte sich zu dem mit aller Macht auf sie zurennenden Robert Heppler um.

»Warte, Nest!«, rief er, als er aus der Dunkelheit auf sie zustürmte, das blonde Haar aus dem kantigen Gesicht geweht.

Sie schüttelte ungläubig den Kopf. »Robert, was machst du? Geh zurück!«

»Keine Chance.« Er kam stolpernd vor ihr zum Stehen und atmete schwer. »Ich komme mit dir.«

»Du weißt nicht einmal, was ich tue!«

»Das ist egal. Du wirst es nicht allein tun.«

»Robert …«

»Als ich dich das letzte Mal allein herumlaufen ließ«, unterbrach er sie hitzig, »bist du in die Höhlen verschleppt worden, und ich musste deinen Großvater holen, damit er dich sucht! Das werde ich nicht noch einmal durchmachen!«

Er fuhr sich durch das zerzauste Haar, den Mund trotzig zusammengekniffen, die Augen vor Entschlossenheit funkelnd. Er sah streitlustig und herausfordernd aus. »Du gehst zu dieser großen Eiche, nicht wahr? Das hier hat mit diesem Baum zu tun, oder? Was geht hier vor?«

»Robert!«, herrschte sie ihn an und war plötzlich wütend. »Verschwinde von hier!«

Er starrte sie trotzig an. »Auf keinen Fall. Ich komme mit dir. Du wirst mich nicht los.«

»Robert, diskutier nicht mit mir! Das hier ist zu gefährlich! Du weißt nicht, auf was du …« Sie brach verärgert ab. »Dreh um, Robert! Jetzt sofort.«

Aber er weigerte sich nachzugeben. Sie kam drohend auf ihn zu. »Ich habe keine Angst vor dir, Nest«, sagte er schnell und ballte die Hände zu Fäusten. »Und ich bin auch nicht Danny Abbott. Du kannst mich nicht dazu bringen, dass ich etwas tue, was ich nicht will. Ich weiß nicht, was hier vorgeht, aber ich …«

Sie blickte ihm fest in die Augen und schlug mit einer schnellen, harten Attacke ihrer Magie nach ihm. Robert Heppler ging zu Boden wie ein Stein. Seine Muskeln hatten sich in Gelee verwandelt, und seine Worte wurden zu einem breiigen Gemurmel. Er zuckte einmal, gab einen langen Seufzer von sich und wurde in dem dünnen Gras bewusstlos.

Sie blockte die Schuldgefühle ab, die sie sofort überfielen, drehte sich um und rannte weiter. So war es besser. Sie kannte Robert; er wäre nicht umgekehrt. Sie würde später versuchen, es zu erklären. Falls es ein Später gab. Verzweiflung und Ärger wischten ihre Versuche beiseite, eine Entschuldigung zu formulieren. Sie hatte getan, was sie tun musste. Es spielte keine Rolle, dass sie versprochen hatte, ihre Magie nicht zu benutzen, dass sie es hasste, sie zu verwenden, dass sie sich danach besudelt und erschöpft fühlte. Großmutter war fort, und in wenigen Augenblicken würde sie ihrem Mörder gegenüberstehen, und alles, worauf sie sich verlassen konnte, war die Magie, die sie gerade gegen Robert benutzt hatte.

Eine wilde Freude durchfuhr sie, ein seltsames Gefühl, Ketten abgestreift und Freiheit erkämpft zu haben. Der Trotz, den sie darüber verspürte, etwas Verbotenes getan zu haben, verlieh ihr eine gewisse Befriedigung. Die Magie war ein Teil von ihr. Warum sollte es falsch sein, sie zu benutzen?

Sie stürmte den Abhang hinunter in die Schlucht, die das Ausflugsgebiet vom tiefen Wald trennte, und spürte, wie ihre Füße auf der losen Erde und im langen Gras ins Rutschen kamen. Sie stützte sich mit den Händen ab, um nicht zu fallen, richtete sich auf dem Boden der Schlucht wieder auf und rannte weiter. Die Brücke, die über den kleinen Bach führte, tauchte aus der Dunkelheit auf; sie donnerte mit ihren Tennisschuhen hinüber und kletterte auf der anderen Seite wieder zum Wald hinauf.

Als sie oben angekommen war, hielt sie erneut an. Vor ihr pulsierte ein unheilvolles grünes Licht schwach zwischen den Bäumen, wie der Herzschlag von etwas Lebendem. Sie schob den Gedanken beiseite und lief jetzt im Dauerlauf weiter. Ihr Atem wurde langsamer, sie ließ die Augen wachsam hin und her schweifen und versuchte, die Wand aus Schatten zu durchdringen. Der Pfad hatte sich verengt, wurde vom Gestrüpp fast überwuchert und von Bäumen so verstellt, dass er sich wie eine Schlange wand. Es war dort schwarz, so dunkel, dass nur das grünliche Licht in der Nacht zu sehen war. Sie wurde zu ihm hingezogen; anders konnte sie es nicht nennen. Sie wiederholte die Worte von Großmutters Botschaft im Geiste wieder und wieder, wie eine Litanei, die ihr Mut machen sollte. Sie schlug nach den Insekten, die um sie herumsummten, eine dichte Wolke, die ihr in Mund und Augen flogen. Als sie sich vorstellte, was sie dort vorn erwartete, kehrte die Furcht in einer plötzlichen Welle zurück. Aber sie machte nicht kehrt. Sie konnte nicht. Es war jetzt nicht anders, als es gewesen war, als sie Bennett Scott vor den Fressern gerettet hatte. Überhaupt nicht anders.

Bitte, Pick, gib nicht auf. Ich komme.

Augenblicke später trat sie aus dem Wald auf die Lichtung hinaus, auf der sich die große Eiche erhob. Der Baum wirkte in der Dunkelheit wie ein riesiges, verwachsenes Monster. Seine Borke sah feucht und verwüstet aus, wie die Haut, die von den Knochen und Muskeln einer Leiche abgezogen worden war. Das unheilvolle grüne Licht ging von hier aus, wurde vom Stamm des alten Baumes abgegeben und pulsierte langsam und stetig in der Dunkelheit. Nest starrte den Baum bestürzt an. Er war noch intakt, sah aber aus wie eine sterbende Kreatur. Er erinnerte sie an Bilder, die sie von Tieren gesehen hatte, die sich in Stahlfallen verfangen hatten, die Glieder von den Fangeisen zerquetscht, die Augen von Furcht und Schmerz gezeichnet.

Der Dämon stand neben dem Baum und hatte seine ruhigen Augen auf sie gerichtet. Er schien nicht das Gefühl zu haben, dass irgendetwas nicht in Ordnung war. Sie konnte sich kaum dazu zwingen, seinen Blick zu erwidern.

»Wo ist Pick?«, verlangte sie zu wissen.

Ihre Stimme klang unglaublich kindlich und schwach, und sie sah sich selbst, so wie der Dämon sie sehen musste, ein kleines Mädchen, unbewaffnet und verzweifelt im Angesicht einer Macht, die sie nicht im Geringsten verstand.

Der Dämon lächelte sie an. »Er ist gleich hier«, erwiderte er und streckte deutend die Hand aus.

Etwa eineinhalb Meter über dem Boden hing ein kleiner Metallkäfig von den Ästen eines Kirschbaums herab. In seinem verschatteten Inneren konnte Nest eine zusammengesackte Gestalt erkennen.

»Sicher verstaut«, sagte der Dämon. »Um ihn daran zu hindern, sich einzumischen, wo er es nicht sollte. Er flog auf dieser Eule herum und versuchte herauszufinden, was ich vorhatte, aber er hat sich nicht sehr schlau angestellt.« Er machte eine kurze Pause. »Für die Eule war kein Käfig nötig.«

Am Rand der Lichtung lag ein gefiederter Haufen mit ausgebreiteten Flügeln. Daniel. »Er stürzte sich direkt auf mich, nachdem ich den Waldschrat von seinem Rücken geschlagen hatte«, sinnierte der Dämon. »Kannst du dir das vorstellen?«

Er deutete beiläufig auf den Käfig. »Du weißt doch, was es mit Waldschraten und Käfigen auf sich hat, oder? Na ja, vielleicht auch nicht. Waldschrate können es nicht ertragen, eingesperrt zu sein. Es saugt ihnen den Lebenswillen aus. Das passiert sogar ziemlich schnell. Ein paar Stunden, und das war's dann. Das wird das Schicksal deines Freundes sein, wenn ihn nicht jemand freilässt.«

Nest! keuchte Pick in einem verzweifelten Versuch, ihr ein Zeichen zu geben. Dann wurde er wieder still, seine Stimme erstickte.

»Dein kleiner Freund würde dir sicher gerne etwas über seinen Zustand sagen«, hauchte der Dämon sanft, »aber ich denke, es ist besser, wenn er seine Kräfte aufspart. Meinst du nicht?«

Nest fühlte sich allein und verwundbar, so als hätte man sie von allen Dingen entblößt. Aber das war sein Plan, nicht wahr? »Lass ihn gehen!«, befahl sie und starrte den Dämon an, als wollte sie ihn mit der Hitze ihres Zorns zum Schmelzen bringen.

Der Dämon nickte. »Nachdem du getan hast, was ich dir sage.« Er machte eine Kunstpause. »Mein Kind.«

Bei dem Klang dieser Worte überlief sie eine Gänsehaut, und eine neue Welle des Zorns überflutete sie. »Nenn mich nicht so!«

Der Dämon lächelte, und seine Augen spiegelten Befriedigung wider. »Du weißt es also, oder? Wer hat es dir erzählt? Evelyn, bevor sie starb? Der Waldschrat?« Er zuckte mit den Achseln. »Es spielt keine Rolle, nehme ich an. Das Einzige was zählt, ist, dass du es weißt. Dass du die besondere Natur unserer Beziehung begreifst. Was du bist, wird das bestimmen, was du werden wirst, und um das zu entscheiden, sind wir hier.«

Er blickte an ihr vorbei und wirkte ein wenig beunruhigt. Ein Hauch von Verärgerung zog über sein Gesicht. »Ah, der falsche Fünfziger, den man nicht los wird. Da ist er ja wieder.«

John Ross tauchte verschwitzt und mit harten Augen zwischen den Bäumen auf. Er schien größer und breiter zu sein, als sie ihn in Erinnerung hatte, und der schwarze Stock glänzte und schimmerte in einem silbrigen Licht. »Tritt hinter mich«, sagte er sofort, während seine grünen Augen fest auf den Dämon gerichtet waren.

»Oh, das wird sie nicht tun wollen!«, höhnte der Dämon und warf etwas Dunkles und Glitzerndes auf die verwüstete Eiche.

Sofort explodierte der Baum in einem Schauer aus Borke und Holzsplittern, und das grüne Licht, das in ihm gefangen gewesen war, brach hervor.

Old Bob eilte von seinem Haus auf direktem Weg zum Feuerwerk hinüber, und der Strahl seiner Taschenlampe bahnte ihm einen Weg durch die Dunkelheit. Die Mattigkeit, die er vorhin noch verspürt hatte, war im Angesicht seiner Angst von ihm abgefallen, und ein Adrenalinstoß raste durch seine Adern und verlieh ihm neue Kraft. Die Geräusche von Lachen und Unterhaltungen und das kurze Aufflackern von Wunderkerzen leiteten ihn über die große Grasebene, und in kürzester Zeit hatte er das hintere Ende der Menschenmenge erreicht.

Er begann sofort herumzufragen, ob jemand Mel Riorden gesehen hätte. Er kannte die meisten der versammelten Leute, und sobald er nahe genug bei ihnen war, um ihre Gesichter zu erkennen, begrüßte er sie hastig und fragte nach Mel. Er war ein großer Mann, dessen Haltung klarmachte, dass er keinen Unsinn dulden würde, ein Mann, der gerade einen schrecklichen Verlust erlitten hatte, und die Leute, die er ansprach, beeilten sich, ihm zu antworten. Er reagierte schnell auf ihre Aussagen und drängte sich durch die Menge auf die Absperrung westlich der Rodelbahn zu. Er schwitzte heftig, seine Unterarme und sein Rücken waren feucht, sein Gesicht vor Anstrengung gerötet. Er hatte keinen festen Plan. Er war nicht einmal sicher, ob er einen brauchen würde. Vielleicht täuschte er sich in Derry Howe. Es mochte sein, dass er überreagierte. Falls er das tat, gut. Er würde sich töricht, aber erleichtert fühlen. Damit konnte er leben. Er würde Derry finden, mit ihm sprechen, ihn mit seinem Verdacht konfrontieren und sich mit seinen Gefühlen später befassen.

Er suchte sich seinen Weg zwischen Menschengruppen hindurch, die auf Decken lagen oder es sich auf Gartenstühlen bequem gemacht hatten, und wich rennenden Kindern und herumziehenden Teenagern aus. Die Zuschauer standen dicht gedrängt. Einige erkannten ihn, und ein paar sprachen ihn an. Manche, bei denen er anhielt, um mit ihnen zu reden, nahmen sich die Zeit, ihm ihr Beileid auszusprechen, doch die meisten beantworteten einfach nur seine Fragen über Mel und ließen ihn seiner Wege gehen. Seine Augen schweiften unablässig hin und her und durchsuchten die Dunkelheit, während er sich vorkämpfte. Mittlerweile konnte er das Flussufer nicht mehr deutlich erkennen, und die Bäume waren zu einer schwarzen Wand verschmolzen. Jeden Augenblick würde das Feuerwerk beginnen.

Schließlich fand er Mel und Carol, die ganz am Rande der Menge gemeinsam mit mehreren Freunden und Verwandten auf einer Decke saßen. Mels Schwester befand sich bei ihnen, aber nicht ihr Sohn. Old Bob sagte allen hallo und zog dann Mel beiseite, um mit ihm unter vier Augen zu sprechen.

»Ist Derry mit euch zum Feuerwerk gekommen?«, fragte er leise und versuchte, seine Stimme ruhig klingen zu lassen und seine Befürchtungen nicht zu zeigen.

»Sicher, du hast ihn gerade verpasst«, antwortete sein Freund. »Er war den ganzen Abend bei uns. Ist irgendetwas nicht in Ordnung?«

»Nein, nein, ich wollte nur kurz mit ihm sprechen. Wo ist er?«

»Er bringt den Kerlen, die das Feuerwerk abschießen, etwas zu trinken hinunter. Ich glaube, er kennt einen von ihnen.« Mel warf einen Blick über seine Schulter. »Ich habe ihm gesagt, dass ich nicht wüsste, ob sie ihn dort runterlassen würden, aber er schien sicher zu sein, dass sie es täten.«

Old Bob nickte geduldig. »Er bringt ihnen etwas zu trinken?«

»Ja, Bier und Limonade, solche Sachen. Er hatte diese Kühltasche dabei, die er mitgebracht hat. Hey, was soll das alles, Robert?«

Old Bob spürte, wie seine Ruhe plötzlich von ihm abfiel und die Befürchtungen, die ihm aus den Schatten heraus zugeflüstert und an ihm genagt hatten, ihn wie hungrige Raubtiere ansprangen. »Nichts«, sagte er. Er blickte zum Fluss und zu den Bewegungen der Taschenlampen hinab. »Ist er noch immer dort unten?«

»Ja, er ist gerade erst losgegangen.« Mel neigte den Kopf zur Seite und blinzelte heftig. »Was ist denn los?«

Old Bob schüttelte den Kopf und begann sich zu entfernen. »Ich werde es dir erzählen, wenn ich zurückkomme.«

Er ging jetzt sehr schnell und folgte dem Band, das das Feuerwerk begrenzte, hinab zum Flussufer. Er kam an mehreren der Jaycees vorbei, die als Ordner eingesetzt wurden, jüngere Männer, die er wenig oder gar nicht kannte, und er fragte jeden von ihnen, ob sie Derry Howe gesehen hatten. Der dritte Mann, dem er begegnete, erzählte ihm, dass Derry gerade die Abgrenzung passiert hätte. Man hatte ihm erst erlaubt, in den abgesperrten Bereich zu kommen, als er ein Mitglied der Feuerwerker erkannt und vorgegeben hatte, sein Freund zu sein. Old Bob nickte und erklärte ihm, dass dies eine Verletzung des Abkommens sei, das die Jaycees bei der Parkverwaltung unterzeichnet hatten, um dieses Spektakel durchführen zu dürfen. Er würde die Sache jedoch für sich behalten, wenn ihm erlaubt wurde, hinunterzugehen und Derry Howe zurückzuholen, bevor etwas passierte. Er vermittelte den Eindruck, zur Parkaufsicht zu gehören, ohne dies ausdrücklich zu behaupten, und der jüngere Mann wurde von seinen Worten und seinem Gesichtsausdruck dermaßen eingeschüchtert, dass er beiseite trat und ihn passieren ließ.

Sekunden später befand sich Old Bob in dem abgegrenzten Bereich und kletterte den Abhang hinunter auf die sich bewegenden Taschenlampen der Männer zu, die das Feuerwerk vorbereiteten. Er musste sich beeilen. Das Feuerwerk sollte um Punkt zehn Uhr beginnen, und jetzt war es schon neun Uhr fünfzig. Er schaltete seine eigene Taschenlampe aus, und seine Augen begannen sich langsam an die Dunkelheit zu gewöhnen. Als er näher kam, konnte er die Gestalten des Aufbautrupps deutlich sehen, die sich über die Abschussplattform bewegten, um die letzten Vorbereitungen zu treffen.

Dann erblickte er Derry Howe, dessen große, dürre Gestalt selbst in der Dunkelheit unverkennbar war, der bei einem der Techniker stand und sich mit ihm unterhielt. Als Old Bob in ihre Richtung einschwenkte, machte der Feuerwerker Anstalten, sich zu entfernen. Old Bob wartete ein paar Herzschläge und schaltete dann seine Taschenlampe ein.

»Derry!«, rief er ihm mit fester Stimme zu. Derry Howe drehte sich mit zusammengekniffenen Augen ins Licht. Old Bob wurde langsamer. »Ich habe überall nach dir gesucht.«

Derrys Augen zuckten nach links und rechts. In seiner linken Hand hielt er eine kleine Kühltasche. Sein Grinsen wirkte schwach und gezwungen. »Was machst du denn hier unten, Robert? Du dürftest gar nicht hier sein.«

»Genauso wenig wie du.« Old Bob lächelte ihn nachsichtig an. Er war jetzt weniger als fünf Meter von ihm entfernt und kam immer näher. »Bist du hier fertig? Haben alle etwas zu trinken bekommen? Hast du noch etwas für mich übrig?«

Derry hob rasch die Hand. »Bleib da stehen. Genau da, Robert Freemark.«

Old Bob hielt an und sah ihn mit einem ruhigen, festen Blick an. »Was ist in der Kühltasche, Derry?«

Derry Howes Gesicht lief rot an und verzerrte sich vor plötzlicher Wut. »Verschwinde hier!«, zischte er böse. »Lass mich in Frieden!«

Old Bob schüttelte den Kopf. »Das kann ich nicht. Nicht, so lange du nicht mitkommst.«

Derry trat schnell einen Schritt zurück. »Ich gehe nirgendwo mit dir hin! Verzieh dich und geh mir aus den Augen!«

»Was tust du hier unten, Derry?«, bedrängte ihn Old Bob und ging wieder auf ihn zu.

Er bemerkte die Verzweiflung in den Augen des jüngeren Mannes, als sie die seinen trafen. Er sah ertappt und wütend aus. Plötzlich lachte er. »Du willst wissen, was ich tue?« Er zog sich zurück, während er sprach, und tastete sich an den Plattformen und Gerüsten entlang, fort von dem hellen Schein der Taschenlampe. Abrupt blieb er stehen. »In Ordnung, ich werde es dir zeigen.«

Er drehte sich einen Augenblick weg, und seine Bewegungen wurden von der Dunkelheit verhüllt. Als er sich wieder umdrehte, hatte er eine Pistole in der Hand.

Das Summen in Derry Howes Kopf war zu einem dumpfen Dröhnen geworden, einem Niagara-Fall aus pochendem weißem Rauschen. Er richtete die Pistole auf Robert Freemark, und sein Finger legte sich um den Abzug.

»Schalt die Taschenlampe aus, alter Mann.«

Old Bob warf einen Blick nach links, wo die Aufbaumannschaft sich um das Gerüst versammelt hatte, an dem die Flagge hing. Doch sie waren zu weit weg, um zu sehen, was hier vorging. Von ihnen war keine Hilfe zu erwarten. Old Bob blickte wieder zu Derry, und die Taschenlampe ging aus.

Derry nickte. »Die erste schlaue Sache, die du bisher getan hast.« Er leckte sich die trockenen Lippen. »Komm auf mich zu. Stop, das ist weit genug. Du willst wissen, was ich vorhabe? Nein, sag nichts, verdammt noch mal, hör mir nur zu! Ich erzähle es dir, weil du ein Recht hast, es zu erfahren. Siehst du, ich wusste, dass du kommen würdest. Ich wusste es. Obwohl ich dir gesagt hatte, du solltest wegbleiben. Ich wusste, du würdest kommen. Großer Fehler, alter Mann.«

»Derry, hör zu ...«, begann Old Bob.

»Halt den Mund!« Derrys Gesicht verzog sich vor Zorn. »Ich habe dir gesagt, du sollst schweigen, und das meine ich, verdammt noch mal, auch so! Hör mir zu! Während ihr, du und diese anderen alten Säcke, herumgesessen seid und auf ein Wunder gewartet habt, das diesen verdammten Streik beendet, habe ich einen Weg gefunden, dieses Wunder geschehen zu lassen!«

Er ging rückwärts auf eine Gruppe Raketenwerfer zu, während die Kühltasche von seiner Hand baumelte und seine Augen fest auf Old Bob gerichtet waren, der drei Meter von ihm entfernt war. Er hielt die Waffe auf den alten Mann gerichtet und achtete sorgsam darauf, dass sie nicht schwankte. Er wollte nicht, dass Old Bob etwas Dummes tat und ihn zwang, die Pistole jetzt abzufeuern, bevor er fertig war, und so alles zu ruinieren. Oh, sicher, er würde Robert Freemark erschießen, das stand außer Frage. Aber jetzt noch nicht. Nicht, bevor er irgendwo war, wo ihn niemand hören und sehen konnte. Er schaute dorthin, wo die Aufbaumannschaft mit ihren Taschenlampen das Flaggengerüst beleuchtete, und vergewisserte sich, dass alle noch immer eifrig bei der Arbeit waren. Er grinste. Alles verlief wie geplant.

Er kniete sich in den Schatten hin und stellte die Kühltasche in der Nähe der Abschussplattform hinter sich. »Beweg dich nicht«, befahl er Old Bob leise. »Steh einfach nur da. Du hast doch keine Pistole, oder?«

Old Bob schüttelte den Kopf. Seine großen Hände hingen schlaff herab, und sein Körper war in sich zusammengesackt. »Tu das nicht, Derry. Es sind Frauen und Kinder da oben. Sie könnten verletzt werden.«

»Niemand wird verletzt werden, alter Mann. Hältst du mich für blöd?«

Er hielt die Pistole auf ihn gerichtet, während er die Kühltasche auf die Plattform hob und in die Schatten zwischen den Kisten mit Feuerwerkskörpern schob, wo man sie nicht sehen konnte, wenn man nicht danach suchte. Na ja, okay, vielleicht würden ein paar Leute verletzt werden, von Trümmern getroffen oder so. Schließlich war das ein Teil des Plans, nicht wahr? Wenn jemand verletzt wurde, sah MidCon noch schlechter aus. Derry zuckte im Geiste mit den Achseln. Was zählte, war, dass der Streik zu einem Ende käme, und auf lange Sicht würden alle glücklich sein.

Er griff hinter die Kühltasche, wo er den Schalter der Zeituhr angebracht hatte, und legte ihn um. Er hatte fünf Minuten. Er stand auf und fühlte sich gut. »Siehst du, war doch ganz einfach. Dreh dich jetzt um und geh am Flussufer entlang, Robert Freemark, ganz brav und ruhig. Ich bin direkt hinter …«

Dann flammte alles um ihn herum weiß glühend auf, und es fühlte sich an, als würde eine riesige Faust gegen seinen Rücken hämmern.

Die Gewalt der Bombenexplosion schmetterte Derry Howe gegen Robert Freemark und schleuderte beide fünf Meter durch die Luft, bevor sie zu Boden fielen. Old Bob lag zerschlagen im Gras, ein Arm seltsam verdreht, während Derry halb über ihm ausgestreckt war. Seine Ohren gellten, und sein Kopf dröhnte, und eine Minute später spürte er, wie der Schmerz einsetzte. Ich sterbe, dachte er. Um ihn herum explodierten Feuerwerkskörper, Raketen gingen in ihren Startröhren los, wirbelten wild in die Dunkelheit davon oder sprühten Feuer zwischen die Bäume, in den Himmel und über den Fluss. Die Abschussplattformen standen in Flammen, und die Flaggengerüste hingen zerfetzt und halbverbrannt herab. Die Zuschauer rannten schreiend in alle Richtungen auseinander, Decken lagen überall verstreut, Gartenstühle wurden umgeworfen, Kühltaschen zurückgelassen. Dumpfes Donnern und ohrenbetäubendes Pfeifen begleiteten das Explodieren einer Sprengladung nach der anderen inmitten des weiß glühenden Infernos. Old Bob bemerkte Blut auf Brust und Gesicht und konnte nicht sagen, ob es von ihm oder von Derry stammte. Er spürte, wie ihm Blut in Mund und Kehle hinabsickerte. Als er versuchte sich von Derry zu befreien, stellte er fest, dass er sich nicht bewegen konnte.

Er schloss die Augen gegen den Schmerz und die Erschöpfung.

Also, das war es dann.

Er hatte gerade noch genug Zeit, sich zu fragen, wie es wohl Nest ging, und dann wurde alles schwarz.

Kapitel 31

Die Kreatur, die aus den geborstenen Überresten der alten Eiche hervorbrach, war so abscheulich, dass sie mit nichts zu vergleichen war, das John Ross jemals gesehen hatte. Sie schlurfte aus dem Rauch und den Trümmern, materialisierte sich, als das pulsierende grüne Licht zerfaserte, wie ein zum Leben erweckter Albtraum. Das Wesen ging aufrecht auf zwei Beinen, war aber vornübergebeugt und hatte einen verkrümmten Rücken, als würden es ihm seine riesigen Schultern nicht erlauben, sich gerade aufzurichten. Büschel aus grobem, schwarzem Haar sprenkelten seine schuppige Oberfläche, und es hatte die mit Nickhäuten versehenen Augen und die gespaltene Zunge einer Schlange. Je drei Zehen und Finger teilten sich von seinen Händen und Füßen und endeten in Klauen, die eher zu einer großen Katze gepasst hätten. Sein Gesicht war lang und schmal und hatte, mit Ausnahme der Schlitze, die ihm als Augen und Mund dienten, keine Züge. Sein Kopf war eine glatte, geschmeidige Verlängerung seines muskulösen Halses. Die Kreatur war groß – selbst bei ihrer gebückten Haltung war sie über drei Meter hoch, und ihrer Massigkeit nach musste sie über fünfhundert Pfund wiegen. Als sie auf die Lichtung hinaustrat, wandte sie sich wachsam hin und her und ließ ihren flachen leeren Blick nach links und rechts schwenken, um die unvertraute Welt zu mustern, in der sie aufgetaucht war.

Nach Jahrhunderten der Gefangenschaft war der Maentwrog wieder frei.

John Ross starrte das Monster an. Es schien zu riesig zu sein, um sich im Inneren des alten Baumes befunden zu haben, und er fragte sich, wie man es jemals hatte einsperren können. Nicht, dass das jetzt noch eine Rolle spielte. Jetzt zählte einzig, ob er irgendetwas dagegen unternehmen konnte, dass es frei war. Der Grund, warum er nach Hopewell gekommen war, hatte nichts mit dem Maentwrog zu tun. Der Maentwrog war eine unnötige und gefährliche Ablenkung. Er wusste, was er eigentlich tun musste, aus welchem Grund er hergeschickt worden war. Er sollte das Monster seines Weges gehen lassen, es tun lassen, was es wollte, und es jemand anderem überlassen, sich mit ihm auseinander zu setzen. Aber es gab natürlich niemand anderen. Es gab nur ihn. In der Zeit, die es kosten würde, genug Kräfte zu sammeln, um ihm Einhalt zu gebieten, würde der Maentwrog die halbe Bevölkerung der Stadt getötet haben. Er war ein Berserker, eine Mordmaschine, die kein anderes Ziel im Leben hatte. Er tötete nicht aus Hunger oder Selbstverteidigung, sondern nur aus einem Urbedürfnis heraus. Das Monster gehörte nicht zu seiner Verantwortlichkeit, aber er wusste, dass er es nicht gehen lassen durfte.

Und das war es, worauf der Dämon zählte – aus diesem Grund hatte er den Maentwrog befreit. John Ross wurde vor eine Wahl gestellt, und da er ein Mensch und keine Waldkreatur war, stand das Ergebnis seiner Entscheidung von vornherein fest.

Er drehte sich zu Nest Freemark um, die wie gelähmt hinter ihm stand. Ihre Augen waren weit aufgerissen, und ihr krauses Haar war wild durcheinander und klebte ihr feucht an der erhitzten Stirn.

»Tritt von mir zurück«, wies er sie leise an.

»John, nein, es ist zu groß«, flüsterte sie, und ihre Augen waren von Furcht und Schrecken erfüllt.

»Tritt zurück, Nest.«

Sie tat es widerstrebend und zog sich langsam zu den Bäumen zurück. Die Lichtung wurde von den Überresten der Eiche erleuchtet, deren Splitter zum Teil noch von dem grünen Licht erfüllt waren und die an den Zweigen und hohen Gräsern hingen. Der Himmel über ihnen war dunkel und wolkenverhangen, Mond und Sterne waren verhüllt. In der Ferne hörte er das langsame Grollen des Donners. Eine traurige, wehmütige Resignation erfüllte ihn. Es gab keinen Weg, dem hier zu entkommen. Der schwarze Walnussstock in seiner Hand pulsierte leuchtend.

Ross trat vor und ignorierte den Dämon, der an die Baumgrenze zurücktrat und dessen nichtssagende Gesichtszüge erwartungsvoll aufleuchteten. John Ross sah unverwandt den Maentwrog an, der ihn jetzt beobachtete, ihn zum ersten Mal wahrnahm und erkannte, dass eine Konfrontation bevorstand. Die Kreatur ließ sich auf alle viere fallen, ihre Muskeln schwollen an, und die Zunge zuckte versuchsweise hervor. Ihr Mund öffnete sich und enthüllte eine Vielzahl von Reihen geschärfter Zähne, und das Wesen stieß ein tiefes, langsames Zischen der Warnung aus.

Ross beschwor die Magie seines Stabs, und sie durchfloss ihn wie flüssiges Licht, hüllte ihn in ihren Panzer ein und verlieh ihm Schutz für den bevorstehenden Kampf. Der Maentwrog wand sich vor Abscheu, als Ross sich langsam verwandelte. Er glich immer weniger sich selbst, dem Menschen, der er gewesen war, und wurde im Inneren des Panzers der Magie strahlend und hart. Seine Züge schmolzen, wurden vom Licht geglättet, und als er in einem langsamen, fast sinnlichen Gleiten vortrat, war sein Humpeln verschwunden.

Die Zeit schien sich in den Schatten der Lichtung zu verlangsamen, und es war kein Laut zu hören.

Dann warf sich der Maentwrog mit einem verblüffend schnellen Angriff auf seinen Widersacher und schlug mit den Klauen nach ihm. Doch der Ritter des Wortes wich ohne Mühe zur Seite aus, und der gleißende schwarze Stab hämmerte in das Monster, als es an ihm vorbeischoss. Feuer flammte wie geschmolzener Stahl auf, und die Kreatur stieß ein hohes abgerissenes Fauchen aus, während ihr Hals sich krümmte und ihr Körper sich wand. Das Monster wirbelte herum, als es getroffen wurde, und ein Arm peitschte nach dem Ritter, der nicht schnell genug war, um ihm auszuweichen. Der Hieb schleuderte ihn quer über die Lichtung, und der Aufprall war heftig genug, dass er ihn durch seinen magischen Panzer spürte.

Er kam auf die Beine, als die Kreatur sich ein zweites Mal auf ihn stürzte. Erneut wich er ihrem Angriff aus und benutzte seinen Stab, um ihre tödlichen Klauen abzuwehren. Die Magie des Stabs flammte auf und verbrannte große Stücke der Reptilienhaut des Maentwrogs, der davonsprang.

Der Ritter des Wortes richtete sich auf und trat in die Mitte der Lichtung, nahe den Überresten des gesprengten Gefängnisses des Maentwrogs. Aus dem Augenwinkel sah er Nest, die an der Baumgrenze kauerte und bereit war aufzuspringen. Doch sie würde nicht davonlaufen. Sie würde Pick nicht zurücklassen. Oder ihn, wie er glaubte. Was auch geschah, sie würde standhalten. Sie mochte nur ein kleines Mädchen sein, aber sie hatte das Herz und die Seele eines Kriegers. So viel wusste er zumindest über sie. Er wünschte sich erneut, er hätte ihr mehr erzählen dürfen, er hätte ihr etwas geben können, mit dem sie sich wehren konnte. Aber es war ein nutzloser Gedanke; ob er überlebte oder starb, er hatte alles für sie getan, was er konnte.

Er schob sich nach links auf den Dämon zu. Dort war sein wirklicher Feind. Wenn ihm der Maentwrog auch nur einen Moment lang Zeit gab, könnte er … Aber nein, dafür war es zu spät. Jetzt konnte er nur noch den Dingen ihren Lauf lassen. Er verspürte Verzweiflung über seine eigenen Beschränkungen, über die engen Grenzen des Auftrags, den er erhalten hatte, über die bitteren Wahrheiten, die er für sich behalten musste.

Der Maentwrog pirschte sich erneut an ihn heran, den Körper dicht an den Boden gedrückt, die Augen hell und glänzend. Er würde nicht aufhören, bis einer von ihnen tot war. Der Ritter verstand die Natur seines Gegners, und er wusste, dass keine Gnade gewährt werden würde. Die Bestie hatte früher schon stärkere Kreaturen getötet, und sie hatte keine Angst vor ihm. Sie war erfüllt von Wildheit und rasendem Zorn und kannte keinen anderen Weg.

Sie griff an, machte mehrere Finten, um den Ritter abzulenken, und stürmte dann wie ein unaufhaltsamer Panzer aus Muskeln, Klauen und Zähnen über die Lichtung auf ihn zu. Der Ritter des Wortes wich nicht vom Fleck und versetzte ihr einen mächtigen Hieb. Er schlug mit solcher Gewalt zu, dass das Feuer der Magie den Maentwrog verschlang. Doch der Schwung des Monsters trug es an seiner Verteidigung vorbei und direkt gegen ihn. Der Ritter wurde zu Boden geschmettert, und das gepanzerte Licht, das ihn schützte, wurde eingedrückt wie Plastik. Er rollte sich zur Seite, als der Maentwrog im Inneren der feurigen Hülle um sich schlug und versuchte, ihn zu erreichen, dabei aber nur die Erde aufwühlte. Er schlug immer wieder auf das Monster ein, schmetterte seinen Stab gegen den massiven Körper, sodass Feuer von dem polierten Holz aufloderte. Der Maentwrog schrie und versuchte ihn auf den Boden zu nageln, während er sich rasend herumwälzte und krümmte. Zweimal wurde der Ritter so heftig zu Boden geworfen, dass ihm die Luft aus den Lungen getrieben wurde, Schmerz seinen Körper überflutete und er kurz seine gesamte Kraft verlor. Beide Male erholte er sich wieder und weigerte sich, sich zurückzuziehen. Er konnte weder den Dämon noch Nest sehen. Er konnte kaum erkennen, wo er selbst war. Die Lichtung war derart von Rauch und Ruß erfüllt, dass die Lichtsplitter des verwüsteten Baumes davon verhüllt wurden. Er bewegte sich in einer Welt der Geräusche und plötzlicher Bewegungen, von Reaktionen, die aus Instinkt und blitzschnellem Handeln geboren waren und in der das winzigste Zögern den Tod bedeuten würde.

Er löste sich kurz von dem Maentwrog, glitt wie ein Geist durch das trübe Dämmerlicht von ihm weg und wusste, dass er seinen Gegner so schnell wie möglich vernichten musste. Seine Stärke begann zu versiegen, und seine Magie ermattete. Wenn er diesen

Kampf nicht zu einem raschen Ende bringen konnte, würde er ihn verlieren. Er war bereits so zerschlagen, dass er sich nicht mehr ohne Schmerzen bewegen konnte; seine Beine verkrampften sich, und seine Arme waren bleischwer und schwach. Er war nicht gerade ein Kämpfer gewesen, bevor er zum Ritter des Wortes geworden war, und daher war sein Kämpfen nicht instinktiv. Das bisschen, was er darüber wusste, hatte er aus seinen Zukunftsträumen und Konflikten in der Gegenwart gelernt, und im Vergleich zu dem Ding, gegen das er kämpfte, war er ein Anfänger. Bislang hatte seine Magie ihm einen Vorteil verschafft, aber sie war nicht unerschöpflich und zudem auf andere Zwecke zugeschnitten.

Dann stürzte sich der Maentwrog aus dem Rauch und Staub heraus auf ihn und riss ihn von den Beinen. Sofort war die Kreatur über ihm und presste ihn mit ihren Vorderbeinen gegen den Boden. Ihre Kiefer schnappten nach seinem Kopf, schrammten über das gepanzerte Licht der Magie und rissen ihr Gewebe auf. Der Ritter stieß seine Beine so heftig gegen die Brust des Monsters, dass beim Aufprall Flammen hochschlugen, konnte aber nicht freikommen.

In diesem Moment stürmte Nest Freemark, die es nicht mehr aushielt, tatenlos zuzusehen, vor Raserei schreiend aus dem Rauch der Dunkelheit. Sie schlug in dem verzweifelten Versuch zu helfen, mit einem langen Ast nach dem Maentwrog, um ihn abzulenken. Der Ritter schrie sie an wegzugehen, aber sie ignorierte ihn. Überrascht schlug der Maentwrog mit einem seiner massigen Vorderbeine nach ihr und schleuderte sie zurück in die Nacht.

Der Ritter, der plötzlich einen Arm frei hatte, stieß den schwarzen Stab tief in den Rachen des Monsters und sandte seine Magie hindurch. Feuer stieß brennend und verzehrend in die Kehle des Maentwrogs, und das Ungetüm bäumte sich gepeinigt auf und versuchte freizukommen. Doch der Ritter klammerte sich hartnäckig an den Maentwrog, als dieser kreischend mit den Armen nach ihm schlug und mit den Klauen an ihm riss. Der Ritter fühlte sich, als ob alles in seinem Körper zerbrach, aber der Stab blieb in die Kehle des Monsters gebohrt, und Feuer zuckte aus ihm hervor.

Der Maentwrog taumelte, fiel um, lag sich windend auf dem Boden und versuchte in verzweifelter Raserei, auf die Beine zu kommen und das Feuer loszuwerden, das in ihm brannte. Der Ritter riss den Stab aus seiner Kehle, rammte ihn in eines der unheilvoll funkelnden Augen und spürte, wie der Kopf des Maentwrogs unter dem Stoß erzitterte. Er schlug ein zweites Mal und ein drittes Mal zu, als das Feuer in funkensprühenden Strahlen aufflammte und Rauch in die Nacht aufstieg.

Als er seinen Stab nicht mehr heben konnte, um damit zuzuschlagen, versuchte er, sich von der formlosen Masse zu seinen Füßen zu lösen, doch seine Beine weigerten sich zu reagieren.

Lass Nest nicht allein! schrie er in lautloser Verzweiflung, und dann verließ ihn seine Kraft vollkommen, und er verlor das Bewusstsein.

Nah dem Ende des Kampfes wurde es still auf der rauchverhangenen Lichtung.

Regentropfen fielen auf Nest Freemarks Gesicht, weiche, kühle Spritzer auf ihrer erhitzten Haut. Sie kamen als leichtes Nieseln aus der Schwärze herab, das zu einem stärkeren Prasseln wurde. Nest wischte sie sich geistesabwesend weg, während sie am Rand der Lichtung auf dem Boden lag, die Augen fest auf die Mischung aus Rauch und Dunkelheit gerichtet, die vor ihr in der Luft stand. Sie konnte nicht sehen, was dort geschah. In den letzten verzweifelten Momenten des Kampfes zwischen John Ross und dem Monster war alles verschwunden. Feuer loderte auf, und unmenschliche Schreie zerfetzten die Luft, und dann war plötzlich alles still.

»John«, sagte sie leise, und sein Name war ein Wispern, das nur für sie selbst zu hören bestimmt war.

Eine plötzliche Brise stieg vom Wasser des Rock River auf, wehte durch den Wald und begann den Dunst aufzulösen. Als die Nachtluft sich klärte, konnte sie die beiden Kämpfer bewegungslos auf dem Boden liegen sehen. Sie kam langsam auf die Beine. Von dem Maentwrog stieg Dampf auf, und während sie zuschaute, begann er sich aufzulösen, fiel in sich zusammen, wie eine Hülle, in der Luft gefangen war, die daraus entweicht. Der massige Körper brach auseinander und fiel in einer Wolke aus Staub und Asche zu Boden, und innerhalb von Sekunden blieb nur ein Umriss übrig, ein dunkler Schatten auf der zerwühlten und blutgetränkten Erde.

John Ross blieb bewegungslos und in sich zusammengesackt, wo er war. Der schwarze Stock glänzte nicht mehr. Nest ging zu ihm hinüber und starrte mit Grauen auf ihn hinab.

Eine plötzliche, heftige Explosion zerriss die Stille, und ihre Gewalt war so mächtig, dass die Druckwelle sie zum Schwanken brachte, als sie an ihr vorüberzog. Die Explosion war aus einiger Entfernung gekommen. Sie drehte sich um, hielt nach ihrem Ursprung Ausschau und sah überall Feuerwerkskörper explodieren. Aber sie bildeten keine Muster, und die Farbblitze zuckten nicht nur am Himmel, sondern auch in Bodennähe auf.

Sie wandte sich wieder um und erblickte den Dämon, der nur vier Meter von ihr entfernt stand und jetzt aus dem Dunkel auf sie zukam. Schock und Überraschung trafen sie wie ein Schlag.

»Jetzt gibt es nur noch dich und mich«, sagte er leise und mit einem ruhigen Ausdruck auf dem Gesicht; die Hände hatte er vor sich gefaltet. »Ich vermutete, dass Mr. Ross versuchen würde, sich in diese Angelegenheit einzumischen, und daher arrangierte ich eine kleine Ablenkung. Es scheint mir, dass sie ihren Zweck erfüllt hat. Möchtest du dich selbst davon überzeugen?«

Sie richtete sich gerade auf, zwang sich, ruhig dazustehen, und verschloss ihre Gefühle, damit er sie nicht sehen konnte. »Was willst du von mir?«, fragte sie und hielt den Ton ihrer Stimme flach und ausdruckslos.

»Ich will dich, mein Kind. Meine Tochter. Ich will, dass du bei mir bist, wo du hingehörst.«

Sie erstickte den Drang, ihn wütend anzuschreien. »Ich habe dir gesagt, du sollst mich nicht so nennen. Ich bin nicht deine Tochter. Ich bin überhaupt nicht wie du. Ich habe nicht die geringste Absicht, mit dir irgendwohin zu gehen. Weder jetzt noch irgendwann. Wenn du mich dazu zwingst, werde ich bei der ersten Gelegenheit weglaufen.«

Er schüttelte tadelnd den Kopf. »Du befindest dich in einer tiefen Verweigerungshaltung, Nest. Weißt du, was das bedeutet? Du kannst behaupten, was du willst, doch was immer du auch sagst, ich bin doch dein Vater. Das kannst du nicht ändern. Nichts kann das. Ich habe dich erschaffen. Ich gab dir das Leben. Du kannst nicht einfach die Tatsache meiner Existenz leugnen.«

Nest lachte. Ein Adrenalinschub überflutete sie. »Du gabst mir mein Leben aus Hass auf meine Mutter und meine Großmutter. Du gabst mir mein Leben aus den falschen Gründen. Deinetwegen ist meine Mutter tot. Ich weiß nicht, ob du sie ermordet hast oder ob sie sich selbst getötet hat, aber du bist auf jeden Fall dafür verantwortlich.«

»Sie hat sich selbst getötet«, warf der Dämon mit einem Achselzucken ein. »Sie war schwach und töricht.«

Nest spürte, wie ihr Gesicht heiß wurde. »Aber meine Großmutter hat sich nicht selbst getötet, oder?«

»Sie war gefährlich. Wenn ich sie am Leben gelassen hätte, hätte sie mich vielleicht getötet.«

»Und jetzt gehöre ich also zu dir?« Skepsis schwang offen in Nests Stimme mit. »Warum sollte ich so etwas wohl auch nur in Erwägung ziehen?«

Die sanften Züge des Dämons wurden schärfer. »Es gibt niemanden sonst, der auf dich achten könnte.«

»Wovon sprichst du? Was ist mit Grandpa?« Sie deutete drohend und aggressiv mit dem Finger auf ihn. »Verschwinde hier! Lass mich in Ruhe!«

»Du hast niemanden. Dein Großvater ist tot. Oder wenn er es nicht ist, so wird er es bald sein.«

»Du lügst!«

Der Dämon zuckte erneut mit den Achseln. »Tue ich das? Auf jeden Fall spielt keiner von ihnen eine Rolle. Nur ich.«

Nest zitterte vor Zorn. »Mir ist unbegreiflich, wie du nach allem, was du getan hast, glauben kannst, dass ich *irgendetwas* tun würde, was du willst. Ich hasse dich. Ich hasse das, was du bist. Ich hasse es, ein Teil von dir zu sein. Du zählst nicht für mich. Du zählst weniger als überhaupt nicht!«

»Nest.« Er sprach ihren Namen ruhig und leise aus. »Du kannst tun und sagen, was du willst, aber es wird nichts an dem ändern, was geschehen wird.«

Sie holte tief Luft, um Kraft zu sammeln. »Nichts wird geschehen.«

»Du bist mein Fleisch und Blut, Nest. Wir sind dasselbe.«

»Wir sind nicht dasselbe. Wir werden niemals dasselbe sein.«

»Nein?« Der Dämon lächelte. »Das willst du glauben, nehme ich an. Aber du bist dir nicht sicher, nicht wahr? Wie könntest du auch? Fragst du dich nicht, wie viel von mir in dir ist?« Er machte eine Pause. »Schuldest du es dir nicht selbst, es herauszufinden?«

Er ging auf sie zu. »Fass mich nicht an!«, herrschte ihn Nest an und ballte ihre Hände zu Fäusten.

Der Dämon blieb lachend stehen. »Aber das muss ich. Ich muss dich berühren, wenn ich dir dabei helfen soll zu erkennen, wer du werden kannst, wer du wirklich bist. Ich muss es tun, wenn ich dir helfen soll, den Teil von dir zu befreien, den du in dir begraben hältst.«

Sie schüttelte heftig den Kopf. »Bleib mir vom Leib.«

Er blickte zum Himmel, als bemerke er erst jetzt den Regen. Er fiel mittlerweile stärker, war ein langsames, stetiges Prasseln gegen die Blätter der Bäume, und seine Feuchtigkeit breitete sich dunkel auf dem bloßen Erdboden aus. Nest schaute rasch zu John Ross, aber er bewegte sich noch immer nicht. Sie blickte zu Pick hinüber, der zusammengesackt auf dem Boden seines Eisenkäfigs lag.

Du musst ihm helfen.

Dann sah sie, zum ersten Mal in dieser Nacht, die Fresser. Hunderte – vielleicht Tausende – von ihnen hatten die Lichtung umringt, die Körper in den Schatten, die von den Bäumen geworfen wurden, eng aneinander gepresst, die katzengleichen Augen vor Erwartung leuchtend. Sie hatte noch niemals so viele an einem Ort versammelt gesehen. Es hatte den Anschein, als hätten sich die Fresser der ganzen Welt hier in diesen Wäldern versammelt.

»Du gehörst zu mir«, wiederholte der Dämon und beobachtete sie genau. »Mein Kind.«

Sie schloss kurz die Augen und blinzelte dann heftig gegen die Tränen, die sich zu bilden drohten. Sie war ganz allein, das wusste sie. Dafür hatte er gesorgt. Das hatte er ihr angetan. Sie starrte ihn unheilvoll an, forderte ihn heraus, näher zu kommen, und hasste ihn, wie sie noch niemals jemanden gehasst hatte. Ihr Vater. *Ein Dämon. Ein Dämon. Ein Dämon.*

»Tritt bitte von Mr. Ross zurück«, befahl er sanft.

Sie blieb trotzig an ihrem Platz. »Nein.«

Der Dämon lächelte kalt. »Nein?«

Er gestikulierte fast beiläufig in ihre Richtung, und sie wurde von einer solchen Angst überflutet, dass ihre Beine nachgaben und der Atem in ihrer Kehle stockte. Sie taumelte unter dem Gewicht des Angriffs, und als sie dies tat, kamen die Fresser von allen Seiten auf sie zu. Sie wirbelte herum, um sich ihrer Attacke zu stellen; ihre Augen senkten sich in die ihrer Angreifer, und ihre Magie verwandelte sie zu Brei. Einer nach dem anderen brach vor ihr zusammen, fiel auf die verwüstete Erde und schmolz dahin. Doch für jeden, den sie vernichtete, nahmen zwei neue dessen Platz ein. Wütend und erschreckt von ihrer Nähe und ihrer Anzahl, fauchte sie sie an wie eine Katze. Jetzt berührten die Kreaturen sie, drängten sich an sie, zu viele, um sie vollständig abzuwehren, und sie befand sich wieder in der Dunkelheit der Höhlen unter dem Park, mit Isolierband gefesselt und unfähig, sich zu wehren. Sie kämpfte weiter, schlug wild um sich, vernichtete jeden Fresser, der sie anzusehen wagte, zwang einige von ihnen dazu, sich zurückzuziehen, indem sie in ihre Richtung wirbelte, und schlug nach jenen, die versuchten, über sie zu krabbeln.

Aber es waren so viele. *Zu viele! Zu viele!*

Sie presste ihre Arme um den Kopf, schloss die Augen und schrie trotzig auf.

Dann waren die Fresser plötzlich wieder in der Nacht verschwunden, und sie war wieder allein. Sie hob den Kopf und erblickte den Dämon, der sie mit Belustigung in den bleichen Augen beobachtete.

Er ging erneut auf sie zu, ein langsames Näherkommen durch das leere Dunkel und den sanften Regen.

»Geist!«, schrie sie verzweifelt.

Abrupt tauchte der große, gespensterhafte Wolf auf. Er trat hinter dem Dämon zwischen den Bäumen hervor und schritt mit gesenktem Kopf und aufgerichteten Nackenhaaren auf die verwüstete Lichtung hinaus. Nest spürte, wie ihr Herz einen Satz machte, als ihr riesiger Beschützer sich dem Dämon näherte.

Der Dämon blieb stehen und schaute beiläufig über die Schulter. Auch Geist blieb stehen.

Der Dämon drehte sich wieder zu Nest um und lächelte. »Ich muss dir ein Geständnis machen«, sagte er. »Ich habe dir etwas vorenthalten. Wüsstest du gerne, was es ist? Es ist ziemlich wichtig.« Nest sagte nichts; Entsetzen stieg in ihr hoch. Er genoß den Augenblick. »Es geht um diese Kreatur. Deinen Beschützer. Er ist ein Elementarwesen, ein Ding, das aus Magie und den Elementen erschaffen wurde, so etwas wie der ›Vertraute‹ einer Hexe. Du nimmst wahrscheinlich an, dass deine Großmutter ihn erschaffen hat; vielleicht hat sie dir sogar erzählt, sie hätte es getan. Aber das hat sie nicht. Ich tat es.«

Seine Worte wirbelten durch die Stille wie Splitter zerbrechenden Metalls und zerfetzten das, was von Nests Mut und Entschlossenheit noch übrig war. Sie starrte ihn ungläubig an. »Du lügst.«

Er schüttelte den Kopf. »Denk darüber nach. Ich ließ dich zurück, nachdem du geboren wurdest. Warum sollte ich das tun, wenn ich befürchtet hätte, dass dir irgendetwas zustoßen könnte? Du warst mein Kind; sehr wahrscheinlich würdest du über Magie verfügen. Die Fresser würden sich zu dir hingezogen fühlen. Es würde Zeiten geben, in denen du in Gefahr wärst.« Er zuckte mit den Achseln. »Also erschuf ich einen Beschützer, der über dich wachte, der dich vor Schaden bewahrte.«

Sie schüttelte langsam den Kopf. »Ich glaube dir nicht.«

»Nein?«, er lachte leise. »Schau.«

Er drehte sich zu Geist um und machte eine schnelle Geste. Geist setzte sich gehorsam auf die Hinterbeine. Der Dämon lächelte Nest an. Er machte eine neue Geste, und Geist legte sich zahm und gefügig auf den Boden und legte den Kopf zwischen die Pfoten.

Der Dämon drehte sich erneut zu Nest um. »Siehst du?«

Nest fühlte, wie ihre letzte Hoffnung verblasste, sah ihre letzte Chance zu überleben in die Nacht davontreiben. *Benutze deine Magie. Vertraue Geist.* Aber Geist war sein Geschöpf. *Seines.* Die Wahrheit brannte in ihrer Kehle und ließ sie benommen und voller Übelkeit zurück.

O mein Gott, mein Gott! Was soll ich jetzt tun?

Der Dämon breitete die Arme in einer Geste aus, die sein Mitgefühl ausdrücken sollte. »Du bist allein, Nest. Es gibt niemanden mehr, an den du dich wenden könntest, außer mir. Aber das ist vielleicht nicht so schlimm, wie du befürchtest. Lass mich deine Hände nehmen. Nur für ein paar Momente. Lass mich dich berühren. Ich kann dich die Dinge in einem anderen Licht sehen lassen. Ich kann dir ein Verständnis davon vermitteln, wer du wirklich bist. Was kann dir das schon schaden? Wenn dir nicht gefällt, was du siehst, werde ich gehen.«

Aber sie wusste, dass er das nicht tun würde. Er würde niemals gehen. Und wenn sie sich von ihm berühren ließ, so wie er es wollte, würde sie dies für immer vernichten. Sie würde auf Arten unterminiert werden, die sie sich noch nicht einmal vorstellen konnte. Ihr Vater war ihr Fluch. Er war der Fluch eines jeden Menschen. Er war ein Dämon, und es konnte nichts Gutes daraus erwachsen, auf irgendeinen Teil von dem, was er anbot, einzugehen.

»Bleib mir vom Leib«, sagte sie zum zweiten Mal an diesem Abend zu ihm.

Aber er kam dennoch auf sie zu, war sich seiner jetzt sicher. Er war überzeugt, dass er ihr Schicksal in seinen Händen hielt, dass sie keine Möglichkeit mehr hatte, ihn aufzuhalten. Nest zitterte vor Furcht und hilfloser Wut, aber sie wich nicht zurück. Es gab nichts, wohin sie fliehen konnte, und keinen Grund, es zu versuchen. Früher oder später würde er sie finden. Die Fresser begannen wieder, sich mit leuchtenden Augen aus den Schatten hervorzuwagen. Sie spürte den Regen, der stetig auf ihr Gesicht fiel, und bemerkte, dass ihre Kleidung klatschnaß war. Hinter ihr, jenseits der Bäume des Waldes, explodierte das Feuerwerk noch immer in einer Serie abgerissener Donnerlaute.

Ich werde nicht so werden wie er, sagte sie sich jetzt. *Das werde ich niemals geschehen lassen. Lieber sterbe ich.*

Sie wartete, bis er so nahe herangekommen war, dass sie seine Gesichtszüge in der Dunkelheit sehen konnte, und dann griff sie ihn mit ihrer Magie an. Sie schlug mit wilder Entschlossenheit zu und benutzte dafür jeden Funken Macht, den sie aufbieten konnte. Sie hielt seinem Blick stand, schaute ihm fest in die Augen und warf ihm alles entgegen, was sie besaß. Er war nicht darauf gefasst. Die Gewalt ihrer Attacke stieß ihn einen Schritt zurück und erschütterte ihn von Kopf bis Fuß. Sein Mund öffnete sich vor Überraschung, und seine Augen wurden groß. Aber er brach nicht zusammen, wie Danny Abbott und Robert Heppler es getan hatten. Sein Gesicht durchlief eine erschreckende Verwandlung, und für einen Moment konnte sie klar erkennen, wie böse er wirklich war.

»Du törichtes kleines Mädchen!«, zischte er in unverhohlenem Zorn.

Er kam erneut auf sie zu, energischer dieses Mal, durchbrach ihre Verteidigung und wischte ihren Angriff beiseite. Sie zog sich von ihm zurück und versuchte, ihm mehr Macht entgegenzuschleudern, ihn zu bremsen und in Schach zu halten. Die Fresser wieselten und krabbelten wild umher, kamen immer näher und schlossen ihren Kreis um sie. Sie spürte ihre Erwartung, fühlte ihre Bereitschaft vorzustürmen. Sie würden sich von ihr nähren.

Dann sah sie Geist. Er schoss wie hochkatapultiert vom Boden auf, sein geschmeidiger Körper streckte sich, seine Muskeln schwollen an. Er legte die Distanz zwischen ihnen in der Zeit weniger Herzschläge zurück, seine Pfoten trommelten gegen die Erde, seine Kiefer waren weit aufgerissen. Ein hochtönendes Knurren brach aus seiner Kehle hervor, das so düster und schrecklich war, dass für einen Moment alles bei seinem Klang zu erstarren schien.

In dieser Sekunde war sich Nest sicher, dass er sich auf sie stürzen und dass sie jetzt sterben würde. Sie riss schnell die Arme hoch, um sich zu schützen, und ließ sich auf ein Knie fallen.

Aber es war der Dämon, auf den Geist zielte, und er flog als schwarzgrau gestreifter Schemen durch die Luft, rammte seinen

Schöpfer und warf ihn in einem leuchtenden Aufblitzen weißer Zähne zu Boden. Der Dämon verschwand mit sich windendem Körper und um sich schlagenden Armen unter dem Tier. Nest taumelte von ihnen fort und verstand nicht, was geschah. Warum griff Geist den Dämon an? Der Dämon schrie vor Wut und Schmerz, als der Geisterwolf ihn zerfleischte. Es schien, dass das Tier verrückt geworden war und mit solcher Raserei angriff, dass nichts es aufhalten konnte. Fresser stürzten sich auf die beiden und wieselten als Reaktion auf den Kampf triumphierend herum, völlig außer Rand und Band in ihrer Gier, sich an ihnen zu nähren. Sie stoben kurz auseinander, als der Dämon Geist mit einer übermenschlichen Kraftanstrengung von sich schleuderte und zerfetzt, zerschlagen und blutig auf die Beine kam. Doch Geist war sofort wieder über ihm, und seine Kiefer schnappten erneut zu.

In diesem Augenblick schrie der Dämon etwas, nur ein einziges Mal, einen Namen, den Nest deutlich verstand. »*Evelyn!*« Es lag ein Erkennen in dem Schrei – und Zorn und Grauen. *Evelyn!*

Dann war Geist endgültig über ihm, warf ihn zu Boden und zerfleischte ihn. Blut und Fleisch flogen in Fetzen durch die Luft, und die Schreie des Dämons wurden zu einem gedämpften Keuchen. Arme und Beine wurden schlaff, und der Dämon zerfiel. Kehle und Brust klafften weit auf, und seine Innereien fielen heraus. Fresser schwärmten aus der Nacht herbei und rissen hungrig an ihm. Der verstümmelte Körper des Dämons zuckte hoch, als durchfahre ihn ein Stromschlag, und etwas Dunkles, Geflügeltes und Unaussprechliches versuchte sich aus dem Blutbad zu befreien. Aber Geist erwischte es, als es aufstieg, und seine Kiefer schlossen sich mit einem hörbaren Krachen darum. Nest hörte ein einziges, grauenvolles Kreischen, und dann war Stille.

Jetzt trat Geist mit gesenktem Kopf und einem Maul, das dunkel und feucht vor Blut war, von dem Körper des Dämons zurück. Der Dämon lag zusammengesackt und bewegungslos vor ihr, nicht länger als auch nur irgendwie menschlich zu erkennen, sondern auf etwas Schmutziges, Armseliges reduziert. Sie starrte ihn einen Moment lang an, sah zu, wie er in sich zusammenfiel, wie es der Maentwrog getan hatte, beobachtete, wie er in der Erde versank und zu einem Umriss verblasste, bevor er verschwand.

Es regnete jetzt in Strömen, und Donner grollte durch die Nacht und näherte sich von Westen. Die Fresser verschmolzen mit der Dunkelheit, schwanden zu ein paar lampenartigen Augen, die eines nach dem anderen verloschen wie Suchlichter, die ausgeknipst wurden. Geist schüttelte sich mit einer Geste, die fast abfällig war. Sein großes Gesicht mit den Tigerstreifen hob sich in die Dunkelheit, und seine leuchtenden Augen richteten sich auf Nest. Für einen kurzen Augenblick – und Nest war sich später nie sicher, ob sie es wirklich gesehen oder sich nur eingebildet hatte – glaubte sie, Großmutters scharfe alte Augen zu sehen, die sie aus dem Kopf des Geisterwolfes anblickten.

Dann drehte sich Geist um und glitt wieder zu den Bäumen zurück, verschmolz mit der Dunkelheit und wurde eins mit der Luft.

Als Erstes ging Nest zu Pick, brach den Stift ab, der die Käfigtür versperrte, und hob den Waldschrat sanft ins Freie. Pick saß ein paar Momente benommen und zitternd in ihrer Handfläche und hielt den Kopf in seinen Händen, um sich zu sammeln. Dann strich er die Blätter auf seinem Kopf glatt, fuhr über seine hölzernen Arme und Beine und fragte, ohne sie anzusehen, nach Daniel. Als sie es ihm erzählte und dabei mit den Tränen kämpfte, schüttelte er traurig den Kopf und sagte ihr, sie solle nicht weinen, sondern sich daran erinnern, dass Daniel ein guter Freund gewesen war, und ihn nie vergessen.

Dann blickte er sie direkt an, sein schmales Gesicht gefasst und die Knopfaugen ruhig. Seine Stimme war rau wie Sandpapier. »Verstehst du, was hier geschehen ist, Nest? Weißt du, was deine Großmutter für dich getan hat?«

Nest schüttelte langsam den Kopf. »Ich bin nicht sicher. Ich weiß, dass ich den Dämon ihren Namen rufen hörte. Und ich glaube, als alles vorbei war, sah ich ihre Augen in denen von Geist.« Sie sank in der Dunkelheit und dem Regen auf die Knie. »Ich glaube, sie war auf irgendeine Weise bei ihm.«

Der Waldschrat nickte. »Das war sie, ganz richtig. Doch nicht auf die Art, wie ich es erwartet hatte. Ich habe mich geirrt, das gebe ich zu. Ich dachte, sie hätte Geist als deinen Beschützer erschaffen. Aber es war der Dämon, der Geist gemacht hat. Deine Großmutter hat jedoch die Magie ein wenig aufgewirbelt. Sie muss erkannt haben, woher Geist kam, als du ihr das erste Mal von ihm erzählt hast. Sie muss sofort begriffen haben, dass dies bedeutete, dass der Dämon vorhatte, eines Tages deinetwegen zurückzukommen. Und sie wusste, dass sie dann sicher nicht mehr stark genug sein würde, ihn aufzuhalten! Sie war ein schlauer Fuchs, deine Großmutter. Also verwendete sie ihre Magie, jeden Funken davon, um seine Schöpfung gegen ihn zu richten. Nach außen hin sah Geist aus wie vorher. Doch in seinem Inneren war er etwas anderes. Falls der Dämon jemals käme, um dich zu holen, wartete Geist bereits auf ihn. Das war die geheime Zutat, die die Magie deiner Großmutter zu der Mixtur hinzufügte. Der Dämon fand es niemals heraus, aber das war der Grund, warum deine Großmutter keine Magie mehr zu ihrem Schutz hatte, als er sie angriff. Sie hatte sie vollständig aufgebraucht, um Geist zu verändern.«

»Doch warum hat Geist mich dieses Mal beschützt, obwohl er es vorher nicht getan hat?«, wollte Nest schnell wissen. »Warum hat er den Dämon nicht damals im Park oder unten in der Höhle oder sogar in der Kirche angegriffen?«

Pick hob einen Zeigefinger vor sein gemasertes Gesicht und schüttelte ihn langsam hin und her. »Benutze deinen Verstand. Deine Großmutter wollte sichergehen, dass Geist nur eingriff, wenn es absolut unumgänglich war. Sie wollte keine Fehler oder Verwechslungen. Geist sollte dich nicht beschützen, solange du nicht selbst versuchtest, dich zu verteidigen! Muss ich dir extra eine Zeichnung machen, damit du es verstehst? Es war deine Magie, Nest! Deine Großmutter war überzeugt, dass du sie nur benutzen würdest, wenn du dich in allergrößter Gefahr befändest. Erinnerst du dich, wie sie dich ermahnte, sie nicht unnützerweise zu verwenden? Sie hat dich wieder und wieder davor gewarnt, nicht wahr? Sie tat das, weil sie wollte, dass du sie für den Fall aufspartest, in dem du sie wirklich brauchen würdest. Denk darüber nach! Das war der Grund für die Botschaft deiner Großmutter! Sie ermahnte dich, standzuhalten und zu kämpfen. Falls der Dämon dich heimsuchte und du auch nur einen winzigen Teil deiner Magie beschworst, um dich zu verteidigen, würde Geist dir helfen müssen!«

Er war jetzt erregt, von seiner eigenen Überzeugung mit fiebriger Leidenschaft erfüllt. »Oh, ich weiß, dass du es auch so getan hättest. Natürlich weiß ich das. Aber deine Großmutter ging kein Risiko ein. Es war eine clevere Falle, Nest. Verflixt noch mal, das war es! Als Geist zu deiner Verteidigung kam, sah sich der Dämon einer Kombination aus seiner eigenen Magie und der deiner Großmutter gegenüber. Das war zu viel für ihn.« Er holte tief Luft und stieß sie langsam wieder aus. »Das war das Opfer, das deine Großmutter für dich gebracht hat.«

Nest schwieg benommen. Es fiel ihr schwer, sich vorzustellen, dass ihre Großmutter das getan hatte, was Pick ihr beschrieb. Aber Großmutter war ihre furchtlose Streiterin gewesen, und Nest wusste, dass der Waldschrat Recht hatte. Großmutter hatte ihre Magie und damit ihr Leben für ihre Enkelin aufgegeben.

Sie setzte Pick auf den Boden und beugte sich über John Ross. Er regte sich endlich und versuchte sich aufzurichten. Seine blassgrünen Augen richteten sich auf sie, und einen Augenblick lang sah sie eine Mischung aus Verzweiflung und Entschlossenheit in ihnen, die sie erschreckte. Er fragte, was geschehen sei, und sie erzählte es ihm. Als sie geendet hatte, griff er nach seinem Stock und hievte sich mit seiner Hilfe langsam und vorsichtig auf die Beine.

»Du hast uns gerettet, Nest«, sagte er. Er strich über seine Kleidung und sah in der regentriefenden Dunkelheit wie eine schlammige und zerknitterte Vogelscheuche aus.

»Ich habe mir Sorgen um dich gemacht«, erwiderte sie leise. »Ich dachte, der Maentwrog hätte dich vielleicht …«

Sie brach ab, konnte den Satz nicht beenden, und er legte den Arm um sie und drückte sie an sich. »Es tut mir Leid, dass dir das alles widerfahren musste, Nest. Ich wünschte, es hätte anders sein können. Aber manchmal trifft das Leben für uns die Entscheidungen, und wir können nichts tun, außer zu akzeptieren, was passiert, und zu versuchen, es so gut wir können hinter uns zu bringen.«

Sie nickte in sein Hemd hinein. »Es fühlte sich niemals an, als sei er mein Vater«, flüsterte sie. »Es fühlte sich nie so an, als sei er ein Teil von mir.«

»Er war ein Teil von dem, was schlecht an der Welt ist, aber ein Teil, der dichter an dir dran war, als es sonst gewöhnlich ist.« Ross strich ihr über das feuchte Haar. »Lass es hinter dir, Nest. Es wird nicht auf einmal geschehen, aber mit der Zeit wird er verschwinden.«

»Ich weiß. Ich werde es versuchen.« Sie umarmte ihn dankbar. »Ich bin so froh, dass du hier warst, um mir zu helfen.«

Ein unbehagliches Schweigen folgte. Seine Hand hörte auf, über ihr Haar zu streichen.

»Was ist los?«, fragte sie.

Er schien darüber nachzudenken. »Was, meinst du, wäre geschehen, wenn dein Vater dich berührt hätte?«

Sie schwieg einen Moment lang. »Ich weiß es nicht.«

Sie hörte ihn seufzen. »Ich werde dir etwas erzählen, das ich dir bis jetzt verschwiegen habe. Ich werde es dir erzählen, weil du es wissen musst. Weil dieses Wissen dir eines Tages das Leben retten kann.«

Sein Gesicht senkte sich in ihr Haar. »Ich träume von der Zukunft, Nest. In jeder Nacht meines Lebens träume ich von ihr. Ich träume davon, wie es sein wird, wenn alles zusammenbricht und die Fresser uns verschlingen. Ich träume vom Ende der Zivilisation, vom Ende der Welt. Die Träume sind wahr, keine Illusionen. Sie sind der Preis dafür, ein Ritter des Wortes zu sein. Sie sind eine Mahnung, was geschehen wird, wenn ich versage. Wichtiger noch, sie sind ein Fenster in der Zeit, das mich erkennen lässt, was genau ich zu verhindern versuchen muss.«

Er trat von ihr zurück und legte ihr die Hände auf die Schultern. Regen glitzerte auf seinem schmalen Gesicht und seinen schlammverkrusteten Haaren. »Ich habe durch meine Träume von dir erfahren. Ich fand heraus, dass der Dämon dein Vater war. Doch am allerwichtigsten ist, dass ich sah, was aus dir wurde, weil dein Vater dich heute Nacht, an diesem Ort, in diesem Park berührte. Ich kam nach Hopewell, um zu verhindern, dass dies geschah.«

»Was wurde aus mir?«, fragte sie mit bebender Stimme.

Er schüttelte den Kopf. »Es spielt keine Rolle. Es kann jetzt nicht mehr geschehen. Diese Gelegenheit ist verstrichen. Der Dämon ist fort. Die Ereignisse können sich nicht mehr so entwickeln. Du wirst nicht zu dem werden, was ich in meinem Traum gesehen habe. Du wirst zu dem werden, was du aus dir machst, aber das wird nichts Böses sein. Nicht nach dem, was du heute Nacht getan hast. Nicht, nachdem du gehört hast, was ich zu sagen habe.«

Sein Lächeln war schmal und bitter. »Mit einigem von dem, was ich als Ritter des Wortes tun muss, kann ich nur schlecht leben. Ich kann die Zukunft nicht immer mit Worten und Wissen ändern. Die Dämonen, die ich jage, sind verschlagen und schlau, und ich finde sie nicht immer. Manchmal erreichen sie, was sie vorhaben, und ich muss mich dann mit dem Ergebnis auseinander setzen. Weil ich aus meinen Träumen weiß, was ihre Ergebnisse bewirken werden, muss ich sie auf jede Weise verändern, die ich kann.«

Verborgene Pein legte seine Stirn in Falten. »Es war nötig, dass du dich deinem Vater gestellt und ihn zurückgewiesen hast. Ich bin nach Hopewell gekommen, um herauszufinden, ob du dazu in der Lage bist. Ich hätte ihn vorher vernichtet, wenn ich gekonnt hätte, aber ich wusste von Anfang an, dass meine Chancen dazu sehr gering waren. Ich wusste, dass dies wahrscheinlich deine Aufgabe sein würde. Ich gab dir alle Hilfe, die ich konnte, aber in meinem Herzen, Nest, in meiner Seele wusste ich, dass es nur auf dich ankommen würde.«

Er stand hoch aufgerichtet vor ihr, war plötzlich unnahbar und so undurchdringlich wie die Dunkelheit, die sie beide einhüllte.

»Verstehst du?«, fragte er sanft. »Wenn du bei dem versagt hättest, was von dir erwartet wurde, wenn der Dämon dich berührt hätte und du zu dem geworden wärst, was er vorhatte, wenn du nicht in der Lage gewesen wärst, ihm zu widerstehen, und wenn deine Magie zu seinen Zwecken verdunkelt worden wäre …«

Er nahm die Hände von ihren Schultern. Ihre Augen trafen sich. »Ich bin hierher gekommen, um dich davon abzuhalten, zu der Kreatur zu werden, die ich in meinen Träumen gesehen habe, Nest.« Er machte eine Pause, damit sie die volle Bedeutung seiner Worte erkennen konnte. »Ich hätte alles getan, was nötig gewesen wäre, um das zu erreichen.«

Die Bedeutung seiner Worte durchfuhr sie wie Eissplitter, und sie starrte ihn voller Grauen und Unglauben an. *Alles, was nötig gewesen wäre.* Sie versuchte, etwas zu erwidern, ihn wissen zu lassen, was sie empfand, aber sie fand keine Worte dafür. Die Kluft, die sich zwischen ihnen geöffnet hatte, war so gewaltig, dass sie keinen Weg fand, sie zu überbrücken.

»Leb wohl, Nest«, sagte er schließlich und trat von ihr zurück. Sein Mund war zu einem traurigen, schmalen Lächeln verzogen. »Ich wünschte, ich hätte dein Vater sein können.«

Er stand noch einen Augenblick lang da, eine hagere, gebeugte Gestalt in der regennassen Nacht. Ihr Retter. Ihr Henker. Sie spürte, wie ihr bei dieser Erkenntnis das Herz brach.

Dann drehte er sich um, sein schwarzer Stock glänzte, und er verschwand in der Nacht.

Dienstag, 5. Juli

Kapitel 32

Am Morgen berichteten Nachrichtendienste bis hin zum fernen Chicago über die Geschichte. Abgesehen von der Verwendung anderer Worte und unterschiedlicher Präsentation las sie sich überall ziemlich ähnlich. Ein verärgertes Gewerkschaftsmitglied und Arbeiter bei der MidCon Steel in Hopewell, Illinois, hatte versucht, ein Feuerwerk zu sabotieren, das von dem Unternehmen gesponsert worden war. Derry Howe, 38, aus Hopewell, war getötet worden, als die Bombe, die er an der Abschussbühne unterbringen wollte, vorzeitig explodiert war. Ebenfalls verletzt wurden Robert Freemark, 65, aus Hopewell, ein pensioniertes Mitglied derselben Gewerkschaft, zwei Feuerwerker sowie mehrere Zuschauer. In einem damit im Zusammenhang stehenden Zwischenfall wurde ein zweiter Mann, Junior Elway, 37, aus Hopewell, getötet, als er versuchte, während einer Arbeitspause eine Bombe in dem Vierzehn-Zoll-Walzwerk der MidCon anzubringen. Es wurde angenommen, dass beide Männer, die seit langem befreundet und Gewerkschaftsaktivisten gewesen waren, im Einvernehmen gehandelt hatten. Vermutlich wollten sie mit den Bomben die Bemühungen der MidCon vereiteln, das Werk trotz des Streiks wieder zu öffnen, und gleichzeitig eine neue Verhandlungsrunde erzwingen. Die Polizei setzt ihre Ermittlungen fort.

In einer zweiten, viel kleineren Nachricht berichtete der Wetterdienst von umfangreichen Verwüstungen im Sinnissippi-Park, die von einem Gewitter verursacht worden waren, das gegen Mitternacht über Hopewell hinweggezogen war. Starke Winde und Blitze hatten in einem dicht bewaldeten Gebiet des Parks eine weiße Eiche gefällt, deren Alter man auf weit über zweihundert Jahre schätzte, sowie mehrere kleine Bäume umgeworfen. Der Sturm hatte die Region am frühen Morgen verlassen, aber in einigen Teilen der Stadt waren Strom- und Telefonleitungen noch immer unterbrochen.

Nest hörte das meiste aus Fernsehberichten, während sie ständig zwischen dem Empfang des Gemeindekrankenhauses und der Cafeteria hin und her lief und darauf wartete, dass ihr Großvater erwachte. Es war fast Mitternacht gewesen, als sie durch den strömenden Regen nach Hause gegangen war. Der Park war verlassen, nur vor dem Pavillon und an der Rodelbahn parkte eine Reihe von Polizeiautos, deren Lichter rot und blau blinkten. Polizeibeamte in gelben Regenmänteln spannten Absperrbänder auf und maßen den Erdboden aus, doch sie schenkte der Angelegenheit keine große Beachtung, bis sie nach Hause kam und dort ebenfalls ein Streifenwagen in der Einfahrt parkte und weitere Polizisten ihr Haus durchsuchten. Man teilte ihr mit, dass ihr Großvater als Folge eines Bombenattentats im Park mit einer gebrochenen Schulter, eingedrückten Rippen und möglicherweise inneren Verletzungen ins Krankenhaus gebracht worden war und dass sie selbst als vermisst und möglicherweise entführt galt.

Nachdem sie sich vergewissert hatten, dass sie in Ordnung war, hatte man sie ins Krankenhaus zu ihrem Großvater gebracht. Old Bob war bereits versorgt worden und hatte ein Schlafmittel erhalten, und die Dienst habenden Schwestern sagten ihr, dass er wahrscheinlich bis zum Morgen durchschlafen würde. Sie besaß genügend Geistesgegenwart, Cass Minter anzurufen, um sie wissen zu lassen, dass sie in Ordnung war, und um ihr zu sagen, wo sie sich befand. Obwohl es bereits fast ein Uhr nachts war, war Cass noch wach. Brianna war bei ihr und verbrachte die Nacht bei den Minters, und Robert wartete zu Hause ebenfalls auf Nachrichten von ihr. Robert war es gewesen, der die Polizei gerufen hatte. Er hatte den Beamten von dem Mann erzählt, der im Park Bäume vergiftete, und darauf beharrt, dass er Nest vielleicht entführt hatte. Er hatte sogar vermutet, dass der Mann ein Betäubungsgewehr benutzte.

Nest döste die ganze Nacht immer wieder kurz ein, während ihr Großvater schlief. Am Morgen kam Cass mit ihrer Mutter, um nach ihr zu sehen, und als Mrs. Minter sah, in welchem Zustand sich Nest befand, nahm sie sie mit nach Hause, damit sie duschen und die Kleider wechseln konnte, machte ihr etwas zu essen und fuhr sie dann zurück ins Krankenhaus.

Als Cass und ihre Mutter am Nachmittag gingen, rief Nest im Lincoln Hotel an und fragte nach John Ross, doch man teilte ihr mit, dass er früh am Morgen ausgecheckt und einen Bus in Richtung Westen zu den Quad Cities genommen hatte. Er hatte keine Nachsendeadresse hinterlassen.

Ihr Großvater schlief noch immer, daher zog sie sich in eine ruhige Ecke des Empfangsraums zurück, um zu warten. Während sie Magazine durchblätterte und ins Nichts starrte, kehrten ihre Gedanken immer wieder zu den Ereignissen der letzten paar Tage zurück. Gesichter und Stimmen suchten sie in zufälliger Folge heim, wie Gespenster, die aus den Schatten auftauchten. Der Dämon. John Ross. Geist. Two Bears. Pick. Sie versuchte, ihnen zuzuhören, zu verstehen, was sie ihr mitteilen wollten, die in ihrem Geist verstreuten Bruchstücke abgehackter Erinnerung zusammenzufügen. Sie versuchte, einen Sinn in das zu bringen, was sie erlebt hatte. Sie dachte oft an Großmutter, und das machte sie sehr traurig. Im Angesicht der Geschehnisse der vergangenen Nacht schien es, als sei Großmutter bereits vor langer Zeit gestorben. Die Nachricht von ihrem Tod, die gestern Morgen noch so frisch gewesen war, war heute bereits schal und schwand aus dem Bewusstsein der Öffentlichkeit. Heute handelten alle Schlagzeilen von Derry Howe, Junior Elway und den Bombenanschlägen. Die Nachrichten von morgen würden von etwas anderem handeln. Es minderte die Wichtigkeit dessen, was geschah, dachte sie. Das war natürlich der Lauf der Dinge. Das Leben ging weiter. Das Beste, was man tun konnte, war, die Erinnerungen, die einem wichtig waren, festzuhalten, sodass man sie für immer in sich trug, selbst wenn alle anderen es längst vergessen hatten. Zumindest das konnte sie für Großmutter tun.

Sie döste in ihrem Stuhl und lauschte mit einem Ohr einem Fernsehreporter, der berichtete, dass die Rettungstrupps den Rock River oberhalb des Sinnissippi-Parks mit Schleppnetzen nach einem vermissten Mann aus Hopewell absuchten, als eine der Schwestern zu ihr kam, um ihr mitzuteilen, dass ihr Großvater wach sei und nach ihr gefragt habe. Sie stand auf und ging rasch zu seinem Zimmer. Er saß jetzt aufrecht in seinem Bett, hatte Arm und Schulter eingegipst, Bandagen um die Rippen und Infusionsschläuche im Arm. Sein weißes Haar war zerwühlt und zottelig, als er den Kopf zu ihr herumdrehte. Sie lächelte tapfer.

»Hallo, Grandpa«, sagte sie.

»Das war eine raue Nacht, was?«, erwiderte er und sah die Sorge in ihren Augen. »Bist du in Ordnung, Nest?«

»Es geht mir gut.« Sie setzte sich neben ihn aufs Bett. »Und was ist mir dir?«

»Steif und geschunden, aber ich werde es überleben. Ich nehme an, du hast gehört, was passiert ist?«

Sie nickte. »Dieser Kerl hat versucht, alles in die Luft zu sprengen, und du hast ihn aufgehalten.« Sie ergriff seine Hand. »Mein Großvater, der Held.«

»Nun, eigentlich habe ich ihn nicht aufgehalten. Das hat er selbst getan. Im Endeffekt habe ich nur dafür gesorgt, dass die Leute die Wahrheit darüber erfuhren, was er tun wollte. Vielleicht hilft das, die Spannungen ein wenig zu lindern.« Er machte eine Pause. »Haben sie dir gesagt, wie lange ich hier bleiben muss?«

Sie schüttelte den Kopf. »Sie haben mir gar nichts gesagt.«

»Na ja, da gibt es auch nicht viel zu sagen. In ein oder zwei Tagen werde ich wieder auf dem Damm sein, aber sie behalten mich wahrscheinlich eine Woche hier. Ich nehme an, sie werden mich für die Beerdigung deiner Großmutter rauslassen. Jedenfalls haben das die Ärzte gesagt.« Er hielt erneut inne. »Wirst du ohne mich zurechtkommen? Möchtest du, dass ich jemanden anrufe? Vielleicht könntest du bei den Minters bleiben.«

»Mach dir keine Sorgen, Grandpa, ich komme klar«, sagte sie schnell. »Ich kann auf mich selbst aufpassen.«

Er musterte sie einen Moment. »Das weiß ich.« Er schaute zu seinem Nachtschrank hinüber. »Würdest du mir bitte ein Glas Wasser geben?«

Sie tat es, und er nahm einen tiefen Schluck, wobei er den Kopf nur wenig vom Kissen hob. Das Zimmer war weiß und still, und sie hörte das Gemurmel von Stimmen auf dem Flur. Durch Spalten in den Jalousien konnte sie den blauen Himmel und das Sonnenlicht sehen.

Als ihr Großvater mit dem Trinken fertig war, blickte er sie wieder an, und seine Augen sahen besorgt aus. »Bist du gestern Nacht dort draußen deinem Vater begegnet?«

Ihre Kehle schnürte sich zusammen. Sie nickte.

»Hat er dir weh getan?«

Sie schüttelte den Kopf. »Er versuchte mich dazu zu überreden, mit ihm zu kommen, wie John Ross es vorhergesagt hat. Er bedrohte mich. Aber ich habe ihm gesagt, dass ich nicht mitkommen wollte und dass er mich nicht dazu bringen würde.« Sie runzelte die Stirn. »Also gab er auf und verschwand.«

Ihr Großvater musterte sie. »Einfach so? Er ging einfach davon, um weiter die Bäume im Park zu vergiften?«

»Nicht ganz.« Sie erkannte, wie lächerlich es klang. Sie blickte aus dem Fenster und dachte nach. »Er ging nicht einfach davon. Es ist ziemlich schwer zu erklären.« Sie zögerte, wusste nicht, wie sie weitermachen sollte. »Ich hatte Hilfe.«

Ihr Großvater sah sie weiter unverwandt an, aber sie hatte nichts mehr hinzuzufügen. Schließlich nickte er. »Vielleicht kannst du mir irgendwann einmal die Einzelheiten erzählen. Wenn du meinst, dass ich es verstehen werde.«

Sie blickte ihn wieder an. »Ich habe etwas vergessen. Er hat mir von Großmutter erzählt. Er sagte, er hätte versucht mich zu holen, und sie hätte ihn mit der Schrotflinte verjagt.« Sie beobachtete die Augen ihres Großvaters. »Also hat sie nicht einfach nur ins Leere geschossen.«

Er nickte erneut, ernst und nach innen gewandt. »Das ist gut zu wissen, Nest. Ich bin dir dankbar, dass du es mir erzählt hast. Ich dachte mir, dass es etwas in der Art sein musste. Ich war mir ziemlich sicher.«

Er schloss kurz die Augen, und Nest atmete langsam aus. Eine

Weile sprach keiner von beiden. Dann sagte Nest: »Grandpa, ich habe mich gefragt ...« Sie wartete, bis er wieder die Augen öffnete. »Du weißt von Jared Scott?« Ihr Großvater nickte. »Sie haben nach dieser Sache seine Brüder und Schwestern weggebracht. Mrs. Walker sagt, dass sie bei Pflegeeltern untergebracht werden sollen. Ich habe mich gefragt, ob wir vielleicht, wenn du wieder zu Hause bist, versuchen könnten, Bennett Scott zu uns zu holen.«

Sie biss sich auf die Lippen, um die plötzliche Feuchtigkeit in ihren Augen zurückzuhalten. »Sie ist noch ziemlich klein, um bei Fremden zu leben, Grandpa.«

Ihr Großvater nickte, und seine Hand schloss sich fest um ihre. »Ich denke, das wäre eine gute Sache, Nest«, sagte er ruhig. »wir werden uns darum kümmern.«

Sie machte sich auf den Heimweg, als ihr Großvater wieder einschlief, und lief die ganze Strecke zu Fuß, da sie die Zeit für sich allein brauchte. Die Sonne schien strahlend von einem wolkenlosen Himmel, und die Temperatur war gerade weit genug gefallen, dass die Luft warm war, ohne schwül zu sein. Sie fragte sich, ob es dort, wo John Ross sich jetzt befand, so ähnlich war.

Das Haus war leer und still, als sie heimkam. Die Essensbehälter und Konservendosen waren aus der Küche verschwunden. Reverend Emery hatte sie abgeholt und eine nette Botschaft auf dem Tresen zurückgelassen, in der er schrieb, dass er am Abend im Krankenhaus vorbeischauen und ihren Großvater besuchen würde. Sie trank eine Dose Root-Bier, während sie hinter dem Haus auf den Verandastufen saß und Mr. Scratch träge und zufrieden ausgebreitet zu ihren Füßen lag. Sie schaute immer wieder zum Park hinüber, machte aber keine Anstalten, ihn zu betreten. Pick würde dort an der Arbeit sein und die verwüsteten Teile des Waldes heilen. Vielleicht würde sie morgen nach ihm sehen.

Als es dunkel wurde, machte sie sich ein Sandwich und aß es allein am Küchentisch, wo sie sooft mit ihrer Großmutter gesessen hatte. Sie hatte ihre Mahlzeit zur Hälfte beendet, als sie ein Kätzchen miauen hörte. Sie blieb einen Augenblick sitzen, bevor sie aufstand und zur Hintertür ging. Dort saß Spook. Bennett Scotts Kätzchen war zerzaust und abgemagert, aber es war am Leben. Nest schlüpfte hinaus, hob das Kätzchen hoch und drückte es an die Brust. Wo war es hergekommen? Es war keine Spur von Pick zu sehen. Aber Spook hätte den Weg hierher niemals allein gefunden.

Sie goß Milch in eine Schale und stellte sie für Spook auf die Veranda. Das Kätzchen leckte sie hungrig auf, und sein lautes Schnurren erklang tief in seiner pelzigen Brust. Nest sah ihm schweigend zu und dachte nach.

Nach einer Weile ging sie zum Telefon und rief Robert an.

»Hallo«, sagte sie.

»Nest?«

»Möchtest du eine Fahrradtour machen und Jared besuchen?«

Es gab eine lange Pause. »Was hast du letzte Nacht mit mir gemacht?«

»Nichts. Fährst du mit mir, oder nicht?«

»Du kannst Jared nicht besuchen. Es darf keiner zu ihm. Er ist auf der Intensivstation.«

Nest blickte zu den länger werdenden Schatten des Parks. »Lass uns trotzdem zu ihm fahren.«

Sie legte auf, und als das Telefon läutete, nahm sie nicht ab. Bei Robert war es am besten, sich nicht auf eine Diskussion oder eine lange Erklärung einzulassen.

Zwanzig Minuten später kam er in ihre Einfahrt geradelt, ließ sein Rad ins Gras fallen und schlenderte zur Veranda hinüber, auf deren Stufen sie wieder saß. Er fuhr sich durch das strubbelige blonde Haar, während er näher kam, und federte beim Gehen trotzig auf den Ballen auf und ab.

»Warum hast du einfach aufgelegt?«, wollte er wissen.

»Ich bin ein Mädchen«, sagte sie und zuckte mit den Achseln. »Mädchen tun solche Sachen. Möchtest du ein Root-Bier?«

»Toll, jetzt auch noch Bestechung.« Er folgte ihr in die Küche. »Wie geht es deinem Großvater?«

»Gut. Er wird noch eine Weile im Krankenhaus bleiben müssen, vielleicht eine Woche. Aber er ist okay.«

Sie zog fragend eine Augenbraue hoch. »Was ist los? Habe ich dir gestern weh getan?«

»Aha! Du gibst es zu!« Robert war entzückt. »Ich wusste, dass du etwas getan hast! Ich wusste es! Was war das? Komm schon, erzähl es mir!«

Sie griff in den Kühlschrank, holte eine Dose Root-Bier heraus und reichte sie ihm. »Ich habe ein Betäubungsgewehr benutzt.«

Er starrte sie mit offenem Mund an. Dann wurde er rot. »Nein, das hast du nicht! Das sagst du nur, weil es das ist, was ich der Polizei erzählt habe! Woher solltest du denn eine solche Waffe haben? Komm schon! Was hast du getan?«

Sie neigte den Kopf zur Seite. »Du meinst, du hast die Polizei belogen?«

Er starrte sie weiter an, und in seinen schmalen, verkniffenen Gesichtszügen spiegelte sich seine Frustration wider. Dann krümmte er winkend den Finger. »Komm mit.«

Er führte sie hinaus, die Stufen hinunter und in den Garten. Dort schüttelte er die Dose Root-Bier so heftig er konnte, richtete sie auf sie und riss den Deckel auf. Kalter Schaum besprühte sie von oben bis unten. Er wartete, bis sie ihn böse anfunkelte, nahm dann einen tiefen Zug aus der Dose und sagte: »Okay, jetzt sind wir quitt.«

Sie ging ins Haus, um sich zu waschen und ihr T-Shirt zu wechseln. Als sie wieder herauskam, fand sie ihn dabei, wie er ein Stück Bindfaden vor Spook hin und her pendeln ließ, der das mit einer Mischung aus Neugier und Misstrauen beobachtete. »Bist du fertig?«, fragte sie, hob das Kätzchen hoch und brachte es ins Haus.

Er zuckte mit den Achseln. »Warum tun wir das überhaupt?« Er ließ den Faden fallen und ging, sein Fahrrad holen.

Sie trat gegen seinen Reifen, als sie daran vorbeiging. »Weil ich Angst habe, dass Jared vielleicht nicht zurückkommen wird, wenn nicht jemand zu ihm durchdringt.«

Sie schoben ihre Räder bis zum Beginn der Auffahrt, schwangen sich in den Sattel und begannen in die Dämmerung zu radeln. Sie fuhren die Sinnissippi Road hinab und den Lincoln Highway entlang bis zu den Nebenstraßen, die zum Krankenhaus führten. Sie strampelten schweigend vor sich hin, beobachteten, wie die Stadt um sie herum dunkler wurde und ihre Bewohner sich hinter beleuchteten Fenstern vor flimmernden Bildschirmen niederließen. Auf den Höfen spielten Kinder, und in den Gärten brummten Rasenmäher. Finken sangen mit heiseren Stimmen, und ältere Paare schlenderten langsam die Betonfußwege entlang, die zum Maß ihres Lebens geworden waren.

Als sie das Krankenhaus erreichten, ketteten Nest und Robert ihre Fahrräder an dem Ständer neben dem Haupteingang fest und gingen hinein. Es war bereits nach neun Uhr, und das Wartezimmer war ruhig, nachdem die meisten Besucher über Nacht nach Hause gegangen waren. Seite an Seite gingen sie zu Nests Großvater, doch er schlief wieder, also blieben sie nicht. Stattdessen fanden sie ein Treppenhaus, das die sechs Stockwerke des Krankenhauses miteinander verband, blieben davor stehen und sahen sich verstohlen um.

»Also was jetzt?«, fragte Robert und zog eine Augenbraue hoch.

»Er liegt in Fünf-Vierzehn«, antwortete Nest. »Direkt neben der Treppe. Du fährst mit dem Lift hinauf und sprichst mit den Schwestern im Dienstzimmer. Frag sie nach Jared oder irgendetwas anderes. Ich werde die Treppe rauflaufen und in sein Zimmer schlüpfen, während du sie beschäftigst.«

Robert verzog das Gesicht. »Das ist dein ganzer Plan?«

»Vorausgesetzt, dass du vorhast, mir zu helfen.«

Er starrte sie an. »Ich sage dir was: Ich werde dir helfen, wenn du mir erzählst, was du gestern Abend mit mir gemacht hast. Und dieses Mal die Wahrheit.«

Sie starrte zurück, ohne zu antworten, und dachte darüber nach. Dann sagte sie: »Ich habe Magie benutzt.«

Er zögerte, und sie sah, dass er ihr für einen winzigen Moment glaubte. Dann verzog er verächtlich das Gesicht. »Du bist noch sonderbarer als ich, Nest. Weißt du das? Okay, gehen wir.«

Sie wartete, bis sie ihn beim Fahrstuhl ankommen sah; dann betrat sie das Treppenhaus und stieg hinauf. Sie erreichte das fünfte Stockwerk und spähte in den Gang. Er war völlig leer. Zimmer 514 lag ihr fast genau gegenüber. Als Robert einen Moment später aus dem Fahrstuhl kam und zum Dienstzimmer ging, huschte sie aus ihrem Versteck.

Einen Augenblick später war sie in Jareds Zimmer.

Jared Scott lag bewegungslos in seinem Krankenhausbett und sah klein und verloren aus inmitten der Ansammlung medizinischer Gerätschaften. Seine Augen starrten hinter halb geschlossenen Lidern ins Nichts, Arme und Beine waren unter der Decke gerade ausgestreckt, und sein Gesicht war bleich und verzerrt. Mit Ausnahme der Kontrolllichter auf den Monitoren und eines kleinen Nachtlichts bei der Tür war der Raum dunkel. Die Jalousien zur Straße waren geschlossen, und die Klimaanlage summte leise. Nest sah sich im Zimmer um und schaute dann wieder Jared an. Die obere Hälfte seines Kopfes war von einem Verband verdeckt, und die Schläge, die er erhalten hatte, hatten schlimme Flecken auf seinem Gesicht und den Armen hinterlassen. Sie starrte ihn voller Verzweiflung an, und ihre Augen wanderten von seinem Gesicht zu den blinkenden grünen Lichtern der Monitore und wieder zu ihm zurück.

Sie hatte den ganzen Nachmittag, seit sie ihren Großvater verlassen hatte, darüber nachgedacht, ihn zu besuchen. Spooks Auftauchen hatte schließlich den Ausschlag gegeben. Sie würde ihre Magie dazu benutzen, Jared zu helfen. Sie war sich natürlich nicht sicher, ob sie das überhaupt konnte. Auf diese Weise hatte sie die Magie noch nie verwendet. Aber sie wusste um ihre Fähigkeit, den menschlichen Körper zu beeinflussen, und vielleicht konnte sie damit etwas erreichen. Sie musste es vielleicht ebenso sehr um ihrer selbst willen versuchen, wie um Jared zu helfen. Sie musste aus dem Schatten ihres Vaters treten, das dunkle Vermächtnis seines Lebens abschütteln, und das würde ihr nie gelingen, solange sie nicht das annahm, was er ihr hinterlassen hatte, und es auf eine Art verwendete, wie er es nie getan hätte. Und damit würde sie hier und jetzt beginnen.

Sie trat an Jareds Bett und klappte das Schutzgitter herunter, um sich neben ihn setzen zu können. »Hey, Jared«, sagte sie leise.

Sie berührte seine Hand, nahm sie dann in ihre eigene, wie sie am Nachmittag die ihres Großvaters gehalten hatte, und streichelte sein Gesicht. Seine Haut fühlte sich warm und weich an. Sie wartete ab, ob er reagieren würde, doch das tat er nicht. Er lag nur da und starrte ins Nichts. Sie konnte nur mit Mühe ihre Tränen zurückhalten.

Nest wusste, dass dies gefährlich werden würde. Es war riskant. Falls ihre Magie versagte, könnte sie Jared damit umbringen. Aber irgendwo tief in ihrem Inneren wusste sie ebenfalls, dass sie ihn auf jeden Fall verlieren würde, wenn sie nicht etwas unternahm. Er würde nicht von allein von dort zurückkommen, wo immer er sich jetzt befand. Er wartete darauf, dass sie ihn holte.

Sie beugte sich über ihn, während sie noch immer seine Hand hielt, und schaute ihm fest in die blicklosen Augen. »Jared, ich bin es, Nest«, flüsterte sie.

Sie bewegte sich, bis sie direkt in seiner Augenlinie war und ihr Gesicht sich nur wenige Zentimeter von dem seinen entfernt befand. Mit Ausnahme des leisen Zischens und Klickens der Maschinen war das Zimmer still, eingehüllt in Dunkelheit und Einsamkeit.

»Sieh mich an, Jared«, flüsterte sie.

Sie griff mit ihrer Magie nach ihm und sandte spinnenartige Fühler aus Sprache und Bewegung durch seine starrenden Augen, um sein Inneres zu erforschen. »Wo bist du, Jared?«, fragte sie sanft. »Wir vermissen dich.«

Sie stieß ihn behutsam an und versuchte, tiefer einzudringen. Sie spürte, dass etwas in ihm sich ihr widersetzte, sich zurückzog, dass ein Vorhang zugezogen wurde. Sie wartete geduldig darauf, dass dieser Vorhang sich wieder lockerte. Wenn sie zu heftig in ihn drang, bestand die Gefahr, ihn zu verletzen. Eine plötzliche Welle der Unsicherheit überflutete sie. Sie ging ein großes Risiko ein, indem sie ihre Magie auf diese Weise einsetzte und mit ihr experimentierte. Vielleicht war es ein Fehler anzunehmen, dass sie ihm helfen konnte; vielleicht konnte die Magie überhaupt nicht leisten, was sie von ihr erwartete. Vielleicht sollte sie jetzt aufhören und der Natur ungehindert ihren Lauf lassen.

Da spürte sie, wie er sich entspannte, und sie drang erneut vor, streichelte ihn, strich sanft über sein zerbrechliches Bewusstsein, über jenen Teil von ihm, den er tief in seinem Inneren vergraben hatte, wo es dunkel und sicher war.

In ihrem Körper summte und vibrierte die Magie wie ein lebendes Wesen. Sie war ihr noch nie so lange so nahe gekommen. Sie spürte, wie ihre Kraft sich in ihr aufbaute, sie als Hitze, Ton und Bewegung durchströmte. Es war, als wollte man die Bewegungen einer Katze steuern; man hatte das Gefühl, dass sie jeden Augenblick davonspringen würde.

»Jared, sieh mich an«, flüsterte sie.

Vorsichtig, vorsichtig. Die Magie stieß ihn sacht, aber nachdrücklich an. Schweiß perlte auf Nests Stirn, und ihre Brust und Kehle zogen sich vor Anstrengung zusammen.

»Ich bin hier, Jared. Kannst du mich hören?«

Zeit verstrich. Sie wusste nicht, wie viel es war, sondern war völlig darauf konzentriert, Kontakt zu ihm zu bekommen, die Mauer zu durchbrechen, hinter die er sich zurückgezogen hatte. Einmal hörte sie jemanden näher kommen, doch die Schritte entfernten sich wieder. Ihre Konzentration wuchs. Sie vergaß Robert, die Schwestern und alles andere. Sie bewegte sich nicht, schaute nicht auf oder wandte auch nur den Blick von Jared ab, nicht einen einzigen Moment. Sie weigerte sich aufzugeben. Sie sprach ihn immer wieder an, sagte seinen Namen, benutzte ihre Magie, um ihn sacht anzustoßen, die Tür seines Panzers wenigstens einen winzigen Spalt zu öffnen.

»Jared«, sagte sie wieder und wieder. »Ich bin es, Nest.«

Bis sich schließlich seine Augen bewegten, um sich auf sie zu richten; er antwortete ihr mit einem heiseren Flüstern: »Hallo, Nest.« Da wusste sie, dass er wieder in Ordnung kommen würde.

John Ross fuhr in einem Greyhound-Bus in Richtung Westen und befand sich zwischen Denver und Salt Lake City. Er starrte in die Nacht hinaus und beobachtete die vorbeiflitzenden Lichter der Ranches und Städte, die sich in die leeren Ebenen unterhalb der

Rockys schmiegten. Er saß allein im hinteren Ende des Busses und hatte den Stock gegen den Sitz neben sich gelehnt. Das Dröhnen des Motors und das Wimmern der Reifen übertönten das Schnarchen seiner Mitreisenden. Es war kurz vor Mitternacht, und er war der Einzige, der noch wach war.

Er seufzte müde. Bald würde auch er schlafen. Weil er musste. Weil ihm die Bedürfnisse seines Körpers keine andere Wahl ließen.

Es waren fast zwei Tage vergangen, seit er Nest Freemark im Sinnissippi-Park allein im Regen hatte stehen lassen. Er war ins Hotel zurückgekehrt, hatte seine Sachen gepackt und im Foyer auf den Frühbus gewartet. Als er angekommen war, war er eingestiegen und abgefahren, ohne einen Blick zurückzuwerfen. Seine Erinnerungen an Hopewell und seine Bewohner begannen bereits zu verblassen; das größere Bild schrumpfte zu kleinen, hellen Momenten zusammen, die er wegpacken und bei sich tragen konnte. Old Bob, der ihn an jenem ersten Tag bei Josie's begrüßte, als er ihn für Caitlins Freund gehalten hatte. Großmutter, deren scharfe alte Augen ihn inspizierten, als wolle sie die Fassade durchdringen, die er aufgebaut hatte. Josie Jackson, die an ihrem letzten Tag warm und mit schläfrigen Augen neben ihm lag. Pick, der Waldschrat, der Hüter des Sinnissippi-Parks. Daniel. Geist. Der Dämon.

Doch vor allem war da Nest Freemark, ein vierzehnjähriges Mädchen, das Magie wirken und mit ihrer Hilfe die Wahrheit über ihre Familie akzeptieren konnte, die sie sonst vernichtet hätte. Er sah ihr Gesicht deutlich vor sich, ihre Sommersprossen, das schelmische Lächeln und das lockige, dunkle Haar. Er würde sich an die langen, gleitenden Sätze erinnern, die sie beim Laufen machte, und an die Art, wie sie sich durchsetzte, wenn es darauf ankam. In einer Welt, in der so viel von dem, was ihm begegnete, nur dazu beitrug, seine Befürchtungen zu verstärken, dass die Zukunft aus seinen Träumen unvermeidlich war, spendete ihm Nest Hoffnung. Wo so viele andere ihrer Angst und Verzweiflung erlegen wären, hatte Nest dies nicht getan. Sie verkörperte nur einen kleinen Sieg in dem gewaltigen Krieg, den das Wort gegen die Leere führte, aber manchmal waren es die kleinen Siege, auf die es ankam. Kleine Siege konnten, wie die kleinen Ereignisse, die das Gleichgewicht des Lebens beeinflussten, die Welt verändern.

Ich wünschte, ich hätte dein Vater sein können, hatte er gesagt, und das hatte er auch so gemeint.

Er fragte sich, ob er sie jemals wiedersehen würde.

Er richtete sich in seinem Sitz auf und blickte den Gang entlang, vorbei an den Schläfern zu dem Fahrer, der über sein Steuer gebeugt war und die Augen auf die Straße gerichtet hatte. Im grellen Licht der Scheinwerfer war der Highway ein endloses Band aus Beton, das sich in die Dunkelheit entrollte. Der Morgen war noch weit entfernt; es war Zeit zu schlafen. Er hatte nicht geschlafen, seit er Hopewell verlassen hatte, und er konnte es nicht länger hinauszögern. Er schauderte unwillkürlich, als er daran dachte. Er wusste, dass es schlimm werden würde. Es würde grauenhaft sein. Er würde seiner Magie beraubt sein und in dieser Nacht dafür bezahlen, dass er sie in dem Kampf gegen den Maentwrog hatte benutzen müssen. Er würde fliehen und sich verstecken müssen, während ihn seine Feinde jagten; er würde ihnen allein und hilflos ausgeliefert sein. Vielleicht würden sie ihn in dieser Nacht finden. Vielleicht würden sie ihn töten. In der Welt seiner Träume war alles möglich.

Erschöpft und resigniert hob er sein schlimmes Bein auf die gepolsterte Sitzbank und lehnte sich gegen die Seitenwand des Busses. Er fürchtete sich, aber er würde seiner Angst nicht gestatten, ihn zu überwältigen. Er war ein Ritter des Wortes, und er würde einen Weg finden zu überleben.

John Ross schloss die Augen, und der durch die Zeit reisende Krieger trieb davon, um von einer Zukunft zu träumen, von der er hoffte, dass es sie nie geben würde.